Astrid Korten

DIE SEKTE
PERFECT GIRL

Thriller

Über den Thriller

Hongkong, Sitz eines internationalen Pharmakonzerns. Falk Hoffmann, Vorstandsvorsitzender, kann sein Glück kaum fassen: Einer seiner Wissenschaftler glaubt, den Schlüssel zur ewigen Jugend entdeckt zu haben. Rebu 12 stoppt den Alterungsprozess! Doch in der Hochburg der Piraterie macht Dallis, ein skrupelloses Sektenmitglied, sich bereit, alles zu tun, um die Formel der Makellosigkeit unter ihre Kontrolle zu bringen. Sie tut alles um für Logan, Sohn des Sektenleader, das „Perfect Girl" zu sein und schreckt dabei nicht vor einem Mord zurück ...

Fesselnd, dramatisch und eiskalt: Der Thriller über die Schattenseiten der Schönheit, Sektenkult und die Abgründe der menschlichen Seele.

Titelbildgestaltung: 2017 Wojciech Zwolinski / Trevillion Images
Covergestaltung: Astrid Korten
Alle Rechte vorbehalten. Das Werk darf – auch teilweise – nur   mit Genehmigung der Autorin wiedergegeben werden.
Buchtrailer: http://www.youtube.com/watch?v=OzbneBv9_fo
© Trailer und Musik: Astrid Korten
Impressum: www.astridkorten.de
Mitglied im Syndikat und Mörderischen Schwestern e.V.
http://www.facebook.com/astridkorten
Überarbeitete Fassung der Originalausgabe Rules of Beauty 2006.
Die Ebook-Ausgabe ist im Dotbooks-Verlag unter dem Titel „Tödliche Perfektion" erschienen
ISBN: 9781520650678

Astrid Korten

DIE SEKTE

Perfect Girl

Roman

Bin ich nicht rund und fest wie eine Glocke?
Lippen zum Küssen, Zähne weiß wie Firn,
Apfelblütenhaut und glatte Stirn,
Die Augen blau, und üppig diese Locken,
Die kräftig wallen rund um meinen Nacken.
Bist du auf Brautschau, schau in mein Gesicht:
Was du hier siehst, vergeht dein Lebtag nicht;
Hand und Arm und Hals und Brust,
Eins wie das andere gemacht für die Lust;
Und schau diese Taille, und erst diese Bein':
Wie Weiden so schlank, fest, geschmeidig und fein!

Cuírt an Mheán-Oíche
Brian Merriman

Prolog

Balmore Castle, Sommer 1990

Von Drogen umnebelt, raste Adam mit dem Geländewagen seines Vaters durch die dunkle Nacht. Vage war ihm bewusst, dass er zu schnell fuhr, aber es war für ihn ohne Bedeutung. Es machte ihm keine Angst, es überraschte ihn nicht einmal. Die unübersichtlichen Kurven waren ihm vertraut, denn er fuhr nachts häufiger über die Single Track Road in Richtung Kinlochbervie.

Er hatte in dem schottischen Dorf mit den von der salzhaltigen Luft stark angegriffenen graubraunen Bruchsteinfassaden seine Kindheit verbracht und kannte dessen dunkelste Ecken. Als Kind hatten er und sein Bruder Logan in Kinlochbervie immer wieder gehört, wie schwer, hässlich und oft schmerzlich das Sterben sei. In dieser Gegend erzählten die Angehörigen dem Sterbenden eine Geschichte, um ihn von seinem Schmerz abzulenken. Auch Adam kannte viele Geschichten, von gläsernen Bergen und blauen Drachen, von Lebensbäumen und Mondblumen, von Talismanen und Tarnkappen, von Zauberern und Geistern, vom Feuervogel und der Regenbogenschlange, von weissagenden Träumen und dem Weg ins Himmelreich. Sein Vater hatte sie ihm auf Balmore Castle an kalten Winterabenden erzählt, als er neun Jahre alt war und im Fieberwahn den Tod herbeisehnte.

Adam Carrington fragte sich nicht, ob das Gesetz es ihm erlaubte, die Tierkadaver von Balmore Castle an Loch Meadhonach zu begraben. Er tat es einfach und kein Mensch hätte ihn davon abhalten können, nicht einmal sein Bruder Logan oder die kleine Dallis.

Adam glaubte, dass die aufgewühlte Moorlandschaft beseelt war und einen eigenen Geist besaß. Er liebte das Moor mit seinen verschlungenen Pfaden und den zahlreichen Vogelarten und hatte sich schon als Kind nach einem solchen Ort gesehnt. Wie Logan war auch er der Meinung, dass hier eine Welt existierte, in der die Begebenheiten des täglichen Lebens noch geheimnisvoll und wundersam erschienen. Die Natur stand in vertrautem Dialog mit den inneren Landschaften seiner Seele. Jenseits und Diesseits waren hier eng miteinander verwoben. Die verstreuten Gräber mit den steinernen Kruzifixen veranschaulichten, dass selbst der Tod an Loch Meadhonach nur die Heimkehr an einen vertrauten Ort bedeutete, den die Toten nie mehr verlassen sollten.

An der Telefonzelle am Ende der Ortschaft hielt er für einen Moment an. Er suchte in dem Handschuhfach nach einem Beutel Riopan. Seine Magensäure hatte mal wieder einen Höchstpegel erreicht und der Schmerz war unerträglich. Er riss den Beutel auf, nahm die weißliche Flüssigkeit ein und wartete auf die Wirkung, indem er einfach dasaß und langsam ein- und ausatmete. Als das Feuer in seinem Magen nachließ, drehte er den Zündschlüssel um, sah in den Rückspiegel und fuhr wieder los. Hinter sich hörte er ein anderes Auto starten und anfahren. Er war also nicht der Einzige, der in dieser Nacht unterwegs war. Die Scheinwerfer eines Wagens hinter sich zu haben, behagte ihm nicht. Sie tanzten hinter ihm im Takt der Schlaglöcher.

Adam versuchte, den Fahrer im Rückspiegel zu erkennen, aber die Fenster waren dunkel getönt. Ein Schaudern wanderte seine Wirbelsäule entlang. Auf dem letzten ebenen Stück, bevor die Straße anstieg, kam der Wagen hinter ihm näher und überholte ihn zügig. Jemand hatte ihn verfolgt. Oder unterlag er einer Sinnestäuschung und hatte sich das nur eingebildet? Diese verdammten Drogen! Seit seinem vierzehnten Lebensjahr konnte er einfach nicht die Finger davon lassen. Er fröstelte und drehte die Heizung auf. Der Wind heulte und drückte den Motorengeruch ins Wageninnere. Obwohl seine Füße heiß waren, zitterte sein Körper vor Kälte.

Er folgte dem Hinweisschild nach Loch Meadhonach, bog in einen Feldweg ein und lenkte den Wagen geschickt durch das unebene Gelände. Dann schaute er noch einmal in den Rückspiegel. Nichts! Hinter ihm blieb alles dunkel. Sein Ziel war die Sandwood-Ruine, nicht weit entfernt von Loch Meadhonach. Dort brachte er das Fahrzeug zum Stehen und schaltete den Motor aus. Er starrte in die Dunkelheit, aber spürte nur seinen alles verzehrenden Schmerz und das unablässige Hämmern seines Herzschlages, das die Stille störte.

Adam holte tief Luft, stieg aus und öffnete die Heckklappe. Vorsichtig hob er den toten Schwan aus dem Wagen und legte ihn sanft auf den feuchten Moorboden, dessen Duft ihm in die Nase stieg. Vom Meer her glaubte er die Stimmen von Sirenen zu hören, die sich zu einem kraftvollen Gesang vereinten. Sie redeten ihm ein, das Mondlicht wäre ein Zeichen des Schicksals, das sein Tun guthieß. Ein eisiger Wind fegte über das Moor. Er packte den Kadaver und trug ihn über einen mit Steinen markierten Pfad entlang, der sich durch die vom Mond beschienene Landschaft schlängelte.

Adams Gedanken kreisten um das tote Tier, das an den Folgen einer Injektion gestorben war. Dabei war er felsenfest davon überzeugt gewesen, dass er im Labor die richtige Dosis für den Versuch gefunden hatte, aber der Schwan hatte nach der Injektion nur gekreischt und war innerhalb weniger Minuten verendet.

Gerade heute hatte Adam mit seinen Tierexperimenten seinen Vater Blake und die ehrwürdigen Männer des Kuratoriums beeindrucken wollen.

Das Kuratorium war eine kleine erlesene Gruppe steinreicher Männer aus der Obersicht Großbritanniens: alter Adel und mächtige Unternehmer. Sie waren die Rockefeller und die „Peerage" – der höchste Adel – des britischen Königreiches, und spendeten ein Vermögen, um ihr Ziel zu erreichen: die Entschlüsselung des Unsterblichkeitsenzyms, das einen ewigen Jungbrunnen bedeutete. Schon ihre Väter hatten Lux Humana angehört. Die Elite des Geheimbunds vermischte sich nicht mit dem Pöbel, denn sie gab die Macht untereinander weiter.

Gestern hatte Blake Adam in seinem Büro den Arm um die Schulter gelegt und ihn zunächst freundlich angesehen.

„Das Kuratorium Lux Humana wird am Abend hier eintreffen. Wir haben Wichtiges zu besprechen, denn die traditionellen Strukturen sind ins Wanken geraten", hatte sein Vater gepredigt. „Politik, Religion, die Institution von Familie und Gemeinschaft sind plötzlich ungewiss geworden. Es ist an der Zeit, die Schönheit zu beschwören und sie neu zu beleben. Die Menschen haben sie vernachlässigt, deshalb befinden sie sich in einer katastrophalen Krise. Zu gegebener Zeit wird die Welt erfahren, was Lux Humana leistet. Wir werden eine Gegenwelt zu dieser mit Makeln behafteten Welt erschaffen, Adam, um sie zu verändern. Wir, die Carrington-Familie und das Kuratorium. Wir werden gemeinsam Großes leisten, Adam. Du wirst uns dabei mit deinen Fähigkeiten unterstützen. Die Herren möchten den zukünftigen Biogenetiker von Lux Humana kennenlernen. Schließlich finanzieren sie seit Jahren unsere Forschung. Ich werde dich ihnen morgen vorstellen."

Doch plötzlich war das Lächeln auf Blakes Gesicht erloschen und beißendem Spott gewichen, fast im Einklang mit der flachen Hand seines Vaters, die mit Wucht gegen sein Gesicht klatschte. Adam war taumelnd aus dem Büro geflohen, während die Stimme seines Vaters in seinen Ohren nachhallte.

„Also reiß dich gefälligst zusammen und lass die Finger von den Drogen!"

Vielleicht konnte er eines Tages tatsächlich die Jungbrunnenfrage lösen. Dann wäre sein Vater stolz auf ihn. Ganz bestimmt! Aber bislang war er mit seinen Versuchen kläglich gescheitert.

Loch Meadhonach schien unendlich weit weg. Noch immer lag Frost in der Luft, doch Adams Körper glühte, als er mit seiner schweren Last endlich dort ankam. Einmal strich etwas über seine Wange. Vielleicht der Geist eines toten Tieres, das ihn ewig verfolgen, anklagen und verfluchen würde? Er konnte erst aufatmen und den kommenden Tag stark und rein beginnen, wenn der Schwan in seinem Grab lag.

Am Seeufer bemerkte Adam im Schein einer brennenden Fackel eine ausgebreitete Plane, auf der ein Spaten und zwei Wolldecken lagen. Auf einem Steinhaufen daneben lag eine karminrote Rose. Logan! Sein Bruder überließ nichts dem Zufall. Adam legte den toten Schwan auf die Plane und betrachtete ihn still. Bei seinem Anblick wurde ihm kalt und heiß, sein Gaumen wurde trocken und seine Kehle schnürte sich zu.

Das Mondlicht hing blass und geisterhaft über ihm. Der böige Märzwind wirbelte die feinen Sandkörner des Seeufers durch die Luft und ließ tote Zweige rascheln. Adams langes braunes Haar wurde vom Wind gepeitscht und seine weite weiße Hose flatterte wie ein Segel um seine Beine. Er legte eine Decke über das Tier. Zähneklappernd warf er sich die andere über die Schultern und sah sich um, bis er die Stelle entdeckte, nah am Wasser.

Adam warf die Decke ab und griff nach dem Spaten. Vom knirschenden Klirren des ersten Stoßes ins Erdreich wurde ihm fast schwindlig. Er spürte die harten Muskeln seiner Arme, seine Füße in den Stiefeln, sah auf seine schlanken Hände, zwängte seine Kraft in ein Geschirr wachgerufener Bewegungen – einstechen, nachtreten, heben und schwingen, einstechen, nachtreten, heben und schwingen. So hatte es ihm sein Vater beigebracht. Schließlich verfiel er einem von jeglichem Denken losgelösten Rhythmus, einem vertrauten Takt, der ihn trotz der mechanischen Vollendung seines Handelns aber nicht beruhigte.

Er weinte, als er den Körper des Tieres in das ausgehobene Loch bettete. Als das Grab zur Hälfte gefüllt war, gab er Steine hinein, um Aasfresser abzuhalten, schaufelte ein wenig Erde darüber und schichtete dann Stein für Stein zu einem runden Hügel.

„Wer weiß denn, ob das Leben nicht Totsein ist und Totsein Leben?", flüsterte er und legte die Rose auf das Grab. Den langen Stiel beschwerte er mit einem Stein.

Bildete er es sich nur ein, dass sich der Himmel plötzlich in Schleier hüllte und violett färbte? Das Blut rauschte in seinen Ohren. Ihm wurde übel. Die Sterne am Himmel begannen sich zu drehen, zunächst langsam, dann schneller und schneller, bis ihn eine tiefe Schwärze erfasste.

Als er wieder zu sich kam, lag er auf dem Rücken. Er öffnete die Augen. Allmählich verlangte der Mond seinen Tribut, Wolken eilten an seinem Licht vorbei, der Himmel wurde sternenklar. Hoch über ihm zog eine Möwe ihre Kreise, als habe sie das Spiel des Todes mit Interesse verfolgt. Der Blick aus ihren hungrigen runden Augen durchbohrte ihn höhnisch. Er stand benommen auf, ging zum Ufer von Loch Meadhonach und klatschte sich Wasser ins Gesicht. Danach warf er eine kleine blaue Pille ein, die ihm eine farbenfrohe Nacht bringen sollte – ohne die alptraumhaften Visionen von toten Schwänen.

Plötzlich zuckte er zusammen. *Nein!*, dachte er. *Das kann nicht sein.* Adam rieb sich die Augen und schaute noch einmal hin, und stolperte. Er glaubte plötzlich vor einem Abgrund zu stehen, wo sich feine Risse auftaten, Risse, die sich allmählich zu größeren Klüften verbreiterten, um sich dann zu vereinigen, zu einem gähnenden schwarzen Loch, das ihn verschluckte und voller Trauer wiedergebar. In dem klaren kalten Wasser schimmerte das Mondlicht, das bis auf den Boden von Loch Meadhonach drang.

Tief unten im Wasser lag die Leiche einer jungen Frau. Ihr vor Kälte erstarrter Körper schimmerte in gespenstischer Blässe. Das Wasser spielte mit ihrem langen braunen Haar. Die Erinnerung an ein Mädchen blitzte auf, seine Verabredung mit ihr, die sie nicht eingehalten hatte.

„Darf ich dich mal stören?", hatte eine weibliche Stimme ihn vor ein paar Tagen gefragt. Adam hatte aufgeblickt. Vor ihm stand eine junge Frau, die ihn schelmisch musterte.

„Du störst mich ja bereits", antwortete er.

„Ich stecke gerade in einem kleinen Chemieexperiment und wollte fragen, ob du mir kurz dabei hilfst."

Adam runzelte die Stirn.

„Du verarschst mich, oder?"

„Ich kann mit einem Blick erkennen, dass du sehr gut in Chemie sein musst."

„Mag sein, aber das hier ist eine Bibliothek und kein Labor!", entgegnete er genervt.

Er wollte sie loswerden, aber sie ließ nicht locker.

„Ich habe in letzter Zeit nur Pfeifen gefragt und bin daher voreingenommen, aber von dir habe ich nur Gutes gehört. Ich nehme deine biochemische Aura deutlich wahr."

Adam grinste.

„Und wen fragst du sonst noch?"

Aileen schaute sich in der Bibliothek um.

„Ich weiß nicht. Hier erfüllt sonst keiner die Kriterien: attraktiv, achtzehn, männlich, sexy."

„Siebzehn!", konterte Adam.

Aileen überlegte kurz. „Hm ... Ich mach mal eine Ausnahme!"

„Für gewöhnlich bekomme ich etwas dafür, wenn ich jemand in Chemie unter die Arme greife."

Er sah das Mädchen mit dem haselnussbraunen Haaren erwartungsvoll an.

„Verstehe, aber mir sind leider vorhin die Fanmützen ausgegangen. Kann ich dich stattdessen am kommenden Samstag zum Essen einladen? Wir können einfach nur reden, und wenn wir Glück haben, sagt einer vielleicht etwas Interessantes."

„Ich mag aber keine Mädchen, die Chemie als Hauptfach haben."

Sie lächelte geheimnisvoll.

„Da hast du aber ein Glück, ich bin nämlich noch unentschlossen."

„In welcher Hinsicht?", fragte Adam.

„In jeder."

Er reichte ihr die Hand.

„Ich heiße Adam."

„Aileen. Wirst du mich Samstagabend versetzen, Adam?"

„Nein, das werde ich nicht, Aileen."

„Gegen acht, in der Pizzeria Stromboli?"

„Ich werde pünktlich sein, Aileen", antwortete Adam und lächelte. „Was gibt's dort als Nachspeise?"

„Mango-Eis mit Nüssen und Rosinen", antwortete Aileen. „Warum fragst du?"

„Ich esse die Nachspeise immer zuerst."

Sie hob die Augenbrauen.

„Ist das ein politisches Statement oder medizinisch begründet, Adam?"

„Ich habe einfach keine Lust zu warten. Ich könnte beim Hauptgericht sterben."

„Ist das zu erwarten?"

Adam rieb sein Kinn.

„Vielleicht sterbe ich an einer Lungenembolie oder ein Asteroid stürzt auf die Pizzeria. Ich würde sterben, ohne das gegessen zu haben, was ich am meisten mag: den Nachtisch."

„Aber die Wahrscheinlichkeit ..."

„Weißt du was?", unterbrach Adam Aileen, „garantiere mir, nein, schwöre mir, und zwar bei deiner unsterblichen Seele, dass ich die Hauptspeise überleben werde. Dann warte ich."

Aileen schenkte ihm ein strahlendes Lächeln.

„Hm ..."

„Stopp. Sag nichts. Denn wenn ich doch sterbe, würde dich für den ganzen Rest deines Lebens nicht nur die Gewissheit quälen, dass du gelogen hast, sondern dann hast du mir auch noch den letzten Genuss verwehrt, den allerletzten Wunsch. Bist du bereit, so viel Verantwortung auf dich zu nehmen, nur damit du mal recht hast, schöne Aileen?"
„Du siehst mich sprachlos vor dir stehen, Adam."
Schmetterlinge flatterten wie wild in seinem Bauch.
„Keine Angst, ich teil den Nachtisch mit dir!"
„Würdest du mich hier und jetzt küssen, Adam?"
„Nein!"
„Du isst den Nachtisch zuerst, weil Astroiden in eine Pizzeria einschlagen könnten, aber das Mädchen, das du offenbar nett findest, küsst du nicht. Du ziehst es stattdessen vor, die Bibliothek zu verlassen und bis Samstagabend zu warten."
Adams Augen verengten sich und mit einem selbstgefälligen Grinsen packte er ihr Kinn und sah sie eindringlich an.
„Ich habe es mir anders überlegt", hatte er gesagt und sie geküsst.

Adam schaute noch einmal in die Tiefe und begriff, warum Aileen ihn zwei Stunden vergeblich vor der Pizzeria hatte warten lassen. Sie war tot!
„Tot!"
Adam schrie sein Wissen in die Nacht hinaus. Seine merkwürdig krächzende Stimme, die vom Ufer herüberdrang, konnte man bis zur Sandwood-Ruine hören. In der Ferne hob ein Wolf kurz den Kopf. Ein kleiner Strandläufer blieb wie angewurzelt stehen und blickte zum See hinüber. Hastig flog er zu seinem Brutplatz im Moor. Der Wolf verlor das Interesse. Er saß einfach da und behielt die Morgendämmerung im Auge.
Im Schatten der Ruine stand ein dunkler Bentley.

Zuerst war es wie ein Spiel gewesen. Logan war dem Geländewagen auf die Landstraße gefolgt. Er bemerkte, dass Adam anfing, im Rückspiegel genauer auf den Fahrer hinter sich zu achten und vergrößerte den Abstand zwischen ihnen. Als sein Bruder nach einem kurzen Stopp an der Telefonzelle wieder losfuhr, zog Logan mit Vollgas an Adams Wagen vorbei. Er sah im Rückspiegel, dass Adam in den Feldweg einbog, der zu Loch Meadhonach führte. Logan bremste, wendete den Bentley und fuhr zurück. Langsam näherte er sich dem Geländewagen, dessen Lichter in der Ferne durch die Dunkelheit tanzten. Er seufzte und hielt im Schatten der Ruine.
Das arme Tier, armer, armer Schwan ...
Logan hatte Adams Gejammer vom Abend noch in den Ohren. Adam war ihm beim Abendessen schon redselig, fahrig und nervös vorgekommen, hatte sich immer wieder an die Nase gefasst. Als Adam feuchte, undeutliche Worte artikuliert und ständig gekichert hatte, hatten die geröteten Augen mit den erweiterten Pupillen verwundbar nach innen geschaut. Unverwechselbare Zeichen seines Kokainkonsums,

der den einst so erfinderischen Verstand von Adam längst verwirrt und seinen athletischen Körper ausgemergelt hatte.

Irgendwann werden dich deine Drogen umbringen, Bruderherz!

Er hatte Adam schon oft gebeten, die Finger von Kokain und Ecstasy zu lassen, aber sein Bruder hatte noch nie auf ihn gehört. Logan glaubte, den Grund zu kennen. Blake war großartig darin gewesen, seine Söhne auf erfolgreiche Leistungen zu trimmen, dabei aber die Anstrengungen seiner Söhne zu ignorieren oder gar abzuwerten. Logan hatte das nicht gestört, aber Adam war daran fast zugrunde gegangen.

Die kleine Dallis konnte Blake allerdings um den Finger wickeln und hatte im Laufe der Jahre eine ganz eigene, kindliche Taktik im Umgang mit Blake entwickelt, die Logan bewunderte. Das neunjährige Mädchen bot seinem Vater die Stirn wie sonst niemand. *Allein deshalb wird Blake die Kleine mit Sicherheit früh in die Geheimnisse von Lux Humana einweisen*, dachte Logan.

Er hatte sich Blake niemals untergeordnet. Blake hatte seinen Söhnen weder Aufmerksamkeit noch Fürsorge entgegengebracht, um diesen Vertrauensbeweis möglich zu machen. Die Erziehung seines Vaters hatte aus ihm einen starken Mann gemacht, der einen festen Platz in der Gesellschaft und im inneren Kreis Lux Humana gefunden hatte. Sein Bruder Adam dagegen war schwach und seit seinem dreizehnten Lebensjahr ein Junkie.

Logan würde jetzt gerne seine lustvoll kreischende Freundin Kate im Pool hinter sich herziehen, ihr auf das Hinterteil klatschen, mit ihr ins Wasser tauchen und nicht ablassen, sie zu umarmen und kühles Salz von ihren warmen Lippen zu küssen. Stattdessen mimte er den Aufpasser und beobachtete Adam dabei, wie dieser einen Schwan in ein Crain-Grab bettete. Er kräuselte verächtlich seine Lippen. Ein Blick auf seine Armbanduhr zeigte, dass schon zwei Stunden vergangen waren. *Es wird Zeit, nach Balmore Castle zurückzukehren*, dachte er.

Plötzlich hörte Logan den Schrei. Er schürzte die Lippen und runzelte die Stirn. *Was war denn jetzt schon wieder los?*

Als Adams Schreie lauter wurden, rannte Logan auf ihn zu, streckte seine Arme aus und drückte seinen schluchzenden Bruder an sich. Noch immer stand dieser unter dem Einfluss von Drogen, die ihn stöhnend im wirbelnden Strom der Eindrücke versinken und in seine Innenwelt eintauchen ließen.

„Ich habe sie gesehen und jetzt bin ich eine Gefahr, eine Bedrohung für sie, Logan. Aber sie dürfen mich nicht töten", wimmerte Adam. „Bitte ..." Adam schluckte. „Bitte, Logan. Sag ihnen, dass sie es nicht... Lux Humana darf mich nicht töten. Diese Männer dürfen mich nicht umbringen. Ich will nicht sterben, Logan. Bitte. Hört mich denn niemand?"

Diesen Klang in Adams Stimme hatte Logan noch nie vernommen, nicht einmal in Ekstase. Sein Blick glitt über den ausgemergelten Körper seines Bruders. Der Wind und das Morgenlicht liebkosten das junge Gesicht, das unter dem Dreitagebart zartviolett schimmerte.

Adams Lippen formten seltsame Worte, die Augen, trübe und verwundbar, sahen nach innen oder rollten unkontrolliert hin und her.

Logan ergriff Zorn. Er beugte sich vor und hielt seine Lippen ganz nah an Adams Ohr.

„Niemand will dich töten. Aber wenn du dich nicht auf der Stelle zusammenreißt, bringe ich dich tatsächlich um. Dann kannst du deinem Schwan dort unten Gesellschaft leisten. Hast du mich verstanden, Adam?", flüsterte er.

„Aber ... Aber ich kenne sie. Ich kenne das Mädchen dort unten im Wasser. Es ist Aileen aus dem Internat."

„Adam, da liegt kein Mädchen. Und Aileen ist auf Balmore Castle und hat Besuch von einer Freundin. Du hattest eine Halluzination. Verdammt noch mal! Reiß dich einmal zusammen und lass endlich die Finger von den Drogen!"

Plötzlich sprang Adam auf, reckte die Arme dem Himmel entgegen und schrie:

„Erbarme dich, auch meiner tiefen Qualen! Der du mit dem Tod, den du zum Vertrauten erlesen hast, in mir die Hoffnung zeugst. Erbarme dich und nimm die Beichte ab, die die Gehenkten sprechen."

In Adams Augen spiegelte sich eine melancholische Dunkelheit.

Logan ballte seine Fäuste. Dann schlug er zu. Sein Bruder stürzte zu Boden. Er packte Adam an beiden Armen und zog den bewusstlosen Körper zum Bentley.

Kapitel 1

Hongkong-Kowloon, 3. Oktober 2011

Um ein Uhr früh wurde Falk Hoffmann in seiner Hotelsuite durch ein Gewitter aus dem Schlaf gerissen. Ein Windstoß packte die Jalousien und zerrte an ihnen. Der Tag in Hongkong war windig gewesen. Bei Einbruch der Dunkelheit gab es eine Sturmwarnung und schon brachen Böen mit fünfzig Knoten und mehr aus der Front hervor, die sich bis weit nach Süden erstreckte. Das Peninsula Hotel bot üblicherweise Ruhe in Fünf-Sterne-Qualität mit britischem Gütesiegel. Doch jetzt zuckten die Blitze konvulsivisch auf und Regen peitschte gegen die Fenster.

Falk Hoffmann, der Vorstandsvorsitzende und Hauptaktionär der Hoffmann-Pharma-AG, rieb sich erstaunt die Augen. Er konnte sich nicht erinnern, in Deutschland jemals ein heftigeres Gewitter erlebt zu haben. Sein Herz klopfte in angenehmer Erregung, denn er liebte den Teufelswind, wie die Hongkong-Chinesen ihre kleineren Taifune nannten. Er stand auf, trat ans Fenster und schob die Jalousie beiseite, um sich das Schauspiel anzusehen. Der wütende Donner über Victoria Harbour weckte Erinnerungen an seinen ersten Tag in Hongkong. Bei der Ankunft vor zwei Wochen war es heiß gewesen, die Luft feucht und voll von Gerüchen, die ihm fremd waren. Dann plötzlich war ein Wind aufgekommen – und mit ihm das Gewitter.

Der Regen hatte ihn völlig durchnässt, und als er das Foyer der Hongkonger Niederlassung der Hoffmann Pharma Ltd. betrat, hielt ihn die Empfangsdame für einen Schutzsuchenden. Als er jedoch seinen Namen nannte, ging die junge Frau lächelnd auf ihn zu und führte ihn zum Fahrstuhl. Ihr schwarzes Haar, ihre Mandelaugen und ihre golden schimmernde Haut hatte er längst bemerkt, nun nahm er auch Notiz von ihren makellosen Beinen. Flüchtig fragte er sich, wie sie wohl im Bett sein mochte.

Falk Hoffmann grinste. Heute wusste er es. Zwei Tage nach seiner Ankunft war die Kantonesin Dr. Yàn Meí seine Geliebte geworden. Sie war seine Sonne am Tag und seine Entspannung in der Nacht, zudem keine Empfangsdame, sondern die Assistentin von Dr. Hún Xìnrèn, dem Leiter der Abteilung Forschung und Entwicklung, den jeder im Unternehmen nur Dr. Hún nannte. Sie hatte sich zufällig am Empfang aufgehalten.

Lächelnd blickte er zum Bett hinüber, wo Yàn Meí friedlich schlief.

Er war nach Hongkong gereist, um mit Dr. Hún Xìnrèn die Verlegung der Forschungslaboratorien von Hongkong nach Deutschland zu diskutieren. Sein Vater hatte bereits kurz vor seinem Tod ähnliche Pläne geäußert. Nach der Entdeckung des Herzmedikaments „CorPlus", das den innovativen Wirkstoff „Rebu 11" enthielt, war Hoffmann Pharma mehrmals mit Betriebsspionage konfrontiert worden. Jemand hatte versucht, Unterlagen zu stehlen und den Wirkstoff zu kopieren.

Hongkong galt als Hochburg der Produktpiraterie und wenn man nicht alles unter Verschluss hielt, wurde ein Geheimnis sehr schnell gelüftet.

Mit ihrem Engagement im Bereich Forschung und Entwicklung zählte Hoffmann Pharma heute zu den Besten der Branche. Sie hatten durch Hún Xìnrèn und seinen hochqualifizierten, aus Massachusetts stammenden Kollegen, Dr. Jonathan Hastings, ihre Pharmaexpertise ständig weiter ausgebaut und das Wissen über Krankheiten, die den Medizinern noch immer Rätsel aufgaben, erweitert. Für diesen Bereich der Forschung war die Biotechnologie heutzutage unverzichtbar. Sie half, Wirkorte und Wirkmechanismen von Arzneimitteln besser zu verstehen und die Entwicklung vielversprechender Therapien zu beschleunigen.

In den letzten Jahren hatte Hoffmann Pharma mehrere neuartige Medikamente eingeführt, darunter Präparate zur Behandlung von Schizophrenie, Osteoporose, Diabetes und Herz-Kreislauf-Erkrankungen. Die Forschungsabteilung in Hongkong war Falk Hoffmanns ganzer Stolz, besonders nachdem Hún Xìnrèn im vergangenen Jahr mit dem „Inventor of the Year Award" ausgezeichnet worden war. Diese Ehre war dem Wissenschaftler für die Entdeckung des Herztherapeutikums Rebu 11 zuteilgeworden.

Deutschland investierte wieder mehr in Forschung und Entwicklung. In die Gesundheitsforschung flossen Milliarden von Euro an Forschungsgeldern. Auch deshalb hatte er Hún Xìnrèn und Jonathan Hastings überreden wollen, mit ihren Familien nach Deutschland umzusiedeln, zumal Hoffmann Pharma mithilfe der beiden Männer seine Erforschung von genetisch bedingten Defekten ausbauen wollte.

Jonathan Hastings hatte sofort zugestimmt. Er war genau vor drei Monaten und drei Tagen von seiner Ehefrau Samantha geschieden worden. Hinter Hastings lag eine kinderlose zwölfjährige Ehe, die am Ende aussichtslos geworden war. Kein Wunder, dass er sich sofort mit einer Übersiedlung nach Deutschland einverstanden erklärt hatte.

Hún Xìnrèn hatte um Bedenkzeit gebeten und er gewährte sie ihm. Der Name passte zu dem fünfzigjährigen Forscher und seiner Arbeit, fand Falk. Hún Xìnrèn bedeutete so viel wie „Mann des Herzens" oder „guter Mann der Familie Hún", hatte ihm der Wissenschaftler einmal erklärt.

Hún Xìnrèn war ein freundlicher und liebenswerter Mann. Davon war Falk überzeugt.

Seit zwei Wochen wartete Falk nun auf eine Antwort. Er hatte diese Zeit genutzt, um Vorbereitungen zur Umstrukturierung der Niederlassung zu treffen, die eines Tages als reine Vertriebsgesellschaft fungieren sollte. Das bedeutete aber, dass die Niederlassung über keine Research- & Development-Abteilung mehr verfügen würde und Hún Xìnrèn und sein Team ihre Arbeit in den Laboratorien der Forschungsabteilung von Hoffmann Deutschland fortführen mussten. Falk wusste, dass er das Risiko einging, seinen Mitarbeiter zu verlieren. Hún Xìnrèns tiefe Verwurzelung mit seiner Heimat könnte zum Problem werden. Außerdem durfte er die asiatischen Konkurrenten nicht unterschätzen. Hún Xìnrèn und Hastings erhielten immer wieder lukrative Angebote.

Er hatte die beiden Männer bei ihrer Arbeit beobachtet. Sie waren sehr beliebt, besonders Jonathan Hastings, den jeder beim Vornamen nennen durfte. Seit der Trennung von seiner Frau trank Hastings mehr als vorher und brauchte morgens länger, um in Gang zu kommen. Geschäftliche Besprechungen vor zehn Uhr blieben somit eine Ausnahme. Doch sobald Hastings sein Büro betrat, war er hoch konzentriert und brillant in seinen wissenschaftlichen Schlussfolgerungen. Er trug meist Jeans und Baumwollhemden mit weißen T-Shirts, Lederslipper, ein ausgebeultes Jackett und nie eine Krawatte, das typisch lockere Harvard-Outfit.

Den sechsundvierzigjährigen Jonathan mit seinem dunkelblonden, gelockten Haar, das er seit seiner Trennung etwas länger trug, schätzte jeder auf Ende dreißig, was er insgeheim sehr genoss. Es war bekannt, dass er seit seiner Scheidung eine Menge Affären hatte. Doch niemand in der Firma redete darüber, aus Respekt. Er galt wie Hún Xìnrèn in der eingeschworenen Gemeinde der Gentechniker als überragender und unbestechlicher Wissenschaftler. Hastings überschaute wie sein Kollege die weltweite Szene. Mit seiner Brillanz und seinem unkonventionellen Auftreten gelang es ihm regelmäßig, selbst die komplizierteste Materie um die DNA und ihre Proteingebilde für Laien anschaulich und begreifbar zu machen. Das beherrschte in der Welt der Genforscher wohl kaum jemand.

Hastings und Hún Xìnrèn wollten schon deshalb lieber unter sich bleiben, glaubte Falk zu wissen. Immer dann, wenn die Medien über eine neue Entwicklung aus den Hoffmann-Laboratorien berichteten, drängten sie darauf, Hún Xìnrèns und Jonathan Hastings' Meinung zu erfahren, obwohl Hún Xìnrèn in letzter Zeit auf Anfragen zumeist gereizt reagierte. Mehr denn je verschanzte er sich in seinem Labor hinter der Versuchsreihe Rebu 12 und fand in der Nacht kein Ende.

Der Regen warf inzwischen eine geschlossene Wasserfläche an die Scheibe und Falks Erinnerung glitt zurück zu einem der letzten Gespräche mit Dr. Hastings. Auch an jenem Tag hatte es in Strömen gegossen.

„In den letzten Jahren haben wir Forscher die Erkenntnis gewonnen, dass der Mensch hundertzwanzig Jahre und älter werden kann." Der Amerikaner lächelte. „Schon jetzt steigt ja die Lebenserwartung jährlich um mehrere Wochen und bei hundert Jahren soll noch lange nicht Schluss sein."

„Fit und kräftig noch als Greis?", fragte Falk.

„Die Lösung hätte ein kleines Wesen bringen können, das millionenfach in der Erde vorkommt, der Wurm C. Elegans. Das ideale Forschungsobjekt ist zwar nur einen Millimeter lang, aber für die Wissenschaft ist er der Wurm der Würmer. Seine Zellen sind genau bekannt, sein Erbgut entschlüsselt. Man hat herausgefunden, dass – obwohl er nur ein Wurm ist – rund zwei Drittel seines Erbgutes identisch mit dem des Menschen sind."

„Sie sagten, hätte die Lösung bringen können, Dr. Hastings?"

„Ja. Um das Geheimnis des Alterns zu lüften, haben meine Kollegen sein Erbgut manipuliert. Sie veränderten seine DNA so gezielt, dass der Wurm nicht nur sechsmal älter wurde, er blieb auch gesund und kräftig!"

„Wenn wir das auf uns Menschen übertragen, würde das bedeuten, wir könnten viel älter werden. Wie viel älter, Dr. Hastings?"

„Es gäbe fünfhundert Jahre alte Menschen unter uns", antwortete Hastings lächelnd. „Aber ein Wurm ist eben kein Mensch! Was wir beim Altern beobachten, ist äußerlich. Wenn die Haut altert, wird sie faltig und runzelig. Altersflecken entstehen. Die Zellen der Haut können sich im Alter nicht mehr so gut erneuern. Die Zahl der gesunden Zellen wird reduziert. Dies liegt im Erbgut begründet, das sich im Laufe des Lebens verschlechtert. Schäden an der DNA sind daran schuld."

Hastings ging zur schwarzen Wandtafel, nahm ein Stück Kreide und zeichnete ein spiralförmiges Gebilde. Dann drehte er sich um.

„Wir haben uns die Form, den Aufbau und das Alter der DNA junger und alter Zellen angesehen und sie miteinander verglichen", fuhr Hastings fort.

Falk betrachtete die seltsamen chemischen Formeln hinter dem DNA-Strang.

„Das sieht furchtbar kompliziert aus", stellte er fest und fuhr sich mit der Hand über das gewellte braune, nach hinten gekämmte Haar.

„Es ist gar nicht so schwer, Herr Hoffmann. Wir verwandeln die DNA in einen Kristall. Das Molekül des Lebens ist darin fest gefangen und bereit für die Untersuchung. Es reflektiert die Strahlen und bildet ein Muster. Daraus können wir den Rückschluss ziehen, wie sich im Zellkern die DNA beim Altern verändert, das Erbgut Schaden nimmt und die Zelle schließlich stirbt. Der Körper hat aber auch die Fähigkeit, Schäden zu reparieren und dadurch das Altern zu verzögern. All das spielt sich in unseren Zellen ab."

Falk Hoffmann verstand.

„Aus Bestandteilen der Nahrung und aus dem Sauerstoff, den wir einatmen, produzieren die Mitochondrien – das sind unsere Kraftzellen – Energie, die die Zelle zum Leben braucht", fuhr Hastings fort. „Allerdings werden dabei auch aggressive Sauerstoffteilchen freigesetzt, sogenannte freie Radikale. Wenn sie auf die DNA treffen, dann wird sie beschädigt. Und diese allmähliche Zerstörung bewirkt, dass unser Körper altert. Es klingt paradox, aber tatsächlich zerlöchert der Sauerstoff unser Erbgut."

Falk lachte laut auf.

„Hab ich schon mal gehört. Wir atmen uns zu Tode."

„Ja, und ... wir essen uns zu Tode!"

Falk hob fragend die Augenbrauen.

„Das ist mir neu."

Hastings grinste.

„Und bedauerlich. Ich erkläre es Ihnen."

Ruhig und gelassen veranschaulichte Hastings seine Ausführungen.

Falk stellte fest, dass er mehr und mehr von den biochemischen Abläufen und deren Kreisläufen in den Bann geschlagen wurde.

Dr. Hastings kritzelte ein chemisches Zeichen neben den DNA-Strang. Dann nahm er einen Apfel aus seiner Aktentasche.

„Wie aggressiv Sauerstoff ist, zeigt ein Biss in diesen Apfel. Schon nach wenigen Sekunden greift der Sauerstoff die Zellen des Fruchtfleisches an. Der Apfel wird braun. Genau das passiert auch mit der DNA."

Falk wusste nicht, wie er auf diesen Vergleich reagieren sollte. Er schien ihm jedoch schlüssig.

„Ganz ähnlich lässt der Sauerstoff auch die Körperzellen altern. Doch ohne Sauerstoff können wir nicht existieren. Entsprechend verhält es sich mit der Nahrung, die für den Menschen die Grundlage für die Bildung des schädlichen Sauerstoffs ist. Mithilfe des Sauerstoffs wird in der Zelle die Nahrung in Energie umgewandelt. Im Labor haben wir Mäuse genetisch so manipuliert, dass sie extrem dick wurden, auch dann, wenn wir ihnen nicht viel zu fressen gaben. Sie blieben dann nur kleiner." Hastings zeigte auf zwei Mäuse, die sich im Laborkäfig träge bewegten. „Diese genmanipulierten Mäuse wandeln ihre Nahrung – aus welchem Futter auch immer – bevorzugt in Fettgewebe um und besitzen kaum Muskeln."

Falk grinste.

„Fast Food für Mäuse?"

Jonathan Hastings lächelte.

„So kann man das sagen. Der Vergleich gefällt mir. Dicke Mäuse werden nicht nur schneller krank als ihre dünneren Artgenossen, sondern sie altern auch schneller. Aus diesen Beobachtungen können wir folgenden Rückschluss ziehen: Zu viel Nahrung macht nicht nur dick, sondern sie verkürzt auch das Leben."

„Okay. Atmen und Essen schädigen also meine Genstärke."

„Ich stelle fest, Herr Hoffmann, wir verstehen uns! Durch Verzicht erzwingen wir ein langes Leben."

Falk zwinkerte.

„Und erkaufen uns ein langes Leben mit einer Nahrungsergänzungspille. Ein Milliardenmarkt!"

Jonathan Hastings Gesicht verfinsterte sich.

„Aber ein Leben ohne den Gaumengenuss. Ohne mich! Es ist eben leider so, dass das, was uns am Leben hält, uns auch sterben lässt!"

Falk grinste.

„Wie wär's mit einem gemeinsamen Abendessen, Dr. Hastings?"

Jeder kannte Jonathan Hastings' Vorliebe für gutes Essen. Hastings warf den angebissenen Apfel in den Papierkorb und sagte:

„Sehr gut!"

Der Regen hatte ein wenig nachgelassen. Falk Hoffmann betrat die Terrasse. Sein Blick streifte die Skyline des Central District, den die Chinesen Choong Wan nannten und der Hongkongs Finanzwelt repräsentierte.

Er fragte sich, warum Jonathan Hastings ihn so detailliert über Stammzellen und DNA-Strukturen aufgeklärt und den nicht vollständig geklärten Mechanismus asymmetrischer Zellteilung veranschaulicht hatte. Das unentwegt von den Blättern tropfende Regenwasser klang wie Musik und die Heftigkeit des langsam abziehenden Sturms zitterte schimmernd in der Luft nach. Nebel krochen über den Boden, dampfende Finger, die Lichterketten und Wolkenkratzer in geheimnisvolle Schemen verwandelten. Plötzlich erinnerte ihn das Geräusch des prasselnden Regens an die brodelnden Flüssigkeiten in kleinen zylindrischen Röhrchen mit abgerundetem Boden, die säuberlich aufgereiht die Stahltische von Hún Xìnrèns Labor zierten.

Falk ging hinein, legte sich zu Yàn Meí ins Bett und döste mit dem Gefühl einer Beklemmung wieder ein.

Als er am Nachmittag des darauffolgenden Tages in sein Büro kam, lag auf seinem Schreibtisch ein an ihn adressierter, versiegelter Umschlag mit dem Aufdruck „vertraulich".

Er riss ihn auf und fand einen Laborbericht der Sicherheitsstufe III, die höchste Stufe im Unternehmen, unterschrieben von Hún Xìnrèn. An dem Bericht haftete ein gelber Notizzettel mit der Nachricht, dass der Wissenschaftler ihn gegen Abend im Labor erwarten würde.

Falk las den mit pharmakologischen Fachausdrücken gespickten Bericht und schlug einige Wörter im Kuschinsky, dem Handbuch der Pharmakologie, nach. Danach las er den Bericht noch einmal, dann ein weiteres Mal, jedes Mal langsamer und gründlicher, bis er begriff, dass die Versuchsreihe namens Rebu 12 mit einer unglaublichen Entdeckung abgeschlossen worden war. An dem Vorgänger Rebu 11 hatten auch Träume und persönlicher Ehrgeiz gehangen. Die Träume waren in Erfüllung gegangen, der Ehrgeiz belohnt worden. Rebu 11 hatte nach seiner weltweiten Einführung innerhalb von drei Jahren den Umsatz von 946 Millionen auf 2,3 Milliarden Euro schnellen lassen. Rebu 12, so glaubte Falk dem Bericht entnehmen zu können, hätte die gleiche Aussicht auf Erfolg. Mittlerweile hatten die Laborversuche einen Etat von 105 Millionen Euro verschlungen. Falk fühlte sich, als sei er ins Auge eines Hurrikans geraten. Alles auf seinem Tisch verschwamm, Formeln und Zahlen flimmerten vor seinen Augen. Er nahm die Mappe mit dem Bericht und machte sich auf den Weg zu Hún Xìnrèn.

Kapitel 2

Hoffmann-Pharma-Ltd.-Hongkong, 3. Oktober 2011

Am Eingang des Forschungstrakts schützte ein Zutrittskontrollsystem das Gebäude. Hún Xìnrèn führte seine Identkarte über den Leser und wartete, bis die Kamera sein Gesicht eingescannt hatte. Die automatische Identitätsprüfung arbeitete nach den Prinzipien der Biometrie. Das System erkannte zu jeder Zutrittskarte oder anderen Identträgern das Gesicht des Besitzers. Er hatte vor einigen Monaten aus fachlicher Neugierde versucht, das System zu umgehen. Die biometrischen Daten seiner Gesichtszüge waren im System gespeichert. Er änderte sein Äußeres, doch selbst durch einen nachgewachsenen Bart und eine Brille hatte sich das System nicht irritieren lassen. Wenige Sekunden später öffnete sich die Tür.

„Herr Hoffmann wird in wenigen Minuten eintreffen, Dr. Hún", informierte ihn der Wachmann am Empfang.

Hún Xìnrèn war froh, den Abend in angenehmerer Gesellschaft als mit seiner zänkischen Ehefrau *Xingqiú* verbringen zu können. Seine Frau war alles andere als ein „Himmelskörper", sie war ein Ungeheuer, das sich in der gemeinsamen Villa in Hongkong austobte, so auch vor zwei Stunden. Der Streit war vorprogrammiert gewesen, denn Xingqiú hatte schon beim Frühstück ihr Gift im Beisein der Kinder versprüht.

„Was machst du da, Hún?", hatte sie misstrauisch das abendliche Gespräch begonnen.

„Nichts", hatte er geantwortet.

Xingqiú hob ihre Augenbrauen.

„Nichts? Wieso nichts? Du ziehst deine Jacke an."

Er seufzte.

„Ich habe einen Termin mit Falk Hoffmann."

„Um diese Zeit? Mach mir nichts vor. Du gehst zu deinen Huren!", keifte sie.

Hún Xìnrèn sah das Flackern in ihren Augen.

„Bitte, Xingqiú. Fang nicht wieder davon an. Du weißt, dass das nicht stimmt."

„Du beleidigst meine Nase, wenn du von ihnen kommst. Ich kann die Huren an dir riechen." Xingqiú schnaubte und holte tief Luft. „Es könnte ja nicht schaden, wenn du deinen alten, erschlafften Körper mit Sport auf Vordermann bringen würdest, statt mit einem Bordellfick. Dann könnte ich deinen Anblick besser ertragen. Was sagen denn die Huren, wenn sie dich nackt sehen. Ekeln sie sich auch so vor dir wie deine Familie?"

Hún Xìnrèn spürte, wie die Wut ihn übermannte.

„Unsere Kinder haben die Striemen auf deinem Rücken auch schon bemerkt und reden hinter vorgehaltener Hand über dich. Glaubst du, dass wir blind sind?", zischte seine Frau.

„Rede nicht einen solchen Unfug. Ich habe alles für dich und die Familie getan. Aber du bist niemals zufrieden. Willst immer mehr. Wir sind vermögend, haben ein schönes Haus, zwei wunderbare Kinder. Warum willst du das alles zerstören, du undankbares Weib?"

Xingqiús Augen verengten sich zu Schlitzen.

„Macht es dir Spaß, dich verprügeln zu lassen, du kleines, armseliges Männlein?", stieß sie hervor. „Ich werde den Kindern erzählen, dass du ein sadistischer Freak bist." Sie nickte heftig. „Ja, das werde ich ihnen erzählen! Und von den Huren. Dann werden wir über dich lachen …"

Mit einem Sprung war er bei ihr, packte mit beiden Händen ihre Schultern und schüttelte sie heftig.

„Sei still, sonst vergesse ich mich. Du widerst mich an, du zänkisches Ding. Wundert es dich, dass ich mich nach anderen Frauen sehne, so hässlich, wie du bist? Ich verabscheue dich!"

Plötzlich ließ er sie wieder los. Sie ohrfeigte ihn so stark, so ungebremst, so präzise, als hätte ihr Körper den Spielraum dieser Geste berechnet, damit sie sicher und heftig traf. Beide starrten einander an. Stille.

„Ich bringe dir deinen Mantel", sagte Xingqiú leise.

„Nein danke."

„Aber es ist zu kühl ohne Mantel."

„Ich gehe ja nicht spazieren."

„Stimmt. Du gehst ja zu deinen Huren!"

„Richtig, ich mache, was mir Spaß macht."

„Sei doch nicht immer so aggressiv!"

„Das bin ich nicht!", schrie er sie an.

„Doch! Warum würdest du mich sonst so anschreien?"

Er japste vor Aufregung.

„Ich schreie dich nicht an!", brüllte er und verließ fluchtartig das Haus.

Hún hatte sich in den letzten Jahren mit der Abkühlung seiner Ehe abgefunden. Er hatte Xingqiú einmal vor Jahren in einer schwachen Minute aufgefordert, ihn mit dem Gürtel auszupeitschen. Seine Frau hatte ihn daraufhin mit weit aufgerissenen Augen angesehen, ihn wütend von sich gestoßen und ‚Fass mich nie wieder an!' gefaucht. Seitdem schliefen sie in getrennten Schlafzimmern.

Die Schwierigkeiten mit Xingqiú verheimlichte er seinem Vorgesetzten. Auch seine Mitarbeiter wähnten ihn in einer harmonischen Beziehung. Niemand wunderte sich darüber, dass er seine Abende liebend gerne im Labor zwischen den Reagenzgläsern, seinen Mäusen und seinen Herzen verbrachte. Auch ahnte niemand etwas von seinen geheimen Treffen mit Dallis Carrington, die ihm jeden Freitagabend auf ihrer Dschunke den Himmel auf Erden bereiteten. Diese Obsession war vor fünf Monaten wie eine riesige Welle in seine Welt hineingeschwappt. Das Zufügen und Erleben von Schmerz, Macht oder Demütigung bereitete ihm einen qualvollen Genuss, den er brauchte, um sexuelle Befriedigung zu erlangen. Dallis Carrington war eine Meisterin auf dem Gebiet und aus

Dankbarkeit hatte er ihr mehrmals Rebu 12 in kleinen Dosen injiziert. Die Wirkung der Injektionen übertraf seine kühnsten Erwartungen und schmeichelten seinem Ego, weil seine Vermutung bestätigt wurde, dass Rebu 12 viel mehr konnte als sein Vorgänger Rebu 11. Dallis' Äußeres veränderte sich: Ihre Haut wurde prall und feinporig, ihr Körper geschmeidig. Sie wurde immer schöner, weicher und weiblicher. Ihr Anblick entfachte seine Begierde immer wieder aufs Neue, ihr Spiel wurde ihm zur Sucht. Er würde Dallis vermissen, sehr sogar. Ihr Praktikum bei Geno-Laboratories Ltd. in Kowloon war zu Ende. Ob sie mich nach Deutschland begleiten wird, wenn ich sie darum bitte?, fragte sich Hún.

Die Aussicht, seine Forschungen in Deutschland fortsetzen zu können, war ein willkommener Fluchthelfer aus seiner Ehe. Xingqiú würde der Kinder wegen in Hongkong bleiben, da war er sich sicher. Falk Hoffmann beizubringen, dass seine Ehefrau ihn nicht begleiten würde, dürfte kein Problem sein. Sein Vorgesetzter war, soweit er das beurteilen konnte, ein attraktiver, humorvoller Mann. Er zeichnete sich durch Stärke und Intelligenz, oftmals auch durch Verständnis und Toleranz aus und bevorzugte es, in Harmonie mit anderen zu leben, fand Hún. Damit entsprach Hoffmann einer Mischung der chinesischen Sternzeichen Drache und Pferd.

Falk Hoffmann besaß ein äußeres Erscheinungsbild, das Hún sich oft gewünscht hatte, besonders wenn er die Nacht mit Dallis verbrachte. Sein Vorgesetzter hatte einen durchtrainierten Körper, muskulös und geschmeidig, den Hoffmann mit Joggen in Form hielt. Er selbst war nur ein kleiner, mickriger Gnom in der Welt der Gutaussehenden, mit Nickelbrille und einem Schopf ungebändigter, unnatürlich schwarzer Haare. Gerade wieselte er im Labor zwischen den Labortischen hin und her, begutachtete die brodelnden Substanzen in den Reagenzgläsern und entsorgte rasch zwei tote Mäuse.

„Guten Abend, Dr. Hún Xìnrèn."

Hún drehte sich um und ging lächelnd auf seinen Chef zu.

„Herr Hoffmann! Das müssen Sie sich ansehen! Es ist überwältigend. Wir können es nicht glauben ..."

„Ich habe Ihren Bericht gelesen", sagte Falk. „Wie sonst auch gibt es vieles, das ich noch nicht verstehe."

Hún bot Falk Hoffmann einen Stuhl an und setzte sich ebenfalls. Er beugte sich vor und sprach schnell, voller Selbstsicherheit.

„Die In-vitro-Versuchsreihe mit Rebu 12 ist abgeschlossen. Mit dieser Substanz, ich habe es schon immer geahnt, mit Rebu 12, können wir den Zerfall von Herzmuskelzellen, die während eines Herzinfarktes durch Sauerstoffmangel bislang zugrunde gegangen sind, aufhalten."

Hoffmann runzelte die Stirn.

„Das konnte ich dem Bericht entnehmen. Es ist kaum zu glauben. Selbst moderne Therapieverfahren, wie die koronare Bypass-Chirurgie, können das nicht leisten."

„Diese Methoden verhindern nur das weitere Fortschreiten des Zellunterganges", entgegnete Hún irritiert.

„Entschuldigen Sie bitte. Fahren Sie fort, Dr. Hún."

Er hatte Hoffmanns Neugierde geweckt, doch er erkannte, dass sein Gegenüber erst gar nicht versuchte, seinen nun folgenden pharmakologischen Wortschwall zu verstehen.

„Wie ich sehe, können Sie mir nur bedingt folgen", sagte Hún deshalb und atmete tief ein. „Ich werde es Ihnen zeigen. Kommen Sie bitte!"

Er zeigte auf den durch eine Schleuse geschützten Sicherheitstrakt. Nachdem er sich angemeldet hatte, öffnete sich eine Tür zu einem hell erleuchteten Vorraum. Geblendet von dem grellen Neonlicht, hielten die Männer einen Moment lang inne. Hoffmann legte seine Hand schützend vor die Augen. Durch die Sprechanlage forderte eine Stimme sie auf, sich umzuziehen. Sie tauschten ihre Kleidung gegen sterile, weiße Anzüge, streiften Einweghandschuhe über, legten einen Mundschutz an und stülpten Einweghüllen über ihre Schuhe. Hún drückte auf einen Schalter an der Wand. Daraufhin öffnete sich eine zweite Glastür. Sie schritten an einer großen Fensterfront vorbei, hinter der die abgedunkelten Räume der Versuchslaboratorien lagen.

Hún tippte einen achtstelligen Code ein und legte seinen rechten Daumen auf den an der Wand angebrachten Fingerprintscanner. Nach einer kurzen Überprüfung öffnete sich die Tür mit der Aufschrift *Rebu 12* und sie betraten das Labor.

Im Raum hing ein undefinierbarer Geruch, ein Gemisch aus Äther und Formalin. Auf den großen Labortischen standen drei Langendorff-Herzapparaturen für sechs Herzpräparate, in denen mehrere kleine Herzen kräftig vor sich hinschlugen. Es schien, als schwebten sie zwischen zwei Drähten, über die sie elektrische Impulse erhielten.

Hún kam die enorm hohe Laborkostenrechnung in den Sinn, die ihm Hoffmanns Schwester Elisabeth, das neue Finanzgenie bei Hoffmann, vor einigen Monaten zugeschickt hatte. Doch sein Vorgesetzter hatte die Rechnung nicht hinterfragt. Hoffmann wusste, dass er keine Investition dieser Größenordnung tätigen würde, wenn sie nicht erforderlich wäre.

„Sie sehen in dieser Anlage mehrere Herzen von Mäusen, Ratten und Kaninchen, Herr Hoffmann", erklärte Hún. „Bei der Entfernung des Organs müssen wir sehr behutsam vorgehen. Der Schnitt mit dem Skalpell wird seitlich zwischen der zweiten und dritten Rippe des Tieres angesetzt und verläuft quer über das Brustbein hinweg bis auf die andere Seite. Der Knochen wird in Schrägrichtung durch einen kurzen, heftigen Schlag mit einem Meißel gespalten. Während das Herz noch schlägt, greife ich in den Brustkorb und durchtrenne die Arterien und Venen. Dann nehme ich den immer noch pulsierenden Muskel, hebe ihn aus dem blutigen Bett und schließe das Herz an das Organ Care-System an."

Hoffmann schluckte, doch Hún Xìnrèn ließ sich nicht davon irritieren und fuhr fort.

„Im Mittelfeld befindet sich die beheizte, feuchte Kammer, in dem das Herz von einer Nähr- und Elektrolytlösung umspült wird. Heizelemente halten die Temperatur auf siebenunddreißig Grad, eine simulierte Körperwärme." Er zeigte auf eine kleine Kammer in der Apparatur. „Kanülen und Elektroden wurden in das Herz eingeführt und erlauben Messungen der Herzströme oder des Blutdrucks."

Hoffmann nickte.

„In den hier aufgebauten Versuchsreihen wurden den isolierten Herzen Substanzen injiziert, die einen Herzinfarkt auslösten. Gleichzeitig aber benetzten wir sie mit Rebu 12. Bei keinem der Herzen, die Sie hier sehen, Herr Hoffmann, liegt eine Schädigung vor", sagte Hún stolz.

„Bei keinem? Wie wird denn die Messung vorgenommen?", fragte Hoffmann.

„Durch Elektroden. Ich habe sie wahlweise an einen EKG-Verstärker oder einen Herzschrittmacher angeschlossen. Die Messdaten werden an den Computer übertragen und mit unserer Rebugen-Software ausgewertet." Hún zeigte Falk Hoffmann einige EKG-Aufzeichnungen. „Keine ST-Streckensenkung im EKG und auch keine anderen Zeichen, die auf eine Schädigung hinweisen!"

Hoffmann starrte fasziniert auf die isolierten Herzen, dann auf den EKG-Schreiber, der die kräftigen Schläge aufzeichnete.

„Das ist ja unglaublich."

„Keine Anzeichen einer Mangeldurchblutung, Herr Hoffmann", bestätigte Hún. „Das ist besonders wichtig, denn eine möglichst frühzeitige Wiederherstellung der Durchblutung ist das Ziel bei Patienten mit akutem Koronarsyndrom. Gleiches gilt für Patienten, die sich einem herzchirurgischen Eingriff unterziehen müssen."

Hoffmann krauste die Stirn.

„Die Substanz erfüllt somit nicht nur einen therapeutischen, sondern auch einen präventiven Zweck?"

„Ja, mit Rebu 12 kann auch vorbeugend behandelt werden", antwortete Hún.

Falk Hoffmann ließ seinen Blick über die isolierten Herzen schweifen.

„Woher kommen diese Herzen?"

Hún war nicht ganz wohl bei dieser Frage und er spürte eine leichte Röte in seinen Wangen aufsteigen.

„Sie stammen von den üblichen Lieferanten, Tierheime, Züchter und … von der Straße. Sie wissen schon."

„Glauben Sie, dass das menschliche Herz auf Rebu 12 genauso reagieren wird?"

Hún nickte.

„Die Benetzung ist für das Überleben der Gewebe und Organe wesentlich.

Der durch die Mangeldurchblutung verursachte Zellschaden würde sonst noch vergrößert. Dieses Phänomen beruht nicht nur auf einem Sauerstoffmangel. Hierfür sind weitere Mechanismen verantwortlich, die während der Versuche mit Rebu 12 entdeckt wurden."

Falk Hoffmann lächelte und Hún glaubte ein Aufflackern in seinen Augen zu erkennen.

„Ich fasse zusammen. Sie haben mit dem Molekül Rebu 11 Experimente durchgeführt, weil Sie den Wirkstoff verbessern wollten. Aus Rebu 11 entstand das neue Molekül Rebu 12, von dem Sie behaupten, dass die Substanz tatsächlich auch Krankheiten verhindern und eindämmen kann, die durch oxidativen Stress entstehen! Ist das so?"

Wieder nickte Hún.

„Das ist also die besondere Wirkung von Rebu 12. Eine phänomenale Entdeckung, Dr. Hún. Gibt es schon erste Erkenntnisse über unerwünschte Nebenwirkungen?", fragte Hoffmann.

„Ja, aber sie sind vergleichbar mit den Nebenwirkungen von Rebu 11. Aber ich glaube mit Stolz behaupten zu können, dass ich auf eine erwünschte Nebenwirkung gestoßen bin."

Hoffmann hob die rechte Augenbraue. Eine dunkle Locke fiel ihm in die Stirn, die er rasch mit der flachen Hand nach hinten schob. „Welche Nebenwirkung, Dr. Hún?"

Statt zu antworten, ging Hún auf den Labortisch zu und zeigte auf ein Herz, das links neben der Versuchsreihe seinen eigenen Rhythmus gefunden hatte. Der Herzmuskel kontrahierte kräftig im Takt von 60 Schlägen pro Minute. Dann begann Hún Xìnrèn mit seinen Ausführungen.

Falk Hoffmann saß still da und hörte zu, als Hún erläuterte, in welchem Ausmaß seine Entdeckung das Leben von Männern und Frauen in der ganzen Welt revolutionieren würde. Er erklärte Falk Hoffmann, warum er zwei Wochen lang keinen einzigen Gedanken an eine Entscheidung für oder gegen Deutschland verschwendet hatte, warum er ihm über Jonathan Hastings ein so breites Wissen über die DNA und über die Zellteilung hatte vermitteln lassen und warum er sich nun bereit erklärte, mit seiner Familie und seinem Forschungsteam nach Deutschland umzusiedeln. Sein ganzes Interesse galt ausschließlich Rebu 12. Er hatte in den Laboratorien Testreihen durchgeführt, von denen niemand erfahren sollte. Er wollte Gewissheit haben, dass kein Fehler vorlag.

Er hatte eine bahnbrechende Entdeckung gemacht, die der absoluten Geheimhaltung unterliegen musste. Hongkong eignete sich nicht, wenn man ein Geheimnis bewahren wollte. Hier boomten die Plagiate und es wimmelte nur so von Spionen. Das Szenario, das er vor Falk Hoffmann ausgebreitet hatte, bedeutete nicht weniger als eine unermessliche Bandbreite therapeutischer Möglichkeiten und eine gewaltige medizinische Revolution, einen „Blockbuster" für Hoffmann Pharma.

Hún Xìnrèn bemerkte, dass sein Vorgesetzter nur mit Mühe seine Erregung verbergen konnte.

„Wo bewahren Sie die Aufzeichnungen auf, Dr. Hún?"

Hún fühlte plötzlich ein kaltes Prickeln im Nacken.

„In meinem Haus, Herr Hoffmann."

Sobald Hún Xìnrèn die Worte ausgesprochen hatte, wurde ihm siedend heiß klar, dass er einen Fehler begangen hatte. Den leitenden Angestellten der Firma war es untersagt, geschäftliche Unterlagen in privaten Räumen aufzubewahren. Falk Hoffmann schwieg einen Moment. Seine grauen Augen wurden hart.

„Von nun an möchte ich, dass Sie und Dr. Hastings mir allein Ihre Aufzeichnungen zeigen, ausschließlich mir. Und die Unterlagen werden noch heute im Safe der Firma deponiert. Nur wir beide werden Zugang dazu haben."

Eine Weile herrschte Stille.

„Sie dürfen ab sofort mit niemandem darüber sprechen, Dr. Hún", wiederholte Hoffmann in versöhnlichem Tonfall. „Mit niemandem! Ich wiederhole, Sie und Dr. Hastings berichten nur mir über Ihre Fortschritte. Ab sofort führen wir die Versuche mit Rebu 12 in Deutschland fort. Die Forschungsabteilung wird nach Deutschland verlegt. Ich lasse in Düsseldorf alles für Ihre Ankunft vorbereiten. Wir müssen sehr vorsichtig sein!"

Hún nickte und atmete erleichtert auf. Hoffmann dachte kurz nach.

„Wen, außer Dr. Hastings, möchten Sie in Deutschland noch in Ihrem Team, Dr. Hún?"

Er lächelte verschwörerisch.

„Ich hätte gerne Dr. Yàn Meí dabei. Sie ist die beste Assistentin, die ich jemals hatte."

Falk errötete.

„Sie vertrauen ihr?"

„Bedingungslos!"

„Was weiß sie?"

„Nur, dass wir eine Entdeckung gemacht haben ... Nichts Genaues", antwortete er zögerlich. Eine Notlüge. Yàn Meí wusste viel mehr, als Hún bereit war zuzugeben.

„Meinetwegen", murmelte Falk Hoffmann. „Sagen Sie mir noch eins, Dr. Hún. Wie sind Sie auf Rebu 12 und seinen Wirkmechanismus gekommen?"

„Rebu 12 ist seinem Vorgänger Rebu 11 vom chemischen Aufbau sehr ähnlich, Herr Hoffmann", erklärte dieser. „Ursprünglich haben Dr. Hastings und ich überlegt, wie wir die Nebenwirkungen von Rebu 11 minimieren könnten. Ich habe mich an einen Kollegen aus Cambridge erinnert, der einmal bei einem von ihm entdeckten Säureblocker ein Randmolekül ausgetauscht und eine neue Substanz entdeckt hat. Er revolutionierte damit die Therapie der Magen-Darm-Ulzera. Genau das haben wir auch gemacht: Die chemische Struktur von Rebu 11 wurde geringfügig verändert, indem wir ein Randmolekül austauschten."

Falk nickte.

„Geringfügige Veränderung, große Wirkung! Unglaublich. Ich freue mich über ihre Entscheidung, Dr. Hún Xìnrèn. Ihnen wird es in Deutschland an nichts fehlen."

Plötzlich schrillte das Telefon. Hún griff zum Hörer. Als er wenig später auflegte und sich Falk Hoffmann zuwandte, war er sichtlich erfreut. Er griff zur Fernbedienung und schaltete den Fernseher an.

„Das wird Sie interessieren, Herr Hoffmann."

Eine attraktive CNN-Reporterin kommentierte eine Meldung aus Stockholm.

„In diesem Jahr teilen sich die US-Forscher Elizabeth Blackburn, Carol Greider und Jack Szostak den Nobelpreis für Medizin und Physiologie zu gleichen Teilen. Die Arbeit der drei Forscher habe dem Verständnis der Zelle eine neue Dimension hinzugefügt, Licht auf Krankheitsmechanismen geworfen und die Entwicklung potenzieller neuer Therapien stimuliert, begründet das Nobelkomitee seine Entscheidung. Der Preis ist mit zehn Millionen schwedischen Kronen dotiert und wird traditionsgemäß am zehnten Dezember, dem Todestag Alfred Nobels, in Stockholm verliehen."

Hún Xìnrèn drückte die Off-Taste der Fernbedienung und lächelte geheimnisvoll.

„Wir sind auf dem richtigen Weg, Herr Hoffmann."

Falk nickte zustimmend.

In der Nacht wirbelten seltsame Traumbilder hinter Húns Lidern. Er glaubte das Wimmern eines Mannes zu hören. Barfuß und mit nacktem Oberkörper ging er die Treppe hinunter in den Wohnbereich. Er rechnete damit, in Panik zu verfallen, wartete auf den eisernen Griff in der Magengrube, die Atemnot, das Herzklopfen. Kalter Schweiß trat auf seine Stirn, und jede Faser seines Körpers war angespannt, alles in ihm war in Alarmbereitschaft. Er versuchte auszumachen, was in dem Zimmer vor sich ging. Im gläsernen Kamin glühte schwach ein Feuer. An den Fenstern hingen zartrosa Seidenvorhänge, mit denen der Wind spielte. Dann sah er sie. Seine Ehefrau Xingqiú saß auf dem Boden und streckte Hilfe suchend die Arme nach ihm aus, während er im Hintergrund ein leises, böses Lachen vernahm. Neben ihr lag ein Blatt Papier. Er nahm das Blatt in die Hand und erkannte seine Handschrift: *Dieses Mal wird die alberne Xingqiú, diese Dummguckerin, dran glauben müssen, aber nur, wenn niemand mich dabei beobachtet. Xingqiú soll fallen.*

Schweißgebadet wachte Hún Xìnrèn auf, sein Herz raste. Auf dem Rücken liegend starrte er in die Dunkelheit und lauschte dem Regen, der gegen die Fenster peitschte, und der Stille, die ihn auf seiner Schlafcouch in seinem Büro neben dem Labortrakt umgab.

Kapitel 3

Hongkong-Aberdeen, 3. Oktober 2011

Dallis-Blue Carrington wachte schweißgebadet auf, öffnete die Augen und betrachtete das Spiel der Morgensonne, die durch die seidenen Vorhänge in ihre Dschunke drang und den grasgrünen Teppich in eine gesprenkelte Frühlingswiese verwandelte.

Eine kurze Nacht lag hinter ihr, in der sie wieder einmal von Balmore Castle geträumt hatte. Im Traum hielt Logan Carrington dort ein Mädchen an der Hand und schlenderte mit ihm durch die lichtdurchflutete Halle des Hauptgebäudes, an deren Wände wertvolle Gemälde hingen. Das Mädchen betrachtete aber nur das Ophelia-Bildnis von John Everett Millais und wünschte sich, so schön zu sein wie die Frau auf dem Bild. Plötzlich drang das Flüstern des Meeres von unten über die Rasenflächen zu ihnen herauf: *Count your little fingers, my unhappy, oh, little girl, little girl blue.*

Das Mädchen lief hinaus, dem göttlich gleißenden Licht des Himmels entgegen, das sich vermischte mit den Farben des Feuers, wie sie nur die Hölle entsenden konnte. Es rannte an den sommerlichen Rosengärten vorbei, über die Rasenflächen zu den Klippen und stürzte sich hinunter. Daraufhin schwärzte sich die silbrige Weite des Meeres und Wolken verfinsterten den violettroten Himmel wie in einer dunklen Nacht. Blake eilte hinter dem Mädchen her und rief seinen Namen, bis ihr eigener Schrei Dallis aufwachen ließ.

Sie fragte sich, was der Traum wohl bedeuten konnte und warum die See das Lieblingslied ihrer verstorbenen Mutter gesungen hatte: *Little Girl Blue* von Janis Joplin. Vielleicht konnte eine heiße Dusche die Dämonen der Nacht vertreiben. Dallis kämpfte eine Weile mit sich, bis sie schließlich das Laken zur Seite warf und die Beine aus dem chinesischen Bett schwang. Das aufwendig gearbeitete und mit vielen Verzierungen versehene Möbelstück war das Herzstück des Raumes. In Kombination mit einigen Stühlen und niedrigen Tischen bildete es einen traditionellen chinesischen Wohnbereich.

Sie stand auf und öffnete die Tür zum Hinterdeck ihres Hausbootes *Chuán-osh-zuò*, Boot des kleinen Löwen. Ein vertrauter Geruch lag in der Luft. Die Frauen von Aberdeen kochten den besten Reis der Welt, fand sie. Ihr Blick schweifte fast träumerisch für einen kurzen Augenblick über die unzähligen Dschunken, die an den Molen und in den Taifunschutzhäfen vertäut lagen. Umgeben von barfüßigen Kindern, die auf den Decks umhertollten, von Frauen, die die Wäsche aufhängten oder Mah-Jongg spielten, und von den Alten, die die Nachmittagssonne genossen, während Hunde und Katzen zu ihren Füßen schliefen und Singvögel in den Bambuskäfigen zwitscherten, war Dallis eine von vielen.

Seit über zehn Jahren genoss Dallis die Anonymität im Treibhaus des Kapitals: Hongkong, wo man vom sicheren Hafen der Luxushotels aus direkt in die geheimnisvolle Welt der Dschunken und Sampans, Rikschas, Pagoden und Räucherstäbchen hineinspazieren konnte. Im dichtbesiedelten Hongkong war für Aberdeen, den belebten Fischerhafen, das Wasser die Erde. Viele Chinesen lebten wegen der Wohnungsknappheit in einem Hausboot. Hongkong war Dallis' zweite Heimat und Aberdeen ihr Refugium, um sich auf das Wesentliche zu besinnen, ihre Arbeit für Lux Humana.

Außerdem brauchte sie von hier aus nur zwanzig Minuten bis zur Universität im Stadtteil Mid-level.

Wie die schottischen Familienclans, zu denen auch die Carrington' gehörten, spielte auch die Familie bei den Hongkong-Chinesen eine entscheidende Rolle, denn sie genoss in Hongkongs Gesellschaft einen sehr hohen, wenn nicht sogar den höchsten Stellenwert. Die Familie schützte die uralten Bräuche und bewahrte ihre Lebensart. Vielleicht war das der wahre Grund, warum Dallis sich für ein Studium in dieser quirligen Stadt entschieden hatte.

Dallis liebte ihre Dschunke. Sobald sie ihr Reich betreten hatte, folgte sie jedes Mal dem gleichen Ritual. Sie warf ihre Kleidung ab und schlüpfte in einen schwarzen Seidenpyjama. Das dunkle Haar verbarg sie unter einem flachen Strohhut mit langen Volants an der Krempe. Keiner ihrer ehemaligen Kommilitonen würde sie in dieser Kleidung vermuten. Sie passte sich den Frauen von Aberdeen auf den Dschunken an. Sie fühlte sich wohl, wenn sie mit ihnen Karten spielte oder ihnen half, den Touristen die Zukunft vorauszusagen oder ihnen Geschichten zu erzählen, die die Chinesen im Laufe der Jahre verbreitet hatten und die auch Dallis kannte: Geschichten über Glücksgefühle, Naturgewalten, die chinesische Art, zu fragen, über kleinere Erdbeben, Laternenfeste und die Mäusejagd, aber auch über die *Biànxiàng* – die fremden Gestalten, die täglich in den Hafen von Aberdeen strömten. Sie gehörte dazu und wurde deshalb *Mèimèi* genannt, eine zwanglose Bezeichnung für eine junge Frau. Nur eine Mèimèi kannte die Identität einer anderen Mèimèi, doch niemand sprach den anderen mit seinem wahren Namen an.

Dallis betrat das winzige Bad und warf ihre Kleidung achtlos auf den Schiffsboden. Dann schaute sie in den Spiegel. Was sie sah, gefiel ihr. Ein atemberaubender Körper, eine Sanduhrfigur mit langen, schlanken Beinen, perfekt geformten Brüsten, einer zierlichen Taille und einer pfirsichzarten Haut, die stark mit dem glatten, rabenschwarzen Haar kontrastierte. Ihr Gesicht war oval, sie besaß hohe Wangenknochen, eine hohe Stirn, eine kleine Nase, ein schmales Kinn, strahlend violettblaue Augen und sinnlich volle Lippen.

Logan Carrington hatte einmal behauptet, dass sie schlichtweg die Wiedergeburt der Schönheit sei, stark, mit einer erotischen Ausstrahlung, eine Göttin, von ihm erschaffen, eine junge Liz Taylor des einundzwanzigsten Jahrhunderts. Aber warum hatte er dann all die Jahre auf sie verzichtet und sich lediglich mit den täglichen Telefonaten begnügt? Sie drehte den Hahn auf und stellte sich unter die Dusche. Das

Wasser prasselte auf ihren makellosen Körper und sie hing ihren Erinnerungen nach. Vor zehn Jahren hatte sie Balmore Castle und Schottland verlassen, um sich in Hongkong auf ihre Aufgaben für die Gemeinschaft Lux Humana vorzubereiten. Ein Studium der Biogenetik und ein einjähriges Praktikum in der Forschungsabteilung von Geno-Laboratories Ltd. Kowloon lagen hinter ihr, aber auch zehn lange Jahre voller Sehnsucht nach Logan.

„Logan …"

Ein atemloses Flüstern, eine Erinnerung. Ihre Haut prickelte sinnlich bei dem Gedanken an seine Berührungen, die ihr Verlangen nach Sex gesteigert und sie als junge Frau auf seinem Schoß aus purer Lust hatte stöhnen lassen. Seine dunklen Augen hatten sie dabei immer aufmerksam gemustert. Er war der einzige Mann, der ihren Herzschlag durch eine Berührung auf hundert Schläge pro Minute beschleunigen konnte und ihren Unterleib beben ließ. Sie vermisste Logan, seine Stimme, seinen Atem, die schimmernden Wellen seiner Gedanken. Sein Herz barg finstere Tiefen, die nur sie allein ausloten konnte. Kein Licht der Welt würde sie beide jemals enträtseln. Tief in ihrem Inneren spürte sie noch immer das Zittern, das allein die Erwähnung seines Namens auslöste und von dem sie gehofft hatte, dass es nach all den Jahren endlich nachlassen würde. Tagtäglich während des Telefonates seine einen Meter neunzig große, schlanke Gestalt zu sehen, mit den langen, muskulösen Armen und dem breiten Oberkörper, wenn er in seinem Büro auf- und abging. Ihn nicht berühren zu können, ließ sie oft verzweifeln. Ihr Leben hatte erst mit Logan begonnen. An die Zeit davor erinnerte sie sich kaum noch.

Wie immer blieb sie still, tränenlos. Sie hatte ihren Verzicht auf diese Liebe und den damit verbundenen Kummer so lange in sich verschlossen, dass nichts ihre Starre aufzubrechen vermocht hatte. Aber plötzlich entwich ihrer Kehle ein klagender Laut, ein dünner, kaum hörbarer Ton. Sie schnappte nach Luft und ein Schrei brach aus ihr hervor, in dem sich der ganze aufgestaute Schmerz Luft machte. Die Heftigkeit ihres Gefühlsausbruchs erschreckte sie. Dennoch weinte sie und schrie, bis ihre Lungen schmerzten und die zahllosen Gefühlsregungen der Vergangenheit sich auf ihren Zügen abzeichneten.

Aber irgendwann beruhigte sie sich wieder.

Nach der Dusche und einer Tasse Reistee fühlte sie sich besser und halbwegs frisch. Sie lauschte durch die offene Tür den sanften Klängen der unterschiedlich großen Mobiles, deren Bambusstäbchen durch den warmen Luftzug ständig in Bewegung waren, Klänge, die ihr sagten, dass sie Hongkong und besonders die treue Seele Mèimèi Dai vermissen würde. Dai hatte ihr in den vergangenen Jahren gute Dienste geleistet. Sie hielt nicht nur das Hausboot sauber und kochte für Dallis, sie besaß auch ihr Vertrauen. Zudem unterrichtete Dai sie im Auftrag von Lux Humana mit dem Khagda-Schwert und dem Phurbu-Dolch in der chinesischen Kampfkunst. Dallis besaß besonders schöne Exemplare aus einem daoistischen Kloster im Wudang-Gebirge. Dort galt das Khagda-Schwert als Schwert des Wissens, das Gefahren abhielt. Die Dreikantklinge des Phurbu-Dolches diente zur spirituellen Tötung des

Ego-Dämons *Narzissmus*. Dallis verdankte Dai ihre Geschicklichkeit, Stärke und Schnelligkeit im Umgang mit dem Schwert, aber auch ihre gute Körperwahrnehmung und den hohen Grad der Entspannung nach dem Kampf.

Dallis beschloss, ihren antiken chinesischen Altarschrank aufzuräumen, der ein Geschenk von Logan und Adam zum fünfundzwanzigsten Geburtstag gewesen war und den nun Dai bekommen sollte. Der aus Ulmenholz gefertigte Schrank stammte aus dem frühen 20. Jahrhundert, war schwarz lackiert und aufwendig mit Blattgold belegt. Singvögel auf feingliedrigen Pflanzen beherrschten das reich verzierte Schränkchen. Für diese Meisterarbeit der chinesischen Lackkunst hatten die Zwillinge mehrere Tausend Hongkong-Dollar bezahlen müssen. Sie blickte auf den Schnappschuss, der in einem Rahmen aus Bambus auf dem Schrank stand und der eine stolze, zwanzigjährige Dallis, einen energiegeladenen Logan und einen selbstbewussten Adam im Kaminzimmer auf Balmore Castle zeigte.

„Wir sind jetzt die Zukunft", sagte sie und nahm das Foto in die Hand. Die Zwillinge warteten auf ihre Rückkehr. Die Vorbereitungen für die Zeremonie auf Balmore Castle für ihren Transition zum Ort der Unantastbarkeit, dem inneren Kreis von Lux Humana, liefen auf Hochtouren. Gemeinsam würden sie dann ihr Ziel erreichen, das Elixier der ewigen Jugend entdecken und Weltruhm erlangen. Schottlands Gezeiten erwarteten sie. Das Licht der Morgen- und Abenddämmerung würde ihr Leben umrahmen, im sicheren Kreis der Gemeinschaft: makellos, steinern, lodernd. *Wie Logan*, dachte sie und legte den Rahmen beiseite.

Ihre Hand glitt für einen kurzen Moment über das Ulmenholz des kostbaren Möbelstücks. Dai würde das Altarschränkchen als stolze Besitzerin mit Sicherheit geschäftstüchtig einsetzen. Davon war sie überzeugt. Dallis drückte den Knopf unter dem Schnabel eines Singvogels und entriegelte die Schubladen ...

Alles ändert sich früher oder später.

Dallis starrte auf die Zeilen. Es war ihr unangenehm, das Tagebuch, das Logan Carrington ihr einst geschenkt hatte, in der Schublade des Schränkchens wiederzufinden. Zehn Jahre nach dem Tod ihrer Eltern, mit dem dazugehörigen Schmerz. Sie blickte auf und presste für einen Moment das in rotes Wildleder gebundene Tagebuch an ihre Brust. Noch immer verströmte es einen mild-herben Geruch. Sein Inhalt lag schon lange zurück. Vielleicht irrte sie sich auch in manchem, aber das war ohne Bedeutung. Sie strich mit dem Finger über den Zeitungsausschnitt der Financial Times von Dienstag, dem 31. Januar 1987, den Logan auf die erste Seite des Tagebuchs geklebt hatte.

Der weltweit anerkannte Entwicklungsbiologe John Carrington und seine Frau Amy kamen vor einer Woche bei einem Verkehrsunfall auf der B 801 ums Leben. Das Ehepaar hinterlässt eine sechsjährige Tochter. Die Beisetzung findet heute auf dem Friedhof Little Necropolis in

Kinlochbervie statt. Die Tochter wurde in die Obhut des Bruders Blake Carrington, Leiter der Lux-Humana-Klinik, übergeben.

Darunter ihr erster Tagebucheintrag.

*Little Necropolis
Im Namen des Schweigens
Im Namen der Einsamkeit
Winter.
Leere Straßen
Am Rande ein kaltes Herz.*

Plötzlich war Logan Carrington wieder allgegenwärtig. Seine braunen Augen überblickten den Raum und die Dschunke erschien ihr nicht mehr so dunkel und so feucht. Dallis spürte das Flattern ihres Pulses und ihr Herz raste. Sie bildete sich ein, dass er sie tröstete und ihr zärtlich übers Haar strich, wie damals, in der Nacht nach der Beerdigung ihrer Eltern. Behutsam näherte sie sich der Gegenwart vorangegangener Tage, leise, um die Grabesstille nicht zu stören.

Friedhof Little Necropolis in Kinlochbervie, 31. Januar 1987

In den frühen Morgenstunden hatte das Mädchen beim lauten Klopfen an der Haustür seines Elternhauses ein Kribbeln im Nacken gespürt und beim Anblick des älteren, gutaussehenden Mannes, der das Kind für immer von hier fortbringen sollte, eine tiefe Unrast empfunden. Vielleicht hatte Blake Carrington die Ruhelosigkeit des Kindes bemerkt und deshalb den Chauffeur angewiesen, sie beide unmittelbar nach der Beisetzung nach Balmore Castle zu fahren, weil seine Nichte hier auf die Zwillinge treffen sollte.

Um diese Jahreszeit gingen die Bewohner von Kinlochbervie nur am Vormittag aus dem Haus. Ein stürmischer Wind jagte durch die Straßen und Schneegestöber machte die Bürgersteige unbegehbar. In den Abendstunden brannte nur selten Licht hinter den Fenstern, klirrende Kälte brachte die Stille und bewog die Menschen, schon früh am Abend eng aneinandergeschmiegt in ihren Betten zu liegen, immer dann, wenn ein heftiger Schneefall den Ort zu ersticken drohte.

Die Trauergäste vor dem Eingangsportal des Friedhofs Little Necropolis schützten sich mit pelzgefütterten Wintermänteln vor der Kälte. Manche von ihnen verbargen die Augen hinter dunklen Sonnenbrillen. Sie ängstigten das sechsjährige Kind und es hastete, den kleinen Körper in eine dicke, graue Daunenjacke gesteckt, zur Carrington-Kapelle. Es stapfte tapfer durch den unberührten Schnee und veränderte den weißen Flockenteppich des Friedhofs. Später, als die Eltern in der Carrington-Gruft beigesetzt wurden, hielt es Blakes Hand. Es fühlte nichts, fragte sich nur, wie kalt der Frost in der harten Wintererde war und ob die Eltern in der dunklen Grabstätte nicht frieren würden. Es bemerkte nicht, wie der Priester den Segen sprach und die Trauergäste aus Kinlochbervie an ihm vorbeidefilierten. Es lauschte nur dem Wind, der durch die kahlen Äste der Bäume fegte.

Nach der Beerdigung nahm Blake Carrington das Mädchen auf den Arm und trug es zum Wagen. Er fragte es leise, ob es nicht auch eine Auserwählte von Lux Humana sein wolle.

Obwohl das Kind Blakes Worte nicht verstand, kamen sie ihm doch bedeutungsvoll vor. Wenig später saß es, in eine Wolldecke gehüllt, auf dem Rücksitz der Bentley-Limousine. Blake tröstete das Kind und strich ihm liebevoll über den Kopf.

„Der Verlust von geliebten Menschen erzeugt immer eine Brüchigkeit des Bodens, auf dem man steht. Du bist jetzt traurig, Kleines. Doch das Dunkel in dir wird der Mannigfaltigkeit des Lichtes weichen. Irgendwann wirst du nicht mehr so schrecklich traurig sein, nur noch ein bisschen. Wir Schotten lieben das Licht mit seiner Fülle von Farben. Deshalb hat es viele Namen: Sonnenlicht, Mondlicht, Morgenrot, Dämmerung. Doch das Dunkel hat nur einen. Du bist Licht, Kleines, denn du wirst makellos, du wirst perfekt sein. Mein Auge sieht, was sich hinter deiner gegenwärtigen Finsternis verbirgt. Ich werde es zutage bringen und dich, wenn die Zeit gekommen ist, auf deine Bestimmung vorbereiten."

Das Kind sah den Onkel mit großen Kinderaugen an, nickte unwissend und schaute aus dem Fenster.

Der Wagen fuhr Richtung Balmore Castle, vorbei am Milchladen des Bauern Fraser. Niemand war an dem bescheidenen Stand mit Fallobst zu sehen, das der Bauer im Herbst von seinem Acker aufgelesen hatte. Links daneben führte eine schneeverwitterte Gasse in einen dunklen Hof, in dem einige leere Milchkannen standen, auf die Schneeflocken niederrieselten. All das nahm das Kind in seinem Kummer kaum wahr. Es dachte nur an die Dunkelheit, die die Eltern umgab, aus der kein fröhliches Lachen der Mutter mehr zu ihm durchdringen konnte.

Die letzten paar Kilometer fuhren sie über eine schmale Asphaltstraße entlang der Sandwood Bay durch die Hügel an der Küste von „Am Buachaille". Die Straße folgte einer Schlucht mit einem der vielen ausgetrockneten Bachbetten, die sich zu einem kleinen, abgeschlossenen Tal weitete. Am Ende der Steigung angekommen, sah das Mädchen die hohe Hecke, die das Grundstück umzäunte. An dem eisernen Tor der Einfahrt hielt Blake an und stieg aus. Die Neugierde des Kindes wurde geweckt, als er einen Ziegel, hinter dem sich ein Zahlenschloss verbarg, aus einem der Mauerpfosten nahm, die das Tor hielten. Blake tippte einen Zahlencode ein. Dann stieg er wieder ein und fuhr durch das Tor.

Von der langen, baumgesäumten Zufahrt blickte das Mädchen in den Innenhof von Balmore Castle, das aus einem Hauptflügel und zwei Seitenflügeln bestand. Durch die hohen Fenster und überall auf dem Gelände waren Lichter zu sehen. Leuchten beschienen den Fußweg vom Parkplatz her, obwohl es noch nicht dunkel war. Als der Wagen vor dem Eingang hielt, wurde die massive Holztür geöffnet. Zwei Jungen blieben unten an der Schwelle stehen.

„Sie haben dich erwartet, Kleines", sagte Blake freundlich und winkte seine Söhne Logan und Adam herbei, die das Mädchen neugierig musterten.

Es fing die Blicke der Zwillinge auf und das Mädchen überfiel ein Schauer der Verwunderung. Es war das gegenseitige Erkennen und die stille, aber spontane Übereinkunft, die Zukunft gemeinsam zu gestalten. Die Zwillinge, zwölf Jahre und das Ebenbild ihres Vaters, kamen dem Mädchen richtig erwachsen vor. Es hatte die beiden Jungen zuvor nur ein einziges Mal gesehen und sie jünger und kleiner in Erinnerung.

Logan, der seinen Bruder Adam um fünf Zentimeter überragte, trat näher und hielt dem Mädchen einen Schokoladenriegel hin, den es zögerlich nahm. Für einen Moment starrten sie einander in die Augen. Als hätte jemand einen Vorhang weggerissen, sah das Mädchen in eiskalte braune Augen, deren unbeschreibliche Leere eine Trostlosigkeit jenseits der Verzweiflung ausdrückte. Doch ganz plötzlich huschte ein Lächeln über die Lippen des Jungen. Vielleicht war die Ähnlichkeit mit dem verstorbenen Vater der Grund dafür, dass es sich sofort zu ihm hingezogen fühlte. Es bemerkte nicht, dass Blakes Fingernägel sich in seine Handballen gruben und fast die Haut aufrissen, als Logan die zierliche Hand des Mädchens nahm.

„Willkommen auf Balmore Castle, Baby Blue. Ich bin Logan und das ist mein Bruder Adam. Darf ich dir heute Abend eine Gutenachtgeschichte erzählen?"

Das Mädchen nickte und lächelte. *Baby Blue*. Der Kosename gefiel ihm und es spürte, wie sich bei der Berührung sein Herzschlag beschleunigte. Obwohl erst sechs Jahre alt, konnte das Mädchen fühlen, wie eine zarte Sehnsucht nach dem Jungen es erfasste.

Auf Balmore Castle mit seinem märchenhaften, schneegesättigten Panorama erzählte zwei Stunden später der zwölfjährige Logan dem Mädchen die Geschichte vom Sohn der grünen Insel, der das Licht Esu brachte. Den Genuss der milchigen Schokolade im Mund voll auskostend, merkte das Mädchen nicht, dass Logans Vater die Geschichte mit dem Klagelied des Dudelsacks zu übertönen versuchte.

Blake gab dem Mädchen den Namen Dallis-Blue. Aber Logan nannte es Baby Blue. Baby, weil es als sechsjähriges Mädchen zu ihnen kam, Blue, weil es violettblaue Augen hatte, in denen nicht die Spur eines Gefühls zu erkennen war. Er führte diese Ausdruckslosigkeit auf das Trauma zurück, das das Kind erlebt hatte.

In dieser Nacht schlich Dallis barfuß im Nachthemd zu Logan und staunte. Logan lächelte im Schlaf. Sein Gesicht wirkte weich und sympathisch. Sie stellte sich vor, wie Logans Züge hart werden würden, wie am Tage. Wie er sie aus kalten Augen betrachten und sagen würde:

„Geh weg. Du bist böse und ich hasse dich. Du bist nicht mehr mein kleines Mädchen Baby Blue."

Dann würde sie keinen Menschen mehr haben und ganz allein sein. Die Vorstellung erschreckte Dallis so sehr, dass sie in Tränen ausbrach. Logan wachte davon auf.

„Was ist mit dir, Kleines? Hat dich ein schlimmer Traum erschreckt?"

Dallis nickte heftig.
Logan nahm sie in die Arme und bedeckte ihre nassen Wangen mit Küssen.
„Ist schon gut, Baby Blue, Logan ist ja bei dir."
Während er ihr übers Haar strich, starrte sie Logan aus großen, angsterfüllten Augen an.
Sanft wiegte Logan sie hin und her, tröstete sie mit beruhigenden Worten.
„Was hast du denn geträumt, Baby Blue?"
Dallis öffnete den Mund, machte ihn aber gleich wieder zu und schüttelte den Kopf.
„Du musst es mir nicht erzählen. Hauptsache, es ist vorbei. Ich bin bei dir, dir kann nichts passieren. Möchtest du neben mir schlafen?", fragte Logan mit einer einladenden Geste.
Während sie zu Logan ins Bett kroch und die Arme um ihn schlang, zog er die Bettdecke hoch. Dann streichelte er weiter ihr Haar und summte ein Schlaflied.
Dallis fragte leise:
„Logan?"
„Ja?"
„Ich habe von den Toten auf dem Friedhof geträumt", flüsterte Dallis. „Und von einem Mann mit einem schwarzen Ding."
„Kinder träumen immer von einem „Schwarzen Mann", Dallis. Das hat nichts zu bedeuten. Es ist eine Metapher für unsere Ängste."
Wieder begann Logan leise zu singen und Dallis staunte, wie sein Gesang den seelischen Schmerz verdrängte, ihren Körper aufleben ließ und ihrem Gesicht ein Lächeln entlockte. Die Toten von Little Necropolis lösten sich in Rauch auf.
„Logan?"
„Ja, Kleines."
„Wird man davon krank?"
„Wovon?"
„Von einer Me...Meta...äh?"
„Metapher. Nein, davon bekommst du nur Pickel am ganzen Körper, wenn du nicht sofort einschläfst."
„Okay", sagte Dallis und stellte sich schlafend.

Kapitel 4

Hoffmann-Pharma-Ltd.-Hongkong,
6. Oktober 2011

In den vergangenen Tagen hatte Falk Hoffmann am Abend immer zwei schwere Aktentaschen mit Unterlagen auf sein Hotelzimmer mitgenommen. Er sichtete manchmal bis in die frühen Morgenstunden das Rebu 12-Datenmaterial und machte sich Hún Xìnrèns Können, dessen Erfahrung und die Einsichten, die dieser im Laufe der Zeit gewonnen hatte, zu eigen. Die beiden Wissenschaftler arbeiteten ebenfalls bis spät in die Nacht. Hún Xìnrèn dokumentierte die Forschungsergebnisse von Rebu 12, während Jonathan Hastings den Umzug nach Düsseldorf plante und das Chaos auf seinem Schreibtisch ordnete. Falk stellte wie immer viele Fragen. Auch heute hatte er den ganzen Nachmittag mit den Wissenschaftlern verbracht. Zu viel stand auf dem Spiel.

„Wer beliefert uns eigentlich mit den Proteinen für die Isolierung der DNA?", fragte Falk.

„Die Prokaryo AG. Wir schicken ihnen regelmäßig Proben unserer Chargen, die sie für die Gesundheitsbehörde zurückstellen. Im Qualitätsmanagement unterstützen sie uns bei den Zulassungsbehörden", antwortete Jonathan Hastings.

Falk nickte und erwähnte mit keinem Wort, dass er Jakob Bender, den Vorstandsvorsitzenden der Prokaryo AG, kannte. Er hatte Dr. Bender und seine Geschäftsführerin, die schottische Biogenetikerin Kate Corvey, vor zwei Jahren auf einer Benefizveranstaltung in Düsseldorf kennengelernt und den Abend mit ihnen verbracht. Kate Corvey hatte ihn damals an die bezaubernde Elbenprinzessin Arwen aus Tolkiens „Herr der Ringe" erinnert, dessen Trilogie er als Kind verschlungen hatte. Der Anblick der Schottin hatte sein Blut so in Wallung gebracht, dass er nach der Veranstaltung bei einem One-Night-Stand mit einer Barbekanntschaft in seinem Hotelzimmer zwischen den blumigen Beteuerungen vorgetäuschter Gefühle Dampf abgelassen hatte. Hin und wieder begegneten sie sich auf internationalen Kongressen, aber ein persönliches Wort hatte er seitdem nicht mehr mit Kate Corvey gewechselt, denn er wähnte sie in einer festen Beziehung.

Prokaryo war Europas größtes Biotech-Unternehmen und die wertvollste Marke in der Molekularbiologie. Falk Hoffmann zog neuerdings in Erwägung, mit dem Unternehmen einen Outsourcing-Vertrag zu schließen. Als Auftragsforschungsinstitut realisierte Prokaryo Prüfungen auf höchstem methodischem Niveau. Die Forschungsabteilung in Ratingen musste bis zur Fertigstellung des neuen Traktes entlastet werden. Deshalb brauchte Hoffmann in Deutschland einen vertrauenswürdigen Outsourcing-Partner. Er kritzelte „Prokaryo!" auf seinen Notizblock.

Hún Xìnrèn und Yàn Meí betraten das Labor. Falk Hoffmann hatte sich mit seinen beiden Forschern darauf verständigt, dass Yàn Meí nun vollständig involviert werden sollte. Schließlich würde auch sie zum europäischen Team gehören. Falk blätterte in seinen Unterlagen.

„Weshalb wurden die In-vitro-Versuche nur an Organen von weiblichen Tieren vorgenommen?"

Hún Xìnrèn und seine Assistentin tauschten einen Blick. Yàn Meí nahm einen dicken Aktenordner zur Hand und blätterte ihn durch, als suche sie ihre Notizen. Dann beugte sie sich vor. Ihre Mandelaugen lächelten ihn an.

„Frauen sind genetisch gesehen robuster als Männer, Herr Hoffmann. Das ist alles."

Du Luder, dachte Falk. *Ich habe nicht nur das Bett mit dir geteilt, ich habe dir in der Nacht auch zugehört.* Er sah ihr verstecktes Lächeln und wusste, dass sie ihn gerade jetzt wieder in Gedanken *Zhū* nannte.

„Wir verabreichten den weiblichen Mäusen Herzinfarkt auslösende Substanzen. Unmittelbar danach erhielten sie eine Injektion mit Rebu 12", fuhr Yàn Meí fort. „Die Tiere wurden weder krank, noch gab es in Blut und Gewebe Anzeichen von Krebszellen."

Für einen Moment herrschte Stille. Yàn Meí überprüfte, ob ihr Haar ordentlich im Pferdeschwanz steckte. Falk wusste, dass sie das immer tat, wenn sie hoch konzentriert war.

„Im chinesischen Chengyu gibt es ein altes Sprichwort", begann sie, „das aus der Zeit der *Streitenden Reiche* stammt, als in China zahlreiche Königreiche und Fürstentümer um die Macht kämpften. Es wird erzählt, dass der Graf des Staates Qi während der ersten drei Jahre seiner Herrschaft ein verschwenderischer Mensch war, der sich nicht um die Regierungsgeschäfte kümmerte. Chun Yukun, einer der Minister am Hof des Grafen, wies darauf hin, dass es da einen Vogel gebe, der drei Jahre lang weder ein Lied gesungen habe noch geflogen sei – ein indirekter Hinweis auf die Untätigkeit des Herrschers. Der Graf von Qi antwortete, dass dieser Vogel die Welt zum Staunen bringen würde, sobald er anfinge zu singen. Auch wir haben in den vergangenen Jahren große Summen für die Entwicklung von Rebu 12 ausgegeben, Herr Hoffmann."

Falk Hoffmann wurde es zu bunt.

„Dr. Yàn Meí, Ihr Ausflug in die Welt der chinesischen Weisheiten in allen Ehren, aber ..."

„*Yi ming jing ren*, Herr Hoffmann. Die Welt mit einer einzigen Leistung für sich gewinnen", unterbrach Hún Xìnrèn. „Wenn eine Genanalyse vorliegt, die besagt, dass der Patient an einem Herzinfarkt sterben könnte, werden wir das Problem mit Rebu 12 beheben können. Mit anderen Worten, wir werden die Therapie revolutionieren und den Wunsch der Menschen nach Gesundheit erfüllen können!"

Yàn Meí ergriff wieder das Wort und Falk konnte die Erregung in ihrer Stimme hören.

„Wir müssen noch weitere Tests durchführen, aber wir können schon jetzt behaupten, dass Rebu12 über ein hohes therapeutisches Spektrum verfügt. Wir ..."
Jonathan Hastings seufzte und unterbrach seine Kollegin.
„Ist der Mensch noch leistungsfähig, wenn er nur eine Vitaminpille oder eine knappe Mahlzeit zu sich nimmt? Ich habe Herrn Hoffmann erklärt, dass das, was uns am Leben erhält, uns auch sterben lässt. Eine Mahlzeit!"
Falk musste lachen. Er schaute Dr. Hún an, der erschöpft wirkte und völlig übernächtigt aussah, und auch er brauchte eine Pause.
„Es war ein anstrengender Tag. Meine Sekretärin hat einen Tisch im Floating Oriental gebucht. Wir treffen uns dort um neun Uhr. Ich lade Sie zum Essen ein!"

Hongkong-Aberdeen Island, Insel Ap Lei Schau

Kurz nach acht ließ sich Falk Hoffmann zur Insel Ap Lei Schau bringen. Eine alte Chinesin mit breitkrempigem Strohhut lenkte geschickt ihren Sampan, wie die Chinesen ihre flachen Flussbote nannten, durch die engen Wasserwege zwischen den schwimmenden Booten, die auf riskante Weise und scheinbar ungeordnet im Hafen miteinander vertäut waren. Er gab der Alten ein großzügiges Trinkgeld und verließ den Sampan.
Die meisten Boote lagen im Dunkeln, nur hier und dort brannten einige Öllampen. Vorsichtig ging er die Bootsstege entlang. Im schwimmenden Restaurant Oriental, das in der Nähe der Werft vor Anker lag, hatte er einen kleinen Besprechungsraum reserviert. In Hongkong wimmelte es nur so von hervorragenden Restaurants, besonders in den Luxushotels, aber das Oriental eignete sich ausgezeichnet für diskrete Geschäftstreffen. Hier hatten die Wände keine Ohren. Außerdem kannte Falk den Küchenchef, der auf absolute Frische der Zutaten größten Wert legte.
Der Abend war heiß und feucht. Auf der Insel Ap Lei Schau roch es überall nach Holz und Harz, Gerüche, die sich mit dem betörenden Duft des Opiums mischten. Falk Hoffmann verharrte einen Moment am Ufer. Er zündete sich eine Zigarette an, nahm einen kräftigen Zug und betrachtete den sternklaren Himmel. Nirgends rührte sich etwas, selbst der Wind hielt einen Moment inne. Eine Täuschung? Vielleicht.
Das Bild eines Herzens stieg in ihm auf. Isoliert hing es an zwei Fäden und schlug einsam in der Luft vor sich hin, ein Herz, der Brust eines Lebewesens entnommen. Vielleicht hatte es einem kleinen Mädchen gehört, das jetzt irgendwo draußen in der kalten Erde lag. Vielleicht waren seine schwarzen Haare jetzt mit Erde verklebt und vielleicht wirkten die Blutflecke auf seinem Kleid wie gesprenkelte Blüten, die den Krater in dem kleinen Brustkorb umrahmten, ein großes Loch, dort, wo einst das Herz geschlagen hatte.
Warum habe ich bloß solch entsetzliche Gedanken?, fragte sich Falk. Weil ihm das isolierte Herz eines Affen, das außerhalb eines Körpers in seinem gewohnten Takt schlug, nicht aus dem Kopf ging? Oder lag es

daran, dass er bis spät in die Nacht hinein die Laborberichte Wort für Wort studiert und dabei gespürt hatte, wie ihn Euphorie, aber auch Entsetzen packten? Er wusste es nicht. Alles lief bestens. Er hatte sich in den vergangenen Monaten nicht nur einmal davon überzeugen können. Und dennoch ... seit seiner Ankunft fühlte er sich seltsam benommen, als würden die undefinierbaren Straßendüfte von Kowloon sein Hirn betäuben: Opiumdunst vermischte sich mit Abgasen und dem Dunst der vielen Straßenküchen, das süßliche Aroma der Räucherstäbchen mit faulendem Fischkadaver: Gerüche, die einem manchmal den Atem nehmen konnten.

Irgendetwas geht hier vor, dachte er. Ihn hatte im Labor das Gefühl beschlichen, beobachtet zu werden. Doch außer Hún Xìnrèn und ihm war dort niemand gewesen.

Auch glaubte er, dass Hún Xìnrèn ihm etwas verschwiegen hatte. Allzu deutlich war ihm Húns Unbehagen aufgefallen, als er sich nach den Aufzeichnungen erkundigt hatte. Außerdem hielt sich sein Mitarbeiter nur noch im Labor auf. Die Schlafcouch war ihm nicht entgangen. Er dachte an Entscheidungen und Termine und an seine bevorstehende Reise nach Deutschland, als er plötzlich die Stimme einer Frau hörte.

„*Bèihài!* Er ist in Gefahr!"

Hoffmann blieb abrupt stehen. Schweißperlen traten ihm auf die Stirn. Es ist ein ganz gewöhnlicher Mittwochabend, sagte er sich. Hier war alles wie immer, nur dass er zu viel schuftete und dass ihm der seltsame Traum über den Mann, der Hilfe suchend die Arme nach ihm ausstreckte und Hún Xìnrèn glich, eine schlaflose Nacht bereitet hatte. Er würde einfach weitergehen. Doch dann hörte er erneut ihre Stimme.

„Die Götter sind meine Zeugen."

Hoffmann warf einen Blick über die Schulter. Die alte Chinesin von vorhin glitt langsam auf ihrem Sampan an ihm vorüber. Ihr zerfurchtes Gesicht starrte geradeaus in die Dunkelheit. Er schüttelte den Kopf. *Die Opiumdüfte aus den Dschunken umnebeln mein Hirn*, dachte er. *Es wird Zeit, Hongkong zu verlassen.*

In diesem Moment flog ein Seevogel über das kleine Boot hinweg und stieß einen klagenden Schrei aus. In dem Ruf eines Vogels liege ein Zeichen, behaupteten die alten Wahrsagerinnen in Kowloon. Sein Gekreische klang für Falk wie eine Aufforderung, endlich von hier zu verschwinden.

Rasch ging Hoffmann weiter den Steg entlang und betrat wenige Minuten später den Besprechungsraum im Oriental. Eine junge Chinesin führte ihn zu seinem Tisch, wo Yàn Meí bereits auf ihn wartete. Yàn Meí senkte den Kopf.

„Guten Abend, *Zhǔ.*"

Er lächelte und begrüßte sie mit einem flüchtigen Kuss.

„Yàn Meí, nenn' mich bitte nicht *Herr*. Schließlich schlafen wir miteinander. Was sollen außerdem deine Kollegen denken?"

Ein junger Kellner reichte ihm ein heißes, feuchtes Handtuch, das nach Limonen duftete. Falk hielt es einen Moment an seine Stirn. Dann reinigte er seine Hände.

„Es gefällt mir, Zhǔ. Aber sei beruhigt. Du wirst im Beisein von Dr. Hún und Dr. Hastings dein Gesicht nicht verlieren", flüsterte sie. „Da kommen sie schon."

Ganz wohl fühlte er sich nicht bei dem Gedanken, dass Yàn Meí die Wissenschaftler nach Deutschland begleitete. Dort würde es wesentlich schwerer sein, das Verhältnis mit ihr geheim zu halten. Er wollte kein Gerede, das die junge Frau verletzen könnte. Es war eine rein sexuelle Beziehung, nicht mehr und nicht weniger. Er schmunzelte innerlich bei dem Gedanken an seine Assistentin Maja Scholler. Ihr gelang es immer wieder, sogar die kleinsten Geheimnisse der Faberangestellten aufzudecken, selbst die, die bereits der Vergangenheit angehörten.

„Ich habe gelernt, dass man durch den Verzicht auf Nahrungsmittel ein langes Leben erzwingt und dabei jung bleibt. Daher freue ich besonders, dass Sie mich heute Abend bei meinem Alterungsprozess unterstützen, meine Herren", sagte Falk Hoffmann und begrüßte Hún Xìnrèn und Jonathan Hastings, die gerade eingetroffen waren, mit Handschlag.

„*Gǎnxiè yìngchóu*, Herr Hoffmann", erwiderte Hún Xìnrèn freundlich, was so viel wie *Vielen Dank für die Einladung* bedeutete.

Eine Kellnerin betrat den Raum und rief die Namen der Dim-Sum-Speisen aus, die sie auf ihrem Tablett vor sich hertrug: Frühlingsrollen, gegrillte Schweinerippchen, Fleischklößchen, gebackene Garnelen und weitere köstliche Happen, leicht und sättigend, eine harmonische Folge von süß und sauer, zart und knusprig, vom Gelb der Ananas und dem Rot des Pfeffers. Nachdem die Kellnerin sie allein gelassen hatte, begannen sie zu essen, doch Falk aß nur mit mäßigem Appetit. Nach einer Weile legte er die Essstäbchen hin. Hún Xìnrèn, Hastings und Yàn Meí taten es ihm nach und sahen ihn fragend an. Hún Xìnrèn ergriff das Wort.

„Haben Sie etwas auf dem Herzen, Herr Hoffmann? Sie beschäftigt doch ein *téngtòngchù – ein Problem*."

„Ja, Sie haben recht. Ich habe seit geraumer Zeit das Gefühl, dass in unserer Niederlassung etwas vorgeht", vertraute Falk seinen Mitarbeitern nachdenklich an. „Ich kann es nicht erklären, es ist nur so ein Gefühl."

„*Jjiàndié huódòng*? Sie vermuten Betriebsspionage?", fragte Hún Xìnrèn erstaunt.

„Vielleicht. Wir hatten schon öfter mit diesem Problem zu kämpfen. Es sind nur Kleinigkeiten, die mich irritieren: Ein mir unbekannter Mitarbeiter betritt unangemeldet mein Büro, oder Unterlagen, die beim Verlassen meines Büros noch auf der rechten Seite lagen, liegen bei meiner Rückkehr plötzlich auf der linken. Vielleicht ist der Grund aber auch nur der, dass die Umstrukturierung des Unternehmens in Hinblick auf die neuesten Forschungsergebnisse von Rebu 12 mir Kopfschmerzen bereitet. Vielleicht bilde ich mir die Auffälligkeiten auch nur ein."

„Merkwürdig, dass Sie das sagen, Herr Hoffmann. Ich hatte in den letzten Tagen ein ähnliches Gefühl. Aber ich habe diesen Gedanken beiseitegeschoben und auf mangelnden Schlaf zurückgeführt", sagte Jonathan Hastings.

Das wird es wohl sein, dachte Hoffmann.

„Unsere Daten werden besonders gesichert", fügte Hastings rasch hinzu. „Sie sind für niemanden zugänglich."

Falk Hoffmanns Zögern war kaum wahrnehmbar.

„Das ist gut zu wissen, Dr. Hastings. Ich werde übermorgen nach Deutschland fliegen und wollte mich mit diesem Abendessen für Ihre Unterstützung bedanken. Es wurde Zeit, diese Niederlassung in eine reine Vertriebsgesellschaft umzuwandeln. Mein Vater hatte bereits vor seinem Tod ähnliche Pläne. Doch rasches Handeln ist jetzt erforderlich. Hongkong kann ein verdammt gefährlicher Ort sein, wenn uns die Hacker der Konkurrenz im Visier haben. Unsere Mitstreiter dürfen keinen Wind von Rebu 12 bekommen."

„Da stimme ich Ihnen zu, Herr Hoffmann. In Hongkong spürt man an jeder Ecke die Blicke der Hyänen, die darauf lauern, Betriebsgeheimnisse zu lüften", sagte Hastings. „Neulich ..." Er schwieg, als Hún Xìnrèn ihm unmerklich einen leichten Schubs gab.

„Können wir vor Ihrer Abreise noch etwas für Sie tun, Herr Hoffmann?", fragte Hún Xìnrèn.

„Lassen Sie uns noch mal die Eckdaten von Rebu 12 durchgehen", sagte Falk.

Die Wissenschaftler schauten ihn verschwörerisch an.

„Es ist so, Herr Hoffmann ...", begann Hastings.

Wenig später verbeugte sich Falk Hoffmann zum Abschied. Yàn Meís Blick hielt er ein wenig länger fest. Sie würde sich in seiner Hotelsuite von ihm verabschieden.

Mitten in der Nacht

Der Regen klopfte leise an das Fenster seiner Hotelsuite. Falk Hoffmann weinte im Schlaf. Im Traum suchte er Halt am Geländer. Er sah ein Kind, das ihm von einer Fähre auf einem See aus zuwinkte und dann ins Wasser sprang. Die Wogen buhlten um den vor Kälte erstarrten Körper. Weinend sprang er ins Wasser, schwamm auf das Kind zu und versuchte es der Gefahr zu entreißen. Doch sein toter Körper glitt lautlos in die vom Mond gesprenkelte Tiefe. Ein leises Klatschen, ein Gluckern und schon war die Gestalt versunken. Ein paar Wellen kräuselten noch die Oberfläche, doch Sekunden später hatte sich das Wasser wieder vollkommen geglättet. In dem klaren, kalten Wasser fiel das Mondlicht bis auf den Grund des Sees und er erkannte das Kind. Tief unten lag er selbst. Sein vor Kälte erstarrter Körper schimmerte in gespenstischer Blässe. Das Wasser spielte mit den Rosenzweigen, die aus dem geöffneten Brustkorb rankten, dort, wo einst sein Herz geschlagen hatte. Eine Frau trat auf der Fähre aus dem Dunkel hervor und blickte zu ihm herüber. Ihr Schatten kam Falk bekannt vor...

Als Yàn Meí Falk Hoffmann weckte, starrte er sie entsetzt an.

„Zhū Falk. Ich musste dich wecken. Du hast im Schlaf geschrien und geweint", erklärte sie.

„Ich hatte einen schrecklichen Albtraum", sagte er mit zitternder Stimme.

„Es ist die Sorge um das neue Projekt, die dir den Schlaf raubt, Falk. Du spürst eine Gefahr, glaubst beobachtet zu werden", erwiderte Yàn Meí.

Wie erstarrt schaute er sie an.

„Das Kind in meinem Albtraum glich mir, Yàn Meí."

„Ich weiß, Zhǔ."

„Aber woher …?"

„Du hast deinen Namen gerufen", antwortete sie und sah ihn ernst an. „Aber das Kind in deinen Träumen hätte auch ich, deine Schwester Elisabeth oder irgendein fremdes Kind sein können. Es ist im Allgemeinen das ungute Gefühl vom Tag, das uns in der Nacht einen Albtraum beschert."

„Du glaubst, dass der Traum niemand Speziellen darstellt? Damit liegst du wohl richtig, denn es geht allen gut. Davon konnte ich mich heute überzeugen."

Yàn Meí nickte.

„Wir Chinesen spüren die Gefahr. Aber den Tod in einem Traum vor Augen zu haben, ist ein gutes Zeichen, das bedeutet immer einen Neuanfang. Fahr nach Hause, Zhǔ Falk. Vielleicht ist es an der Zeit."

„An der Zeit wofür?", fragte er erstaunt.

„Sich zu verabschieden, Falk", flüsterte sie. „Es ist nicht die Liebe, die uns verbindet."

Er warf ihr einen zärtlichen Blick zu. Yàn Meís feines Gespür hatte ihn schon oft in Erstaunen versetzt.

„Du bist eine kluge Frau, Yàn Meí", sagte er leise, fasste sie am Kinn und drehte ihr Gesicht in seine Richtung.

Die Stille, die auf den sanften Kuss folgte, schien nicht zu enden. In der Stille lag die Wahrheit und manchmal war sie grausam. Das hatte ihm Yàn Meí einmal gesagt. Stille war ein Wort, das auch er liebte. Nur als grausam hatte er die Stille noch nie empfunden.

Vier Straßen von Falk Hoffmann entfernt warf zwei Stunden später eine nervös um sich blickende Gestalt einen Umschlag in den Briefkasten. Er war an den Vorstandsvorsitzenden der Hoffmann AG in Düsseldorf adressiert und sollte Falk Hoffmann erst nach seiner Rückkehr erreichen.

Kapitel 5

Hongkong-Aberdeen, 7. Oktober 2011

Bis gestern hatten in ihrer Dschunke das chinesische Bett und der Altarschrank gestanden. Gestern hatte Dallis den Transport in die Cat Street veranlasst und die Möbelstücke Mèimèi Dai geschenkt. In der belebten Straße besaß Dai gegenüber dem Ma On Tempel ein kleines Souvenirgeschäft mit chinesischem Porzellan, Holzketten und Mao-Andenken. Ein perfekter Ort für die wertvollen Antiquitäten. In dem Boot stand anstelle der Möbel nur noch eine mit einem Laken bedeckte Pritsche.

Gegen Abend joggte Dallis durch Kowloon. Sie behielt dabei die Menschen im Auge, an denen sie vorbeilief, und schärfte ihre Sinne. Ein alter Mann stieg mit verkrampften Wadenmuskeln eine Treppe hinauf, schlurfte in eine staubige Nische und hockte sich hin. Eine junge Frau eilte einer gehbehinderten, auf die Hauptstraße zu humpelnden Frau nach, die einen durchsichtigen Plastiksack mit sich trug, in dem ein vermutlich stinkender Fisch steckte. Dallis lief die Salisbury Road entlang in Richtung Hafen und kaufte auf dem Markt frische Ginsengwurzeln.

Plötzlich entdeckte sie auf der gegenüberliegenden Straßenseite wenige Meter vor dem Werfttor von „Victoria Harbour" einen Stand, der sich unmittelbar unter einer Straßenlaterne befand. Ein korpulenter Chinese streifte dort einen weißen Einweghandschuh über seine rechte Hand. Dallis blieb stehen und starrte fasziniert auf die linke Hand des Mannes. In seinen mit breiten Goldringen bestückten Fingern hielt der Schlächter den enthäuteten Kopf eines kleinen Affen.

Ihre Mundwinkel zuckten, als er mit der anderen ein Hackbeil umfasste und den Affenkopf aufschlug. Sie biss sich auf die Zunge, um das Zucken zu unterdrücken. *Seltsam.*

Seit Hún Xìnrèn ihr Rebu 12 in kleinen Mengen verabreicht hatte, litt sie hin und wieder unter diesem Phänomen. Gleichzeitig spürte sie ein leichtes Kribbeln. Außer dem Zucken spürte sie auch ein leichtes Kribbeln in der Halsmuskulatur. Aber die Nebenwirkungen waren ihr egal, denn der Blick im Spiegel bestätigte ihr jeden Morgen, dass Húns Wundermittel ihr Äußeres erstrahlen ließ.

Dallis massierte ihren Nacken und beobachtete dabei den Schlachter, der das Gehirn aus dem Schädel nahm und die beiden Gehirnteile sorgfältig auf weißes Fettpapier legte. Sie verharrte noch einen Moment und starrte auf den ausgeweideten Bauch eines größeren Affen, der mit blutigem Kopf an einem Fleischerhaken nach unten hing. In seiner Bauchhöhle steckten frische Kräuterzweige und Eidechsen. Die Zunge des Affen klebte schlaff an der blutigen Kinnspitze. Ein eigenartiger Geruch schlug ihr von der gegenüberliegenden Straßenseite entgegen. Heiß. Tierhaft. Faulig. Plötzlich schleuderte der Chinese ein Schlachtmesser auf den Boden, das zitternd in den Brettern stecken blieb. Ihre Blicke trafen sich. Dallis erkannte das unausgesprochene Verständnis zwischen ihnen. Nicht der Zufall hatte sie zu diesem Stand geführt. Im Tantra wurde der abgeschlagene Kopf als Symbol für die Befreiung von der Ego-Idee und für den absoluten Gehorsam interpretiert.

Als Dallis vom Joggen in die Dschunke zurückkehrte, warf sie einen Blick auf den Bildschirm ihres Laptops. Nichts! Sie nahm eine Dose aus dem Küchenschrank, öffnete sie und löffelte die köstliche Wan-Tan-Suppe im Stehen, während sie den Bildschirm im Auge behielt. Der *Fu Fighter* betrat den Bildschirm und kündigte E-Mail-Post an. Die erste Nachricht stammte vom Chinesen. *21:00 Uhr. Wie immer! Wir müssen vorsichtig sein. Ich glaube, jemand beobachtet mich.* Sie verzog ihre Lippen zu einem schmalen Strich. Ein von ihr beauftragter Privatdetektiv überwachte Hún Xìnrén rund um die Uhr, seit er ihr von der Entdeckung seines neuen Wirkstoffs berichtet hatte.

Die zweite Nachricht kam aus Schottland und bestand aus lauter Zahlen. Sie griff nach dem Codebuch und entschlüsselte die Nachricht. *Baby Blue ... nur das Schöne vereint Gedanken und Traum. Ich habe einen Traum. Erfülle ihn mir! Im Zwielicht der Dämmerung, wenn die Nacht dich zum Leben erweckt, wirst du dem Chinesen die Formel entlocken. Da bin ich mir sicher. Spiel mit ihm und er wird dir gehorchen. C.*

Sie grinste, als sie den letzten Satz las, und löschte beide E-Mails. Ein Blick auf ihre Armbanduhr sagte ihr, dass sie sich beeilen musste. Sie legte sich auf den Boden, die Hände über dem Bauch gefaltet, und lauschte, wie die wütenden Worte aus ihrem Mund drangen und sich zu einer leidenschaftlichen Hasstirade steigerten. So fing sie immer an und sie genoss es. Kalter Schweiß bildete sich auf ihrer Stirn und das Glitzern in ihren Augen verebbte. Sie wurden leblos, versiegelt, aber ihr Hirn glühte wie vor vielen Jahren im Erziehungszimmer der Klinik Lux Humana.

Sie ging ins Badezimmer, wischte sich den Schweiß der Erinnerung von der Stirn und beugte sich vor. Ihr Spiegelbild zeigte das düstere Glimmen in ihren Augen, ein Zeichen, wie sehr sie Hún Xìnrèns Sehnsucht genoss, und den Schmerz in seinen Augen, wenn sie sich unnahbar gab. Sie sei so verführerisch, wenn sie mit ihrem Versprechen auf Erleichterung und Erlösung lockte, behauptete der Chinese.

Dallis hatte Hún Xìnrén in einem exklusiven Privatklub kennengelernt, in dem Männer sich in Käfigen fesseln und Frauen sich auspeitschen ließen. Ihr Partner für diesen Abend war ein Mann gewesen, den sie in einer Bar aufgelesen und der ihr nach einem teuren Abendessen eröffnet hatte, wo er den restlichen Abend verbringen wollte. Kaum waren sie in dem Klub, verschwand ihr Partner in einem Nebenraum, in dem Dealer mit Kokain handelten.

Dallis konnte sich nicht über mangelnde Aufmerksamkeit beklagen. Sie war im Nu von jungen Männern umgeben, die mit ihr anstoßen oder sie auf die Tanzfläche führen wollten. Ihre Begegnung mit Hún Xìnrén war – wie alle Begegnungen an diesem Abend – reiner Zufall gewesen. Es war der Augenkontakt quer über die Tanzfläche, die gelangweilte Lässigkeit ihrer Körper, und später der samtene Ton ihrer Stimmen. Ein einziges Wort, ein kaum merkliches Nicken, ein Schulterzucken – kleine, emotional aufgeladene Gesten in einem dämmrigen Raum – so kamen sie zusammen. Jeder von ihnen unterhielt sich gerade mit einem Anderen, als sich ihre Blicke trafen. Keiner von beiden genoss sonderlich, was er tat, in einem Raum voller Aktivitäten und die Augen der meisten Menschen höchst ungewöhnlich waren, langweilten sie sich beide. Doch sie sahen einander, und etwas Tiefes und erschreckend Beängstigendes hallte in ihnen nach. Sie erkannten unter all dem Discolärm eine geheimnisvolle Zielstrebigkeit. Inmitten der ungezügelt tanzenden Menschenmenge kam es zwischen ihnen in Gedanken zu einer exklusiven Vereinigung auf Distanz. Während Fremde mit ihnen sprachen, konnten sie die Blicke nicht voneinander lassen.

Irgendwann bahnte Hún Xìnrèn sich durch die tanzende Menge einen Weg zu ihr und Dallis staunte über seine Aggressivität. Normalerweise hielt sie sich zurück bei neuen Bekanntschaften, aber beim Anblick von Hún Xìnrèn nahmen in ihrem Inneren unkontrollierbare Bilder seiner Peinigung Gestalt an.

Aus den Augenwinkeln heraus sah sie, wie der Chinese auf sie zukam. Dallis wusste instinktiv, dass er nicht auf der Suche nach einer flüchtigen Begegnung war. Sie ließ abrupt ihren Gesprächspartner stehen, dessen plumpes Geschwafel sie ohnehin angeödet hatte, und der verblüfft und verärgert zurückblieb. Sie erteilte seinen hitzigen Vorwürfen mit einem einzigen grimmigen Blick eine Abfuhr, nahm Hún Xìnrèn wie einen langjährigen Bekannten ohne große Worte bei der Hand und die beiden verließen gemeinsam den Klub.

In den Wochen, die sie danach zusammen verbrachten, hatte die Art, wie sie sich kennengelernt hatten, bei ihnen nicht die geringsten Zweifel geweckt, dass sie die richtige Entscheidung getroffen hatten. Dallis hatte nicht lange gebraucht, um seine dunkle, glühende Leidenschaft zu entdecken, die mit Sex allein nicht zu stillen war. Hún Xìnrèn liebte gewalttätige Exzesse und sie selbst empfand höchsten Genuss, wenn sie seine Neigung bedienen konnte. Für Hún existierte keine Schmerzgrenze. In den vergangenen Monaten hatte Dallis nie von ihm das vereinbarte Passwort „Limit" vernommen, das der Chinese aussprechen sollte, sobald der Schmerz für ihn unerträglich sein würde.

Durch die geöffneten Türen ihrer Dschunke drangen die Geräusche der Nacht: das Bimmeln der Trambahn, das Klappern der Mah-Jongg-Steine, die Klänge der zwitschernden Nachtvögel und das Rascheln der Palmenblätter im Wind. Die Gerüche waren ebenso berauschend wie das sanfte Plätschern des Wellengangs: Opiumdüfte aus den riesigen Pfeifen der umliegenden Dschunken mischten sich mit den asiatischen Gewürzen der Straßenküchen.

Als Dallis ihn kommen hörte, war ihre Dschunke in Kerzenlicht getaucht, Peitsche, Schwert und Dolch lagen bereit, ihre Kleidung hatte sie abgelegt. Lediglich ein Seidentuch verhüllte ihre Hüften. Sie drehte sich zu Hún Xìnrèn um, der im Türrahmen stand und sie nicht aus den Augen ließ.

„Du bist zu spät, Hún Xìnrèn", herrschte sie ihn an.

In Windeseile legte er seine Kleidung ab. Dallis goss sich ein Glas eiskalten Champagner ein und starrte ihn an. Klinisch, leidenschaftslos. Seine Erektion ragte ihr entgegen.

„Es tut mir leid. Ich habe Versuche im Labor durchgeführt, Dallis. Ich muss dir ...", begann Hún leise.

„Schweig. Ich werde dich für deine Verspätung bestrafen!"

„Du bist so schön, eine Göttin. Was hast du heute vor?", fragte er heiser, als seine Finger ihre nasse Scham berührten. Der moschusartige Geruch, den sie verströmte, machte ihn verrückt.

Dallis antwortete nicht. Sie goss den eiskalten Champagner über ihre Brüste, deren Nippel sofort hervorschossen wie kleine rosige Knospen. Sie kannte seine Gewohnheiten.

„Du kannst mir helfen", hauchte sie und hielt ihm die geöffnete Champagnerflasche hin.

„Nein, Dallis. Ich kann dir die Formel nicht geben", sagte er ruhig.

Sie stellte die Flasche ab.

„Nein?" Ihre Mundwinkel verzogen sich zu einem lasziven Lächeln. „Nein? Du wagst es, *nein* zu sagen! Hm?"

„Nein, Dallis. Bitte, benutze mich nicht auf diese Weise. Das ist entwürdigend!"

Ihre blauen Augen glitzerten gefährlich und ließen ihn verstummen. Er schien die Gefahr zu spüren und er kannte die Ursache. Kalt erwiderte sie seinen Blick. „Entwürdigend? Du hast doch keine Angst vor mir, oder?", fragte sie.

Der Klang des Wortes *Angst* ließ ihn schaudern. Das Spiel hatte begonnen. Er stand auf dem schmalen Grat zwischen Leben und Tod. Und doch genoss er die Qualen und die Schmerzen, die sie ihm jeden Donnerstag zufügte, das war offensichtlich.

Sie musterte ihn abschätzig.

„Nun gut, lassen wir das. Wenn dir erst einmal die Freiheit der Wahl genommen ist und du dich mir völlig ausgeliefert hast, wirst du die Schmerzen akzeptieren, die ich dir heute bereite. Dann sehen wir weiter."

Hún Xìnrèn atmete schwer.

„Ich werde heute weiter gehen als in den vergangenen Wochen."

Sein Glied wurde noch härter.

„Wie weit?", fragte er heiser.

„Wenn es darauf ankommt, ist mir mein Leben wichtiger als deins!", zischte sie.

Sie wandte sich ab. Hún Xìnrèn war so weit. Das Chaos in ihrem Kopf ließ sich nicht mehr beseitigen. Sie wollte ihn mit ihren Zähnen zerfleischen, sein Blut schmecken, bevor sie ihn ins Jenseits stürzte. Sein Schrei würde in ihrem Kopf erklingen und sich mit den pochenden Schlägen ihres Hirns vereinen. Dallis öffnete mit dem langen, spitzen Nagel ihres kleinen Fingers eine Opiumdose aus Elfenbein und stopfte sich eine Portion Kokain in den linken Nasenflügel. Den Rest verrieb sie auf dem Zahnfleisch und schloss einen Moment die Augen. *Heute werde ich explodieren. Und Logan wird in Gedanken bei mir sein.*

Sie biss sich auf die Lippen. Emotionslos wanderte ihr Blick zuerst zum Porträt der Zwillinge, das an der Wand über dem Tisch hing, und dann zu Hún Xìnrèn.

„Aber durch deinen Tod wäre ich vielleicht traumatisiert und würde möglicherweise nie mehr einen Orgasmus haben, *Chinese*."

Hún Xìnrèn lächelte selbstgefällig.

Dallis Oberlippe hatte angefangen zu zucken. Ihr Nacken und ihre Schultern waren schweißnass. Sie glaubte, Logans Stimme zu hören: „Du solltest ihm die Flasche in den Arsch stecken, statt der Analkugeln, und ihn die scharfen Kanten der Scherben spüren lassen! Lüfte endlich sein Geheimnis!"

Sie griff nach der Champagnerflasche und der neunschwänzigen Katze. Dann befahl Dallis Hún Xìnrèn, nicht zu sprechen, sich nicht zu bewegen, nicht zu strampeln und nicht zu stöhnen.

Widerstandslos gehorchte er. Sie legte ihm Handschellen an und tat, was ihr Logans Stimme befohlen hatte.

„Ich hoffe, du weißt, was dich erwartet!"

Hún Xìnrèn nickte.

„Sicher?"

Wieder ein kurzes, knappes Nicken.

„Ich gehöre dir. Aber vorher muss ich dir …"

Der erste Peitschenhieb ging auf ihn nieder. Er wimmerte, als seine Haut aufplatzte. Blut tropfte auf den Holzboden.

„Du bist so unglaublich schön", keuchte er. „Furchtlos, feucht und schön. Warum brauchst du mein Wissen? Sag es mir, denn ich muss dir etwas gestehen!"

Sie reagierte nicht.

„Macht dir überhaupt etwas Angst, Dallis?", fragte er urplötzlich.

„Langeweile. Halt den Mund!", herrschte sie ihn an.

Erbarmungslos ließ sie die Peitsche auf ihn niedersausen, das Glas der Champagnerflasche zersplitterte. Hún Xìnrèn stöhnte vor Schmerz.

„Hast du deshalb eine Schwäche für Risiken?", fragte sie kalt, streifte sich Chirurgenhandschuhe über und nahm einen mit Leder bezogenen Rohrstock. „Du hast es einfach nicht begriffen, Chinese!", zischte sie ihm ins Ohr. „Einfach nicht begriffen! Ich habe kein Herz in meiner Brust."

Wimmernd lag er vor ihr, als der Stock auf seine Brust prallte.

„Das Herz ist dort, wo das Wesen, das Empfinden und das Intimste eines Lebens weilen!", schrie sie ihn an und warf sich einen schwarzen Umhang über. „Wie lautet die Formel?"

Dallis' Hirn glühte. Sie wollte Hún Xìnrèns Geheimnis um jeden Preis. Sie konnte die Flut des Bösen nicht eindämmen. Für sie würde es in wenigen Sekunden keine Trennung mehr zwischen Himmel und Erde geben. Sie hatte plötzlich ein heftiges Geflatter vor den Augen, als würde ein riesiger Kormoran aus dem Wasser schießen und sich in die Luft schwingen. Es war, als breche der Vogel aus der Unterwelt hervor, mit seinen ausgefransten schwarzen Schwingen, um sie anzuspornen. Plötzlich blitzte die Dreikantklinge des Phurbu-Dolchs auf, scharf wie ein Skalpell. Mit einem entschlossenen Handgriff hielt sie Hún den Mund zu und erstickte den aufsteigenden Schrei. Dann ritzte sie seine Haut auf, erst oberflächlich, dann wurden die Schnitte tiefer.

„Bitte …" Hún Xìnrèn schluckte. „Bitte, Dallis. Tue es nicht …"

Er verfiel in Hysterie, doch Dallis beachtete sein Flehen nicht. Der Dolch durchbohrte langsam seine Haut und er spürte, wie die Spitze auf eine Rippe traf.

„Limit", stieß er hervor. „Limit."

Dallis zog den Dolch aus der Wunde, legte ihn beiseite und presste einige Minuten ihre flache Hand auf die klaffende Wunde. Dann nahm sie das anderthalb Kilo schwere Khagda-Schwert mit der reich verzierten Scheide, beugte sich vor und flüsterte in sein Ohr.

„Glaubst du wirklich, dass ein Codewort dich retten könnte?"

Sie deutete auf die Klinge des Khagda-Schwertes.

„Siehst du die Verfärbung? Das kommt von den Säuren im Blut der Verdammten. Ich habe mich gefragt, was dir mehr Angst einjagt: Zu wissen, dass ich dich gleich abschlachten könnte, oder diese Flecken und die Erkenntnis, dass dein Blut ebenfalls diese Klinge beflecken wird."

Sie wusste, dass er diesen tiefen Klang in ihrer Stimme, der ihre diabolische Dunkelheit widerspiegelte, noch nie vernommen hatte, nicht einmal in Ekstase.

„Sag es mir und ich lasse dich am Leben."

Dallis fieberte danach, diese brennende, verzehrende Sehnsucht in ihr zu stillen, das Schwert mit beiden Händen zu halten wie einen Spaten und es dann Hún Xìnrèn mit aller Kraft in den Leib zu rammen.

Sie beugte sich tief nach unten. Aus Hún Xìnrèns Mund sickerte Blut. Sie spuckte dem winselnden Mann ins Gesicht, der die Augen für einen kurzen Moment öffnete und auf sein Jackett zeigte. Dann verlor Hún das Bewusstsein.

Sie entkorkte eine neue Flasche Champagner und goss sich ein Glas ein. Der Champagner und das Kokain steigerten den Rausch ihrer enthemmten Aggressionen erneut und sie wandte sich wieder dem Chinesen zu. Mit offenem Mund, angestrengt die Lippen vorstülpend, bemerkte sie, dass er wieder zu sich kam und dabei schwer keuchte. Schweiß stand auf seiner Stirn und sein Gesicht zeigte eine unnatürliche Blässe. Hún Xìnrèn hob seine Hand und zeigte auf seine Jacke.

Ich sollte ihm einen Verband anlegen, dachte sie, während sie seine Jackentaschen durchsuchte. Doch plötzlich hielt sie inne. Sie stutzte. Was war das? Sekunden später betrachtete sie die kleinen Glasampullen mit der Aufschrift *Rebu 12.* Dallis rührte sich nicht von der Stelle.

„Du hast mir den Wirkstoff mitgebracht, du wolltest mir den Wirkstoff schenken? Ach Hún, du musst mich wirklich sehr lieben, du kleiner Chinese", sagte sie versöhnlich und drehte sich um.

Hún Xìnrèns Körper lag regungslos vor ihr. Aus seinen Wunden sickerte die dunkelrote, fast schwarze Flüssigkeit mit der Trägheit eines Toten ohne pulsierenden Blutdruck. Ihre Augen verengten sich zu Schlitzen. *Seine Blutgerinnung funktioniert also tadellos.*

Sie legte ihren Kopf auf Húns Brustkorb und horchte. Ja! Da war es, dieses schwache Pochen, tief unten: bum-bum, bum-bum. Ihre Hände glitten über Húns Körper. Der Chinese lebte und sie wurde von dem überwältigenden Gefühl übermannt, den Drachen in sich besänftigt zu haben. Dann blickte sie in den schwarzen Mantel der Nacht. Sie musste sich beeilen und duschen. Das Blut auf ihrem Körper war ein Makel und sie konnte Logans Stimme förmlich hören. *Der Makel ist der Ort, an dem die Hoffnung auf Harmonie gebrochen wird. Regel Nummer eins des inneren Kreises: Makellos sein!*

„Ich erfülle dir einen Wunsch. Soll ich dir eine Ambulanz rufen, Hún?", sagte sie leise, fast schon zärtlich. „Möchtest du das, Hún? Sie können dich wieder zusammenflicken!"

Hún Xìnrèn wehrte wimmernd ab.

„Nein ...?"

Dallis hielt erstaunt einen Moment inne und lachte dann laut auf. Der Chinese genoss wohl seine Qualen.

„I... ich", stammelte Hún Xìnrèn, „...habe mein Gesicht verloren."

Sie sah ihn erstaunt an, bemerkte die Tränen in seinen Augen und zuckte mit den Schultern. Dann schaute sie auf ihre Armbanduhr. Sie hatte die Zeit vergessen und musste sich beeilen. Die Zeit war etwas seltsam Kostbares und sie durfte sie heute nicht vergessen. Die Zeit führte sie immer wieder auf Balmore Castle, wo Logan seit zehn Jahren jede Nacht zwei Uhr morgens ihren Anruf erwartete. Für Dallis war das der schönste Moment ihres Tages.

Sie schnupperte wie eine Katze die Luft. In der Dschunke roch es nach dem, was man glaubte zu sehen: Tod, der sich auf leisen Sohlen anschlich.

Gegen Mitternacht stand Dallis auf der Terrasse ihrer Hotelsuite. Der rauschhafte Frieden, den sie empfand, nachdem sie Hún gefoltert hatte, verstärkte in jeder Zelle ihres glühenden Gehirns die Gier nach der verstörenden Lust. Sie würde gerne mit Logan sprechen über die Art, in der sich das schöne Gefüge der Welt manchmal mit schockierender Plötzlichkeit auflöste. Auch sie konnte wie Logan einfach nicht damit aufhören, den Schmerz zu genießen. Ihr innerer Drache hatte sie dabei über all die Jahre begleitet. Anfangs hatte sie „seine Stimme" nicht gemocht, doch heute waren sie dicke Freunde. *Blakes Erbe*, dachte sie.

Im Hafen von Aberdeen brannte eine Dschunke lichterloh. Dallis beobachtete das Spektakel aus der Ferne, während ihre Gedanken bei den Ampullen mit Rebu 12 weilten, die sie im Wandsafe ihrer Hotelsuite deponiert hatte.

Kapitel 6

Hongkong-International-Airport, 7. Oktober 2011

Die Royal Orchid Lounge am Hongkong-International-Airport diente ausschließlich einem ausgewählten Kreis von VIP-Reisenden zur Überbrückung der Wartezeiten. Der Kontrast zu der quirligen Innenstadt Hongkongs könnte kaum größer sein. Die Lounge setzte auf avantgardistisches Design in Granit, aufgelockert durch rote Ledersofas, und bot eine geruhsame Rückzugsmöglichkeit für jede Stimmung. Sanfte Wasserelemente und Pflanzen rundeten die harmonische Atmosphäre und das Gefühl des Wohlbefindens ab. Das Buffet lockte mit einer umfangreichen Auswahl an warmen und kalten internationalen Köstlichkeiten.

Falk Hoffmann blieben am Abend noch zwei Stunden bis zu seinem Abflug nach Frankfurt. Er machte es sich in einem der Polstersessel bequem und lehnte sich zurück. Sehr bald übermannte ihn eine bleierne Müdigkeit und die leise vor sich hinplätschernde, sprudelnde Vielfalt der kleinen Springbrunnen tat ein Übriges. Er nickte ein.

Sekunden später, so glaubte er, holte ihn das Geräusch einer Kaffeetasse, die eine junge Bedienstete lächelnd auf den Glastisch stellte, in die Gegenwart zurück. Ein Blick auf die Swarovski-Digitaluhr der Lounge sagte ihm jedoch, dass bereits eine halbe Stunde vergangen war. Das belebende Aroma des frischgebrühten Kaffees stieg ihm in die Nase. Rasch nahm er einen Schluck. Die Müdigkeit ließ nach und allmählich verspürte er ein Wohlgefühl. Sein Blick schweifte zum Buffet, an dem Köche asiatische Spezialitäten zubereiteten und die Gäste per Pager zu Tisch baten. Das Rundum-Wohlfühlpaket komplettierte eine attraktive Mitarbeiterin der Cathay Pacific Airlines, die den Gästen ein Glas Champagner reichte. Falk entdeckte Kate Corvey, als sie ihre Zeitung beiseitelegte und ein Glas entgegennahm.

Er hätte sie überall wiedererkannt. Ihr Haar war wie sanftes Feuer, das sich in wilden Locken über ihre Schultern ergoss, ihr Gesicht herzförmig. Ihre Haut war blass, der Mund rostrot und voll, mit einer winzigen Narbe über ihren Lippen, die ihm schon bei ihrer ersten Begegnung aufgefallen war, die Nase leicht aufwärtsgebogen, die Augen mit den dunklen Wimpern so grau, dass sie fast schon schmutzig wirkten. Eigentlich wollte das alles nicht so recht harmonieren, denn jede Gesichtspartie schien ein Eigenleben zu führen. Und doch bot ihr Anblick auf wundersame Weise eine perfekte Gesamterscheinung. Es war ein Gesicht, das andere Menschen wegen seiner Klarheit, die es ausstrahlte, in Aufregung versetzte.

Kate stand auf, ging zum Buffet und legte einige Häppchen auf ihren Teller. Wie ein Teenager folgte Falk mit den Augen jeder ihrer Bewegungen. Sie wirkte zierlich, fast zerbrechlich, und trug ein eng anliegendes graues Kleid, das ihre schlanke Figur gut zur Geltung brachte. *Sie hat sich kein bisschen verändert.* Schon bei der ersten Begegnung vor zwei Jahren war er von ihr fasziniert gewesen. Nun verwirrte Kate Corvey ihn von Neuem.

Die rechte Hand von Dr. Jakob Bender und Geschäftsführerin der Prokaryo AG machte zurzeit Schlagzeilen. Er wusste, dass die Mitglieder des Aufsichtsrats einer Übernahme des US-Konkurrenten Amocell für etwa 1,2 Milliarden Euro zugestimmt hatten. Der Kauf sollte im kommenden Januar abgeschlossen sein. Prokaryo sicherte sich damit den in den USA produzierten DNA-Test zum Nachweis von humanen Papillomaviren, die den Gebärmutterhalskrebs verursachten, der bei Frauen eine der häufigsten Krebsformen darstellte. Das Managermagazin lobte die sechsunddreißigjährige Unternehmerin in einem ausführlichen Artikel, nachdem sie zur Managerin des Jahres gewählt worden war. Das Unternehmen selbst war in Deutschland sowohl im vergangenen Jahr als auch in diesem Jahr als einer der besten Arbeitgeber ausgezeichnet worden.

Ohne lange zu überlegen, stand Falk Hoffmann auf und ging auf sie zu.

„Frau Corvey?", begrüßte er sie freundlich. „Das ist aber eine angenehme Überraschung."

Ihre Blicke trafen sich und ihr Lächeln ließ sein Herz noch schneller schlagen. *Ein schönes Lächeln*, dachte er, ein Lächeln, das an ferne Erinnerungen eines gemeinsamen Abends in Düsseldorf rührte. Sie reichte ihm die Hand, die er für flüchtige Sekunden fest umschlossen hielt, nicht ohne dabei ihre leicht geröteten Wangen zu bemerken.

„Herr Hoffmann! Wie schön, Sie hier, am anderen Ende der Welt, wiederzusehen. So ein Zufall."

Sie zeigte einladend auf den freien Sessel neben sich.

„Bitte, nehmen Sie doch Platz."

Die Stewardess der Cathay Pacific Airlines eilte herbei und reichte ihm ein Glas Champagner.

„Ich glaube nicht an Zufälle. Ich nenne es höhere Gewalt, die mir übrigens sehr entgegenkommt."

Kate neigte den Kopf zur Seite und lächelte. In ihren Augenwinkeln bildeten sich feine Fältchen. Scheinbar unbewusst begann sie, das Glas in ihren Händen zu drehen.

„Höhere Gewalt, Schicksal, hm ... starke Worte für ein zufälliges Zusammentreffen. Wann haben wir denn das letzte Mal miteinander geplaudert?" Sie strich sich eine Haarsträhne aus dem Gesicht. „Vor zwei Jahren, glaube ich, oder?"

„Ja, das könnte stimmen", bestätigte er lächelnd.

„Hatten Sie geschäftlich in Hongkong zu tun, Herr Hoffmann?", fragte sie und schlug ihre Beine übereinander.

Er nickte.

„Ja, fast zwei Wochen. Wir planen eine Umstrukturierung der hiesigen Forschungsabteilung. Es nahm mehr Zeit in Anspruch, als ich eingeplant hatte. Und Sie? Was macht denn die berühmteste Gen-Detektivin in der Stadt der Produktpiraterie?"

„Wir haben in Hongkong eine Niederlassung." Sie schmunzelte. „Gen-Detektivin?"

„Die Branche nennt Sie so hinter vorgehaltener Hand." Er hob sein Glas und prostete ihr zu. „Übrigens, herzlichen Glückwunsch zu Amocell. Eine sehr gute Entscheidung."

„Ja, das finden Dr. Bender und ich auch", bemerkte sie. „Wir leisten durch die Übernahme des Unternehmens einen Beitrag für die Gesellschaft, das ist sehr befriedigend. Wie bei Ihnen stehen im Zentrum unserer Forschung der Mensch und seine Gesundheit. Natürlich geht es bei Prokaryo und Amocell auch darum, als Wirtschaftsunternehmen Erfolg zu haben. Beide Unternehmen hätten für sich allein niemals den Markt der Impfstoffe gegen humane Papillomaviren erschließen können. Wir stehen allerdings in der Prävention erst am Anfang einer Revolution, ähnlich wie vor dreißig Jahren bei der Informationstechnologie. Gebärmutterhalskrebs vorbeugen zu können, ist ein enormer Fortschritt."

Falk Hoffmann nickte zustimmend. Experten teilten die Ansicht, dass Prokaryo eine gute Zukunft bevorstand. Branchenkenner aus dem Bankenmilieu gingen davon aus, dass sich der Umsatz von Prokaryo bis 2014 auf rund 1,5 Milliarden Euro Umsatz verdoppeln würde.

„Wären wir uns nicht zufällig hier begegnet, hätte ich Sie spätestens in Deutschland aufgesucht. Dr. Jonathan Hastings, einer unserer Biogenetiker, erwähnte, dass Prokaryo Hoffmann mit Proteinen zur DNA-Isolierung beliefert. In diesem Zusammenhang fiel vor zwei Tagen ihr Name", begann er ohne Umschweife.

Kate hob neugierig eine Augenbraue.

„Sie wollten uns aufsuchen? Worum geht es denn?"

Er begegnete neuen Geschäftspartnern immer mit Vorsicht, aber seine innere Stimme sagte ihm, dass sie absolut integer war und dass er ihr vertrauen konnte. In groben Zügen informierte er sie über das neue Herztherapeutikum Rebu 12, verschwieg aber dessen Besonderheiten. Eine Stunde später begleitete er sie zum Flugsteig der Maschine nach Kuala Lumpur. Die Passagiere gingen bereits an Bord. Kate Corvey blieb stehen und stellte ihre Reisetasche auf den Boden.

„Rufen Sie mich bitte an", sagte sie und gab ihm ihre Visitenkarte. Ihre Stimme klang wenig geschäftsmäßig, vielmehr hatte sie einen warmen Unterton, als würden sie sich zu einem Abendessen verabreden. „Dr. Bender und ich sind in zwei Tagen wieder in Berlin."

Sie sah ihn erwartungsvoll an.

Falk erwiderte lächelnd ihren Blick.

„Das werde ich!", versicherte er ihr.

Kate Corvey reichte ihm die Hand, griff nach ihrem Gepäck und verschwand in der Fluggastbrücke, die zu den Maschinen führte, ohne sich nochmals umzudrehen.

Falk Hoffmann spürte, wie der Druck auf seinem Unterarm immer stärker, schwerer, fast unerträglich wurde. Er wollte sich nach vorn beugen, damit das Gewicht vom ihm abfiel. Kate kam auf ihn zu, in der rechten Hand hielt sie ein Glas Champagner, mit dem linken Arm zog sie ihn an sich. Er küsste sie, lange, sehr lange, und fühlte sich frei, der Sonne und dem Glück so nah wie nie.

Der Druck auf seinem Arm wurde stärker.

„Herr Hoffmann? Es tut mir leid, sie aufwecken zu müssen", sagte eine weibliche Stimme. „Aber wir landen in wenigen Minuten."

Für einige Sekunden schwebte er im Zwischenreich von Schlaf und Wachen. Er wollte weiterschweben. Doch langsam dämmerte ihm, dass er träumte. Falk öffnete die Augen und sah aus dem Fenster in einen wolkenlos blauen Himmel. Die Landschaft zweitausend Meter unter ihnen war rostbraun gefärbt. Der Herbst zeigte sich von seiner schönsten Seite.

„Bitte, stellen Sie Ihre Rückenlehne senkrecht."

Diesmal klang es wie ein Befehl. Er gehorchte und dachte: *Lass mich in Ruhe. Du hast meinen Traum gestört.*

Er freute sich auf ein Wiedersehen mit Kate Corvey, glaubte er doch beim Abschied in ihren Augen gelesen zu haben, dass da mehr war als nur die Verabredung zu einem Geschäftstermin, in dem die Einzelheiten einer Zusammenarbeit sowie ein „Letter of Intent" mit seinen ausführlichen Geheimhaltungsklauseln erörtert werden sollten. Sein Entschluss, Teile des Forschungsauftrages Rebu 12 an Prokaryo zu vergeben, hielt er für eine gute Entscheidung. Seit sie sich in Düsseldorf zum ersten Mal begegnet waren, hatte er jeden Artikel über sie gelesen.

Prokaryo war der Star einer Branche, die in Deutschland selten gute Schlagzeilen machte. Das Unternehmen profilierte sich als DNA-Dienstleister: Mit seinen Verfahren ließ sich einerseits Erbgut so aufbereiten, dass Experten in Laboratorien damit arbeiten konnten, andererseits vereinfachten die Produkte der Firma den Nachweis von Krankheiten. Kate Corvey und ihre Mitarbeiter waren Gen-Detektive und sie waren verdammt gut in ihrem Metier. Sie dominierten eine globale Zukunftsbranche und standen für eine der wertvollsten Marken in der Molekularbiologie und der klinischen Forschung. Ihr unprätentiöses Auftreten hatte sich die Biogenetikerin trotz der Bilderbuchkarriere bewahrt, mit der sie die Firma zum erfolgreichsten Biotech-Unternehmen Europas geformt hatte.

Fast überall auf der Welt, wo DNA-Tests eingesetzt wurden, war Prokaryo-Technik enthalten: Wenn Forscher nach neuen Therapien suchten, Historiker die Eltern des ägyptischen Pharaos Tutanchamun bestimmten, Kriminalisten den Ehemann des Mordes an seiner Frau überführten. Auch bei der Identifikation der Opfer vom 11. September 2001 und des Absturzes der Air-France-Maschine waren die Tests „Made in Germany" beteiligt gewesen. Mit seiner dominierenden Stellung hatte Prokaryo seinen Umsatz in den vergangenen zehn Jahren verfünffacht, der Gewinn war sogar um den Faktor zehn angestiegen. Seit Neuestem erwirtschafteten die 2000 Mitarbeiter rund 750 Millionen Euro jährlich. Obwohl die Rendite bei rund 30 Prozent lag, schütteten Jakob Bender und Kate Corvey das satte Plus nicht an die Aktionäre aus, sondern investierten es ins weitere Wachstum. *Sie ist eine verdammt kluge Frau*, dachte Falk Hoffmann. *Verdammt klug und verdammt attraktiv.*

Das Flugzeug flog eine Schleife und ging in einen stetigen Sinkflug über. Er hörte das Summen der Hydraulik, das Fahrgestell wurde ausgefahren. Die Maschine setzte weich auf und rollte zu dem Teil des

Vorfelds, wo zwei Busse die Passagiere aus Hongkong empfingen. Falk Hoffmann schaltete sein Handy ein. Unmittelbar danach erklang ein dezenter Signalton, der eine Flut an SMS-Mitteilungen ankündigte.

Die erste Nachricht stammte von Hún Xìnrèns Ehefrau Xingqiú und lautete: *Hún wurde gestern ermordet! Xingqiú Xìnrèn.* Das konnte nicht sein, das durfte nicht sein. Hún tot? Ermordet? Er hatte doch gestern noch mit ihm gesprochen, mit ihm auf den neuen Wirkstoff angestoßen.

„Lausche deiner inneren Stimme, die tief in deiner Seele ihre Zeichen setzt, um dich zu warnen", hatte Yàn Meí einmal gesagt. Er hätte auf sie hören sollen. Die Schatten wurden länger.

Kapitel 7

Klinik Na Stacain, 2. Februar 1989

Die schottische Lux-Humana-Klinik auf den Klippen von Na Stacain lag neun Kilometer von Balmore Castle entfernt und musste früher einmal ein sehr vornehmes Wohnhaus gewesen sein. Die weißgekalkte Jugendstilvilla mit den schwarzen Dachziegeln glich ein wenig ihrem Elternhaus in Droman, fand Dallis. Die Klinik war drei Stockwerke hoch und hatte einen großen, abgeschlossenen Innenhof mit kleinen Rosensträuchern und einem Springbrunnen. Das ganze Anwesen machte einen sehr gepflegten Eindruck. Auf dem frisch asphaltierten Parkplatz standen ein Dutzend Fahrzeuge. Im Inneren war die ursprüngliche Architektur weitestgehend erhalten. Die hohe Stuckdecke ruhte auf flachen, kannelierten Wandpfeilern und die vielfach unterteilten Fenster reichten vom Boden bis fast zur Decke. Von dieser hing ein riesiger Kronleuchter herab, obwohl der Raum indirekt beleuchtet wurde. Das Licht hatte einen warmen Ton, der dem Teint schmeichelte. Eine majestätische Treppe mit Balustrade und ein gläserner Aufzug führten in die oberen Stockwerke.

Dallis verbrachte nach der Beisetzung ihrer Eltern die darauffolgenden Tage in der Klinik, in einem Zimmer mit weißen Wänden und einem Bett mit weißen Bezügen. Selbst der Schrank, in dem eine junge Schwester ihren Rucksack verstaut hatte, war weiß gestrichen. Sie solle sich setzen, auf den weißen Stuhl, und still sein, hatte die Schwester gesagt. Bald würde jemand kommen und sich um sie kümmern. Dallis gehorchte, doch niemand kam und irgendwann musste sie aufs Klo. Sie schrie und die Schwester, die aussah wie die Barbiepuppe in ihrem Rucksack, kam wieder in das weiße Zimmer und strich ihr über den Kopf.

Am liebsten wollte Dallis ihre Hand wegschlagen, Schwester Barbiepuppe sollte sie nicht anfassen, aber trotzdem hielt sie still. Barbie zeigte im Korridor auf eine Tür. Sie sprach dabei kein Wort. Überhaupt sprach niemand mit ihr, auch die Frauen, die ihr auf dem Gang entgegenkamen, gingen wortlos an ihr vorbei.

Dann ließ Schwester Barbie sie allein und Dallis war froh darüber. Sie wollte bei Papi und Mami sein. Aber dann müsste sie wieder zurück in das alte Haus nach Droman. Das ging aber nicht, weil dort niemand mehr war. Deshalb wollte sie jetzt auch niemanden sehen. Sie legte sich ins Bett, starrte an die weiße Decke und dachte dabei an Blake, der immer Tränen in den Augen hatte, wenn er von ihrer Mami sprach. Ihren Papi erwähnte Blake gar nicht, obwohl er doch mit Papi in der Klinik gearbeitet hatte. Das fand sie komisch, wie vieles andere auch.

„Ich sorge mich um dich, Kleines", hatte Blake nach der Beerdigung gesagt. Deshalb war sie tagsüber hier, in dieser komischen Klinik, mit den komischen Barbiepuppen, die in Blakes Zimmer ein- und ausgingen und die ihn mit ihren komischen Augen anstarrten. Diese Augen waren wie die toten Augen ihrer Mami, in die Dallis geblickt hatte, als sie neben ihr in dem kaputten Auto wieder zu sich gekommen war. So wie diese komischen Frauen hatte ihre Mami nach dem Unfall auch geguckt.

Dallis langweilte sich, stand wieder auf und äffte die Barbiepuppen nach. Sie versuchte in ihrem weißen Zimmer auf Zehenspitzen zu stolzieren oder im Badezimmer wie die Barbiepuppen in den Spiegel zu schauen. Aber es gelang ihr nicht. Sie war ja auch nicht tot. Irgendwann legte sie sich wieder aufs Bett und schlief ein.

Am nächsten Morgen durfte sie das erste Mal mit Blake über eine schöne Wiese gehen, die er „Dallis' Traumwiese" nannte. Von dem Tag an war sie gerne in dem weißen Zimmer.

Ein paar Tage später saß sie Blake gegenüber, der sie wie immer liebevoll ansah. Dallis fragte sich, was er wohl heute mit ihr machen würde. Vielleicht durfte sie wie in den vergangenen Tagen in eine bunte Lampe schauen oder über die Wiese gehen und Blumen pflücken. Das machte sie am liebsten. Blake stand auf und ging um den Schreibtisch.

„Du hast ein bisschen Farbe bekommen. Das steht dir gut, Kleines", sagte er und gab ihr einen Kuss auf die Wange. „Aber du hast etwas auf dem Herzen. Du scheinst dich über irgendetwas zu wundern."

Dallis nickte heftig.

„Wer ist Kate?", fragte sie hastig.

„Kate Corvey ist eine Schülerin des Internats Lux Humana, die oft mit den Zwillingen herumhängt", antwortete Blake.

„Herumhängt?"

„So nennt Logan das, wenn sie zusammen sind! Was ist denn los, Kleines?"

Dallis sprang auf.

„Logan hat seine Zunge in Kates Mund gesteckt", sagte sie aufgewühlt. „Im Garten von Balmore Castle. Ich habe es gesehen. Ist das gut?"

„Das hängt davon ab", antwortete Blake und runzelte die Stirn.

„Wovon?"

„Was man für den anderen empfindet."

Dallis setzte sich kerzengerade auf.

„Und dann steckt man ihm die Zunge in den Mund?"

„Ja", antwortete Blake leise. „Dein Papa hat deine Mamma doch auch geküsst. Sie haben sich geliebt. Dann macht man solche Sachen."

Dallis schüttelte ihre blauschwarzen Locken.

„Igittigitt", sagte sie und kicherte.

„Wolltest du Liebe machen mit meiner Mami?", fragte sie urplötzlich.

Blake sah sie erschrocken an.

„Wie kommst du denn darauf?"

Sie zeigte mit dem Finger auf Blake.

„Mami hat nicht nur Papi lieb gehabt, sondern auch dich!"

„Hat Mami dir das erzählt, Dallis?"

„Nein."

„Woher weißt du das denn?"

„Ich weiß es. Wenn Papi früher etwas nicht genau gewusst hat, hat er immer gesagt: Ich habe so eine Ahnung. Papi war klug und ich bin auch klug."

„Aha."

„Haben Logan und Adam keine Mami?", bohrte Dallis weiter.

Blakes Blick verfinsterte sich.

„Nein, Dallis. Sie starb bei der Geburt der Zwillinge."

„Warst du damals auch so traurig wie über Mamis Tod?"

„Ja", antwortete er leise.

„Papi hat gesagt, dass du mit Mami bumsen wolltest. Was ist bumsen, Blake?"

„Das ist, wenn man laut an eine Tür klopft", sagte er und errötete.

Dallis sprang auf.

„Ich glaube, du bist ein Lügenbaron."

Blake hob die Augenbrauen und strich sich mit der Hand durchs Haar.

„Lügenbaron? ... Ah, ich verstehe, da steckt Logan dahinter."

Dallis nickte.

„Logan hat gesagt, du erzählst Geschichten wie ein Lügenbaron."

„Er meint damit, dass ich gerne Märchen erzähle, Dallis."

Dallis schaute nachdenklich aus dem Fenster.

„Ach so."

Dann sah sie Blake mit großen Augen an.

„Mami kommt nicht mehr nach Hause?"

„Nein, Kleines."

Eine Träne kullerte über ihre Wange.

„Ich wusste, dass du kein Lügenbaron bist", sagte sie, ging auf Blake zu und schlang ihre dünnen Arme um seinen Hals. „Jetzt möchte ich über die Wiese gehen."

Blake hob sie hoch, setzte sie auf die Couch und streifte ihr die Schuhe ab.

„Du sitzt jetzt auf der Couch des Glücks, Dallis."

Er deckte sie mit einer Wolldecke zu und schaltete die Wandleuchte ein. Sofort wurde der Raum von warmen Goldtönen überflutet. Dallis sah Blake mit ernster Miene an.

„Das Licht ist schön", sagte sie, „davon werde ich immer so müde. Du darfst aber meine Hand nicht loslassen, wenn wir über die Wiese gehen."

„Sorge dich nicht, Kleines. Ich werde auf dich aufpassen."

Sie nickte und schloss die Augen.

„Entspann dich und achte auf meine Stimme", begann Blake. „Ich möchte, dass du jetzt tief einatmest und dann die Luft herauslässt. Die Luft wirbelt rund um deine Lunge und dann bläst du sie raus wie einen tiefen Seufzer. Und all deine Ängste und Sorgen entweichen in einer dichten Wolke aus schwarzem Rauch. Siehst du, wie der Rauch langsam von dir wegschwebt? Spürst du die sanfte Meeresbrise, die dich umgibt?"

Dallis lag entspannt auf dem Rücken, mit schlaffen Gliedmaßen, geschlossenen Augen und ausdrucksloser Miene.

„Wir gehen zurück, weiter, immer weiter. Du bist auf einem weichen Pfad neben einem kühlen Bach und bleibst ein Weilchen stehen, um dem Wasser zu lauschen. Du fühlst dich frei und leicht. Du gehst weiter, ganz langsam. Du siehst ein Blatt, das wie ein Schiffchen auf dem Wasser treibt, und verfolgst mit den Augen, wie es mit der Strömung segelt. Das Blatt begleitet dich. Bei jedem Schritt lässt du mehr los und bei jedem Schritt, den du den Pfad entlanggehst, fühlst du dich wohl und sicher, du bist ruhig und gelassen, in deinem Geist, deinem Körper und in deiner Seele."

Dallis runzelte die Stirn, als Blake sie von dem Bach wegführte, und verzog leicht das Gesicht.

„Du kommst zu einer zartgrünen Sommerwiese mit Blumen, du riechst den Duft der Blumen, es ist warm, die Sonne scheint, der Himmel ist blau, du spürst eine leichte Brise auf den Wangen und du gehst auf einen Wald zu und siehst einen Weg, der durch den Wald führt."

Als sie die Wiese überquerte, kehrte Dallis' schwaches, aber friedliches Lächeln zurück. Sie lief auf weichem Waldboden und spürte die angenehme Kühle des Waldes. Am Ende des Waldes sah sie ein Licht. Als sie aus dem Wald trat, kam sie an einen Bergsee mit kristallklarem Wasser. Sie konnte bis auf den Grund des Sees schauen. Langsam ging sie ins Wasser, es hatte eine angenehme Temperatur. Hier fühlte sie sich sicher. Sie tauchte tiefer und tiefer, bis auf den Grund des Sees, und sah, wie eine Quelle aus einem Felsen sprudelte. Sie spürte die Kraft, die von der Quelle ausging. Als sie die Quelle durchschritt, öffnete sich der Felsen.

„Und wieder läuft die Zeit zurück, weiter und weiter in die Vergangenheit. Immer weiter ... weiter. Du bist ein Baby, auf dem Schoß deiner Mutter. Du bist ein Jahr alt."

Dallis begann zu weinen.

„Ich habe Hunger."

„Bist du sicher?", fragte Blake vorsichtig. „Gibt dir deine Mami etwas zu essen, Dallis?"

Sie bewegte sich unbehaglich auf der Couch hin und her und zuckte mit den Schultern. „Ich weiß nicht."

Ihre Abwehr verlor sich in einer Mischung aus Furcht und Elend.

„Was siehst du, Dallis?", hörte sie Blakes Stimme aus der Ferne fragen.

Dallis schilderte unter seiner Anleitung ihre Empfindungen.

„Da ist eine Flasche mit Milch und etwas Blaues, es wird immer größer, es ist ein Mann, ein großer blauer Mann, er steht vor mir." Sie schüttelte den Kopf. „Nein, nicht Papa John, es ist nicht Papa John. Aber ..."

„Dallis, sieh genau hin. Wer gibt dir die Flasche?", fragte Blake.

Plötzlich setzte sich Dallis kerzengerade hin und blickte Blake an, der vorgebeugt in einem Ohrensessel saß, etwa anderthalb Meter von ihr entfernt. Sie staunte über die Veränderung, die sie erfasste, staunte darüber, wie ihre Trauer einem Gefühl von Leichtigkeit und Freude wich.

„Aber Blake, du gibst mir doch die Flasche – wie immer."

„Wo bist du, Dallis?", fragte er leise.

„Nicht weinen, Blake. Ich bin doch bei dir, wie immer – ich bin auf Balmore Castle", antwortete Dallis und wurde vom Nebel umschlossen.

Dallis hörte aus der Ferne, wie Blake mit leiser Stimme sprach, und Hand in Hand gingen sie den Weg durch die magische Landschaft zurück, den sie gekommen waren. Da waren die Wiese, der Wald, der Bach.

„Atme tief durch, Kleines", wies er sie an. „Die Luft ist köstlich. So süß und frisch und kühl."

Ihr Brustkorb hob und senkte sich.

„Wenn ich bis fünf zähle, wirst du aufwachen und dich entspannt und erfrischt fühlen, okay?"

Ohne auf ihre Antwort zu warten, begann er zu zählen.

„Eins ... zwei ... drei ..."

Dallis' Lider zuckten, dann öffnete sie langsam die Augen. Sie blinzelte hektisch ins Licht, bis Blake klar zu erkennen war. Dann hob sie schwungvoll die kleinen Füße von der Couch und stand auf. Ihr Gesicht fühlte sich heiß an.

„Du hast sehr gut mitgemacht, Dallis. Ich bin stolz auf dich! Bernhard wird dich nach Balmore Castle bringen und heute Abend lese ich dir eine Geschichte vor."

„Die mit dem schwarzen Auto?"

„Ja. Warum?"

„Ich mag schwarze Autos. Sie sind so schön gruselig", antwortete sie und sah ihn mit einem seltsamen Blick an, der hohl und leer wirkte.

Am Abend kam Blake auf Balmore Castle in ihr Zimmer und schaute sich ihre Zeichnungen an. Ein Bild zeigte einen großen, schwarzen Schwan.

„Was malst du denn da, Kleines?", fragte Blake.

„Das ist ein böser ... sehr böser Wolf."

„Ein Wolf? Hm ... Okay, ein Wolf."

Dallis nahm ein anderes Blatt.

„Und was ist das?", fragte Blake.

Dallis wurde zornig.

„Das ist eine Kuh."

„Ich sehe aber nur eine halbe Kuh", bemerkte Blake trocken.

„Blake! Die Kuh geht langsam, deshalb siehst du nur den Popo. Kühe dürfen nicht schnell laufen, sonst verschütten sie doch ihre Milch!"

Blake schmunzelte.

„Aha. Hat Logan das gesagt?"

„Nein! Adam. Logan hasst Tiere."

Dallis plapperte munter drauflos.

„Morgen male ich viele Tierbilder, genauso viele wie Adam. Adam möchte, wenn er erwachsen ist, nicht arbeiten. Lieber wird er Bauer. Dann werden wir unsere Eier bei Adam kaufen ..." Sie hielt einen Moment inne. „Hast Du Papi auch lieb gehabt, Blake?", fragte sie urplötzlich.

„Aber sicher, Dallis. Er war doch mein Bruder und mein Partner in der Klinik."

Dallis nickte und schob die Buntstifte und ihre Zeichnungen beiseite. Als sie sich ins Bett legte, fragte sie:

„Wo ist Logan?"

„Er muss Hausaufgaben machen."

„Mit Adam?" Plötzlich wurde sie traurig. „Oder steckt er seine Zunge in Kates Mund?"

„Ja, auch", antwortete Blake.

Dallis gab Blake einen Gutenachtkuss. Doch plötzlich richtete sie sich auf."

„Blake?"

„Ja, was ist denn noch, Dallis?"

„Was passiert jetzt mit Papis Haus?"

„Das gehört nun dir, Schätzchen."

Dallis überlegte kurz, legte sich aber dann wieder hin.

„Gute Nacht, Blake."

„Gute Nacht, Kleines", sagte er und löschte das Licht.

In dieser Nacht schlafwandelte Dallis durch den Garten bis zum Schwanensee und warf ihre Barbiepuppe hinein. Ein leises Klatschen, ein Gluckern, dann war die Puppe weg.

Dallis stand barfuß im Dunkeln, wartete und starrte in die Schwärze. Plötzlich hörte sie ein Geräusch. Ein leises, schabendes Geräusch. Es verebbte, dann setzte es mit einem leichten, kaum merklichen Geraschel wieder ein. Dallis glaubte, etwas Weiches und Schleimiges packe sie am Knöchel.

„Barbie, lass das", flüsterte sie, „ich darf dich nicht behalten. Du musst tot sein, wie Mami. Geh zu ihr und sag ihr, dass ich sie lieb hab."

Sie zitterte am ganzen Körper und ihr Herz hämmerte in der Brust.

„Ich dachte, ich kann auch aufhören zu leben und sie besuchen, aber es hat nicht funktioniert mit dem Luftanhalten. Sag das bitte meiner Mami."

Irgendetwas befahl ihren kleinen Beinen, sich vorwärts zu bewegen, und sie lief auf den dünnen Lichtstreifen hinter der Terrassentür zu. Ihr weißes Nachthemd flatterte dabei im Wind. In ihrem Zimmer wachte sie auf dem Fußboden liegend auf, heulte und schrie heiser und fordernd nach Blake, als wäre sie plötzlich wieder ein Jahr alt. Ihre Oberlippe war mit Rotz beschmiert.

Blake stürzte ins Zimmer, legte den Arm um Dallis und versuchte sie zu beruhigen. Er setzte sich aufs Bett und nahm sie auf den Schoß. Sie drückte ihr kleines Gesicht an seine Brust. Blake wiegte sie hin und her und redete leise auf sie ein, während sie aus den Augenwinkeln Logans Schatten im Türrahmen bemerkte.

Wenn ich groß bin, werde ich in meinem Haus mit dir herumhängen und meine Zunge in deinen Mund stecken, Logan! Ja, das werde ich tun! Sie schloss für einen Moment die Augen, und als Dallis sie wieder öffnete, war Logan nirgendwo zu sehen. Irgendwann ging auch Blake. Die Stille, die eintrat, war die gehetzte Stille eines kleinen Mädchens, das auf etwas anderes, noch Schlimmeres wartete.

Die Euphorie, die sie als Kind nach jeder Sitzung empfand, verebbte immer kurz danach. Das Gefühl der Leere und des Verlassenseins blieb zurück. Die lange Reise ins Zentrum von Lux Humana setzte in ihrem Gehirn einen Prozess in Gang, den Blake – wie er einmal behauptet hatte – in seinen kühnsten Träumen nicht für möglich gehalten hätte. Die Tochter von John und Amy Carrington starb und mit ihr die Erinnerung an ihre Eltern. Dallis-Blue wurde von einem Ungeheuer neu erschaffen. Blake Carrington wurde ihre Vergangenheit, ihre Gegenwart und ihre Zukunft.

Sie brauchte als Kind seine väterliche Zuneigung und seine Stärke und tat alles, um ihm zu gefallen, unterdrückte selbst ihre Trauer und ihre Tränen, und dachte: *Wenn ich meine Tränen loslasse, werde ich nie wieder aufhören zu weinen.* Niemand durfte sie trösten, niemand ihr übers Haar streichen und niemand sie umarmen. Niemand, außer Blake, Logan und Adam. Sie lernte schnell, sich auf Blakes Erwartungen und Wünsche einzustellen, und legte eine freundliche, offene Zugewandtheit an den Tag, bis sie sogar begann, ihren Adoptivvater als ein idealisiertes Selbst zu betrachten.

Als kleines Mädchen war es für Dallis nicht anstrengend, Blakes Anerkennung zu erlangen und ihre Schwächen durch Leistung zu überspielen. Blake erwartete von ihr die besten Schulnoten, absolute Disziplin, Gehorsam und Pünktlichkeit. Niemals durfte sie im Haus herumtollen oder laut schreien, Blake in einer verschmutzten Latzhose oder einem zerrissenen Kleid entgegentreten. Die Haare mussten gestriegelt werden, bis sie glänzten, die Hände wurden wöchentlich manikürt, und immer trug sie makellos weiße Söckchen. Blake liebte die Farbe Weiß, die er als „Heimat des Lichtes" bezeichnete. Sie galt in seinen Augen als Reinheit und zeigte gleichzeitig die Bereitschaft für Veränderung zur eigenen Vervollkommnung. Sie war die Farbe von Lux Humana.

Auch Dallis trug weiß und glaubte bereits mit acht Jahren für Lux Humana bereit zu sein. Und so stellte sie ihre erste Forderung.

„Hast du Kate auch adoptiert, Blake?", wollte Dallis eines Tages wissen.
Blake hob die Augenbrauen.
„Wie kommst du denn darauf?"
Dallis hob die Schultern.
„Nur so."
„Kate lebt nicht auf Balmore Castle. Sie wohnt mit ihren Eltern in Droman und besucht nur unser Internat."
„Woher kommen denn die anderen Kinder für das Internat?", fragte sie neugierig.
„Einige Kinder kommen aus Bettyhill, Dallis. Auf Balmore Castle bekommen sie eine gute Schulausbildung, die sie sonst nicht erhalten würden."
Er verschwieg Dallis, dass er aus diesen Schülern die zukünftigen Mitglieder für Lux Humana und seinen inneren Kreis auserkor.
Der innere Kreis von Lux Humana war das wohlbehütete Zentrum der Macht. In Na Stacain und Balmore Castle wurden die Mädchen und Jungen entweder in die Gemeinschaft hineingeboren oder vom Kinderheim in Bettyhill der Gemeinschaft zugeführt. Sie erhielten in dem in Balmore Castle integrierten Eliteinternat eine hervorragende

Schulausbildung. Sobald sich ihr siebzehnter Geburtstag näherte, suchte Blake unter den Mädchen und Jungen jene aus, die seiner Meinung nach den Herausforderungen einer Behandlung in Na Stacain standhalten würden. Die anderen entließ Lux Humana in ein normales Leben.

Die neuen Mitglieder lebten zunächst in einem Nebengebäude der Klinik Lux Humana in Na Stacain. Nach ihrer Rückkehr auf Balmore Castle wurden sie in einem eigenen Gebäude strikt von den Internatsschülern getrennt. Das Gebäude, ein Zeugnis viktorianischer Romantik aus behauenem Stein, war von hohen Mauern umzäunt und lag im hinteren Teil des Schlossparks. Lediglich vier Türme überragten die Mauer. Offiziell galt er als privates Domizil der Carrington-Familie. Ein Internatsschüler bekam niemals einen Neophyten zu Gesicht.

„Ist das so, als ob man ein Kind adoptiert?"

„Nein, wohl eher, als würde man eins in Pflege nehmen", sagte Blake.

„Werden sie später dann auch so komisch gucken wie die Barbiepuppen von Lux Humana?"

Blake lachte laut auf.

„Wie gucken sie denn … die Barbiepuppen, Dallis?"

„Komisch eben", sagte sie trotzig.

„Manche Patienten bekommen in der Klinik Medikamente gegen ihre Schmerzen. Sie gucken nur so, wenn sie müde werden. Zufrieden?"

Er ist doch ein Lügenbaron!

„Kannst du Kate auch so komisch schauen lassen?"

„Wieso?"

„Dann findet Logan sie bestimmt nicht mehr nett. Und seine Zunge steckt er dann vielleicht in meinen Mund!"

Blake lief rot an.

„Möchtest du das denn, Dallis, dass Logan seine Zunge in deinen Mund schiebt?", fragte er hinterlistig.

Dallis antwortete nicht. Sie setzte sich an den Tisch und kritzelte auf ihrem Zeichenblock herum, mit links, genau wie ihre Mutter. Adam zeichnete auch mit der linken Hand. Logan hatte einmal gesagt, wer mit links schreibe, stelle sich auch im Leben quer und versperre sich den Weg, weil man sich selber das Licht nähme, aber das gelte nur für die linke Hand und die Buchstaben, die man schrieb. Die rechte Hand greife immer nach dem Glück.

„Nein, Blake. Ich hätte viel lieber deine Zunge in meinem Mund!", sagte Dallis und gab Blake einen Schmatzer auf die Wange.

Jetzt bin ich auch eine Lügenbaronin, dachte sie.

Blake lächelte selbstgefällig, als sie wenig später sein Büro verließ. Dennoch wurde er nicht schlau aus dem Mädchen. *Äußerlich wird Dallis ihrer Mutter Amy immer ähnlicher*, dachte er. Eine Tatsache, die ihn oft irritierte. Dennoch hätten Mutter und Tochter nicht unterschiedlicher sein können. Dallis schien stärker als Amy zu sein und sie war hochintelligent. Schon jetzt strebte das Mädchen nach Besitz und Macht. Dallis' Mutter Amy war ganz anders gewesen: eine Träumerin, die sich immer gerne Zeit gelassen hatte und ihren eigenen, natürlichen Rhythmus hatte finden wollen, ein sinnlicher Mensch und wie er allen schönen Dingen des Lebens zugetan. Geduld war ihre Stärke gewesen, doch manchmal hatte sie bei Amy auch in Sturheit ausarten können. Er hatte Amy immer sein Eigen nennen wollen und hatte ihr immer mal wieder am Eingangstor ihres Anwesens aufgelauert. Auch war er eines Nachts über die Terrasse in ihr Zimmer eingedrungen und hatte ein Halstuch an sich genommen, um ihren Duft zu konservieren. Aber sie war nur für seinen Bruder „ein Fels in der Brandung" gewesen. Ihn hatte sie verachtet. Wenn seine Gedanken Dallis' Mutter umkreisten, lag der Hass wie ein schweres Tuch auf ihm.

Kapitel 8

Hoffmann-Pharma-Ltd.-Hongkong,
10. Oktober 2011

Seit einigen Wochen war Jonathan Hastings für sein Alter viel zu verrückt nach einer schönen, sehr jungen Frau, die ihren Unterhalt mit dem Verkauf von Skizzen in ostindischer Tinte bestritt. Jonathan hatte sie zufällig gegen Mitternacht in einem finstern Lokal in Kowloon getroffen, wo er in regelmäßigen Abständen seinen Trennungsschmerz mit Whisky hinunterspülte. Auf einmal hatte Liăng neben ihm gestanden und irgendwie hatte er mit ihr die Zeit bis zum nächsten Nachmittag verbracht. Jonathan hatte sich in dieser Nacht wie nie zuvor sexuellen Genüssen hingegeben und sich durch ihren märchenhaften Anblick zu Schwüren hinreißen lassen. Eine frierende Seele, glaubte er anfangs, die sich vergeblich an ihm zu erwärmen versuchte. Er täuschte sich und schätzte sie völlig falsch ein.

Liăng, das zauberhafte Wesen aus Schweden, dessen richtiger Name Karena Akinson war. In Hongkong nannten ihre Freunde sie Liăng. Eine zauberhafte Fee, klein und zierlich, mit einem Gesicht, in dem die Augen klar wie ein Bergsee glänzten. Zartheit, umrandet von langen blonden Locken, eine Venus in einer Stadt, die alles zu verschlingen drohte. Sie führte ihn behutsam in eine ihm völlig fremde Welt ein und entblößte sein Wesen innerhalb nur einer Stunde.

Am Tag ihrer ersten Begegnung entstand auf einer Leinwand seine verwahrloste Seele in ostindischer Tinte. Verletzbar, traurig und einsam, ausbeuterisch auf der Jagd und voller Sehnsucht nach der wahren Liebe. Sie durchschaute ihn von Anfang an, während er bei Liăng völlig im Dunkeln tappte.

Er wollte sie anfangs – wie all die anderen vor ihr – nur benutzen, um die Blessuren durch seine gescheiterte Ehe zu heilen. Stattdessen führte sie ihn in eine für ihn unbekannte erotische Welt ein. Er hatte ihr nach den heißen Liebesspielen der ersten gemeinsamen Nacht sogar einen Heiratsantrag gemacht. Aber Liăng hatte nur leise gelächelt und ihm noch mehr Ekstase beschert. Vor drei Tagen war sie nun in seiner Wohnung aufgetaucht. Sie hatte ihm mit sanfter Stimme erklärt, dass ihre Begegnung ein Versehen sei, zukunftslos, eher einem Zweck dienend. Ihr fehle das Besondere, eine Magie, welche wahre Intimität bedeutete.

„Außerdem engst du mich ein", hatte sie mit fester Stimme gesagt. „Einen kreativen Menschen darf man nicht einengen, man muss ihn loslassen können, nur dann kommt er zurück."

Daraufhin war Jonathan explodiert und es hatte einen furchtbar lauten und sinnlosen Streit gegeben. Er hatte Liǎng seitdem nicht mehr gesehen. Selbst über ihr Handy, das sie immer bei sich trug, konnte er sie nicht erreichen.

Jonathans Schädel brummte vom Sake am Vorabend. Er hatte Liǎng verloren und vermutete, dass ein anderer Mann ins Spiel gekommen war. Nur so konnte er sich ihren plötzlichen Sinneswandel erklären. In den letzten Tagen hatte er sich immer wieder bei dem Gedanken ertappt, wie er diese sinnliche junge Frau aus den Fängen des Konkurrenten zurückerobern könnte. Wie er sie dazu bringen könnte, ihn und keinen anderen zu wollen. In seinen albernen Tagträumen war er der unwiderstehliche Don Juan, der Mann, der ihrer Jugend und ihrem ungestümen Wesen alle erdenklichen Freiheiten ließ. Ein aufmerksamer und weiser Zuhörer, der ihre überdurchschnittliche Intelligenz geduldig förderte. Ein uneigennütziger und lebenserfahrener Mittvierziger, der alles unternahm, damit sie ihre jugendlichen Begierden ausleben konnte.

Doch die Realität an diesem Montag sah ganz anders aus. Die Vorstellung, Liǎng für immer verloren zu haben, war eines von vielen Dingen, die ihm besonders am heutigen Vormittag schwer zu schaffen machten. Ebenso die Tatsache, fortan täglich die Hongkong-Police-Force in der Firma zu sehen oder zu erleben, wie ein Chief Inspector der Mordkommission „Columbo" spielte und seine Besprechungen störte.

Jonathan konnte es immer noch nicht fassen, dass Hún Xìnrèn einem brutalen Verbrechen zum Opfer gefallen sein sollte und nicht mehr lebte. Vieles sprach aber auch für das Dahinscheiden während eines sadomasochistischen Liebesspiels, hatte ihm ein Polizist anvertraut. Húns Leichnam lag in der Gerichtsmedizin und die ersten Gerüchte über die mögliche Todesursache des weltbekannten Wissenschaftlers waren bereits im Umlauf. Da das Feuer auf der Dschunke rechtzeitig hatte gelöscht werden können, war Húns Leiche von den Flammen verschont geblieben.

Hún Xìnrèn und Sadomasochismus? Das passte nicht zu dem Bild, das Jonathan sich von dem sanften Mann gemacht hatte. *Hún Xìnrèn und Folter? Unvorstellbar!*

Und wenn es nun doch Mord war?, fragte sich Jonathan. Aber weswegen sollte jemand Hún umbringen wollen? Blödsinn! Die Obduktion der Leiche würde die Todesursache ans Tageslicht bringen, und das sehr schnell. *Diesen Gerüchten muss man Einhalt gebieten*, dachte Jonathan.

In diesem Punkt waren sich die ermittelnden Beamten einig. Ein Chinese wie Dr. Hún Xìnrèn stand für den Fortschritt der Volksrepublik China und die chinesische Regierung würde niemals zulassen, dass Hún als ihr Repräsentant sein Gesicht verlor. Die Zensurbehörde Chinas mochte zwar das weltweit ausgeklügeltste Zensur- und Überwachungssystem des Internets besitzen, aber es stieß hier in Hongkong an seine Grenzen. Hier tauschte man verbal Neuigkeiten aus, die dann über den Jachtklub oder den Golfklub, in dem der Polizeipräsident Mitglied war, zunächst die Dschunkenwelt von Aberdeen erreichte und von dort aus in die weite Welt verstreut wurden. Doch ein Verbrechen mitten in Aberdeen verbreitete sich ohne Zwischenstationen wie ein laufendes Feuer in allen Windrichtungen. Davon war Jonathan überzeugt. Auch tat ihm die Frau seines Kollegen leid, obwohl die Ehe offenbar nicht die beste gewesen war. Hún hatte ihm einmal im Alkoholrausch von Problemen mit Xīngqiú erzählt. Aber seinen Ehepartner auf diese Weise zu verlieren … Jonathan hasste den Gedanken, sich mit seinem Kollegen nie mehr austauschen zu können. Nichts würde wieder so sein, wie es einmal gewesen war. Es gab nur noch ein Danach.

Schluss jetzt! Du kannst dir später über Húns Tod und über Liăng den Kopf zerbrechen, dachte Jonathan und schaute in die Runde. Zwei seiner engsten Mitarbeiter waren inzwischen in seinem Büro eingetroffen und saßen am Besprechungstisch. Ungeduldig blätterten sie in ihren Unterlagen. Hoffmann bestand auf einem detaillierten Bericht von Wilkins, der auch Húns wissenschaftliche Dokumentation, das Rebugen-Datenmaterial zu Rebu 12 und die Laborbücher nach Ratingen bringen würde. Die wöchentliche Montagsrunde fand wie immer um zehn Uhr dreißig statt. Es war bereits zwanzig vor elf. Sie warteten auf Kasper Wilkins, Hoffmanns rechte Hand, der gestern in Falk Hoffmanns Auftrag aus Deutschland angereist war.

Jonathan Hastings schaute auf seine Armbanduhr. Ob Wilkins mit der Zeitverschiebung Probleme hat?, fragte er sich und begann an seinem aufgeräumten Schreibtisch einige Laborbücher durchzusehen.

Sie mussten wieder zur Tagesordnung übergehen. Die Spurensicherung hatte am Samstag und Sonntag ihre Arbeit erledigt und dabei in den Räumen seines Kollegen ein regelrechtes Chaos veranstaltet. Die Polizei hatte viele Fragen gestellt und ihnen die Fotos von Hún Xìnrèns entstelltem Leichnam vorgelegt. Doch niemand wusste etwas anderes zu berichten, als dass Hún ein hervorragender Wissenschaftler und ein liebenswerter, sympathischer Kollege gewesen war.

Auch verlor Jonathan gegenüber den Ermittlungsbeamten kein Wort über Rebu 12. Spitzel der Konkurrenz fanden sich überall, auch unter den Gesetzeshütern dieser Stadt. Er hatte sich wieder in die Arbeit gestürzt und sich bis tief in die Nacht darin vertieft, um die grausamen Bilder von Húns geschändetem Körper zu verdrängen. Wieder blickte er verstohlen auf seine Mitarbeiter. Ob einer von ihnen vielleicht mehr wusste, als er zugab? Irgendetwas war hier oberfaul. Jonathan konnte es förmlich spüren.

Ohne dass vorher ein Klopfen zu hören gewesen war, flog die Bürotür auf und alle Augen richteten sich auf Kasper Wilkins und Yàn Meí. Gehüllt in einen hautengen Lederrock und eine schwarze Seidenbluse betrat sie den Raum und glitt an der Wand entlang zu einem freien Stuhl, den sie umständlich zurechtrückte, bevor sie sich mit unschuldig fragendem Blick in die Runde setzte. Die beiden Biologen, zwischen denen Yàn Meí Platz genommen hatte, musterten sie staunend. Es war ein Vergnügen, ihren Auftritt bei der Montagsrunde zu beobachten, nicht nur wegen ihres Auftretens und ihres erstaunlichen Wissens, sondern auch wegen ihrer makellosen Beine und der auffälligen Kleidung. Das lange, glatte Haar reichte ihr bis zu den Hüften. Eine vollendete Verführung. Man brauchte keine Fantasie, um sich vorzustellen zu können, dass sich unter dem teuren Designer-Outfit eine makellose Figur verbarg. Und Yàn Meí wusste, wie sie damit umgehen musste. Trotz ihrer Extravaganz war sie zu keinem Zeitpunkt eine Außenseiterin gewesen. Seit dem Tag, an dem sie die Firma zum ersten Mal betreten hatte, gehörte sie einfach dazu. Wenn sie die Kollegen anlächelte, war die schlechte Laune wie weggeblasen.

Jonathan blickte kurz auf und wandte sich wieder wortlos den Aufzeichnungen zu. Selbst wenn er einen sehr lockeren Umgang mit seinen Mitarbeitern pflegte, hasste er jede Art von Verspätung, auch die eines Kollegen aus der Zentrale. Wäre Yàn Meí nicht in Begleitung dieses Wilkins gewesen, hätte er sie in seiner unnachahmlich süffisanten Art gefragt, ob er künftig die Montagsrunde vielleicht auf einen späteren, ihr genehmeren Zeitpunkt verlegen sollte. Doch Jonathan war nicht danach zumute.

„Wer ist für die Sicherung der Projektdaten von Rebu 12 zuständig?", warf Wilkins ohne Umschweife in die Runde.

Alle hoben überrascht die Köpfe und sahen ihn erstaunt an. Es gab keinen Zweifel, dass Wilkins, der nicht nur einer der Geschäftsführer bei Hoffmann Pharma, sondern auch Biogenetiker war, nur mühsam seinen Zorn unterdrückte. Wenn jemand die Sitzung mit Zuständigkeiten oder der Zuteilung von Aufgaben einleitete, gab es zweifellos Ärger.

Niemand sagte etwas.

„Ich frage noch einmal: Wer von Ihnen ist für die Datensicherung von Rebu 12 zuständig?", sagte Wilkins mit deutlicher Schärfe in der Stimme.

Jonathan verstand die Frage nicht. Was sollte das? Jeder hier im Raum hatte auf irgendeine Weise mit der Substanz zu tun. Kaum ein Tag verging, an dem zwischen den Laboratorien keine Daten ausgetauscht wurden. Lars Olsen, einer der beiden Biologen und der jüngste Projektleiter, der neben Yàn Meí saß, schien durch Wilkins' Frage auch überrascht zu sein.

„Dr. Hún Xìnrèn war für die generelle Datensicherheit bei uns verantwortlich. Soviel ich weiß, liegen für Rebu 12 auch neue Anweisungen von Herrn Hoffmann vor. Ansonsten halten wir uns genau an die hausinternen Sicherheitsstandards."

Wilkins runzelte die Stirn.

„Das beantwortet nicht meine Frage. Noch einmal! Wer hat in den letzten Tagen die Daten gesichert?"

Die Stimmung im Raum war auf dem Nullpunkt. Etwas musste verdammt schief gelaufen sein. Oder es war wieder einmal eine jener Fragen, mit denen ein Kollege feststellen wollte, ob die Sicherheit der brisanten Forschungsdaten bei Hoffmann Hongkong nach wie vor gewährleistet war. Dafür war allerdings eher Jonathan Hastings bekannt, der damit seine Leute ständig nervte. Jonathans Vorkehrungen in Sachen Datensicherheit waren schon fast krankhaft. Neben zwei identischen und parallel laufenden Hardwaresystemen waren sämtliche gentechnische Forschungsdaten auf den Servern mehrfach durch eine Verschlüsselungssoftware sowie einen Kopierschutz abgesichert. Nur Jonathan Hastings und Hún Xìnrèn hatten Zugriff auf sämtliche Daten. Während der laufenden Projektarbeit regelten komplizierte Verfahren die Zugriffsrechte der Mitarbeiter, die jeweils nur mit einem kleinen Ausschnitt der brisanten Forschungsergebnisse arbeiten konnten. Diese Daten analysierten sie mit Rebugen, eine in dem Unternehmen selbst entwickelte Software. Damit waren sie weltweit marktführend. Es gab kein anderes Programm, das die ungeheuren Datenmengen, die bei der Genforschung anfielen, besser bearbeiten konnte.

„Dr. Goldin, Sie haben doch das jüngste Projekt von Rebu 12 betreut. Das wurde durch den Mord für achtundvierzig Stunden auf Eis gelegt. Was ist in der Zwischenzeit mit dem Datenmaterial passiert?", fragte Jonathan.

Mischa Goldin, groß, mager, fünfunddreißig Jahre alt, warf einen Blick auf den Papierstapel vor sich.

„Dazu gibt es eigentlich nichts Außergewöhnliches zu berichten", antwortete er unsicher. „Wie Sie sagten, unser Projekt ruhte zwei Tage. Alle Daten sind, soweit ich weiß, wie üblich an Dr. Hún Xìnrèns Abteilung gegangen."

„Was soll das? Soweit ich weiß… wie üblich! Soll das heißen, Sie wissen als Projektleiter nicht, was mit unseren wertvollsten Ressourcen passiert, wenn Sie Feierabend haben?", schnauzte Wilkins.

„Die Rebugen-Software ist so programmiert, dass die Daten an Dr. Hún Xìnrèn übermittelt werden", sagte Goldin achselzuckend.

„Wer hat den Transfer überprüft?"

Wilkins schien jeden Einzelnen mit seinen Blicken durchbohren zu wollen. Schweigen.

„So viel zum Qualitätsmanagement", sagte Wilkins.

Jonathan Hastings blickte zornig in die Runde.

„Bin ich denn von lauter Idioten umgeben?"

„Wo ist das Protokoll für die Entgegennahme des Laborbuchs C-13 vom vergangenen Freitag?", wollte Wilkins wissen, der sich inzwischen gesetzt hatte und in seinen Unterlagen blätterte.

Jonathan Hastings funkelte Goldin und Olsen an, die hilflos die Schultern zuckten.

„Verdammt noch mal!", brüllte er los. „Hinter diesen Daten stehen Millionen von Forschungsgeldern! Und keiner von Ihnen weiß, was vergangene Woche mit den Daten und dem Laborbuch C-13 passiert ist? Das wird Konsequenzen haben!"

„Dr. Hún Xìnrèn hat vergangenen Freitag sämtliche Laborbücher von unserem Sicherheitsdienst ordnungsgemäß zurückerhalten und den Empfang quittiert. Damit war für mich alles erledigt", antwortete Goldin.

„Warum haben Sie mir das nicht letzten Samstag gesagt?", brüllte Hastings. „Hún Xìnrèn konnte vergangenen Freitag gar nichts entgegennehmen und schon gar nicht quittieren. Da war er bereits tot!"

Goldin starrte vor sich auf die Tischplatte. Tiefe Röte überzog sein Gesicht.

„Also noch einmal", unterbrach Wilkins das eingetretene Schweigen. „Was ist mit den Arbeitsdaten auf unseren Rechnern?"

„Das ist die Aufgabe der Technik. Darum können wir uns nicht auch noch kümmern", antwortete Goldin gekränkt.

„Das ist schlecht, Dr. Goldin", fuhr Jonathan den Mann an, „ganz schlecht! Ein Projektleiter ist für sämtliche Vorgänge, die sein Projekt betreffen, verantwortlich. Selbstverständlich auch für den ordnungsgemäßen Datentransfer nach Projektende. Oder sehen Sie das anders?"

Goldin schwieg.

„Aber vielleicht ist Ihnen diese Arbeit ja zu simpel?"

Goldin rutschte unruhig auf seinem Stuhl hin und her.

„Natürlich nicht, Dr. Hastings, aber ich dachte, dafür hätten wir unsere Fachleute."

Jonathan zog seine Augenbrauen hoch und mimte den Überraschten.

„Aha. Und was ist mit Ihnen, Dr. Olsen? Sie sind ja erst kurze Zeit bei uns und deswegen in diesen Dingen noch völlig unverbraucht. Teilen Sie Dr. Goldins Ansichten?", insistierte Wilkins.

Olsen zögerte.

„Ich bin jetzt seit einem Jahr dabei. Dass ich für die Sicherung der Daten von Rebu 12 nach jeweiliger Beendigung des Projekts zuständig sein soll, ist mir neu, Dr. Hastings", sagte er zögerlich. „Ich bin überfragt."

„Ah, sie sind überfragt? Worüber können Sie denn Auskunft geben? Über das richtige Restaurant für ein Projektabschlussessen?"

Niemand lachte. Goldin und Olsen schauten betreten vor sich hin. Jonathan Hastings musterte die beiden eisig.

„Es kostet Hoffmann Pharma ein Vermögen, wenn seine Projektleiter nachlässig sind. Dr. Goldin, Dr. Olsen, Sie sollten sich darüber Gedanken machen, ob Hoffmann Pharma der richtige Arbeitgeber für Sie ist! Wir werden uns später darüber unterhalten."

Jonathan Hastings wandte sich an Yàn Meí, die sich bislang noch nicht zu Wort gemeldet hatte.

„Yàn, erklären Sie bitte unseren Experten, wie bei uns die Projektdaten gesichert werden!"

Yàn Meí nickte.

„Nach Projektende werden sämtliche Datenträger in unserem Haus nach DIN 32757 auf einem Mikrofilm festgehalten. Das fiel in den Aufgabenbereich von Dr. Hún Xìnrèn, der ...", sagte Yàn, aber stockte dann. Die bloße Erwähnung von Húns Namen ließ Yàn Meí schaudern. Dennoch war sie immer darauf bedacht, sich ihrer Umgebung anzupassen. Sie war sichtlich erstaunt über die Reaktion ihrer Kollegen, die soeben ihr Gesicht verloren hatten. Sie würde es niemand erlauben, sie in einer Art und Weise anzusprechen, wie es Kasper Wilkins tat.

„... der seit vergangenem Freitag in einem Kühlfach der Gerichtspathologie liegt und nichts quittieren konnte!", ergänzte Wilkins zynisch. Dann wandte er sich an Jonathan Hastings. „Wir werden die Herren über unsere Situation aufklären müssen, damit sie begreifen, wonach sie schleunigst suchen sollten."

Jonathan nickte. Ein Datenverlust wäre eine Katastrophe.

Dass es ihm und Hún Xìnrèn noch einmal gelingen würde, etwas bahnbrechend Neues zu entdecken, hatte Jonathan nicht zu hoffen gewagt. Wieder einmal schienen jahrzehntelange Erfahrung und Intuition die entscheidenden Voraussetzungen dafür gewesen zu sein, echten Fortschritt zu schaffen. Heute wollte keiner mehr altern. Zuweilen war es grotesk anzusehen, mit welchen Hilfsmitteln versucht wurde, unvermeidbare Alterungsprozesse aufzuhalten. Die vom Jugendwahn beherrschte Welt war eine verrückte Welt und die Genforschung hatte dazu beigetragen, den Irrglauben an die menschliche Unsterblichkeit weiter zu nähren. Es musste eine Verbindung zwischen Rebu 12 und Hún Xìnrèns Ermordung geben. Wenn Datenmaterial nicht auffindbar war, lag das auf der Hand. Die Auswertungen zu Rebu 12 waren mehr als erfreulich gewesen. Doch sie rechtfertigten keineswegs den Tod seines Kollegen, zumal sie erst am Anfang ihrer Forschungsergebnisse standen. Der Tod war ein zu hoher Preis für die Entdeckung eines Wirkstoffes, von dem seit Freitag mehrere Ampullen im Kühlfach fehlten.

„Bullshit, Hún", murmelte er vor sich hin und fügte in Gedanken hinzu: *Was hast du mit den verdammten Ampullen gemacht, mein Freund?*

„Was meinen Sie, Dr. Hastings?", fragte Wilkins.

Jonathan fuhr sich durchs Haar und seufzte. Er durfte Kasper Wilkins die Tatsache nicht vorenthalten, das Rebu 12-Ampullen fehlten. Doch vorher wollte er das Labor noch einmal auf den Kopf stellen.

Kapitel 9

Hoffmann-Pharma-AG, Ratingen, 13. Oktober 2011

Eine dichte Regenwand schob sich langsam durch das nordwestliche Vorland des Bergischen Landes. Der Wind trieb die grauen Schleier zur Zentrale der Hoffmann-Pharma-AG im Westen von Ratingen, wo sie über einer Zeile dicht stehender Platanen niedergingen. Unter den kahlen Bäumen stand eine durchnässte, düster dreinblickende Frau. Die nassen Haare klebten wie eine zweite Haut an ihrem Kopf, der Mantel war tropfnass. Sie bemerkte es nicht einmal.

Das Verwaltungsgebäude, ein moderner Glaspalast, überragte die danebenstehenden Fabrikationsanlagen und Forschungslaboratorien. Etwas abseits stand ein flacher Bau mit den Abteilungen Vertrieb und Versand. Den Eingang zu Hoffmann Pharma erleuchteten mehrere Lichterketten und das Blitzlichtgewitter zahlreicher Kameras. Drinnen war es warm, trocken und behaglich, doch vor dem Eingang musste eine kurze Strecke nasser Asphalt überwunden werden. Leute vom Wachdienst standen mit Regenschirmen bereit, während unentwegt Limousinen vorfuhren. Sobald ein Wagen vor dem überdachten Eingangsportal hielt, eilte ein Wachmann herbei und hielt seinen Regenschirm über die Männer, die ausstiegen und mit gesenktem Kopf durch den Regen zum Eingang eilten. Erst im Eingangsbereich richteten sie sich auf und lächelten freundlich in die Kamera. So hatte es Falk Hoffmann angeordnet. Berichterstatter der Fernsehsender sowie Journalisten diverser Zeitungen hielten den Ankommenden ihre Mikrofone hin. Die Fotografen versuchten so gut wie möglich ihre wertvolle Ausrüstung vor dem Regen zu schützen.

„Können Sie uns Näheres über den Mord an Dr. Hún Xìnrèn sagen? Warum diese plötzliche Zusammenkunft? Hat sein Tod Folgen für Hoffmann Pharma? Die Forschung ...? Es gibt Gerüchte über die Todesursache und ..."

Die Männer ignorierten die Fragen der Journalisten. Falk Hoffmann hatte allen strengstens untersagt, auch nur einen Ton von sich zu geben. Die weiträumige, in Marmor gehaltene Eingangshalle mit den luxuriösen Empfangsbüros spiegelte die neuzeitliche Architektur wider, in Weiß und Schwarz, aus Glas und Stahl. Rechts vom Pförtner lagen die Fahrstühle, hinter deren lautlos gleitenden Türen die aus verschiedenen Ländern Europas gekommenen Männer verschwanden.

Die zierliche Frau unter den Bäumen beobachtete alles mit kalter Gleichgültigkeit. Es gab nur einen einzigen Augenblick, in dem ihr Herz lauter pochte. Logan Carrington war mit seiner Limousine vorgefahren und blickte beim Aussteigen für eine Sekunde in ihre Richtung. Im nächsten Moment wandte er sich seinem Freund Eørgy Pasternek zu, wechselte mit ihm ein paar Worte, stieg wieder in den Wagen und fuhr zum Flughafen Düsseldorf, wo ein Privatjet nach Berlin auf ihn wartete.

Obwohl sie das gewusst hatte, hatte sie sich insgeheim auf ein Wiedersehen mit Logan gefreut, aber vergeblich. Logan nach endlosen Jahren des Wartens endlich wiederzusehen und ihn nicht umarmen zu können, ließ sie verzweifeln. Prompt spürte sie das vertraute Ziehen im Unterleib, die elektrische Spannung, die sich unter ihrer Haut ausbreitete und ihren ganzen Körper zum Pulsieren brachte, das Flattern Tausender Schmetterlinge in ihrem Bauch. *Mein Körper erinnert sich*, dachte sie.

Wie gerne hätte sie eine Angestellte vom Cateringservice gemimt, an der Logan vorbeiging, oder als Mitarbeiterin des Wachdienstes unbeweglich – nur wenige Schritte von Logan entfernt – einen Regenschirm gehalten, nur um ihm sekundenlang in die Augen blicken zu können und Erregung darin aufblitzen zu sehen. *Er sieht so verdammt gut aus und ist so verdammt verdorben*, dachte Dallis.

Mit seinen siebenunddreißig Jahren war Logan körperlich in Topform. Seine unverwechselbaren Gesichtszüge verrieten heute mehr denn je Charisma und Selbstvertrauen – seine hohen Wangenknochen, seine ausgeprägte Stirn, sein markantes Kinn mit dem kleinen Grübchen. Seine braunen Augen passten perfekt zu seinem gewellten, dunkelbraunen Haar, das kurz geschnitten war. Sie hatte seinen Anblick so sehr vermisst. Ganz nahe wäre sie ihm gekommen, wenn Logan es ihr erlaubt hätte. Sie hätte jede einzelne Rolle absolut überzeugend gespielt, denn sie war eine perfekte Verwandlungskünstlerin. Aber Logan liebte das Spiel des Verzichts.

„Nein", hatte Logan am Telefon gesagt. „Wir werden den Rest unseres Lebens miteinander verbringen. Jetzt gibt es Wichtigeres für dich zu tun. Du wirst in der Putzkolonne arbeiten. Nur so kannst du unbemerkt die Räume der Hoffmann AG durchsuchen. Wir brauchen die Zugangscodes für die Rebugen-Software und müssen vorsichtig sein, Dallis." Sie hörte sein hämisches Lachen. „Und keine Hotelsuite. Du mietest unter falschem Namen ein kleines Appartement in Ratingen und zahlst bar. Schließlich bist du es gewesen, die Hoffmann Pharma in eine schwere Krise gestürzt hat. Es ist besser, wenn uns niemand zusammen sieht."

„Ich bin nicht für Hún Xìnrèns Tod verantwortlich, Logan", protestierte sie, doch er hatte bereits aufgelegt.

Logan hatte am Flughafen Düsseldorf in einem Schließfach falsche Ausweispapiere für sie deponiert und den Schlüssel am Informationsstand in einem Umschlag hinterlegt. Sie seufzte bei dem Gedanken, erneut ihre Loyalität unter Beweis stellen zu müssen.

Urplötzlich hatte sie das Armband von Lux Humana vor Augen, das sich um Logans rechten Unterarm wand und Funken sprühte.

Blitzartig erfasste der Kopfschmerz die rechte Schläfenseite, stach mitten ins Hirn und sandte grelle Signale. Er war einfach unerträglich: bohrend, hämmernd, pulsierend. Ihr wurde übel und sie musste sich übergeben.

Falk Hoffmann starrte auf die dicht beschriebenen Zeilen seines Terminkalenders. In der kommenden Woche jagte ein Termin den nächsten: Einzelgespräche oder Meetings mit den Abteilungsleitern von Marketing, Vertrieb, Personal, Verwaltung und Finanzen. Er seufzte. Das alles musste jetzt warten, seit die Polizeibehörde in Hongkong ihm mitgeteilt hatte, dass Hún Xìnrèn wahrscheinlich ermordet worden war. Frustrierende Tage lagen hinter ihm. Er hatte es nicht geschafft, die Verbreitung der Nachricht von Dr. Hún Xìnrèns Ermordung um ein paar Tage hinauszuschieben. Die Polizei in Hongkong ermittelte auf Hochtouren. Die Journalistenmeute stürzte sich auf alles, was die Auflage ihrer morgigen Ausgabe oder die Einschaltquote der Fernsehsender erhöhte. Medienberichte konnten einem Unternehmen wie Hoffmann Pharma großen Schaden zufügen, vermittelt durch die Emotionen, die eine Berichterstattung mit dem subtilen Horrorszenario eines Mordes hervorrief. Von außen wahrgenommene Irritationen durch eine Berichterstattung hatten in der Regel einen empfindlichen Einfluss auf die Aktienkurse. Majas Vorschlag, die Pressekonferenz vorzuverlegen und einige geladene Journalisten anschließend zu einem Kantinenbesuch einzuladen, war ein kluger Schachzug. Ihr Gespür für Medienrummel bewährte sich wieder einmal aufs Neue. Sie hatte alles perfekt organisiert.

Das sanfte Licht der Schreibtischlampe gab dem Büro eine behagliche Atmosphäre. Trotzdem konnte Falk Hoffmann ein Frösteln nicht unterdrücken. Seit Xingqiú völlig aufgelöst aus Hongkong angerufen und ihm weinend Einzelheiten über ihrem Mann berichtet hatte, litt er unter starken Kopfschmerzen. Hún Xìnrèns Tod ging ihm nahe und ein Blick aus dem Fenster sagte ihm, dass selbst die Natur zu trauern schien. Es goss in Strömen. Er rieb sich heftig die Schläfen. Die Migräne ließ sich nicht einfach wegmassieren. Er schenkte sich ein Glas Wasser ein und warf zum wiederholten Mal ein starkes Schmerzmittel ein.

Auf dem schweren Schreibtisch aus schwarzem Palisander, an dem schon sein Vater wichtige Entscheidungen getroffen hatte, stapelten sich die Pläne des Architekturbüros für die Erweiterung von Haus Nummer sieben, in dem die Abteilung Entwicklung untergebracht war. Er hatte sie in den vergangenen Wochen schon mit größter Sorgfalt studiert und entschieden, diesen Gebäudekomplex um einen Sicherheitstrakt – die neue Forschungsabteilung – zu erweitern.

Jonathan Hastings war froh, seine Zelte in Hongkong abbrechen zu können, hatte er ihm am Telefon gestanden, und würde in wenigen Tagen Kasper Wilkins nach Düsseldorf begleiten. Yàn Meí blieb vorerst in Hongkong und kümmerte sich um die Schließung der Forschungsabteilung.

Falk Hoffmann stand auf und ging zum Fenster.

Als sein Vater Nikolas die Firma vor vierzig Jahren in Korschenbroich gegründet hatte, hatte er die Vision gehabt, einmal Großes in der Forschung zu leisten. Die ersten Büro- und Produktionsräume waren im ersten Stock der Kneipe „Die Blaue Forelle" in einem Tanzsaal entstanden. Das bis heute geltende Grundprinzip des Unternehmens, jederzeit auf Transparenz nach außen, Kundennähe und eine solide Forschungsabteilung zu achten, hatte sich schon sehr früh gezeigt. Nach dem Zweiten Weltkrieg waren Verwaltungs-, Forschungs- und Produktionsgebäude entstanden. 1947 hatte das Sortiment bereits mehrere Indikationsgebiete abgedeckt. Innovative Medikamente waren die Grundlage des steten Wachstums. Der Erfolg von Rebu 11 hatte die Apotheke seines Vaters in ein weltweit florierendes Pharmaunternehmen verwandelt.

Die Tabletten betäubten allmählich den Kopfschmerz. Falk Hoffmann nahm die Fernbedienung des Fernsehers, drückte die Play-Taste und sah sich das Treiben vor dem Eingang an. Ein dezentes Klopfen ließ ihn hochschrecken. Die schwere Bürotür wurde leise geöffnet. Er blickte auf.

„Darf ich?", fragte Maja Scholler.

Er nickte und zeigte auf den Bildschirm. Doch wie immer war seine Assistentin nüchtern, sachlich und souverän, was den Presserummel anging. Falk kannte Maja Scholler, die seit fünf Jahren für ihn arbeitete, mittlerweile genau. Hätte sie nicht, während sie gebannt auf den Bildschirm starrte, als die Sender gestern einen Bericht über den Leichenfund in Aberdeen und den Gerüchten über die sadomasochistischen Neigungen gebracht hatten, hektisch eine Tüte mit Lakritze aufgerissen, eine Schnecke auseinandergerollt und das schwarze Zeug gelutscht, wäre ihm nie in den Sinn gekommen, dass sie über diese grausame Tat genauso fassungslos war wie er selbst. Sie griff nur zu Süßigkeiten, wenn sie erschüttert war.

Maja Scholler war zweiunddreißig Jahre alt und bestach durch ihre freundliche, diplomatische Art und ihren analytischen Verstand. Sie war schlank, hatte dunkelblondes Haar, große, intelligente graue Augen und ein ovales Gesicht, das durchaus als hübsch zu bezeichnen war. Er hatte sie nicht nur aufgrund ihrer herausragenden fachlichen Qualifikationen, sondern auch wegen ihres humanitären Engagements – ein freiwilliges soziales Jahr in Afrika – aus einer Fülle von Bewerbern ausgewählt. Ihre hohe Sozialkompetenz ließ sich gut mit seinen hohen ethischen Prinzipien vereinbaren, hatte er befunden, und sie hatte ihn bisher niemals enttäuscht.

„Maja, das hier ist eine einzige Katastrophe", klagte Falk und suchte ihren aufmunternden Blick. „Man bewirft unseren treuen Freund mit Dreck!"

Er fragte sich, wie sich wohl sein Vater in dieser Situation verhalten hätte. *Probleme sind dazu da, dass sie mit kompetentem Sachverstand gelöst werden, mein Junge. Und zwar unverzüglich.* Ob Nikolas Hoffmann mit seiner Entscheidung einverstanden gewesen wäre? Falk hatte Maja Scholler vergangenen Sonntag beauftragt, die Geschäftsführer der ausländischen Hoffmann-Niederlassungen für heute zu einem Meeting nach Ratingen einzuladen. So hätte auch sein Vater gehandelt.

„Die Herren erwarten Sie bereits, Herr Hoffmann", rief ihm seine Assistentin ins Gedächtnis.

„Danke, Maja. Ist Dr. Corvey schon eingetroffen?"

„Dr. Corvey hat sich über ihr Handy gemeldet. Die Maschine hatte Verspätung, aber sie wird in etwa zwanzig Minuten eintreffen."

„Gutes Timing. Bis dahin haben wir hoffentlich die Pressemeute von Hals. Was glauben Sie, Maja, wie werden unsere Herren Geschäftsführer die Neuigkeiten aufnehmen?"

„Sie sind spät dran, Herr Hoffmann", sagte sie statt einer Antwort.

Während sie sich auf den Weg zum Presseraum begaben, dachte er an seine Begegnung mit Kate Corvey in der Airportlounge in Hongkong. *Was für ein Zufall*, dachte er. Er brauchte jetzt die Unterstützung und das Know-how der Prokaryo. Jakob Bender nach seiner Rückkehr aus Jakarta anzurufen und ihm die momentane Sachlage zu schildern, war eine gute Entscheidung gewesen. Ebenso die Idee, ihn und Kate Corvey nach Düsseldorf einzuladen, um den Geschäftsführern der ausländischen Niederlassungen einen Einblick in die Aktivitäten von Prokaryo zu vermitteln.

Jakob Bender würde morgen zu ihnen stoßen, aber Kate Corvey würde er in wenigen Minuten wiedersehen. Die Erinnerung an ihr sinnliches Lächeln, das er vom ersten Augenblick an gemocht hatte, holte ihn für einen Moment aus seinen sorgenvollen Gedanken. Mit ihr und Jakob Bender an seiner Seite hoffte er, seine Probleme lösen zu können.

Auch die Presse wollte er über eine künftige Zusammenarbeit mit Prokaryo informieren. Hún Xìnrèns Tod war dafür eine akzeptable Begründung und würde von den Gerüchten um Húns Vorlieben ablenken. Informationen über Rebu 12 durften auf keinen Fall nach außen dringen.

Vor dem Presseraum wandte er sich an seine Assistentin. „Maja, Sie haben meine Frage noch nicht beantwortet."

Ihr Blick wirkte leicht gequält. „Möchten Sie wirklich, dass ich Ihnen diese Frage beantworte, Herr Hoffmann?"

„Ja."

„Sie werden ein Problem lösen müssen", sagte sie ernst.

Er runzelte die Stirn. „Und wie lautet der Name des Problems?"

„Eørgy Pasternek!"

Falk Hoffmann hob die Augenbrauen. „Warum gerade unser polnischer Geschäftsführer?"

„Es ist nur so ein Gefühl, Herr Hoffmann. Nichts Konkretes."

„Haben Sie dieses, äh ... diese Bedenken schon länger, Maja?"

Eine leichte Röte stieg in ihre Wangen.

„Maja?"

„Wenn Sie beide sich unterhalten, kann er Ihnen nicht in die Augen schauen. Vielleicht verschweigt er Ihnen etwas, Herr Hoffmann."

„Nicht viele Menschen können mich noch überraschen, Maja. Sie tun es."

Sie lächelte.

„Mich erschrecken die meisten Menschen, Herr Hoffmann."

„Warum?"

„Es gibt zu viele Pasterneks auf dieser Welt."

Er schaute sie nachdenklich an.

„Sie haben eine bemerkenswerte Beobachtungsgabe, Maja", sagte er und nach einer kurzen Pause fügte er hinzu: „Ich teile Ihre Meinung."

Er drückte die Türklinke und sie betraten den Presseraum.

Dallis stand immer noch im Regen, während Logan Carrington in einen Nachmittag voller Geheimnisse entschwebte. Als alle längst das Gebäude der Hoffmann AG betreten hatten und die Blitzlichter der

Pressefotografen nach und nach abgeebbt waren, ging sie durch den Regen zum Taxistand, wo ein einziges Taxi auf seinen Fahrgast wartete, und stieg ein. Nördlich des Ratinger Zentrums direkt am Ufer der Anger hatte sie vor wenigen Tagen ein Appartement gemietet. Dort angekommen, zog sie die nassen Sachen aus, wickelte sich in einen flauschigen blauen Bademantel des Oriental Hotels Hongkong, in dem sie ihre letzte Nacht auf dem asiatischen Kontinent verbracht hatte. Dann schaltete sie das elektrische Kaminfeuer an und legte ihre feuchten Kleider über den Stuhl vor dem Kamin, die wenig später leicht dampften.

Sie saß da und wartete und beobachtete die Regentropfen, die wie Tränen auf die Fensterscheibe platschten, das einzige Geräusch, das neben dem knisternden Kaminfeuer die Stille im Raum durchbrach. Seit sie sich in Deutschland aufhielt, wartete sie. Warten war ihr Schicksal, seit Blake, Logan und Adam sie auf ihre Aufnahme in den inneren Kreis vorbereitet hatten. Und wenn die Geduld sie die letzten Tage zu verlassen gedroht hatte, war sie mit dem Taxi zum "Blauen See" gefahren und hatte stundenlang am Ufer gesessen. Hier war die Natur von einer ergreifenden Reglosigkeit und die Steine, die sie in den See warf, besaßen in der Tiefe die Geduld der Ewigkeit. Sie träumte von den Seen Schottlands, von der Ankunft des Frühlings mit seinen leuchtenden Farben und von Logan, ihrer Lebensader. Ihre eisige Seele blieb stets im Dunkeln. Sein ganzes Streben galt der Entdeckung des Unbekannten und des Fremden galt. Logan bewunderte sie bedingungslos und sie genoss es, weil er damit ihr Selbstwertgefühl stärkte. Niemals würde sich Logan von ihr lösen. Niemals. Er konnte nicht ohne sie sein. Ohne sie würde er vergehen und sterben. Auch sie fühlte so.

Dallis trat ans Wasser und wartete auf ihr Spiegelbild, um es mit ihrer Hand zu berühren.

„Hallo! Dallis ... Baby Blue ..."

Ein Flüstern.

Sie lächelte. Hatte sie soeben Logans Stimme gehört? Sie schloss die Augen. Vor ihrem inneren Auge eilte ein Mann durch das Moor auf sie zu. Sein Haar fiel ihm in dunklen Locken über die Schultern. Logan. Der letzte rötliche Schimmer der Sonne warf Licht auf sein Gesicht. Er packte sie an den Armen und zerrte sie fort. Fort, immer nur fort...

Einbildung! Bilder in ihrem Kopf! Seit ihrer Abreise nach Hongkong war sie in ihren Träumen von dichten grünen Schatten umgeben, die auf das Wasser starrten. Die Nacht braute sich über ihr zusammen, um den Tag aufzuzehren. Sie brauchte Logans Anerkennung, seine Bewunderung. Ohne diese fühlte sie sich leer und verlassen.

Immer wieder wanderte sie im Traum durch die schottischen Moorlandschaften. Immer wieder hoffte Dallis, an den schäumenden Wasserfällen, den „Falls of Kirkaig", wo Birken, Espen und Ebereschen die Landschaft dominierten, Logan zu begegnen. Sie würde ihn anlächeln und die Hand nach ihm ausstrecken, nur um seine Worte zu hören: „Du bist so schön."

Sie fürchtete, wahnsinnig zu werden, wenn sie noch länger auf ihn warten musste. Wie sonst ließ sich erklären, dass sie in der vergangenen Nacht Logans Flüstern gehört hatte? In ihren Träumen voller Hoffnung sah sie einen blauen Eisvogel von makelloser Schönheit aus dem Riedgras aufsteigen, über das teefarbene Wasser der „Falls of Kirkaig" segeln und in die Baumwipfel gleiten. Weg von ihr. Immer weg von ihr. Auch Logan hatte in den vergangenen Jahren versucht, wie der Eisvogel davonzufliegen. Sie malte sich aus, wie Logan sich im Erziehungszimmer einem unbedeutenden, wunderschönen Nichts widmete, ohne dabei nur einen Gedanken an sie zu verschwenden. Ein wahrer Albtraum. Ihre Stimmung schlug in Zorn um. Sie spürte, wie ihre Augenmuskulatur verrücktspielte und ihre Mundwinkel zuckten. Neuerdings geschah das immer öfter, wenn die Wut sie übermannte.

Ihr Gesicht schimmerte in der Fensterscheibe geisterhaft weiß, ihre Augen waren dunkle Krater. *Oh ja*, dachte Dallis. *Ich weiß nur allzu gut, was du mit ihnen machst. Aber sie bringen dir nicht den Genuss, den ich dir biete, Liebster.*

Sie blickte einen Moment auf, als sie glaubte, ein Geräusch gehört zu haben. Nichts. Nur der Wind spielte draußen auf dem Balkon mit den Bambusstäbchen aus dem fernen Hongkong.

Kapitel 10

Balmore Castle, Sommer 1990

Bis zu dem Tag, als es passierte, hatte Dallis keine Ahnung gehabt, dass Adam krank war. Es hatte für sie keine erkennbaren Anzeichen gegeben. Logan hatte Adam mitten in der Nacht nach Balmore gebracht. Zwar hatte Adam danach zwei Tage lang über Müdigkeit geklagt, aber das war nicht ungewöhnlich. Sie wusste von Logan, dass er oft schlecht schlief. Und falls Adam stiller war als sonst, fiel das auch nicht weiter auf, weil Logan und Kate schon immer die Temperamentvolleren gewesen waren. Nur seine Augen waren seit gestern anders als sonst, so wie die eines verwundeten Tieres, fand Dallis. Am Abend zuvor, als die Gläser beim Abendessen klirrten, hatte sie noch interessiert während des Essens die Diskussion zwischen Blake, Adam und Logan verfolgt, obwohl sie kaum ein Wort von dem verstanden hatte, worüber da gesprochen wurde. Alles war wie sonst auch gewesen. *Nein*, dachte sie, *nicht alles*.

„Wir diskutieren momentan im Unterricht darüber, dass es überall Gesetzmäßigkeiten gibt, auch bei der kunstgerechten Ausführung des Tötens", hatte Logan gesagt.

Blake wehrte ab.

„Moment, Logan. Diese Feststellung bezieht sich doch vor allem auf den richtigen Umgang mit dem Mord. Zunächst macht ein Mörder Fehler in der Selbstbehandlung, dann bei der Ausübung seiner Tat!"

Logan nickte zustimmend.

„Ob man Hemmungen hat oder nicht, Vater, ob wir verblendet sind, über den Dingen stehen oder von ihnen beherrscht werden, liegt doch wohl allein an der richtigen oder falschen Selbstbehandlung."

„Wie meinst du das, Logan?", fragte Adam neugierig.

„Mensch, Bruderherz, ob wir überhaupt Tatmenschen sind und positive Fähigkeiten wie beispielsweise Warmherzigkeit oder Mitgefühl haben, hängt immer davon ab, wie wir mit uns selbst umgehen."

Blake verfolgte mit Interesse die Diskussion.

„Ob man einen Willen hat oder keinen, ob man feige ist oder mutig, ein Draufgänger oder ein Schwächling, ist oft nur das Resultat der positiven oder negativen Selbstbehandlung", warf er ein. „Wer Achtung vor sich selber hat, weil er weiß, dass er sich vertrauen kann, wird ein anderer Mensch sein als jemand, der sich selber gering einschätzt. An sich wäre das Problem gar nicht so ernst, wenn wir uns nicht unbewusst falsch behandeln würden."

Logan wurde hellhörig. „Wieso, Vater?"

„Allein aus unbewusster Zwangsläufigkeit erwachsen viele negative Einflüsse auf unser Inneres. Arbeitet die innere Maschine falsch, werden wir das Opfer negativer Einflüsse", antwortete Blake.

Logan und Adam wechselten einen Blick. Adam kicherte.

„Ist das ein Kochrezept für ‚Wie werde ich ein Psychopath'?", fragte er.

Logan wurde es zu bunt.

„Wir Menschen unterscheiden uns nicht so sehr durch die Gehirnkapazität an sich als vielmehr dadurch, wie wir unser Gehirn nutzen. Ist es das, was du uns sagen willst, Vater?"

Blake schmunzelte selbstgefällig.

„Du hast es erfasst, mein Junge. Meine Söhne sind kluge Köpfe. Findest du das nicht auch, Dallis?"

Dallis, die bis dahin ihre Puppe fest an sich gedrückt hatte, blickte plötzlich auf. Ihre Augen begegneten sich. Sie wandte sich nicht verlegen ab, sondern hielt seinen Blick fest, als hätte sich über Blakes Kopf eine Art Sprechblase gebildet, in der Dallis seine Gedanken lesen konnte. Sie zog ein wenig entgeistert die Stirn in Falten, und Blake, dem es nicht behagte, dass sie ihm mit ihren blauen Augen so ungeschützt ins Gehirn schauen konnte, schenkte ihr ein kurzes Lächeln. Dallis grinste und tippte sich an die Stirn.

„Ja, das finde ich auch. Aber …"

Blake runzelte die Stirn und fragte: „Aber was, Dallis?"

„Mein Papa hat immer gesagt, Blake, dass deine Maschine manchmal nicht richtig tickt!"

Eisige Stille.

„Ich habe dich wohl völlig unterschätzt, Dallis", sagte Blake und blickte auf seine Hände. „Übrigens wirst du die nächsten Schuljahre in unserem Internat verbringen."

Adam sah zuerst Dallis und dann seinen Vater entsetzt an.

„Damit du sie besser im Auge behalten kannst, Vater?", fragte er und sprang auf. Er warf seine Serviette auf den Teller und verließ fluchtartig das Esszimmer.

„Was hat Adam, Logan?", fragte Dallis erschrocken. „Habe ich etwas Falsches gesagt? Das war doch nur ein Scherz!"

Logan streichelte ihr über den Kopf.

„Alles in Ordnung, Dallis. Iss weiter. Adam geht es im Moment nicht so gut. Das ist alles."

„Ach so", sagte sie. „Wandert er darum nachts im Moor herum?"

Blake lächelte. Dallis schaute ihn an und blickte in seine Augen, die einen eigenartigen Glanz hatten. Augen, die durch das Schlafzimmerfenster eines Kindes schauten, wenn alle anderen im Haus schliefen. Es war das Lächeln, das sie mitten in der Nacht aus ihren Albträumen aufschrecken ließ. Es kam ihr seltsam vertraut vor. Aber wieso? Dallis zuckte die schmalen Schultern und kicherte. Sie täuschte Gleichgültigkeit vor. Doch auch in der Nacht ließ dieser Blick sie nicht einschlafen. Wenn sie ihre Augen schloss, konnte Dallis Blakes Energie förmlich spüren. Sie sah einen Feuerball am blutroten Himmel, darunter das Meer, verschlingend schön, und sie sah Blake, der seine Hand nach ihr ausstreckte, um sie in die Tiefe zu stürzen. Schemenhaft blendete sie dann Logans Umriss. Er bewegte seine Lippen und lächelte, doch wie man einen Stein ins Wasser wirft, löste sich sein Gesicht in den fortkreisenden Wellen auf, bis, als das Wasser spiegelglatt gestrichen war, unter der Oberfläche das blasse Antlitz ihrer Mutter zu ihr emporschimmerte. Dann hörte sie Schreie und öffnete ihre Augen. Logan saß an ihrem Bett und versuchte sie wie immer zu beruhigen.

Es geschah an einem Mittwoch, einem heißen, schönen Nachmittag zwei Tage vor Beginn der Schulferien. Während Dallis mit dem Schulranzen durch den Garten von Balmore auf das Haupthaus zuging, schmiedete sie Pläne für den Sommer. *Adam soll mir beibringen, wie man springende Lachse fängt*, dachte sie. Das wäre lustig. Danach könnten sie vielleicht zusammen zelten gehen und ein Lagerfeuer machen und dann die Fische grillen. *Logan hat nie Zeit*, dachte sie. *Der steckt bestimmt den ganzen Sommer seine Zunge in Kates Mund.* Sie spürte, wie die Eifersucht einen Schatten über ihre junge Seele legte.

Die Liebe, so glaubte Dallis, hatte sie hinterrücks überfallen. Sie liebte wie ein Kind, glotzte Logan ständig an, studierte die Bewegungen seines jungen Körpers und lief hinter ihm her. Sie wollte in seiner Nähe sein, während sich Logans Interesse lediglich darauf beschränkte, mit ihr zu spielen oder spazieren zu gehen oder sie mitunter von der Grundschule in Kinlochbervie nach Balmore Castle zu begleiten. Doch manchmal war etwas in Logans Augen, das sie veranlasste, sich an ihn zu schmiegen, sanft und vorsichtig. Er nannte sie dann „Baby Blue" und drückte mit seinem Zeigefinger ihre schwarzen Wimpern hoch. Es kam ihr vor, als wolle Logan das ganze Blau ihrer Augen in sich aufsaugen. Denn sobald Dallis später im Schutz ihres Zimmers in den Spiegel schaute, schimmerten ihre Augen dunkel wie die Nacht, und sie fragte sich, wie das möglich war. In ihrer kleinen Welt der Liebe drehte sich alles um Logan.

Adam hingegen war ihr Freund, der sie gegen die Untoten von Little Necropolis beschützte, von denen Dallis glaubte, dass sie aus ihren Gräbern kämen und ihr auflauerten. Wie neulich der zerlumpte Penner, als sie von der Grundschule in Kinlochbervie zu Fuß nach Balmore Castle gelaufen war. Der Mann hatte in seiner verschmutzten Hose und einer karierten Wolljacke, die er mit einem breiten Ledergürtel zusammenhielt, auf einem großen Stein gegenüber dem Eingangstor von Balmore Castle gesessen. Die Beine rechts und links weit von sich gestreckt, den Oberkörper nach vorn gebeugt, hielt er den Blick starr auf die Straße gerichtet. Aus der Ferne wirkte er nachdenklich, geradezu apathisch, geistig verwirrt, gedanklich in einer anderen Welt, weit weg von Little Necropolis und seinen Gräbern. Doch Dallis spürte, dass dem Mann mit den tiefen Furchen im Gesicht, den verfilzten, blonden Haaren und den vielen Flaschen nichts entging. Als Dallis an ihm vorbeilaufen wollte, sprang er auf, trank einen Schluck aus einer Schnapsflasche und torkelte auf sie zu.

„Die da, in dem Schloss da, die sind böse. Sie sind böse!", lallte der Mann und deutete dabei mit seiner Schnapsflasche auf Balmore Castle. „Sie haben mein Mädchen auf dem Gewissen."

Dallis blieb wie angewurzelt stehen und blickte in das furchterregende faltige Gesicht. Doch plötzlich, wie aus dem Nichts, tauchte Adam auf.

„Wie kannst du es wagen, ein kleines Mädchen zu erschrecken, du Trunkenbold", hörte Dallis Adam sagen. „Verschwinde von hier und lass dich hier nie wieder blicken!"

Der Mann eilte torkelnd davon. Adam nahm Dallis' Hand.

„Komm, Kleines, wir gehen", sagte er und tippte sich mit dem Zeigefinger an die Stirn. „Der hat doch 'ne Schraube locker."

Dallis war froh, dass Adam sie zum Haupthaus begleitete.

„Der kommt aus der Gruft, Adam, und läuft nachts über den Friedhof und weckt die anderen Toten", sagte sie leise. „Ich habe ihn schon mal gesehen."

„Nein, Dallis. Er kommt nicht aus einer Gruft. Er ist nur ein verwahrloster Mann, der nicht mehr richtig tickt."

„Aber er war nachts in meinem Zimmer und hat sich auf mein Bett gesetzt und geflüstert, dass ich sterbe und in ein dunkles Grab gesteckt werde. Warum sagt er so etwas, Adam?"

„Du hast das nur geträumt, Kleines. Es war nur ein Traum", antwortete Adam. „Wollen wir morgen schwimmen gehen, Dallis?", versuchte er sie abzulenken.

„Warum will der Mann mich in ein dunkles Loch stecken?", bohrte Dallis hartnäckig weiter. „Ich bin nicht böse und ich will auch nicht böse sein!"

„Du bist nicht böse, Dallis! Und es war nur ein Traum!"

Dallis ignorierte Adams Widerspruch.

„Und weißt du, was ich dann gemacht habe?"

„Was denn, Dallis?"

„Ich hab ihn angeschrien."

Adam lachte.

„So etwas träumst du?"

„Das ist nicht lustig!", sagte Dallis und warf ihm einen finsteren Blick zu. „Ich will nie wieder an dem Mann vorbeilaufen, Adam. Er hat bestimmt Flöhe, weil er sich kratzt und weil er stinkt."

Er nickte.

„Ich jage ihn davon, Dallis. Nein, ich weiß etwas viel Besseres. Ich sperre ihn in seine Gruft ein! Dann kann er dich nicht mehr erschrecken. Versprochen!"

„Gut", sagte Dallis.

„Hast du sonst noch was auf dem Herzen, Dallis?"

„Findest du, dass ich komisch bin? Die Mädchen in der Schule denken, ich sei komisch, weil ich manchmal abwesend bin."

„Wann bist du abwesend?", fragte Adam. „Wenn du zeichnest?"

„Ja, aber auch sonst manchmal. Die Lehrerin hat heute meinetwegen häufiger mit den Fingern schnipsen müssen und alle haben gelacht. Sie glauben alle, ich sei verrückt."

„Lass sie das doch glauben. Dann hast du Narrenfreiheit und kannst machen, was du für richtig hältst."

Dallis sah Adam mit großen Augen an.

„Echt?"

„Ja! Du könntest sie dann alle in die Gruft einsperren und keiner würde dich deswegen bestrafen!"

„Okay, aber ich werde diese Mädchen sowieso nicht mehr sehen."

Ab dem kommenden Schuljahr würde sie das Internat auf Balmore Castle besuchen, hatte Blake gestern beim Abendessen gesagt. Das Internat lag unmittelbar neben dem Haupthaus und war ein quadratischer, viktorianischer Kasten aus grauen Steinen, der die Sonne aussperrte und den angrenzenden Schulhof in Schatten tauchte. Hinter dem Schulhof fiel der Garten ab bis zu einem zweiten Gebäude, das allerdings von einer hohen Mauer umgeben war, die zusätzlich durch Stacheldraht gesichert wurde. Man sah nur die vier spitzen Türme des Hauses, die die Mauer überragten. Dieser Teil von Balmore Castle fand Dallis unheimlich. Er erinnerte sie an eine Festung, denn man gelangte nur durch ein massives Holztor auf die andere Seite der Mauer. Auch dieses Tor war elektronisch gesichert und das Sicherheitspersonal ging täglich mehrmals mit seinen Hunden an der Mauer entlang. Blake hatte ihr einmal erklärt, dass dieser Komplex das Herz von Balmore sei. Dort erforschten Wissenschaftler neue Substanzen und deshalb sei das Gebäude umzäunt und elektronisch gesichert. Spione gab es auf der ganzen Welt, hatte Blake anschließend noch behauptet. Niemand durfte diesen Bereich betreten.

Adam nickte.

„Stimmt. Das Internat! Das hatte ich fast schon vergessen, dass du dort die kommenden Schuljahre verbringen wirst."

Plötzlich blieb Dallis stehen.

„Warum darf keiner das Haus mit den Türmen betreten, Adam?"

„Weil dort die Initiation stattfindet, Dallis."

„Die Ini … was?"

„Dort werden die Geheimnisse von Lux Humana gewahrt, Dallis. Deshalb darf niemand das Haus betreten."

Du lügst, Adam.

Im vergangenen Jahr war sie einmal mitten in der Nacht aufgewacht und ans Fenster getreten. Fackeln hatten das Tor hell erleuchtet und sie hatte Herren mit ihren schwarzen Limousinen durch das Holztor fahren sehen.

Ihre Neugierde war noch nicht befriedigt.

„Und was machst du dann da?"

Adam grinste.

„Du möchtest aber heute alles ganz genau wissen. Was soll's. Ich führe dort Experimente durch", antwortete er.

„Ach so. Äh… mit Tieren?"

Adam hob eine Augenbraue.

„Ja."

Dallis nahm Adams Hand.

„Und James Bond?", wollte sie wissen, „darf er dort auch nicht hinein?"

Adam lachte laut.

„Du hast dir heimlich mein neues Video angesehen. Hat dir „Lizenz zum Töten" gefallen?"

Dallis nickte.

„Aber um deine Frage zu beantworten: Nicht einmal James Bond darf dieses Haus betreten!"
„Hm."
Adam hob sie hoch und gab ihr einen Kuss auf die Wange.
„Ich werde immer auf dich aufpassen, Kleines. Du bist meine Sonne!", sagte er leise.
Da endlich erhellte sich ihr Gesicht. *Ja*, dachte Dallis, *Adam ist mein großer Beschützer, aber er ist auch ein Lügenbaron.*
Sie zuckte die Schultern. Es war ihr egal.

Als Dallis im Haupthaus ankam, ging sie zu sofort zu Adam und klopfte an seine Tür.
Die Tür blieb verschlossen. Sie zählte bis zwanzig und klopfte dann noch einmal. Keine Reaktion. Dallis spähte durch das Schlüsselloch.
„Adam, ich bin es, Dallis. Lass mich rein!"
Im Hintergrund lief das Radio, also musste Adam im Zimmer sein. Aber warum machte er nicht auf?, fragte sich Dallis.
Ratlos blickte sie sich um. In diesem Moment ging die Tür auf, wenn auch nur einen Spalt. Dahinter hörte Dallis Schritte, die sich entfernten. Sie klangen überhaupt nicht wie die Schritte von Adam, sondern langsam und schwerfällig, wie die einer alten Frau. Ein erster Anflug von Angst ließ Dallis einen Moment zögern, ehe sie die Tür aufschob. Im Zimmer hörte sie ein Geräusch. Sie ging hinüber. Adam saß barfuß und in seiner Unterwäsche auf dem Sofa und zupfte nervös an einer seiner Locken herum. Vor ihm auf dem Couchtisch standen eine Bierflasche und zwei leere Gläser sowie ein großer Teller mit Sandwiches. Daneben lagen ein Löffel, ein Apfel mit einer brennenden Kerze in der Mitte und mehrere Plastiktütchen mit weißem Pulver.
„Adam?", sagte Dallis leise und schaute ihn mit großen Augen an.
Sie bekam keine Antwort. Im Radio lief ein Ratespiel, in dem es um Königshäuser ging. Als Dallis sich in Bewegung setzte, wandte sich Adam zu ihr um. Einen Moment lang wirkte sein Blick völlig leer, als hätte er sie noch nie zuvor gesehen. Dann blitzte in seinen Augen doch so etwas wie Erkennen auf, aber nur ganz schwach, wie bei einer flackernden Glühbirne.
„Setz dich und iss, Mädchen."
Adams Stimme klang ganz anders als sonst, völlig ausdruckslos. Noch immer zupfte er an seinem Haar herum. Dallis' Blick wanderte zum Tisch. Die Sandwiches waren nicht belegt, auf dem Teller türmten sich nur unordentlich zugeschnittene Stücke trockenen Brotes, deren Ränder sich in der Wärme des Raums bereits nach oben zu biegen begannen. Von der Kerze lief Wachs auf den Apfel und weiter auf den Tisch. Dallis bekam es immer mehr mit der Angst zu tun. Sie verstand das nicht. Was war passiert? Warum benahm sich Adam so seltsam?
Adam deutete auf den Apfel.
„Du hast einen Wunsch frei, Mädchen."
„Adam?", fragte sie jetzt ängstlich.
„Warum sagst du Mädchen zu mir? Ich bin es. Dallis."

Adam verdrehte die Augen.

„Du hast einen Wunsch frei, Dallis-Baby. Wünsch dir was Schönes ..."
Er schluckte heftig. „Ich habe sie gesehen, Dallis. Ich habe sie gesehen. Ich habe mir das nicht eingebildet. Und ich kenne sie. Ich habe Aileen im Wasser gesehen ..."

Adam verstummte. Sein Haar war mittlerweile völlig zerzaust. Das Radio lief unbeachtet weiter. Draußen fuhren ein paar Kinder lachend und wild klingelnd mit ihren Rädern vorüber.

„Adam, ich verstehe das nicht. Wer ist Aileen?", erkundigte sie sich und setzte sich auf seinen Schoß.

Plötzlich begann Adam zu weinen. Es klang wie das leise Wimmern eines verwundeten Tieres. Dallis umklammerte ihn so fest mit beiden Armen, wie sie nur konnte, und fing ebenfalls zu weinen. Auf dem Schreibtisch klingelte das Telefon. Dallis sprang auf und rannte hin. Sie nahm den Hörer ab und hörte die Stimme von Logan.

„Logan, mit Adam stimmt etwas nicht. Komm bitte sofort, Logan, bitte, komm schnell!"

Der Rest des Tages rauschte irgendwie an Dallis vorbei. Logan schickte sie zum Spielen in ihr Zimmer. Dann erschien ein Arzt und nahm Adam mit. Eine Ambulanz brachte ihn mit Blaulicht nach Na Stacain.

„Mach dir keine Sorgen wegen Adam, Dallis. Das kommt schon wieder in Ordnung", sagte Logan später, als er in ihr Zimmer kam, um ihr einen Gutenachtkuss zu geben. Dallis mochte seine Gutenachtküsse. Logans Bartstoppel kratzten dann über ihr Kindergesicht und kitzelten angenehm. Und Logan roch gut. *Ja*, dachte sie, *Logan riecht richtig gut, viel besser als Adam.*

Am Ende blieb Adam fast zwölf Monate in der Klinik. Wenn sie Logan oder Blake nach Adam fragte, bekam sie zur Antwort, sie solle sich keine Sorgen machen. Adam sei in Urlaub, aber er käme bald wieder nach Balmore.

„Bestimmt wird er dann ganz genau wissen wollen, was du inzwischen alles erlebt hast, Baby Blue."

Diese Erklärung klang immer eine Spur zu fröhlich und verriet Dallis, dass sie angelogen wurde. Manchmal, wenn Dallis nicht schlafen konnte, schlich sie sich nach unten in das Kaminzimmer und belauschte die Erwachsenen von Balmore Castle. Da waren Blake, der am Abend immer dicke Zigarren rauchte und mit Logan Karten spielte, und Dr. Merrick, der sich um die kranken Kinder auf Balmore Castle kümmerte. Blake traf sich jeden ersten Sonntag im Monat mit den geheimnisvollen, altehrwürdigen Männern auf Balmore Castle. Der Parkplatz war bei ihrer Ankunft immer hell erleuchtet und die schwarzen Limousinen schimmerten im Licht der Laternen. Aus ihren Gesprächen erfuhr Dallis, dass Adam einen Zusammenbruch gehabt hatte und sich deshalb in Na Stacain aufhielt und dass alle sich seinetwegen große Sorgen machten. Adams Hirn hätte von den vielen Drogen einen Schaden bekommen, erzählten sich die Erwachsenen. Und dass das schlimm sei, weil Adam doch erst achtzehn Jahre alt sei.

Dallis erwähnte mit keinem Wort, was sie gehört hatte, weil sie wusste, dass sie es vor ihr geheim halten wollten. Vor ihr und allen anderen Kindern des Balmore-Internats. Aber natürlich erfuhren sie trotzdem davon. Die Kinder flüsterten hinter vorgehaltener Hand: „Adam ist im Irrenhaus." Irgendwann würde sie Blake mal fragen, warum diese Herren auf Balmore ein- und ausgingen.

Doch eines Tages stand Adam wieder vor ihr. Dallis freute sich und lachte und die anderen Erwachsenen stimmten mit ein. Sie nahm Adam an die Hand und ging mit ihm zum See. Dort setzten sie sich auf die Bank und fütterten die Schwäne. Das war schön, obwohl Adam dabei ein grimmiges Gesicht machte. Warum, das wusste Dallis nicht. Dallis schmiegte den Kopf an seine Brust. Dabei fiel ihr Blick auf das Schlangenarmband, das sich um Adams Handgelenk wand. Sie drehte es hin und her und beobachtete einen Moment, wie die grünen Steine das Licht reflektierten. *Irgendwann bekomme ich vielleicht auch so ein schönes Armband*, dachte sie, fragte aber mit ernster Miene: „Was ist ein Zusammenbruch, Adam?"

„Nichts Schlimmes, Dallis. Das musst du mir glauben, egal, was die anderen sagen." Adam schwieg. Sein Blick wirkte nachdenklich. Sie wartete gespannt.

„Bei einem Streit mit Blake ... hattest du dabei mal Angst, Dallis?"
Sie staunte über seine Frage.
„Nein. Ich habe keine Angst vor Blake."
„Tatsächlich?"
Dallis nickte.
„Tatsächlich."

„Das ist gut, Dallis", sagte Adam und lächelte. „Wenn jemand einen Zusammenbruch hat, Dallis, dann bedeutet das, dass man plötzlich große Angst hat. Vor allem und jedem. Genau das ist mir passiert. Und es ist mir passiert, weil ich Drogen genommen habe. Mein Hirn hat nicht mehr richtig reagiert. Und dann sieht man Dinge, die es gar nicht gibt. Und um zu lernen, mich wieder stark zu fühlen, wurde ich in eine Klinik gebracht. Ich habe es geschafft und es geht mir wieder gut."

Adam lächelte sie erneut an, weil er hoffte, Dallis auf diese Weise beruhigen zu können, aber sie erwiderte sein Lächeln nicht.

„Was ist, wenn du wieder Angst bekommst und dummes Zeug redest?", fragte Dallis.

„Das wird nicht mehr passieren", antwortete Adam. „Was habe ich denn gesagt?"

„Eben dummes Zeug. Von einer toten Frau im See und so."
Adam sah sie erschrocken an.
„Hast du jemand davon erzählt, Kleines?"

„Nein, Adam. Du warst doch ein bisschen verrückt im Kopf. Das erzähle ich niemand. Niemand muss wissen, wie gaga du warst. Aber was, wenn du doch wieder Angst hast und tote Frauen im Wasser liegen siehst?"

„Ich werde nicht wieder Angst bekommen, das verspreche ich dir, Dallis!"

Dann reichte er ihr ein Buch.

„Ich habe hier etwas für dich. Das ist mein Lieblingsbuch. Logan hat mich so lange damit verprügelt, bis ich es gelesen habe. Es handelt von all den Göttern, ständig eifersüchtig, engstirnig und gemein, und ansonsten wie ganz gewöhnliche die Menschen sind. Du magst doch Cartoons und die Zeichnungen sind echt cool."

Dallis nahm das Buch in die Hand und blätterte darin.

„Ja, sie sind cool", stimmte sie zu und bedankte sich mit einer Umarmung und einen Schmatzer auf die Wange. „Danke, Adam."

„Gern geschehen, Kleines."

Dann machte sie eine ernste Miene.

„Wer sind die Männer mit den schwarzen Autos, Adam?"

„Sie sind das Kuratorium von Lux Humana und sehr wichtig."

„Sie sind alt und hässlich", sagte Dallis. „Ich habe diese Männer und Blake in der Bibliothek belauscht. Sie haben gesagt, dass du sehr klug bist und dass sie auf dich angewiesen sind, Adam. Aber was, wenn du wieder einen Zusammenbruch hast? Ich möchte nicht, dass du mich noch einmal alleinlässt. Du darfst nie wieder von hier weggehen. Ich möchte, dass du mich beschützt. Du darfst mich nicht im Stich lassen, Adam."

„Das werde ich nicht, Dallis, und weißt du auch, warum?"

„Warum?"

„Weil du auf mich aufpassen wirst, Dallis. Du wirst dafür sorgen, dass ich nie wieder Angst habe. Du wirst mich beschützen, so wie ich dich beschützen werde."

Dallis nickte.

„Auch vor Blake und Logan?"

Adam hob erstaunt die Augenbrauen, sagte aber dann nur:

„Vor der ganzen Welt, Dallis."

Dallis umarmte Adam. *Ja*, dachte sie. Das würde sie tun. Sie würde alles tun, was nötig war, um Adam zu beschützen, und sie würde auch wieder brav sein.

Aber sie war nicht immer brav. Adam brauchte kleine Tiere für sein Labor, hatte er ihr eines Tages erzählt, und deshalb fing sie kleine Tiere für ihn – mit dem Katapult. Sie wollte, dass Adam deswegen auch stolz auf sie war und sie lobte, aber schon bei der geringsten Andeutung in diese Richtung war Adam geschockt, weil seine kleine Dallis niemals etwas Schlimmes tat. Seine kleine Freundin hatte nicht einmal schlimme Gedanken, sagte er dann. Sie versprach Adam, nicht mehr auf kleine Tiere zu zielen, und hielt ihr Wort.

Kapitel 11

Hoffmann-Pharma-AG, Ratingen, 13. Oktober 2011

Nach der Pressekonferenz begrüßte Falk Hoffmann im Konferenzraum die Geschäftsführer der ausländischen Niederlassungen. Die Männer nahmen am Konferenztisch Platz. Die Atmosphäre war angespannt, jeder hing seinen Gedanken nach.

„Meine Herren", begann Falk Hoffmann, „ich habe dieses Meeting anberaumt, weil wir uns auf eine einheitliche Sprache verständigen müssen, wenn wir auf Hún Xìnrèns Tod angesprochen werden. Ich wünsche, dass so wenig wie möglich nach außen dringt. Dr. Hún Xìnrèns Ermordung hat mich nicht nur persönlich schwer getroffen, sein Tod konfrontiert uns außerdem mit der Frage, wie es mit den von ihm betreuten Projekten weitergehen soll. Wir haben mit Dr. Hún Xìnrèn nicht nur einen hervorragenden Wissenschaftler verloren ..." Falk atmete tief durch. „... es gibt außerdem Gründe zur Annahme, dass sein Tod in direktem Zusammenhang mit seinen Forschungen steht. Unsere Computerspezialisten in Hongkong wissen schon jetzt, dass Hacker versucht haben, in Hún Xìnrèns Computer einzudringen."

Ein Raunen ging durch den Raum. Einen Augenblick lang hätte man eine Stecknadel fallen hören können. Joss Traydor brach das Schweigen.

„Mein Gott ..." Der sonst so selbstbewusste Engländer wirkte fassungslos. „Das spricht doch eindeutig dafür, dass seine Ermordung mit unserer Forschung zusammenhängt. Wir sind Marktführer auf dem Gebiet der Herztherapeutika!"

Traydor, Geschäftsführer von Hoffmann Großbritannien, war ein persönlicher Freund von Hún Xìnrèn gewesen. Falk nahm sich vor, nach der Sitzung einige private Worte mit ihm zu wechseln. Er schaute in die Runde und fragte sich, ob es sinnvoll wäre, seine Führungskräfte schon jetzt über Rebu 12 aufzuklären, als plötzlich die Tür des Konferenzraumes geöffnet wurde. Maja Scholler nahm eine Nachricht entgegen. Sie las kurz und reichte sie dann mit ernster Miene an ihren Vorgesetzten weiter. Falk Hoffmann überflog die Zeilen und stand auf.

„In Hongkong sind Hacker vergangenen Samstag nochmals in unser System eingedrungen und haben versucht, die Rebu-Dateien zu kopieren und die „Rebugen-Software" zu manipulieren", sagte er erschüttert. „Das wurde mir soeben von Kasper Wilkins bestätigt."

Plötzlich redeten alle durcheinander.

„Kasper ist in Hongkong? Was macht er denn da?", fragte Eørgy Pasternek erstaunt und wischte sich mit einem Taschentuch den Schweiß von der Stirn. Der korpulente Geschäftsführer der Niederlassung Polen war in der Runde nicht besonders beliebt.

„Welche Daten? Weiß man schon Genaueres?", warf Peer Lamsfuß ein. Der Geschäftsführer aus Stockholm galt als ein Kenner des

Aktienmarktes und hatte bereits eine Baisse vor Augen. Hoffmann setzte sich wieder.

„Das ist aber leider nicht alles. Dr. Húns letzte Aufzeichnungen, die die Eckdaten einer neuen, vielversprechenden Substanz enthielten, sind unauffindbar", antwortete Hoffmann.

Eørgy Pasternek trommelte nervös mit den Fingern auf der Tischplatte.

„Ich verstehe nicht. Welche neue Substanz? Hier geht es doch anscheinend um viel mehr als um die Optimierung unseres Herztherapeutikums Rebu 11", bohrte Pasternek weiter.

Schweigen trat ein.

„Das ist richtig. Es geht um eine Weiterentwicklung von Rebu 11. Dr. Hastings wird morgen zu uns stoßen und Ihnen das Projekt Rebu 12 erläutern. Er bat mich außerdem, eine engere Zusammenarbeit mit Prokaryo in Erwägung zu ziehen, weil unser neuer Forschungstrakt noch nicht fertiggestellt ist. Ich habe dem bereits zugestimmt. Wir werden einen Outsourcing-Vertrag mit Prokaryo abschließen. Das Berliner Unternehmen unterstützt seit Jahren die Forschungsprojekte pharmazeutischer Unternehmen, insbesondere mit tierexperimentellen Versuchen. Die Öffentlichkeit besitzt von diesem hochsensiblen Bereich kaum Kenntnis."

„Kein Wunder", brummte Peer Lamsfuß. Er war ein Verfechter des Tierversuchs.

„Dr. Jakob Bender und Dr. Kate Corvey von Prokaryo werden zu uns stoßen und Ihnen später einiges über die DNA-Technologien des Unternehmens erzählen."

Eørgy Pasternek stieg die Röte ins Gesicht.

„Moment mal", unterbrach er. „Das scheint eine beschlossene Sache zu sein, worüber wir nicht informiert wurden." Er lehnte sich in seinem Sessel zurück. „Outsourcing? Was ist das für eine neue Substanz, dass derartige Maßnahmen getroffen werden. Wir sollen die Schulbank drücken wegen einer DNA-Technologie? Wir vertreiben erfolgreich Herztherapeutika und keine Lebenselixiere", fügte er schroff hinzu.

Falk Hoffmann war über die Reaktion seines polnischen Geschäftsführers erstaunt. *Was ist los mit ihm?* Er spürte Pasterneks Ablehnung gegenüber Prokaryo. *Nein*, dachte er, *das ist es nicht. Pasternek hat Angst!*

„Der Ausflug in die Welt der DNA wird verständlich, wenn Dr. Hastings Ihnen morgen seine Rebu 12-Ergebnisse präsentiert. Diese lassen den Rückschluss zu, dass Rebu 12 altersbedingte Erkrankungen bekämpfen könnte."

Ablehnung und Ärger wichen der Neugierde.

„Für heute nur so viel: Hún Xìnrèn und Jonathan Hastings haben entdeckt, dass Rebu 12 nicht nur die koronare Herzerkrankung erfolgreich behandelt, sondern durch seinen speziellen Wirkmechanismus den Untergang dieser Herzzellen aufhält. Der Wirkstoff kompensiert ein defektes Enzym und nimmt dessen Funktion an. Hún Xìnrèn hat auch postuliert, dass Rebu 12 gleichzeitig den zellulären Schutzmechanismus gegen oxidativen Stress in Gang setzt."

„Das ist unmöglich! Spekulativer Unsinn!", nörgelte Pasternek. „Ich erinnere mich, in einem Artikel gelesen zu haben, dass Wissenschaftler in den USA vor einigen Jahren schon einmal einen ähnlichen Versuch starteten und kläglich gescheitert sind. Die Zellen entarteten!"
„Das ist richtig", antwortete Falk. „Doch hier sieht es anders aus. Die Zellen sind im Versuch nicht entartet."
„Das ist unmöglich", erwiderte Pasternek barsch.
Peer Lamsfuß wandte sich an seinen polnischen Kollegen.
„Eørgy, halt endlich deine Klappe, du gehst uns allen auf die Nerven! Wir sollten die Ausführungen von Dr. Hastings …"
Falk Hoffmann hörte nicht mehr zu. Ihm drängte sich ein ungeheuerlicher Gedanke auf. Gab es in diesem Raum einen Verräter? Pasternek? Saß Hún Xìnrèns Mörder unter ihnen? Diese Vorstellung stellte selbst das Verschwinden der Daten in den Hintergrund. Er blickte in die Runde und versuchte, sich ein Lächeln abzuringen. Er selbst fürchtete sich nicht vor dem Sterben. Doch anders als für ihn waren für viele Menschen Alter und Tod die größte Quelle ihrer Angst. Für die Menschen von heute bedeutete Gesundheit die Abwesenheit von Krankheit in einem makellos jungen Körper. Hún Xìnrèn und Jonathan Hastings waren diesem Traum ein Stück nähergekommen.
„Wie viel Geld werden wir für die Weiterentwicklung und die erste klinische Erprobung von Rebu 12 brauchen, Falk?", fragte Pieter van der Hulst.
Der selbstbewusste Geschäftsführer von Hoffmann Nederland B.V., war ein Finanzgenie. Falk holte sich oft Rat bei seinem Freund und Vertrauten. Van der Hulst zog sich nach einem Misserfolg nicht zurück, um auf dem Ijsselmeer zu segeln wie so manch anderer in dieser Runde. Dieser Mann minimierte Probleme und löste sie.
„Siebzig Millionen Euro an Laborkosten und zehn Millionen Euro pro Niederlassung für Probandentests, grob geschätzt!"
Pasterneks Stirn glänzte schweißnass.
„Ich kann ein Outsourcing für Polen nicht akzeptieren", sagte er. „Unsere Vertragsverpflichtungen lassen dies nicht zu."
Falk Hoffmann spürte, wie sich seine Nackenhaare aufstellten. Seine Assistentin hatte ja vorausgesagt, dass der Pole Schwierigkeiten machen würde. Pasternek verzögerte seit Wochen die Übergabe der Ertragszahlen für das vergangene Quartal. Seine Kollegen am Konferenztisch wollten keine Feuerstürme, die den Irrsinn eines Mörders entfachen. Sie verfolgten ganz andere Ziele: die Stabilität der Hoffmann-Aktie zu erhalten und neue Märkte zu erschließen. Dafür standen sie. Aber vielleicht doch nicht alle?
Kalt blickte Falk in die Runde.
„Gibt es noch jemanden, der Rücksprache halten muss, weil er Verpflichtungen mit ausländischen Firmen eingegangen ist, von denen ich nichts weiß?"
Eørgy Pasternek lief hochrot an.
„Es ist nicht nur unser System in Polen, sondern die extrem schwierige …"

„Was willst du uns da weismachen, Eørgy?", mischte sich van der Hulst ein.

Als ehemaliger Geschäftsführer der Bayer Polen besaß er Insiderwissen über die polnische Arzneimittellandschaft. Polen war für das Outsourcing einer der vier sichersten Orte der Welt und zudem ein attraktiver Wirtschaftsstandort mit wettbewerbsfähigen Löhnen, Mieten und Immobilienpreisen. Auch steuerrechtlich bot das Land attraktive Anreize. Die Gewinne von Hoffmann Pharma Warschau hatten sich im vergangenen Jahr auf 56 Millionen Euro belaufen. Er wusste, dass Pasterneks Argumente aus der Luft gegriffen waren. Die Firma, die Pasternek jedoch für die Endfreigabezertifikate der in Polen produzierten Arzneimittel in Anspruch nahm, hatte einen zweifelhaften Ruf.

„Die Niederlassungen können diese Summen ohne Weiteres zur Verfügung stellen, wenn es zur klinischen Erprobung kommen sollte. Was soll also dieser Unsinn, Eørgy?", fragte van der Hulst.

„Blödsinn!", brüllte Pasternek los. „Es bereitet dir wohl ein unbändiges Vergnügen, mich ständig an den Pranger zu stellen, Pieter. Die Wahrheit, mein Lieber ..."

Die feindselige Atmosphäre im Raum wurde durch ein Klopfen an der Tür unterbrochen. Dr. Kate Corvey betrat den Raum.

Rasch stellte Falk das Wasserglas ab und stand auf. Er reichte ihr die Hand und als ihre Finger sich berührten, zuckte er unwillkürlich zusammen. Er machte sie mit jedem Einzelnen bekannt. Um die Gemüter zu beruhigen, entschloss er sich, die Tagung zu beenden.

„Meine Herren, es ist schon spät. Lassen Sie uns morgen über die Einzelheiten diskutieren. Maja hat für Sie im Steigenberger Parkhotel in Düsseldorf Zimmer gebucht. Wir treffen uns dort ...", Falk schaute auf seine Armbanduhr, „... in anderthalb Stunden in der Etoile Bar. Das ist der ideale Ort, um sich zurückzuziehen und bei Pianomusik kühle Drinks zu sich zu nehmen, damit sich die erhitzten Gemüter abkühlen können. Später werden wir im Restaurant Menuett zu Abend essen. Der Koch dort hat sich zum Ziel gesetzt, seine Gäste rund um die Uhr mit kulinarischen Köstlichkeiten vom Feinsten zu verwöhnen."

Er verabschiedete sich von seinen Niederlassungsleitern und war überzeugt, dass jeder von ihnen ab sofort auf der Hut sein würde. Es gab zu viele Dinge, worüber sie sich Gedanken machen mussten. Über Rebu 12 – den neuen Blockbuster; ein Milliardengeschäft; den Anstieg der Aktienkurse; hohe Boni-Erträge und vielleicht, ob unter ihnen ein Mörder weilte.

Nachdem die Männer gegangen waren, begleitete Kate Corvey ihn in sein Büro. Er deutete auf die Bar, wo Maja Kaffee bereitgestellt hatte. Kate erschien ihm in dem dunkelblauen Hosenanzug noch eleganter als vor einer Woche in Hongkong. Ein Haarknoten im Nacken bändigte das kräftige rote Haar, von dem ein magnolienähnlicher Duft ausging. Er hatte Lust, ihn auf der Stelle zu lösen.

„Möchten Sie etwas trinken?", fragte er.

„Kaffee wäre nicht schlecht."

Falk fragte sich, was ihr wohl jetzt in diesem Moment durch den Kopf ging. In Hongkong hätte er sie fast umarmt. Er schüttelte den Kopf,

beunruhigt über die Richtung, die seine Gedanken nahmen. Dennoch konnte er nur mit Mühe ein Lächeln unterdrücken. Er musste sich ermahnen: *Behalte deinen klaren Kopf.*
„Ich muss gestehen, dass ich ein wenig neugierig bin. Wer war denn der Mann, dessen Stimme ich bis auf den Gang hören konnte?", fragte sie unverhofft.
Falk Hoffmann lachte freudlos auf.
„Das war Pasternek. Er ist mal jähzornig, dann geht er wieder auf Distanz, die er dann kalte Förmlichkeit nennt."
Sie nippte stirnrunzelnd an ihrem Kaffee.
„Kalte Förmlichkeit? Sympathischer Mann, wirklich reizend."
„Pasternek ist vom Naturell her eher ein reservierter Typ. Heute hat er sich jedoch zu weit aus dem Fenster gelehnt. Ich besitze normalerweise einen gesunden Instinkt, mit dem ich fähige Leute erkenne. Die Niederlassungen werden von hervorragenden Geschäftsführern geleitet. Aber Pasternek hat neuerdings ..." Sein Puls beschleunigte sich. *Was mache ich hier?*, fragte er sich. Er kannte Kate Corvey doch kaum.
„Neuerdings?", hakte sie nach.
Er hob eine Augenbraue.
„Pasternek hat Probleme. Seine Frau scheint das Geld aus dem Fenster zu werfen und sein Sohn ist ein Junkie. Was erzähle ich Ihnen da? Ach, lassen wir das."
„Ja, Sie haben recht. Es geht mich nichts an."
Kate schien einen Moment in Gedanken versunken.
„Ich wollte nicht indiskret sein."
Hoffmann deutete auf eine Fotografie an der Wand, die ihn mit einer jungen Frau beim Skifahren darstellte.
„Das ist meine Schwester Elisabeth. Sie arbeitet im Controlling und prüft derzeit die Bücher unserer polnischen Niederlassung."
„Vermuten Sie eine Manipulation?", fragte sie überrascht.
„Pasternek fliegt in letzter Zeit sehr oft nach Oslo. Ich habe keine Ahnung, was er dort macht."
„Woher wissen Sie denn von den Flügen?"
„Wir haben demnächst eine Sitzung, an dem auch Persönlichkeiten aus der Politik teilnehmen. Norwegen gehört nicht zur EU und versieht die Pässe mit einem Einreisestempel. Meine Sekretärin hat zwecks Sicherheitsüberprüfung die Pässe der Geschäftsführer kopiert und sie den Behörden gefaxt. Dabei fiel Frau Scholler Pasterneks Reisefreudigkeit auf. Sie spielt gern hin und wieder Sherlock Holmes."
Kate schmunzelte.
„Vertritt Ihre Assistentin ebenfalls die Meinung, dass jemand in Ihrem Unternehmen seine ganze Kraft aufwendet, um Hoffmann Pharma zu schaden?"
Falk Hoffmann krauste die Stirn und nickte.
„Húns Ermordung hat uns schwer getroffen. Ich darf gar nicht daran denken, dass noch jemand Schaden nehmen könnte."
„Es tut mir leid, Falk", sagte sie mitfühlend.

Überrascht drehte er sich um. *Falk.* Sie hatte ihn beim Vornamen genannt. Plötzlich stand er ganz nah vor ihr und spürte, wie sehr er sich beherrschen musste, sie nicht in die Arme zu nehmen.

„Ich frage mich schon die ganze Zeit, was mich nach unserem ersten Treffen vor zwei Jahren davon abgehalten hat, Sie anzurufen. Das war doch ein schöner Abend."

Er sah ihr direkt in die grauen Augen, die unter seinem Blick einen Ausdruck annahmen, der seinen Puls beschleunigte.

„Stimmt, und Sie haben sich seitdem kaum verändert", sagte sie und errötete. „Mir waren damals die Hände gebunden. Privat natürlich."

Falk strich sich mit der Hand durch das Haar. „Das habe ich vermutet. Ich empfinde es ungemein beruhigend, Sie in meiner Nähe zu haben, und bitte Sie und Dr. Bender, uns bei der Durchsicht von Hún Xìnrèns Laborbüchern behilflich zu sein", sagte er und deutete auf einen vor ihm ausgebreiteten Stapel Papiere. „Vielleicht können wir anhand der Unterlagen das fehlende Exemplar rekonstruieren und die Testreihe nachträglich vervollständigen. Ich vertraue Ihnen."

Nein, dachte er. Es war mehr, viel mehr. Er war auf dem besten Wege, sich in diese Frau zu verlieben, und war sich nicht im Klaren darüber, ob das gut oder schlecht war. An einer Affäre ohne Zukunft hatte er kein Interesse. Aber hatte sie soeben nicht gesagt, dass ihr damals die Hände gebunden waren?

Kate fuhr sich mit der Zungenspitze leicht über die Lippen.

„Vielen Dank. Vielleicht kann ich helfen", sagte sie und löste sich von seinem durchdringenden Blick. „Ich bin die Unterlagen durchgegangen, die Sie mir per Fax geschickt haben. Wollen Sie ein kurzes oder ein langes Resümee?"

„Die kürzere Variante, bitte. Der morgige Tag hält einen langen Vortrag für uns bereit."

„Wissenschaftler können furchtbar ausschweifen. Entweder schläft das Auditorium am Ende eines Vortrages oder die Zuhörer sind völlig irritiert, weil sie nichts mehr begreifen, obwohl sie vorher glaubten, es begriffen zu haben", sagte sie lächelnd. „Ich versuche es mal. Die chromosomalen Telomere sind das Endstück einer DNA. Mit jedem Zellzyklus geht ein Stück dieser Telomere verloren. Das nennt man auch Alterung. Durch das Enzym Telomerase werden diese Telomere regeneriert. Wenn ich Sie richtig verstanden habe, glaubte Dr. Hún, mit Rebu 12 einen Wirkstoff entdeckt zu haben, der die Fähigkeit dieses Enzyms besitzt."

„Dr. Hún hat es jedenfalls behauptet."

Kate konnte ihren Überschwang kaum unterdrücken.

„Unfassbar ... Wenn sich das bestätigt, halten Sie die Innovation der Forschung in Händen, Herr Hoffmann. Mich würde allerdings interessieren, welche Zellen Dr. Hún für diese spezielle Untersuchung verwendet hat. Es muss eine äußerst ungewöhnliche Testreihe gewesen sein."

Falk lächelte.

„Das kann Ihnen Dr. Hastings wohl besser erklären, Frau Corvey", sagte er und wechselte das Thema. „Kommen Sie, ich bringe Sie ins Hotel. Dort wartet ein hervorragendes Essen auf uns!"

Er freute sich auf den gemeinsamen Abend und bedauerte schon jetzt, dass sie nach der morgigen Vertragsunterzeichnung nach Berlin zurückkehren würde. Der Klang ihrer Stimme berührte ihn und die immer länger werdenden Schatten über Hoffmann Pharma schienen sich bei ihrem Anblick zu verflüchtigen.

Wie sehr er sich doch täuschte ...

Kapitel 12

Die Nachmittagssonne fiel durch das Appartementfenster auf träge durch die Luft schwebende Staubpartikel, die auf Dallis' Tagebuch niedersanken. Sie zog rasch den Vorhang zu und kramte in ihrer Tasche nach der Pillendose. Heute lächelten sie die blauen Pillen an. Sie spülte drei mit einem Schluck Wasser hinunter und setzte in der Küche Wasser für Tee auf. Die Vorboten ihrer neuerdings immer häufiger auftretenden Migräneattacken hatten sich bereits vor zwei Tagen angekündigt. Sie hatte seitdem Gerüche intensiver wahrgenommen und auch die Musik aus dem Radio erschien ihr lauter als sonst. Hinzu kamen erste Sehstörungen. Am Abend hatte es vor ihren Augen geflimmert und geblitzt wie bei einem Gewitter, begleitet von heftigen Kopfschmerzen und Übelkeit. Aber allmählich ließen der Schmerz und das Taubheitsgefühl in Gesicht und Armen nach. Der Kessel pfiff. Dallis nahm einen Teebeutel aus der Packung, goss den Tee auf, setzte sich mit der Tasse an den Esstisch und dachte an Logan.
 Seitdem sie ihn wiedergesehen hatte, führten ihre Gedanken sie immer wieder in die Vergangenheit. Der Armreif, den sie heute an Logans Handgelenk glaubte gesehen zu haben, war auch ein Teil ihrer Geschichte. Ihre Migräne hatte ihr diese Sinnestäuschung beschert und der träge Gedankenfluss hatte das Übrige dazu beigetragen. Mitunter behauptete ihr innerer Drache, dass Logan sich ihr entzog. Er spie Feuer und stieß die Wahrheit aus, die tiefe, verborgene Wahrheit des Abgrunds.
 „Bestrafe ihn", zischte er dann. „Durchlöchere jede einzelne seiner Rippe mit rostigen Nägeln, bis er dir gehorcht!"
 Liebend gern hätte sie ihm das Maul gestopft. Wie in Trance schleppte sie sich nach solchen Augenblicken durch den Tag. Wenn sie die Aufnahmen ansah, die Logan in Na Stacain und auf Balmore Castle von ihr gemacht hatte, überkam sie unsäglicher Zorn. Das Monster in ihrem Gehirn, geboren unter Blakes Folter, dieser dunkle, verborgene Teil in ihr, der Blake am liebsten die Fäuste ins Gesicht geschlagen hätte, wartete auf seinen Einsatz. Sie glaubte manchmal, in einem Meer des Zorns zu ertrinken, besonders, wenn ihr „Gefängnis" offensichtlich wurde: jene Tage, in denen ihre Sehnsucht nach Logan, dem Sinn ihres Lebens, nicht verstummen wollte und sie sich fragte, ob er sich tatsächlich von ihr entfernen könnte. Er war das Bindeglied zu ihrer eigenen erdrückenden Verzweiflung, aber auch zu ihrer Sehnsucht.
 Wenn seine Stimme ihr schmeichelte, seine Augen sie voller Bewunderung anschauten, seine Hände sie streichelten, er sie küsste – nur dann würden die Stimmen schweigen.
 Dallis trat ans Fenster. Der immer stärker werdende Wind übertönte das knisternde Kaminfeuer und ließ den Vorhang flattern. Sie schloss das Fenster und betrachtete sich voller Bewunderung in der Scheibe, immer und immer wieder. Dann glitt ihr Blick hinaus in die Dunkelheit.

Berlin, Hotel Adlon

Ich muss lernen, der Wahrheit ins Gesicht zu sehen, dachte Logan. *Dallis ... Baby Blue.* Er hatte sie im Regen stehen sehen. Seitdem ging sie ihm nicht mehr aus dem Kopf. Er wollte sie, die Schamlosigkeit ihrer Existenz, vergessen, hatte er ihr einmal gesagt. Stattdessen hatte er sie aus dem hintersten Winkel Schottlands beobachtet, aus der Kälte der Einsamkeit, vielleicht, um der Leere der Gegenwart zu trotzen.

Manchmal träumte er von ihr. Vergangene Nacht hatten ihre Lippen im Traum seinen Hals berührt, ihr zarter Duft war ihm in die Nase gestiegen, ein Hauch von Flieder, sinnlich, erotisch. Sie küsste ihn und es waren die blutroten Lippen einer Göttin, gesandt vom Olymp, wo man seine fiebrigen Gebete erhört hatte: Leidenschaft, das feine Leder einer Peitsche, die Dallis' Haut streichelte, ihr Zorn, und er – nach dem Versuch einer ungebändigten Zähmung – am Rande des Abgrunds. Er kannte die zwei Gesichter der Dallis Carrington: Er kannte die Person, die Blake geschaffen hatte: Dallis-Blue, eine Frau ohne Einfühlungsvermögen, die ihre Überempfindlichkeit gegenüber Kritik mit einem hart erarbeiteten, hinterlistigen Verhalten kompensierte. Niemand verstand es so gut, sich auf Kosten anderer ins rechte Licht zu rücken wie diese Dallis. Wenn Adam ihr einen Rat gab, der ihr nicht behagte, dann hieß es: „Adam hat gesagt ..." Wenn sein Rat ihr gefiel, gab sie ihn als ihre Idee wieder. Sie benutzte die Menschen, war eine verweste Seele, eine eiskalte Intrigantin, die glaubte, besonders und einzigartig zu sein, die deshalb immer neue Bewunderung forderte.

Er liebte jedoch das Mädchen, das sein Vater nach Balmore Castle gebracht hatte. Er liebte diese Dallis, die er zärtlich „Baby Blue" nannte und deren wahres Ich sich nur selten an die Oberfläche wagte. Sie war wie die schottischen Elfen, die ihrem Ursprunge nach Engel und Wesen des Lichts waren, die aber, weil sie sich von dem Teufel verführen ließen, in unzähliger Menge vom Himmel verstoßen wurden. Diese mussten bis zum Jüngsten Tag über Berge und Seen wandern, wussten nicht, wie ihr Urteil lauten würde, ob sie begnadigt oder verdammt würden, fürchteten aber das Schlimmste, wie sein Mädchen Baby Blue.

Dallis war Erinnerung, Gegenwart und lodernde Leidenschaft in einem, subtil und überraschend, wild wie die schottische Landschaft, die das Licht ihrer Schönheit erleuchten ließ und die Farbenpracht gebar. Sie war wie er. Erschaffen in Schönheit und Schmerz. Sie war die einzige Frau in seinem Leben, die ihn faszinierte. Verlangen durchströmte ihn heiß und Macht pochte in seinem Schädel, wenn er an sie dachte.

Morgen Abend, in der Dunkelheit einer kühlen Herbstnacht, würde er Dallis in seine Arme schließen.

Kapitel 13

Balmore Castle, 1994 – 1995

Dallis begann schon früh, ihre Bedürfnisse und Empfindungen zu unterdrücken, die Blake nicht angemessen erschienen. Es gab kein Singen, keine laute Musik, keine Geburtstage mit den Kindern aus der Nachbarschaft oder ihrer alten Schule, keine fantasievollen Verkleidungen als Blumenmädchen, schottische Elfe, Meerjungfrau oder Sturmhexe. Irgendwann ging sie auch nicht mehr in die Küche, um mit der Köchin Betsy Kekse zu backen; lieber fuhr sie mit Blake nach Bettyhill, wo sie beide Kräuter für seine Tinkturen sammelten. Sie konnte Blake um den Finger wickeln, wenn sie einen Wunsch hatte, oder sich an ihn schmiegen, wenn sie sich beim Spielen verletzte, sich aber auch von ihm abwenden, wenn Logan und Adam sie zu einer Wanderung durch die Highlands überredeten. Und sie konnte den stechenden Schmerz der Eifersucht in seiner Brust fühlen, wenn Logan sie liebevoll musterte.

Blake stellte unablässig Forderungen an sie. Ihre Psyche und ihr Körper suchten sich einen Weg, um sich zumindest zeitweise von dieser Überforderung zu befreien. Sie zog sich in ihr Zimmer zurück und spielte einfach nur mit ihren Stofftieren oder verkroch sich ins Bett, weil ein bellender Husten sie quälte. Sie nörgelte und war tagelang nicht ansprechbar. Diese Tage bedeuteten für sie, allein sein zu wollen, aber auch die Kontrolle über ihre Beziehung zu Blake. Immer wieder klopfte er an ihre Zimmertür und versuchte, sie herauszulocken. Sobald sie seine Schritte hörte, signalisierte ihr Körper Kopfschmerzen und Rückenschmerzen oder ein quälender Husten erfasste sie. Manchmal schrie sie sich so laut den Druck von der Seele, dass sogar die Hunde draußen anfingen zu jaulen. Sie brauchte den Rückzug, musste Kraft tanken, um der schweren Last auf ihren Schultern, der erdrückenden Erwartungshaltung durch Blake gerecht zu werden. Sie wusste, dass seine Seele nach ihr schrie, dass sie jede Minute seine Gegenwart war. Sie schenkte Blake eine neue Intensität, während sie erkaltete. Der Wolf lechzte nach seiner Beute und zerfleischte sie. Ihr Trick des Abtauchens diente nur dem Selbstschutz und ließ ihre Fantasie gedeihen. Dallis ging mitunter völlig in einer Traumwelt auf und tanzte stundenlang verloren in ihrer eigenen Welt zu den Klängen von *Little Girl Blue*, bis Blakes Stimme sie in die Wirklichkeit zurückholte. Aber es gab auch Momente, in denen sie sich in ihrem Refugium verlassen vorkam und Depressionen sie plagten. Sie starrte dann aus dem Fenster in die Dunkelheit. In ihr herrschte Finsternis und alles bedeckte ein Leichentuch wie der winterliche Schnee den Boden des Friedhofs Little Necropolis. Wenn sie jedoch befürchtete, dass Blake sich von ihr abwenden könnte, erstickte sie ihre Ängste, war besonders liebevoll und gab sich noch angepasster.

Während der Pubertät verfolgte Blake sie auf Schritt und Tritt und belauschte sogar ihre Telefonate. Immer wieder versicherte er ihr, dass sie einzigartig sei, die Liebste, die Schönste. Stolz ergriff sie dann, denn schließlich veranschaulichte Blake nur, wie einmalig sie war. Nach außen hin wirkte sie aufgeweckt, war hübsch und ihren Altersgenossen weit voraus. Doch im Laufe der Jahre fühlte Dallis eine Fäulnis in sich aufsteigen, die einer innerlichen Verwesung glich, bis schließlich auch diese Empfindung verstummte und einer eisigen Kälte Platz machte. Gefühle wie Schmerz, Freude oder Angst spaltete sie einfach ab. Sie fand Gefallen an Wut, Aggression, an Gewalt.

Mit zwölf begann sie, kleine Tiere zu quälen, statt sie zu töten. Das machte ihr mehr Spaß. Wann der Gedanke zum ersten Mal in ihr Gehirn drang, konnte sie nicht sagen. Doch nachdem er einmal da war, verfolgte er sie Tag und Nacht. Warum, wusste sie nicht. Eine Absicht war nicht dabei. Auch keine Leidenschaft. Sie mochte das Kaninchen, hatte sogar gern mit ihm gespielt. Es war das linke Auge des Tiers, das sie störte und das ihr trübe und ein wenig asymmetrisch vorkam. Sie entfernte sein Auge und schaute ihm – wie den darauffolgenden Tieren – beim Sterben zu. Dabei machte sie ihre Schulaufgaben und notierte die Todeszeitpunkte der Tiere in ihrem Heft. Da sie neuerdings ihr heimliches Spiel mit den Tieren kultivierte, waren ihre Notizen mit Gräuelbildern verziert und wirkten besonders unappetitlich.

Manchmal fragte sie sich, ob sie ein Monster war. Das waren jene Momente, in denen sie das gequälte Tier nahm und es zu Adam brachte, der die Maus, die Katze oder das Kaninchen wieder zusammenflickte. Wenn eines der Tiere überlebte, spendierte Adam immer ein Eis, das sie beide dann genüsslich schleckten. Er wusste, was sie tat, verurteilte sie aber nicht. Adam glaubte, dass auch sie – wie er – ein Ventil brauchte.

Eines Tages hatte Dallis das Heft in ihrem Pult vergessen. Miss Adelaire, eine kleine, unansehnliche Lehrerin mit Hakennase und Brille, die den Internatsschülern die physikalischen Gesetze der Natur vermittelte, hatte das Heft gefunden und Dallis gebeten, vor Beginn des Unterrichts bei ihr in Zimmer siebzehn vorbeizuschauen. Der Raum war nicht für den Unterricht geeignet, denn er war klein und düster, und Licht drang kaum herein. Die Lehrer des Internats saßen hier manchmal, um ihre Klassenarbeiten zu korrigieren oder den Unterricht vorzubereiten.

Dallis betrat gegen neun Uhr das Zimmer, in der Annahme, dass sie heute in Blakes Beisein gehörig gerügt werden würde. Doch das „Krähengesicht", wie die Lehrerin von den Schülern hinter vorgehaltener Hand genannt wurde, war allein im hinteren, von einer Neonröhre grell beleuchteten Teil des Raums. Dallis sah, dass mehrere lose Blätter ihres Heftes auf dem Tisch ausgebreitet lagen.

Miss Adelaire stand konzentriert vorgebeugt, die Stirn tief gesenkt, die eine Hand aufgestützt, während die andere ein Blatt Papier mit wütenden Bleistiftstrichen zuschmierte. Dallis sah, dass unter den dicken schwarzen Strichen ihre eigene Handschrift zu erkennen war, sah, wie die Lehrerin mit dem Bleistift wild hin und her fuhr. Krähengesicht zeigte ein Wechselbad der Gefühle: Fassungslosigkeit wich Zorn, Ekel dem

Entsetzen. Ihre Gesten waren unvergleichlich heftig, als wäre es ihr egal, dass die Spitze das Papier aufschlitzte. Die Lehrerin war so sehr in ihr Tun vertieft, dass sie eine ganze Weile brauchte, um Dallis' Anwesenheit zu bemerken. Sie hob erschrocken den Kopf und ihr Gesicht war leicht gerötet. Im selben Moment begriff Dallis, dass Miss Adelaire Blake das Schulheft geben würde und dass sie das nicht verhindern konnte. Die Lehrerin Adelaire starrte sie an und legte den Bleistift aus der Hand.

„Hallo, junge Dame", sagte sie, holte tief Luft und hielt ein Blatt Papier hoch. „Das wirst du mir erklären müssen, Dallis!"

„Ich werde Ihnen gar nichts erklären müssen", zischte Dallis. „Ich muss niemandem etwas erklären, denn ich bin eine Carrington!"

Miss Adelaire lief hochrot an.

„Ein klärendes Gespräch werden wir jedenfalls nicht hier führen. Ich werde deinen Vater kontaktieren und dann sehen wir weiter", antwortete sie kalt.

„Sie werden gar nichts von alldem tun. Wie kommen Sie dazu, in meinen Aufzeichnungen herumzuschnüffeln? Mich bei meinem Vater anzuschwärzen, wäre nicht unbedingt zu ihrem Vorteil. Ich würde sagen, es wäre das Dümmste, was Sie tun könnten, denn Sie haben doch gelesen, wozu ich fähig bin. Also überlegen Sie sich das gut!"

Die Lehrerin starrte sie entsetzt an.

„Was würdest du denn mit mir anstellen? Zum Beispiel mir den Arm brechen und Adam könnte ihn danach schienen?"

Dallis' Augen bekamen einen gefährlichen Glanz.

„Nein. Aber stell dir vor, Krähengesicht, wie sauer ich wäre, wenn deine Knochen dabei nicht zersplittern und herausspringen und deine Haut durchbohren würden! Wag es nicht noch einmal, mir zu drohen!"

„Ich drohe dir nicht, mein Leben wäre dann in Gefahr", schrie die Lehrerin.

Dallis lächelte.

„Ach ...", erwiderte sie kalt. „Na, dann haben wir uns wohl verstanden, Miss Adelaire!" Sie drehte sich um und verließ mit erhobenem Haupt Zimmer siebzehn, halb in der Erwartung, zurückgerufen zu werden. Aber das geschah nicht. Darüber war Dallis später äußerst irritiert und das war der Grund, weshalb sie den Vorfall im Familienkreis nicht erwähnte. Nach diesem Erlebnis war sie ständig überzeugt, dass irgendwo in der Nähe, hinter der nächsten Ecke, Krähengesicht lauerte. Dallis blieb wachsam und auf der Hut.

Vierzehn Tage später geschah etwas Merkwürdiges. Miss Adelaire wurde entlassen. Blake forderte die Lehrerin mitten in der Nacht auf, ihre Koffer zu packen, und sie kehrte dem Internat Balmore für immer den Rücken zu. Wenn solche seltsamen Dinge geschahen, die Dallis sich nicht erklären konnte, stand sie immer am Fenster und starrte in die Dunkelheit auf das Gebäude mit den vier Türmen, als würde sie dort die Antwort auf ihre Fragen erhalten.

Adam konnte mittlerweile die Welt ohne seine „Smarties" und sein Kokain nicht mehr ertragen und machte sich rar. Mittlerweile machte sie sich ernsthafte Sorgen, Adam könnte wieder zu dem linken, launischen Wesen werden, das er ein paar Jahre zuvor gewesen war. Aber er war ihr Freund und sie hatte sich immer auf ihn verlassen können, bis auf dieses eine Mal im Sommer 1995, als Dallis die Tierquälerei zu langweilen begann. Sie hatte ein neues Opfer gefunden.

Ein Uhr. Auf Balmore Castle war es dunkel. Das einzige Licht kam aus dem Klassenzimmer der Untertertia, hinter dem Haupthaus des Internats. Dallis lehnte an der Tür, flankiert von einem bekifften Adam. Kate stand allein vor der Schultafel und wirkte wehrlos und ängstlich, genau wie beim letzten Mal, dachte Dallis. Da waren sie und einige Internatsschüler auf dem Weg zur Sportaula gewesen, als sie auf Logan und Kate und ein paar andere Jungen trafen. Bis zu diesem Zeitpunkt war Dallis bestens gelaunt gewesen. Es war dieses Herumalbern von Kate, das Dallis das Stichwort gab. Anscheinend hatte Kate kurz zuvor auf dem Boden gesessen, denn am unteren Rand ihrer Jacke klebte braune Erde. Kate wusste offensichtlich nichts davon und Logan hatte wohl auch nichts bemerkt. Dallis rief etwas wie: „Kate, du hast Kacka am Hintern! Hast du dir in die Hosen gemacht?" Es war ein harmloser Scherz, begleitet von ein wenig Geplänkel der anderen Schüler.

Kate reagierte jedoch ziemlich schockiert, blieb jäh stehen, drehte sich herum und starrte sie wütend an.

„Es macht dir doch so verdammt viel Spaß, andere zu quälen. Immer auf Kosten anderer, zu etwas anderem bist du gar nicht fähig, du Monster!", schnaubte sie.

Die anderen blieben ebenfalls stehen. Die Jungen waren ebenso verblüfft und befremdet wie die Mädchen, stellte Dallis selbstgefällig fest, und ein paar Sekunden lang fürchteten alle, Kate würde gleich explodieren. Aber sie wandte sich abrupt wieder ab und stapfte davon, während die anderen fragende Blicke wechselten und mit den Achseln zuckten. Trotzdem war diesmal etwas anders. Dallis hatte alles genau geplant. Die letzte Demütigung und Bestrafung waren nichts im Vergleich zu dem, was sie sich für diese Nacht ausgedacht hatte. In der einen Hand hielt sie eine Kerze, in der anderen einen Lederriemen. Kates Blick schweifte immer wieder zu der Kerze.

Sie ahnt, was ihr bevorsteht, dachte Dallis. Sie ließ den Gürtel zu Boden gleiten und die Kerze von einer Hand in die andere wandern. Dallis starrte auf ihre Rivalin, die sie verabscheute, seit sie Logan und der damals elfjährigen Kate heimlich beim Küssen zugesehen hatte. Heute war Kate neunzehn und keinen Deut besser als vor acht Jahren. Sie war noch immer hinter Logan her.

„Wo ist denn dein Freund?", fragte Dallis langsam. „Ich kann ihn nirgendwo entdecken. Gleich werden wir dir zeigen, was wir auf Balmore Castle mit Mädchen wie dir machen."

Sie wartete, ob sich „das vertraute Hochgefühl" auch wirklich einstellte oder nicht!

„Wieso lässt du auch deine benutzten Tampons einfach so herumliegen? Das ist doch eklig!"

„Ich hasse dich", sagte Kate so leise, dass ihre Stimme wie ein Seufzen klang. „Ich hasse alles an dir."

Dallis trat einen Schritt auf sie zu.

„Oh … Hast du das gehört, Adam? Sie hasst mich! Sie benimmt sich wie ein Schwein und mich hasst sie", sagte sie kalt und grunzte. „Von deinem Gewinsel wird uns ganz schlecht."

„Ich hasse euch beide!", schrie Kate.

Dallis hielt mitten in der Bewegung inne. Ihr stand plötzlich wieder die Szene vor Augen, als Logan seine Zunge in Kates Mund steckte. Sie schnaubte vor Wut. Adam sah Dallis mit großen Pupillen an. Dann torkelte er langsam zu Kate und packte ihren Arm.

„Wie kannst du es wagen, von Hass zu sprechen? Wenn du sie hasst, dann hasst du Lux Humana, Logan, Blake und mich. Ist dir das klar, du blöde Kuh?" Er kicherte und zerriss Kates Nachthemd.

„Ich befehle dir, mir jetzt einen zu blasen! Worauf wartest du noch?"

„Nein! Du ekelst mich an, Junkie", schrie Kate. Ihr Nachthemd hing ihr in Fetzen von den Schultern. Sie hielt die Arme vor der Brust gekreuzt und rieb sich mit den Händen die Seiten, während sie ihre nackten Füße abwechselnd hochhob, um die Berührung mit dem kalten Steinboden zu vermeiden.

Dallis schlug Kate ins Gesicht.

„Du ignorierst eine Anweisung von Adam, ein Mitglied von Lux Humana?" Sie hob den Ledergürtel vom Boden auf.

„Tu es nicht!", flehte Kate sie an.

„Warum nicht? Wer oder was sollte mich davon abhalten?"

„Du wirst schon sehen, was du davon hast. Adam macht sich doch vor Angst fast in die Hosen. Er hat auch allen Grund dazu. Ich werde Blake alles erzählen!"

„Oh … Hast du das gehört? Sie ist nicht nur ein Schwein, sondern auch noch eine alte Petze." Dallis spuckte Kate ins Gesicht. „Du kannst mich mal." Dann drehte sie sich zu Adam um. „Los, lass uns anfangen. Halt sie fest. Los jetzt! Das ist doch genau das, was du wolltest. Wovor hast du plötzlich Angst?"

„Vor gar nichts", antwortete Adam ein bisschen zu schnell.

„Er lügt", schrie Kate. „Er hat Angst, dass ich ihm sein schönes Teil abbeißen könnte!"

„Halt bloß dein Maul", zischte Dallis.

Sie hielt den Gürtel und schwang das freie Ende durch die Luft. Dann legte sie Kate das Leder um den Hals. Adams weit aufgerissene Augen folgten der Bewegung. Dann starrte er auf den Boden.

„Dallis, am Ende wird uns noch jemand hören", lallte er. „Wir können hier nicht so lange herumhängen. Wir sollten das lieber sein lassen."

„Was ist bloß los mit dir?", rief Dallis bissig. „Ich erwürge sie, wenn sie es dir nicht richtig besorgt. Das kann doch nicht wahr sein, dass du Angst vor ihr hast!"

„Nein, natürlich nicht. Es ist bloß … ich … ich möchte da einfach nicht mitmachen."

Dallis kochte vor Wut.

„Dann hau doch ab! Los, verschwinde!"

Adam wandte sich kichernd zum Gehen und ließ Kate los.

„Na, das war's dann wohl", sagte Dallis und blickte voller Verachtung auf Kate. „Du hast heute Glück gehabt, Schätzchen. Allein kann ich dich nicht festhalten."

„Komm, Dallis", murmelte Adam devot. „Wir sollten besser abhauen, bevor einer der Lehrer auftaucht." Die Klassenzimmer waren in den Nachtstunden bei den Schülern offiziell tabu, ebenso der Schulhof, weil man sicher sein konnte, dass man Zuschauer hätte, die im Haupthaus am Fenster standen und sich das Fernglas weiterreichten. Adam hatte das Gefühl, dass sie ziemlichen Ärger bekämen, wenn sie ein Internatslehrer bei ihrem Vorhaben erwischte.

Kate riss sich den Gürtel vom Hals und zeigte mit dem Zeigefinger auf Dallis.

„Das wirst du mir büßen. Du wirst eine Abreibung bekommen, du mieses Stück Scheiße!"

Plötzlich stand Adam neben Kate und nach einem Kinnhaken lag sie bewusstlos auf dem Boden.

„Niemand beleidigt meine Schwester", zischte er.

Dallis gab Adam ein Zeichen zu verschwinden. Sie selbst zündete die Wachskerze an und setzte sich auf den Boden, als Kate wieder zu sich kam.

„Spürst du es nicht, Kate?", sagte Dallis kalt. „Alles beginnt sich zu verändern. Ohne Logan bist du gar nichts."

„Ich hasse dich", wimmerte Kate. „Ich hasse dich für das, was du mir und den anderen antust. Und eines Tages, wenn du ganz allein bist, wirst du merken, wie viele Leute dich sonst noch hassen. Du treibst Spielchen mit Menschen. Vielleicht ist es an der Zeit, dass andere Spielchen mit dir treiben."

Dallis hielt die brennende Kerze dicht an Kates Gesicht, während sich auf ihrem ein Lächeln ausbreitete. Sie starrten einander an.

„Ach, Kate. Lass uns ein neues Spiel spielen."

Kate schrie. Niemand hörte sie.

Im Gehen schaltete Dallis das Licht aus, sodass der Raum in Dunkelheit getaucht wurde, und ließ Kate zurück. Als sie in ihrem Zimmer war, hatte sie das Gefühl, sich übergeben zu müssen. Ihre Beine drohten ihr den Dienst zu versagen. Rasch stürzte sie durch die Dunkelheit zur Toilette. Nachdem sie eine Weile neben der Schüssel gekniet hatte, ließ die Übelkeit nach.

Dallis setzte sich auf den Klodeckel und starrte zur Decke. Sie zitterte am ganzen Körper und ihr Herz klopfte wie verrückt. Trotzdem fühlte sie sich von einem Hochgefühl durchdrungen. Sie hatte es getan. Und es hatte funktioniert. Sie wünschte, Blake wäre hier. Sie wollte ihm von ihrer Heldentat erzählen und seine Meinung dazu hören. Aber als sie die Augen schloss und sich sein Gesicht vorzustellen versuchte, sah sie stattdessen das Gesicht von Logan.

Am darauffolgenden Abend stand Blake hinter dem Schreibtisch in seinem Arbeitszimmer, ihr genau gegenüber. Dallis konnte an seinem

Brustkorb, der sich etwas zu schnell hob und senkte, erkennen, dass es in ihm brodelte. Er atmete langsam und tief durch.

„Ich habe drei Stunden damit verbracht, eine erzürnte Kate im Krankenzimmer zu beruhigen, und konnte sie dann endlich davon abhalten, das Internat und Balmore Castle zu verlassen."

Dallis musterte Blake mit einer fast an Verachtung grenzenden Gleichgültigkeit.

„Kate hat angefangen. Sie sagte, dass sie mich verachtet. Sie sagte: ‚Ich verachte dich. Ich verachte alles, wofür du stehst, Dallis.' Wenn sie mich verachtet, verachtet sie Lux Humana. Und dich, und Adam, und Logan. Das geht einfach zu weit. Wir haben sie aus dem Zimmer geholt. Adam musste Kate deutlich vor Augen führen, dass ihr Verhalten völlig inakzeptabel war."

„Man kann sich bei Lux Humana die Regeln nicht selbst machen, Dallis. Auch wenn es bekanntlich zu jeder Regel eine Ausnahme gibt. Du weißt noch nicht allzu viel von Lux Humana."

Ihre kalten Augen weiteten sich. Sie öffnete den Mund, aber es kamen keine Worte heraus. Dann ließ sie den Kopf sinken und starrte auf den Boden.

„Hast du mir etwas zu sagen, Dallis?", fragte Blake.

„Nein. Wieso fragst du?"

„Du weißt genau, was ich meine."

Sie fixierte ihn kalt.

„Wenn ich mich richtig erinnere, hast du mir beigebracht, dass man es jedem angehenden Mitglied von Lux Humana, das sich weigert" – sie legte eine Pause ein – „die Regeln der Gemeinschaft zu befolgen, Gehorsam lehren muss. Kate war nicht im Entferntesten daran interessiert, zu gehorchen."

Blake atmete schwer, versuchte sich aber zu beherrschen.

„Ein Wutanfall ist keine Lösung, Blake", sagte sie.

Ihre Stimme war eine höchst provokante Mischung aus extremer Höflichkeit und einem Schuss Kälte und Verachtung.

„Welche Regel hat Kate denn nicht befolgt?", wollte Blake wissen. „Du bist vierzehn und darfst im Namen von Lux Humana noch keine Anweisungen erteilen!"

Dallis erkannte, dass Blake sich nicht provozieren ließ. Sie überlegte kurz.

„Das habe ich auch nicht, das war Adam!"

„Adam ... So, so. Welche Regel, Dallis?"

„Regel Nummer zwei!"

Blake hob die Augenbrauen.

„Du meinst, im Abgrund des Nichts geduldig dem Flüstern der Schönheit unter Qualen zu lauschen und danach zu sterben oder neu zu erblühen?", zitierte Blake langsam und betonte jedes Wort. „Welche Anweisung hat Adam denn Kate erteilt?"

„Sie sollte Adam einen blasen!"

„Hat sie es getan?"

„Nein!"

„Und dann?"

„Dann hat Adam ihr eine runtergehauen und ich habe ihr eine brennende Kerze ins Maul gestopft!"

Sie bemerkte das leichte Flackern in seinen dunklen Augen.

„Schämst du dich denn gar nicht?", fragte er.

„Nein."

„Kate ist seit vielen Jahren bei uns. Sie hat es nicht verdient, mit einem solchen Mangel an Respekt behandelt zu werden, wie du ihn heute Nacht gezeigt hast."

„Wenn du das sagst, Blake."

„Was hast du dabei empfunden?", fragte er plötzlich.

Nein, dachte Dallis, sie würde die Beherrschung nicht verlieren. Sie war fest entschlossen, nicht die Beherrschung zu verlieren. Langsam hob sie den Kopf. Sie spürte dennoch die Wut, die aus ihren Pupillen hervorzubrechen drohte, um Blake zu durchbohren.

„Du möchtest wissen, wie ich mich dabei gefühlt habe? Ich habe mich über ihr Leiden gefreut und ich würde mich über ihren Tod freuen!"

Einen Moment lang stockte ihr Körper, als würden sie die heftigen Emotionen, die in ihr wüteten, gleich in Stücke reißen. Aber genauso schnell, wie sie die Beherrschung verloren hatte, fand sie sie auch wieder und ihr Körper beruhigte sich. Ihre Augen, die sich plötzlich wieder kühl und klar anfühlten, richteten sich auf Blake. Sie bemerkte, dass er gegen den Drang ankämpfte, einen Schritt auf sie zuzugehen. Ein Gedanke schoss ihr durch den Kopf: Er begehrte sie. Sie schaute nach unten und staunte über die Wölbung, die sich in Blakes Hose abzeichnete.

„Ihr den Mund und die Zunge zu verbrennen, war dein Ziel, Dallis", sagte Blake. „Von Anfang an! Du hast dieses Ziel angestrebt, nicht weil Kate die Regeln nicht befolgt hat. Du hast sie genau an dieser Stelle verstümmelt, damit sie ihre Zunge nicht mehr in Logans Mund stecken kann!"

Dallis spürte den Hass wie Eiseskälte aus der Tiefe ihres Magens durch ihren ganzen Körper strömen. Wie ein Gift betäubte er alle anderen, komplizierteren Emotionen, in welchem Winkel sie auch lauern mochten, und spülte sie fort. Den Blick starr geradeaus gerichtet, atmete sie langsam und tief durch. Blake lachte spöttisch.

„Es geht nicht darum, was du gemacht hast, sondern dass du – seit acht Jahren – ohne Rücksicht auf Verluste dein Ziel klar vor Augen hattest. Du machst Fortschritte, Dallis, und ich bin stolz auf dich. Du bist das Beste, was Lux Humana jemals beherbergt hat. Du kannst jetzt gehen."

Dallis spürte, wie ihr inneres Gleichgewicht zurückkehrte. Der Moment der Schwäche war vorüber. Sie hatte sich wieder im Griff. Sie ging auf Blake zu, stellte sich auf die Zehenspitzen und küsste ihn flüchtig auf den Mund. Dann verließ sie das Büro, ohne Blake eines weiteren Blickes zu würdigen. Sie war auf dem besten Weg, ein böses Mädchen zu werden. Das verdankte sie Adam, der sein Versprechen gebrochen und sie nicht beschützt hatte, weder vor Blake noch vor Logan. *Adam trägt die Verantwortung!*

Dallis schlenderte lässig und selbstsicher, den Kopf hoch erhoben, die Schultern gestrafft, den Blick geradeaus gerichtet, langsam durch den Garten auf den See von Balmore Castle zu. Dort setzte sie sich auf die Bank und sah sich für ein neues Spiel nach einem geeigneten Schwan um, den sie nur anderthalb Meter von ihr entfernt im Gestrüpp entdeckte. Nur die weißen Federn, die hin und wieder in der Dunkelheit aufblitzten, verrieten ihn. Mit Sicherheit hätte Blake sie gerügt, wenn er gewusst hätte, dass sie im Winter zuvor einen Schwan im Gewässer hatte festfrieren lassen, nur um seine durchdringenden Schreie zu hören.

„Blake hat einen Blick für das Besondere, das Leistungsstarke und ich erfülle beide Kriterien. Bist du nicht auch dieser Meinung, Schwan?", flüsterte sie in die Nacht hinein.

Sie hob ihren Rock hoch und zog den Schlüpfer aus. Dann spreizte sie ihre Beine und präsentierte dem Schwan ihre Weiblichkeit, nackt und schamlos. Ein leichter Wind fuhr ihr zwischen die Beine. Ihre Finger fanden den Weg und rieben fest ihre Knospe. Sie spürte, wie sich die pure Lust zwischen ihren Schenkeln ausbreitete, und geriet in Ekstase.

Plötzlich hörte sie ihr Lachen. Es wurde lauter und lauter und schwirrte durch ihren Kopf wie eine Motte.

Kapitel 14

Hoffmann-Pharma-AG, Ratingen, 14. Oktober 2011

Falk Hoffmann lehnte sich zurück und ließ das Gespräch Revue passieren, das er mit Jonathan Hastings vor der Konferenz geführt hatte. Hastings war mit Kasper Wilkins in den frühen Morgenstunden in Düsseldorf gelandet. Während Wilkins es vorgezogen hatte, ein paar Stunden Schlaf nachzuholen, war Hastings direkt zu Hoffmann nach Ratingen gefahren und hatte sich in sein neues Büro, das unmittelbar neben den Räumen der Geschäftsleitung lag, zurückgezogen. Falk fand Hastings dort, über einen Stapel Formulare gebeugt.

„Haben Sie einen Moment Zeit, Dr. Hastings?"

Jonathan Hastings murmelte etwas Unverständliches und zeigte mit einer jovialen Handbewegung auf einen Bürostuhl, auf dem ein Stapel Fachzeitschriften lag. Falk nahm den Stapel und legte ihn auf den Schreibtisch.

„Sie haben mir in Hongkong einiges über die verschiedenen Zellen der Versuchsreihe erzählt. Aber der Durchbruch kam doch wohl mit den Versuchen, die das fehlende Laborbuch 13-C dokumentierte. Welche speziellen Zellen wurden für diese Testreihe verwendet?"

„Ich habe die Reihe nicht näher erläutert, weil sie sehr kompliziert ist", erklärte Hastings. „An der Reparatur unserer Zellen sind in etwa 5.000 von den 30.000 Genen beteiligt, über die wir Menschen verfügen", fuhr er fort. „Gene sind keineswegs so starr, wie man früher annahm. Durch das, was wir tun, das, was wir essen, kann dieses Genom verändert werden. Das geschieht *nicht* durch einen Prozess in den Genen, sondern dadurch, dass diese Gene an- und abgeschaltet werden. Man spricht dabei von epigenetischen Faktoren. Welche Gene ab- und angeschaltet werden, hängt somit von äußeren Einflüssen ab."

Hoffmann bemerkte, dass sein Mitarbeiter nur mit Mühe seine Erregung verbergen konnte.

„Ich verstehe. Wenn Rebu 12 den Schalter betätigen kann und dadurch diese epigenetischen Faktoren beeinflusst, wären wir mit dem Wirkstoff dann nicht auch in der Lage, genetisch bedingte Erkrankungen zu behandeln?", wollte Falk Hoffmann wissen.

„So ist es, Herr Hoffmann. Und um ihre Eingangsfrage zu beantworten: Hún Xìnrén hat diese In-vitro-Versuche, also die Untersuchungen im Labor, mit den Zellen von Hutchinson-Gilford-Patienten durchgeführt."

Hastings zog eine blaue Mappe aus einem Stapel Unterlagen hervor und reichte Hoffmann eine Fotografie.

„Die Eltern dieser Kinder hoffen darauf, dass ihnen eines Tages unsere Forschung eine Lösung präsentiert und sie ihre Kinder länger als nur zehn oder elf Jahre um sich haben. Es sind wunderbare Kinder, Herr Hoffmann, die ihr Schicksal mit Würde tragen. Die Jungen und Mädchen, die ich kennengelernt habe, sind intelligent, liebenswert und immer gut gelaunt. Ich habe den Eltern keine Hoffnung gemacht, sie nur gebeten, uns zu helfen, weil wir hoffen, mit Rebu 12 den Verlauf der Progerie-Erkrankung beeinflussen zu können", sagte Hastings und deutete auf die Aufnahme.

Falk hatte sich vor vielen Jahren im Rahmen einer Fortbildungsveranstaltung mit den Fakten dieser seltsamen Erkrankung vertraut gemacht, soweit erforderlich, aber selbst der trockene, sachliche Ton des Biogenetikers konnte seine Erschütterung beim Anblick des Kindes nicht verhindern. Wie schon einmal zeigte ihm Jonathan Hastings den Kreislauf des Lebens. Eine Reise durch den DNA-Strang eines Kindes, das an frühzeitiger Vergreisung litt. Hoffmann geriet völlig in den Bann einer für ihn noch immer völlig unverständlichen Erkrankung.

„Wer, außer Ihnen, weiß noch etwas über diesen „Schaltereffekt von Rebu 12" ... hm... diesen unglaublichen Nebeneffekt?"

„Nur Hún Xìnrèn. Die Versuchsreihe unterliegt der höchsten Geheimhaltungsstufe. Niemand hat die gesamte Dokumentation gesehen. Eine Testreihe stand noch aus. Hún Xìnrèn hat im Laborbuch 13-C seinen letzten Versuch an fünfzig Mäusen dokumentiert", beendete Jonathan Hastings seine Ausführungen.

„Das ist unglaublich, Dr. Hastings!"

Hastings grinste verlegen.

„Was ist denn das für eine entsetzliche Erkrankung, Dr. Hastings?", fragte Pieter van der Hulst, als Jonathan Hastings das erste Dia auf die Leinwand projizierte.

Falk schaute in die Runde. Im Moment präsentierte Jonathan Hastings dem Auditorium das Bild des Kindes und er, Hastings, besaß die volle Aufmerksamkeit der Männer. Auch Kate Corvey hörte konzentriert zu.

„Das Dia zeigt ein Mädchen mit den typischen Kennzeichen der Progerie-Erkrankung. Progerie ist eine sehr seltene, aber umso eindrucksvollere Erkrankung, bei denen gesund geborene Kinder eine schnelle und vorzeitige Alterung im Zeitraffertempo durchleben. Seit der Entdeckung des Gens zur „frühkindlichen Vergreisung" wollen Wissenschaftler der ganzen Welt der rätselhaften Krankheit auf die Spur kommen."

Die Konferenztür wurde leise geöffnet. *Das muss Dr. Bender sein*, dachte Falk. Die Lufthansa-Maschine aus Berlin war mit einer halbstündigen Verspätung gelandet.

„Die Krankheit wurde erstmals 1886 von Hutchinson und Gilford beschrieben und nach ihren Entdeckern benannt", erläuterte Jonathan Hastings, der sich nicht ablenken ließ.

„Schön, dass Sie kommen konnten, Dr. Bender", flüsterte Falk und zeigte dem Vorstandsvorsitzenden der Prokaryo den freien Platz neben Kate Corvey.

Bender setzte sich und flüsterte Kate Corvey etwas ins Ohr. Sie nickte kurz, konzentrierte sich aber dann wieder auf den Vortrag.

„Die ersten Symptome zeigen sich bereits im Säuglingsalter; Längen- und Gewichtswachstum bleiben zurück, die Haut wird dünn und brüchig, die Haare fallen aus. Das Unterhautfettgewebe schwindet, die Muskulatur verkümmert, die Gelenke versteifen frühzeitig", fuhr Hastings fort. „Das Gesicht wird greisenhaft, ist klein und geschrumpft, die Nase steht schnabelförmig vor, die Augenbrauen verschwinden, die Augen liegen tief in den Augenhöhlen, die Schädelvenen springen deutlich hervor. Das Gebiss verkümmert, Finger- und Fußnägel unterliegen dem Gewebeabbau. Hinzu kommen Arterienverkalkung und Osteoporose, die den Bewegungsapparat der Kinder schon früh einschränken und das Gehen erschweren. Die häufigsten Todesursachen sind Herzinfarkt und Schlaganfall, die bereits im Kindes- oder Jugendalter auftreten. Der Alterungsprozess verläuft fünf- bis zehnmal schneller als beim gesunden Menschen. Viele Phänomene des normalen Alterns treten bei Progerie-Kindern jedoch nicht auf; so ist das Tumorrisiko nicht relevant erhöht und auch neurodegenerative Erkrankungen wie die Alzheimer-Erkrankung kommen kaum vor. Progerie ist damit also keine exakte Kopie des üblichen Alterungsprozesses."

„Was ist denn die Ursache für das rasche Altern?", fragte Pasternek mürrisch.

„LMNA – ein nüchterner Name für einen unheimlichen Übeltäter, der die Zellen der Kinder zerstört. Als einzelnes Gen weist es bis zu zehn verschiedene Ausprägungen auf. Die Veränderung der Erbsubstanz wird durch einen Störimpuls hervorgerufen. Wo dieser Impuls auftritt, erkranken die Organe. Die Ursache ist eine sogenannte Punktmutation, die zu einem veränderten Splicing führt …"

„Splicing? Was ist das denn schon wieder?", unterbrach Pasternek.

Dr. Hastings schaltete den Diaprojektor aus.

„Sie können es auch Weiterverarbeitung nennen. Das veränderte Splicing des Lamin-A-Gens führt zu einem verkürzten Protein Lamin A. Lamin A wiederum ist ein regulatorisches Protein. Wenn Rebu 12 die Punktmutation kuriert, bedeutet das, Rebu 12 übernimmt die Funktion des defekten Lamin A."

Pieter van der Hulst hob die Hand.

„Für mich sind das böhmische Dörfer. Ich verstehe nicht viel von Lamin A und all diesen Dingen."

Jonathan Hastings nickte. Er ging an die Tafel, nahm ein Stück Kreide und schrieb: *ICH MAG NUR EIS.*

„Wenn wir diesen Satz betrachten", fuhr er fort, „ergibt er einen Sinn. Jedes Wort besteht aus drei Buchstaben. Ähnlich liegt die Information auch auf einem Gen vor, im sogenannten Triplett-Codon zusammengefasst. Wenn wir nun einen Buchstaben hinzufügen, aber immer noch darauf achten, dass wir Drei-Buchstaben-Wörter bilden wollen, verschwindet die Information des Satzes. In diesem Beispiel füge ich hinter dem Wort ICH den Buchstaben X hinzu: ICH XMA GNU REI S."

Die gebannte Aufmerksamkeit aller Anwesenden war nun auf Hastings gerichtet.

„Wenn wir im Ursprungssatz nach dem Wort ICH den Buchstaben M löschen, aber die Drei-Buchstaben-Regel beibehalten, ergibt der Satz ebenfalls keinen Sinn mehr: ICH AGN URE IS."

Hastings wandte sich an das kleine Auditorium.

„Ähnlich verhält es sich, wenn in einem Gen eine Base, ein Baustein der DNA, hinzufügt wird. Die genetische Information kann nicht mehr sinnvoll abgelesen werden. Rebu 12 greift dort ein, wo sich eine der möglichen Ausprägungen eines Gens auf einem Chromosom befindet. Diese Ausprägung nennt man Allel. Bereits ein einziges defektes Allel reicht aus, um die Krankheit zu verursachen. Rebu 12 repariert den Schaden und verhindert somit den Ausbruch der Erkrankung. Die Base wird dem Gen nicht zugefügt, oder noch einfacher ausgedrückt: Die Drei-Buchstaben-Wort-Regel wird beibehalten."

Ein Raunen ging durch den Konferenzraum.

„Das verschlägt mir die Sprache, Dr. Hastings. Wenn das alles auf Rebu 12 zutrifft, ist der Wirkstoff eine revolutionäre Entwicklung", sagte van der Hulst. „Hún Xìnrèn hat das Unsterblichkeitsenzym entschlüsselt. Die Gründe für seine Ermordung liegen somit auf der Hand. Gier, Habsucht, Milliardenumsätze, der Missbrauch von Macht, um nur einige zu nennen." Mit einem Mal grinste van der Hulst. „Ich glaube es nicht. Das Unsterblichkeitsenzym!"

Augenblicklich wurde Falk Hoffmann klar, was ihn so eigenartig berührte, seit er den Raum betreten hatte. Alle hatten ihr Bedauern bekundet, Entsetzen und Schock über Hún Xìnrèns Ermordung gezeigt. Gleichzeitig war aber eine Atmosphäre von unterdrückter Erregung zu spüren, etwas wie – Falk fand kein anderes Wort dafür – Gier. Alle hatten sie fein säuberlich Dr. Hastings' Erläuterungen ausgebreitet, daneben einen Ausdruck der aktuellen Aktienkurse diverser gentechnologischer Unternehmen und den aktuellen Tageskurs der Hoffmann-Aktie. Eine Firma mit einer Substanz, die das Altern aufhalten konnte und gleichzeitig einen hohen therapeutischen Nutzen aufwies, brauchte dringend das Vertrauen der Banken. Aber wenn diese Tafelrunde das Richtige im Sinn hatte, weshalb sträubten sich ihm die Haare, wenn er sie nur ansah? Sie standen alle unter Schock, nicht wegen Húns Ermordung. Diese Männer sahen die Aktienkurse fallen. Sie sahen das eigene investierte Kapital schrumpfen. Nach der Sitzung würde jeder in sein Leben zurückkehren, unter ihnen Pasternek, der nach Hastings' Vortrag mit mürrischem Gesichtsausdruck der Vertragsunterzeichnung mit Prokaryo für Polen zustimmte. Seine Augen verrieten nichts als kalte Habgier.

In Falk Hoffmanns Büro unterzeichneten nach der Konferenz Jakob Bender und Kate Corvey den Letter of Intent mit seinen Geheimhaltungsklauseln und danach die Outsourcing-Verträge. Falk legte seinen Füller beiseite.

„Eine Zusammenarbeit könnte vielleicht gefährlich werden", sagte Falk mit ernster Miene. „Ich muss Ihnen das sagen, damit Sie wissen, worauf Sie sich einlassen."

„Wir sind nicht besonders ängstlich veranlagt, Herr Hoffmann", erwiderte Jakob Bender gelassen. Er nahm seine rot geränderte Brille ab und säuberte sie mit einem karierten Taschentuch.

„Eines verstehe ich allerdings nicht. Irgendetwas sagt mir, dass Hún Xìnrèn nicht wegen einer Rebu 12-Testreihe getötet wurde, die sich mit der koronaren Herzerkrankung befasste. Das ist Blödsinn. Das Herz spielt in diesem Fall als Organ doch wohl eher eine untergeordnete Rolle, wenn man bedenkt, welche Vorlieben ihr Freund hatte, Herr Hoffmann", ergänzte er trocken.

„Dr. Bender! Bitte!" Kate Corvey war empört über Benders Dreistigkeit.

Falk Hoffmann lächelte gequält. Er schätzte Jakob Bender auf ungefähr vierzig Jahre. Er war nicht besonders groß, eher schmächtig und hatte eine wohlklingende Stimme. Die kastanienbraunen Haare, die ohne erkennbaren Schnitt und viel zu lang in sein schmales Gesicht hingen, und seine große, rot geränderte Brille irritierten Falk Hoffmann ein wenig. Benders Wangen und sein Kinn bedeckte ein dunkler Dreitagebart. Der Vorstandsvorsitzende schien keinen sonderlichen Wert auf sein Äußeres zu legen und erinnerte Hoffmann an Jonathan Hastings. Die schlecht sitzende Kleidung tat ein Übriges. Das weiße Hemd hing ihm lose am Körper, die schmale lilafarbene Krawatte war nachlässig gebunden, die Hose, grau mit breiten schwarzen Streifen, mochte vor fünfzehn Jahren modern gewesen sein. Dazu trug er graue Cowboystiefel. Doch Hoffmann ließ sich nicht von Äußerlichkeiten beeinflussen.

Dr. Bender hob die Augenbrauen, setzte seine Brille wieder auf und kratzte sich die Wange.

„Sorry, Herr Hoffmann. Mein Temperament geht manchmal mit mir durch und meine liebe Kate bringt mich wieder zur Räson. Vielleicht liege ich mit meiner These vollkommen daneben. Können Sie den Kreis der Verdächtigen nicht einschränken? Wer wusste von Rebu 12 und seinem besonderen Wirkmechanismus, Herr Hoffmann?"

„Zwei Mitarbeiter von Hún Xìnrén in Hongkong, Dr. Yàn Meí und Dr. Hastings. Das Gesamtprojekt kennt jeder, der im Labor arbeitet, aber dort wurde es als Herztherapeutikum lanciert. Hinzu käme noch unser Rebugen-Spezialist."

„Rebugen?", fragte Bender.

„Rebugen ist eine spezielle, auf unsere Forschungsprojekte abgestimmte Software. In Hongkong wurde die Datensicherung manipuliert und somit ist auch dieser Mitarbeiter verdächtig. Alle Angestellten werden derzeit vom Hongkong Police Department überprüft", antwortete Hoffmann.

Bender zuckte die Schulter und nickte. Er stand auf und glättete mit den Händen sein Hemd.

„Unschöne Geschichte", murmelte er. „Ich muss mal an die frische Luft, Herr Hoffmann. Wir sehen uns dann in Berlin."

Kate sah Jakob Bender erstaunt an.

„Wir fliegen mit der gleichen Maschine, Jakob. Wollen wir nicht zusammen zum Flughafen fahren?"

„Ich fahre mit dem Bus. Ist lustiger, Kate." Bender nahm seine Aktentasche. „Auf Wiedersehen, Herr Hoffmann", verabschiedete er sich und reichte Falk die Hand.

„Ich wünsche Ihnen einen guten Flug, Dr. Bender", sagte Falk Hoffmann.

Dann nickte Bender Kate zu.

„Wir sehen uns am Flughafen, Kate."

Falk Hoffmann runzelte die Stirn.

„Was für ein Mann", stellte er fest, nachdem Bender gegangen war. „Kann ihn überhaupt irgendwas erschüttern?"

Kate Corvey lächelte.

„Dr. Bender ist zwar ein bisschen schrullig, aber auf seinem Gebiet eine Koryphäe. Man kann sich auf ihn verlassen." Sie schaute auf ihre Armbanduhr. „Könnten Sie ein Taxi ..."

„Ich werde Sie zum Flughafen begleiten", unterbrach er sie und drückte den Knopf der Sprechanlage. „Maja, würden Sie bitte den Wagen vorfahren lassen?"

„Ein Wagen zum Flughafen wäre schön, aber Sie müssen mich nicht begleiten. Ich will Ihnen einen Vorschlag machen. Haben Sie kommendes Wochenende schon etwas vor?"

Falk schaute rasch in seinen Terminkalender.

„Nein."

Sie nahm ein leichtes Zittern seiner Stimme wahr.

„Was halten Sie davon, wenn Sie und Dr. Hastings nächsten Freitag nach Berlin kommen? Dr. Bender und ich haben bis dahin sicher die wichtigsten Vorbereitungen getroffen. Dr. Hastings wird überrascht sein, wie effektiv unsere Laborroboter arbeiten. Dann könnten wir Hún Xìnrèns Unterlagen gemeinsam durchsehen."

„Ich nehme Ihre Einladung gerne an, Frau Corvey, zumal ich gerne in Berlin bin. Es ist eine interessante Stadt."

„Ja, das finde ich auch. Dann wäre das geklärt. Wenn die Forschungsergebnisse das halten, was sie versprechen, ist die Bandbreite der therapeutischen Möglichkeiten unermesslich. Das kann ich Ihnen schon jetzt versichern. Jonathan Hastings' Vortrag war beeindruckend", sagte sie nachdenklich und strich sich mit dem Zeigefinger über die Nase.

Falk nickte.

„Was wirklich in den Zellen dieser kranken Kinder passiert, dass sie so schnell altern, können wohl nur Wissenschaftler richtig deuten", meinte er ein wenig ratlos.

„Forscher überall auf der Welt haben sich bislang vergeblich um die Lösung dieses Problems bemüht. Sogar unsere diesjährigen Nobelpreisträger sind der Wahrheit nur geringfügig näher gekommen. Um diese Erkrankung zu verstehen, muss man sich die Zellteilung ansehen. Zu Beginn muss der Doppelstrang der DNA aufgespalten werden. Die Trennung geschieht durch ein Enzym. Beim Progerie-Erkrankten funktioniert dieses Enzym nicht richtig. Es entstehen Brüche und Lücken, die DNA kann nicht mehr richtig abgelesen werden und weitere Zellteilungen sind nicht mehr möglich. Fazit: Der Körper altert."

„Das war für mich eine viel verständlichere Erläuterung als die Drei-Buchstaben-Wort-Regel von Jonathan Hastings", meinte Falk lächelnd. „Kommen Sie, ich werde sie noch zum Wagen begleiten."

Zu dieser Stunde wartete kein Journalist vor dem Konzerngebäude auf sie, um sie mit seinen Fragen zu bombardieren.

„Ich danke Ihnen, dass Sie dieses kurzfristige Treffen möglich machen konnten", sagte Falk und verabschiedete sich mit einem Händedruck und einem warmen Lächeln. „Und ich freue mich auf ein gemeinsames Glas Wein."
Kate stieg ein.
„Oder auch zwei. Bis nächstes Wochenende, Falk."
„Auf Wiedersehen, Kate."
Während die Limousine lautlos mit majestätischer Selbstverständlichkeit die Auffahrt in Richtung Flughafen Düsseldorf verließ, schaute Kate sich noch einmal um.
Falk sah das Lächeln, das ihre Mundwinkel umspielte, und winkte ihr zu. Dann ging er wieder hinein. Im Büro warf er sein Jackett ab, lockerte seine Krawatte und goss sich einen Jim Beam ein. Wie flüssige Seide rann der erste Schluck Bourbon hinunter und löste die Anspannungen der letzten Tage. Falk Hoffmann betrachtete durch das große Fenster seines Büros den sich neigenden Tag. Der Blick in die Gartenanlage der Hoffmann AG verdrängte für den Bruchteil einer Sekunde seine augenblickliche Gemütsverfassung, die dem Tiefgang eines U-Bootes glich. Es war ein milder Herbsttag, der Rasen glich noch immer einem zartgrünen Teppich. Der Gartenteich war ein Traum aus trübem Wasser und geschlossenen Seerosen. Birken umrahmten einen Teil des Teiches und schimmerten als dunkles Spiegelbild auf der Oberfläche.
Plötzlich wurde er sich der ungeheuren Verantwortung bewusst, die die Entdeckung von Rebu 12 mit sich brachte. Er konnte nicht einfach zur Tagesordnung übergehen. Es half nicht, die Rolle einer unglaublichen Entdeckung auf eine höhere Ebene zu heben und über den grundsätzlichen Zusammenhang zwischen Wissenschaft und Mord zu reden, wenn bei der Forschung die Macht dieser neuen Substanz ethisch-moralische Grundsätze verdrängte. Er blickte zum Himmel und sah einen Vogel mit roten Flügeln in der Luft schweben. Normalerweise hätte er diesen Kontrast als schlechtes Omen gedeutet, doch heute sah er nur das sanfte Rot der Flügel, das ihn an Kates Haar erinnerte.
Kate. Er sah sich zu der Feststellung veranlasst, dass er mit einer Frau wie Kate an seiner Seite ein beneidenswert glücklicher Mann werden könnte. Schon seit ihrer ersten Begegnung spürte er Zugehörigkeit. Das war das natürliche Gleichgewicht des Lebens: Zugehörigkeit bedeutete Wärme, Verständnis und Angenommensein. Er hatte sich verliebt und … vermisste sie schon jetzt.

Kapitel 15

Charité-Universitätsmedizin-Berlin, 15. Oktober 2011

Zum Glück kennt der Pförtner den Weg, dachte Dr. Bernhard Merrick. Zwischen den großen Plakaten, die den Ärztestreik an der Charité-Universitätsmedizin-Berlin begleiteten, fiel das kleine Schild, das zum Multimediaraum wies, kaum auf. Logan würde ihm einen Platz frei halten.

Merrick sah auf seine Armbanduhr. Kurz vor vier. Die Pressekonferenz der Global Gen war eine Stunde zuvor einberufen worden. Nur eine Handvoll Journalisten hatte es in der kurzen Zeit geschafft, rechtzeitig zu erscheinen.

Bernhard Merrick wurde als Mitglied des Kuratoriums Lux Humana von seinen Informanten über Neues aus der Genforschung auf dem Laufenden gehalten. Er wunderte sich, dass der Raum so voll war. In den hinteren Reihen drängten sich Damen und Herren im weißen Kittel. Die Ärzte des Klinikums wollten dabei sein, wenn ihre Kollegen das bekannt gaben, was ein echter „Durchbruch" in der Stammzellforschung werden könnte. Eigentlich sollte das erst in einer Woche bekannt werden, denn die Veröffentlichung in der Medical Tribune war für kommenden Mittwoch geplant. Doch dann erschien ein von Global Gen lancierter Bericht in der Frankfurter Allgemeinen Zeitung, der das verhängte Embargo brach. Die Redaktion der Medical Tribune gab die Ergebnisse vorzeitig frei. Wissenschaftler und Journalisten in aller Welt rätselten seit Freitagmittag, wer denn wohl Dr. Karl-Friedrich Mahler sei.

Vom Leiter des Berliner Teams, dem Direktor der kardiologischen Abteilung, hatten selbst Stammzellexperten noch nichts gehört. Und schon gar nicht von der jungen Niederländerin Swantje de Moor, die am Rednerpult die Fragen der Journalisten beantwortete.

Merrick entdeckte Logan in der vordersten Reihe und setzte sich neben ihn. Sie musterten die niederländische Biogenetikerin, die Merrick in ihrem dunkelgrauen Kostüm eher langweilig erschien.

„Sei nett zu ihr", sagte Logan hinter vorgehaltener Hand. „Du wirst dich wohl oder übel mit ihr amüsieren müssen!"

Merrick nickte gequält. Swantje de Moor war sichtlich gut gelaunt und schenkte den Fotografen der Bild-Zeitung immer wieder ein Lächeln. *Ein grässlicher Anblick, wenn sie den Kameras ihren Überbiss zeigt*, dachte Merrick. Am Ende gab es Blumen für sie. Dann stürmte das Fernsehen den Raum. Man war auf Sendung. Logan nickte und Bernhard Merrick schaltete sein Aufzeichnungsgerät ein.

„Herr Professor Mahler, wie kommt ein Herzspezialist auf die Idee, in Hoden von Mäusen nach Stammzellen zu suchen?", fragte der Berichterstatter der ARD.

„Wir beschäftigen uns eigentlich mit der Herzregeneration. Wir versuchen Zellen zu züchten, mit denen Herzschwächen behandelt werden können. Weil Keimzellen im Hoden grundsätzlich alle Zelltypen des Körpers bilden können, entstand die Idee, aus diesem Gewebe Spermienvorläufer zu isolieren. Mit Swantje de Moor haben wir eine exzellente Stammzellbiologin. Im Januar vergangenen Jahres hat Dr. de Moor beobachtet, wie sich Zellen entwickelten, die aussahen wie die von embryonalen Stammzellkulturen der Maus. An denen hat sie die „Methode der hängenden Tropfen" angewandt. Die Zellen zeigten dabei ihr unglaubliches Potenzial: Sie verwandelten sich in schlagende Herzzellen, in Nerven-, Haut- und Leberzellen."

„Die ‚Medical Tribune' hat Ihre Veröffentlichung sicher besonders kritisch beäugt. Denn Ihre Arbeit landete just zu dem Zeitpunkt in der Redaktion, als Dr. Hún Xìnrèn in Hongkong ermordet wurde."

Mahlers Kieferknochen arbeiteten kaum sichtbar.

„Ja, das ist eine schlimme Geschichte. Ich habe allerdings kaum Kenntnis von seinem Forschungsstand. Unser Glück war, dass unser koreanischer Kollege als Fälscher enttarnt wurde. Die Gutachter haben alles genau überprüft. Keimzellen aus dem Hoden haben ein unglaubliches Potenzial."

Der Journalist hob die Augenbrauen und sah Mahler durch die Brillengläser provozierend an.

Maus ist Maus! Lässt sich das Verfahren auf den Menschen übertragen, sind Embryonenversuche überflüssig, Professor Mahler? Wäre eine Entnahme von Spermienvorläuferzellen aus den Hoden von Männern überhaupt machbar?"

Mahler kam in Fahrt.

„Absolut. Wir haben schon erste Proben isoliert und sind derzeit dabei, die Zellen zu kultivieren. Das Rezept ist ja nun öffentlich und von jedem Forscher auf der Welt nachzuvollziehen."

„Haben Sie das Verfahren schon patentiert?"

„Ja, das Patent ist angemeldet."

„Was sind die nächsten Schritte?"

Logan und Merrick hatten genug gehört. Sie wussten, dass Mahler und de Moor der Presse nur Appetithäppchen präsentierten. Männliche Hoden als Quelle für Stammzellen. Dahinter steckte viel mehr. In der Klinik Na Stacain waren sie viel weiter gediehen. Sie hatten eine siebzehnjährige, todkranke Herzschock-Patientin erfolgreich mit Stammzellen aus ihrem eigenen Knochenmark behandelt, nachdem Adams Forever-Injektion einen schweren Herzinfarkt ausgelöst hatte. Jetzt war das Mädchen wieder auf Balmore Castle und tanzte zu den Klängen von Astor Piazzola leidenschaftlich Tango.

„Knöpf sie dir vor, Bernhard. Finde heraus, was sie tatsächlich herausgefunden hat. Ich muss los. Dallis wartet in Düsseldorf", raunte Logan.

Bernhard runzelte die Stirn.

„Dallis ist in Düsseldorf? Wie geht es ihr denn?"

„Lass das! Ich weiß, dass du sie nicht ausstehen kannst. Sag mir lieber, was meine kleine Mairead macht?"

Merrick entging das leichte vibrieren in Logans Stimme nicht. Logan liebte dieses Kind, das seit neun Jahren seine Patientin, wusste er. Gefühle der Hingabe, Herzenswärme und Zärtlichkeit erfassten diesen Mann, wenn sich Mairead in seiner Nähe aufhielt. Da war sich Merrick sicher.

„Sie lässt Dich grüßen und freut sich auf Deine Heimkehr. Ich soll Dir sagen, dass Du ihr fehlst. Und ..."

„Sorry, aber ich bin wirklich spät dran", unterbrach Logan und verabschiedete sich. „Ich muss wirklich los!"

Mistkerl, dachte Merrick. Du glaubst wohl, Logan, dass du mich für dumm verkaufen kannst – wie damals vor zehn Jahren. Mitunter führte Merrick – sobald er an die Vorfälle von damals dachte – ein unkontrollierbarer Teil seines Gehirns das Bild einer schwangeren Frau vor Augen, die vor zehn Jahren die Klinik Na Stacain betreten hatte, eine sinnliche junge Frau kurz vor der Entbindung, weit offen für sein hämmerndes, stoßendes Begehren: Kate Corvey.

Schon als sie die Stufen zum Eingangsportal der Klinik hinaufgegangen war, hatte er überlegt, wie er ihren Leib entleeren könnte. Die Häufigkeit von Dammschnitten wurde in der Literatur mit bis zu neunzig Prozent angegeben. Die Schnittführung sollte möglichst gerade sein. Wie auch immer. Ihr Körper hätte bei der Geburt an Makellosigkeit einbüßen müssen, wäre er nicht gewesen, der alles tat, um des Körpers Schönheit dort unten zu erhalten. Damals war er Feuer und Flamme für die Schwangere gewesen. Noch einmal rief sich Merrick nach all den Jahren den Körperbau der jungen Frau ins Gedächtnis. Sie hatte einen ausgesprochen engen Geburtskanal gehabt.

Zu Nirvanas Musik Come as you are umfingen seine Hände ihre Knöchel, spreizten ihre Beine und berührten ihre intimsten Stellen. Er führte seine Zunge tief in sie hinein, biss in ihre Brustwarzen und Brüste, aus denen bald die Milch fließen sollte. Seine Zähne hinterließen Spuren. Sie bekam nichts von alldem mit. Merrick leitete die Narkose ein, als Sally den OP betrat, um ihn zu assistieren. Er injizierte der jungen Frau einen Arzneicocktail, der sie in einen tiefen Schlaf versetzte. Dann führte er das Skalpell an die Bauchunterseite und machte einen halbmondförmigen Schnitt. Die Eröffnung der Bauchdecke, der Bauchhöhle und der Gebärmutter führte er stumpf mit den Fingern durch, damit Gefäße und Nerven geschont wurden. Come as you are. *As I want you to be*, sang Kurt Cobain im Hintergrund.

Nur wenige Minuten später hielt Merrick ein Mädchen in seinen Händen. Er ließ Sally, die sich im OP II um Ashley kümmerte, am ersten Schrei des Kindes teilhaben, der ungeahnte Glücksgefühle in ihm auslöste. Ein zusätzliches Trauma des Beckenbodens hatte er nicht verhindern können, weil er die im Dammbereich verlaufenden Blutgefäße und Nervenbahnen durchtrennen musste. Es war vermehrt zu einer unbeabsichtigten Blutung und Störungen der Nervenbahnen gekommen.

„Achtung, Blutung! Scheiße", hörte er Sally sagen.
Dann hatte bei der jungen Frau Kammerflimmern eingesetzt.
„Adrenalin 1:10. Schnell."
Merrick schaute auf die Uhr. Präzise setzte er die Nadel an und injizierte das Adrenalin.
„Keine Reaktion!"
„Herzmassage einleiten!", herrsche Sally ihn an.
Merrick führte die Herzdruckmassage durch, wobei sein dunkles Haar mit jedem Stoß nach vorn schnellte.
„Eins ... zwei ... drei. Vier ... fünf. Eins ... zwei ... drei. Vier ... fünf. Eins ... zwei ... drei. Vier ... fünf."
Keine Reaktion.
„Verdammt noch mal, das darf doch nicht wahr sein!" Sally war außer sich. „Das Narkotikum. Das ist eine Spätreaktion auf das Narkotikum. Wieso hast du das nicht früher bemerkt?"
Merrick zuckte mit den Schultern.
„Du Vollidiot!", schrie Sally. Ihre dunklen Augen unter schweren Lidern starrten ihren Ehemann wutentbrannt an. „Wenn sie stirbt, hast du das zu verantworten! Hol Logan! Er soll dir assistieren", schnauzte sie, rümpfte die schmale Nase und warf ihre blonden Kräusellocken in den Nacken.
Während Merrick Kate weiter mit dem Skalpell bearbeitete, hatte Logan durch die große Fensterscheibe das blutige Spektakel beobachtet. Er zog sich rasch um und betrat den OP.
„Verschwinde, Merrick!", herrsche Logan ihn an, worauf er wütend das Skalpell auf den Boden war und den OP verließ.
Als Sally zwei Stunden später den OP verließ und ihm eröffnete, dass auch das Baby in Gefahr sei, hatte Merrick zum ersten Mal in seinem Leben so etwas wie Bedauern empfunden, den Fehler nicht rechtzeitig erkannt zu haben, der die massiven Blutungen bei Mutter und Kind verursacht hatte. Diese Bilder hatten sich in seine Erinnerung gebrannt, wie Sallys Schreie, deren Klänge sich seit jener Nacht mit den pochenden Schlägen seines Herzschlags verbanden, als sie beide versucht hatten, das Leben des Kindes zu retten.
In derselben Nacht wurde ein zweites Kind entbunden, nur einige Räume weiter. Die Umstände waren nicht weniger unglücklich gewesen.

„Sind wir uns schon einmal begegnet?"
Eine weibliche Stimme holte Bernhard in die Gegenwart und in den Multimediaraum zurück. Swantje de Moor stand nervös lächelnd vor ihm. Bei ihrem Anblick wurde ihm fast übel. Er erhob sich von seinem Platz. En garde!
„Nein", antwortete er mit rauchig sanfter Stimme. „Und das bedauere ich zutiefst. Mein Name ist Bernhard Merrick und ich bin schon jetzt ein Fan von ihnen."
Er reichte ihr die Hand und sah ihr tief in die Augen, und dachte: *Sie wird meinem Charme erliegen. Dessen bin ich mir sicher.*

Als Kind sei er schon charmant, putzig, zum Knutschen gewesen, hatte seine Mutter einmal behauptet. Er bezauberte seither die Menschen mit seinem Lächeln. Selbst wenn er als Kind schrie und quengelte, ärgerten sich die Erwachsenen nicht. Die Freundinnen seiner Mutter nahmen ihn dann auf den Schoß und drückten ihn tröstend an ihre Brust. Wenn er dann auch noch über die Wölbung eines üppigen Busens den besonderen Duft einer Frau wahrnahm – vielleicht leicht pudrig, oder blumig, fruchtig, süß, warm – wickelte er sie mit sommersprossigem Gesicht und riesigen Vergissmeinnichtaugen um den Finger. Noch mehr Zuneigung erhielten die Frauen, wenn ihr Hals eine Perlenkette schmückte. Seine Mutter hatte immer eine Perlenkette getragen, mit der seine Finger unentwegt spielen mussten, wenn er auf ihrem Schoß saß. In der Pubertät litt er wie jeder Teenager an dem Ungenügen der Welt, hielt es nur in seinem Traum vom großen Glück aus und war für seine Umwelt meist schwer erträglich. Aber die Mädchen seines Alters liebten ihn dennoch.

Heute konnte er der unansehnlichsten Frau das Gefühl geben, sie sei eine Göttin. Er nannte die Frauen mit einem jungenhaften Lächeln „meine Orchidee", „meine duftende Rose", „mein Lichtschein" oder „mein Sonnenaufgang". Das waren Worte, die sich sofort wie kleine Raupen in der Bauchgegend seiner Opfer einnisteten und zu Schmetterlingen wurden. Er liebte die Frauen, aber Swantje de Moor war einfach nur ein Brechmittel, kein Busen, keine Perlenkette.

Merrick sprach einige Worte mit der blonden Wissenschaftlerin und gab ihr seine Visitenkarte. Eine Fernsehkamera wurde auf ihn gerichtet. Er schenkte dem roten Lämpchen der Linse sein schönstes Lächeln und verließ erhobenen Hauptes den Multimediaraum. Am Ausgang drehte er sich noch einmal um und winkte Swantje de Moor zu. Vor dem Klinikgelände stieg er in ein Taxi, das ihn zum Flughafen Tegel bringen sollte. Plötzlich machte ihm sein Herz Probleme. Es raste. Der Druck in der Brust wurde unerträglich und er spürte einen stechenden Schmerz, der vom Brustkorb in den linken Arm ausstrahlte. Rasch legte er eine Nitrolingualtablette unter die Zunge und nach einigen Minuten fiel die Beklemmung von ihm ab. Seit Wochen drängte ihn seine Frau Sally, einen Kardiologen aufzusuchen. Wozu? Als Arzt wusste er, wann eine Bypassoperation fällig war. Ihm blieb noch eine knappe Stunde bis zum Abflug nach Edinburgh. Er ruhte sich in der Senator-Lounge aus und rief Swantje de Moor an.

„Ich habe es genossen, in Ihrer Nähe zu sein. Ich wusste es schon immer, Swantje. Man muss viele Raupen kennenlernen, bevor man auf einen Schmetterling trifft", hauchte er ins Telefon und vereinbarte mit ihr ein Treffen in Amsterdam.

Kapitel 16

Steigenberger-Parkhotel-Düsseldorf, 15. Oktober 2011

Mittlerweile war die Abenddämmerung der Nacht gewichen. Das Mondlicht brach sich in dem dichten Baumbestand, der sich über die gesamte Königsallee erstreckte. Um diese Zeit war die Hotelbar im Steigenberger Parkhotel fast leer. Der Barkeeper hielt sich diskret im Hintergrund.

„Du hast eine Menge zu verbergen, Eørgy", sagte Logan leise und betrachtete, wie die Farbe des schottischen Whiskys in dem gedämpften Licht der Hotelbar goldene Funken sprühte.

„Es ist kompliziert, viel komplizierter, als ich gedacht habe. Die Behörden sind auf uns aufmerksam geworden. Man ermittelt bereits in Polen gegen die Organisation, die für das Kuratorium die Organe besorgt", flüsterte Pasternek. „Wofür brauchst du eigentlich diese Kinderherzen, Logan?"

Logan seufzte.

„Das geht dich einen verdammten Scheißdreck an. Für neugierige Fragen wirst du nicht bezahlt", zischte er. „Du hast meinen Ausführungen zwar zugehört, Eørgy, sie aber anscheinend nicht verstanden. Lux Humana ist die Schaltzentrale der Wissenschaft. Wir wissen über die Vorkommnisse in Hongkong Bescheid, besitzen Insiderwissen über die Hoffmann AG, wir haben Einblick in Hún Xìnrèns Forschungsergebnisse, in das Projekt Rebu 12 und die wissenschaftlichen Versuche mit... Ach, lassen wir das. Glaube mir, wir kennen Freund und Feind besser, als sie sich selbst kennen. Das kostet uns verdammt viel. Das Kuratorium Lux Humana ist deshalb auf die Unterstützung ihrer Mitglieder und auf ihre Zuverlässigkeit angewiesen. Du kassierst für deine Dienste außerordentlich und willst doch sicher auch in den Genuss von Forever kommen."

„Reg dich ab. Ich habe für die Organbeschaffung eine andere Quelle aufgetan. Aber das wird teuer! Du musst die Verhandlungen selbst führen! Ich habe auch keine Lust mehr, ständig nach Oslo zu fliegen, wenn wir etwas besprechen müssen."

Logan lächelte. *Selbst die Verhandlungen führen. Du hast sie wohl nicht alle, du verdammter Idiot.* Pasternak würde dem Druck einer polizeilichen Ermittlung nicht standhalten und umkippen. Im Drogenbunker fehlten Rohstoffe für die Herstellung der Arzneimittel, die dem polnischen BtMG unterlagen. Das Betäubungsmittelgesetz schrieb dort für die Entnahme der Opiate eine ordnungsgemäß geführte Dokumentation vor. Jeder Verstoß wurde mit hohen Bußgeldern bestraft. Die polnische Überwachungsbehörde kontrollierte regelmäßig die

Drogenbestände der polnischen Unternehmen und sie würde Pasternek in die Mangel nehmen. Da war sich Logan sicher.

Pasternek ließ sein Vermögen im Casino und ein notorischer Spieler, wusste Logan, denn dem Polen war einmal in Edinburgh die Kopie eines Schuldscheins, ausgestellt von einem illegalen Spielcasino in Warschau, aus der Jackentasche gefallen. Er hatte Pasternek darauf angesprochen und noch am selben Abend hatten sie eine Übereinkunft getroffen. Er hatte Pasterneks Schulden bezahlt und die Schuldscheine behalten. Als Gegenleistung ging der Pole bereitwillig auf seine Forderungen ein und beschaffte für die Laboratorien in Na Stacain Kinderherzen. Woher sie kamen, interessierte Logan nicht.

Eine Zeit lang trafen die Lieferungen pünktlich ein, bis er vor zwei Monaten entdeckte, dass Pasternek mit dem Glücksspiel nicht aufgehört und begonnen hatte, Firmengelder zu unterschlagen. Er schuldete dem Hoffmann-Konzern mittlerweile fünfhunderttausend Euro. Das illegale Spiel und ein heroinabhängiger Sohn machten Pasternek zum Risikofaktor. Logan leerte sein Glas.

„Komm, Eørgy. Wir machen einen Spaziergang. Hier haben die Ohren Wände."

Ratingen, in der Nacht

Es stand schlecht um sie. Genau genommen konnte es nicht mehr schlechter werden.

„Es ist unvernünftig von dir zu erwarten, dass ich sofort zu dir eile, nur weil du es möchtest. Mit dieser Einstellung gefährdest du unser Ziel, Dallis", hatte Logan vor zwei Tagen am Telefon gesagt. „Willst du das? Denk an Regel Nummer sechs: Sind unsere Lieben und Gedanken nicht eins, so lässt einer nach, und uns trifft die Stille und Bewegungslosigkeit, die Mutter der Schönheit, der Tod!"

Wie konnte Logan es nur wagen, Regel sechs auch nur zu erwähnen. Wusste er denn nicht, dass seine unmittelbare Nähe sie schier verzweifeln ließ, weil die Obsession sie ausgesucht hatte – und nicht umgekehrt. Ihr Körper und ihre Seele gehörten allein ihm. Logan konnte mit ihr machen, was er wollte. Dallis warf ihr Haar nach hinten und betrachtete sich im Badezimmerspiegel. Das fliehende Kinn und die ausgeprägten Nasenlöcher hatte Logan vor Jahren korrigiert. Er hatte Knorpel vom Sockel der Nasenlöcher entfernt und sie enger zusammengefügt. Der Unterkiefer hatte ein Implantat bekommen. Später, auf Balmore Castle, kamen die Schmerzen und sie hatte sich wie ein waidwundes Tier gefühlt, das sich in seine Höhle verkroch und panische Angst hatte, auch nur einen Schritt in die Nacht hinaus zu tun. Nur Adams Lippen hatten sacht ihr Ohr gestreift und tröstende Worte gesprochen in dem Zimmer, das für unerträgliche Marter stand. Heute Nacht hielt sie sich für Logan bereit. Sie stellte sich vor, wie er mit schweißglänzender Haut auf sie zukam. Sie brauchte diese Fantasien, denn sonst würde ihr Dämon wie ein übler Dunst durch die Wände ihres Appartements dringen und Logan erreichen... und vernichten.

Ihr Körper schmerzte. Sie ging ins Wohnzimmer, die blauen Pillen auf dem Glastisch schienen sie anzugrinsen. Sie überdeckten nur den Schmerz, waren ein kalter Trost. Schweißtropfen rannen ihr den Rücken herunter. Im selben Augenblick spürte sie Logans Aura. Er kam. Sie fühlte es, sie wusste es.

Dallis kauerte sich auf der Couch zusammen, die Arme an die Brust gepresst wie ein zusammengerollter Igel. Ein Versuch, sich gegen die innere Dunkelheit abzuschotten. Dann richtete sie sich wieder mit Mühe auf, ging zum Fenster. Blieb stehen. Verweilte dort, eingerahmt von einem Rechteck aus Licht. Plötzlich griff sie durch die Vorhänge, öffnete das Fenster und atmete gierig die frische Luft ein.

Nichts erregt den Jäger so wie die Witterung der verwundeten Beute, dachte sie. Logan war eine verwundete Kreatur, die sich nach dem Bösen sehnte. Die Nachtluft verströmte seinen Geruch. Sie konnte ihn riechen. Sie blickte zur Wand mit dem buddhistischen Wandteppich, den sie vor Jahren auf Balmore Castle geknüpft hatte und der den Kreislauf der Wiedergeburten darstellte. Logan war für diese symbolträchtige Darstellung der sechs Daseinsbereiche Feuer und Flamme.

Der Wandteppich entsprach nicht ganz dem Original des buddhistischen Rads des Lebens. Sie hatte in ihrer Darstellung auf die höheren Bereiche verzichtet. Ihr Gott hieß nicht Yama, sondern Logan. Sie lag ihm zu Füßen und war blau dargestellt. Ihre Sichel war kein Symbol des Todes. Sie erweckte mit den Zwillingen das Leben in Schönheit. Denn auch sie verfügte nun über fundierte, biogenetische Kenntnisse, um die Forschung der Lux Humana zu unterstützen. Und sie war in Besitz von drei Ampullen Rebu 12, die Hún Xìnrén am Tag seines Todes bei sich getragen hatte. Niemand wusste davon, nicht einmal Logan.

Ursprünglich waren es vier gewesen, aber eine Ampulle hatte sie sich noch in der Nacht vor ihrem Abflug in Hongkong injiziert. Ihre Haut hatte sofort reagiert, war prall und leuchtete. Rebu 12 war die Antwort auf die Frage des Kuratoriums: Wann präsentiert Adam uns den ersehnten Wirkstoff? Rebu 12 würde sie zu ihrem Ziel führen und Logan auf ewig an sie binden.

Hún Xìnrén hatte einmal gesagt: „Injiziere ich dir heute Rebu 12, bist du ab morgen schön." Dallis lachte. Der Chinese hatte recht behalten.

Plötzlich hörte sie vor dem Appartement Schritte. *Er kommt*, dachte sie. Die trostlose, auszehrende Zeit war zu Ende. Ihr Spiel würde ihn in Rage versetzen, der Schmerz ihn aufschreien lassen. *Dum spiro, spero – Solange ich atme, hoffe ich.*

Sie öffnete die Wohnungstür. Irgendwo in ihrem tiefsten Inneren lichteten sich die Nacht und die Wellen der Dunkelheit. Ihr Herz wurde erfrischt durch seinen Anblick. Stark würde sie sein, stark und hart, unnachgiebig, fordernd und kalt, die Augen demütig gesenkt, um nicht in Logans Blick zu lesen, dass auch er innerlich zitterte.

„Anam Cara", flüsterte sie heiser, als seine Lippen sie liebkosten. „Mein Seelenfreund."

Sie hörte das Klicken einer Gürtelschnalle, das Surren des sich öffnenden Reißverschlusses, das Herabfallen der Hose, ein scharrendes

Geräusch, als Logan aus der Unterhose stieg und ihr mit einem Ruck das Kleid vom Körper riss. Sie öffnete die Augen.

Logan wartete, dynamisch und sexuell aufgeladen. Sein Lachen war ein frivoles Versprechen. Zärtlich streichelte er ihren Rücken.

„Wo warst du all die Jahre, Baby Blue?"

Die Ironie seiner Worte entging ihr nicht.

„Hättest du die Arme ausgebreitet, wäre ich nach Schottland gekommen, Logan", hauchte sie.

Logan wand sich ihren Bauch zu, seine Zunge umkreiste ihren Nabel, folgte dem Weg der feinen Narbenlinie, immer weiter abwärts. Plötzlich er hielt inne. Er drehte sie um, legte die Hand auf ihren Rücken und drückte sie nach unten. Kein Laut kam dabei über seine Lippen. Die Spannung war schier unerträglich. Sie war rettungslos verloren, versunken in einer wollüstigen Begierde. Als er in sie eindrang, schossen Dallis die Tränen in die Augen.

„Willkommen zuhause, Logan", sagte sie leise.

Dallis hatte die Kraft, seinen verführerischen Wahnsinn zu ertragen und ihre Reise auf die dunklen Seiten ihrer Seelen fortzusetzen. Dabei rann das Blut der Seele über ihr Gesicht.

Kapitel 17

Balmore Castle, 1996 - 1998

Dallis wollte schlimme Dinge tun und tat sie auch. Und darauf war sie stolz. Sie zielte mit dem Katapult auf Kate. Der Stein traf ihre Schläfe und Kate war einfach umgefallen. Das war schön, aber es war auch böse. Dabei wollte sie nicht mehr böse sein, weil sie das Adam versprochen hatte und er sie dafür beschützen wollte, aber weder Junkie Adam noch sonst jemand konnte sie vor Blake beschützen. Nur ihre innere Stimme, die sie „ihr innerer Drache" nannte, sandte Signale, wenn sie auf der Hut sein musste. Er war neben Adam ihr neuer Freund.

Wenn Adam wüsste, dass sie Kate mit dem Katapult schwer verletzt hatte oder was sie manchmal dachte und tat, wäre er ihr wohl nicht mehr wohlgesonnen und würde sie womöglich nicht mehr lieb haben. Aber sie war eifersüchtig auf Kate gewesen, weil diese Logan unter der Dusche verführt hatte.

Sie hatte sich in Logans Schlafzimmerschrank versteckt und wollte ihn nach seiner Rückkehr von der Uni überraschen, als Logan und Kate plötzlich das Schlafzimmer betreten hatten. Wie gelähmt hatte Dallis dagestanden und durch die Türsprossen beobachtet, wie Logan sich Kate genähert hatte.

Logan sah Kate in die Augen, als er sich das Jackett von den Schultern streifte, seine Krawatte löste und beides auf die Couch warf, ohne seinen Blick von der jungen Frau abzuwenden. Er schlang die Arme um sie und zog sie an sich, wild und ungestüm. Er packte ihre roten Haare und zog ihren Kopf nach hinten, um sie mit einer Leidenschaft zu küssen, als hinge sein Leben davon ab. Sein Kuss hatte etwas Verzweifeltes, etwas Ursprüngliches. Und dennoch war er sinnlich.

„Du gehst jetzt mit mir duschen", befahl Logan.

Kate war sich nicht sicher, ob es sich um eine Bitte oder um einen Befehl handelte.

„Ja", flüsterte sie.

Logan nahm ihre Hand und führte sie aus dem Wohnzimmer, quer durch sein Schlafzimmer ins Bad. Er drehte den Wasserhahn auf, dann wandte er sich wie in Zeitlupe zu Kate um und musterte sie. Sein Blick war verschleiert vor Gier.

„Dein Rock gefällt mir. Sehr kurz", stellte er fest. „Du hast tolle Beine."

Sie streifte sich die flachen Sandalen von den Füßen, während Logan aus seinen Schuhen schlüpfte, sich duckte, um sich die Socken von den Füßen zu ziehen, ohne den Blick von Kate zu wenden. Der hungrige Ausdruck in seinen Augen raubte ihr den Atem. Dann streifte er seine Hose und die Boxershorts ab und trat beides zur Seite. Seine Hände wanderten zu ihren Schenkeln und zogen ihren Rock hoch. Er schob beide Daumen unter den Saum ihres weißen Baumwollhöschens, dann ließ er sich auf die Knie sinken und zog es nach unten. Der Rock bauschte sich in ihrer Taille, sodass sie von den Hüften abwärts nackt war. Dann machte er sich an den Köpfen ihrer Bluse zu schaffen.

Sie lächelte ihn an.

Er öffnete den letzten Knopf, streifte ihr die Bluse über die Arme und warf sie zu den anderen Sachen auf dem Haufen. Unvermittelt streckte er die Hände nach ihr aus, drückte sie mit dem Rücken gegen die Wand und küsste ihr Gesicht, ihren Hals, ihren Mund.

Kate spürte die Fliesen im Rücken, als Logan sich gegen sie presste, eingezwängt zwischen der Hitze seines Körpers und der Kühle der Keramik. Zögernd legte sie ihre Finger um seine Oberarme und drückte leicht zu.

Ein Stöhnen entfuhr ihm.

„Ich will dich. Jetzt. Hier. Schnell, hart", stieß er hervor.

Schwer atmend stand sie da und wartete. Er drückte sich erneut gegen die Wand und begann, die Innenseite ihrer Schenkel zu küssen, während er mit einer Hand ihre Beine spreizte. Ein weiteres Stöhnen drang aus ihrer Kehle. Ihre Finger krallten sich in seinem Haar. Seine Zunge kannte kein Erbarmen. Wieder und wieder umkreiste sie beharrlich die empfindsamsten Stellen ihres Körpers. Ihr Körper spannte sich an. Unvermittelt ließ Logan von ihr ab. Ihr Atem ging stoßweise.

Sie blickte auf ihn hinab, konnte es kaum noch erwarten. Er stand auf, umfasste ihre Schenkel und hob sie hoch.

Sie gehorchte und legte ihre Arme um seinen Hals. Mit einer heftigen Bewegung bohrte er sich in sie. Seine Finger krallten in ihr weißes Fleisch und begann sich langsam zu bewegen, in einem bedächtigen, stetigen Rhythmus und sie spürte, wie ihr Körper sich aufbäumte und in einem Orgasmus explodierte.

Mit einem dumpfen Stöhnen fand auch er seine Erlösung. Schwer atmend küsste er sie, noch immer in ihr, während sie ihm blinzelnd in die Augen sah.

Als es ihr endlich gelang, seine Züge auszumachen, zog er sich behutsam aus ihr zurück und stellte sich vorsichtig auf die Füße. Inzwischen war das Badezimmer von heißem Dunst erfüllt.

„Du scheinst dich ja mächtig zu freuen, mich zu sehen, Logan", sagte Kate und lächelte verschämt.

„Ja, Kate. Ich glaube meine Freude ist unübersehbar. Und jetzt ab unter die Dusche", sagte Logan und schmunzelte. Der Ausdruck in seinen Augen war warm und weich.

„Geht es dir gut, Kate?"

„Ich möchte alles von dir, Logan. Alles", antwortete sie.

Ihre Antwort brachte ihn ein wenig aus dem Konzept.

„Niemand bekommt alles von mir, Kate, aber Du berauscht mich, betörst mich."

Logan ergriff ihre Hand, zog sie unter die Dusche und grinste, als der Strahl auf sie niederprasselte. Es fühlte sich herrlich an, den Schutz des Morgens und die Vergeblichkeit des Liebesspiels von sich abzuwaschen.

„Dreh dich um", sagte er ordnete und drehte sie sich mit dem Gesicht zur Wand. „Ich will dich waschen!"

Er nahm das Duschgel und drückte einen kleinen Klecks in seiner Hand.

„Ich musste dir noch etwas sagen", murmelte sie, als seine Hände über ihre Schultern glitten. Sie holte tief Luft und wappnete sich.

Logan hielt inne. Einen kurzen Moment verharrten seine Hände auf ihren Brüsten.

„Ich wünsche mir so sehr, dass wir ein Paar werden. Ich liebe dich, Logan", sagte sie leise.

„Nein, Kate. Du glaubst, mich zu lieben. Was uns verbindet, sind die Teenagerjahre und ein bisschen Sex."

Er küsste ihren Nacken, um dem Gesagten etwas von seiner Schärfe zu nehmen.

Schmollend starrte Kate die gefliese Wand vor ihr an, während Logan ihren Rücken einseifte.

„Gibt es eine andere Frau in deinem Leben, Logan?"

Wieder verharrten seine Hände für einen kurzen Moment auf ihrem Körper.

„Nein, Kate. Und jetzt stütze dich an der Wand ab. Ich werde dich noch einmal nehmen", murmelte er in ihr Ohr und umfasste ihre Hüften – ein unmissverständliches Signal, dass die Diskussion damit beendet war.

Dallis konnte nicht glauben, dass *ihr* Logan Kate umarmt, mit ihr Liebe gemacht und danach mit ihr geduscht hatte. Sie wollte nichts mehr sehen und nichts mehr hören. Dallis hielt sich mit den Händen abwechselnd die Augen und die Ohren zu.

Später schlief sie in Logans Kleiderschrank ein und wachte erst wieder von den Stimmen auf, die nach ihr riefen. Adam und Blake suchten im ganzen Haus nach ihr.

Ich benehme mich wie ein kleines verstörtes Kind, das unartig war und sich deshalb im Schrank versteckt, dachte sie. „Was soll das, Dallis!", murrte ihr innerer Drache.

Sie kroch aus dem Schrank und reckte sich steil empor, als wollte sie einen Ball aus der Luft fangen.

Auf dem Weg zur Bibliothek beschlich Dallis eine seltsame Unruhe. Sie öffnete die schwere Holztür.

„Wo zum Teufel hast du verdammt nochmal gesteckt, Dallis?", sagte Adam und kam auf sie zu. Seine Augen funkelten zornig.

Sie setzte eine Unschuldsmine auf. „Ich habe eure Stimmen gehört. Was ist denn los?"

„Dallis...", begann Blake und hielt inne.

Urplötzlich begriff sie, dass nicht sie die Hauptperson in diesem Zimmer war. Die blöde Kuh Kate flennte und war in Tränen aufgelöst, Blake war kreidebleich und Adam zornig oder vollgedröhnt. Das wusste man nie so genau.

„Logan hatte einen schweren Autounfall. Er liegt auf der Intensivstation und schwebt in Lebensgefahr", antwortete Blake.

Ihr Mund wurde trocken. Die Dörre verbreitete sich wie ein Lauffeuer durch den ganzen Körper. Ihr Magen rebellierte, nadelstichartige Stiche übernahmen das Kommando und besetzten Hände und Füße, dann Arme und Beine, die sie nicht mehr tragen konnten. Dann kam die Dunkelheit.

Kapitel 18

Prokaryo-AG, Berlin, 15. Oktober 2011

Kate Corvey verfolgte in ihrem Büro mit Interesse die ARD-Sendung. Das Thema der Sendung widmete sich der Genforschung der Moderator zeigte eine Aufzeichnung der Global-Gen-Pressekonferenz mit dem Herzspezialisten Mahler und der niederländischen Stammzellbiologin Dr. Swantje de Moor. Biogenetiker aus aller Welt zeigten sich von der Publikation aus Berlin überrascht. Die ersten Reaktionen gaben ein überwiegend positives Feedback.

Kate wusste seit geraumer Zeit von den Aktivitäten des wissenschaftlichen Teams der Charité. Die Welt der Biogenetiker war überschaubar und nicht immer verschwiegen. Nach dem Staatsexamen der Biochemie in St. Andrews hatte Jakob Bender ein kleines Labor in Berlin erworben und sie hatte sich mit den zweihunderttausend Euro, die ihre Mutter ihr hinterlassen hatte, daran beteiligt. Seitdem arbeiteten Jakob Bender und sie Seite an Seite an der Aufbereitung von menschlichem Erbgut versucht. Sie war seitdem eine andere geworden, die nichts, aber auch gar nichts mehr mit der jungen Frau, die sie vor ihrem Studienabschluss gewesen war, gemein hatte. Sie war eine erfolgreiche Biochemikerin und Unternehmerin geworden.

Schottland und die Erinnerung an die Zeit im Internat von Balmore Castle gehörten der Vergangenheit an. Auch die Tatsache, das sie einst Logan zuliebe in Erwägung gezogen hatte, der Sekte Lux Humana beizutreten, hatte sie aus ihrem Gedächtnis verbannt. Sie hatte sich für St. Andrews entschieden, obwohl Logan ihr 2002 ein lukratives Angebot unterbreitet hatte. Seit ihrem „Nein" hatte sie aber den Kontakt zu ihm abgebrochen und Logan auch nicht wiedergesehen. Kate schmunzelte. Logan duldete kein Nein.

Dennoch flackerte die Erinnerung hin und wieder auf, ein Zustand, dessen sich Kate immer dann bewusst wurde, wenn sie die kleine Narbe über ihre Lippen besonders sorgfältig überschminkte. Sie hätte sie mit einer Lasertherapie entfernen lassen können, aber sie brauchte das Kainsmal, das Dallis ihr einst zugefügt hatte. Es schützte Kate davor, niemals so zu werden wie der Carrington-Clan, die die Biogenetik im Dienste der Schönheit als Kultur verkauften, ohne dabei die Regeln der Ethik zu beachten. Blake Carrington und seine Söhne Adam und Logan gehörten zu den Schatten der Vergangenheit. Die Zwillinge waren im Kreis der Genforscher heute sehr umstritten. Der brillante Kopf war wohl Adam, doch der zeigte sich kaum in der Öffentlichkeit. Logan trat hin und wieder vor die Kamera, wenn Adams Forschungsergebnisse Furore machten, hatten Kollegen einmal erwähnt. Sie selbst hatte noch kein Interview mit Logan im Fernsehen gesehen. Ihre Kindheit in Kinlochbervie hingegen und die Zeit, die sie dort mit ihren Eltern verbracht hatte, hütete Kate wie ein Augapfel, diese Erinnerung ließ sie gerne zu.

Heute Abend geriet ihre Welt allerdings ins Wanken. Schon als die ersten Fernsehbilder der Pressekonferenz das Auditorium zeigten, glaubte sie, ihn gesehen zu haben. *Nein,* dachte sie. Das konnte nicht sein. Sie hatte sich bestimmt geirrt. Weshalb sollte dieser Mann sich auch für ein derartig komplexes Fachgebiet interessieren? Sie schaltete den Fernseher aus, löschte das Licht und verließ das Büro.

Ein paar Stunden später zweifelte Kate nicht mehr. Die Wiederholung der Talkshow hatte ihr sein Gesicht gezeigt, sein Lächeln, eine unauslöschliche Erinnerung. Kate starrte ihm direkt ins Gesicht, ein schwarzes Loch, das ihr die Hoffnung auf einen erholsamen Schlaf raubte. Ihre Hand fuhr zu ihrer Kehle, als seine Augen sie über den Bildschirm anlächelten. Sie goss einen Rémy Martin in ein Cognacglas und kippte den Inhalt mit einem Schluck hinunter. Die goldene Flüssigkeit wärmte sie und beruhigte ihren nervösen Magen, der beim Abendessen mit Jakob Bender schon rebelliert hatte.

Ich werde meinen Therapeuten anrufen, falls meine Nerven verrücktspielen, dachte sie. Vielleicht war es an der Zeit, sich der Vergangenheit zu stellen und endlich damit abzuschließen. Sie konnte sich niemandem anvertrauen, nicht einmal ihrem engsten Vertrauten und Freund Jakob Bender. Das verbot ihre Stellung, ihre Position erforderte höchste Wachsamkeit. Nur so erntete sie Achtung und Respekt! Davon war Kate überzeugt.

Aber in Schottland war etwas geschehen, das in ihrem Erinnerungskarussell keinen Platz fand. Denn manchmal, mitten in der Nacht, erforschte die Verdrängung die abgelegenen Winkel ihrer Seele und hielt jäh inne, wenn die Schatten der Vergangenheit ein schwaches, aber noch immer furchterregendes Licht ausstrahlten. Dann öffnete sich die Damalstür und ließen die Tages- und Nachtzeiten in einem Raum wieder aufleben, einem Raum ohne Ecken, in die man sinken konnte, darin ein tanzender Schatten: die Hoffnung oder das Böse in vollendeter Form? Sie wusste es nicht. Sie wusste nur: Sie kannte diesen Raum. Er lag im obersten Stockwerk der schottischen Klinik Lux Humana, auf den Klippen Na Stacains, hoch über dem Meer. In der Morgenstille waren dort unaufhörlich Schritte vernehmbar. Nachts rollte ein Wagen, mit Infusionen, Überwachungsmonitoren und chirurgischen Instrumenten bepackt, schwerfällig über den Korridor in den Raum, während sich das Gesicht einer Frau im Fensterglas spiegelte, glatt, emotionslos. An mehr erinnerte Kate sich nicht. Die Damalstür ließ sich nicht öffnen, verweigerte sich ihr wie einem Albtraum, der im Dunkel vergraben blieb. Bleierne Müdigkeit überfiel sie, die Erschöpfung einer Frau, die erkennen musste, dass sie ihrem Schatten nicht entfliehen konnte.

Klinik Lux Humana in Na Stacain, 1. Juli 2001

Draußen begann es bereits zu dämmern. Am Hauptportal der weißgekalkten Jugendstilvilla drückte Kate Corvey die massive Mahagonitür auf und trat ein. Das Licht in der Empfangshalle hatte einen warmen Ton, den Kate als angenehm empfand. Im Mittelpunkt der Eingangshalle stand ein großer Empfangstisch aus poliertem Wurzelholz. Eine junge, dunkelhaarige Empfangsdame begrüßte sie mit einem freundlichen Lächeln.

„Wie kann ich Ihnen behilflich sein?"

„Das Baby kommt zu früh. Könnten sie bitte rasch den diensthabenden Arzt anrufen", antwortete Kate und versuchte die Fassung nicht zu verlieren. „Die Wehen haben eingesetzt."

Die junge Frau fuhr erschrocken hoch und kam auf Kate zu. *Sie ist höchstens achtzehn Jahre alt*, dachte Kate.

„Oh, mein Gott. Kommen Sie, sie müssen in den dritten Stock. Die zwei Stockwerke fahren wir mit dem Aufzug. Ich werde Sie begleiten", sagte sie sichtlich nervös. „Ist alles in Ordnung? Geht es? Wir sind gleich da."

Der gläserne Aufzug fuhr an weißen Wänden hoch, die Kate endlos vorkamen. *Ich hasse Weiß*, dachte sie. *Es ist steril und ohne jegliche Wärme.*

Ihre Mutter war vor zwei Wochen im Alter von 56 Jahren gestorben. Nach der Beerdigung hatte Kate sich entschieden, das Haus zu verkaufen. Ein Transportunternehmen hatte einige alte Erinnerungsstücke aufgeladen und nach Berlin verfrachtet. Danach hatte sie sich eine Woche mit diversen Interessenten herumgeschlagen. Das Haus fand rasch einen Käufer und ein Händler aus dem benachbarten Droman hatte das Haus heute entrümpelt.

Sie hatte ihre Rückreise nach St. Andrews für morgen eingeplant, als während ihres Spaziergangs entlang der atemberaubenden Klippen an der Küste Na Stacains, die Fruchtblase geplatzt war. Sechs Wochen zu früh. Sie fühlte sich elend und sie hatte Angst. Wie sehr wünschte sie sich jetzt einen vertrauten Partner an ihrer Seite. Stattdessen hielt eine fremde Frau im Aufzug ihre Hand. Der Vater des Kindes wusste nichts von der Schwangerschaft. Sie wollte dieses Kind, aber nicht seinen Erzeuger.

Der Aufzug hielt im dritten Stock. Eine junge Schwester, zierlich und bildschön, erwartete sie bereits und führte Kate in ein Behandlungszimmer, einen Raum mit einem Kamin und einer Wandleuchte, die die mystische Kraft der sprudelnden Farben auf den Betrachter übertrug. Ein sinnliches Rot, ein beruhigendes Blau und ein stärkendes Orange, eine schützende Lichtinsel inmitten einer dunkel drohenden Umwelt. Die Schwester sagte, dass sie Sally hieße und dass sie die Stationsschwester sei. Sie half Kate, sich auf die Liege zu legen.

„Sie können mich Sally nennen", sagte sie freundlich und tätschelte ihre Hand. „Der diensthabende Arzt ist noch bei einer Entbindung, aber das dauert nicht mehr lange."

Dann verließ sie das Zimmer und ließ Kate allein zurück. Sie schaute sich um. Neben ihr stand ein Schreibtisch, vor ihr eine Liege mit einem Ultraschallgerät. An der Wand des Zimmers fielen ihr jetzt ein kleiner OP-Tisch und ein Beistelltisch auf, auf dem Instrumente säuberlich sortiert lagen. Sie hörte Stimmen, Schritte. Sally kam wieder herein und nahm ihre Hand.

Kate erzählte Sally von den vielen Schwierigkeiten, die mit dieser Schwangerschaft verbunden waren. Die andauernde Übelkeit, die Blutungen, die Steißlage des Kindes und die Angst vor einer Fehlgeburt. Sie erwähnte den Vater des Kindes nicht, er sei nett, einfach nur nett, ein Student, ein One-Night-Stand.

„Ich liebe ihn nicht. Er weiß nichts von der Schwangerschaft."

Es war, als würde sie alles einer alten Freundin erzählen. Sally machte auf Kate einen vertrauenerweckenden Eindruck und Kate mochte sie auf Anhieb. Sie war froh, dass sie mit jemandem ihres Alters reden konnte. Dennoch spürte sie eine tiefe Unruhe. Diese Klinik war anders als das Krankenhaus in St. Andrews. Vielleicht, weil es eine Privatklinik war? Wohl kaum. Sie schauderte. Ihr war kalt und sie wusste nicht, ob es die Angst, die Wehe, die sie erfasste, oder die Kälte war, die sie erschauern ließ. Kate klammerte sich an die Hoffnung, dass der Gynäkologe tatsächlich so kompetent und nett war, wie Sally behauptete.

Als er das Zimmer betrat, blieb ihr fast das Herz stehen. Ein Schreck durchfuhr ihre Glieder. Vor ihr stand ein Mann wie ein Hüne, mit schwarzem Haar und dunklen Augen, reglos wie Steine, die allen Wünschen gegenüber immun waren. Er begrüßte sie, als würde er sie schon lange kennen. Seinen Namen nannte er jedoch nicht. *Er muss der Chefarzt sein*, dachte sie. Er forderte sie auf, sich auszuziehen. Dann untersuchte er sie. Er redete und redete. Doch sie registrierte nur zwei Worte: drohende Frühgeburt!

Ab und an stellte er ihr eine Frage. Er erklärte, dass die Cerclage, die man ihr in St. Andrews eingesetzt hatte, in seiner Klinik schon lange nicht mehr gemacht wurde, weil das Kunstbändchen, das um den Gebärmutterhals gebunden wurde, nicht den angestrebten Nutzen brachte. Das Verfahren konnte nicht in jedem Fall eine ausreichende Verlängerung der Schwangerschaftsdauer gewährleisten.

„Ihre Chancen stehen nicht gut, Frau Corvey. Ich schlage vor, wir warten noch ab. Die restliche Zeit der Schwangerschaft müssen Sie allerdings hierbleiben. Viel liegen, keine Anstrengungen!"

„Meine Ärztin in St. Andrews hat mir versichert, dass eine Cerclage für mich und das Baby das Richtige sei. Und jetzt das. Vier Wochen zu früh! Warum?", fragte sie den Arzt.

„Sie haben bis heute verdammtes Glück gehabt. Sie müssen vernünftig sein, wenn Sie Ihr Kind retten wollen."

Seine Worte trafen sie wie Schläge. *Retten wollen!* Es fiel ihr schwer, ihm gedanklich zu folgen. Und dann dieses seltsame, süffisante Lächeln hinter der Schutzbrille.

„Warum soll alles praktisch falsch sein, was meine Ärztin und ich bisher getan haben?"

„Die Natur lebt ununterbrochen in der Umarmung ihrer eigenen Einigkeit. Sie verabscheut das Unvollkommene und leidet nicht unter einer Trennung. Wenn Ihr Baby nicht lebensfähig ist, distanziert die Natur sich davon. Das Gesetz der Natur hat ihre eigenen Regeln", antwortete er kalt.

Wie ein Häufchen Unglück versuchte sie die aufkommenden Tränen hinunterzuschlucken. Auch wenn dieser Mann im Vergleich zu den Ärzten des Krankenhauses von St. Andrews einen eher engagierten Eindruck machte, auch wenn alles wahr wäre, was er ihr erzählte, Kate wollte es nicht hören. Sie war müde, erschöpft, am Ende ihrer Kräfte. Bevor er das Untersuchungszimmer verließ, schaute er sie noch einmal an und sagte einen Satz, den sie von ihm während der nächsten Stunden in Na Stacain noch oft zu hören bekam:

„Sie müssen sich schonen. Nehmen sie die Dinge nicht auf die leichte Schulter!"

Kate wusste nicht, was sie erwidern sollte. Sie wurde nicht schlau aus diesem seltsamen Mann, der das Zimmer. Sally legte ihr einen Tropf mit einem wehenhemmenden Mittel an, setzte sie in einen Rollstuhl und fuhr sie in ein Zweibettzimmer, das nun für einige Wochen ihr „Zuhause" werden sollte.

„Wenn ein Baby vier Wochen zu früh auf die Welt kommt, ist es doch in der Regel lebensfähig, oder Sally?"

„Ja, aber es ist schon besser, wenn es noch ein bisschen im Bauch bleibt", antwortete Sally, tätschelte sanft Kates gewölbten Bauch. Dann half Sally ihr beim Entkleiden und reichte ihr ein Nachthemd. Kate legte sich hin. Die zweite Patientin im Zimmer war eine junge Frau, die vor ein paar Stunden von einem Mädchen entbunden worden war und erschöpft eingeschlafen war. *Die Glückliche!*

Tränen liefen Kate über die Wangen. Sie schluchzte. Sie war wütend auf alles, sogar auf das Baby in ihrem Bauch. Das ist mir alles zu viel. *Wie lange werde ich es ertragen? Wie lange kann ein Mensch so etwas ertragen?* Sally hielt ihre Hand und streichelte sie.

„Ruhen Sie sich aus, Kate. Sie sind erschöpft."

„Der Arzt hat mir seinen Namen nicht genannt, Sally. Wie ist sein Name?"

„Merrick. Dr. Bernhard Merrick."

Irgendwann schlief sie ein.

Stunden später

Langsam lichtete sich der Schleier vor ihren Augen. Kate fühlte sich wie an das Bett gefesselt. Sie nahm schemenhaft die blauen Gestalten wahr. Sie flog davon, fiel ins Bodenlose. Sie nahm Dr. Merrick wahr, der sich von ihr abwandte. Sie sah Sally, die ihr die Hand reichte. Eine junge Frau in dem Bett neben ihr weinte. Ein zarter Rosenduft ging von ihr aus. Ihr langes blondes Haar klebte an ihre Kopfhaut. Braune Augen blickten Kate traurig an, als sie ihren Namen nannte, Ashley. Sie hatte eine Fehlgeburt in der achten Schwangerschaftswoche erlitten.

Kate hörte ein leises Summen, nein, es waren verschiedene Summtöne. Sie sah die vielen Geräte um sich herum. Sie sah die Kanüle in ihrem Arm, die vielen Infusionsflaschen am Ständer, daneben einen Beutel mit einer roten Flüssigkeit. An ihrem rechten Arm war ein automatischer Blutdruckmesser angebracht, der sich in Abständen aufpumpte, anhielt und mit einem pustenden Geräusch die Luft wieder herausließ. Durch die Nase erhielt sie Sauerstoff. Ihr Unterleib fühlte sich wie ein Zementsack an, aber sie spürte überhaupt keinen Schmerz. Ihre Hand berührte den Bauch. Er war flach. Kaiserschnitt!

Mein Baby ist da, dachte sie. *Ein Mädchen, da bin ich mir sicher. Ich habe eine Tochter. Aber niemand kommt und beglückwünscht mich zu meinem Kind. Egal, gleich bringt Sally mir meine Kleine.* War es Dr. Merrick, der an ihrem Bett stand und sie still betrachtete? Kate hörte die Stimmen zweier Männer. Sie kümmerten sich um Ashley, die um den kleinen Fötus trauerte.

Der Mann in Blau lächelte. Er sagte, es täte ihm leid, aber sie könne in einigen Wochen wieder schwanger werden. Alles sei in Ordnung. Seine Augen über dem Mundschutz waren schön. Sie sehnte sich nach einer zärtlichen Geste, einer Umarmung, und wünschte sich so sehr, dass er sie von diesem Ort fortbrächte. Neben ihm stand ein älterer Mann in einem Arztkittel. Seine Augen durchbohrten ihr Gehirn wie kleine Stahlsplitter. Wenn sie ihre Augen schloss, konnte sie seine Energie förmlich spüren. Sie sah den Feuerball am blutroten Himmel, darunter das rauschende Meer, verschlingend schön, und die Klippen von Na Stacain. Sie spürte die Spannung zwischen Erde und Geist und die Quelle des Bösen, die ihre Hand nach ihr ausstreckte, um sie zu erlösen, der Tod als Einladung zur Freiheit.

Schemenhaft blendeten sich plötzlich die Umrisse von Dr. Merrick und Sally ein. Sally bewegte ihre Lippen und lächelte. Jemand streichelte sie. Es war Dr. Merricks Hand. Er beugte sich zu ihr herab und flüsterte ihr etwas ins Ohr. Seine Worte lösten einen Schmerz aus, einen stechenden, bohrenden Schmerz, an dem sie zu ersticken drohte. Sie hörte Schreie. War es ein Traum, den sie träumte? Oder doch kein Traum? Eine Nadel durchbohrte ihre Haut und die Flüssigkeit, die durch ihre Venen floss, wärmte ihren Körper. Ihre Augenlider wurden schwer. Sally stand vor ihr, nahm sie bei der Hand und führte sie hinunter in die Dunkelheit, hinunter in die Stille.

Der Schrei explodierte in Kates Kopf. Sie kämpfte gegen die Bewusstlosigkeit an und rang sich dazu durch, die Lider zu heben. Zuerst sah sie nur verwischtes grelles Licht und Farben, so scharf, dass ihr ein Stich von den Augen bis ins Gehirn fuhr. Allmählich schälten sich Gesichter heraus. Fremde in Blau, die auf sie herabblickten. Kate blinzelte. Sie spürte, dass jemand eine Hand auf ihre Stirn legte, und schreckte hoch. Ihr wurde schwindelig. Eine männliche Stimme sagte:

„Ruhig, ganz ruhig, Kate. Diazepam, zehn Milligramm, Schwester."

Jemand berührte ihren Arm.

„Nein! Nur fünf Milligramm", sagte eine andere, eine sanftere Stimme.

Kate öffnete die Augen.

„Ganz ruhig, Kate, ganz ruhig."

Verwirrt blickte sie um sich. Der Mann in dem weißen Kittel schaute mit einer kleinen Lampe in ihre Augen.

„Sie hatten einen Albtraum. Lassen Sie los. Ganz gleich, was es war, lassen Sie los", sagte er leise.

Sie blickte verwirrt auf die Schläuche, die an ihren Armen befestigt und mit diversen Flaschen oberhalb des Bettes verbunden waren.

„Wo bin ich?"

„Sie sind in der Klinik Na Stacain. Mein Name ist Dr. Bernhard Merrick. Ich bin der Chefarzt der Gynäkologie und freue mich, Sie wieder bei uns zu haben."

Kate versuchte, den Arzt an ihrem Bett klar zu erkennen, doch ihr Kopf rebellierte. Sie hatte den diensthabenden Arzt, der sie untersucht hatte, anders in Erinnerung.

Dr. Merrick blätterte in einer Krankenakte.

„Sie kamen vor vier Tagen zu uns. Erinnern Sie sich nicht mehr?"

Kate schaute ihn unsicher an.

„Ist schon in Ordnung", versuchte der Arzt sie zu beruhigen. „Das ist völlig normal nach einem solchen Trauma."

Kate sah ihn flehend an.

„Was für ein Trauma? Wo ist mein Baby?"

Erneut blätterte er in der Akte.

„Mein Baby liegt auf der Frühgeburtenstation, warm und gut aufgehoben in einem Inkubator, nicht wahr? Warum ist mir das nicht gleich eingefallen. Aber warum sagen sie denn nichts? Ist es ein Mädchen? Ich wollte immer ein Mädchen …"

Der Arzt nahm einen Stuhl und setzte sich an ihr Bett.

„In den nächsten Tagen werden wir einige Tests durchführen müssen."

Kate versuchte, sich aufzurichten.

„Wo ist mein Baby …?"

Kate verstummte. Plötzlich verschwand der Raum vor ihren Augen. Bernhard Merrick warf einen Blick auf den Monitor und nickte der Schwester zu, sprach einige Worte mit ihr. Sie war unfähig, sich zu bewegen, und auch ihre Stimme versagte. Aus den Augenwinkeln beobachtete sie die beiden eine Weile, schlief aber dann wieder ein.

In den frühen Abendstunden wachte Kate erneut auf. Sie drückte die Klingel.

„Haben Sie Schmerzen?", fragte Sally.

Das Sprechen fiel Kate schwer.

„Wieso haben Sie mich angelogen? Nein, ich … ich möchte nur Dr. Merrick sprechen, warum kommt er nicht?"

Wieder spürte sie, dass jemand eine Hand auf ihre Stirn legte.

„Ruhig, Kate."

Sie öffnete die Augen und blickte verwirrt um sich. Ihr gegenüber standen jetzt zwei Betten. Die Gesichter der beiden Frauen, die darin lagen, waren bandagiert, die Betten von Apparaten umgeben.

Wo bin ich? Wo ist Ashley? Was ist das für ein seltsames Zimmer? Warum bin ich wie gelähmt?

„Ganz ruhig, Kate, ganz ruhig!"

Es war Sally, die Dr. Merricks Worte benutzte, und gleich würde die Krankenschwester mit einer kleinen Lampe in ihre Augen schauen und sagen:

„Sie hatten einen Albtraum, Kate. Lassen Sie los. Ganz gleich, was es war, lassen Sie los."

„Sie waren schon einmal bei mir", sagte Kate leise.

Sally nickte.

„Man kann mir mein Baby ja gar nicht bringen, weil es viel zu früh auf die Welt kam. Sie liegt ganz bestimmt auf der Frühgeburtenstation, warm und gut aufgehoben in einem Inkubator", wiederholte Kate und schaute Sally verzweifelt an. „Ja, Sally? Das ist doch so! Warum lässt man mich so lange warten? Wann kommt Dr. Merrick, um mir von meinem Baby, meinem kleinen Mädchen, zu berichten? Warum spricht überhaupt niemand mit mir?"

Eine Ärztin im weißen Kittel betrat das Zimmer und kam auf ihr Bett zu. Sie beugte sich zu ihr herunter, um nicht laut sprechen zu müssen. Sie hätte eine traurige Nachricht für sie. Ihr Baby, ein kleines Mädchen, sei tot. Es täte ihr leid. Und Kate müsste sich entscheiden, ob sie ihr Baby sehen wollte und ob sie eine Obduktion wünschte.

Nein! Mein kleines Mädchen ist nicht tot. Es lebt. Ganz bestimmt lebt es und liegt auf der Frühgeburtenstation. Noch vor ein paar Stunden hat es in meinem Bauch gestrampelt. Ich habe die Herztöne laut und deutlich gehört. Die Ärztin muss sich irren. Mein Baby lebt!

Dann spürte Kate den Einstich einer Nadel und so leise, wie die Ärztin zu ihr ans Bett gekommen war, verließ sie den seltsamen Raum wieder. Kate lehnte sich erschöpft in die Kissen zurück. Seltsame Bilder von bunten Bäumen und riesigen Vögeln wirbelten in ihrem Kopf. Ihr Herz schmerzte. Das Atmen fiel ihr schwer. Quetschte jemand ihren Brustkorb? Hatte sie geträumt, dass ihr Baby tot war? Wo war Dr. Merrick? Eine junge Frau kam an ihr Bett. Sie sagte, sie wäre die Hebamme, und drückte ihr Beileid aus. Es täte ihr sehr leid. Aber auch wenn ihr kleines Baby nicht überlebt hätte, würde sie gern den Namen wissen.

Kate starrte sie erschrocken an. Plötzlich wurde ihr bewusst, dass das alles kein Traum war. Halluzinationen hatten sie heimgesucht. Ihr Mädchen war tot. Ihr kleines Mädchen lag nicht wohlbehütet auf der Frühgeburtenstation. Sie hauchte der jungen Frau neben ihrem Bett den Namen entgegen. Die Hebamme drückte ihre Hand. Dann war sie wieder fort. Ihr Mädchen war tot! Nein!

Sie fühlte sich plötzlich leer. Müsste sie nicht laut losschreien? Müsste sie nicht weinen? Beides gelang ihr nicht. Nicht eine Träne kullerte ihre Wangen herab. Wenn es doch nur ein böser Albtraum wäre. Dann würde sie irgendwann schweißgebadet aufwachen und sich freuen, dass sie alles nur geträumt hatte. Aber das hier war die Wirklichkeit. Ihr Mädchen hatte doch vor ein paar Stunden noch gelebt? Nicht ihr Mädchen war tot. Es war ein anderes, ganz bestimmt. Sie war so furchtbar müde. Sie wollte nur schlafen. Schlafen. Schlafen. Sie blickte durch das Fenster in den regenverhangenen Garten. Dann hörte sie, wie die Tür geöffnet wurde, und drehte sich um. Als sie in Bernhard Merricks Gesicht blickte, wusste sie, es war kein Traum. Auch sie hatte, wie Ashley, ihr Baby verloren.

Kate trat ans Fenster ihres Schlafzimmers und sah ihren Garten. Die Abenddämmerung versprühte noch immer ihr schwaches Licht. Warum erinnere ich mich an jedes Detail und habe trotzdem das Gefühl, dass mein Erinnerungsvermögen mich betrügt?, fragte sie sich. Sie durfte jetzt keine Fehler machen. Sie musste stark sein. Sie durfte sich keinen Zusammenbruch leisten. Mühsam bekämpfte sie die Tränen. Sie war im Schutz einer fürsorglichen Familie aufgewachsen, sie war stark. Doch ihr Herz raste, Adrenalin schoss ihr ins Blut. Sie atmete tief durch, schaltete den Fernseher aus und versuchte die schmerzlichen Erinnerungen an Bernhard Merrick zu verdrängen.

In der Nacht träumte sie einen wunderschönen Traum. Ihre Tochter stand im Garten und hielt einen kleinen Blumenstrauß. Sie trug weiße Strumpfhosen an ihren zarten Beinen und darüber ein wunderschönes weißes Spitzenkleid. Diesmal hatte das Mädchen ein Gesicht und der kleine Mund lächelte. Es war Kates eigenes Gesicht, ihr eigenes Lächeln, das sie von Fotos aus ihrer Kindheit kannte. Sie nahm ihr Mädchen in die Arme, sie drehten sich im Kreis. Dabei flogen die Beine ihrer Tochter in die Höhe und sie jauchzte vor Freude.

Dann urplötzlich stand sie an einem grauen Morgen mit demselben Blumenstrauß vor dem Grab ihrer Tochter. Sie fühlte sich völlig kraftlos. Tränen rannen über ihre Wangen und Dr. Merrick versuchte sie zu trösten. Da begann ihr Unterleib zu schmerzen, als öffnete sich eine große, klaffende Wunde. Um Jahre gealtert verließ sie den Friedhof...

Kate schrak aus dem Schlaf hoch. Sie sprang aus dem Bett, ging zum Fenster und blickte in die dunkle Nacht, lauschend, prüfend, ob sich etwas Ungewöhnliches rührte. Doch da war nichts. Müsste sie jetzt nicht laut losschreien? Müsste sie nicht weinen? Beides gelang ihr nicht. Noch immer nicht. Sie hatte seit zehn Jahren keine Träne mehr vergossen, nicht einmal am Grab ihres Babys. Und auch jetzt lief nicht eine einzige Träne über ihre Wangen. Na Stacain war wie ein böser Albtraum. *Wenn es doch nur einer wäre*, dachte sie. Dann würde sie irgendwann schweißgebadet aufwachen und sich freuen, dass sie alles nur geträumt hatte. Aber ihre Vergangenheit war so real wie diese dunkle Nacht und ihre Trauer. In Falk Hoffmanns' Armen hätte sie heute Nacht vielleicht geweint.

Kapitel 19
Hoffmann-Pharma-AG, Ratingen, 21. Oktober 2011

Dallis erwartete nicht, dass diese Nacht anders verlaufen würde als die bisherigen. Die Aufgaben der Putzkolonne in dem Gebäude der Hoffmann AG beschränkten sich auf langweilige Wischprozesse mit einem feuchten, in Spezial-Reiniger getränkten Wischmopp. Sie zog durch die Forschungslabors und Büros, die von den Mitarbeitern, Analysten, Technikern und Führungskräften pünktlich verlassen wurden, sobald der Abend kam. In einem Gebäudekomplex mit offenen Übergängen wie diesem wurde die Kälte des Novembernachmittags noch durch den Wind verstärkt, der von Osten her kam. Und der Himmel, der sich hochrot färbte, während die fahle Sonne hinter dem Horizont versank, ließ eine dieser ungemütlichen Nächte erahnen, in denen der Atem zur nebligen Dampfwolke wird und als Ausdruck der sichtbar gewordenen Lebensenergie den Körper verlässt.

Trotz ihrer Größe waren die Innenräume der Hoffmann AG ziemlich einfach zu reinigen. Die weiträumige, in Marmor gehaltene Eingangshalle mit dem luxuriösen Empfangsbereich führte zu einer Treppe mit breiten Stufen. Über sie gelangte man in die angrenzenden Gebäudekomplexe, wo die Flure zu den Labors abzweigten. *Schöne, glatte Stufen und Böden*, dachte sie. Ihre Kolleginnen verteilten sich jeden Abend gegen zwanzig Uhr auf den Haupteingang und die verschiedenen Stockwerke, bereit für den vierstündigen Reinigungsprozess durch die inneren Einrichtungen. Länger als vier Stunden durfte die Bodenpflege nicht dauern. Sie bekamen nur vier Stunden bezahlt, nicht mehr und nicht weniger, auch wenn eine Kollegin mal länger brauchte.

Seit fünf Tagen gehörte sie dazu. Seit fünf Tagen mischte sie sich unter die Putzkolonne und seit zwei Tagen wartete Dallis auf den richtigen Augenblick. Heute war Falk Hoffmann in Berlin. Sie konnte also in Ruhe die Büros der Vorstandsetage durchsuchen.

Sie stieg aus dem Aufzug und schob ihren Putzwagen an die Fensterfassade des dritten Stockwerks. Ihr Blick wanderte nach unten bis zu dem Baum, der seine kahlen Äste dem leicht bewölkten Herbsthimmel entgegenstreckte. Sie war erstaunt, kein leuchtendes Herbstblatt war zu sehen, lediglich ein kleines Eichhörnchen, das munter den Winter erwartend den Baum emporkletterte und sie – so glaubte sie – ansah, um ihr zu sagen, ich habe viele Winter überstanden, warum solltest du den Krebs deiner Seele nicht überstehen? Manchmal fühlte sie sich so, als existiere sie nicht in diesem gewöhnlichen, alltäglichen Leben, sondern nur in der Erfindung von Blake, Adam und Logan, besonders dann, wenn sie sich im Spiegel betrachtete wie in diesem Moment in der Scheibe, wobei die Stadt Ratingen ihr zu Füßen lag. Sie dachte an die zahllosen Begegnungen mit Logan, während sie den Boden wischte; manche zu nächtlicher Stunde in der Klinik Lux Humana, andere in abgelegenen Dörfern Schottlands, wo nichts gedieh als die Armut und wo die Menschen doch lachten und in Hoffnung lebten.

Dies hier war, wie Schottland, keine Fantasiewelt, sondern eine reale und brutale Welt, in der es nicht leicht für sie war. Hier gab es ebenso viele Verräter zu beseitigen, und von dem, was man sich wünschte, blieb einem höchstens eine Feder – wie von einem Vogel, der über die Klippen Schottlands flog. Schottland ... Wer einen guten Traum, einen Traum voller Genugtuung erleben, wer sein Los ändern und sich aus seinen gewöhnlichen Grenzen auf eine neue Stufe der Präsenz heben wollte, die mit dem Verlangen nach Schönheit übereinstimmte, der ging zur Sandwood Bay und legte sich am Strand in den Sand schlafen, weil dort die sanfte Meeresbrise den Traum der Erfüllung brachte. Das hatte Adam ihr beigebracht, Adam, der Träumer der Sekte. Für das Träumen fand sie mühelos einen anderen Grund. Logan. Sie musste nur ihre Augen schließen. Sie wusste, wer sie war, woher sie kam und dass Schottland ihr Zuhause war, seit Blake sie nach Balmore Castle geholt hatte.

Heute kam sie ihrem Traum, mit Logan im hohen Norden Schottlands den atemberaubenden Ausblick vom Gipfel des Ben Hope zu erleben, ein Stückchen näher; einen traumhaften Ausblick, der von den Orkney-Inseln im Osten über halb Sutherland bis zu den Cairngorms weit im Süden reichte und die schroffe Bergwelt der Nordwestküste einschloss. Sie musste nur noch diese eine Aufgabe erfüllen. Dallis schob ihren Putzwagen in den Kopierraum neben dem Sekretariat des Vorstandsvorsitzenden. Sie entfernte die Abdeckung vom Wagen und versteckte den am Wachpersonal vorbeigeschmuggelten Mikrosender zwischen einem Stapel Kopierpapier. Hier sollte das Signal des Wachdienstes deutlich zu hören sein, wenn ein Wachmann den Raum überprüft, hatte Logan gemeint. Den Empfänger steckte sie in ihre Kitteltasche.

Dallis wartete. Als sich ihre Kolleginnen auf den Weg in das Nebengebäude machten, verließ sie ihr Versteck. Ihr blieb noch viel Zeit. Die Wachleute würden erst in zwei Stunden ihren Dienst antreten und ihre Runde drehen. Sie konnte bis dahin ungestört die Büros der Vorstandsetage durchsuchen. Ihre Kolleginnen würden sie erst in zwei Stunden in der Personalkantine erwarten. Noch einmal warf sie einen letzten Blick auf den Stapel Kopierpapier. Der Sender war nicht zu sehen. Dann machte sie sich in aller Ruhe in Hoffmanns Büro an den Safe heran und knackte ihn innerhalb zwanzig Minuten. In Hongkong hatte man ihr nicht nur die Kampfkunst beigebracht. Sie entnahm dem Safe diverse Akten mit der Aufschrift *Rebu 12*, wohlwissend, dass im Kopierraum ein kleiner Wächter sie warnen würde.

Die Wachleute verteilten sich wie jede Nacht auf den Haupteingang und die Einfahrt zum Parkplatz der Hoffmann AG und organisierten die zweistündigen Rundgänge durch die Innenräume. Auf einem dieser Rundgänge im dritten Stockwerk blieb Freddi Kroll stehen, als er etwas Ungewöhnliches bemerkte, das das kaum vernehmbare Summen der

Sicherheitsbeleuchtung störte. Er wartete einige Sekunden und benachrichtigte über sein Funkgerät die Kollegen an der Rezeption.

„Hier Checki eins, ich bin im dritten Stock. Es ist jetzt Punkt ein Uhr. Ich höre Geräusche, kann sie aber nicht identifizieren."

„Verstanden, Checki. Wo kommen sie her?"

„Keine Ahnung. Vielleicht aus einem der Büros."

„Schau mal nach. Wahrscheinlich ist irgendeine Sicherung durchgebrannt wie vor einigen Tagen."

Freddi Kroll, von allen nur Checki eins genannt, ging weiter und blieb erneut stehen. In dem Raum neben dem Sekretariat war es bei einer solchen Heerschar von Computern und den Servern der Computeranlage mit ihren Gebläsen nie ganz still. Freddi Kroll versuchte, das, was er vermeintlich gehört hatte, aus dem Surren der Geräte herauszufiltern, zischende Geräusche wie von einer Leitung, die gerade einen Kurzschluss hatte.

„Ich glaube, ich hab's. Das muss die verdammte Elektrizität sein. Kurzschluss, glaube ich", meldete er seinem Kollegen an der Zentrale.

„Verstanden. Wo bist du?"

„Vor dem Kopierraum neben dem Sekretariat vom Big Boss."

Während er auf die Tür zuging, sah er auf seine Uhr und nahm erneut das Funkgerät zur Hand, das er über die Schulter gehängt trug.

„Ich sehe mal nach!"

„Okay, aber sei vorsichtig!"

Freddi wischte sich mit einem Taschentuch den Schweiß von der Stirn. Dann öffnete er mit seiner Magnetkarte die Tür.

„Alles in Ordnung! Ein Kopierer ist noch an."

Die Stimme am anderen Ende des Sprechfunks krächzte.

„Verstanden!"

Freddi Kroll schaltete sein Funkgerät aus und öffnete die Tür, um den Kopierer auszuschalten. Im Lichtkegel der Handlampe tauchten Glassplitter auf, die bläulich glänzten. Er sah sich nicht zum ersten Mal einer brenzligen Situation ausgesetzt, das hatte er schon an früheren Arbeitsstellen erlebt, bevor er beim Sicherheitsdienst von Hoffmann angefangen hatte. Scheiße. Die Tür zu Falk Hoffmanns Büro war aufgebrochen worden. Er spürte, wie sein Herz schneller schlug und schmerzte. Durch die kaputte Scheibe fiel das Licht der Handlampe auf den glänzenden Leib einer Ratte, die in Windeseile zubiss. *Ganz ruhig, Freddi*, dachte er.

Vor vier Tagen hatte ihn – während er seinen Gartenschuppen aufgeräumt hatte, schon eine Ratte einmal gebissen. Aber er hätte niemals damit gerechnet, diese Biester hier anzutreffen. Freddi spürte, wie Ekel und Panik in ihm aufstiegen. Er stolperte, fiel und schlug mit dem Kopf auf einen kantigen Gegenstand. Noch einmal biss die Ratte zu. Er schlug wild um sich. Die Ratte war jedoch nirgendwo mehr zu sehen. Er stand auf und ging taumelnd durch die offenstehende Tür des Sekretariats. Ein wunderschöner dunkelhaariger Engel kam auf ihn zu und mit ihm die Dunkelheit.

Niemand konnte Dallis in der Dunkelheit sehen, als sie gegen ein Uhr dreißig das Verwaltungsgebäude durch die Tiefgarage der Hoffmann AG verließ, eine Akte mit der Aufschrift *Rebu 12* in der braunen Umhängetasche. Dallis kannte den Weg, sie war ihn schon oft gegangen, auch in Gedanken, wenn sie in ihrem Appartement auf dem Sofa saß und auf Logan wartete. Sie wusste, wo der Weg zum Parkplatz Nummer drei eine Kurve machte, jeden Schritt auf den Millimeter genau ausgemessen. Dort konnte sie durch eine unbewachte Tür die Garage verlassen. Wie zum Teufel war diese Ratte in den sechsten Stock von Hoffmann gelangt, fragte sie sich und grinste. Eine Ratte in einem Unternehmen mit perfektem Hygienesystem. Wer hätte das gedacht.

„Saustall", sagte sie leise und verschwand in die Dunkelheit.

Präzise fand sie den besten Weg. Sie überließ nichts dem Zufall. Nicht den nächsten, nicht den schnellsten, sondern den besten Weg, wie die Ratte ihren Weg in die Kanalisation von Ratingen.

Kapitel 20

Balmore Castle, 1998 - 2000

Logan erholte sich erstaunlich schnell von seinen Verletzungen, die er sich bei dem Autounfall zugezogen hatte und wurde drei Wochen später wieder entlassen. Danach war alles wie *vorher*. Dallis glaubte Logan an Kate verloren zu haben und verstand umso mehr die Bedeutung dessen, was nicht mehr war. Aber es gab nicht nur das verflüchtigte Glück, es gab immer ein vorher und ein jetzt. Das konnte sowohl sehr schön, als auch besonders schmerzhaft sein. *Irgendwo lauern immer Gefahren, die nur darauf warten an die Oberfläche zu gelangen, um die Narben der Seele aufplatzen zu lassen*, dachte sie. Dagegen musste sie sich schützen.

Nachdem sie in der Bibliothek wieder zu sich gekommen war, hatte sie erfahren, dass Logan und Kate sich vor dem Unfall gestritten hatten und Logan daraufhin Balmore Castle wutentbrannt in seinem Porsche davongerast war. Dieses Miststück war also verantwortlich für Logans Hirnerschütterung und sein gebrochenes Schulterblatt, dachte Dallis.

Nach dieser Erkenntnis hatte Dallis ein zweites Mal den Katapult eingesetzt. Der Stein hatte das rechte Knie getroffen. Es musste höllisch wehgetan haben, denn Kate hatte ununterbrochen geschrien und zehn Tage im Krankenhaus verbracht.

In den darauffolgenden Jahren saß Dallis oft am See von Balmore Castle und bestaunte die selbstbewusste Haltung der Schwäne. Sie kamen ihr arrogant beherrscht vor, ihrer selbst sicher. Und, wie sie, allein. Die Zwillinge besuchten die Universität von Oxford und Kate war nach dem Krankenhausaufenthalt während der Semesterferien Balmore Castle ferngeblieben. Es wurden auch keine Nachforschungen angestellt, wer Kate verletzt haben könnte.

„Ich hoffe nicht, dass eines Tages ein Stein aus deinem Katapult meine Kniescheibe zertrümmert, Dallis", hatte Blake lediglich gesagt. Damit war die Angelegenheit erledigt.

Manchmal begleitete Blake sie zum See. Einmal legte er dabei seine Hand auf ihr Knie. Es war eine unbeabsichtigte Berührung, die Blake jedoch erröten und verlegen lächeln ließ. Danach sprang er auf und nannte sie „Schönheit des Unvollendeten" und sie wurde von Stolz ergriffen.

Anfangs war sie verrückt nach Blakes verbalen Liebkosungen, aber dann kam der Zeitpunkt, an dem sie seine Berührung herbeisehnte, nur um Logans Eifersucht zu schüren, den sie vergötterte. Logan vergnügte sich mit den hirnlosen Studentinnen seines Semesters, von denen er in den Ferien hin und wieder eine nach Balmore Castle brachte.

Dallis litt darunter wie ein Hund und sie selbst war darüber zornig, konnte aber nichts dagegen ausrichten. Doch dann kam ihr die Idee, Blake zu verführen.

Sie ging in Blakes Schlafzimmer und liebkoste mit ihrer Zunge sein Ohr. Sie sehnte sich nach seiner Umarmung. Er wies sie jedoch zurück, worauf sie ihn wochenlang mit Missachtung strafte. Sie ging ihm aus dem Weg und sprach nicht mit ihm. Doch zwei Monate vor ihrem achtzehnten Geburtstag gab Blake auf.

Dallis erinnerte sich an den Lärm an jenem Abend, der durch die große Eingangshalle des Haupthauses hallte, als Logan wieder mit einem kichernden dummen Ding die Treppe hinunterrannte. Logan blieb auf der Treppe stehen, als er sie bemerkte. Er verstellte ihr den Weg.

„Was hast du vor, Dallis?", fragte er schelmisch.

Sein breites, offenes Grinsen störte Dallis. Sie kam sich unbedeutend und klein vor.

„Mach Platz. Ich möchte zu Blake."

Logan blickte nach oben zu Blakes Schlafzimmertür. Erschrocken drückte er sie neben sich an die Wand, sodass Dallis sich nur mit Mühe an ihm vorbeiwängen konnte.

„Ich weiß, Dallis. Ich hatte dir versprochen, die Mädchen von dir fernzuhalten", sagte er. „Tut mir schrecklich leid, dass ich es verpatzt habe."

Sein Gesichtsausdruck verriet aber weder Zweifel noch Reue. Dallis schäumte innerlich vor Wut. Dennoch lächelte sie ihn kurz an und zeigte mit dem Finger auf seine Freundin, die unten an der Treppe stumm auf ihn wartete.

„Die da ist blond. Ich dachte, du kannst blonde Frauen nicht leiden?"

Logan zuckte die Schultern.

„Bitte Dallis, geh *nicht* zu Blake."

Sie klopfte Logan auf die Schulter.

„Komm, lass mich vorbei. Wir haben doch beide heute noch etwas Schönes vor", sagte sie und zwinkerte dem blonden Mädchen verschwörerisch zu. „Ich habe das dringende Bedürfnis, meiner Jungfräulichkeit ein Ende zu setzen, obszöne Worte zu sprechen, meine Brüste aus der Bluse hervorquellen zu lassen und ..." Sie öffnete leicht den Mund und ließ ihre Zungenspitze über die Lippen gleiten. „...Blakes Schwanz zu lutschen und ihn zum Orgasmus zu bringen", hauchte sie Logan ins Ohr.

Für einen kurzen Moment flackerte Schmerz in Logans Augen auf.

„Mach doch, was du willst!", schnauzte er und ging die Treppe hinunter.

Dallis kochte vor Wut.

„Ich werde weit gespreizt auf dem Rücken liegen und Blake wird meine Nippel steif werden lassen und eine feuchte, zuckende Scheide zutage fördern", schrie Dallis hinter Logan her. Logan blieb abrupt stehen und drehte sich noch einmal um.

„Du wirst für Blake nichts anders als ein weiteres *Frauenhäppchen* sein", brüllte er durch die Halle. Dann knallte er die Haustür hinter sich zu und begrüßte lauthals seinen Bruder, der auf ihn wartete.

Logans Worte bohrten sich in ihr Hirn. *Frauenhäppchen.* Das werden wir sehen! Dallis lief Logan hinterher, entschied sich aber dann anders. Sie betrat die Gartenterrasse und hörte Logan und Adam lachen. Sie schlich sich so nah an die Zwillinge heran, dass sie jedes Wort ihrer Unterhaltung verstehen konnte.

„Ich habe deiner Freundin deine Zahnbürste verkauft", sagte Adam lauthals.

„Du hast meiner Freundin, was...?" Logan stutzte. „Wem? Welcher Freundin?"

„Diese reizende, üppige, begriffsstutzige Blondine, die du gestern im Bett vergessen hast. Ich habe ihr deine Zahnbürste verkauft. Für drei Euro!"

„Gratuliere, Bruderherz!"

Adam krümmte sich vor Lachen.

„Zurecht, denn dabei kam mir eine neue Geschäftsidee."

„Eine Geschäftsidee? Hast du wieder gekifft, Adam?", fragte Logan.

„Hör zu. Ich nenne es die Luderbox. Sie enthält die lebenswichtigen Utensilien einer Erotomanin. Das One-Night-Stand-Reisezubehör für alleinstehende junge Damen. Wir packen Make-up, Toilettenartikel, Ladekabel fürs Handy und die Telefonnummern von Taxizentralen hinein."

„Und du glaubst echt, dass Frauen so etwas kaufen? Für Geld?"

„Verstehe. Schon in Ordnung, sei nur zynisch. Irgendwann hatten Steve Jobs oder Bill Gates auch mal eine Idee und sie wurden damit reich und berühmt", versuchte Adam seinen Bruder zu überzeugen.

„Wir sind bereits steinreich, Adam, und berühmt werden wir später."

„Ach so. Du glaubst, ich bin irre", sagte Adam und tippte mit dem Zeigefinger seine Stirn.

„Ja, ein bisschen, Bruderherz."

Adam kicherte. „Was machen wir jetzt?", fragte er.

„Wir könnten nach Droman fahren und die Sau raus lassen."

„Okay. Ruf die Zahnbürstenbräute an."

„Bevor ich das mache, stecke ich mir die Zahnbürste hinten rein", grinste Logan.

„Wenn du das magst. Wegen so etwas stehen die Weiber auf dich! Die lieben diesen kranken Mist. Also, du hast dich in letzter Zeit nirgendwo blicken lassen. Hockst du nur noch in deiner Bude rum? Trauerst Du um Kate oder was ist los? Ich habe genug von dieser introvertierten Scheiße. Ich bin bereit zu intervenieren."

Logan lachte laut auf.

„Ich traure nicht um Kate. Sie war nur ein guter Fick. Also gut. Wir knallen jetzt begriffsstutzige Blondinen durch, bis sie „Daddy" schreien. Danach kannst du ihnen Zahnbürsten verkaufen."

„Gute Idee. Und danach rauchen wir gemeinsam einen Joint?"

„Ist dir klar, Bruderherz, dass Intervention gewöhnlich nicht mit Kiffen einhergeht."

„Nur einen Joint", flehte Adam.

„Wann hast du das letzte Mal nach einem Joint aufgehört, Adam?"

Adam überlegte kurz und lächelte.

„Bei meiner Kommunion."

Die Stimmen entfernten sich und wenig später hörte Dallis wie Logans Porsche mit quietschenden Reifen die Auffahrt von Balmore Castle

verließ. Sie kochte vor Wut. Noch immer schwirrten Logans Worte in ihrem Kopf herum. *Frauenhäppchen. Begriffsstutzige Blondinen durchknallen.*
Ich werde es dir zeigen, Logan Carrington, dachte sie. *Und zwar bald.*
Sie strich über ihrem Bauch, um den Zorn des Drachen zu besänftigen.

Balmore Castle, August 1999

Draußen erhellt der fahle Mond den nächtlichen Himmel. Sein Licht sickert durch die Äste der alten Eiche, die ihre Schatten an die Wände des Schlafzimmers wirf und die goldenen Farbpigmente der schwarzen Tapete schimmern lässt. Im Spiegel über dem Bett wirken die Äste jedoch wie die knöchernen Finger einer alten Frau. Ich sehe mich um, doch ich kann kaum etwas erkennen.
„Die Dunkelheit stört dich, nicht wahr?", höre ich Blake flüstern, dann ein scharfes Klicken. Die Deckenlampe flammt auf und taucht alles in sanftes Licht.
Blake sitzt auf einem Stuhl, hatte die Füße auf den Couchtisch gelegt und sich mit verschränkten Armen im Sessel zurückgelehnt. Seine Größe beherrschte den Raum. Ein spöttisches Lächeln umspielte seine Mundwinkel.
Ich bemerke den Tisch, über dem ein Tragriemen und zwei Ketten hängen, die an der Decke befestigt sind. Blake beobachtet mich mit hochgezogener Augenbraue und fragendem Blick, dann schwingt er die Füße vom Tisch, erhebt sich und kommt auf mich zu. Ich spüre ein seltsames Knistern zwischen uns, als er seine Hand auf meinen Arm legt und mich entkleidet.
„Macht dir dieser Ort hier Angst?", fragt er. „Oder bin ich es?"
Ich schaudere. Blake reicht mir ein blaues Dragée. Wenig später ist die Welt voller bunter Farben. Mein Unterleib verkrampft sich. Noch ist Zeit, geht mir durch den Kopf. Du kannst *Nein* sagen. Aber du willst es doch ... Oder?
Blake sieht mich eine Weile nachdenklich an, dann führt er mich zu dem Tragriemen. Er hebt mich hoch und legt mich mit dem Rücken auf Tisch. Mein Herz schlägt schnell, der Raum schwelgt in tanzenden Farben. Blake legt Ledermanschetten um meine Handgelenke und befestigt sie an den oberen Ketten neben meinem Kopf.
„Heb deine Beine an", sagt er. „Zieh sie hoch."
Er versieht nun meine Knöchel mit Manschetten und hakt sie außen an den unteren Ketten fest.
„Ist es bequem?", fragt er leise.
Ich nicke.
„Gut. Du wirst so eine Weile ausharren müssen", haucht er mir ins Ohr.
Blake legt seine Kleider ab.
„Ich werde dir heute zeigen, wozu dein Körper fähig ist. Ich werde dir Schmerzen zufügen, Dallis, aber du wirst große Lust dabei empfinden."
Er streichelt über die Innenseite meiner Oberschenkel. Sofort durchfährt mich Erregung. Ich bin weit offen und ihm hilflos ausgeliefert.

Ich möchte sprechen, aber aus meinem Mund kommen keine Worte heraus. Meine Lippen zittern, als er mir seinen erigierten Penis in den Mund schiebt. Tränen sammeln sich in meinen Augen. Blake seufzt, diesmal fast mitfühlend. Er legt den Kopf auf meine Brust.
„Atme mit mir", flüstert er.
Ich horche auf den gleichmäßigen Rhythmus seines Atems, versuche mich zu entspannen, meinen Atem zu verlangsamen und ihn seinem anzupassen. Blakes Haar fühlt sich weich an auf meiner Haut und sein Atem ist warm. Minutenlang verharre ich so und mustere ihn. Seine Haut ist alt, aber gepflegt, nicht faltig, sondern von Cremes und OPs gestrafft. Sein Körper ist durchtrainiert und sein Rücken ziert ein Tattoo: ein schlangenförmiges Gebilde, das Zeichen der Lux Humana.
„Beweise mir heute Nacht deinen Gehorsam, Dallis. Ich verlange es", sagt Blake mit ruhiger Stimme.
Ich nicke, schaue für einen Moment zur Seite und in Logans Augen. Er beobachtet mich durch das offene Fenster. Ich genieße seine Qual. Blake küsst meinen Hals und berührt mit den Lippen meine Augenlider. Plötzlich hebt er den Kopf und sieht mich an.
„Ich halte nichts von Mittelmäßigkeiten, Dallis-Blue. Du musst den ganzen Weg gehen oder aufhören", sagt er leise.
Wiederum nicke ich, obwohl ich das Skalpell in seiner Hand bemerke, ich finde keine Gnade vor den dunklen Augen dieses Dämons.
„Es tut mir leid, dass ich mich dir widersetzt habe", flüstere ich.
Eine schwarze Locke fällt ihm über die breite Stirn, als er mit dem Skalpell über mein Schambein ritzt. Dann leckt er meine Schamlippen und schmeckt mein Blut. Als Blake in mich eindringt, treten wieder Tränen in meine Augen. Ich bin unfähig zu sprechen. Der Druck verringert sich und eine neue Empfindung tritt an seine Stelle. Es ähnelt nichts, was ich je empfunden habe – es ist das Gefühl kompletter Fülle und Durchdrungenheit, die Verschmelzung mit Blake, dessen Energie unfassbar ist. Blake lächelt und mir wird bewusst, dass er mir gehört – oder eher ich ihm –, und ich werde von Stolz ergriffen. Meine Hand gleitet über seine Haut und ich spüre die Unebenheiten des Alters. Nichts an Blakes Körper ist glatt und zart.
Später lehnt er sich an meinen Oberschenkel und ruht seinen schweißnassen Körper aus. Seine Finger spreizen und biegen sich in mir. Er kann nicht aufhören mich zu berühren.
„Wenn ich nicht aufpasse, kann ich dir wehtun ..." Blake hält inne. „Ich könnte dich sogar töten." Jetzt lächelt er. „Mit Leichtigkeit. Beim nächsten Mal ... wenn du es nicht sofort sagst", befiehlt er.
„Ich werde alles tun, was du möchtest", wiederhole ich leise. „Ich möchte, dass du deine Zunge in meinen Mund steckst, mich spreizt und mich fickst!"
Nach einer Weile blicke ich zum Fenster. Logan beobachtet uns noch immer. Ich zwinkere ihm zu. Die Qual in seinen Augen sagt mir, dass er mich zum ersten Mal als Frau wahrnimmt und mich begehrt.

Seit jener Nacht war Dallis süchtig nach Blakes Berührung und nach dem sanften Klang seiner Stimme. Die kommenden Monate bezeichnete sie später als „die purpurne Phase", weil die Nymphe laut einer Sage Herakles erst wieder empfangen wollte, wenn er sie wie die Farbe purpurn leuchten ließ.

Ihr Körper passte sich jedem seiner sexuellen Wünsche an, und stellte sich vollkommen auf Blakes Körper ein. Wenn sie sich aus seiner Umklammerung befreite, gab es jedes Mal einen Moment, in dem sich ihr Geist sich absolut rein anfühlte. Im Spiegel seines Badezimmers leuchtete ihr nach jeder Nacht mit Blake die Nymphe Dallis entgegen.

Ich habe gesiegt, gesiegt über Blake und über Logan. *Nun gehören beide mir*, dachte sie dann. Das wog den körperlichen Schmerz auf, den er ihr zufügte, um ihr seine Dominanz zu zeigen – dieses Gefühl süßer, verschwommener Erlösung.

Wenn sie auch nur halbwegs bei Verstand gewesen wäre, hätte sie erraten, dass Logans launenhafte Stimmung in dieser Zeit mit ihr zu tun gehabt hatte. Aber es ereignete sich so viel in diesen Jahren, dass sie überhaupt nicht auf die Idee kam, in diese Richtung zu denken. Sie war sich sicher, dass er mit seiner Eifersucht auf Blake irgendwann seine Schwierigkeiten mit ihr überwinden würde. Wenn sie zurückblickte, erkannte sie, dass alles, was mit ihr und Blake und Logan zu tun hatte, sie ziemlich verwirrte. Kein Wunder, sie war ja gerade erst 17 Jahre alt.

Der Verlust ihrer Jungfräulichkeit durch Blake war nur so etwas wie ein kleiner Wechsel in der Gefühlskulisse gewesen. Sich Blake hinzugeben bedeutete, die Jungfrau an den Ort der Glückseligkeit zu begleiten und danach eine andere Frau zu sein. Davon war sie überzeugt.

Manchmal schlich Dallis sich in der Nacht aus dem Bett, wickelte ein Laken um ihren nackten Körper und ging barfuß zu den Überwachungsmonitoren. Sie sah zu, wie die Mitglieder sich hemmungslosen Sexspielen hingaben. Dabei schlug ihr Herz heftig.

Es war eine andere Form der Intimität. Sie wurde in einer Weise erregt, die sie niemals erreichte, wenn Blake und sie sich liebten. Ihr Atem ging dann keuchend. Sie hatte den glühenden Wunsch, sich selbst zu berühren, und ihre Erregung steigerte sich noch, indem sie es sich versagte. Sie übte Verzicht, damit es, wenn sie sich Blake hingab, noch leidenschaftlicher war. Sie wusste, dass sie ihn mit dieser hemmungslosen Leidenschaft immer wieder überraschte, doch er sagte nichts und gab ihr, was sie brauchte. Doch dann kam der Tag an dem Blake ihr sein wahres Gesicht zeigte.

Er zeigte ihr die Hölle.

Kapitel 21

Prokaryo-AG, Berlin, 21. Oktober 2011

Kate Corvey schaute aus dem Fenster des großen Konferenzraumes im obersten Stockwerk der Prokaryo AG, die sich im Sony-Gebäude befand, zweihundert Meter Luftlinie vom Bundeskanzleramt entfernt, und ließ den Blick über Berlins Panoramalandschaft schweifen. Ein feines Lächeln umspielte ihre Mundwinkel, während sie ihren Gedanken nachhing. Als Geschäftsführerin eines weltweit operierenden Unternehmens war sie frei, ihre Position war eine Institution, ihr Leben lag nicht hinter oder vor ihr, sondern war endlich mit ihr, vollständig in seiner beeindruckenden Gewöhnlichkeit, von der Wiege an, dem ersten Gedanken, als Unternehmerin Sensationelles zu erreichen.

Dass Prokaryo einmal so erfolgreich sein würde, hatten weder Jakob noch sie absehen können. Die Überlebenschancen waren übersichtlich gewesen. Fünf Leute hatten sich mehr schlecht als recht an der Aufbereitung von menschlichem Erbgut versucht. Dabei verbrannten sie vor allem Geld. Nachdem Kate Jakob vorgeschlagen hatte, die Firma im Rausch der New Economy an die Börse zu bringen, gelang ihnen mit den Gewinnen der Forschungsdurchbruch. Sie arbeitete Seite an Seite mit ihrem ehemaligen Studienfreund Jakob Bender an der Aufbereitung von menschlichem Erbgut. Jakob und sie bauten ihre Firma durch Milliardenzukäufe zu einem Gen-Allrounder aus. Die Verfahren, mit denen Krankheiten von Aids über Krebs bis hin zur Schweinegrippe anhand eines Gentests nachgewiesen werden konnten, eröffneten große Wachstumschancen. Der Markt legte um bis zu zwanzig Prozent pro Jahr zu.

Inzwischen stammte fast die Hälfte des Prokaryo-Umsatzes aus der molekularen Diagnostik, die zu einer Dreifach-Revolution in der Medizin führen könnte. Chemiker, Biogenetiker, Biologen und Mediziner arbeiteten in den Laboratorien der Forschung und Entwicklung; bis zu vierhunderttausend Testampullen wurden im Monat unter strenger hygienischer Überwachung abgefüllt und gingen weltweit an etwa achtzigtausend Kunden. Jeder Hausarzt konnte durch Prokaryo in seinem Labor DNA-Untersuchungen durchführen. Prokaryo hatte den US-Wettbewerber Amocell aufgekauft und damit seine Testpalette weiter ausgebaut. Somit stand ihnen ergänzend ein Test zur Verfügung, mit dem das Risiko bei Frauen festgestellt werden konnte, an Gebärmutterhalskrebs zu erkranken. Immerhin war dies der weltweit zweithäufigste bösartige Tumor bei Frauen bis Mitte vierzig.

Kates Herz hing jedoch an der Abteilung Forschung und Entwicklung. Sie nahm damit die Herausforderung eines sich dynamisch verändernden Gesundheitswesens an, in dem Prokaryo auch ein Gesamtkonzept für die klinische Forschung anbot. Unkomplizierte Gentests würden die

Krankheitsprävention erleichtern, Diagnosen verbessern und die Behandlung von Patienten effizienter gestalten.

Jakob Bender und sie würden als Hauptaktionäre die oberste Etage des gläsernen Prokaryo-Gebäudes und ihre Positionen mit niemand teilen. Prokaryo gehörte nur ihnen, und sie vertrauten nur sich selbst, denn alles verdankten sie Ihrem Könne.

Kate war seitdem eine andere geworden, die nichts, aber auch gar nichts mehr mit der jungen Frau, die sie vor ihrem Studienabschluss gewesen war, gemein hatte. Sie war das geworden, was sie immer werden wollte.

Das Geräusch des fahrenden Express-Aufzugs ließ Kate aufschrecken. Er diente nur dem Vorstand und fuhr unmittelbar in das oberste Stockwerk. An diesem Abend hatte sie den Sicherheitsdienst gebeten, einen Gast direkt mit dem Lift ins oberste Stockwerk zu bringen.

Noch einmal schaute sie aus dem Fenster und blickte auf das ausdrucksstarke Gebäudeensemble im Berliner Spreebogen, das mit seinen weitgehend verglasten Außenflächen sehr modern war und mit einer Höhe von sechsunddreißig Metern die Berliner Traufhöhe von zweiundzwanzig Metern deutlich übertraf. Die Bundeskanzlerin war Verfassungsorgan und ihr Gebäude sollte nicht weniger hoch als das gegenüberliegende Reichstagsgebäude sein, der Sitz des Bundestags. *Dort geht es immer nur um die Visionen einer demokratischen Identität der Deutschen*, dachte sie. Doch die wahre Macht operierte im Büro der Bundeskanzlerin. Manchmal erhaschte ihr Blick gerade noch im oberen Stockwerk des Kanzleramts die mächtigste Frau des Landes, bevor diese ihr Büro verließ. Das waren jene Momente, an denen Kate sich ihr seltsam nah fühlte, denn auch diese Frau verdankte alles ihrem Können. Davon war Kate überzeugt.

Wahre Macht... Auch sie operierte in der oberen Etage eines Gebäudes, in diesem Raum am großen Konferenztisch. Hier wurden die Abschlüsse für bahnbrechende Forschungsprojekte getätigt und Entscheidungen getroffen, die für die Natur, für die Menschen, für alles Leben, von größter Bedeutung waren. Prokaryo bot nicht nur ein breites Portfolio an Testtechnologien an, die den gezielten Nachweis von Erbmaterial erlaubten, sondern betrieb in Deutschland ein anerkanntes wissenschaftliches Forschungsunternehmen, das Aufträge aus dem Pharma- und Biotechnologiebereich, der Forensik und Tier- und Nahrungsmittelindustrie erhielt.

Den Vertrag für den brisantesten Forschungsauftrag der Firmengeschichte hatte sie aber bei Hoffmann AG unterschrieben und sie war gespannt, wie sie diesmal auf Falk reagieren würde. Vor einigen Tagen hatte sie das Bedürfnis empfunden über sein Haar zu streichen, sein schmales, markantes Gesicht mit den dichten Augenbrauen über von dunklen Wimpern umrandeten grauen Augen mit Küssen zu bedecken und seine vollen Lippen auf ihrem Mund zu spüren. Sie lächelte und drehte sich um.

Das erste Meeting in Berlin, und ich werde mich verspäten, dachte Falk Hoffmann. Verdammt noch mal! Warum hatte er sich auch einen Leihwagen statt ein Taxi nehmen müssen. Er lenkte das Fahrzeug auf den Parkplatz der Prokaryo AG und fragte sich, ob Jonathan Hastings, der mit dem Firmenwagen anreisen wollte, bereits eingetroffen war. Falk ging auf das Gebäude zu. Nur der Eingangsbereich und einige Fenster im obersten Stock waren erleuchtet. Er zeigte dem Wachmann an der Pforte seinen Ausweis.

„Dr. Corvey erwartet Sie bereits, Herr Hoffmann."

„Nehmen Sie bitte den linken Aufzug. Er bringt Sie in das fünfzehnte Stockwerk."

Falk passierte das massive Stahltor. Ihm fiel auf, wie hervorragend das Unternehmen überwacht wurde. Mehrere Videokameras hielten seine Schritte fest. Obwohl sie sich diskret im Hintergrund hielten, bemerkte er die vier Männer vom Wachdienst und spürte ihre Blicke. Wenige Minuten später betrat er die Vorstandsetage, die in sanften Ockertönen erleuchtet war. Er hielt einen Moment lang inne, während auch hier eine Videokamera ihre Linse unerbittlich auf ihn gerichtet hielt. Hoffmann blieb vor einer Tafel stehen:

Herzlich willkommen bei Prokaryo AG
Als Unternehmen streben wir beständig nach Innovation neuer Produkte, Verbesserung unserer Leistungen für unsere Kunden und nachhaltiger Wertsteigerung für unsere Investoren.
Wir vertrauen auf unsere Kompetenz, sind unseren Zielen verpflichtet und stehen zueinander.
Wir haben die Freiheit, unternehmerisch zu handeln und zu entscheiden.
Wir übernehmen die Verantwortung für unser Handeln.
Wir stehen zu unseren Fehlern und lernen daraus.
Dr. Jakob Bender
Prokaryo AG

Seine Sorgen waren mit einem Mal verflogen, als er die vertraute Gestalt seiner Erinnerung bemerkte. Er sah das strahlende Lächeln, den kirschroten Mund, das lange rote Haar, noch immer umgeben von dem Dufthauch zarter Magnolienduft, ein atemberaubender Anblick in der kalten Geschäftswelt.

„Es ist schön, Sie wiederzusehen, Falk", sagte sie.

Als sie ihm die Hand reichte, pochte sein Herz.

Kate fielen die Zeichen einer anstrengenden Woche in Falk Hoffmanns Gesicht auf: Die dunklen Ränder unter den Augen waren nicht zu übersehen, auch die Falten um den Mund schienen sich vertieft zu haben. „Sie sehen müde aus", sagte sie und reichte ihm einen Kaffee.

„Der hier wird sie aufmuntern!"

„Vielen Dank. Es war tatsächlich eine verdammt anstrengende Woche. Der ganze Presserummel und dann noch die Polizei im Haus. Das LKA hat sich eingeschaltet. Sie stellen Fragen und die Art, wie sie es tun ..."

Er hielt einen Moment inne. „Man könnte glatt auf die Idee kommen, dass sie sogar mich verdächtigen. Gottseidank habe ich ein Alibi. Sie!"

Kate hob die Augenbrauen und lächelte fragend.

„Ich?"

„Ja. Zur Tatzeit haben wir beide auf dem Flughafen Hongkong miteinander geplaudert!"

„Verstehe. Ich habe einen guten Freund bei der Kripo, der diese spezielle Fragetechnik der ermittelnden Beamten einmal erwähnte. Sie treibt sogar den Unschuldigsten in die Ecke, behauptet er."

Sie nippte an ihrem Kaffee.

„Weiß man übrigens schon, wer Hún Xìnrèn ermordet hat?"

„Es gibt neue Erkenntnisse, die belegen, dass Hún Xìnrèn nicht ermordet wurde, sondern die Dschunke selbst angezündet hat. Sie gehört einem Chinesen, der einen zwielichten Club in Hongkong betreibt. Hún Xìnrèn war dort Stammgast und..." Falk hielt inne. „Er war dort immer auf der Suche nach geeignete Partnerinnen für seine speziellen Neigungen."

Kate hob die Augenbrauen und brachte nur ein kurzes „Oh" heraus. Er stellte die Kaffeetasse auf den Tisch.

„Wenn die Presse Wind davon bekommt, ist Hún Xìnrèns Reputation hinüber. Dann geht es nicht mehr darum, was dieser Mann als Wissenschaftler geleistet hat, sondern dass er seinen perversen Neigungen nachging."

„Ich glaube, dass Sie die chinesische Regierung unterschätzen, Falk. Diese wird die Zensurmaschine anwerfen, um den Ruf ihres Zöglings zu schützen."

Falk runzelte die Stirn.

„Zögling?"

„Ich spreche Mandarin und das chinesische Fernsehen hat immer voller Stolz von Hún Xìnrèn, dem „Sohn Chinas" berichtet. Sie werden erleben, dass der Staat nicht zulässt, dass Hún sein Gesicht verliert und dass Schande über die Familie gebracht wird, Falk."

„Sie könnten recht haben. Jetzt geht es mir schon besser." Er grinste. „Das habe ich Ihnen zu verdanken. Die Behörden überprüfen die Videoaufnahmen der vergangenen Monate und hoffen dort einen Anhaltspunkt für die Betriebsspionage zu finden. Sie suchen nach einer Frau, mit der sich Hún Xìnrèn häufiger getroffenen haben soll. Sie scheint aber unauffindbar zu sein", fuhr Falk fort. „Hún Xìnrèns Tod hat mich nachdenklich gestimmt. Was treibt die menschliche Sehnsucht nach längerem Leben an, an deren Erfüllung Wissenschaftler so fieberhaft arbeiten? Haben Sie sich je gefragt, warum es im Herzen der Menschen *unsterbliche Sehnsüchte* gibt, wie William Shakespeare es ausdrückte?"

Sie verstand, was Falk Hoffmann beschäftigte. „Die Verlängerung des Lebens ist seit Urzeiten ein menschliches Anliegen. Einige würden sagen, der Grund sei die Angst vor dem Tod, der Wunsch nach besseren Chancen oder einfach danach, noch die eigenen Enkel und Urenkel zu erleben. Doch die Arbeit unserer Biogenetiker verfolgt ein einziges Ziel, eine bessere Lebensqualität für Menschen mit Erbkrankheiten, die das

Leben verkürzen oder seine Qualität beeinträchtigen. Oder die Entstehung dieser Erkrankung zu verhindern. Diesen primären Faktoren sollten Wissenschaftler durch ihre Arbeit gerecht werden. Die Entschlüsselung des Unsterblichkeitsenzyms kann hier weiterhelfen."

„Da stimme ich Ihnen zu. Hún Xìnrèn glaubte, dass dem Menschen die übliche Länge des Lebens allein nicht ausreicht und er als Wissenschaftler schon deshalb zum Thema, „jung und fit bis ins hohe Alter" etwas beitragen musste." Seine Stimme bekam einen traurigen Klang. „Wenigstens hat ihm das nicht das Leben gekostet.

„Ist Ihnen je aufgefallen, Falk, dass die zufriedensten älteren Menschen einen Sinn darin sehen, weiterzuleben? Sie haben persönliche Ziele oder noch etwas zu erledigen. Sie sind entschlossen, sich nicht hinzulegen und zu sterben, sondern weiter in Beziehungen und Leistungen zu wachsen. Ohne Beziehungen und Leistungen, die uns erfüllen, kann das Leben nur ein flüchtiger Schatten sein. Ich zweifle mittlerweile daran, ob die Verlängerung des irdischen Lebens durch den modernen Jungbrunnen – Regeneration, Transplantation und Reparatur – ein erstrebenswertes Ziel ist."

Unter Wissenschaftlern gibt es immer schwarze Schafe, dachte sie, *die ihr Wissen missbrauchen*. Aber das waren Einzelfälle. Das Potential der Menschheit für ewiges Leben war auch das zentrale Thema der Bibel.

„Die Bibel sagt", fuhr sie fort, „dass Gott ein Ziel für die Menschheit hat und dass er allen – nicht nur denen, die wohlhabend genug sind, es zu bezahlen – das ewige Leben anbietet. Gott hat aber sicher nicht damit gemeint, dass ein Hundertjähriger wie dreißig aussehen sollte. Hún Xìnrèns Entdeckung kann dazu führen, die Progerie-Erkrankung einzudämmen. Das sind wichtige Gründe, um mit Rebu 12 weiterzumachen!"

„Sie haben die Dinge auf den Punkt gebracht", sagte er. „Und sie haben mich durchschaut. Unsere Arbeit mit Rebu 12 darf sich nur auf genetisch bedingte Defekte konzentrieren."

Sie lächelte.

„Die Entdeckung von Rebu 12 ist nobelpreisverdächtig. Das kann ich Ihnen schon jetzt versichern. Aber können wir das für heute Abend nicht hinter uns lassen? Dr. Bender trifft erst morgen früh auf Dr. Hastings. Wäre es okay für Sie, wenn wir dann mit der Arbeit beginnen? Sie hatten einen anstrengenden Tag und ich würde Sie gerne zum Essen einladen."

„Gerne", antwortete er.

Ihr Herz klopfte wie wild. Kein Mann hatte je eine solche Wirkung auf sie ausgeübt. *Verdammt*, dachte sie. *Er hat noch immer Lachfältchen um die grauen Augen, das gewellte braune Haar, der sinnliche Mund, noch immer hat er diesen durchtrainierten Körper, muskulös und geschmeidig. Und noch immer umgibt ihn diese geheimnisvolle Aura. Er ist der einzige Mann, den ich kenne, der sich seiner erotischen Ausstrahlung nicht bewusst ist.*

„Favorisieren Sie irgendeine Küche?"

„Ja, die Italienische, aber ich lade Sie ein! Keine Widerrede."

Sie bemerkte seine Nervosität und schmunzelte innerlich. *Du magst mich, Falk Hoffmann. Ja*, dachte sie. *Es kommt darauf an, auf das Wann und Wo, auf das Verlangen und auf das Jetzt.* Jetzt wäre fantastisch. Sie stand plötzlich auf, ging auf mit Schmetterlingen im Bauch auf ihn zu und stellte sich balancierend auf die Zehenspitzen und streifte flüchtig seine Lippen.

„Das wollte ich schon in Hongkong", flüsterte sie und lächelte.

„Warum hast du es nicht getan?", fragte Falk.

„Ich habe mich nicht getraut. Vielleicht hatte ich Angst, dass du es falsch verstehen könntest", antwortete sie.

„Inwiefern?"

„Ganz oben kann es manchmal verdammt einsam sein. Wenn man mit solchen Abscheulichkeiten konfrontiert wird, braucht man einen Menschen, auf den man sich verlassen kann", sagte sie leise. „Ich habe gesehen, dass es dir nicht gut ging. Ich wollte nicht, dass der Eindruck entsteht, ich würde Dich aus Mitleid küssen. Ich bedaure das alles sehr, Falk, und möchte dir helfen, so gut ich kann."

Falk Hoffmann stand auf.

„Warum?"

Kate wirkte plötzlich verunsichert.

„Ich weiß nicht. Es ist so ein Gefühl … Es ist …"

Falk stand ganz dicht vor ihr. Das rote Haar, die hohen Wangenknochen, die Pfirsichhaut.

„Weil du mich magst? Ist es das, was du mir zu sagen versuchst?"

„Vielleicht. Damals, auf der Benefizveranstaltung …"

Ein schräges Lächeln schlich sich über seine Gesichtszüge.

„… hast Du mich schon fasziniert!", beendete er den Satz.

„Komm, wir gehen essen und reden dann weiter. Ich kenne ein kleines Restaurant am Kudamm."

Es zog ihr den Boden unter den Füßen weg. Als wäre sie auf festem Grund gegangen, der sich plötzlich in Wasser verwandelte. Es war ein tiefer, steiler Absturz und tausend Eindrücke jagten ihr durch die Sinne. Sie stand ganz nah vor ihm und spürte förmlich, wie sehr er sich beherrschen musste, sie nicht zu umarmen. Sie spürte seine Hitze, schaute verstohlen nach unten und sah, was sie mit ihrem flüchtigen Kuss angerichtet hatte. Sie verließen ihr Büro und nahmen den Aufzug. Verdammt, ich bin eine erwachsene Frau. Warum ergreife ich nicht einfach die Initiative? Habe ich das nicht schon den ganzen Abend gemacht?

Als die Türen zuglitten, packte Falk Kate, drückte sie behutsam aber ebenso bestimmt gegen die Wand des Aufzugs und hob ihre Hände in schraubzwingenähnlichem Griff über ihren Kopf und presse ihre Hüfte gegen seine. Mit der freien Hand packte er ihre Haare und zog ihren Kopf hoch, und schon berührten seine Lippen ihre. Sie stöhnte auf, als seine Zunge ihren Mund erforschte und einen langsamen, erotischen Tango begann. Noch nie hatte sie sich so begehrt gefühlt. Als die Lifttüren sich wieder öffneten, löste er sich von ihr. Sie legte ihre Hand auf seinen Arm.

„Würdest du allen Respekt vor mir verlieren, wenn ich dich bitten würde, mit mir nach Hause zu gehen und mit mir zu schlafen?", brachte sie keuchend hervor.

„Jeglichen. Ohne Zweifel."
Sie lachte.
„Du bist gemein!"
Sie traten aus dem Fahrstuhl, gingen grüßend an dem Wachdienst an der Pforte vorbei und verließen das Gebäude. Bis zu ihrem Wagen sprachen sie kaum ein Wort. Als sie einsteigen wollte, hielt Falk sie plötzlich zurück.
„Was ist los?", fragte sie ihn.
„Ich kann mich nicht beherrschen, bis wir bei dir zu Hause angekommen sind, Kate", antwortete er. Sanft nahm er sie in den Arm und küsste sie. Das seidige Gleiten ihrer Lippen und ihrer Zunge, die warme Berührung ihrer Haut, der betäubende Duft ihre Haare. Als er anfing, ihre Lippen zu teilen, löste sie sich von ihm.
„Oh, nein! Ich bin darauf eingestellt, dich auf einem langen Heimweg mit meinem Witz und meinem Charme zu verführen", hauchte sie.
Erstaunlich, wie einfach das Leben sein konnte, dachte sie.
In der Nacht kam ihr die Erkenntnis wie ein kaum hörbares Flüstern. Sie hatte sich eindeutig in Falk Hoffmann verliebt und begab sich in die warme Geborgenheit seiner Arme.

Kapitel 22

Düsseldorf, 22. Oktober 2011

Thomas Borbek wurde durch das schrille Läuten des Telefons unsanft aus dem Schlaf geweckt. Er griff zum Hörer und lauschte den Worten des Anrufers. Er blieb noch einen Moment liegen. Das Ziffernblatt seines Weckers zeigte Viertel nach drei.

Er blickte kurz auf seine Frau Cora, die sich im Schlaf umdrehte, und küsste sie auf die Stirn. Dann schwang er sich aus dem Bett.

„Bleib liegen, mein Schatz", flüsterte er.

Die vergangene Nacht hatte ihm nur drei Stunden Schlaf beschert. Borbek nahm alle Kraft zusammen und. Nach einer Katzenwäsche im Badezimmer und zwei Tassen Kaffee zog er sich an. Vom Koffein inzwischen hellwach, fand er die Wagenschlüssel in seiner Aktentasche. Mit Blaulicht fuhr er zum Tatort nach Ratingen und parkte einen Wagen unmittelbar vor dem Verwaltungsbau der Hoffmann-Pharma-AG, der hell erleuchtet war.

Polo Klasen wartete bereits in seinem Fahrzeug auf ihn. Borbek nahm seinen Regenschirm und lief durch den peitschenden Regen auf seinen Kollegen zu. Klasen kurbelte das Wagenfenster seines alten Ford Mustang herunter. Borbek beugte sich durchs offene Fenster.

„Und?", fragte er.

„*Und* ist ein Bindewort, Chef, kein Fragewort."

„Und sie hätten Lehrer werden sollen."

Klasen ignorierte die üble Laune seines Vorgesetzten.

„Wurde auch Zeit, dass Sie endlich kommen. Ich hoffe, Sie sind wie immer in einer guten Verfassung."

Klasen zeigte auf den Eingang der Hoffmann AG. Borbek trat zurück, als sein Kollege aus dem Wagen stieg.

„Toll. Genau das wollte ich hören. Was haben wir denn?", fragte er.

„Eine Leiche im Sekretariat der Vorstandsetage", antwortete Klasen. „Die Leute vom Hoffmann-Wachdienst haben sie vor gut einer Stunde gefunden. Es ist einer der Wachleute. Als Freddi Kroll – so heißt der Wachmann – nicht auf ein Anpiepsen reagierte, glaubten seine Kollegen, er hätte eine Herzattacke. Der Wachmann hatte schon seit geraumer Zeit Probleme mit seiner Pumpe. Nun, was man vorfand ... Das Personal steht ziemlich unter Schock, was ich verstehen kann", berichtete Klasen. „Die Spurensicherung und die Gerichtsmedizin sind auch schon da. Ich gehe da nicht noch mal hinein."

Borbek schmunzelte. Warum Klasen sich für eine Karriere bei der Mordkommission entschieden hatte, war ihm ein Rätsel. Sein Kollege konnte keine Leichen sehen.

„Das Lachen wird Ihnen gleich vergehen, Chef. Haben Sie mal eine Zigarette?"

„Hatten Sie nicht wieder mal aufgehört zu rauchen?"

„Warten Sie, bis Sie die Leiche sehen. Ihnen dreht sich der Magen um." Klasen zündete sich mit zitternden Händen die angebotene Zigarette an. „Der Bürosafe wurde auch geknackt. Dort kommt Ihr Hüne von der Pathologie. Oh Gott, dieser Riese von Leichenfledderer hat mir gerade noch gefehlt."

Vinzenz Lukowski kam mit energischen Schritten auf sie zu. Der Pathologe trug einen Schutzanzug sowie Handschuhe und Schutzbrille.

„Schwierige Sache, Thomas", brummte er und nahm seine Schutzbrille ab. „Er ist mit dem Kopf aufgeschlagen und das Gesicht ... Sieh es dir selbst an."

Lukowski reichte Thomas Borbek eine Schutzmaske.

„Das ist nichts für zarte Gemüter, nicht wahr, Herr Klasen?"

Klasen murmelte etwas Unverständliches. Lukowski zuckte die Schulter, dann drehte er sich noch einmal zu Borbek um.

„Auf das Flipchart im Sekretariat wurde übrigens etwas mit Blut gekrizelt."

Klasen riss die Augen auf, als würde er gerade einen Belichtungstest durchführen, und pfiff durch die Zähne.

„Ach, was gibt denn unser Täter so von sich?"

„Klasen, bitte", mahnte ihn Borbek.

„Lass mal, Thomas. Der Junge ist gar nicht so übel. Es ist irgendein Hinweis, vielleicht sogar vom Wachmann selbst. Ich tippe ich auf den Anfang eines Wortes. Es sieht wie ein *b* und ein *F* aus. Vielleicht das *b* von brutal, blau, blass, das *F* für fies, frech, fein, faul, Frau? Aber vielleicht irre ich mich und es ist nur simples Geschmiere", meinte Lukowski.

Borbek runzelte die Stirn.

„Nein, nein. Derartige Hinweise lassen nichts Gutes ahnen. Die Irren dieser Welt hinterlassen immer Botschaften, um uns ihre uneingeschränkte Macht zu demonstrieren!"

„Uneingeschränkte Macht?", hakte der Pathologe nach.

„Dem Opfer gegenüber", antwortete Borbek. „Du kannst es auch Größenwahn nennen!"

Lukowski nickte.

„Ich beneide dich nicht um deinen Job. Dann macht's mal gut!" Plötzlich drehte er sich noch einmal um. „Könntest du so ...", Lukowski schaute auf seine Armbanduhr, „gegen elf Uhr bei mir vorbeischauen, Thomas? Dann gibt's die ersten Ergebnisse."

Borbek nickte. Vinzenz Lukowski wechselte das Thema.

„Was macht denn mein Patenkind, Thomas?"

Der Pathologe erkundigte sich häufig nach Borbeks Sohn Kasper, der vor sieben Monaten auf die Welt gekommen war. Polo Klasen schaute zuerst Vinzenz Lukowski und dann Thomas Borbek sprachlos an.

„Ich glaub, mir wird schlecht! Leiche und Baby. Wunderbar!"

Thomas Borbek setzte sich den Mundschutz auf und sah Klasen fragend an.

„Ich hab keine Lust, mir das noch mal anzusehen, Chef."

„Bravo! Na, dann wollen wir mal!", knurrte Borbek und betrat das Firmengebäude.

Drinnen war es warm, trocken und behaglich. Er lief durch die in Marmor gehaltene Eingangshalle zum Fahrstuhl und fuhr in den sechsten Stock. Am Tatort nickten ihm zwei Mitarbeiter der Spurensicherung zu. Ein penetranter Geruch aus Blut, Urin und Schweiß schlug ihm entgegen. Er warf einen Blick auf das Opfer. Freddi Kroll lag lang ausgestreckt wie ein gestrandeter Wal auf dem Boden, sein behaarter weißer Bauch ragte aus dem offenen Hemd hervor, ein Fuß lag seitlich in einer dunklen, übel riechenden Blutlache. Sein Gürtel war offen, seine Hose mit Blut befleckt. Ein heftiger Hieb mit einem schweren Totschläger oder ein schwerer Sturz musste den Mann ins Jenseits befördert haben. Sein Gesicht war blutverschmiert. Neben der Leiche lagen drei geschärfte Schraubenzieher, zwei Kneifzangen, Elektrokabel, ein Hammer, eine Bügelsäge, ein kleiner Elektrobohrer.

Borbek hatte durch seine langjährige Erfahrung im Morddezernat das Vorgehen des Täters schon fast vor Augen. *Der Wachmann hat jemand überrascht*, dachte er. Ihm wurde von dem Geruch übel und er wandte sich abrupt ab. Zunächst galt es, die Zeugen zu vernehmen. Darum konnte sich aber Polo Klasen kümmern.

Borbek fuhr mit dem Aufzug nach unten und schaute sich um. Links vom Empfang führte eine breite Treppe in die Ausstellungsräume der Hoffmann AG. Dort verschaffte er sich einen historischen Überblick über den Konzern. Die Porträts an den Wänden blickten würdevoll auf ihn herab. Er fragte sich, wie sich wohl die Vorfahren von Falk Hoffmann zu dem Mordspektakel im sechsten Stock äußern würden. Er sah erwartungsvoll der Obduktion entgegen. Bis dahin hoffte Thomas Borbek den Ekel überwunden zu haben.

Kapitel 23

Balmore Castle, September 2000

Im Hintergrund ertönt Bachs *Matthäus Passion, BWV 244e* aus der Stereoanlage und erfüllt Blakes Schlafzimmer mit dunklen finsteren Klängen. Ich knabbere an Blakes Ohr.
„Erfüllst du mir einen Wunsch. Sag, dass ich die wunderbarste Frau bin. Danach werde ich zu allem bereit sein."
Plötzlich halte ich inne. Etwas liegt in Blakes Augen, das ich nicht deuten kann. Ich frage mich, warum Blake mich nicht liebkost. Meine Gedanken wandern zu Logan, der irgendwo im Haus eine Blondine vernascht. *Logan, woran klammert man sich, wenn keine Zärtlichkeit den Raum erfüllt?* Ich bin unerfahren in diesen Dingen, aber ich weiß, dass Sex ohne Zärtlichkeit grausam sein kann. Meine Beklommenheit nimmt zu.
„Ich werde dir heute wehtun, Dallis", sagt Blake. „Vielleicht sogar mehr, als du ertragen kannst."
Plötzlich riecht es nach Feuchtigkeit, Schimmel und Fäulnis und mir wird bewusst, dass er die Fenster seines Schlafzimmers in dieser Nacht geschlossen hält, damit niemand meine Schreie wird hören können. Blake zieht seine Hose aus, ohne die Spur der Leidenschaft, ohne Langsamkeit, ohne die Trägheit einer Ouvertüre, sondern mit der Gleichgültigkeit der Gewohnheit. Und plötzlich sehe ich das schwarze Ding auf dem Bett: eine mit Nieten besetzte Paddelpeitsche. Ich habe sie schon einmal gesehen, ganz früher, als ich klein war. Und ich begreife, dass meine Traumsequenzen mit einem Mal einen Sinn ergeben und dass das schwarze Monster einer Erinnerung aus meinen Kindheitstagen entstammt. Ein Film läuft vor meinen Augen ab: Ich sehe meine Mutter Amy, die mit Blake kämpft, als würde ihr Leben davon abhängen, ich sehe ein dreijähriges Mädchen auf der Schwelle zum Schlafzimmer, das nach seiner Mutter schreit.
Ich erinnere mich wieder. Ich bin von den Hilferufen meiner Mutter aufgewacht und ins Schlafzimmer gerannt. Dort hatte Blake sich über sie gebeugt und die zarte Gestalt mit den Händen festgehalten. Meine Mutter hat sich heftig gewehrt, doch Blake hat ihr Nachthemd in Stücke gerissen und den nackten Körper meiner Mutter angestarrt, die ihn mit beiden Händen zu schützen versucht hat. Damals habe ich nicht gewusst, was dieses Ding, das Blake in seiner Hand hielt, ausrichten konnte. Ich habe fassungslos zugesehen, wie das schwarze Monster über den Körper meiner Mutter glitt und lauthals angefangen zu schreien, und das Ding hat aufgehört, den Körper meiner Mutter zu zerstören.
Die Erinnerung lässt mich jetzt am ganzen Körper zittern.
„Was hast du vor, Blake?", frage ich heiser.

Blake lässt die Peitsche in einem langsamen, steten Rhythmus gegen seine Handfläche schnellen. Ein bösartiges Lächeln umspielt seine Lippen.

„Ich werde endlich das vollenden, wobei du mich als dreijähriges Kind gestört hast. Kapierst du es endlich? Ich wollte immer nur sie, aber jetzt habe ich dich, und es ist, als würde ich deine Mutter in den Arsch ficken. Amy wollte mich nicht. Sie wollte immer nur meinen Bruder. Heute werde ich mich rächen, vielleicht werde ich dich sogar töten. Ich werde bei jedem einzelnen Schrei, den du in dieser Nacht von dir gibst, höchsten Genuss empfinden und Amy vor Augen haben."

Ich spüre, wie die Tränen mir in die Augen schossen. Die schweren Töne des Chorgesangs fliegen durch den Raum, langsam und voller Trauer hallen sie von den Wänden wider. Ich verliere mich in den klagenden Tönen.

„Warum?", schluchze ich.

„Warum, warum. Du dummes Ding! Weil ich dich hasse. Du siehst deiner Mutter so verdammt ähnlich. Ich hasse dich, weil du nicht Amy bist!"

Funken reinen Wahnsinns glommen in seinen Augen. Trauer weicht Panik. Mein Herz schlägt so laut und kräftig, das es zerbersten könnte. So kommt es mir vor. Vorsicht, warnt mich mein innerer Drache. Zu spät.

Mit aller Härte prallen die Peitschenhiebe auf mich nieder. Das Leder und die Nieten schneiden in meine Haut, lassen sie aufplatzen. Ich schreie, möchte davonlaufen, aber Blake ist schneller. Er holt mich ein, wirft mich auf das Bett und schlägt erbarmungslos auf mich ein. Als das schwarze Monster in mich eindringt, ist mein Schrei nur noch ein ersticktes Schluchzen. Ich schrei lange, flehe Gott an, rufe nach Adam, nach Logan, nach meiner Mama, bis eine tiefe Ohnmacht mich erlöst.

Als ich wieder zu mir komme, höre ich Stimmengewirr. Schwach erkenne ich die Gestalten im Zimmer. Meine Schmerzen sind unerträglich.

„Verschwinde", faucht Blake seinen Sohn an.

„Ich bin fertig mit ihr. Nimm sie mit und verschwinde! Merrick wartet unten! Verschwinde!"

„Du Schwein, du widerlicher Drecksack", schreit Logan aus weiter Ferne. „Wie konntest du Dallis das antun? Du bist eine Bestie!"

„Solange ich lebe, wirst du sie nicht berühren. Eher bringe ich euch beide um."

„Wenn Dallis das hier nicht überlebt, bringe ich dich um, Vater!", höre ich Logan brüllen.

Vage nehme ich wahr, dass jemand mich hochhebt und mich eine Treppe hinunterträgt. Dabei dringen pochende Schmerzen in mein Hirn und mein Bewusstsein droht mich im Stich zu lassen. Mir ist kalt. Ich öffne die Augen.

Merrick?

„Dieser verdammte Regen!", ruft Merrick. „Der Hubschrauber landet in wenigen Minuten, Logan!"

„Wach bleiben!", schreit Logan in der Dunkelheit. Seine Hand klatscht mir ins Gesicht. „Wach bleiben, Dallis!"
Ich sterbe. Logan. Mir ist kalt.
„Alles okay, Logan?", fragt eine andere Stimme. „In Na Stacain ist alles vorbereitet..."
Stille.
„Hallo!"
Erneut klatscht jemand mir ins Gesicht.
„Wir machen jetzt eine kleine Reise, Dallis. Mensch, Mädchen, halt durch. Es dauert nicht lange."
Merricks Stimme?
Vage nehme ich die Dunkelheit, das Blaulicht, den Regen und das Rotorenflattern wahr, danach einen Korridor, das blaue Licht, ein Schild *Notaufnahme*, eine Trage, Korridore, grelles Licht. Eine Glastür mit den Buchstaben OP wurde geöffnet, eine Gestalt, grün gekleidet, hebt meine Augenlider und Lichtstrahl blendet mich.
„Alles wird gut, Dallis..."
Ich fliege davon, falle ins Bodenlose. Ich sehe Logan, der mir die Hand reicht und lächelt. Meine Mutter winkt mir zu, ihre Lippen formen zärtlich: „Komm, Dallis, komm ..."
Da, da ist sie wieder, dieses kleine Mädchen mit langen, wehenden Haaren.
„Mama ...?"
Ich breite meine Arme aus, laufe meiner Mutter entgegen. Der Boden unter meinen nackten Füßen ist warm, und die Luft duftet nach den Rosen von Balmore Castle und nach Meer. Das Tor vor mir steht weit offen.
Licht.
Ich blinzele.
Dann nur noch Dunkelheit.

Stunden später

„Ich möchte das jetzt wirklich nicht vertiefen, Logan. Was ich jetzt brauche, ist ein starker Kaffee", antwortete Merrick gereizt und streifte die Einweghandschuhe ab. „Ich bin seit zwölf Stunden auf den Beinen."
„Ich will, dass Dallis überlebt, verstanden! Also streng dich gefälligst an!"
Logans Ton duldete keinen Widerspruch.
„Sag das Blake. Was hat er sich bloß dabei gedacht, Logan? Schweres Beckentrauma, innere Verletzungen des Brustkorbes, ihre Haut ..."
Logan wurde blass und drohte sein Gleichgewicht zu verlieren.
„Halt den Mund!"
„Dallis ist mehr tot als lebendig, aber ..." Merrick stockte. „Morgen wissen wir mehr. Ich glaube allerdings nicht, dass sie die Nacht überleben wird."
Logan krauste die Stirn.
„Bernhard, ich sage dir jetzt Folgendes...", herrschte er Merrick an und musterte ihn mit kaltem Blick. „Wenn du als Mediziner eine Meinung

hast, dann spuck sie aus, aber laut und deutlich." Er beugte sich ein wenig vor. „Aber wenn du mir noch einmal sagen solltest, dass Dallis oder ein anderer Patient in Na Stacain nicht überleben wird, dann werde ich dich ins Jenseits befördern. *Hast du mich verstanden?*"

Merrick lief feuerrot an.

„Ich ... Ich glaube, wir werden wohl die nächsten Tage nicht miteinander auskommen. Ich verschwinde."

„Mach dich doch nicht lächerlich. Jeder kommt mit mir aus", sagte Logan, streifte nun auch seine Latexhandschuhe ab, warf sie auf den Boden und verließ den Operationsraum. Er begab sich zur Leitstelle der Station 3c und sprach mit der Stationsschwester.

„Sie rufen mich an, Jerry. Ich meine, falls Veränderungen eintreten, lassen Sie es mich wissen", sagte er.

Die Nachtschwester nickte.

„Ich halte Sie auf dem Laufenden, Dr. Carrington."

Die darauffolgenden Wochen verbrachte Dallis wie in Trance: Sie bewegte sich durch das Zimmer wie eine kaputte Maschine, ging im Gang auf und ab und blieb hin und wieder vor Blakes Tür stehen, doch sie ging nie hinein. Das überließ sie den Barbiepuppen. Blake bekam sie in dieser Zeit nicht zu Gesicht.

Sie blieb auch lieber im Zimmer, in dem sie nach dem Tod ihrer Eltern als Kind einige Tage verbracht hatte. Doch etwas war anders. Wenn sie heute im Badezimmerspiegel ihr Gesicht ansah, blickten ihr die toten Augen ihrer Mutter entgegen.

Dallis wusste nicht, wie sie es geschafft hatte, sich nicht das Leben zu nehmen. Vielleicht waren es die Marionettenfäden, an denen ihr Leben hing, oder die Besuche von Logan, der ab und zu ihre Hand gehalten hatte und ihr eines Tages, als er sie schlafend wähnte, seine Liebe offenbart hatte.

„Ich liebe dich seit jenem Tag, als ein sechsjähriges Mädchen mir seine Hand reichte und ich in seine blauen Himmelsaugen gesehen habe. Aber dann begann mein Vater dich abzuschirmen. Er wollte nicht, dass wir uns nah waren. Und ich hatte den Eindruck, dass du lieber mit ihm zusammen sein wolltest. Später hatte ich nur mein Vergnügen im Kopf und habe nicht bemerkt, was sich zwischen dir und Blake abgespielt hat. Ich war eifersüchtig, blind und voller Zorn auf dich. Aber ich liebe dich, Dallis, *Baby Blue*."

Danach hatte Logan ihre Stirn geküsst und das Zimmer wieder verlassen, sodass sie im Rausch ihres unfassbaren Glücks zurückblieb. Seine Worte brachten ihr Herz zum Jubeln und gaben ihr das Leben zurück.

Die Liebe zu Logan hatte sie von Anfang an in ihrer Vollkommenheit erfasst und erklärte die Weichheit, die sie in ihrem Herzen spürte, die Wärme, die in ihr aufstieg, und die Schwerelosigkeit ihres Körpers, der in einen Schwebezustand zu verfallen schien, wenn Logan bei ihr war oder wenn sie nur seine Stimme hörte.

Doch dann geschah etwas Unvorhersehbares. Adam kehrte unerwartet von einer Geschäftsreise zurück und hielt zwei Tage später am Krankenbett ihre Hand.

„Es tut mir leid, Dallis, aber Vater hat Logan nach Hongkong geschickt. Ich soll dir ausrichten, dass er dir schreiben wird."

Adam Worte waren schlimmer als Blakes Peitschenhiebe. *Schreiben wird. Niemals wird er mir schreiben*, dachte Dallis. *Niemals.*

Sie verfluchte Blake, der ihr einst die Erinnerung an ihre Mutter genommen und jetzt Logan fortgeschickt hatte. Dem Leben konnte sie nicht vorwerfen, dass es sie seit dem Tod ihrer Eltern nicht mehr beachtet hatte, aber Blake durchaus. Logan hatte sie verlassen, einfach so. Der Seelenwinter hielt erneut seinen Einzug und ließ Dallis erfrieren.

Sie kehrte nach ihrer Genesung auf Balmore Castle zurück. Lux Humana hatte bereits die ersten Vorbereitungen für ihre Initiation in den inneren Kreis getroffen. Das Behandlungszimmer erwartete sein neues Mitglied mit purpurfarbenen Wänden und Johann Sebastian Bachs Toccata und Fugue in d-Moll.

Dallis ließ Blakes Erziehung über sich ergehen. Die zarten Gefühle, die sie einst für diesen Mann empfunden hatte, die Zweisamkeit, sie waren erloschen. Blake und sie waren wie Fremde, die sich nur während der Behandlung sahen oder sie trafen sich beim Abendessen und hüllten sich in Schweigen.

Dallis wurde in den darauffolgenden Wochen und Monate zum Tier degradiert, das auf Befehl gehorchen lernte: Platz! Gib Pfötchen! Braves Mädchen! Böses Mädchen! Die Reise in den inneren Kreis der Lux Humana nahm ihren Lauf.

Kapitel 24

Warschau, 22. Oktober 2011

Im Warschauer Stadtteil Praga war die historische Vorstadt noch spürbar. Kupferspan schimmerte an den Fassaden in jeder Sprache: Sanskrit, Hebräisch, Griechisch oder in der Formelsprache der Chemie. Ging man die steilen Gässchen der Warschauer Altstadt zur Universitätsbibliothek hinunter, dann leuchtete zur späten Abendstunde die Bebauung in dem gleichen fleckigen Grün einer verkupferten Fassade, die polnische Architekten in der Form von aufgeschlagenen Buchseiten gestaltet hatten. Gleich neben dem Schwarzmarkt besaß Eørgy Pasternek ein großes Appartement. Pasternek schloss die Haustür auf und betrat rasch die Penthousesuite. Seine Hände zitterten, als er den Umschlag aufriss, den er soeben im Briefkasten vorgefunden hatte. Sein Blick verdunkelte sich und sein Herz pochte, als er die Notiz las: *Letzte Warnung. Bezahle bis morgen, zwölf Uhr. Sonst bist Du ein toter Mann!*

Der Schmerz in seiner Brust nahm zu, sein Blutdruck stieg. Der Druck im Kopf schien seine Schädeldecke zu sprengen. Er ging ins Bad, öffnete das Apothekerschränkchen und pumpte einen Stoß Nitrolingualspray auf seine Zunge. Innerhalb einer Minute trat die Wirkung ein: Seine Herzkranzgefäße erweiterten sich. Wenig später fühlte er sich besser, sein Herz beruhigte sich und der Druck im Kopf ließ nach. Er betrat die Terrasse. Gierig saugte er die kalte Oktoberluft auf und ließ den Blick über die Dächer der Stadt schweifen.

Warschau als offenes Buch der Welt? Dass ich nicht lache, dachte Pasternek. Hier hatte sich nicht viel verändert. Das weltoffene Flair der zu Kulturzentren umgewandelten Fabriken, Pragas jüngstes Markenzeichen, sollte da nicht täuschen, schon gar nicht am östlichen Ende der Świętokrzyski-Brücke. Sie mündete eher ins Triptychon einer aufgewühlten Urbanität ein: Pappeln entlang der Straße, Bagger an den vielen Baustellen, Nylonwäsche, die zum Trocknen die Balkone zierte. Die Bauarbeiten für den Umbau des alten Stadions, für viele Jahre Europas größter Trödelmarkt, liefen auf Hochtouren. Steuerte man Praga über die traditionelle Lebensader des Viertels an, die belebte Ulica Ząbkowska-Strasse, dann hatten sich die Schwarzpappeln in Hinterhöfe verzogen, deren ziegelrotes Leuchten ein vom Aussterben bedrohtes Milieu verriet, jenes der historischen Warschauer Vorstadt, komplett mit Holzplankenzaun und Teppichklopfstange und mit Fenstern, denen ein Aroma lauwarmer Krautsuppe und Bierdunst entströmte.

Die Luft fühlte sich schwer wie Eisen an. Pasternek fragte sich, was überwog, die Angst vor seinen Geldgebern oder die Tatsache, dass er der RAK und Logan Carrington ausgeliefert war. In den letzten Jahren war die RAK, eine russische Organisation fragwürdiger Charaktere, in Polen immer mächtiger und einflussreicher geworden. Das Drogen- und

Geldwäschegeschäft sowie der Menschenhandel weiteten sich immer mehr aus. Sexuelle Ausbeutung war ein ebenso lukratives, wenn auch gefährliches Geschäft wie die Entnahme und der Handel mit Organen.

Eørgy Pasternek schuldete der Organisation Geld, viel Geld. Als er Anfang August nicht pünktlich gezahlt hatte, hatten sie ihm Drohbriefe geschickt. Dann hatten sie ihm aufgelauert und ihn verprügelt. Vor ein paar Wochen hatten sie versucht, ihn zu ermorden. Anscheinend wussten sie nicht, dass er sich in Norwegen aufhielt. Der Anschlag bei Hoffmann Warschau war fehlgeschlagen. Die Dame am Empfang hatte ihm nach seiner Rückkehr vom Besuch der finster wirkenden Gestalten, die nach ihm verlangt hatten, berichtet. Das hätte eine Katastrophe sein können, aber tatsächlich war es ein Wunder. Niemand hatte etwas bemerkt. Die Männer hätten mit Sicherheit ihre übliche Methode angewandt und einen Schalldämpfer benutzt, doch das Opfer war ausgeflogen. Morgen würde er nicht so viel Glück haben, wenn er nicht bezahlte. Logan hatte sich ausnahmsweise bereit erklärt nach Warschau zu kommen. Er hasst Oslo. Die Reise in diese Stadt erinnerte ihn immer an das, was aus ihm geworden war: ein Dieb und ein Mitwisser grausamer Verbrechen.

Pasternek wischte sich mit einer hektischen Handbewegung eine silberblonde Strähne, die ihm beim Hinabschauen ins Auge gefallen war, aus dem Gesicht. Er wurde ungeduldig. Die Maschine aus Düsseldorf war bereits vor zwei Stunden in Warschau gelandet. Wo blieb Logan bloß? Er musste seine Spielschulden begleichen, sonst … Nein, er wollte nicht daran denken, was die Kerle mit ihm machen würden.

Im Dunkel der Wohnung dachte er an seinen Sohn Janosz, der den Drogen verfallen war wie sein Vater der Spielsucht. Alles um sie herum hatte sich in Dunkelheit verwandelt. Dunkel trübe, und monströs wie ein schwarzes Loch, in das er und Janosz immer tiefer hineingezogen wurden. Sein Sohn hatte Körper und Geist schon längst nicht mehr unter Kontrolle. Wenn kein Wunder geschah, würde es für sie beide keine Wiederauferstehung geben. Gegen Mitternacht klopfte es an der Tür.

„Wer ist sie?", fragte Pasternek misstrauisch, als er die Tür öffnete und Logan in Begleitung einer bildschönen Frau das Appartement betrat.

„Sie wird deine Erläuterungen zum Inhalt der polnischen Forschungsergebnisse dokumentieren!"

Pasternek schaute sich kurz im Korridor um. Nirgendwo war irgendjemand zu sehen. Die dort angebrachte Überwachungskamera zeigte in eine andere Richtung. Er verriegelte die Tür und schaute Logan erstaunt an.

„Ich dachte, die Sache würde unter uns bleiben?", sagte Pasternek.

Er musterte die Frau neben Logan. Noch niemals hatte er eine so schöne Frau gesehen. Sie trug eine dunkle Hose, dazu eine blassblaue Hemdbluse, die ihre Augenfarbe unterstrich. Ihre Kleidung schmiegte sich an ihren schlanken, durchtrainierten Körper. Schlank, sinnlich… *tödlich*, kam ihm in den Sinn. Dallis setzte sich am Esstisch, nahm ihren Laptop aus der Umhängetasche und klappte ihn auf.

„Ich vertraue ihr! Sie gehört zu uns", antwortete Logan.

Pasternek nickte. Logan ahnte wohl, dass er wieder einmal jenen vertrauten Abgrund erreicht hatte, wo die Vergangenheit hauptsächlich aus Schulden und dem Drogenkonsum seines Sohnes zu bestehen schien und die Zukunft nicht zählte, wo düsterer Zorn und die Spielsucht ihn beherrschten und es nur eines einzigen Schrittes bedurfte, um endgültig abzustürzen. Logan hatte eine Schwäche für leidende Männer und genoss ihre Qual. Mit einem Mal spürte Pasternek die Bedrohung, die von Logan und dieser Frau ausgingen.

„Egal. Hoffmann erwartet mich am kommenden Mittwoch mit den aktuellen Zahlen in Ratingen. Bis dahin muss das Firmenkonto ausgeglichen sein. Haben Sie die Transaktion auf mein Privatkonto vorgenommen?"

Logan schwieg, seine Lippen wurden schmal.

„Ich wusste, dass Ihnen die Arbeit des polnischen Labors die Summe wert sein würde", meinte Pasternek mit einem nervösen Grinsen und reichte Logan eine Akte mit der Aufschrift *przepis płynkosmetyczny-Płyn*. Logan ignorierte Pasterneks Bemerkung und blätterte in den Unterlagen.

„Płyn neutralisiert die Nebenwirkung von Forever? Was erzählst du mir denn da? Willst du mich auf den Arm nehmen?", herrschte er Pasternek an und schleuderte die Akte in die Ecke.

Eine Wolke bedeckte den Mond für einen Augenblick. Im Zimmer wurde es stockfinster – für Pasternek ein Omen, dass Logan das Grabmal seiner Hoffnung war.

„Das ist doch wohl nicht alles, was du mir anzubieten hast, Eørgy?" zischte Logan. „Die Organisation wird dich erledigen, wenn sie feststellen, dass du gar nicht zahlen kannst, Eørgy!"

Pasterneks Herz hämmerte, schnappte nach Luft.

„Wieso? Du hast doch das Geld überwiesen..." Er stockte, „Du hast nicht bezahlt?", keuchte er.

„Ich zahle nur für etwas, was ich vorher gesehen habe! Das weißt du, Eørgy", antwortete Logan.

Pasternek biss sich vor Schreck auf die Zunge und schmeckte das Blut. Er schnappte nach Luft und wäre zu Boden gestürzt, hätte Logan ihn nicht festgehalten. *Es gibt keine Wiederauferstehung.* Er dachte an seinen Jungen, hatte ihn fast vor Augen. Die fahle Gesichtsfarbe, die toten Augen, die eingefallenen Wangen, die aufgesprungenen Lippen, der ausgemergelte Körper, in dem ein wirrer Geist Janosz verstörende Szenarien vorgaukelte. Was sollte aus dem Jungen werden, wenn es ihn nicht mehr gab? Er spürte, wie der Druck in seinem Brustkorb zunahm.

„Bitte", krächzte Pasternek und verdrängte die aufkommende Panik. So sehr Pasternek sich auch anstrengte – und er versuchte sich mit aller Kraft gegen die Brustenge anzukämpfen –, umso stärker pochte der Herzmuskel. Der Schmerz breitete sich aus. Logan sagte etwas. So leise, dass er ihn kaum hörte.

„Wir können dir nicht mehr trauen, Eørgy. Du stellst für uns ein Risiko dar!"

Er drückte ihn in den Kaminsessel. Das Gewicht in seinem Brustkorb nahm zu. Sein Herz spielte völlig verrück, schmerzte und sandte Warnzeichen in den linken Arm. Lehrbuchwissen ging ihm durch den

Kopf: länger als fünf Minuten anhaltende heftige Schmerzen oder starker Druck in der Brust, ausstrahlend in Schulter, Arm, Unterkiefer oder Oberbauch, Unruhegefühl bis hin zu Todesangst, kalter Schweißausbruch, Übelkeit und Erbrechen, Atemnot. War das jetzt nun ein Angina-Pectoris-Anfall oder ein Herzinfarkt, fragte sich Logan.

„Bekommst du etwa jetzt auch noch einen Herzinfarkt, Eørgy."

Logan öffnete seinen Aktenkoffer und holte zwei Ampullen und Injektionsbesteck sowie Nitrolingualspray heraus. Dann lagerte Dallis seine Beine tief und pumpte zwei Stöße Spray in seinen Mund. Wenig später bohrte sich eine Nadel in seine Armbeuge. Pasternek öffnete die Augen. Logan injizierte ihm eine trübe Substanz. Die blassgelbe Flüssigkeit drang anscheinend nur langsam in den Kreislauf. Noch spürte er nichts.

„Schließen Sie die Augen. Entspannen Sie sich ein wenig", flüsterte Dallis. „Es wird Ihnen ein wenig warm werden. So lange sollten Sie ruhen."

Sie sah Logan an.

„Warum beruhigt er sich nicht?", fragte Dallis argwöhnisch und griff nach Pasterneks Hand. Es war nur eine Berührung, ein kurzes Ineinanderverschlingen der Finger.

„Es dauert einige Minuten, bis das Herz auf Diazepam reagiert. Seine Beine müssten noch tiefer liegen, um ein Lungenödem vorzubeugen und Pasterneks Herz zu entlasten. Ich injiziere noch eine Ampulle Heparin", antwortete Logan.

Plötzlich spürte Pasternek, wie das Fieber sich ausbreitete und sein Körper sich in Krämpfen zusammenzog. Dallis beugte sich zu ihm herab. Sie küsste seine Lippen, kostete den Geschmack seines Mundes und lächelte geheimnisvoll. Er spürte, wie eine Welle der Müdigkeit ihn übermannte, spürte, wie sein Körper den Kampf allmählich aufgab. Ein Lächeln huschte wieder über ihre Lippen.

„Das Zeug verursacht schwere Übelkeit. Er wird sich die Seele aus dem Leib kotzen", hörte er Logan sagen.

Dallis hielt noch immer seine Hand.

„Aber es wird Ihnen dennoch das Leben retten!"

Pasternek keuchte, würgte, rang nach Luft. Dallis Gesicht, ihre Augen, ihr Atem waren ganz nah. Ihre Lippen formten Worte an seinem Ohr.

„Ein grauenvolles Feuer breitet sich in dir aus. Du krümmst dich vor Schmerzen. Schmerzen, schneidend wie scharfkantige Glasscherben. Pst." Sie legte einen Finger auf seine Lippen. „Erhebe deine Stimme nicht. Sie ist heiser. Niemand wird dich hören. Die Wände sind zu dick. Der Druck nimmt zu, er legt sich wie ein Schraubstock um deinen Brustkorb. Weißt du, was als Nächstes kommt?"

Pasternek konnte nicht antworten. Seine Augen tränten. Dallis strich ihm übers Haar, während er Logan lachen hörte.

„Sag's ihm, Dallis. Sag dem armen Eørgy, was ihn erwartet."

Pasternek konnte seinen Körper nicht mehr bewegen, ohne den brennenden Schmerz zu spüren. Noch nie zuvor hatte er solche Qualen erlebt. *Lieber Gott, lass mich sterben!*

„Dein Leben verdichtet sich auf wenige Augenblicke, mein Liebling", sagte Dallis dicht an seinem Ohr. „Vielleicht siehst du ja deine Frau in jungen Jahren, deinen kleinen, süßen Sohn, noch nicht von Drogen zerstört? Na komm, stirb schon, erlöse dich von dem Albtraum der Gegenwart. Oder soll ich noch ein wenig nachhelfen?" Sie lächelte boshaft. „Süßer, hör endlich auf, dich mir zu widersetzen", sagte sie und ließ seine Hand los.

„Dallis! Hör auf. Er hat schon Todesangst."

„Er wird in wenigen Minuten in Ohnmacht fallen und später wieder aufwachen! Logan, komm lass uns verschwinden. Es wird Zeit!"

Vage vernahm Pasternek ihre Stimmen.

„Wir haben vor unserem Abflug noch Zeit. Vorhin im Treppenhaus hast du den Wachmann erwähnt", hörte er Logan aus weiter Ferne sagen.

„Bekomme ich wegen des Wachmannes Probleme?"

„Was hast du mit ihm angestellt?", fragte Logan. „Erzähl mir, was du getan hast", forderte Logan sie auf.

„Als ich den Wachmann hörte, geschah etwas Unvorhersehbares ... Nein, das willst du nicht wissen!"

„Stimmt", sagte Logan und nahm Dallis in den Arm. „Ich bin schon in Stimmung. Niemand wird nach dir suchen. In der Zerstreutheit der Reisenden bleibt ein Dasein unbemerkt."

„Ist das eine neue Regel der Lux Humana? Was hast du denn vor?", fragte Dallis.

Logan schmunzelte. „Was glaubst du?"

„Du möchtest mich lieben. Hier." Sie zeigte auf Pasternek. „Während er bewusstlos ist."

„Ja. Ich zeige dir, wie man sich dem vollständigen Potenzial des Lebens stellt."

„Indem du mit mir schläfst?", fragte Dallis. „Nein, Logan. Ich habe eine bessere Idee!"

„Und die wäre?"

Dallis flüsterte ihm ins Ohr:

„Liebesspiel über den Wolken?"

„Ja, das könnte mir gefallen. Wir brauchen uns nicht um Pasternek zu kümmern. Wähle den Notruf. Wenn sie vor der polnischen Mafia hier eintreffen, wird Pasternek nicht dran glauben müssen. Komm. Ich werde mit dir heute Nacht alle Grenzen überschreiten, *Baby Blue*."

Kapitel 25

Balmore Castle, 2000 – 2001

Blake schätzte die Menschen nicht, weil sie existierten, sondern weil sie etwas leisteten. Er diffamierte andere Menschen mit dem Vorwurf der Unvollkommenheit. Je geringer das Selbstvertrauen eines neuen Mitglieds der Lux Humana war, desto gefühlloser die Angriffe auf ihn. Blake verkörperte Unerbittlichkeit und Macht gleichermaßen. Aber auch Dallis war stark und sie wusste, dass diese Stärke sie überleben ließ.

Die Aufnahme in Na Stacain war mit der Isolation der Jungen und Mädchen von ihrer Vergangenheit und der Untergrabung ihres Selbstbewusstseins verbunden. Jeder höhere Grad war mit weiteren Kenntnissen über die Philosophie und die Geheimnisse der Gemeinschaft verbunden. In dem Nebengebäude der Klinik herrschte keine steile Hierarchie wie in anderen Gemeinschaften. Die Neuankömmlinge unterlagen Blakes Befehlsgewalt. Alles fing vermeintlich harmlos an.

Blake ließ sie zunächst ein ausgeklügeltes Kraftprogramm absolvieren. Die Mädchen und Jungen wussten nicht, was da auf sie zukam. Nur, dass sie auf einem Schönheitstrip im Namen der Lux Humana waren und sich von Proteinen ernähren mussten. Sobald er die Gewichte hervorholte, zuckten die Ersten zusammen.

Blake mochte Gewichte, die gewaltige Anstrengung, sie zu heben. Die perfekt geformten Muskeln, das Sixpack, die knackige Kehrseite und die schlanken Beine verdankte er nur den Gewichten. Sein Körper strotzte vor Spannkraft. Anders ging es nicht, glaubte er. Laufen allein verhalf niemandem zu einem schönen Körper.

Auch Dallis hatte in Na Stacain Gewichte gestemmt. Das Krafttraining gehörte zur Ouvertüre der Behandlung wie das *Adagio in D Minor* von Bach. Gewichte formten den Körper, das Skalpell lebendiges Fleisch, Injektionen verliehen ein strahlendes Aussehen. Die drei Säulen der Makellosigkeit.

Wenn Blake mit den Neophyten fertig war und ein Canon das Adagio ablöste, besaßen sie einen prachtvollen Körper mit Erhebungen, wo sie hingehörten, Kurven, die die Anmut unterstrichen, und scharf definierten Umrissen, die der Haut Spannkraft verliehen.

Klinik Na Stacain, Phase I der Behandlung - Woche des Atems

Blake nimmt sich in der Klinik Na Stacain jedes Mitglied einzeln vor. Im Erziehungszimmer werden sie mit Lederriemen an einen Stuhl gefesselt. Er klebt ihnen den Mund zu und hält ihnen die flache Innenhand vor die Nase. Dann drückt er zu.

Die Mädchen bäumen sich aus Mangel an Luft mit weit aufgerissenen Augen auf. Sie versuchen dem tödlichen Entsetzen zu entkommen. Ihre Gesichter sind verzerrt.

Blake beobachtet mit kalter Gleichgültigkeit den hoffnungslosen Kampf um Atemluft, sieht, wie sie gewaltsam an den Riemen zerren und sich ihre Fingernägel in seine todbringende Faust graben. Den gesamten Sauerstoffbedarf des Körpers zurückhalten zu müssen, erfordert eine ungeheure Kraft. Ihre Poren brechen auf, Schweiß überflutet ihre Haut und durchnässt den weichen Flaum auf ihren Armen, ihren Beinen und ihrem Bauch. Sie brennen vor Verlangen nach Leben.

Blake behauptet, dass Entsetzen nicht halb so schmackhaft ist, wenn die Hoffnung es nicht würzt.

Kurz vor dem Erstickungstod nimmt er seine Hand weg. Nur wenige Minuten.

Als er dem Mitglied zum zweiten Mal den Atem raubt, hat sich die Angst vor dem Ersticken in einem Gehirn manifestiert, das von einer Dosis Peyote-Pilze bereits farbenfroh halluziniert, und die den unmöglichen Versuch, genügend Luft einzuatmen, so durch und durch schmerzhaft macht wie die Amputation eines Gliedes.

Blake sieht mich an und kommt auf mich zu.

Ich habe keine Angst.

Dallis-Blue ist tot, es gibt nur noch Dallis, das Monster, das gehorcht und niemals zweifelt, ob das, was Lux Humana für sie bereithält, richtig oder falsch ist.

Der erste Tag der Woche des Atems war soeben zu Ende gegangen. Dallis war noch immer mit Lederriemen an ihren Stuhl gefesselt. Ihre Hände hatte sie in ihren Schoß gelegt und sah zu, wie der Rest der Neophyten das Behandlungszimmer verließ. Sie drängelten, um möglichst schnell den Raum verlassen zu können, denn sie hatten kein Interesse daran, zuzusehen, wie Blake sie quälte. Oder vielmehr sie ihn, während *a Brave Girl* von Jerry Goldsmith aus den Stereoboxen dröhnte und Unheil ankündigte. Blake verdrehte die Augen und kam auf sie zu. Seine Arme bewegte er locker, als würde er sich gerade fürs Speerwerfen aufwärmen.

„Wegen deines Verhaltens …", begann er, hielt aber plötzlich inne und befreite sie von den Fesseln.

Dallis ahnte, was kommen würde. Sie blieb auf dem Stuhl sitzen und blickte Blake emotionslos an.

„Eine erstklassige Leistung für die erste Stunde. Die neuen Mitglieder waren hervorragend, Dallis", sagte Blake und aus seiner Stimme sprach eine Mischung aus Arroganz und Stolz. „Ehre, wem Ehre gebührt. Aber du hast mal wieder versagt, Dallis. Du hast die Prüfung nicht bestanden, hast dich mir nicht nur widersetzt, sondern auch die Initiation gestört. Hast du denn gar nichts begriffen?"

Dallis spürte, wie ihr Gesicht vor Wut heiß wurde. Das Spiel hatte begonnen.

„Was willst du von mir?", herrschte sie ihn an.

„Warum macht es dir Spaß, mir zu widersprechen?"

„Weil es aufregend ist", antwortete sie.

„Was findest du am aufregendsten? Mit mir Krieg zu führen?"

Dallis war versucht, einfach ja zu sagen, aber etwas hielt sie zurück. „Es ist mehr als das. Es ist ... es lässt sich schwer in Worte fassen."
„Versuchs trotzdem", forderte Blake sie mit kalter Stimme auf.
Lächelnd zuckte sie mit den Achseln, ohne etwas zu sagen.
„Versuch es, Dallis. Ich würde es gern wissen."
Seine Worte klangen jetzt bedrohlich, aber Dallis hatte ihn da, wo sie ihn haben wollte. „Weil es mir so lebendig vorkommt."
„Lebendig? Inwiefern?"
„Ich wollte etwas über dich erfahren." Sie schwieg einen Moment, versuchte die richtigen Worte zu finden. „Ich habe deine Unsicherheit bemerkt, deine Selbstzweifel, deine Unfähigkeit, stark zu sein. Dein ganzes Verhalten hat mir heute gezeigt, dass du dein Leben bis jetzt nicht wirklich gelebt hast. Du existierst nur. Du hast keine Ahnung, was Leben überhaupt bedeutet. Allein schon, wenn ich darüber nachdenke, fühle ich mich lebendig."
Dallis hielt abrupt inne, weil ihr bewusst geworden war, was sie da eben gesagt hatte. Sie senkte den Blick und starrte auf ihre Schuhe hinunter. Zu spät bemerkte sie das Aufflackern in seinen Augen. Der Schlag traf sie mitten ins Gesicht. Sie taumelte. Der Schmerz raubte ihr den Atem. Aber sie ließ sich nichts anmerken und blickte hoch. Blake ging auf und ab und benahm sich wie ein Lehrer, der seine Schülerin tadelte.
„Mit der Zeit wird es besser", sagte er urplötzlich. „Je älter du wirst, Dallis, desto besser wirst du die Behandlung verkraften. Du warst heute nicht dazu in der Lage. Daher glaubst du, mich mit deinem Aggressionspotenzial konfrontieren zu müssen. Ich weiß, dass das jetzt kein großer Trost für dich ist, aber es ist tatsächlich so, dass nicht ich, sondern du ein schwaches Nichts bist. Darum werden wir die Behandlung wiederholen. Kate könnte mir dabei assistieren."
Seine Worte berührten ihren wunden Punkt. Sie spürte einen Kloß im Hals.
„Was hältst du davon, Dallis?", hakte Blake nach.
„Kate? Wieso Kate? Sie hat uns verlassen!"
Blake schien ihr Widerstreben zu spüren und setzte noch einen drauf.
„Kate kommt zurück, wenn ich sie darum bitte, Dallis."
Dallis nickte. Sie begriff, dass sie zu weit gegangen war. Sag etwas. Irgendwas, um ein Gespräch in Gang zu bringen. Du wolltest doch mit ihm reden. Das ist deine Chance, seiner Behandlung zu entkommen, der richtige Moment, ihm zu sagen, dass ich gehorchen werde. Eigentlich wäre sie lieber gegangen, aber sie wusste, dass Blake sie später dafür bemitleiden würde. Sie verkraftete seinen Zorn, seinen Hass, aber nicht sein Mitleid. Aber als sie sich ihm zuwandte, sagte sie schroff:
„Na los! Lass dieses Miststück doch kommen."
Blake zuckte leicht zusammen. Seine Augen nahmen einen feindlichen Ausdruck an.
Dallis verlor ein wenig von ihrer Sicherheit.
„Oder lass es einfach bleiben, Blake!", fügte sie leise hinzu.
„Warum?", fragte Blake.
Dallis schluckte. Ihre Kehle war plötzlich sehr trocken.

„Ich habe gesagt, dass du mich in Ruhe lassen sollst. Du bist doch nicht taub, Blake, oder?", schnaubte sie.
„Nein, ich bin nicht taub!", sagte er mit einem drohenden Unterton in der Stimme.
Sie hatte sich wieder in Griff und begann zu grinsen.
„Dann ist es ja gut. Wäre ja auch schlimm, wenn jemand, der geistig so weit zurückgeblieben ist wie du, zusätzlich noch eine zweite Behinderung hätte."
Blakes traf erneut mit der Handinnenfläche ihr Gesicht. Sie stürzte zu Boden. Dennoch lachte sie laut auf.
„Hast du vielleicht vor, mir auch noch ein blaues Auge zu verpassen? Oder mir die Nase einzuschlagen? Was würde Logan wohl dazu sagen?"
Die Wut auf Blakes Gesicht war inzwischen einem Ausdruck des Hasses gewichen. „Halt endlich die Klappe!", schrie er. „Oder ich schlage dir tatsächlich die Zähne ein!"
„Reg dich nicht auf, Blake. Sonst fangen deine Ohren noch zu leuchten an. Du hast ein riesiges Problem. Du wünschst dir, du könntest so sein wie Logan. Du würdest alles dafür geben, so zu sein, wie er war. Nicht wahr, Blake?"
Blake ballte die Fäuste.
„Tatsächlich?" Und nach einer Pause: „Warum glaubst du das?"
„Weil du schon immer eifersüchtig auf deinen Sohn warst."
„Eifersüchtig? Warum sollte ich auf jemanden wie Logan eifersüchtig sein?"
„Weil er etwas besessen hat, dass du nie bekommen wirst!"
„Und das wäre?", fragte er argwöhnisch.
„Meinen Körper *und* meine Seele!"
Blake wurde blass und schluckte.
„Halt den Mund!"
Er begann zu zittern. Obwohl ihr Gesicht von seinem Schlag noch immer schmerzte, breitete sich ein Lächeln darauf aus.
„Du hättest hören sollen, was er während der Ferien über dich gesagt hat, wie Logan dich genannt hat. Ich würde jeden umbringen, der so über mich redet."
Blake zitterte mittlerweile am ganzen Körper.
„Ich werde dir eine Lektion erteilen, Dallis. Die Letzte hat anscheinend nichts gebracht. Den Zeitpunkt bestimme ich. Niemand kann mich davon abhalten. Ich werde dich quälen, bis du um Gnade winselst. Das werde ich tun, darauf kannst du dich verlassen!"
Plötzlich lehnte sie sich vor, sodass ihr Gesicht nur noch wenige Zentimeter von seinem entfernt war. Sie verharrte fast eine Minute lang in dieser Stellung. Ihre Gesichter berührten sich beinah, sie starrten einander unverwandt an. Dann löste Dallis ihren Blick von Blake.
„Ich muss gehen", sagte sie so beiläufig, als hätten sie sich über das Wetter unterhalten. „Oder möchtest du mir noch etwas sagen?"
Schweigen.
„Du wirst rot, Blake", fuhr Dallis fort. Noch immer standen sie einander gegenüber. Mit gelassener Miene las sie die Botschaft des Zornes, die Blake ins Gesicht geschrieben stand. Dann öffnete sie leicht den Mund

und ließ ihre Zungenspitze von einem Mundwinkel zum andern gleiten. Langsam und erotisch.

„Das Blut deines Sohnes schmeckte wesentlich interessanter."

„Verpiss dich, Dallis", sagte Blake.

Die Tür wurde von außen geöffnet. Adam betrat das Behandlungszimmer.

„Bist du schwerhörig? Soll ich Kate holen?", fauchte Blake.

Sie stand da und starrte Blake fassungslos an. *Kate.* Die Luft im Raum wurde mit einem Mal kälter. Ihr Herz klopfte wie wild. Sie schloss die Augen.

Plötzlich stürmten Erinnerungen auf Dallis ein, Erinnerungen, die sie zu verdrängen versucht hatte, weil sie zu schmerzhaft gewesen waren. Erinnerungen, die sie einst Blake anvertraut hatte: Kate und Logan im Schlafzimmer, Logan und Kate unter der Dusche. Auch jetzt kämpfte sie noch gegen die Bilder an, aber es war, als würde sie versuchen, eine Flut mit bloßen Händen aufzuhalten.

Dallis senkte den Kopf und verbarg ihren Kummer vor Blake. Sie wurde zu einem Wesen mit geröteten Augen, das plötzlich aus dem Zimmer stürzte, um sich in einen anderen Raum auszuweinen. Nur dort war ihre Haltung Ausdruck größter Erschöpfung und Verzweiflung. Doch dann wachten die Dämonen in ihr auf, sofort, heftiger und böser als je zuvor.

Du wirst mich niemals brechen, dachte Dallis. *Niemand wird mich jemals brechen. Nehme dich in Acht, Blake Carrington. Ich kann böse sein und es gefällt mir.*

In der Nacht hörte sie vor ihrer Zimmertür ein ächzendes Geräusch. Die Tür wurde geöffnet. Sie hatte die Tür abgesperrt, da war sie sich sicher. Trotzdem spürte Dallis eine Bewegung neben sich. In Windeseile packte Blake sie an den Armen und schleppte sie in den Behandlungsraum. Dort verriegelte er die Tür hinter sich. Einen Moment blieb Dallis stehen. Im Hintergrund klang aus der Stereoanlage ihr Lied. *Little girl blue.* Sie schloss die Augen und in Gedanken war sie einige Sekunden lang wieder ein sechsjähriges Mädchen, das völlig hingebungsvoll zu den Klängen tanzte. Sie versuchte ihre Fassung wiederzuerlangen.

Wie kann er es wagen, in diesem Raum das Lieblingslied meiner Mutter zu spielen, dachte sie. Blake kam auf sie zu. Seine Augen funkelten.

„Tanz!"

Dallis wollte etwas sagen, nickte aber nur. Sie kannte seinen Zorn und gehorchte.

„Fang endlich an", herrschte er sie an.

Dallis streckte ihre Arme aus und drehte sich im Kreis.

„Schneller", brüllte Blake und drehte die Musik laut auf.

My unhappy, my unlucky, my little girl blue.

Dallis tanzte.

Kapitel 26

Gerichtsmedizin Essen, 23. Oktober 2011

Dem Regen in der Nacht folgte am Vormittag strahlender Sonnenschein. Auf der Fahrt zur Gerichtsmedizin passierte Thomas Borbek gegen elf Uhr die flirrenden Panoramen des Herbstes, die sich an den restaurierten Gebäuden vorbei durch die ganze Stadt zogen. Immer wieder blinzelte er, wenn die Sonne durch die bunten Blätter der Bäume eine Lücke ergatterte und ihre Strahlen ihn für Sekunden blendeten. Immer wieder überfiel ihn der Gedanke an die Sinnlosigkeit eines gewaltsamen Todes. Thomas Borbek kannte dieses Ziehen in der Magengegend. Es überkam ihn jedes Mal, wenn er mit Fällen brutaler Gewalt konfrontiert wurde. Von all seinen beruflichen Pflichten als Leiter der Mordkommission waren es die Besuche in der Gerichtsmedizin, die Borbek am meisten verabscheute. Obwohl er nach eigener Einschätzung nicht empfindlicher war als seine Kollegen, konnte er es sich als Vorgesetzter nicht leisten, offen seine Schwäche zu zeigen. Er hatte gelernt, nach außen eine unerschütterliche Miene zur Schau zu tragen und auch vor dem Schlimmsten, das ein Autopsietisch zu bieten hatte, nicht zurückzuschrecken.

Er bog in die Hufelandstraße ein und parkte seinen alten Saab 900 direkt vor dem Gebäude, in dem die Gerichtsmedizin untergebracht war. Dann betrat er das Haus Nummer 55. Man spürte sofort, dass die Welt in diesem Gebäude den Toten gehörte. Der Geruch leblosen Fleisches vermischt mit Laborchemikalien stieg ihm schon am Eingang in die Nase. Übernächtigt hatten er und Polo Klasen nach Ansatzpunkten für die Untersuchung im Fall Freddi Kroll gesucht. Doch je mehr Akten sie wälzten, umso verwirrender wurde das Ganze. Die Berichte der Beamten und die Vernehmungsprotokolle der Zeugen kannte Borbek bereits auswendig. Niemand hatte etwas gehört, niemand hatte etwas gesehen. Zur Tatzeit hatte das Wachpersonal seine Runden gedreht oder vor den Überwachungsmonitoren gesessen. Doch jede Spur, die sie verfolgten, führte ins Leere. Freddi Kroll war einfach nur unglücklich gestürzt und nicht ermordet worden. Die Durchsuchung von Freddi Krolls Wohnung hatte auch keine neuen Erkenntnisse gebracht. Wenn er heute keinen Anhaltspunkt von Vinzenz Lukowski erhalten würde, würde er die Akten an die Abteilung Einbruch-Diebstahl übergeben.

Er folgte dem langen Korridor, der verlassen wirkte. Seine Schritte hallten von den Wänden wider. Die gelblich verblasste Wand und das grelle Neonlicht der Deckenbeleuchtung übertrugen ihre Farbe auf sein Gesicht und gaben ihm eine gespenstische Blässe, wie ihm die verspiegelte Fläche neben einer Doppeltür aus grauem Stahl zeigte. Sezierraum Nummer vier. Er stieß einen Flügel der Tür auf und eilte durch den Vorraum, wo die Leichen bis zur Bestattung oder Obduktion hinter verschlossenen Stahlfächern in der Kältekammer auf Rollbahnen zwischengelagert wurden. An den Fächern steckten farbige Etiketten in

Metallschlitzen – rosa Schildchen für weibliche, blaue für männliche Leichen. *Nicht nur bei der Geburt, selbst noch im Tod werden wir nach Geschlechtern getrennt*, dachte Borbek und trat in den Obduktionsraum, wo winterliche Temperaturen herrschten. Die Wände waren wie ein altmodisches Schwimmbecken mit hellgrünen Fliesen gekachelt und in der Luft hing ein undefinierbarer Geruch, wie in einer Metzgerei. Unter den Tischen waren Schläuche verlegt, Schläuche, aus denen Wasser auf den gefliesten Boden strömte.

Die Leiche des Wachmannes befand sich unter einer weißen Plastikplane auf einem rostfreien Stahltisch in der Mitte des gekachelten Raumes. Nur die nackten Füße waren zu sehen, die Zehen nach oben gerichtet. Auf einem kleinen Tisch daneben waren die Instrumente sorgfältig sortiert. Lukowski blickte auf, als er in der Tür erschien.

„Hey, komm herein. Ich habe dich schon erwartet."

Oh Gott, dachte Borbek, *das wird mal wieder eine verdammt harte Veranstaltung*. Es war das Knirschen der Knochensäge, das ihn regelmäßig erschauern ließ. Ganz zu Schweigen vom Geruch. Und der war heute besonders übel. Lukowski leitete die Obduktion mit gewohnter Sachlichkeit. Seine Assistentin legte die Instrumente bereit und richtete die Lampen auf den Leichnam von Freddi Kroll, der bereits gereinigt worden war. Der Pathologe zog die Plastikabdeckung von Freddi Kroll, der mit ausgestreckten Armen auf dem Autopsietisch lag und einen widerlichen Geruch verströmte, als wäre er gerade einer Kloake entstiegen. Lukowski räusperte sich und fragte Thomas Borbek, ob es sich bei dem Mann um denselben handelte, den man in der sechsten Etage der Hoffmann AG entdeckt hatte. Borbek nickte. Damit waren die Formalitäten erledigt.

„Vor mir liegt der Körper eines mäßig trainierten, vollschlanken Mannes mittleren Alters", diktierte Vinzenz Lukowski in das im Computer integrierte Aufzeichnungsgerät, wobei seine Stimme von den kahlen Wänden frostig widerhallte.

„Also, ich beginne mit der äußeren Sichtung des Opfers. Die Zähne sind in einem schlechten Zustand. Die Nase ist ..." Lukowski hielt inne und betrachtete aus nächster Nähe das Gesicht des Mannes. „trocken und verkrustet", fuhr er fort.

Borbek lehnte sich an die Wand und schaute seinem Freund zu.

„Die Todeszeit liegt zwischen ein Uhr dreißig und zwei Uhr dreißig, Todestag 23.10.2011. Bei den Leichen, die hier normalerweise hereinflattern, kann man das genauer bestimmen. Der Verwesungsgeruch zieht die Fliegen an, die stets auf der Suche nach einem geeigneten Ort sind, um ihre Eier abzulegen. Frisches totes Fleisch ist nicht nur ein guter Brutplatz für die Larven, sondern auch eine geeignete Nahrungsquelle für die winzigen Würmer."

Borbek sah den Gerichtsmediziner irritiert an.

„Hereinflattern?", unterbrach er den Pathologen und zeigte auf die Leiche. „Ist das der Körper eines einhundert Kilo schweren Schmetterlings?"

Lukowski lachte laut auf.

„Wenn wir auf dem Körper eines Toten verpuppte Larven finden, liefern sie uns den entscheidenden Hinweis auf die Todeszeit. Aber das ist hier nicht der Fall."

„Vinzenz, bitte. Warum muss ich mir diese *Würmerscheiße* anhören?"

„Der Wurm ist seit Jahrtausenden ein beliebtes Forschungsobjekt …"

Borbek wurde es zu bunt. Er musste diesen Nebensächlichkeiten ein Ende bereiten.

„Hör mal, du Meisterpathologe, heute bitte nur Fakten. Ich habe noch etwas vor."

„Ich habe verstanden. Der Sonnenschein lädt zum Spaziergang mit Baby ein. Das verstehe ich. Also die Kurzfassung: Das Opfer fiel mit dem Kopf auf eine scharfe Kante, die an der rechten Schläfe des Mannes in den Schädel eindrang. Er muss sofort tot gewesen sein. Einen Herzinfarkt konnte ich ausschließen. Ich sehe es deinem Gesicht an, dass dir diese Frage auf der Zunge brennt."

Borbek räusperte sich.

„Was ist das da?", fragte er und zeigte auf die kleinen Verfärbungen, mit denen das Gesicht des Wachmannes übersät war.

„Das sind die typischen Zeichen einer Verbrauchskoagulopathie. Sie kann verschiedene Ursachen haben."

„Worauf führst du das zurück", fragte Borbek.

„Warten wir, bis die Analyse vorliegt. Ich halte nichts von spekulativen Thesen. Jedenfalls sind das keine Totenflecken", antwortete Lukowski. Die Laborergebnisse werden in wenigen Minuten auf meinen Computer übertragen."

Borbek nickte.

„Entschuldige mich kurz", sagte er und wandte sich zur Seite.

Er hatte schon viele Leichen gesehen, doch noch niemals eine, die so bestialisch stank. Der Rumpf, die Arme und Beine boten auch keinen appetitlichen Anblick, sie waren mit großflächigen schwarzen und dunkelroten Flecken übersät, als wäre das Opfer innerlich verblutet. Er musste den Obduktionsraum verlassen. Im Vorraum schob er sich ein Pfefferminzbonbon zwischen die Zähne und rieb sich die Schläfe, um die Bilder aus seinem Kopf zu verbannen. Dann betrat er erneut den Sezierraum. Im Hintergrund lief *Who wants to live forever* von Queen.

„Geht es dir besser?", murmelte Lukowski.

Borbek nickte finster. Lukowski zeigte auf die Leiche.

„Ich frage mich, warum unser Freddi stürzte. Am Tatort gab es genügend Gegenstände, an denen er sich hätte festhalten können. Er ist übrigens zweimal gestürzt. Der erste Aufprall war nicht tödlich, aber der Zweite", sagte er.

Borbek blickte auf seine Schuhe.

„Wie kommst du zu der Annahme, dass die kleinen Hämatome keine Totenflecke sind?"

„Das sind keine Livores", unterbrach Lukowski seinen Freund und klopfte sich auf die Schulter. „Die Totenflecke der Haut findet man an den abhängigen Körperpartien."

Lukowski drehte den Köper des Wachmannes auf die Seite und zeigte Borbek die blauviolette Verfärbung des gesamten Rückens.

„Livores entstehen durch das schwerkraftbedingte Absinken des Blutes innerhalb der Gefäße einer Leiche. Nicht nur das Blut, sondern alle Körperflüssigkeiten sinken ab. Bei Rückenlage eines Leichnams sind sie daher am Rücken zu finden wie hier bei unserem Wachmann. Ich habe euch schon oft die entscheidenden Hinweise zur Überführung eines Täters geliefert und das ist der tröstliche Aspekt einer Obduktion. Wenn man tagtäglich mit Grausamkeiten konfrontiert wird, die Täter ihren Opfern zufügen, und außerdem über exzellente Fachkenntnisse verfügt, bekommt man einen Blick für Todesursachen!"

„Du sprudelst mal wieder vor Eigenlob."

Thomas Borbek hatte inzwischen Proben der Fingernagelreste entnommen und die Schere zusammen mit den letzten Proben in die Tüte mit den Beweisstücken gesteckt. Für einen Moment herrschte Stille.

„Hast du etwas entdeckt, Vinzenz?", fragte Borbek.

Der Pathologe nickte prompt.

„Du bist der Schnüffler. Rate mal, was es sein könnte."

„Raus damit!", sagte Borbek laut.

„Sprich bitte ein wenig leiser. Meine Migräne ist seit heute im Anmarsch."

„Sorry!", sagte Borbek mitfühlend. Vinzenz Lukowski litt seit Jahren unter Migräneattacken.

„Es is nicht nur sein Gesicht, sondern ..." Lukowski zeigte auf den Arm. „... Siehst du diese kleinen Löcher? Da hat jemand nachgeholfen, Thomas. Ich brauche auch hier die Analyse, um dir dazu Näheres sagen zu können. Wir sehen gleich im PC nach."

Borbek kritzelte die Daten in sein Notizbuch. Dann blickte er auf.

„Noch etwas, Vinz?"

„An seiner Handinnenfläche klebte ein Haar! Das Haar ist viel länger als das des Toten und schwarz. Freddi Kroll hatte dunkelblondes Haar. Wir haben bereits DNA-Proben von allen Personen angefordert, die Freddi angefasst haben. Komm, ich lade dich auf einen Kaffee ein und dann sehen wir mal, was das Labor uns übermittelt hat", antwortete Lukowski.

„Ein Cognac wäre mir jetzt lieber. Du hast also außer der Todeszeit nichts. Die hättest du mir auch telefonisch mitteilen können. Wolltest du mich tatsächlich nur diesem widerlichen Gestank ausliefern, damit du deinen Spaß hast?"

Borbek hatte sich vom Seziertisch zurückgezogen und wartete, bis Lukowski grinsend seine Handschuhe abgestreift hatte. Dann gingen sie in Lukowskis Büro.

„Setz dich doch", sagte Vinzenz und warf die Espressomaschine an.

„Du bist blass."

„Dieser bestialische Gestank haut mich um. Weshalb stinkt der Wachmann so?"

„Die Antwort werden uns die Analysen von Blut und Gewebe bringen, aber ich habe einen Verdacht", antwortete Lukowski. „Hat sich das LKA schon eingeschaltet?"

Borbek sah Lukowski erstaunt an.

„Nein, wieso sollte es?"

„Bei Hoffmann Hongkong wurde der Wissenschaftler Hún Xìnrèn tot aufgefunden. Man vermutet ein Kapitalverbrechen. Ermordet! Er war für die dort ansässige Forschung verantwortlich. Jetzt steckt die Firma in Schwierigkeiten. Man vermisst seine Laboraufzeichnungen über eine neue Substanz", antwortete Lukowski.

„Woher weißt du das?", fragte Borbek argwöhnisch.

„Das kann ich dir nicht sagen. Ich musste versprechen, dass ich den Namen meines Informanten nicht preisgebe, nur seine Information. Das ist eine schreckliche Geschichte!"

Borbek sah seinen Freund nachdenklich an.

„Du behinderst damit eine Mordermittlung, wenn du mir den Namen deines Informanten nicht nennst. Ist dir das klar?"

„Ja, ja. Ich habe es versprochen", sagte Lukowski und winkte ab.

Borbek ließ nicht locker.

„Ich frage mich, was du mir noch verschweigst. Da steckt doch mehr dahinter."

Lukowski hob amüsiert die Augenbrauen.

„Dir kann man nichts verheimlichen. Also gut. Ich weiß definitiv, dass Hoffmann Pharma Probleme mit einem polnischen Geschäftsführer hat, dessen Pass seitenweise Einreisestempel von Norwegen enthält. Mein Informant weiß nicht, warum das Unternehmen urplötzlich mit Einbruch-Diebstahl und vielleicht sogar mit Mord konfrontiert wird. Die Spur scheint aber nach Polen und Norwegen zu führen. Frag Falk Hoffmann. Aber den Tipp hast du nicht von mir, verstanden?"

„Ich verspreche es", antwortete Borbek.

Lukowski schaltete den Computer an.

„Die Laborbefunde sind da", fuhr er fort, druckte sie aus und überflog eilig den Bericht.

„Ich glaube, ich weiß jetzt, in welche Richtung du ermitteln kannst", sagte er mit einem nicht zu überhörenden bedeutungsvollen Unterton und überreichte Borbek den Ausdruck. „Jemand hat tatsächlich nachgeholfen. Es handelt sich bei den Einstichstellen einwandfrei – wie ich es mir selbst bereits prophezeit hatte – um den Biss einer Ratte. Niedliche kleine Beißerchen!"

Lukowski zeigte mit dem Lineal auf eine Vielzahl stecknadelkopfgroßer Blutungen im Gesicht.

„Petechien sind Zeichen einer Störung der Blutstillung, es handelt sich meistens um eine verringerte Zahl oder eine gestörte Funktion der Blutplättchen. Typisch für Petechien ist, dass die Rötung auch bei Druck erhalten bleibt", erklärte Lukowski.

„Eine Ratte? Wir haben aber keine Ratte in der Firma gefunden", kommentierte Borbek trocken und verzog die schmalen Lippen zu einem Lächeln.

„Die Ratte war Trägerin vom Streptobacillus moniliformis. Das Gift der Bakterien verursachte die Ödembildung, die Lymphknotenschwellung, die lokale Nekrose und besonders die Petechien. Jedenfalls wird sich die Spurensicherung bei Hoffmann noch einmal umsehen müssen." Lukowski machte eine Pause. „Es war kein Jungtier, sondern ein relativ großes Tier", fuhr der Pathologe fort. „Und unser Wachmann wurde bereits eine

Woche vor seinem Tod schon einmal gebissen. Diese alte Hautverletzung ist wegen der Feinheit der Zähne kaum zu erkennen. Die Inkubationszeit beträgt in etwa zwei bis zehn Tage. Sie löst das aus, was du hier siehst, außerdem Lähmungen der Extremitäten- und Atemmuskulatur sowie Ausfälle von Hirnnerven."

Borbek beugte sich vor und blätterte gedankenverloren im Laborbericht.

„Hörst du mir überhaupt zu?", fragte Lukowski irritiert.

„Entschuldigung, Vinz. Das ist einfach nur eklig."

„Dieser Mann wurde nicht ermordet. Er erlag seinen Kopfverletzungen, hervorgerufen durch den zweiten Sturz", fuhr Lukowski fort. „Und der wurde womöglich durch den Biss einer Ratte verursacht!"

Borbek atmete tief durch.

„Also kein Mord. Aber eine After-Show-Party!"

„Der Einbrecher hat dem armen Freddi seelenruhig beim Sterben zugesehen. Das wäre immerhin unterlassene Hilfeleistung, und das ist eine Straftat."

Borbek verspürte plötzlich das Bedürfnis zu pinkeln.

„Verdammt, das ist fast noch schlimmer als ein Mord. Das ist krank und pervers! Und das geht mir an die Nieren!" Borbek überlegte. „Ich werde jetzt Hoffmann aufsuchen."

„Du meinst, ihn in die Mangel nehmen? Die DNA, die wir aus dem Material unter den Fingernägeln des Wachmannes sicherstellten, fanden sich bei Hoffmann lediglich im Sekretariat, nicht im Kopierraum."

„Das würde bedeuten, dass sich der Einbrecher im Sekretariat aufhielt, während die Ratte im Kopierraum zugebissen hat! Aber …" Borbeks Stimme klang gereizt.

Der Ton ließ Lukowski aufhorchen.

„Nur los, frag schon."

Borbek sah Lukowski direkt ins Gesicht.

„Weißt du, ich kann mir das Ganze noch nicht richtig erklären. Erst der Chinese in Hongkong und jetzt das hier. Und wie zum Teufel kommt eine Ratte in den sechsten Stock?"

„Über Kanalleitungen", antwortete Lukowski trocken.

„Nicht zu fassen. Sag mal, setzt dir das alles nicht manchmal zu?"

„Doch, ganz besonders, wenn ich das Resultat einer ausgelebten Perversion auf meinem Seziertisch vorfinde."

Borbek stand auf.

„Für heute vielen Dank, Vinzenz. Wann bekomme ich den endgültigen Bericht?"

Lukowski klopfte Borbek auf die Schulter.

„Bravo. Mein Skalpell steckt noch in seinem Körper und du schreist schon nach dem Abschlussbericht. Okay. Morgen."

„Bring den Bericht doch zum Abendessen mit", sagte Borbek und hielt Lukowski die Hand hin.

„Damit wäre Cora ganz bestimmt nicht einverstanden. Ich lasse die Akte in dein Büro bringen. Kennst du übrigens schon unseren neuen Psycho? Der soll wirklich gut sein. Er ist recht sympathisch und wird dich überraschen. Er heißt Karl Brenner."

„Na, hoffentlich. Sein Vorgänger ..."
„Erwähne in diesem Raum bloß nicht den Namen dieser Pfeife!"
„Schon gut, reg dich ab, Vinz", erwiderte Borbek. Sein Handy gab einen schrillen Pfeifton von sich. „Entschuldige, meine Frau!"
Nach dem Telefonat schüttelte Borbek Lukowski noch einmal die Hand und verließ den Autopsieraum. Draußen atmete er tief durch und fragte sich, wer Vinzenz Lukowski mit Informationen versorgte.

Hoffmann-Pharma-AG Ratingen

Der Regen schlich auf Zehenspitzen in den Nachmittag. Im Osten färbte ein schwacher Lichtstreifen den Himmel. Donner grollte. Die Wolken griffen ineinander, verschmolzen miteinander, strebten wieder auseinander und wechselten ständig von schwarz zu purpurn, dann waren sie geädert, dann wieder schwarz. Sie breiteten ein feines Regennetz unter sich aus. Falk Hoffmann stieg aus der Limousine und beobachtete fasziniert den Himmel über Ratingen. Wie gerne würde er sich jetzt dem grauen Alltag entziehen und stattdessen Kate liebkosen, ihr zuhören und mit ihr irgendwo in eine bessere Welt abtauchen. Tropische Sonnenuntergänge in der Karibik, wo von dunkelgrünen, fleischigen Blättern der Regen tropfte und die Lianen bis auf den Boden hingen. Ein Papagei flatterte krächzend davon. Kate berührte ihn. Sie sagte mit dieser sanften Stimme, die ihn so erregte, dass sie verrückt nach ihm sei, nach seinem Haar, nach seinem Mund, nach seinem Lachen, nach seinem Körper. Stattdessen ließ ihn ein stetiger frischer Wind leicht frösteln und holte in die triste Wirklichkeit zurück.
Er betrat die Firma. Im Verwaltungsgebäude herrschte das reinste Chaos. Überall wimmelte es von Polizisten. Die Stimmung war bedrückend. Es war schwer, zur Tagesordnung überzugehen. Die Spurensicherung hatte die ganze sechste Etage sperren lassen. Aber auf Maja konnte er sich verlassen. Seine Sekretärin hatte in Windeseile den Umzug in neue Büros organisiert. Er durchquerte die Eingangshalle und fuhr mit dem Aufzug in den fünften Stock. Eine Flut von Anrufen hielt ihn in seinem Büro pausenlos beschäftigt, zuerst die Presse und die Marketingleitung, dann Jonathan Hastings, daraufhin die Laborleitung und schließlich der Aufsichtsratsvorsitzende seiner Hausbank. Der Gute sorgte sich um die Aktienkurse der Hoffmann AG und seiner Tochterunternehmungen, die nach der heutigen Öffnung der Frankfurter Börse um fünf Punkte gefallen waren, und witterte eine Baisse. Auch hatte seine Schwester Elisabeth seine Befürchtungen mittlerweile bestätigt. Die polnische Aufsichtsbehörde hatte das Drogendezernat in Warschau verständigt, nachdem der Opiatbestand nicht mit den Inventarlisten übereingestimmt hatte. Das Bankkonto wies ebenfalls ein erhebliches Defizit auf. Für Mittwoch hatte er Pasternek einbestellt.
Um zwei Uhr am Nachmittag zog Hoffmann sich in einen Ruheraum im Untergeschoss zurück. Er legte sich für einen Moment auf die Couch und starrte an die Decke. Seine Beine fühlten sich bleischwer an, sein ganzer Körper war vollkommen erschöpft. Schließlich döste er ein. Nach wenigen Minuten – so glaubte er – schreckte ihn sein Handy auf und er

schaute auf die Mitteilung auf dem Display: 14:40 Uhr Borbek. Falk warf einen Blick auf die Wanduhr. Halb drei. Er würde sich verspäten. Den Termin mit dem Polizisten hatte er völlig vergessen. Er sprang auf und rannte rasch die Treppen hinauf. Maja erwartete ihn bereits im Büro.

„Der Pförtner hat angerufen, Herr Hoffmann. Thomas Borbek ist auf dem Weg nach oben. Ich könnte dem Mann unsere Firmenbroschüre zeigen. Sie hätten dann noch ein bisschen Zeit für sich."

Hoffmann schüttelte den Kopf.

„Glauben Sie wirklich, dass er sich für die Firmenbroschüre interessieren könnte, Maja?"

„Dieser Kommissar war gestern nicht besonders gut gelaunt, Herr Hoffmann", bemerkte sie trocken.

„Schon gut, Maja, auch das werden wir überstehen", sagte er und betrat sein Büro.

Es glich seinem alten im sechsten Stock, nur die indirekte Beleuchtung und die schweren Vorhänge vor den Fenstern waren anders. Neutrale Farben dominierten. Die Wände schimmerten in einem satten Cremeton, die Möbel waren mit beigefarbenem Leder bezogen. An den Wänden hingen zarte Landschaftsaquarelle und seine eingerahmte Promotionsurkunde sowie einige internationale Auszeichnungen, die den Besuchern das Gefühl von Sicherheit gaben. Darüber hinaus erzeugte eine speziell für ihn angefertigte Lichtinsel mit ihren funkelnden Farben für zusätzliches Wohlbehagen. Er fragte sich, wie es Maja in der Kürze der Zeit geschafft hatte, die Büros genau so zu gestalten wie seine Räume im sechsten Stock. Gedankenverloren schaute er aus dem Fenster, bis sein Laptop einen Signalton von sich gab und Yàn Meí über Skype ankündigte.

Borbek fuhr mit dem Aufzug in den fünften Stock. Ihm gingen Vinzenz Lukowskis Ergebnisse nicht aus dem Kopf. In all den Jahren seiner Tätigkeit als Leiter der Mordkommission hatte Borbek nur wenige Pathologen getroffen, die sich mit totem Fleisch auf dem Seziertisch wohler fühlten als mit lebenden Patienten. Eine glorreiche Ausnahme bildete Vinzenz Lukowski. Trotz der täglichen Konfrontation mit dem Tod war der Gerichtspathologe ein einfühlsamer Mann geblieben. Borbek kannte Vinzenz seit vielen Jahren. Sie hatten nach einer abendlichen Obduktion in einer Kneipe gemeinsam ein Bier getrunken. Seitdem duzten sie sich. Er bewunderte die exzellente Arbeit dieses Mannes und wusste, dass Lukowski ihn ebenfalls schätzte. Von ihm erfuhr er vieles über die Gerichtsmedizin, was in einem Lehrgang der Polizei nicht vermittelt wurde. Lukowski war kein hartgesottener Pathologe.

Der Tod des Wachmannes und die Kaltblütigkeit, die der Einbrecher an den Tag gelegt hatte, gingen Borbek nicht aus dem Kopf. Er war gespannt, wie Hoffmann auf die Fotografien vom Opfer reagieren würde. Außerdem fragte er sich, welche Erklärungen Hoffmann für die Vorkommnisse in dem Unternehmen für ihn bereithielt. Als er das Sekretariat betrat, blickte eine junge Frau, offensichtlich die Sekretärin, fragend zu ihm auf.

„Kommissar Borbek?"
Er nickte und zeigte Maja Scholler seinen Ausweis.
„Herr Hoffmann telefoniert noch. Kann ich Ihnen einen Kaffee anbieten oder etwas anderes?"
„Gerne, vielen Dank", antwortete Borbek.
Aus dem Büro hörte er Gesprächsfetzen. Die Stimme klang scharf und bohrend. Er musterte die Sekretärin, die ihm sichtlich nervös vorkam.
„Ich soll sie übrigens von Dr. Lukowski grüßen."
Sie hob die Augenbrauen, doch die leichte Röte auf ihren Wangen entging ihm nicht. Bingo! *Ich wusste es doch*, dachte er und schmunzelte. Sie entsprach genau Lukowskis Typ. Maja Scholler drückte den Knopf der Sprechanlage.
„Kommissar Borbek für Sie, Herr Hoffmann."
„Bitten Sie ihn herein, Maja."
Sie zeigte auf die holzvertäfelte Tür.
„Bitte, Kommissar Borbek!"
Wow! Was für ein Augenaufschlag! Er lächelte. Seine Frau würde toben, wenn sie diesen Blick gesehen hätte. Er konnte seinen Freund verstehen. Maja Scholler war wirklich reizend. Er drückte die Türklinke herunter und betrat Hoffmanns Büro. Der Mann, der hinter dem Schreibtisch aufstand und auf ihn zukam, machte einen erschöpften Eindruck und hatte Schatten unter den Augen. Borbek begrüßte Hoffmann mit einem kühlen Nicken.
„Ich danke Ihnen, dass Sie sich die Zeit genommen haben, Herr Hoffmann."
Falk Hoffmann reichte ihm die Hand und zeigte auf die Ledergarnitur.
„Wollen wir uns nicht setzen? Ich hatte bislang noch nicht das Vergnügen, so oft die Polizei im Haus zu haben."
Der Blick, mit dem Hoffmann Borbek fixierte, war so intensiv, dass dieser sich fragte, ob sie sich vielleicht schon mal begegnet waren. Die Tür wurde so lautlos geöffnet, dass erst das dezente Klirren von Porzellan Borbek auf das Eintreten von Maja Scholler aufmerksam machte. Sie brachte ein Tablett mit Tassen und einer Kanne Kaffee, das sie auf einem Beistelltisch absetzte. Hoffmann bedeutete ihm, Platz zu nehmen und Borbek ließ sich in einen Ledersessel sinken. Maja Scholler schenkte Kaffee ein und reichte ihm eine Tasse.
„Vielen Dank", sagte Borbek.
Dann warf Maja Hoffmann einen fragenden Blick zu und zog sich wieder zurück. Kein Wort war zwischen den beiden gesprochen worden. Die einzige Kommunikation hatte in diesem Blick und einem Nicken als Erwiderung bestanden. Maja Scholler und ihr Vorgesetzter kannten einander offenbar so gut, dass sie sich auch ohne Worte verständigen konnten.
„Wissen Sie schon etwas?", begann Hoffmann. „Hat die Obduktion neue Erkenntnisse gebracht? Die Vorfälle im Unternehmen müssen schnellstens aufgeklärt werden. Es ist eine entsetzliche Geschichte und ich werde versuchen – soweit es mir möglich ist – Sie bei den Ermittlungen zu unterstützen und Ihre Fragen zu beantworten. Normalerweise beschäftige ich mich aber lieber mit anderen Dingen."

„Ich auch, das können Sie mir glauben", konterte Borbek.

Er wunderte sich nicht über den Wortschwall des Mannes, obwohl die Zeugen in der Regel erst einmal abwarteten. Hoffmann war nervös, das stand fest. Schließlich war die sechste Etage dieser Firma mit Blut besudelt.

„Ich meinte die Tat an sich", fuhr Hoffmann fort. Den Gesamteindruck des Verbrechens. Ich interessiere mich für Ihren Eindruck, Herr Borbek." Hoffmann beugte sich vor, die grauen Augen auf Borbek geheftet. „Sie haben doch die Schweinerei dort oben gesehen."

Hoffmann stellte zu viele Fragen, fand Borbek. Er entschied sich bei seiner Befragung für die Methode ‚aggressiver Bullterrier'.

„In Hongkong gab es ebenfalls einen Toten, Herr Hoffmann. Und Sie waren zu dieser Zeit dort. Und nach Ihrer Rückkehr wird in Ihrer Firma eingebrochen und ein Wachmann stirbt. Sie wollen uns also unterstützen. So, so. Das haben mir schon viele Täter angeboten."

Borbek bemerkte, wie Hoffmann die Röte ins Gesicht stieg. Er konnte seine Empörung förmlich spüren. Abrupt stand Hoffmann auf.

Borbek hob die Hand und winkte ab.

„Bitte setzen Sie sich wieder, Herr Hoffmann und beruhigen Sie sich. Über die Ergebnisse des Obduktionsbefunds darf ich ihnen nichts sagen, Herr Hoffmann. Nur soviel: Der Wachmann starb an seiner Kopfverletzung, verursacht durch einen Sturz. Welchen Grund könnte es geben, dass in Ihrem Unternehmen eingebrochen wird und dass ein Wachmann den Zerstückelungsfantasien einer Ratte ausgesetzt wird?"

Hoffmann hob erstaunt die Augenbrauen. „Einer Ratte? Sie sagten soeben, er wäre gestürzt!"

„Richtig. Aber während der Wachmann den Einbrecher überraschte, wurde er von einer Ratte gebissen und stürzte zu Boden. Ich möchte wissen, wie jemand unbemerkt hier eindringen und wieder verschwinden konnte. Mich interessiert, wo Sie während der Tatzeit waren, mich interessiert, welches Motiv hinter dem Einbruch steht. Mich interessiert einfach alles, besonders die Wahrheit", sagte er und dachte: *Wenn ich dich in die Mangel nehmen muss, dann wirst du mich nicht mehr mögen!*

Falk Hoffmann lächelte gequält.

„Also kein Mord?"

„Nein, der Wachmann wurde nicht ermordet. Aber wenn ein Einbrecher in Kauf nimmt, dass eine Notlage vorliegt und er Hilfe hätte leisten können, es aber aus persönlichen Gründen unterlässt, erfüllt sein Verhalten den Tatbestand der unterlassenen Hilfeleistung nach § 323c StGB. Dieser Tatvorsatz ist eine Straftat, Herr Hoffmann."

Borbek fiel auf, dass er seinen Freund Lukowski fast wortwörtlich zitiert hatte.

„Der Täter hat dem Wachmann beim Sterben zugesehen? Wie gehen Sie nur mit den Dämonen um, die Ihnen tagtäglich begegnen müssen, Herr Borbek?"

„Keine Dämonen, Herr Hoffmann. Es ist das personifizierte Böse, das auf die Chance lauert, seine Gier zu stillen. Die meisten Menschen wissen nichts von seiner Gegenwart. Sie erkennen es nicht einmal, wenn sie auf Tuchfühlung mit ihm sind, wenn es ihnen auf der Straße begegnet. Aber ich erkenne es. Ich kann Sie nur warnen, mir die Wahrheit zu sagen", fuhr Borbek fort. „Und ich spreche diese Warnung nur aus einem einzigen Grund aus: Ich möchte vermeiden, dass Ihnen oder sonst wem etwa das Gleiche passiert wie Ihrem Wachmann oder ihrem Angestellten Dr. Hún Xìnrèn!"

Er knallte die Aufnahmen von Freddi Kroll auf den Glastisch und beobachtete Hoffmanns Reaktion. Falk Hoffmann wurde blass und starrte die Fotos an. Borbek kannte die Reaktionen von Tatverdächtigen und Zeugen bei Befragungen. Diese hatten plötzlich das Gefühl, als gäbe es nicht genügend Sauerstoff im Raum. Ihr Puls raste und die Befragten spürten, wie er jede ihrer Reaktionen abspeicherte.

„Mein Gott, das ist ja entsetzlich", sagte sein Gegenüber sichtlich betroffen. „Dieser Körper, der Kopf ... Ich habe so etwas Scheußliches noch nie gesehen." Hoffmann nahm eines der Fotos in die Hände. „Wieso tut man einem Menschen, den man nicht kennt, so etwas an? Mein Gott ..."

Borbek musterte Falk Hoffmann. Dieser Mann war erschüttert. Er nahm einen kleinen Rekorder aus seiner Jackentasche und legte ihn auf den Glastisch.

„Sie haben doch nichts dagegen?"

„Nein."

„Der Einbrecher hat dem Wachmann beim Sterben zugesehen, der Rest ist die Arbeit einer Kanalratte", wiederholte Borbek.

Hoffmann hob die Augenbrauen.

„Aber wir haben hier keine Ratten. Wie sollte denn eine Ratte in den sechsten Stock kommen und ..." Er stockte. „Und das Gesicht dieses Mannes zerstören?"

„Zufall. Die Ratte kann über den Kanal eingedrungen sein und hat sich von Toilette zur Toilette hochgearbeitet. Aber wissen Sie, Herr Hoffmann, der Kopf ist ein ausdrucksstarkes Symbol. So persönlich, so individuell wie das Herz. Und wo wir schon beim Thema Herz sind. Erklären Sie mir bitte mal, welches Süppchen Sie in Ihrem Labor kochen."

Kapitel 27
Flug Warschau - Edinburgh, 23. Oktober 2011

Die Turbulenzen über der Nordsee ließen das Flugzeug schaukeln; wenngleich Dallis und Logan aus anderen Gründen beschwingt die hintere Flugzeugtoilette unbemerkt gemeinsam verließen. Sie nahmen mit einem Augenzwinkern ihre Sitze wieder ein und hingen ihren Gedanken nach.

Dallis spürte Logan noch immer, der nun zwei Sitze hinter ihr saß, spürte seine Aura, spürte seine Berührungen, die ihr unendlichen Genuss verschafft hatten. Berührungen mit wunderbaren Händen. Die Haut spannte sich sonnengebräunt und weich über Sehnen, die sich in einem perfekten Fächer von seinen Fingerknöcheln zu seinen Handgelenken zogen. Die Adern waren gerade sichtbar genug, um von körperlicher Kraft zu zeugen, aber nicht so sichtbar, dass sich destruktive Züge dahinter erahnen ließen. Seine anmutigen langen Finger endeten in gepflegten Nägeln, die er jeden Morgen auf Hochglanz polierte. Die perfekten Hände eines Schönheitschirurgen.

Dallis dachte an all das Unbekannte in ihrem Leben, an die Wahrheit ihrer im Verborgenen liegenden Wünsche, die durch Logan in der vergangenen Woche wieder geweckt worden waren, und an das Ziel ihrer Reise, das sie mit diesem Mann plante. Logan schürte Nacht für Nacht und Tag für Tag die lodernde Gier ihres Feuers. Dennoch gab es in Na Stacain jemanden, der Dallis aus Logans Welt verdrängte. Sie schloss die Augen und runzelte die Stirn, als ränge sie um die Lösung eines Rätsels, dessen Namen sie nur zu gut kannte: Mairead.

Obwohl das Lied der Sirenen für Dallis wieder erklang, süß, hell und klar, und sie nach Hause brachte, nagte schon jetzt die Eifersucht an ihr. Immer wieder hatte er ihr von Mairead erzählt und sie hatte dabei ein ihr unbekanntes Flackern in seinen Augen bemerkt. Dabei war dieses Kind nur ein Kretin. Wenn sie an das Mädchen dachte, wurde ihr übel. Ihr zorniges Herz beschleunigte den Rhythmus und jagte das Blut durch die Halsschlagader und ließ den Schädel pochen, irgendwo innerhalb der Schläfenlappen. Ein Gedanke tröstete sie allerdings: Das Kind war krank – sein Herz war schwer geschädigt.

Logan hatte sie gebeten, in den kommenden Wochen mal nach Bettyhill zu fahren und Bernhard Merrick, der neben seiner Tätigkeit für Lux Humana auch die Kinderklinik seit vielen Jahren fachärztlich betreute, eine großzügige Spende zu überreichen. Vielleicht gab es unter den kranken Kindern ein Würmchen mit einem passenden Herz für Mairead. Warum nicht? Logan würde sie noch mehr lieben, wenn sie so tat, als unterstütze sie ihn bei der Suche nach einem lebensrettenden Herz für das Kind.

Das Warten auf Logan war der düstere Abschnitt ihres Lebens. Der Zeitpunkt der Wintermitte, wie sie ihrer Heimkehr ins schottische

Balmore nannte, deutete auf eine Wende hin, so als wäre sie sich unbewusst darüber im Klaren, dass es so nicht weitergehen könne und auch nicht müsse. Sie hatte zum jetzigen Zeitpunkt eine konkrete Vorstellung, wie ihre Zukunft aussehen sollte. Dallis und Logan – Logan und Dallis. Ein Kind sollte daran nichts ändern. Nur sie entsprach dem Ideal der Lux Humana. Nur sie würde Logan auf dem Weg zum Ruhm begleiten. Mairead würde ihre Pläne nicht durchkreuzen. Nichts würde sie zurückhalten. Dies war der Augenblick, nach der Macht zu greifen. Zum Klang der Flöte des Rattenfängers tanzte man wild ums Goldene Kalb herum. Sie war in Besitz von Rebu 12. Mit Mairead würde sie leichtes Spiel haben!

Logan hatte ihre Intrigen noch nie durchschaut. Niemand kannte ihr wahres Ich, nicht einmal Logan. Und wenn Mairead starb, würde sie ihn trösten, wäre immer für ihn da. Danach gäbe es für Logan nur noch Baby Blue. Ein selbstgefälliges Lächeln umspielte ihre Lippen. Logan war die lebendige, leidenschaftliche Gegenwart ihrer Seele, er war ihr Herz und die Wärme der Intensität. Er war die ewige Nacht und wie sie die dunkle Wiege allen Ursprungs. Ohne ihn war sie rastlos und einsam. Niemand würde ihn ihr nehmen. Niemand!

Logan löste seinen Gurt und stand auf.

„Wir landen in zehn Minuten. Alles in Ordnung?", fragte er Dallis.

Dallis schenkte ihm ein breites Lächeln und erwiderte seinen Blick. Er streifte mit den Lippen kurz über ihre Hand und ging wieder zu seinem Platz zurück. *Sie ist mein Meisterwerk*, dachte er. Dallis war eine Göttin, heute viel schöner als vor zehn Jahren.

„Die Seele besteht aus zwei Hälften und der Mensch verbringt sein ganzes Leben damit, nach der anderen Hälfte seiner Seele zu suchen. Ich habe sie gefunden. Du bist es, Logan", hatte sie in Warschau zu ihm gesagt.

Er liebte Dallis, seit er ihr vor vielen Jahren – als Junge – einen Schokoladenriegel geschenkt hatte. Dennoch hegte er Mairead gegenüber Gefühle, die Dallis nie in ihm hatte wecken können. Dieses Mädchen gehörte ihm ganz allein, er wollte es mit niemand teilen, nicht einmal mit seiner Mutter. Damals war er sich seiner grausamen Entscheidung durchaus bewusst gewesen, einer Mutter das Kind zu nehmen. Auch wollte er seinerzeit nicht preisgeben, wer Maireads Mutter war. Vielleicht später einmal, aber gewiss nicht in nächster Zukunft. Sein Stolz war damals wie heute übermächtig wie sein vollständiger Besitzanspruch. Dallis würde ihn lynchen, wenn sie dahinterkäme, dass er solche Gefühle für ein Kind hegte.

Mairead lebte wieder auf Balmore Castle und war unter den Schülern des Internats sehr beliebt. Er hatte das Gefühl, das er dieses Kind vor der Welt und vor Menschen wie Dallis beschützen musste. Das war nicht immer so gewesen. Anfangs war er entzückt von dem kleinen Wesen gewesen, das vor zehn Jahren in sein Leben getreten war und es komplett auf den Kopf gestellt hatte. Er begriff plötzlich die Zuneigung, die sein Vater beim Anblick der kleinen Dallis empfunden haben musste.

Mairead entwickelte sich von Geburt an sehr schnell. Im Wachzustand war sie munter und hörbereit. Sie reagierte, wenn er sie ansprach, und erkannte ihn an seinem Geruch. Mit ihrem aufmerksamen Blick wandte sie sich immer dorthin, wo sie seine Stimme hörte. Er glaubte, dass Mairead mit dem Wunsch nach Kommunikation geboren worden war. Er erlebte mit ihr eine erste Unterhaltung, als sie zwei Monate alt war. Sie reagierte auf seine lebhaften Worte mit einem Lächeln und bewegte ihren kleinen Mund, oder sie nickte oder streckte die Zunge raus.

Er war in das Baby Mairead verliebt gewesen, bis zu jenem Tag, als Maireads DNA im achten Monat verrücktgespielt hatte. Von dem Tag an hatte er Adam Maireads Erziehung überlassen. Die Enttäuschung, dass aus dem Baby niemals ein perfektes Mitglied der Lux Humana werden würde, war für ihn zu groß gewesen. Er hatte Kate eine horrende Summe für die Betreuung von Mairead geboten. Doch Kate hatte es sich anders überlegt, worüber er sehr verärgert gewesen war. Seitdem hatte er den Kontakt zu ihr abgebrochen. Es machte ihm nichts aus. Er glaubte gehört zu haben, dass sie England nach dem Studium verlassen hatte und irgendwo in Deutschland lebte.

Immer wieder suchte er Adam und Mairead in Na Stacain auf und stellte fest, dass Mairead rein war wie eine weiße Rose und ihrer Zeit weit voraus. Die frühreif klingenden Worte aus ihrem Kindermund entstammten ihrem tiefsten Inneren. Im Laufe der Jahre fand er Spaß an der Kommunikation mit dem Mädchen. Zwischen ihnen reifte eine innige Bindung und tiefe Zuneigung heran. Er holte Adam und Mairead wieder nach Balmore Castle. Mairead stellte keine Forderungen, erwartete nie etwas von ihm, sondern brachte ihm bedingungslose Liebe entgegen. Wenn er wegen einer misslungenen Operation aufgewühlt, wütend oder traurig war, machte sie ihm Mut und wärmte sein Herz mit einem zahnlosen Lächeln. Sie wusste, was er fühlte, wenn er versagte. Sie verstand ihn.

„Wir sind beide Träumer", hatte sie einmal gekrächzt, „nur träumen wir unterschiedliche Träume. Ich träume davon, neue Lebensjahre von Gott zu bekommen. Aber auf der Landkarte des Lebens sind es nur die Wochen, die ich mir stets vor Augen halte. Du träumst davon, dass du eines Tages die eine Substanz findest, die mir weitere Jahre auf meiner Landkarte bescheren könnte. Ich hasse es, wenn ich sehe, wie du meinetwegen umherirrst. Ich hasse es, weil ich dir dann so gerne helfen möchte und es doch nicht kann. Mein Leben läuft viel zu schnell an dir vorbei, so, als hätte jemand auf die Taste zum Vorspulen gedrückt. Dagegen kommt dir dein Leben wie in Zeitlupe vor. Beides ist dir unerträglich."

Niemand hätte seine Gefühle treffender beschreiben können als dieses greisenhafte Kind. Dafür war er Mairead dankbar. Logan beobachtete sie häufig vom Fenster seines Büros aus, das im obersten Stockwerk der Klinik lag. Nur Mairead allein entschied, wann und wem sie sich zeigen wollte. Oft saß sie am nahen See und starrte auf die Schwäne, die über die wellige Stille zu schweben schienen.

Wie gern würde er jetzt ihren Duft in sich aufnehmen, diesen eigenartigen Duft eines Kindes in einem alten Körper. Maireads

Schönheit würde niemals erblühen. Die Zeit drängte. Mairead alterte mit rasender Geschwindigkeit. Bereits im neunten Lebensmonat hatten sich bei ihr die ersten Symptome gezeigt. Obwohl Mairead wusste, dass ihr Leben nur von kurzer Dauer war, wollte sie leben. Sie hatte einen eisernen Willen, tat alles, was er von ihr verlangte, und war zudem ein fantastisches Forschungsobjekt. Rebu 12 würde Maireads Welt, aber auch die Welt der Lux Humana auf den Kopf stellen. Hún Xìnrèns Unterlagen bargen neue Erkenntnisse, wie er seine eigene Forschung an progeriekranken Kindern erweitern und die Krankheit womöglich besiegen konnte. Mit Adams Hilfe rückte der Nobelpreis für sie beide in greifbare Nähe. Niemand würde mehr an ihrer Genialität zweifeln, Ruhm und Macht wären ihm und Adam sicher. Und sein kleines Mädchen könnte endlich angstfrei leben und dem Tod den Rücken zukehren.

Morgen würde er mit Adam ihr weiteres Vorgehen besprechen. Sein Bruder musste dringend abgelenkt werden. Denn Adams Drogenkonsum nahm immer bedrohlichere Formen an. *Der Junge hat sich nicht mehr im Griff.*

Doch zunächst brauchte er ein passendes Spenderherz. Bernhard Merrick war zu allem bereit, um seine kostbaren Hobbys samt Huren zu finanzieren. Mairead käme nach den Transplantationskriterien für ein Spenderherz niemals infrage. Aber Merrick wusste, wie man die Warteliste für Transplantationen manipulieren konnte. Außerdem bahnte sich eine teure Scheidung an, hatte Merrick ihm anvertraut. Sally wollte ihren Ehemann verlassen und hatte Merrick damit gedroht, Maireads Herkunft preiszugeben. Ein Gedanke, der Logan nicht sonderlich behagte, denn Sally kannte Maireads leibliche Mutter, hatte Merrick behauptet. Über Logans Gesicht huschte ein flackerndes Lächeln. Mairead – Kind des Lichts, der Tautropfen, der durch das Mondlicht zur Perle wird, Tochter von Logan Carrington. Sie gehörte nur ihm allein.

Kapitel 28

Balmore Castle, 23. Oktober 2011

Noch bevor die Nacht endgültig alles in ihr Schweigen hüllte, erblickten Logan und Dallis von weitem Balmore Castle. Die letzten Kilometer über die schmale Asphaltstraße entlang der Sandwood Bay, die Hügel an der Küste von „Am Buachaille" sowie die Schlucht und die vielen ausgetrockneten Bachbetten weckten Dallis' Erinnerungen an ihre erste Fahrt mit Blake genau an diesen Ort.

„Befindet sich das Zahlenschloss noch immer an derselben Stelle?", fragte Dallis, als Logan am eisernen Tor der Einfahrt hielt. Logan nickte und stieg aus. Er nahm einen Ziegel aus einem der Mauerpfosten und tippte den Zahlencode ein. Dann stieg er wieder ein und sie passierten das Tor.

Von der langen, baumgesäumten Zufahrt blickten sie in den Innenhof von Balmore Castle mit seinem Hauptflügel und den beiden Seitenflügeln. Kam man jedoch durch den Park mit den altehrwürdigen, schattenspendenden Bäumen auf das Anwesen zu, sah man zuerst das z-förmige Turmhaus des Hauptflügels mit seinem dicken Rundturm und dem überbordenden Zinnen- und Turmschmuck, in dem das Internat und die Zimmer der Schüler untergebracht waren. Das Haupthaus war für die Mitglieder der Lux Humana bestimmt. Die Luft roch nach Meer. Der Atlantik lag knapp fünf Kilometer weiter westlich, im Schimmer des letzten Tageslichts glänzte verschwommen sein Spiegel, der durch die Bugwelle eines vorbeifahrenden Schiffes in Streifen geschnitten wurde. *Das graue Nebelband am Horizont wird über Nacht wohl wieder hereinziehen und um die Mittagszeit verdunstet sein*, dachte Logan. Balmore Castle war einmal ein Gutshaus mit Scheune und etlichen Nebengebäuden gewesen. Das Haus war im viktorianischen Stil erbaut worden und zahlreiche große Fenster gingen auf die Bucht hinaus. Eine große Veranda verlief um zwei Seiten des riesigen Haupthauses, das sich an die natürliche Felsformation einer Klippe anschmiegte. Durch die Fenster und überall auf dem Gelände waren Lichter zu sehen. Leuchten erhellten den Fußweg zum Parkplatz. Logan hielt vor dem Eingang.

„Sie erwarten uns, Dallis. Geh vor. Ich hole den Wein."

Während Logan den Hang hinunterfuhr, betrat Dallis das Haupthaus. Als sie den Wohnbereich betrat, wurde sie von Bernhard Merrick begrüßt. Hinter Merrick stand ein kleines Mädchen, das mit trüben Augen und zahnlosen Mund verlegen lächelte. Das Kind kam auf sie zu und reichte ihr die Hand.

„Ich bin Mairead", sagte sie mit piepsiger Stimme. „Du bist also Dallis. Willkommen auf Balmore Castle. Wo ist Logan?"

Dallis wurde von Wut übermannt. Ihre Mundwinkel zuckten unkontrolliert. Dieses Kind und die Tatsache, dass Logan sich während der Fahrt in Schweigen gehüllt hatte, führte ihr die schmerzliche Leere

ihrer eigenen Existenz wieder ins Bewusstsein. Nichts und niemand durfte zwischen ihnen stehen. Schon gar kein greisenhaftes Mädchen. Sie hatte all die Mühen der Jahre nicht umsonst aufsichgenommen. Sie war keine Blüte, deren bräunlich gebrochener, winterlicher Charme im flackernden Licht der Kerzen ein melancholisches Lied der Vergänglichkeit sang. Sie war durch Rebu12 zu einer makellosen Rose erblüht. Sie verdiente Achtung und Respekt, und zwar uneingeschränkt!
„Vielen Dank für den freundlichen Empfang, Mairead. Logan hat mir schon viel von dir erzählt. Er kommt gleich", sagte sie lächelnd, aber ihre Augen blieben kalt.

Logan parkte seinen Wagen vor dem Gebäude, in dem der Weinkeller untergebracht war, und schloss die Tür auf. In den Regalen und Kisten entlang der Wände lagerten Hunderte von Flaschen. Er klemmte sich eine Kiste unter den Arm, verließ den Weinkeller und verriegelte die Tür. Am Haupthaus angekommen, hörte er Stimmen, die aus dem Wohnbereich kamen, und blickte durchs Fenster. Dort entdeckte er Bernhard Merrick, der sich mit Mairead unterhielt.
„Mairead", rief er und winkte ihr zu.
Ihn durchströmte eine große Wärme, als sie ihm ein zahnloses Lächeln schenkte. Sie kreischte vor Vergnügen und trat ans offene Fenster. Er nahm ihre kleine Hand, spürte ihre zarten Finger auf seiner Handfläche, zärtlich, zittrig, fahrig waren sie, ängstlich tasteten sie sich zur Innenfläche.
Mit einem Mal stand Dallis neben Mairead. Er sah das verräterische Funkeln in ihren Augen. Die Bedrohung, die von ihr ausging, lag in der Luft. Bei ihrem hasserfüllten Blick wurde ihm übel vor Sorge. Er bereute es schon jetzt, Dallis von Mairead vorgeschwärmt zu haben. Dallis wollte ihn mit keinem anderen Menschen teilen. Sie ertrug es selbst nicht, dass er einem Kind ein wenig Aufmerksamkeit schenkte.
„Wen liebst du mehr, Mairead oder mich?", fragte Dallis unverblümt.
Mairead zuckte erschrocken zusammen.
„Dich, Dallis", antwortete Logan, sah aber dabei das Mädchen an.

In der Nacht

Adam ging unruhig auf den Steinfliesen seines Schlafzimmers auf und ab. Stille herrschte im Haupthaus von Balmore Castle. Totenstille. Er hörte lediglich seinen Atem und seine leisen Schritte. Mit dem knisternden Kaminfeuer, den terrakottafarbenen Wänden und dem offenen Regal, in dem sich medizinische und pharmakologische Fachlektüre aus aller Welt aneinanderreihte, wirkte das Schlafzimmer wie ein Zufluchtsort. Dabei war es nichts anderes als ein Gefängnis, ein Gefängnis ohne Gitter vor dem Fenster zum Hof, das sich nicht mehr öffnen ließ. Seine panische Angst hielt ihn wach. Immer wieder versuchte er die Tür seines Zimmers zu öffnen und rüttelte heftig an der Klinke, obwohl er sich der Sinnlosigkeit seiner Versuche bewusst war.

Seit zwei Tagen war die Tür von außen verriegelt. Nur zu den Mahlzeiten wurde sie geöffnet.

Tausend Erinnerungen holten Adam ein. Früher hatte ihn in seinen Träumen manchmal eine Angst vor Drachen, Schlangen oder Monstern mit grünen Augen erfasst, oder die Furcht, dass das Monster aus dem Schrank ihn wecken könnte, um ihn zu quälen, oder dass ihm der Teufel persönlich in der Stille der Nacht die Augen öffnen würde, um ihm einen Blick in die Hölle zu gewähren. Als Kind war er oft im Traum durch verzweigte Flure mit hohen Wänden und gewaltigen Türen geirrt, die sich nicht hatten öffnen lassen. Und immer hatte er ganz nah an seinem Ohr das Raunen der Nacht zu hören geglaubt. Er war dann immer weinend aufgewacht, an den warmen, weichen Körper seiner Mutter geschmiegt, die ihn zärtlich umarmt hatte. Er vermisste den vertrauten Geruch der Geborgenheit, ja sogar den Haarknoten seiner Mutter, der sich immer gelöst hatte, wenn seine Finger unentwegt mit ihm gespielt hatten, während seine Mutter ihn besänftigt hatte.

Jetzt, viele Jahre später, gab es viel zu viel, wodurch er aus seinen Albträumen geweckt werden konnte. Niemand tröstete ihn, wenn er in diesem Zimmer allein und schweißgebadet aufwachte. Hier erwartete ihn kein Mitgefühl, kein Wohlwollen, und schon gar keine fürsorgliche Erinnerung derer, die ihn noch aus früheren Zeiten kannten. Die Mitglieder der Gemeinschaft Lux Humana waren seine Feinde, die seine Drogensucht bekämpfen wollten, indem sie sein Schlafzimmer verbarrikadierten.

Adam war sich sicher, dass hinter der Tür etwas vor sich ging. Und dieses Mal hatte Logan seine Finger im Spiel. Ein altbekannter Zweifel nagte an ihm: Oder peinigte ihn die diffuse Angst eines Junkies, dem man seine Drogen verwehrte? Nein. Nein! An diesem Abend stimmte etwas ganz und gar nicht. Sie würden dem Ganzen ein Ende bereiten, durchfuhr es ihn. Er war in Gefahr, wie damals, als er die tote Frau im Wasser glaubte gesehen zu haben.

Adam ließ sich in den schweren Ledersessel am erkalteten Kamin sinken und kämpfte gegen die Tränen. In Na Stacain hatte er vor vielen Jahren eine junge Frau kennengelernt. In ihrem Schutz hatte er Stärke entwickelt. Doch dann hatte sie ihn verlassen, einfach so. Er wusste nicht warum, von seinem Drogenkonsum war in ihrem Abschiedsbrief die Rede gewesen. Dabei hatte er ihr zuliebe einen Entzug gemacht. Daraufhin hatte es nur noch Mairead für ihn gegeben. Er blieb einige Jahre clean. Nach seiner Rückkehr auf Balmore Castle wandte er sich wieder seinen alten Freunden zu: Koks, Speed, Haschisch, Heroin. Auch Mairead hatte sich seitdem verändert. Sie war jetzt ein Geschöpf von Logan. Die Welt war grausam. Die Menschen, die er in seinem Leben mochte, ließen ihn immer wieder im Stich. Zuerst Aileen, dann Kate, seine Freundin und Mairead. Ganz vernarrt war sie in Logan. Und nun kehrte Dallis auch noch auf Balmore Castle zurück und erhob Anspruch auf den Thron.

„Die ganze Welt ist kalt, eiskalt", jammerte er vor sich hin.

Er wusste zu genau: Sein labiler Zustand hatte Logan und das Kuratorium in den vergangenen Wochen zur Verzweiflung getrieben.

Obwohl gefangen hinter den Mauern von Balmore Castle, konnte er sich vor den Dämonen seiner Sucht nicht schützen. Adam trat ans Fenster. Als er das Glas mit dem Jackettärmel abwischte, sah er nichts als Nässe. Draußen pfiff und stöhnte der Wind in anklagendem Ton und die feuchte Kälte schien selbst durch die Ritzen des Fensters zu kriechen. Er fröstelte. Auf einmal hörte er Schritte, ein Lichtstrahl erzitterte vor seiner Tür. Der Riegel wurde beiseitegeschoben, die Tür geöffnet. Eine plötzliche Hoffnung ließ ihn aufatmen, als er Logan lächeln sah. Adam wollte um sein Leben kämpfen, seinen Bruder um Verzeihung bitten.

„Bruderherz. Du siehst scheiße aus! Ich werde mich jetzt um dich kümmern", sagte Logan und umarmte ihn. „Schau mal, wen ich mitgebracht habe!"

Hinter Logan tauchte Dallis auf, die einen purpurfarbenen Umhang trug. Die Kapuze warf Schatten auf ihr Gesicht: ein schwarzes Loch, hinter dem sich das Böse verbarg. Adams Hände wurden klamm und zitterten, als er ihre Augen sah. Er kannte diesen Ausdruck in Dallis' Augen. Dieser Blick bedeutete nichts Gutes. Dallis hatte etwas vor. Da war er sich sicher.

Kapitel 29

Balmore Castle, 2000 - 2001

Dallis wurde Blakes beste Schülerin, oder vielmehr das ehrgeizigste Mitglied der Lux Humana. Blake nutzte die normalen Gefühle der Zerrissenheit aus. Er ließ zu Wagners Oper Tristan und Isolde die Mädchen und Jungen Erlebnisse aus der Kindheit aufleben, bei denen sie Wut und Enttäuschung empfunden hatten.

„Hattest du jemals das Gefühl, deine Eltern oder dein Zuhause wären für dich nicht gut genug?", fragte er. Oder er provozierte sie: „Hast du jemals an deinem Körper etwas gemacht, das du nicht hättest tun sollen?"

Sein Blick war dann immer auf irgendein Mädchen im Raum gerichtet, das ihr ähnlich sah: im Wechsel ein gezieltes ausdrucksloses Lächeln. Blake schaffte in einem willensstarken, glutäugigen Augenblick das Mädchen völlig aus dem Gleichgewicht zu bringen. Danach erstarb sein Lächeln. Er bedachte sie mit einem unmissverständlichen Blick, eindringlich und intensiv, und voller Lust.

Er injizierte den Mädchen Ketamin, eine Substanz, die die Erinnerungen an den Behandlungsraum für immer aus ihrem Gedächtnis löschte, und danach Hormone, um pubertäre Stimmungsschwankungen auszulösen. Er führte sie vor und demütigte sie: Liebe und Hass in einem Atemzug. Danach waren sie keines verfeinerten Gefühls oder Gedankens mehr fähig. Sie verloren jegliche Sensibilität. Einige von ihnen brachen zusammen.

„Das Unvollkommene verhindert die Entfaltung an jedem Ort, in jedem selbst. Lux Humana ist nicht der richtige Ort, weiter darüber nachzusinnen, wer du bist!", fauchte Blake sie dann an, während sie wimmernd zu seinen Füßen lagen.

Die Neophyten, die diese Worte aus Blakes Mund vernehmen mussten, packten wenig später ihr Habseligkeiten und verschwanden für immer von der Bildfläche. Das Waisenhaus in Bettyhill nahm die „Ungehorsamen" wieder auf.

In der Woche des Atems verloren die Mitglieder bereits nach zwei Tagen die Kontrolle. Empörung wich Wut, sie verspotteten andere Neophyten auf maliziöse Art und nach einer Woche verwandelte sich der Zorn in Hass auf die Welt außerhalb von Na Stacain.

Diese Gefühle waren die Voraussetzung für die zweite Phase der Initiation. Zu dem Zeitpunkt waren die Mädchen noch unberührte Engel, entrückt vom Tageslicht und der Sonne der Sterblichen, lächelten sie Blake drogenumnebelt an.

Nach der Woche des Atems hielten sie wie Pech und Schwefel zusammen. Sie überwachten, kontrollierten und bestraften sich nun gegenseitig. Diese Woche danach nannte Blake „Macbeth", weil er glaubte, seine Zöglinge besiegt zu haben. Dallis jedoch nannte sie „Luzifers Fall".

Na Stacain, Woche der Macbeth

„Du bist schwach, Dallis! Schau dir diese wundervolle junge Frau an. Sie hat die Macht!", brüllt Blake. „Willst du die absolute Macht, Dallis? Dann sei stark."

Ich muss den Drang hinunterschlucken, Blake ins Gesicht zu spucken oder ihn anzuschreien, die Stille nach seinem Ausbruch mit Worten zu füllen. Ich presse die Lippen fest zusammen. Er will mich gefügig machen, mich brechen. Niemals werde ich das zulassen. Niemals. Blake sieht mich kalt an, dann dreht er sich um und lobt den Geschmack der anderen Mädchen im Erziehungszimmer. Sie und ich sitzen auf Stühlen, sind an den Knöcheln gefesselt. Blake gibt uns Ecstasy und wir müssen an der Droge Lava Red schnuppern, die er vorher mit einem künstlichen Cannabinoid besprüht hat. Ich weigere mich. Ecstasy ja, Lava Red kommt nicht infrage. Zu gefährlich, sage ich und untergrabe damit Blakes Autorität vor den anderen. Blake starrt mich an. In seinen Augen brennt ein Höllenfeuer.

„Oh … Luzifer verkraftet meine Verweigerung nicht", zische ich.

Er schlägt mich ins Gesicht. Unbeeindruckt wandert mein Blick zu dem Mädchen, mit dem Blake sich jetzt beschäftigt. Sie sieht mir ähnlich, nur sind ihre Haare goldfarben. Sie trägt ein verführerisches Kleid, ich hingegen nur Jeans und T-Shirt.

Ich sehe Blakes pralle Erregung. Ich weiß nicht, ob es an ihr liegt, an dem Hauch von Transparenz, der sie umgibt, oder an seiner ungezügelten Freude, mich zu quälen. Ich lese Feindseligkeit in seinen Augen. Blake beginnt, das Kleid der anderen aufzuknöpfen, streift es ihr ab. Sie trägt ein Höschen von der Stange mit einem BH, der den Sexappeal von alter Pennerwäsche besitzt. Ihre Knie öffnen sich, aber nur ein Stück. Blake löst ihre Fesseln und legt sie aufs Bett. Er gleitet neben sie.

Das Mädchen lächelt mich triumphierend an. Sie rekelt sich vor Blake mit der selbstverständlichen körperlichen Vertrautheit einer Schönheit. Sie küsst ihn von hinten in den Nacken, während sie ihren betörenden Blick auf mich richtet. Auch ihre Zunge hat einen Auftritt. Worte wie „dope", „chillig", „geil" kommen über ihre Lippen. Ich zwinge mich durchzuatmen.

Blakes Hände umfangen die Knöchel des Mädchens und spreizen seine Beine. Sie treibt vermutlich – wie ich – durch die Droge auf dem Meer und die Wellen tragen ihren Körper dem Mann entgegen, den ich verachte. Seine Hände gleiten an ihren Schenkeln hinauf und berühren ihre intimsten Stellen. Er benutzt seine Zunge, küsst sie und beißt in ihre Brustwarzen, in ihre Brüste. Seine Küsse sind fordernd. Seine Zähne hinterlassen Spuren. Ich bebe vor seelischer Qual, weil ich dieses Mädchen und der Mann Logan sein könnte. Tränen schießen mir aus den Augen. Die Szene erinnert mich an mein Spannen in der Klinik und auch jetzt verspüre ich den glühenden Wunsch, mich selbst zu berühren. Mein

Körper windet sich in dem Bedürfnis zu entkommen. Sinnlos. Die Fesseln sind so unnachgiebig wie Blake. Als sich Blakes Körper auf den des Mädchens presst, werden seine Berührungen grob.

Plötzlich schaut er mich an. Er erkennt meine Erregung und – meinen Verzicht, indem ich ihm einen Blick in meine Seele gewähre, in der die Dämonen in Hohngelächter ausbrechen. Wut flammt in seinen Augen auf. Er lässt von dem Mädchen ab. Ich möchte schreien, höre das Geräusch einer Brandung in meinem Kopf und das Ticken einer Uhr. Ich winde mich unter den Fesseln, drehe meinen Körper, versuche mich zu befreien.

Dann schlägt Blake zu. Mitten in mein Gesicht. Feuer, Brennen. Mein Mund öffnet sich. Ich schmecke Blut. Mein Fluchen erklingt nur in meinem Kopf. Meine Lippen bewegen sich nicht. Meine Zunge liegt taub auf dem Boden meines Mundes. Ich drehe den Kopf zur Seite, blinzele und versuche an dem Licht vorbeizusehen, das mich auf einmal blendet.

„Hast du es jetzt begriffen, Dallis?", fragt Blake.

Schweigen.

Ich schürze die Lippen.

Wieder schlägt er zu. Heftiger.

„Vorsicht", mahnt er mich. In seinen Augen funkelt der Wahn.

Stille.

Ich spüre die Spitze der Nadel auf meinem Arm, sie durchbohrt meine Armvene. Ich schließe die Augen, spüre keinen Schmerz. Diesmal werde ich nicht vom Wasser getragen. Ich fliege. Dennoch kann ich Blakes Gebrüll bis in meinen Drogenhimmel hören. Ein Mädchen kommt aus irgendeiner Ecke angekrochen und kann vor lauter Kokain kaum aus den Augen gucken.

„Ihr seid dazu da, unsere Schwänze zu lutschen. Sie immer wieder zu lutschen, hintereinander weg, wie sie eben kommen. Verstanden?", brüllt Blake die Mädchen an. „Ich möchte steife Brustwarzen und feuchte, zuckende Scheiden sehen!" Dann sieht er wieder in meine Richtung. „Du wirst alles tun, was ich verlange, Dallis."

Stille.

Blake geht wieder zu dem Mädchen und reibt so lange ihre Scham, bis sie kommt und ihn anbettelt, sie zu nehmen. Dann dreht er sich um und kommt auf mich zu.

„Sag es, Dallis", herrscht er mich an. „Sag es!"

Schweigen.

Blake ritzt kleine Kreise in mein Fleisch.

Seltsam, es tut nicht weh.

„Sei stark, Blake", sage ich nur.

Er kommt gewaltig.

Nach der Behandlung in der Klinik Na Stacain kehrten die Mitglieder zurück auf Balmore Castle. Dort erfuhren sie, dass die Schmerzen der Schönheitsoperationen nichts waren im Vergleich mit denen, die die Forever-Injektionen hervorriefen. Schönheit hatte ihren Preis.

„Neophyten" durften sich die Mitglieder erst nennen, nachdem Blake sich von ihrer Makellosigkeit überzeugt hatte. Blake hatte es sich anders überlegt und ihre Rivalin nicht nach Balmore Castle zurückgeholt um sie zu quälen. Vielleicht weil Logan derzeit seine Facharztausbildung als Wiederherstellungschirurg in Edinburgh absolvierte und nur selten nach Balmore Castle kam. Mittlerweile waren Blake und Adam ein eingespieltes Team. Adam half Blake auf Balmore Castle, aber niemals in Na Stacain. Bis zum Tag der Aufnahme in den inneren Kreis traf Blake eine Auswahl unter verbliebenen Jungen und Mädchen, die für die Reise ins Zentrum der Lux Humana infrage kamen. Sie unterlagen in dem Gebäude mit den vier Türmen Blakes Allmacht, denn sie wollten zur absoluten Elite gehören und gierten nach der Aufnahme. Sobald ein Mitglied die Initiation abgeschlossen und die Dunkelheit verlassen hatte, gelangte es durch die rituelle Taufe in die Gemeinschaft Lux Humana und durfte sich Neophyt nennen, was soviel wie „neu Aufgenommene" bedeutete.

Adam hatte eine Art Instinkt im Umgang mit den angehenden Neophyten entwickelt und wusste, wann es besser war, an ihrer Seite zu sein, um sie zu trösten, und wann er ein Mitglied nach Blakes Behandlung lieber sich selbst überließ, weil ihm nicht mehr viel Zeit blieb.

Adam war für das geduldige Zuhören zuständig, wenn das Ende eines Neophyten nahte. Dann ließ Blake den Neophyten glauben, dass der Tod das Tor zu Freude und Herrlichkeit sei. Bis zum Morgengrauen plauderte er mit dem Sterbenden, bis der Neophyt sein von rötlichen Flecken übersätes Gesicht zu einer Grimasse des Kummers, der Hoffnungslosigkeit verzog.

Adam erkannte immer an der Mimik, wie verzweifelt sich der Neophyt bemühte, nicht an seinen Tod zu denken, hatte Blake Dallis berichtet. Dem Sterbenden zu raten, nicht zu schreien und sich zu beruhigen, war Adams Part. Er brachte neuerdings den Neophyten in den vier Phasen des Initiationsprozesses bei, jegliches Gefühl zu unterdrücken, auch wenn ihre Qual unerträglich schien. Ein bevorstehender Tod bildete da keine Ausnahme. Adam wirkte verändert, fand Dallis und sie fragte sich oft, ob Blake seinen Sohn mental manipuliert hatte. Sie selbst hatte schon einige sterben sehen. Das Leben hörte einfach auf und das war's dann. Aber manchmal – wenn sie nicht unter dem Einfluss von Blakes Happypillen stand – streifte ein Lufthauch ihre Hand und ein Atemzug blieb hängen, wie der Abendwind in einem Zimmer, der eine Kerze flackern ließ.

Balmore Castle, Juli 2001

Draußen fällt ein warmer Sommerregen. Ich habe Geburtstag, bin jetzt neunzehn Jahre alt. Logan ist nicht bei mir und ich vermisse ihn. Ich strecke meine Hand nach der Stelle aus, wo er eigentlich schlafen sollte. Er kehrte vor Monaten auf Balmore Castle zurück und wir haben uns immer wieder heimlich getroffen und miteinander geschlafen. Bislang habe ich das mit keinem Wort in meinem Tagebuch erwähnt, weil ich befürchte, dass Blake es eines Tages finden und darin lesen könnte. Doch das ist bis heute nicht geschehen. Das, was mich mit Logan verbindet, gehört mir ganz allein. Ich liebe es in seine Augen zu schauen, in seinen Armen zu liegen, seinen jungen, makellosen Körper anzusehen, seine Nähe zu spüren, seine Küsse zu spüren, die das Feuer in mir entfachen, ihn glücklich zu sehen. Ich liebe es einfach ihn zu lieben.

Aber als Logan von meiner Schwangerschaft erfahren hat, ist er wieder abgereist und hat mich ein zweites Mal ohne ein Wort des Abschieds verlassen. Es ist doch dein Kind, das ich unter meinem Herzen trage, habe ich ihm hinterhergerufen. Logan hat mir das nicht geglaubt und behauptet, es sei von Blake. Seitdem wache ich mit dem Gedanken an Logan auf und weine mich in den Schlaf. Ich leide Höllenqualen, so sehr vermisse ich ihn. Auch in meinen Träumen komme ich nicht von ihm los. Ich habe die vergangenen Monate kaum ein Wort gesprochen, kaum gegessen, dazu hatte ich keine Kraft mehr. Das Essen oder vielmehr kleine Bissen habe ich dann doch irgendwann hinuntergewürgt. Schließlich wuchs da ein kleines Wesen in meinem Bauch. Blake hat meinen Zustand auf die Schwangerschaft zurückgeführt. Wenn er wüsste …

 Seit jener Nacht hat das Monster mich nicht mehr berührt. Er fürchtet sich vor mir, und seine Angst ist berechtigt. Aber meine Schwangerschaft scheint ihm auch Respekt einzuflößen. Hin und wieder hat er mir in den vergangenen Monaten eine Injektion verabreicht. Zur Stärkung, hat er behauptet. Lügner. Wieder spüre ich den Drachen tief in mir, der nur darauf wartet, sein Feuer zu speien.

 Blake ist bei einem Neophyten, den er gerade mit Adam auf eine höhere Ebene führt. Ich kann sie hören. Die Neue stöhnt lustvoll. Oder sie fliegt im farbenfrohen Drogenrausch durch die Lüfte – mit Adam, der ihr den Schwanz hinhält. Sie bringen dem Mädchen in dieser Phase Sinnesfreude anstatt Abstinenz bei und nennen es „den Horizont erweitern". Ich nenne es ficken, weil sie nur ein Bedürfnis befriedigen – ohne Gefühlsregung. Wie alt wird sie wohl sein? Achtzehn? Adam hat sich Blake unterworfen und hofft auf die Anerkennung seines Vaters. Armer Adam. Er erkennt nicht, dass Blake ihn nur benutzt.

 Er führt im Namen seines Vaters Experimente durch und injiziert Forever in einer neuen Zusammensetzung. Bei einigen Neophyten hatte das aber katastrophale Auswirkungen. Ihre Haut verfärbte sich grünlich-grau und wurde schuppig. Die Haut um die Einstichstelle starb ab, am ganzen Körper entstanden wunde und schorfige Stellen. Manche Neophyten starben nach der dritten Injektion, weil sie nicht nur äußerlich, sondern auch von innen her verfaulten. Die Droge fraß sich durch ihre Körper.

 Adam hat fette gelbe Maden in die Wunden gelegt. Diese schleimig pulsierenden Würmer fressen nur das abgestorbene Gewebe und rühren das gesunde nicht an. Doch die schwarzen Krater faulten weiter. Begleitet von einem bestialischen Verwesungsgeruch wurden sie immer größer. Blake versuchte das Leben der Neophyten durch die Amputation *verfaulter Körperteile zu retten. Aber den Neophyten fiel buchstäblich das Fleisch von den Knochen. Ihre Kadaver landeten im Atlantik, irgendwo zwischen Irland und Schottland. Beklagt wurden sie nur von den Neophyten, die Na Stacain makellos verließen und auf Balmore Castle als Schwäne gefeiert wurden. All das hat Adam mir anvertraut.*

Mein Blick wandert durch das Zimmer, in dem nur mein Bett steht, daneben ein Infusionsständer mit drei Flaschen, deren Inhalt ich nicht kenne. Mir wird bewusst, dass ich nicht mehr in der Klinik Lux Humana in Na Stacain bin, sondern auf Balmore Castle.

Dr. Merrick hat vor zwei Wochen meine Gebärmutter, die von Krebs befallen war, entfernt. Er hat mich mit Drogen vollgepumpt, damit ich nicht schreie. Die Kobolde der Lux Humana würden meine Schreie sonst sogar unterhalb der Klippen von Na Stacain hören. Trotz des Morphins war die Qual kaum zu ertragen. Ich habe geweint, geschrien, getobt. Wilde Gefühle und totes Gewebe haben mich fast um den Verstand gebracht.

Erst heute bin ich in der Lage, meinem Tagebuch Intimes anzuvertrauen. Das Schreiben fällt mir schwer und mit Mühe führe ich den Stift über die Seite. Neben meiner Gebärmutter habe ich auch das Baby verloren, das mit seinen acht Monaten zu schwach war, seine frühe Geburt zu überleben. Es starb am 8. Juli an den Folgen einer inneren Blutung, die dieser Stümpergynäkologe Merrick nicht stillen konnten. Blake scheint darüber nicht besonders traurig zu sein. Ich habe ihm gestanden, dass es Logans Baby war. Doch eine heftige Reaktion blieb aus. Stattdessen hat er ohne Anzeichen einer Gefühlsregung gesagt: ‚Ich habe gewusst, dass es nicht mein Kind ist, Dallis-Blue. Ich habe mich bereits vor Jahren sterilisieren lassen'.

Die feinen Linien auf meinem sonst makellosen Bauch werden mich immer an seine Worte und an die Gesichter der vergangenen Tage erinnern. Narbige, blau gekleidete Kobolde, die in finsteren Nächten in diesem Zimmer vor meinem Bett gestanden haben, so austauschbar wie die Gesichter der Zukunft, dazwischen mein Gesicht, bleich, konturlos. Unter ihnen war auch Blake, der mich mit seinen Worten gekreuzigt hat.

Der Übeltäter, der den Krebs ausgelöst hat und mein Baby tötete, hieß Forever, ein neuer Wirkstoff aus dem Forschungslabor der Lux Humana. Sobald wenige Tropfen, aufgelöst in Kochsalz, durch die Armvene in den Körper fließen und über die Blutbahn in jede einzelne Zelle dringen, reagiert der Körper spontan mit Schüttelfrost und Fieber. Die Lymphknoten schwellen an, das Böse kämpft um jede einzelne Körperzelle. Genau wie das „Es" in Stephan Kings gleichnamigen Roman, der Clown, das verkörperte Böse im Geist der Protagonisten. Ich habe einen hohen Preis gezahlt und „Es", den Clown besiegt. Der Übeltäter hieß Forever, und das Duo Blake und Junkie Adam, die in ihrer Küche Scheiße brodeln. Dafür werde ich mich rächen. Sie wissen es nur noch nicht.

Lustschreie dringen durch die massive Holztür in mein Zimmer. Es sei Blakes Wille, dass ich sie höre, hat Adam mir gebeichtet. Es ist ein Spiel. Tief in meinem Inneren fühle ich, dass Blake Angst hat, mich nie zu erreichen. Er erträgt diesen Gedanken nicht und möchte mich brechen, meinen Ego-Dämon töten. Deshalb spielt er dieses Spiel mit mir. Keine Chance, Blake. Meine Dämonen warten auf ein Zeichen, um dir den Schwanz abzuschneiden – mit der gezackten Klinge des Phurbu-Dolchs.

Am 8. Juli habe ich mein Baby verloren. Ich erinnere mich nur an meine stummen Tränen. In Na Stacain sterben zu viele Babys, finde ich. Ein totes Baby schnürt wohl jede empfindliche Seele und nimmt den Schwachen den Willen zu leben. Niemand hat es beschützt. Adam hat mich auch nicht beschützt, obwohl er es mir einst versprochen hat. Keiner hat mich beschützt. Ich bin nicht schwach. Ich werde mich rächen und ich weiß auch schon wie.

„Sei stark, sei kalt, sei hart", hat mir mein innerer Drache ins Ohr geflüstert.

„Das werde ich", habe ich mit fester Stimme geantwortet.

Ich habe einen Plan, einen einfachen Plan.

Zwei Wochen später

Kleine Wolken jagten ihre Schatten über das Land. Dallis schlummerte auf der Bank am See, am nördlichsten Gipfel Schottlands. Logan war mal wieder in London, dazwischen lag nur Unbedeutendes, und der Tod eines kleinen Wesens. Sie empfand Zorn für Logan, weil er sie allein gelassen hatte. Seine Küsse, seine Umarmung, sein warmer Körper, sein Geruch waren nur noch quälende Erinnerungen. Er musste zu ihr zurückkehren. Sonst würde sie keinen Frieden finden. Er sollte sie holen und von hier fortbringen. Sie hatte dieses Bild vor Augen: Er brauchte kein Überlegen, kein Abwägen. Logan hatte die Entscheidung getroffen.

Ihr Zorn hatte einen Gegenpol: die Liebe mit seiner alles verzehrenden Sehnsucht. Dennoch war ihr Zwiespalt die reinste Hölle. *Ich verfluche dich, Logan Carrington!*

„Führ deinen Plan aus", spie ihr innerer Drache. Sie schloss die Augen, während eine sanfte Brise ihr Gesicht strich und seufzte.

„Erst der Plan. Danach wird Logan dich fortbringen", raschelten die Blätter der Bäume und ließen sich auf ihr nieder.

Kapitel 30

Balmore Castle, 24. Oktober 2011

Mairead konnte mit ihren zehn Jahren perfekt mit dem Zeichenstift umgehen. Sie war ein Naturtalent. Adam behauptete, das habe sie von ihrer verstorbenen Mutter geerbt, als sie im Alter von acht Jahren mit der Präzision und dem Geschick einer begnadeten Künstlerin Logan porträtiert hatte. Sie wusste, dass Logan stolz auf sie war. Er nahm sie oft mit in das gläserne Gebäude, wie Mairead die Klinik hoch über den Klippen Na Stacains nannte. Mairead begleitete Logan immer gern. In seinem Büro lagen ihr die Klippen und der Ort Na Stacain zu Füßen. Der Horizont schien hier unendlich weit. Sie setzte sich mit ihrem Zeichenblock ans Fenster und begann die Klippen und die Schluchtenlandschaft zu zeichnen.

Die Grundfarbe ihrer Zeichnungen war fast immer perlgrau mit einem weißlich-blauen Himmel, der in eine purpurfarbene Dämmerung überging, die auf keinem Bild verblasste. Dazwischen entstanden die Gesichter der Mitglieder der Lux Humana, die im Laufe des Tages das Büro der Zwillingsbrüder betraten und deren Gespräche Mairead aufmerksam verfolgte. Meist verstand sie nicht, worüber die Männer und Frauen sprachen, aber für Mairead spielte das kaum eine Rolle. Ihr kam es auf die Emotion an, die einem Gesicht Ausdruck verlieh. Wut, wenn Logan und Adam unzufrieden waren, Enttäuschung, wenn im Labor Dinge schiefliefen, Zufriedenheit, wenn ein Mädchen das Erziehungszimmer verlassen konnte und den Vorstellungen von Adam und Logan entsprach, und Hass in vollendeter Form mit einem veräctlichen Lächeln, das die Lippen eines Mannes umspielte, der Adam und Logan über die aktuelle Forschung Bericht erstattete. James McCory hatte Mairead allerdings seit Längerem nicht mehr gesehen.

Ihr Lieblingsmotiv waren jedoch die Kinder aus der ganzen Welt, die ängstlich das Zimmer betraten und von Adam und Logan untersucht wurden. Kinder wie kleine verschreckte Vögel, Kinder wie sie. In Maireads Zeichnungen ging nie der Wind und es regnete ganz selten. Logan hatte sie eines Tages darauf angesprochen.

„Die Proportionen sind perfekt. Aber zeichnest du wirklich das, was du siehst, Mairead? Das Einfache ist nie leicht. Ich meine, das zu sehen, was man vor sich hat."

„Die Küste mit ihren Booten, die Klippenlandschaft oder die Schwäne, die über unseren See schweben, all das sieht im Regen nicht gut aus, Logan!", hatte sie ihm erklärt.

Eine Antwort, die Logan irritiert hatte.

„Aber alles sieht irgendwie so neu aus, wie frisch poliert, so schimmernd, so glänzend, Mairead, bis auf diese hier."

Er zeigte auf die dargestellten alternden Kinder. Mairead sah einen Moment aus dem Fenster des Sprechzimmers.

„Die Menschen glauben und bewundern nur das Neue, Logan. Dabei ist alles bloß vorübergehend, vergänglich wie das Leben eines Progerie-Kindes. Doch du könntest uns Kinder neu erschaffen!"

„Neu erschaffen! Wie kommst du denn auf so etwas?"

„Ich hab es gesehen", zischte sie und warf ihm einen wissenden Blick zu.

„Was hast du gesehen?", fragte er erstaunt.

„Flatternde Herzen, bum-bum-bum. Im Labor. Adam hat mir erzählt, was ihr beide damit macht!"

Ihre spürbare Erregung ließ Logan hellhörig werden.

„So! Was hat er dir denn erzählt?"

„Tests. Damit ich und die anderen Kinder gesund werden!"

„Die Kinder, die wir untersuchen, sind wie du sehr krank. Diese Krankheit entwickelt sich schon in den ersten Lebensmonaten. Deshalb wächst du sehr langsam und alterst sehr schnell."

Mairead nickte.

„Das hat Adam mir auch erklärt. Aber er sagte auch, dass am frühen Tod der Kinder ein altes Herz schuld sei. Ich finde das toll, dass ihr diese Tests mit den Herzen macht."

Logan konnte nur mühsam seinen Zorn unterdrücken. Gott sei Dank hatte Adam ihr nur das Labor und die Langendorff-Herzapparaturen gezeigt. Und dieser Idiot behauptete tatsächlich von sich, er wäre clean!

„Du darfst aber nicht darüber sprechen, Mairead. Nicht jeder ist so klug wie du!"

„Ich weiß. Ich musste es auch Adam versprechen. Vielleicht könnt ihr uns helfen, damit wir ein bisschen länger leben, obwohl …", sagte sie leise.

Logan lächelte.

„Obwohl?"

„Wenn ich diese alten Kinder ansehe, kann ich sie nicht leiden. Die Jungen und Mädchen auf Balmore Castle sind so schön, so vollkommen. Diese kranken Kinder sind einfach nur hässlich – wie ich!", sagte sie mit veränderter, piepsiger Stimme.

„Stehen sie deshalb in deinen Zeichnungen im Regen?"

„Ja. Sie sehen aus wie schlechtes Wetter!", sagte sie.

Dann setzte sie sich auf Logans Schoß.

„Manchmal erzähle ich den Schwänen von uns, Logan, und von den kranken Jungen und Mädchen in der Klinik."

Er runzelte die Stirn und strich sich eine schwarze Locke aus dem Gesicht. *Verdammt, Adam!*

„Du sprichst mit den Schwänen über sie?"

Sie nickte.

„Die Schwäne weinen, wenn jemand stirbt. Weißt du das nicht?"

„Nein, Mairead, das wusste ich nicht."

Sie schob sich von seinem Schoß und küsste ihn auf den Mund, flüchtig und dennoch mit der vollendeten Reife einer heranwachsenden Frau. Logan starrte sie an. Das zarte, zerbrechliche Gesicht, ihre alte Haut, ihre schmalen, spröden Lippen in tiefem Blutrot, das winzige Muttermal auf der rechten Seite ihrer Stirn. *Wie ihre Mutter*, dachte er.

Diese fast schwarzbraunen Augen sagten ihm mehr als jede ihrer Zeichnungen. In ihnen konnte er Hoffnungslosigkeit, Herbst und Winter, Tag und Nacht und den ausdruckslosen Tod erkennen. Adam hingegen gefährdete mit seinem Drogenkonsum die Existenz der Lux Humana. Logan musste auf der Hut sein. Mairead für ihren Teil konnte schweigen wie ein Grab. Er hatte mit der Erziehung dieses Mädchens wirklich gute Arbeit geleistet.

„Sieh mal!"

Mairead zeigte ihm die neue Zeichnung und hielt sie wie ein Schutzschild vor ihre Brust.

„Wie findest du sie?"

Auf dem Papier schien die Natur zu schmelzen und ineinanderzulaufen. Aus den Wolken grinsten ihm blaue Augenpaare mit einer grässlichen Bösartigkeit entgegen.

Plötzlich hörten sie ein Geräusch, das näher kam, knirschend und fauchend. Beide drehten sich um. Die Tür wurde aufgerissen und die Welt war erfüllt von Dallis' Lärm. Mairead warf ihre Zeichnung in die Ecke.

„Verschwinde!", fauchte Dallis das Mädchen an.

Das kleine Gesicht zuckte wie von unsichtbaren Nadeln gestochen. Logan warf Dallis einen drohenden Blick zu, der besagte: Ich bringe dich um, wenn du der Kleinen nur ein Haar krümmst.

In der Nacht

Das Mädchen neben mir wacht auf. Sein Herz rast und es ringt nach Luft, weil es wähnt, dass die knöchrigen Finger des Todes seinen Hals umschließen. Ich spüre, wie der Gesang der Angst in ihrem Inneren tost. Sie weint und die dahinschwindenden Muskeln ihrer kleinen Gestalt zucken wild. Meine Arme halten ihren mageren Körper und ich versuche ihr die Verwirrung zu nehmen, die zu groß ist für ein zehnjähriges Mädchen, das bittet und fleht, Gott möge ihm ein weiteres Jahr schenken.

Ich flüstere beruhigende Worte und verspreche, dass ich sie niemals verlasse. Sie nickt, denn sie begreift, welche Bedeutung meine Worte haben. Sie weiß, ich werde bei ihr sein, wenn sie stirbt. Mairead löst sich aus meiner Umarmung und taumelt ins Badezimmer. Ich fürchte mich vor dem Augenblick, wenn die undurchdringliche Trübung kleinster Wassertröpfchen sich auflöst und der Spiegel über dem Waschbecken das Ergebnis einer schmerzlichen Vergangenheit preisgibt: die Züge einer Greisin, nicht makellos oder von atemberaubender Schönheit wie bei manchen Mädchen ihres Alters, sondern ein kleines geschrumpftes Gesicht mit vogelartigen Zügen, in dem die Augen tief in den Höhlen liegen und die Nase schnabelförmig vorsteht. Kein Mädchen wünscht sich ein solches Aussehen.

Mairead schlägt die Hände vors Gesicht und fragt, ob ich eine Nachricht aus Bettyhill bekommen hätte. Und wieder werde ich von Tränen und dem Gefühl der Machtlosigkeit erfüllt. Das Ende wird kommen. Schon bald, wenn ich kein Herz für Mairead bekomme. Ich kann ihr nicht sagen, dass es kaum Hoffnung für sie gibt, obwohl Adam anders darüber denkt. Der Tod birgt viele Vorteile, hat Mairead einmal gesagt. Fliegen und Maden, die deinen Körper erobern, Verwesung, ein dunkles Grab, in dem die Erinnerung erlischt, das dir die Bürde der Schönheit nimmt, sofern du sie besitzt, und den Weg in den Himmel zeigt. Im Himmel werden die einfachsten Träume wahr, behauptet Mairead. Dort würde sie sich austoben können wie jedes andere Kind und nicht mehr mit ihrem Leiden kämpfen müssen.

Die Stille Schottlands, sein Schweigen, verbirgt eine gewaltige Gegenwart. Die Natur ist hier ohne Hast, in ihrer leisen Art vollkommen. Sie ist Maireads Hoffnung und meine Therapie. Die Stille gibt mir Kraft, die bevorstehende Endlichkeit meiner Tochter – sollte es dazu kommen – anzunehmen. Dennoch zermürbt mich der Gedanke, Mairead bald nicht mehr umarmen zu können. Ich vermute, dass ich deshalb seit kurzer Zeit einen Großteil meiner Zeit damit verbringe, alles für die Herztransplantation vorzubereiten.

Kapitel 31

Kinderklinik Bettyhill, 25. Oktober 2011

Endlich! Ihre Finger umklammerten das Papier und sie schaute verzückt zum Himmel empor. Für ein solch bedeutendes Ereignis müsste es eigentlich Blitze ... na ja, zumindest Gewitterwolken geben. Doch der Himmel verhielt sich gleichmütig, unbeeindruckt. In Bettyhill war das Klima ziemlich beständig und es herrschten mediterrane Temperaturen. Dallis ließ sich ins Gras sinken und genoss den herrlichen Blick auf die Balmore Bay. Mit diesem Ort verband sie ihre schönsten Kindheitserinnerungen. Wie oft hatte Blake ihr als Kind die Schönheit und Abgeschiedenheit der hiesigen Goldstrände von einem Pferderücken aus gezeigt. Unter den felsigen Hügeln lagen an der Seite einer schmalen Gezeitenmündung zwei herrliche Strände: die Buchten Balmore Bay und Farr Bay, wo Blake mitunter Edelsteine gefunden hatte. Sie hatten nach seltenen Pflanzen wie Krähenbeere, Silberwurz, Leimkraut und Bärentraube gesucht, aus denen Blake aphrodisierende Tinkturen gebraut hatte. Als sie älter geworden war, hatten sie gemeinsam den berühmten springenden Lachs von Bettyhill, der heute nicht mehr in dem Fluss Naver vorkam, gegessen. In Bettyhill hatte sie Kind sein dürfen, hier hatte sie niemand überfordert.

Hinter ihr, jenseits der wogenden Felder und Strände, stand das aus roten Ziegelsteinen erbaute Kinderheim von Bettyhill. Schwester Cordula saß zweifellos am dritten Fenster von links in ihrem rissigen Ledersessel und las die Dokumente der jüngsten Heimzugänge: Kinder, die ihre Eltern verloren hatten, Babys, die irgendwo ausgesetzt worden waren, aber auch Jungen und Mädchen, die wegen kleinerer Straftaten die Jugendstrafanstalt gegen Bettyhill eingetauscht hatten, oder Kinder, die ein Constable auf der Straße aufgelesen hatte. Sie alle fanden bei der hinterlistigen alten Hexe vorübergehend ein neues Zuhause.

Dem Kinderheim war eine Kinderklinik angeschlossen, in der Dallis mit acht Jahren einige unerträglich lange Wochen wegen eines Beinbruches verbracht hatte. Sie konnte Schwester Cordula, die das kurze, gelockte weiße Haar unter einem Schleier versteckte, der ihr rosiges, rundliches Gesicht umrahmte, nicht ausstehen. Schon der Gedanke an dieses Luder ließ sie mit einem Mal wütend werden. Oder war es der entsetzliche Heißhunger, der sie neuerdings immer häufiger überfiel? Dallis schnitt eine Grimasse. Jeden Morgen hatte die alte Nonne ihr, bevor sie sich um die anderen Mädchen und Jungen gekümmert hatte, das Frühstück ans Bett gebracht und sie mit wässrig blauen Augen angegrinst. Hinter ihr hatte Schwester Maria, die Scheinheilige, gestanden; ein Kruzifix umklammernd, hatte sie mit finsterem Gesichtsausdruck das Morgengebet gesprochen. Dallis wusste, dass sie damals nur deshalb bevorzugt behandelt worden war, weil das Gruselkabinett der heiligen Verlogenheit sich Blake Carrington' Spendenflut sichern wollte.

Jim, der kauzige Gärtner, behielt auch heute noch die Waisen und die straffällig gewordenen Kinder im Auge, während Schwester Cordula mit zusammengekniffenen Augen in dem Wohnzimmer mit den cremefarbenen Wänden saß, in das die Morgensonne schien, das Bargeld zählte und sich Gedanken über mögliche Resozialisierungsmaßnahmen machte. Über die Wiedereingliederung dieser Kinder in die Gesellschaft hatte sich die alte Hexe immer mal wieder mit Logan unterhalten, der sich nach einem solchen Gespräch bereit erklärt hatte, einige Jungen und Mädchen dem Internat von Balmore Castle zuzuführen, um sie dort auszubilden. Schwester Maria hatte Logan gedankt, indem sie ihr Kruzifix ihrem Herrn besonders hoch entgegenhielt und dabei lauthals ein Gebet für ihn krächzte. Dallis lachte laut auf. Resozialisierung auf Balmore Castle! Das hatte Logan grandios eingefädelt. Er bezog Frischfleisch für die Gemeinschaft Lux Humana aus dem Kinderheim von Bettyhill.

Sie bemerkte drei pubertäre Mädchen in identischen dunkelgrauen Kleidern, die sich an der Tür drängten und sie aus der Ferne anstarrten. Vielleicht war darunter ein geeignetes Kind für das Erziehungszimmer, ein Kind, das irgendwann sein Leben der Schönheit widmen würde. Mit Sicherheit lag aber hinter diesen Mauern der Kinderklinik das Mädchen Bonnie, das bei einem Unfall schwer verletzt worden war und – sollte sie sterben – demnächst Lux Humana zugeführt werden würde. Man spielt aber auch nicht auf einem Heuboden, wenn eine Mistgabel in der Nähe steht, ging Dallis durch den Kopf. Armes Ding. Die Mistgabel hatte Bonnie durchbohrt und nun lag sie seit Wochen in Koma.

Die Gegend bot weiter nichts Aufregendes; nur weite grüne Flächen, die allein von den Wollknäueln in Form von Schafen belebt wurden. Alles war friedlich und idyllisch – und furchtbar langweilig, fand Dallis. Die endlose Langeweile, die sie seit ihrer Rückkehr empfand, hatte heute ein Ende. Die Laborergebnisse von Bonnie in ihren Händen eröffneten ihr eine weitere Möglichkeit, Logan für immer an sich zu binden. Schon bei Blake war es ihr gelungen, durch gute Zeugnisnoten und sportliche Erfolge in der Schule seine Zuwendung und Anerkennung zu erhalten. Auch Logan hatte sie früher ständig herausgefordert, noch besser, attraktiver, erfolgreicher, spritziger und geistreicher zu sein als die anderen Mitglieder der Lux Humana. Aber mitunter waren Logans vermeintliche Erwartungen an sie so erschöpfend gewesen, dass sie ein Bedürfnis nach Ruhe verspürte und sich zurückzog, wie auch heute.

Logan – sein Name genügte, um ihren Puls in die Höhe zu treiben und ihre Atmung zu beschleunigen. Gestern hatte er das gemeinschaftliche Schlafzimmer verlassen, um nach Mairead zu sehen. Er war bei dem Kind geblieben, hatte sich zu ihr gelegt, weil Mairead nicht wohl gewesen war. Und als Logan heute Morgen in den blankpolierten schwarzen Schuhen mit Mairead zum Parkplatz lief, waren seine Schritte alles andere als lautlos, sondern überaus hörbar, laut und polternd, wie sein Männerlachen, das den Himmel aufreißen könnte und die Wolken zum Zittern brächte. Mädchenlachen klang nie so, dachte Dallis. Mädchen machten kleine Schritte und zeigten höchstens einmal ein kaum sichtbares Lachgrübchen. Mädchen wie sie machten kein Wesen um sich.

Seit ihrer Rückkehr fragte sich Dallis, ob Logan fähig war, das Werk seines Vaters fortzusetzen. Er war unbeherrscht und machte neuerdings Fehler, hatte die Nebenwirkungen seiner neuen Operationstechniken nicht im Griff, wie sie während eines ersten Rundganges auf Balmore Castle feststellen konnte. Sie war verwundert über Nervenschädigungen, die Gesichter erstarren ließen, über schwere Nachblutungen und Staphylokokkeninfektionen, nachdem Logan die Körper im Behandlungszimmer *perfektioniert* hatte. Dallis hatte Adam diesbezüglich auf den Zahn gefühlt. Wenn er nicht gerade tipsy war, kam er ihr noch immer verdammt klug vor. Er würde es nicht wagen, Logan von ihrer netten kleinen Unterhaltung zu berichten. Und wenn doch? Den Inhalt eines Gespräches unter vier Augen konnte man immer leugnen. Adam spielte für sie im Grunde keine Rolle. Sie hatte sich früher höchstens im Licht seines Könnens gesonnt. Es hatte ihr gefallen, wenn Fremde ihr sagten: Adam Carrington, der Biogenetiker? Das ist dein Bruder? Auch eine indirekte Bewunderung rettete einen beschissenen Tag! Ihr fiel allerdings auch auf, dass Adam neuerdings häufig Neid auf sie projizierte. Angst und Eifersucht nagten an ihm, behauptete Logan. Adam würde es wohl kaum verkraften, wenn sie den Schlüssel zur ewigen Jugend entdecken könnte. *Nein*, dachte Dallis. Das würde der arme Adam weiß Gott nicht verkraften! Aber auch das wäre mir egal. Sie war nur von Sehnsucht nach Logan erfüllt und dem Gefühl, ohne ihn nicht zu existieren, zu leben und zu atmen.

„Logan trägt und birgt wie ich die finsteren Abgründe mit vollendeter Gleichgültigkeit", murmelte sie vor sich hin.

Heute hielt sie ein besonderes Geschenk für Logan bereit: die Laborberichte von Bonnie. Logan das Waisenmädchen zuzuführen, war ein geschickter Schachzug, sich seine volle Aufmerksamkeit zu sichern. In der Brust des komatösen Mädchens schlug das passende Herz für Logans Kretin, dessen körperliche Verfassung der einer kränkelnden Neunzigjährigen glich und die gestern sogar in seinem Bett geschlafen und Logan in der Nacht mit ihrem Gekreische aus dem Schlaf aufgeschreckt hatte.

Das Mädchen Bonnie hingegen stand für eine ziemlich direkte Methode, Logan an seinen Traum der grenzenlosen Anerkennung zu erinnern und an das, was sie ihm zu bieten hatte: ein Herz für Mairead. Die Methoden von Dr. Merrick hatte Dallis hingegen allmählich gründlich satt. Dafür, dass Merrick sich auf ein Abschalten der lebenserhaltenden Apparaturen einließ, erwartete er von Logan eine astronomisch hohe Summe für Bonnies Herz, und von ihr den Beischlaf. Merricks Anrufe und seine plumpen Annäherungsversuche dienten einem einzigen Zweck: sie in sein Bett zu holen. Als Bonus, hatte er gesagt. Dallis schäumte innerlich über vor Wut, dass Logan sie dem aussetzte. Es war an der Zeit, dass er sich endlich der Wahrheit stellte. Sie war der Superstar, nicht Mairead! Das Handy in ihrer Handtasche vibrierte. Sie las die angezeigte Nummer von Bernhard Merrick.

„Verdammter Scheißkerl! Lass mich in Ruhe!", tobte sie.

Ihr Puls raste, ihr wurde schwindelig. Der Heißhunger war unerträglich. Sie brauchte dringend etwas zu essen. Sie zögerte einen Moment, ließ das Handy vibrieren, bis der Anruf auf die Mailbox weitergeleitet wurde. Wenn es eine Komplikation gab, die sie an diesem Wochenende absolut nicht brauchen konnte, dann war es die Sache mit Bernhard Merrick. Er hatte darauf bestanden, sie zum Kaffee einzuladen, aber sie hatte charmant abgelehnt. Gewiss, sie konnte Merrick nicht auf unbestimmte Zeit vertrösten, denn er hatte sie mit bewundernden Blicken von oben bis unten gemustert, als er ihr die Akte Bonnie gab. Er würde nicht lockerlassen, aber auf ein paar Tage mehr oder weniger kam es wohl nicht an. Sie würde einen Weg finden, Merrick ein für alle Mal loszuwerden. Wie konnte er es wagen, ein Mitglied der Lux Humana erpressen zu wollen? Der Mann wurde immer dreister.

Sie wünschte sich, nicht länger nur Dallis zu sein, die Logans Anweisungen befolgte, sondern neben Logan dem inneren Kreis der Lux Humana vorzustehen. Sie war kein blutrünstiges Geschöpf, das Tod und Zerstörung verkörperte. Sie stand für die Erneuerung. Ohne Zerstörung konnte nichts Neues entstehen. Leben und Tod bildeten eine untrennbare Einheit, hatte Blake ihr einst erklärt. Sie war die Beschützerin der Schönheit, ihre Wut richtete sich nicht gegen die Menschen, sondern gegen die Dämonen der Hässlichkeit. Der Name Dallis stand für göttliche Anmut, die die Zeit vernichtete und verschlang. Dallis gebar zeitlose Schönheit in vollendeter Form. Der Name passte zu ihr, fand sie.

Mit üblen Gedanken, Kopfschmerzen und Heißhunger fuhr sie verstimmt zum Schloss zurück. Auf der Fahrt fragte sie sich insgeheim, was in letzter Zeit mit ihr geschah.

„Ich bin doch perfekt", flüsterte sie. „Warum verliere ich dann mitunter die Orientierung und bin verwirrt?"

In dieser Nacht wurde Dallis immer wieder durch das Wimmern eines Mädchens im Zimmer nebenan aus dem Schlaf gerissen. Logan hatte ihr sofort nach ihrer Rückkehr aus Bettyhill seine neue Meisterleistung gezeigt, eine „Genesis", wie er das Ergebnis seiner Schönheitsoperationen nannte. Das Gesicht und die Brust des Mädchens waren bandagiert. Logan hatte die Augen durch das Entfernen der Schlupflider vergrößert, die Wangenknochen modelliert, die Nase verkleinert und das Kinn mit einem kleinen Silikonkissen unterpolstert. Die mit Salzlösung gefüllten Implantate waren endoskopisch in die Achselhöhlen eingeführt worden. Durch die Bandage konnte Dallis die neuen Brüste erkennen, die von der Operation noch geschwollen waren, aber irgendwann prächtig sein würden.

Dallis verspürte erneut den Zorn, den sie seit ihrer Ankunft auf Balmore Castle empfand und den sie nicht mehr unterdrücken konnte. Sie wusste, es war nicht nur das Wimmern des Mädchens, das sie wach hielt. Logan hatte am Nachmittag Mairead einen *zärtlichen* Blick geschenkt. Das war es, was sie beunruhigte. Zum wiederholten Mal hatte Logan ihr die Verbundenheit der beiden vor Augen geführt, hatte ihr gezeigt, wie vernarrt er in dieses Kind war. Dallis versuchte ihre Gedanken zu kontrollieren. Eifersucht konnte sie sich nicht leisten, sie musste sie zurückstellen und sich auf das Aufnahmeritual zum Ort der Unantastbarkeit, dem inneren Kreis, vorbereiten. Sie durfte nicht an Logans Gefühle für Mairead denken. Natürlich dachte sie trotzdem daran. Sie konnte an nichts anderes denken. Sie verstand nicht, wie er nur einen Funken Sympathie für die Hässlichkeit empfinden konnte, die dieses Wesen verkörperte. Die Zwillinge und sie waren seit frühester Kindheit von Anmut und Schönheit umgeben, waren im Gedankengut der Lux Humana erzogen worden, um der Welt ihre verloren gegangenen Werte zurückzugeben. Sie hatten sich zum Ziel gesetzt, die Schönheit zu beschwören und sie neu zu beleben. Nicht die Hässlichkeit zu nähren. Sei stark, kalt, hart. Sei schön. Worte, die Blake ihnen einst gelehrt hatte. Schönheit bedeutete Macht. Sie mochte sich und ihr Aussehen. Nur die ästhetische Harmonie gebar Stärke. Davon waren die Zwillinge und sie überzeugt.

Logan jedoch hatte mit seiner Haltung Verrat an Lux Humana begangen. Und an ihr. Sie glaubte mittlerweile, dass mit Blakes Tod nicht die Fürsorge, sondern die Ungeduld, die Gereiztheit und ein beunruhigender Ehrgeiz auf Balmore Castle ihren Einzug hielten und das Übel die Zwillinge liebkoste. In dem Jahr nach Blakes Tod hatte es auf Balmore Castle mehrere Todesfälle gegeben. Sie verstärkten Dallis' Verdacht, dass Logan und Adam die Initiation der Lux Humana nicht im Griff hatten. Die physische Manipulation war eine Waffe wie jede andere, aber die einzige, die den absoluten Gehorsam brachte. Der Tod benutzte auf Balmore Castle aber immer eine andere Sense. Waren das die ersten Anzeichen eines Abstiegs der Lux Humana?

„Nein", flüsterte ihr innerer Drache. „Das wirst du zu verhindern wissen!"

Sie nickte immer wieder ein, wachte auf und starrte auf die Uhr, beobachtete, wie die Zeit verging. Sie fragte sich, wann die Zwillinge kommen würden, um sie gemeinsam mit dem Kuratorium in den inneren Kreis der Lux Humana einzuführen. Langsam erhob sie sich von ihrem Bett und ging im Schlafzimmer auf und ab, ein kurzer Weg, ein paar Schritte nur. Das Aufnahmeritual war mit gewöhnlichen Sinnen nicht zu erreichen. Um sich den Schöpfern der Schönheit mit einer feingestimmten Vorstellungskraft zu offenbaren, musste sie andere Wege gehen. Sie schloss die Augen und versuchte, ihre Wut über Logans Verhalten zu unterdrücken. Doch das Einzige, was ihr die Stille der Nacht gab, war eine Beklommenheit, die ihre Brust aushöhlte. *Vielleicht genau das, was ich verdiene*, dachte sie.

Sie öffnete die Schlafzimmertür, lief den Korridor entlang und blieb vor dem Labor neben dem Erziehungszimmer stehen. Das Glas war kalt, sehr kalt, obwohl die Luft hinter der Glasfront feucht und warm war. Die Scheibe des Labors beschlug ein wenig, als Dallis sie anhauchte. Dahinter sah sie nichts. Nur Schweigen. Sie blieb stehen, lange oder nur ein paar Sekunden. Die Zeit wartete und dehnte sich aus. Mit einem Mal erhellte Licht das Labor. Dallis sah einen Tisch voller Reagenzgläser, Stahlschränke mit Proben, den Schrank mit den Drogen, einen mit einem Laborkittel belegten Stuhl. Ein Schatten huschte durch den Raum. Logan? Schwer, Nuancen und Konturen zu erkennen, eigentlich spielte es auch keine Rolle. Sie schaute noch einmal durch das Fensterglas wie in einen Spiegel. Ihr eigenes Gesicht war von gespenstischer Blässe. Sie machte kehrt, rannte aus dem Haus, durch das Gras, sie verschwand zwischen den Bäumen, die Zweige knackten unter ihren Fußsohlen, der Kies knirschte. Bald erreichte sie eine Lichtung und die Klippen.

Dallis wusste, sie war wieder einmal davongelaufen, um Logan, Adam und Balmore Castle zu entkommen. Aber wie immer blieb sie auch jetzt stehen und starrte auf die tobende See. Auf den Klippen über dem Meer war es nur ein Schritt in den Abgrund. Ein Schritt in die Arme ihrer Eltern, ein Schritt in ihr Leben vor Balmore. Plötzlich tauchte verschwommen eine Gestalt aus den Wellen auf. Sie winkte ihr zu.

„Mama?"

Ein Flüstern.

Nein! Das war eine Fata Morgana. Es gab keine Erinnerungen an das Leben vor Balmore, nur zwei eingravierte Namen auf der kupfernen Platte der Carrington-Gruft. Das kleine Mädchen von damals war tot. Sie lief wieder zum Haus, ging in ihr Zimmer und starrte mit blindem Blick durch das hohe Bogenfenster in die Schwärze der Nacht. Sie kehrte immer zurück – zurück zu Logan. Dallis fragte sich, ob sie Logans Hochmut während des Rituals zu spüren bekommen würde. Der innere Kreis schrieb Logan – wie vor Jahren seinem Vater – alle Übel vor: Hartherzigkeit, Unduldsamkeit, Raserei und Entfernung der ‚Objekte', wenn die Regeln nicht befolgt würden. Logan musste dem gerecht werden. Mit dem Ritual kam auch seine Bewährungsprobe.

Adam würde morgen mit Sicherheit die Rolle des Sanftmütigen spielen, der dafür zuständig war, die ihr zugefügten Wunden wieder zu heilen. Adam flickte lieber die Tiere nach den Experimenten im Labor zusammen, anstatt sie grausam zu quälen, wie sie es als Teenager getan hatte. Adam kannte ihre sadomasochistische Neigung, aber er war diskret. Er hatte sich schon früh an den Drogen bedient, um das Leben mit seinem Vater erträglicher zu gestalten. Er glaubte, dass die Tierquälerei ein Ventil ihres Zorns auf Blake gewesen sei, und hatte die damaligen Vorfälle mit den Tieren weder Blake noch Logan gegenüber jemals erwähnt. Adam konnte unglaublich zärtlich sein, doch diese Sanftheit war auch Teil einer kranken, von Drogenexzessen zerstörten Psyche.

Dallis seufzte. Sie stand auf, warf einen Bademantel über und verließ das Haupthaus. Aber mit ihren Gedanken allein im Dunkeln durch den Garten zu gehen, machte das Warten auch nicht erträglicher.

Im Erdgeschoss öffnete Logan zur selben Zeit die Internetseite der Warschauer Zeitung Dziennik Giełdowy und stieß auf eine kurze Meldung: *Heute wurde der Warschauer Geschäftsmann Eørgy Pasternek in seiner Wohnung tot aufgefunden. Die Ermittler gehen von einem Auftragsmord aus, da der Tote Kontakte zur RAK unterhielt.* Logan legte eine DVD in das Laufwerk ein und löschte mit einem Spezialprogramm dauerhaft die Dateien mit dem Kürzel *E.P.*

Wenig später verließ er das Haupthaus. Für Ende Oktober war es ein relativ milder Tag gewesen, und sogar jetzt, in der Nacht, hielt die Luft immer noch die Wärme eines sonnigen Tages fest. Vor ihm fiel der Rasen sanft bis zu dem Haus mit den vier Türmen ab. Er betrat das Nebengebäude, die „Hexenküche", wie sein Vater die pharmazeutische Produktionsstätte mit den Holzfässern genannt hatte. Er hob die Abdeckung des Holzbehälters an. Der Hauptbestandteil der Tinktur war Schafsgalle, die er von den umliegenden Schafszüchtern bezog. Er sog das Aroma der in heißem Wasser eingeweichten Galle ein und fand es verblüffend, wie aus dieser Flüssigkeit, einem Gemisch aus heißem Wasser und bestialisch stinkender Galle, ein so edles und hochwirksames Endprodukt wie seine Gealach-Tropfen entstehen konnte, die bereits sein Vater auf Balmore Castle produziert hatte. Das Wasser für die Zubereitung kam aus der Quelle, die aus den sanft gewellten Wiesen sprudelte. Bei der Tinktur kam der Qualität des Wassers eine entscheidende Bedeutung zu. Es gehörte zu dem wichtigsten Kapital einer jeden Herstellungscharge.

Gealach stand im Gälischen für Mond. Die Neophyten erhielten die Tinktur nur bei Vollmond am Loch Meadhonach. Die Tinktur wirkte anregend auf das sexuelle Verlangen und das Lustempfinden. Vielleicht war das ja auch der Grund, weshalb er mit solch glühender Leidenschaft an dem Aphrodisiakum hing. Selbst heute, nachdem er wie gewohnt einen langen Tag am OP-Tisch verbracht hatte, machte er seinen Rundgang über das kleine Produktionsgelände. Morgen sollte auch Dallis davon kosten, dachte er, ein Tropfen in ihr Weinglas, ihr Nippen ... von einer leichten Brise Meeresluft, die durch das geöffnete Fenster in den Raum wehte, ins Paradies der Lüste begleitet. Er verschloss den Behälter und ging über den Gittersteg zur Treppe. Seine Schritte hallten in dem weiten Gewölbe wider. Er trat ins Freie, schloss die Tür des Gebäudes hinter sich ab und blieb dann einen Augenblick stehen, um den Blick über sein Reich schweifen zu lassen.

Plötzlich hörte er ein lautes Platschen. Er schlich zum beheizten Pool, der direkt in eine Felsklippe eingebettet war und von Unterwasserscheinwerfern beleuchtet wurde. Leise trat er näher und entdeckte Dallis, die als geschmeidiger Schemen durchs Wasser glitt. Die Unterwasserscheinwerfer offenbarten nackte Füße, nackte Beine und einen verführerischen Hintern. Er spürte die Hitze in seinen Lenden, der Vorbote einer köstlichen Lust, die ihn in ihren Bann ziehen wollte, immer wenn er vollkommene Schönheit erblickte. Ihre gleichmäßigen Bewegungen unter Wasser erzeugten Wirbel, die sich über die Wasseroberfläche fortsetzten und Logans Haut wellenartig durchdrangen, als stünde sein von einem beinahe unerträglichen Glühen erfasster Körper gar nicht mehr dort im Dunkeln, sondern befände sich dort im Wasser.

Er legte rasch seine Kleider ab. Dallis stieg aus dem Wasser und kam auf ihn zu. Das Mondlicht verlieh ihr den elfenbeinernen Glanz einer heidnischen Göttin. Selbstsicher schritt sie splitternackt auf ihn zu. Ihr straffer Busen zitterte bei jedem Schritt, die frische, kühle Luft hatte ihre Brustwarzen hart werden lassen. Sie war rasiert, glatt wie Marmor.

Logan starrte sie an, hingerissen vom Wunder ihrer Haut, brennend gewillt, berührt zu werden. Dallis legte ihm die Hand in den Nacken und zog ihn an sich.

„Logan ..."

Logan spürte ihre Begierde, ihre Finger krallten sich in seine Haare. Sie schauderte wieder und wieder, bäumte sich auf und drängte sich heftig an ihn. Sie drückte ihn nach hinten auf den steinernen Boden. Sie war flüssiges Feuer. Dallis legte ihm die Arme um den Hals und setzte sich mit gespreizten Beinen auf ihn. Alles von ihr drang in sein Hirn, ihr süßes, sanftes Reiben, der langsame, kreisende Rhythmus ihrer Hüften, die Brüste, die gegen seine Brust schlugen, ihre glühenden Augen, der offene Mund. Logan kam in bebenden Wellen, und angesichts der schier unerträglichen Lust schrie er einen Namen.

Er schlug die Augen gerade noch rechtzeitig auf. Dallis schaute ihn mit seltsamem Blick an und löste sich aus seiner Umarmung. Der Wind pfiff durch die Äste der Bäume, als ihr Schatten in der Dunkelheit verschwand. Logan blickte Dallis nach. Sie war nun keine Göttin, keine große Schönheit mehr, die in ihrem hellen Kleid davonstolzierte, sondern eine kalte Wiedergeburt einer Bedrohung, eine Kreatur der Nacht. Gefährlich und jederzeit bereit, zuzuschlagen. Sie hatte ihn ertappt, in die dunkelsten Windungen seines Hirns gesehen. Logan wusste, dass er einen Fehler begangen hatte. Rasch zog er sich an und ging zur Vorderseite des Hauses.

Kapitel 32

Balmore Castle, 21. November 2001

Mit Blakes Tod kamen Gefühle wie Trauer, Verzweiflung, Wut, Vergeblichkeit an die Oberfläche, die Dallis aber auf ihre frühkindliche Vertrautheit mit Blake zurückführte. Sie hatte ihn anfangs gemocht. Er war ihr Lehrer und Mentor gewesen und hatte für sie einst Stolz und Macht verkörpert – bis zu jener grauenvollen Nacht. Auch ließen die Gedanken an das Erziehungszimmer sie nicht mehr los: Blake stand für unerträgliche Marter und das Böse in vollendeter Form. Seine Erbarmungslosigkeiten hatten ihren Hass und ihre Verachtung für ihn geschürt. Sie waren unauslöschliche Erinnerungen und auf seiner Beerdigung entsandten ihre Augen keine einzige Träne. Nach der Beisetzung hielt sie den Zwiespalt ihrer Gefühle in ihrem Tagebuch fest.

Heute wurde Blake in der Familiengruft der Carrington beigesetzt. Sein Tod schmerzt. Das schwere Dunkel fällt seltsamerweise auch auf mich herab und es ist keine hineingetuschte Schwärze. Ich fühle nichts, bin wie ein Stein, gesammelt im stummen Gewahrsam unserer Moorlandschaft um Loch Meadhonach.

„Leiden ist die Ankunft von Dunkelheit", hat Blake einmal gesagt. Monster Blake hat mich gekannt, meinen Schmerz, aber auch meine Zerrissenheit vorausgesehen.

Meine Lippen haben vor zwei Tagen seine feuchte Stirn zum letzten Mal berührt. Dabei hat er mir ins Ohr geflüstert.

„Ich kenne die Wahrheit, Dallis-Blue, und es macht mir nichts aus. Rache ist süß, doch du wirst leiden. Ich weiß es! Versprich mir, dass nach meinem Tod niemand Zeuge deiner Qual sein wird. Niemand, nicht die Mitglieder des Kuratoriums oder Lux Humana's Neophyten, nicht einmal Logan und Adam. Den Schmerz sichtbar zu zeigen bedeutet deine Position zu schwächen. Sei stark für dein Ziel. Nach deinem Studium wirst du mit Logan und Adam an der Spitze der Gemeinschaft Lux Humana stehen und wahrhaftig Großes leisten."

Ich habe mein Versprechen gehalten. Ich bin eine gute Schülerin. Was ist das für ein Gefühl nicht mit, aber auch nicht ohne einen Menschen sein zu können? Als neunzehnjähriges Mädchen eine so schwere Last zu tragen, ist eine einsame Angelegenheit. Gefühle wie Liebe und Hass sind wie der Himmel, sichtbar, mit nichts darin zu sehen. Dennoch möchte ich jetzt, in der Dunkelheit, schreien. Blake hat mich fast zu Tode gequält. Dennoch vermisse ich ihn und ich verstehe den inneren Zwiespalt meiner Gefühle nicht mehr. Logan weilt seit dem Tod seines Vaters wieder auf Balmore Castle an meiner Seite. Er schwört mir seine Liebe, aber beweisen Männer ihre Liebe nicht durch Taten? Ich kann sein Verhalten nicht nachvollziehen. Er müsste Blake doch hassen, nachdem was dieses Monster mir angetan hat. Logan hat es gehört, mit eigenen

Augen gesehen. Ich verstehe daher seine Trauer nicht und spüre, wie der Drache in mir nach Antworten lechzt, aber ich muss mich beherrschen. Vielleicht sind Vater und Sohn aus dem gleichen Holz geschnitzt.

Noch immer ist Balmore Castle erfüllt von Blakes Aura. Ich rieche und spüre ihn und kann immer noch nicht fassen, dass ich endlich frei bin. Blake wird mich nie wieder umarmen, mich nie wieder quälen. Aber … Es ist seltsam und es ist so widersprüchlich, nachdem was er mir angetan hat, aber ich glaube, ich werde seine Bewunderung vermissen. Ohne sie bin ich leer.

9. Januar 2001
Nacht! Ich habe mich sattgesehen.
Du machst mich nicht zu Asche,
Du nicht, du schwarze Sonne!

So gefällt mir Marina Zwetajewas Gedicht Gegenwart der Nacht besser, auch wenn mein Klassenlehrer Lehrer anderer Meinung ist und meine Interpretation zerrissen hat. Er ist ein Idiot und ich sollte ihm eine Lektion erteilen, wie Blake es mit den Mitgliedern der Lux Humana getan hat, wenn sie sich nicht fügen wollten. Vieles in der Dichtung der bedeutendsten Schriftstellerin Russlands hat seine Wurzeln tief in ihrer verdrängten und unruhigen Kindheit, die trotzdem reich und einzigartig war. Vielleicht fühle ich mich deshalb mit ihr verbunden und nicht, weil sie an der Spitze literarischer Bewegungen gestanden hat. Auch ich werde Großes leisten und mit den Zwillingen an der Spitze der Lux Humana stehen.

Logan hielt gestern in der Friedhofskapelle während der Sechs-Wochenandacht eine Rede. Er war fantastisch. Ich hatte ihn gebeten, zu erwähnen, wie sehr ich mich um seinen Vater während dessen Krankheit gekümmert habe. Er bestand diese Bewährungsprobe mit Bravour. Die Gemeinschaft Lux Humana hatte nach der Messe nur Lob und Bewunderung für seine trauernde Adoptivtochter Dallis. So soll es auch sein! Ein Tag ohne Bewunderung ist ein absolut verlorener Tag.

Beim Sterben endet jede Kontinuität, flüsterte Logan mir später ins Ohr. Nichts bleibt zurück. Und er gestand mir, dass er erst beim Anblick der Leiche seines Vaters, an der Grenze des Todes, zu ahnen begann, dass seine Liebe für mich stärker sei als der Tod. Wusste ich es doch! Logan hat sich häufig mit seinem Vater gestritten. Dabei ging es immer nur um mich. Eifersucht belastete ihr Verhältnis. Ich habe diesen Zwist innerlich genossen.

Ich sehe die Dinge nach Blakes Tod nun vollkommen klar und bin auch nicht mehr traurig, wenn ich die Familiengruft besuche. Dort steht ein Vogelbeerbaum. Er ragt neben der Grabstätte der Carrington schon von weitem gespenstisch empor. Die Bewohner von Kinlochbervie behaupten, dass der Baum über das Grab wacht und es vor bösen Geistern schützen soll. Dieser Baum war ebenfalls einmal eine Pflanze, die die Scholle durchbrechen musste, um im Tageslicht zu erblühen. Alles, was wächst, muss zunächst der Dunkelheit erliegen. Das ist ein

Gesetz der Natur! Auch ich habe die Schwärze verlassen. Das Monster ist tot! Ich lebe, bin wieder erwacht wie ein Strahl der Sonne, und vollkommen. Blake hat recht behalten: Das Licht hat viele Gesichter, aber das Dunkel nur eins.

Morgen werde ich das Grab meiner Eltern besuchen und unter dem Vogelbeerbaum mit meiner Mutter sprechen und ihr mein Geheimnis anvertrauen. Sie wird mir zuflüstern: „Du bist meine Tochter: perfekt, makellos und fehlerfrei!"

Ich werde mein Geheimnis in weiße Atemwölkchen durch die Luft hauchen und danach meiner Mutter ein letztes Mal ihr Lied spielen; das Klagelied des Dudelsacks, das vom Wind davongetragen wird. Meine Mutter wird mich umjubeln und der Firnis aus Beherrschtheit wird von mir abblättern.

Zwei Woche später

Stille lag über dem feudalen Haupthaus von Balmore Castle und Dallis hing ihren Gedanken nach. Blake hatte von Anfang an eine konkrete Vorstellung davon gehabt, wie sie sein sollte. Er hatte sie benutzt, damit sie dem Ideal entsprach, das er von ihr gezeichnet hatte: eine zweite Amy und ein perfektes Mitglied der Lux Humana. Er hatte das Mädchen Dallis-Blue nicht geliebt, sondern er hatte das Bild geliebt, das er sich von ihm gemacht hatte. Der Preis dafür war hoch. Dallis hatte mit ihrer Lebendigkeit bezahlt und bis heute war keine Bewegung in ihre Erstarrung gekommen.

Logan hatte sich niemals untergeordnet. In seiner Jugend hatte Blake seinen Söhnen weder Aufmerksamkeit noch Fürsorge entgegengebracht, um diesen Vertrauensbeweis möglich zu machen. Blakes Erziehung hatte aus Logan einen starken Mann gemacht, der einen festen Platz in der Gesellschaft und im inneren Kreis der Lux Humana gefunden hatte.

Adam dagegen war schwach, obwohl Blake sich die größte Mühe mit seinem Sohn gegeben hatte. Er musste seinen Vater oft zum Loch Meadhonach begleiten und ihm dabei zugesehen müssen, wie Blake einer jungen Frau den Unterschied zwischen Diesseits und Jenseits erklärte. Adam hatte dabei den raschen Atem seines Vaters und die Geräusche der Nacht registriert. Vom Meer her hatte er die Sirenen zu hören geglaubt, die sich mit den Schmerzensschreien der Frauen zu einem kraftvollen Gesang vereinten. Er war dann immer berührt, wusste Dallis, hatte Mitleid beim Anblick der sich vor Schmerzen krümmenden Geschöpfe empfunden. Zurück auf Balmore tauchte Adam wieder in die Welt der bunten Smarties verdrängte tagelang seinen Kummer im Drogenrausch. Er hasste Gewalt, sexuelle Exzesse und Blake, der aus seinem Sohn einen „starken Mann" machen wollte. Im Drogenrausch war Adam allerdings immer zu Blakes Handlanger mutiert.

Logan hatte nach Blakes Tod die Leitung der Klinik Lux Humana übernommen und Adam widmete sich voll und ganz seiner Genforschung. Beide Männer besaßen das Vertrauen des Kuratoriums der Lux Humana.

Endlich nahm Logan auch den Platz seines Vaters an ihrer Seite ein. Dennoch hatte sich seit Blakes Beerdigung etwas zwischen ihnen verändert, etwas, dass sie nicht erkennen konnte, noch nicht, aber das den Drachen in ihr wieder zum Leben erweckte.

Obwohl äußerst intelligent und gebildet, schwankte Logan in seinem Innersten zwischen dem Gefühl gottähnlicher Allmacht und dem Eindruck, überhaupt nicht zu existieren. Einerseits gab er sich ihr ganz hin, benahm sich so, wie sie es von ihm erwartete, und war nur ihr ergeben. Andererseits war Logan unersättlich und genoss es, die Kontrolle zu besitzen. Wenn er ihr Leben lebte, genoss sie seine inneren Qualen. Wenn er sich ihr entzog, strafte sie ihn mit grausamer Stille, die über mehrere Tage anhielt und die sie sexuell so stimulierte, dass eine Nacht der Versöhnung das Feuer nicht löschen konnte.

Logan besuchte sie seit einer Woche regelmäßig und auch heute Nacht wollte er zu ihr kommen. Und wenn es vorbei war, stellte Dallis sich immer viele Fragen: Warum sie so verrückt nach diesem verdorbenen Mann war, und ob nicht irgendwo noch ein anderer Mann existierte, dem es gelingen könne, sie so zu faszinieren. Sie wollte nicht böse sein, bewundert werden, das ja, dachte sie, während sie in ihrem Bett lag und auf Logan wartete. *Lieber Gott, bitte hilf mir, lass Logan nicht so wie Blake sein.*

Aber war er nicht schon auf dem besten Wege, so zu werden wie sein Vater. Sie fürchtete Logan nicht, wenn er mit den feinen Lederriemen einer Peitsche ihre Haut streichelte. Nur wenn er sie strangulierte, während sein Penis sie in Ekstase brachte, hatte sie Angst. Sie sagte ihm dann, dass sie ihn nicht verstand. Doch Logan erwiderte nur lächelnd, mit der Zeit werde sie ihn schon verstehen. *Nein*, dachte sie. Sie wollte nicht, dass mit ihrem Liebesspiel die Erinnerung an Blakes ‚Woche des Atems' auflebte. Auch wollte sie nie wieder den Tanz mit einem Monster. Der Tanz ihrer Mutter mit ihrem Vater war intim und schön gewesen, voller Zärtlichkeit. Und auch Dallis hatte sich als Kind gerne im Kreis gedreht. Doch wenn Blake die Neophyten tanzen ließ, war es wie ein Monsterball. *Nie wieder!*, dachte sie. *Blake ist Tod!*

Dallis starrte auf den Türrahmen. Würde sie gleich den Lichtstreifen sehen, die Schritte näher kommen hören? Das Licht ging an. Er kam. Ihr Herz begann zu rasen. Obwohl sie sich nach ihm sehnte, erfüllte sie die Aussicht auf seinen Besuch neuerdings mit Angst. Sie hörte Schritte, die näher kamen. Die Tür wurde aufgerissen. Sein Duft stieg ihr in die Nase, eine Mischung aus einem edlen Aftershave und den herrlichen, verführerischen Geruch seines Körpers. Dallis spürte, wie ihre Lust erwachte, als er sich wortlos auf sie stürzte. Sie erwiderte seinen Kuss voller Inbrunst, presste sich gegen ihn – es war die einzige Art, wie sie Logan zeigen konnte, dass auch sie ihn wollte.

„Nicht", murmelte Logan.

Seine Stimme war leise, drohend, und erregend. Vergeblich versuchte sie, nicht sarkastisch zu klingen.

„Nicht?"

Im Zeitlupentempo zog Logan seine Hose herunter, seine Augen glitzerten angsteinflößend und wahnsinnig erotisch zugleich, fand sie und die Lust fraß sich durch ihre Eingeweide, brennend, scharf, und übermächtig. Ihr Herz pochte bis zum Hals. Stöhnend zog Logan sie an sich, sodass er rittlings auf ihr saß. Dallis spürte seine Erregung. Er lehnte sich zurück und seine Augen flackerten vor Lust.

„Ich will dich, jetzt, sofort!", hauchte er und hob ihre Hüften ein wenig an.

Sie ergab sich ihrem Verlangen hin, dem Gefühl, das er jeden Millimeter von ihr ausfüllte. Ihre Körper rieben sich aneinander, bewegten sich im Gleichklang.

Dallis beugte sich vor und küsste ihn. Dann zog sie seinen Kopf nach unten und vertiefte den Kuss, während Logan sie ritt, schneller, immer schneller. Sie spürte eine kaum zu bändigende Lust, die ihr Innerstes widerspiegelte, das köstliche Ziehen tief in ihr, und ein Stöhnen entfuhr ihr. Der Orgasmus erschütterte sie beide in einem leidenschaftlichen Höhepunkt, der wie eine Woge über sie hineinschwappte und sie und Logan unter sich begrub. Dallis schrie und ihr Schrei drang bis tief in ihr Innerstes vor und berührte ihre Seele.

„Oh, Baby Blue!", stöhnte Logan und hielt sie fest umschlungen, bis sich ihre Atemzüge wieder beruhigten. Zärtlich strich er sie übers Haar.

„Du wirst immer besser, Dallis. Bist du für mehr bereit?"

Verdammter Scheißkerl!, dachte sie. *Warum musst du mir in einem solchen Moment diese Frage stellen.* Dallis versuchte sich Logan zu entziehen – angetrieben vom Adrenalin, das jetzt durch ihre Venen pumpte, doch er hielt sie fest umschlungen und ließ nicht locker. Tief in ihrem Innersten verspürte ihr Drache den Wunsch, Logan anzuspucken und anzubrüllen, er möge verschwinden. Aber sie tat nichts von alldem. Stattdessen antwortete sie leise:

„Ja."

Sie hörte seine Atemzüge. Jetzt waren sie lauter als vorhin, abgehackter.

„Dann wäre das zwischen uns geklärt. Ich wünsche dich morgen gegen zehn Uhr in der Klinik Na Stacain zu sehen, Dallis."

Der Zauber war verflogen.

„Weswegen?", fragte sie argwöhnisch.

„Es wird Zeit, deine Initiation in den inneren Kreis der Lux Humana fortzusetzen. Wir müssen dich vorbereiten! Mein Vater hat es gewollt und ich will es auch."

Sie spürte den Drachen in ihrem Unterleib, der nur darauf wartete, Logan zu verbrennen. Seine Augen funkelten gefährlich.

„Was hältst du von einer anderen Kostprobe, Dallis?"

Mit einer ruckartigen Bewegung umfasste er ihr Geschlecht und schob einen Finger in sie hinein, während er sie mit der anderen Hand fest an sich gedrückt hielt. Ein Stöhnen entfuhr ihr.

„Das hier gehört mir", flüsterte er aggressiv und fixierte sie dabei mit glühenden Augen. „Mir ganz allein. Ist das klar?"

„Ich liebe dich. Deshalb gehe ich jeden Weg mit dir!"

Obwohl Dallis klar war, dass sie damit ihren Drachen heraufbeschwor, schoss eine Welle der Lust durch ihren Körper, die ihre Nervenenden vibrieren und ihren Atem stocken ließ.

„Hast du ihn geliebt?", schnauzte er.

Dallis erstarrte und sah ihn fassungslos an. Ihre Seele bekam eine neue Eisschicht.

„Wie kannst du es wagen ..." Sie stockte. „Ich habe deinen Vater gehasst, Logan Carrington!", schrie sie ihn an. „Verschwinde. Lass mich allein!"

„Es tut mir leid, Dallis. Ich weiß nicht, was in mich gefahren ist."

Sie wehrte sich gegen seine Umarmung und kämpfte wütend gegen ihn an.

Plötzlich stieß er sie mit einer brutalen Bewegung von sich, sprang auf und zog sich rasch an. Blanke Wut loderte in seinen Augen.

„Du hast Phase drei und vier noch nicht abgeschlossen. Damit fangen wir sofort an. Wir sehen uns also morgen in Na Stacain. Sei bitte pünktlich!", entgegnete er und schlug die Schlafzimmertür hinter sich zu. Seine Schritte entfernten sich so schnell, wie sie gekommen waren.

Seltsam, grübelte sie. Ich habe immer geglaubt, dass nichts Logan aus der Bahn werfen könnte. Dabei hatte sie übersehen, dass Logan selbst die Verzweiflung kannte. Er liebte sie und sie ihn, und sie führte den Stimmungswandel auf Logans Eifersucht auf Blake zurück. Tränen rannen ihr über die Wangen. *Morgen wird er meine Initiation fortsetzen*, dachte sie. Aber was kam danach? Logans Dämon lag bereits auf der Lauer und wartete nur darauf, aus seinem Kokon zu schlüpfen. Könnte es alles, was zwischen ihnen gewesen war, zerstören? Vielleicht. Oder vielleicht doch nicht? Möglicherweise sehnte sie sich nach einem Dämon, der sie beherrschte, sie quälte und sie liebte. Vielleicht wollte sie sogar selbst Dämon sein. Ihr innerer Drache sehnte sich doch schon seit Längerem nach Gesellschaft und würde mit Gewissheit einen Freudentanz aufführen.

Allmählich beruhigte Dallis sich wieder. Was sind denn das für absurde Gedanken, fragte sie sich. Sie stand auf, zog sich an und schlenderte zum See von Balmore. Dort hob sie kleine Kieselsteine auf und ließ sie über den von der Abendsonne gesprenkelten See tanzen. Ein leises Hüpfen, ein Gluckern, dann waren sie weg. Ein paar Wellen kräuselten noch die Oberfläche, und schon glätteten sie sich wieder. In dem klaren, kalten Wasser fiel das abendliche Licht bis auf den Grund des Sees. Tief unten lagen Hunderte winzige Steine, die sie und die Zwillinge während ihrer Kindheit geworfen hatten. Eine der wenigen Erinnerungen, die nicht schmerzten, dachte sie.

Während Dallis die diabolische Anmut des rotvioletten Horizonts bewunderte, lief ein Film vor ihren Augen ab. Krafttraining, Woche des Atems, Woche der Macbeth. Aber was kam danach? Neue Injektionen und die Schönheit in vollendeter Form? Logan musste nicht Nostradamus sein, um die Dekadenz der Welt zu beobachten. Eine Welt, in der die Macht der Schönheit vernachlässigt worden war und der gesellschaftliche Zusammenhalt immer mehr schwand. Eine Gesellschaft wurde nur durch Autorität und gegenseitige Fürsorge zusammengehalten, hatte er ihr am Grab seines Vaters gesagt. Gegenseitige Fürsorge. Worte, die vor vier Wochen während Blakes Beerdigung das Feuer ihres inneren Drachen gelöscht hatte.

In der Nacht griff sie unter die Bettdecke und holte die große Muschel hervor. Dann presste sie sie ans Ohr und lauschte dem Rauschen des Meeres.

Monsterball… Für Logan würde sie nicht mehr tanzen. Ihr Drache bereitete sich auf ein Duell vor. *Ich bin doch erst neunzehn, Logan.*

Dallis' Augen füllten sich mit Tränen.

Kapitel 33

Balmore Castle, 26. Oktober 2011

Mairead hatte eines Tages durch Zufall in der Küche hinter dem Holzregal eine Tür entdeckt, die zu einem großen Hohlraum führte, in den sie geschickt hineinschlüpfen konnte, um so unbemerkt die Küche zu beobachten. Sie liebte das Versteckspiel, besonders wenn Dallis von Logan den Auftrag erhielt, sie zu suchen und frustriert von Zimmer zu Zimmer stapfte. Dann lachte sich Mairead ins Fäustchen. Mitunter schloss Mairead sich sogar in den Hohlraum ein. Niemand kannte den geheimen Ort, an den sie sich zurückzog, um über Logan und Dallis zu grübeln. Dabei schlief sie hin und wieder ein und wurde erst Stunden später von Logan geweckt, der mit besorgter Stimme nach ihr rief. Sobald sie wieder auftauchte, half auch Logans noch so eindringliches Fragen nichts, das Versteck verriet Mairead nicht.

Auch jetzt suchte Dallis sie wieder, doch sie wollte für sich sein und rührte sich nicht. Mairead grübelte. Sie spürte tagtäglich, wie sich Dallis' Abneigung gegen sie verstärkte. Trotzdem gab sie sich der Frau gegenüber immer freundlich. Sie bemühte sich schon deshalb um diese Freundschaft, weil Logan Dallis liebte. Mitunter beschlich Mairead aber der Verdacht, dass Dallis eifersüchtig auf sie war. Dabei war Dallis schön, klug, gebildet und Logans große Liebe. *Dallis hat doch alles*, dachte Mairead. Sie selbst hatte nichts und würde bald sterben. Alles Sterbliche war wie das Gras und all seine Schönheit wie die Blume auf dem Feld. So stand es in der Bibel. Sie war das Gras, das zu Heu geworden war, und Dallis stand in voller Blüte.

Dallis kam dem Mädchen wie die böse Stiefmutter aus Grimms Märchen vor, wenn sie mit den Augenbrauen zuckte oder Grimassen zog, sobald sie sich unbeobachtet fühlte, oder auch, wenn sie ein schwarzes Kleid trug und ihre schwarzen Haare im Nacken zu einem Knoten zusammengebunden waren. *Dann ist sie genauso hässlich wie ich*, dachte Mairead. Ständig beäugte Dallis sie und ihre Augen blickten oft so kalt, dass Mairead davon eine Gänsehaut bekam. Auch lachte Dallis selten. Sie sagte, davon bekäme sie Falten. Mairead grinste dann nur und dachte an die vielen Falten in ihrem Gesicht. „Lachfalten" nannte Logan sie. Mit ihm konnte sie lachen und Spaß haben. Doch wenn Dallis in der Nähe war, zog diese wütend ihre Mundwinkel herunter und schrie sie an.

Im Grunde tobt diese Frau ständig, sobald ich irgendwo auftauche, dachte Mairead betrübt. Wenn sie gemeinsam zu Abend aßen, dauerte es nie lange, bis Dallis sie beschimpfte. Manchmal war es die Gabel, die nicht ordentlich ausgerichtet neben dem Teller lag, das Messer, das zu laut über das Porzellan schabte. Bei den Ausbrüchen starrte Mairead immer auf ihren Teller und wartete, bis Dallis sich beruhigt hatte. Gestern hatte sie beim Abendessen sogar gelogen und behauptet, sie wäre zweimal in Dallis Zimmer gegangen, um sie zu erschrecken. Dabei war es Dallis, die sie in der Nacht aufweckte und ihr böse Dinge ins Ohr flüsterte.

„Mairead, du hast es nicht begriffen. Ein Mann kann besser sehen als denken", hatte Dallis gesagt. „Frag Logan. Er kann dir Fotos zeigen, wie sich aus einem hässlichen Entlein etwas Passables machen lässt. Sein Skalpell vollbringt Wunder. Obwohl ich mir bei dir nicht sicher bin. Schönheit bedeutet die vollkommene Übereinstimmung des Sinnlichen mit dem Geistigen. Du besitzt weder das eine noch das andere."

Ihre Augen hatten sie dabei kalt angesehen.

„Logan sagt aber, dass alles, was man mit Liebe betrachtet, schön ist, Dallis", antwortete Mairead trotzig.

„Das sagt er nur, um dich nicht zu verletzen. Die einzige Konstante, die er kennt, ist Schönheit, denn sie ist überall ein willkommener Gast. Du bist dumm und hässlich!"

„Du bist die Dumme von uns beiden, Dallis. Schönheit ist nach drei Tagen langweilig wie die Tugend. Und jetzt geh. Ich bin müde!", sagte Mairead erschöpft und spürte, wie Tränen in ihr aufstiegen.

„Schönheit beglückt den, der sie besitzt, Mairead. Logan betet nur mich an", hatte Dallis gefaucht.

„Für den Esel ist die Eselin das Schönste", hatte Mairead geantwortet und gedacht: *Wenn Schönheit bedeutet, dass man böse ist, dann bin ich lieber hässlich.*

Als Dallis von ihrem Schlafzimmerfenster aus das Mädchen wie eine an Arthritis erkrankte alte Frau im Garten auf Logan zuhumpeln sah, und dabei vor lauter Aufregung die kreischenden Geräusche einer Krähe von sich gab, ballte sie ihre Hände zu Fäusten und ihr Herz trommelte wild. Sie würde Mairead liebend gern von den Klippen stoßen oder sie vergiften, falls der Fall eintreten sollte, dass das Kind Logans alleinige Aufmerksamkeit einfordern würde. Ein Herzinfarkt wäre auch toll, dachte sie. Nur nicht, wenn Logan sich auf Balmore Castle aufhielt.

Logan gehört mir!

„Ich hasse dich, Mairead. Ich hasse und verabscheue dich!", fauchte sie und überlegte, welche Menge Nitrolingualtabletten Maireads Herz zum Stillstand bringen könnte.

Sie konnte warten, und in ihrem Warten lag die Geduld, die entspannte Haltung einer Frau, die Geist und Körper unter Kontrolle hatte. Doch plötzlich ließ ein Krampf ihre Muskeln am ganzen Körper zucken.

Kapitel 34

Balmore Castle

Gegen vier Uhr morgens wurde eine schlummernde Dallis von Logan und Adam auf einer Trage aus ihrem Schlafzimmer geholt und in das Erziehungszimmer der Lux Humana gebracht. Niemand sah etwas, niemand hörte etwas. Auch das bandagierte Mädchen nicht. Sie schlief tief und fest. Die frühe Morgenstunde hatte weder Augen noch Ohren.

Am Nachmittag erwachte Dallis aus einem seltsamen Traum. Sie erinnerte sich schwach an die Injektionsnadel, die ihre Haut kurz vor Sonnenaufgang durchbohrt hatte, und an die Zwillinge mit ihren lilafarbenen Umhängen, die sie auf einer Bahre in den Raum gebracht hatten. Sie lag auf einem Bett. Ihre Arme und Beine waren locker an den Stahlrahmen gefesselt. Ein seltsamer Geruch stieg ihr in die Nase: Weihrauch gemischt mit dem Duft brennender Kerzen. Sie öffnete die Augen. Auf dem Bett saß das Mitglied Cailleach Bheur. Blondes, immer perfekt gekämmtes Haar, das die dunkelbraunen Augen hervorhob, die wie Steine in einem Flussbett glänzten. Sein Name versprach nichts Gutes. Cailleach Bheur war ein blaugesichtiges, menschenverschlingendes, altes Wesen aus einer keltischen Sage, das den winterlichen Mangelzustand verkörperte. Dallis spürte sein Gewicht auf der Matratze, seine Hitze und seine schlanken Finger, die sie berührten, und sie wusste nicht, ob sie wach war oder noch träumte. *Cailleach Bheur* hielt ihr den Mund zu und lächelte.

„Schhh."

Dallis wand sich, ihre braunen Augen starrten den Mann an, bis sie sicher war, dass er ihr nichts tun würde.

„Fürchte dich nicht", flüstere er ihr ins Ohr.

Sie nickte, sie verstand. Er würde ihr nicht wehtun. Das Aufnahmeritual hatte begonnen. *Cailleach Bheur* nahm die Hand von ihrem Mund.

„Du bist schön, perfekt, göttlich", flüsterte er. „Von Logan und Adam erschaffen."

Dallis warf einen Blick auf die anderen Männer, die nacheinander das Erziehungszimmer betraten. Sie tranken dunklen Wein aus kristallklaren Gläsern und versammelten sich um das Bett. Dallis kannte die furchtlosen Männer seit ihrer Kindheit. Man erwies ihnen am Tage im Gerichtssaal Respekt und Achtung, einige von ihnen wurden nach gelungenen Operationen wie Götter verehrt.

„Seht mal, wie schön sie ist! Sie ist makellos. Wir werden die Behandlung heute beenden und dich in den inneren Kreis aufnehmen", sagte *Cailleach Bheur* heiser. „Letztlich wird die Schönheit ein Hervortreten des Seins und eine Manifestation des Unsichtbaren im Sichtbaren. Nach der Taufe wirst du unsere Welt auf neue Weise betreten." Der Mann lachte laut auf. „Wenn ihre Schönheit unser Leben berührt, erstrahlt der Augenblick!"

Cailleach Bheur streckte seine Arme dem Himmel entgegen und intonierte eintönig die erste Regel der Lux Humana.

„Der Makel ist der Ort der konstanten Verletzlichkeit, an der die Hoffnung auf Harmonie gebrochen wird. Regel Nummer eins: Makellos sein! Du bist es!"

Adam, drogenumnebelt, trat an das Bett. Er trug die Maske des Widdergottes.

„Im Abgrund des Nichts geduldig dem Flüstern der Schönheit unter Qualen zu lauschen und danach zu sterben oder neu zu erblühen! Regel Nummer zwei", lallte er, sichtlich bemüht die Fassung zu wahren. „Du bist erblüht!"

Eochaidh Mac Erc, ein untersetzter Mann, auf dessen nackte Haut blaue Blüten geklebt waren, der König der Großen Ebene, schob Adam beiseite. Im wahren Leben war er einer der angesehensten Anwälte in Edinburgh, seine Plädoyers im Gerichtssaal waren brillant. Er genoss hohes Ansehen, liebte gutes Essen und Pferderennen. Weniger Zeit hatte er dementsprechend für seine Vorzeige-Ehefrau und die beiden Wonneproppenkinder. Er wisperte Regel Nummer drei.

„Die Nacht musste sich vollenden, Dallis. Niemand möchte ein Gefangener in einem ungelebten Leben bleiben. Nichts Fremdes darf an dir haften – erst dann kommt die Schönheit. An dir haftet nichts Fremdes!"

Cernunnos, der Gehörnte, der sich Herr der Tiere nannte, kreiste um das Bett. Er war hager und steif, mit grauen Augen unter buschigen Brauen, und trug auf dem Kopf ein Hirschgeweih. Der Herzchirurg war unmittelbar nach einer Besprechung mit dem Leibarzt von Queen Elisabeth angereist. Eine Herzoperation im Hause Windsor würde dem Arzt nicht nur zu Ruhm verhelfen, sondern garantierte auch einen Platz unter den Adligen des British Empire. *Cernunnos'* Vermögen rettete ihn vor Anzeigen von Prostituierten und Strichern.

„In Schönheit bildet sich die himmlische Zeugungskraft zu dem vollkommenen Schönen, das alles beherrscht und welchem von Lux Humana gehuldigt wird! Regel Nummer vier der Lux Humana", sagte er mit kräftiger Stimme und küsste ihre Stirn.

Dallis erkannte das Monster in *Cernunnos'* Augen. Sie wusste, wozu der Mann fähig war, und zitterte. Logan würde nicht zulassen, dass dieser Mann sie anfasste.

Dann war da noch *Aillen*, eine hohe, gerundete Stirn, eine perfekt geformte Nase, ein kantiges Kinn, ein ironisches Lächeln; ein Mitglied des House of Lords und enger Vertrauter des Premierministers. Er würde Dallis durch die Magie seines Gesangs in tiefen Schlaf versetzen, hatte *Cailleach Bheur* erklärt.

„Letztlich wird die Schönheit ein Hervortreten des Seins und eine Manifestation des Unsichtbaren im Sichtbaren. Der Tod der Hässlichkeit als Einladung zur Freiheit! Regel Nummer fünf."

Logan trat an das Bett und blickte mit seltsam wässrigen Augen auf sie herab.

„Sind unsere Lieben und Gedanken nicht eins, nicht gleich, dann lässt einer nach, und uns trifft die Stille und Bewegungslosigkeit, die Mutter der Schönheit: der Tod. Regel Nummer sechs des inneren Kreises der Lux Humana. Vergiss das niemals!"

Logan beugte sich noch einmal zu ihr herab. Er küsste ihre Lippen und kostete den Geschmack ihres Mundes. Dallis tauchte in eine Welt voller bunter Farben ein. Dennoch spürte sie erneut, wie eine Welle der Müdigkeit sie erfasste, spürte, wie ihr Körper von einer Strömung mitgerissen wurde, weit hinaus aufs offene Meer. Doch unvermittelt begannen ihre Mundwinkel zu zucken. Unbeeindruckt davon wurde die Zeremonie fortgesetzt. Finger berührten den oberen Rand des Lakens, hoben es an. Es roch nach Zimt. Die Götter streckten ihr aus der Nacht ihre Arme entgegen wie Ertrinkende aus dem dunklen Meer und verkündeten die Botschaft: Schönheit als die Vollendung aller Dinge. Die Götter legten ihre Umhänge ab. Logan würde sie als Erster umkreisen und Adam würde sie beschützen.

„Entflamm dein Auge an der Lüster Glanz und Prangen!", flüsterte Logan. „Sei nicht das Dunkel der Nacht, sei morgenrotes Weben. Du bist mir immer Lust in Müdigkeit und Gier. Mit jeder Faser bebt und glüht mein Leib nach dir. Ich kann ohne dich nicht leben, *Caileag*."

Dallis' Rücken straffte sich. *Caileag, mein Mädchen.* Logan hatte aus „Blume des Bösen" von Baudelaire zitiert. Sie zitterte.

„Reiß dich zusammen!", schrie ihr innerer Drache.

„Logan, warte bitte", flüsterte sie. „Ich habe entsetzliche Kopfschmerzen und ich … ich sehe dich doppelt. Logan, hilf mir!"

Plötzlich streckte sie Arme, Beine und Rückenmuskulatur, ihr Körper krampfte, zuckte in rhythmischen Bewegungen. In Windeseile löste Logan ihre Fesseln. Er bemerkte, dass sich Dallis auf die Zunge gebissen hatte und sich einnässte.

Cailleach Bheur trat einen Schritt zurück.

„Was hat sie, Logan?", fragte er verunsichert.

„Das ist ein epileptischer Anfall!", schrie Logan.

Die Männer schauten ihn entsetzt an.

„Verschwindet alle aus diesem Raum! Verschwindet! Wir müssen das Ritual abbrechen!"

Die Männer nickten Logan zu, ergriffen einer nach dem anderen ihre Umhänge und verließen eilig den Raum. Sie konnten nichts tun. Dann schaute Logan seinen Bruder Adam voller Verachtung an, der wimmernd neben ihm stand.

„Verdammt noch mal, Adam!", brüllte er. „Du hast ihr eine Überdosis verpasst!"

Dallis' Atmung wurde flacher. Sie verlor das Bewusstsein. Nach wenigen Minuten wachte sie für Sekunden auf und fiel danach in einen tiefen Schlaf.

Logan hob Dallis hoch und trug ihren bewusstlosen Körper in sein Schlafzimmer. Dort legte er sie aufs Bett und brachte sie in die stabile Seitenlage. Er eilte ins Badezimmer, nahm Diazepam aus dem Arzneischrank und zog 10 mg des krampflösenden Medikamentes auf. Während er ihr die Injektion verabreichte, fragte er sich, ob der epileptische Anfall vielleicht doch eine andere Ursache haben könnte. Ihm waren Dallis' deutlich gesteigerte Erregtheit und ihr impulsiv-aggressives Verhalten in den vergangenen Tagen aufgefallen.

„Was ist bloß los mit dir, *mein Caileag, mein Mädchen?*", flüsterte er zärtlich und strich ihr übers Haar.

Die Männer, die keine Ablehnung kannten, stiegen in ihre Fahrzeuge und verließen Balmore Castle. Sie fuhren in Richtung Droman, um bei der Domina Sade Dampf abzulassen, die den Mächtigen lustvoll Gehorsam lehrte.

Droman, in derselben Nacht

Das Klirren von Glas ließ Sally Merrick in der Nacht mit einem Ruck hochschrecken. Ihr Herz hämmerte, ihr Pyjama war schweißnass. Die Ketten der Verandaschaukel quietschten. Die Haustür wurde geöffnet und wieder geschlossen.

Schritte.

Ihre Zimmertür wurde leise geöffnet. Sally erschauderte. Kein Laut entwich ihren Lippen. Bis auf das durch den Vorhang fallende, silbrige Mondlicht war es dunkel. Sie drückte den Schalter der Nachttischlampe. Sie sah das Böse. Es war das Gesicht, das in ihrer Kindheit durch das Schlafzimmerfenster geschaut hatte, wenn alle anderen im Haus schliefen. Es war das Lächeln, das sie mitten in der Nacht aus ihren Albträumen aufschrecken ließ. Es war der böse Mann ihrer Kinderträume, der mit dem Rasiermesser kleine Kinder aufschlitzte. Heute Nacht war die Gestalt zu ihr gekommen, um sie zu holen. Der Schatten näherte sich blitzartig, hielt ihr den Mund zu. Eine Nadel stach zu. Sie verlor das Bewusstsein.

Als sie aufwachte, war schmerzte ihr ganzer Körper. Ihr Gehirn versagte, alle Signale waren blockiert. Sie lag völlig nackt auf einer Folie in ihrem Bett. Es war kalt unter ihrem Rücken. Die Gestalt sprach mit ihr, nahm mit einer Pinzette etwas aus einem winzigen Plastikbeutel und legte es auf ihre Kleidung. Die Stimme klang seltsam träge. Die Worte bedeuteten nichts. Sie waren sinnlose Geräusche, nichts anderes als der Wind. Mama, hilf mir! Sally konnte nicht schreien, sich nicht bewegen. Das Brennen in ihrem Körper wurde immer heftiger. Atem streifte ihr Gesicht, ihren Nacken. Eine Hand berührte ihr Haar. Sie kannte den säuerlichen Geruch, sie kannte das Schnauben. Sie wusste, sie war allein mit der Gefahr. Das hereinsickernde Mondlicht zeigte ihr den Wahn, einen Blick voller Hass.

Sie hielt den Atem an. Das konnte nicht sein. Sie kannte ihn, war immer freundlich zu ihm gewesen und hatte... Ich werde es nie schaffen, die Zimmertür zu erreichen, sie zu öffnen und in den Korridor zu gelangen, um nach Hilfe zu schreien. Das Leben lag nur einen Schritt von ihr entfernt. Wenn sie nur die Klinke dieser Tür erreichen könnte ... Ich schaffe es nicht. Die Vorhänge bewegten sich im kalten Windhauch, der durch das geöffnete Fenster wehte. Sie wollte schreien. Kein Laut entwich ihrer Kehle. Ein Flüstern.

„Ihr Schweine..."

Ein Handrücken schnitt wie mit dem Messer über ihre Wange, immer wieder. Nein, es waren die scharfen Kanten eines großen Onyx's in einem Ring gefasst. Die Haut platzte auf. Wieder schlug die Hand zu, diesmal mit der Faust, sodass der Schmerz vom Gesicht in ihren ganzen Körper ausstrahlte. Sie konnte sich nicht wehren, nicht um Hilfe rufen, nicht kämpfen, nicht um Gnade winseln. Sally schmeckte das Blut im Mund, süß und warm. Hände umschlossen ihre Kehle, schnitten ihr die Luft ab.

Später betrachtete der Eindringling sich in seinem Badezimmerspiegel. Er hatte geduscht, das graublonde Haar gewaschen und geschnitten und sich den Bart abrasiert. Seine Lumpen hatte er durch einen Anzug ersetzt. Der Anblick befriedigte ihn zutiefst. Er blickte in ein stilles Wasser, in das ein Stein geworfen wurde, der die Ringe tiefer Qualen für immer an der Oberfläche sichtbar machte.

Er hatte nach einundzwanzig Jahren endlich den Mut gefunden, die Ehefrau eines Mitglieds der Lux Humana, die seine Tochter auf dem Gewissen hatten, zu töten.

Er lächelte. Rache war süß.

Kapitel 35

Balmore Castle, Februar 2002

Adam war die Pünktlichkeit in Person. Ein Blick auf die Wanduhr sagte ihm, dass er zum zwölften Glockenschlag, um Punkt Mitternacht, Logans Büro betreten würde. Er fragte sich, was sein Bruder um diese Zeit von ihm wollte. Logan saß hinter seinem Schreibtisch und winkte Adam herbei. Selbst um diese Uhrzeit sah sein Bruder aus wie aus dem Ei gepellt.

„Du riechst nach Mundwasser und Bier, Bruderherz", stellte Logan fest und hob kurz den Kopf und musterte Adam. „Keine Krawatte, was?"

„Gut erkannt!", konterte Adam. „Themawechsel. Jetzt ist nicht der richtige Zeitpunkt für Kleiderordnung oder sonstige Heldentaten."

Logan griff nach dem Füller und machte sich Notizen. Ein geheimnisvolles Lächeln umspielte seine Mundwinkel.

„Es ist der perfekte Zeitpunkt, Adam", murmelte er ohne aufzublicken.

„Was gibt es denn so Wichtiges, dass du mich zu dieser Stunde in dein Büro beorderst?", fragte Adam.

Logan zeigte mit einer einladenden Geste auf den Besucherstuhl, der vor seinem Schreibtisch stand.

„Setz dich, Bruderherz. Wir müssen reden. Es sind unerwartet Probleme aufgetaucht mit einem Neuzugang aus Bettyhill. Deshalb erwarte ich, dass du dich darum kümmerst. Du wirst Balmore Castle morgen früh verlassen", begann Logan ohne Umschweife. „Du ..."

Adam zuckte erschrocken zusammen.

„Balmore verlassen? Warum das denn? Habe ich etwas falsch gemacht?", unterbrach er Logan mit leiser, heiserer Stimme. Er stockte, als Logan anfing, die Papiere auf seinem Schreibtisch zu ordnen. „Entschuldigung, Logan. Ich habe dich unterbrochen!", sagte Adam hastig.

Logan schrieb weiter, ohne den Kopf zu heben.

„Du hast überhaupt nichts falsch gemacht, Adam. Ich wünsche, dass du vorübergehend nach Na Stacain ziehst. Lux Humana hat in der Nähe der Klinik ein kleines Haus für dich gekauft. Du wirst dort mit einem Baby einziehen und dich um das Kind kümmern."

„Ein Haus? Für mich? Ein Baby?"

Logan blickte auf und unterbrach Adam.

„Hör mir einfach zu, Bruderherz. Ich schätze dich sehr. Das Kuratorium, ich, wir sind zufrieden mit deinen bisherigen Leistungen. Du leistest als Genetiker hervorragende Arbeit im Labor. Aber ich brauche dich für eine weitere Aufgabe. Das Baby benötigt eine kontinuierliche Betreuung, die wir ihm auf Balmore Castle im Moment nicht bieten können. Du bekommst ein Kindermädchen und entsprechendes Hauspersonal, das sich auch um Euch kümmern wird, damit du auch deine Arbeit in Na Stacain fortsetzen kannst."

„Geht es etwa um das Baby, von dem du mir schon mal erzählt hast? Ist es das Baby aus Bettyhill? Wenn es ihm nicht gut geht, warum bringst du es dann nicht einfach wieder dorthin zurück?", fragte Adam neugierig.

„Wenn Lux Humana ein Kind von Bettyhill aufnimmt, dann kümmert die Gemeinschaft sich auch darum. Also mach gefälligst, was ich dir sage, Adam!"

Adams dunkle Augen sprühten Funken.

„Aber ich habe keine Erfahrung mit Babys, Logan und ..."

Er hielt inne, als er den Zorn in Logans Augen aufflackern sah.

„Haben wir dich nicht außerordentlich gut auf deine Aufgaben vorbereitet, Adam?", fragte Logan plötzlich mit eiskalter Stimme, während die Feder seines Füllers wieder über ein Papier kratzte.

Ein Tropfen Tinte landete auf dem Schreibtisch. Als Logan sich nach einem Blatt Löschpapier umblickte und keins fand, schrie er Adam an.

„Siehst du, was du mit deinen Worten angerichtet hast. Verdammt noch mal. Sei nicht so ungezogen!"

Adam durchfuhr ein Schauder. *Ungezogen.* Als er ein zehnjähriger Junge gewesen war, hatte sein Vater ihn nach einem Missgeschick einen ganzen Tag und eine ganze Nacht an einen Stuhl in der Bibliothek gefesselt und gesagt: „Das ist der Stuhl der Ungezogenen. Du wirst weder etwas zu essen noch zu trinken bekommen, denn du musst lernen, wie karg das Leben eines ungezogenen Jungen ist, Adam."

Stunden später hatte Blake ihn eingesperrt und geschlagen, damit er sich besserte und seinen Ungehorsam zügelte. Auch hatte sein Vater von den Mitschülern verlangt, ihn zu meiden, ihn auszugrenzen und ihm die Hand der Freundschaft für drei Monate zu verweigern. Die Internatsschüler aus Bettyhill gehorchten, denn jeder fürchtete Blakes Strafe. Ungehorsam bedeutete die Rückkehr ins Waisenhaus.

Im Laufe der darauffolgenden Jahre hatte er sich oft gefragt, warum sein Vater so brutal und rücksichtslos mit ihm und Logan umgegangen war. Vielleicht weil Blake als Kind selbst Gewalt als Mittel der Erziehung durch die Fäuste seines alkoholkranken Vaters erlebt hatte? Seine Psychotherapeutin, bei der Adam seit Jahren in Behandlung war, hatte ihm einmal anvertraut, dass Menschen, die in der Kindheit geschlagen wurden, die Tendenz verspürten, sich auch so zu verhalten. Diese Gefahr war umso größer, je weniger man sich mit dem eigenen Geschlagen werden und den dabei erlebten Gefühlen auseinandersetzte.

Adam wusste aus eigener Erfahrung, das ein misshandeltes Kind enorme Wut und Zorn erlebte und dass diese heftigen Affekte unterdrückt und verdrängt werden mussten. Doch unterdrückte Gefühle verschwanden nicht so einfach. Oft bahnten sie sich einen Weg in zerstörerischen Aktionen gegen andere, oder wie es bei ihm der Fall war – gegen sich selbst. Er hatte drei Suizidversuche hinter sich und war den Drogen verfallen. Doch er hatte sich fachliche Hilfe gesucht. Blake dagegen hätte sich niemals mit den Gefühlen Anderer auseinandergesetzt, geschweige denn mit seinen Eigenen – ebenso verhielt sich sein Bruder Logan.

Adam fuhr seine Hand zum Nacken und glaubte, die Peitschenhiebe seiner Erziehung wieder zu spüren.

„Außerordentlich gut war sie, Logan ... Blakes Erziehung", erwiderte er ironisch.

Logan hob die Augenbrauen.

„Hattest du daran etwas auszusetzen, Adam? Wie hast gerade du es bloß ertragen, geschlagen zu werden?"

Adam schaute seinen Bruder irritiert an und fuhr sich mit der Hand durch sein braunes Haar.

„Von Vater konnte ich keine Liebe und Freundlichkeit erwarten!"

Logans Augen verengten sich zu Schlitzen.

„Der arme Adam. Allein und von allen missachtet!", sagte er provozierend.

Adam ignorierte Logans Bemerkung. Irgendetwas stimmte hier nicht.

„Es ist nicht nur dieses Kind, das dich veranlasst, mich fortzuschicken"; sagte er. „Dallis steckt doch hinter dem Ganzen. Und ich dachte immer, du magst mich und hast mich gerne um dich."

„Das Leben ist zu kurz, um zärtliche Gefühle zu hegen, Adam", sagte Logan nüchtern.

„Wir sind Zwillinge, Logan. Du hast mir einmal gesagt, dass es um uns herum eine unsichtbare Welt gibt, ein Reich mit liebevollen Geistern, die dich und mich behüten."

„Das ist lange her, Adam. Zu lange."

Logans Worte trafen Adam mitten ins Herz.

„Du warst schon immer der Stärkere von uns beiden. Unser Vater hat dich stark gemacht, du hast seinem Ideal entsprochen, nicht ich. Deshalb hat Blake auch nur dich geliebt und mich nach seinem Tod auf einen Pflichtteil reduziert", brach es aus ihm hervor.

Als Adam die Worte ausgesprochen hatte, wusste er, dass es ein Fehler gewesen war. „Entschuldige bitte, das wollte ich nicht sagen", fügte er rasch hinzu. „Aber Fingerabdrücke, die man auf der Seele anderer hinterlässt, verblassen nicht."

„Was ist das denn für ein poetischer Scheiß?"

Adam resignierte.

„Schon gut, ich weiß, dass du für Metaphern dieser Art nichts übrig hast. Was fehlt dem Baby denn?", fragte er schließlich.

Logan atmete erleichtert auf.

„Das Baby könnte uns für unsere Forschung von großem Nutzen sein. Ich sage dir auch warum. Die DNA des Mädchens ist seit Wochen wie außer Rand und Band. Es leidet an der frühkindlichen Vergreisung und altert in einem rasanten Tempo. Es ist wichtig, dass du sie im Auge behältst, deshalb auch ein Haus in der unmittelbaren Nähe der Klinik. Seine permanente Betreuung wird deine Aufgabe sein. Ich habe in Na Stacain für dich Literatur über die Progerie-Erkrankung hinterlegt."

„Mein Gott, Logan. Ich bin Biogenetiker. Da werde ich doch wohl wissen, was Progerie ist! Für wie blöd hältst du mich eigentlich?", fragte Adam entsetzt.

Logan ignorierte Adams Ausbruch und fuhr fort.

„Ich werde jede Woche nach Na Stacain kommen und nach dem Rechten sehen. Dort wurde bereits alles für deinen Einzug vorbereitet", sagte er und holte tief Luft. „Und noch etwas, Adam. Dallis hat nichts mit meiner Entscheidung zu tun."

Du lügst!, tobte Adam innerlich. Dallis hatte bestimmt ihre Finger im Spiel.

„Warum machst du mir etwas vor, Logan? Ich bin dein Bruder. Dallis manipuliert deine Wahrnehmung und missbraucht dich. Du triffst keine eigenen Entscheidungen mehr, sondern entscheidest nur noch in ihrem Sinne. Sie macht dich blind und gefügig, und du benimmst dich wie ein dressierter Dackel."

Adams Worte flogen Logan wie Explosionssplitter um die Ohren und rieselten auf ihn nieder.

„Du tust ihr Unrecht, Adam. Dallis hat so viel durchgemacht und das meiste davon hat unser Vater zu verantworten. Sie ist kein Unschuldslamm, aber sie ist auch nicht das Monster, für das du sie hältst. Erinnerst du dich noch an jene Nacht, als ich Dallis ins Krankenhaus bringen musste?"

Adam hob irritiert die Augenbrauen.

„Ja, ich erinnere mich. Sie hatte, glaube ich, es war ein Blinddarmdurchbruch. Aber was soll das jetzt, Logan?"

„Es war kein Blinddarmdurchbruch", sagte Logan leise.

Adam sah die Facetten der Qual in einem einzigen Blick, dann die Tränen in Logans Augen. Er nickte.

Logans Züge verhärteten sich kaum merklich. Er hatte die damaligen Geschehnisse dieser grausamen Nacht niemals anrühren wollen, aber mit einmal konnte er nicht anders.

„Ich musste Dallis damals schwören, dass ich niemanden etwas davon erzähle"; begann er. „Aber wenn du von dieser Geschichte erfährst, wirst du Dallis vielleicht besser verstehen. Dallis liebt mich, Adam."

„Ja, das weiß ich", sagte Adam ungeduldig. „Aber was hat das Ganze damit zu tun, was aus ihr geworden ist?"

„Alles Adam, alles. Dallis hat seit ihrer Kindheit immer das Gefühl gehabt, meine Anforderungen nicht erfüllen zu können. Ich habe sie als Teenager abgewiesen. Sie von mir zu stoßen, hat ihren Zorn auf mich entfacht und sie schließlich in die Arme von Blake getrieben."

Adam fuhr sich durch die Haare.

„Dallis und Vater …" Er hielt inne. „Das kann ich nicht glauben, Logan. Wieso habe ich davon nichts mitbekommen?"

Logan hob eine Augenbraue und schürzte die Lippen.

„Die Frage kannst du dir selbst beantworten."

Was er mit seiner Ablehnung angerichtet hatte, hatten die Nächte zutage gebracht, als für Dallis die Jungfraulichkeitsuhr stehen geblieben war, ging Logan durch den Kopf. Er hatte sich damals gegen Mitternacht an Blakes Fenster herangeschlichen, wollte wissen, was sein Vater mit einer unerfahrenen Jungfrau anstellen würde. Der Schock war groß, als er mit angesehen hatte, wie das Glied des alten Mannes Dallis' Hymen durchbrach und sich an ihrer Vagina ergötzte. Er hatte gesehen, wie Dallis, ihre Augen starr auf das Stückchen Himmel gerichtet hatte, das sich ihr zeigte, sobald der Wind seinen Atem durch die zarten Vorhänge blies. Und sie hatte ihm in die Augen gesehen. Schlagartig war ihm da klar geworden, dass sie sich in dem großen Bett verloren gefühlt haben musste, und urplötzlich war ihm klar geworden, dass er sie liebte. Und dann kam die Nacht, in dem Gott Dallis in Stich ließ und Platz machte vor dem Teufel. Und er selbst bedauerte, in dieser Nacht nicht allzu viel über Gott und seinen Dingen nachgedacht zu haben. Der Himmel musste oft für die Unschuldigen hinhalten. Logan sah seinen Bruder an.

„Du hast dich damals für mehrere Wochen in Edinburgh aufgehalten, erinnerst du dich?"

Adam nickte kurz.

„Es war schlimm, Adam", fuhr Logan fort. „Blake ist vollkommen ausgerastet. Er hat Dallis geschlagen und mit Füßen getreten, sie mit einer neunschwänzigen Katze ausgepeitscht und danach ihren Körper mit einer mit Nieten besetzten Paddelpeitsche malträtiert. Ihr Rücken war eine einzige offene Wunde. Aber das war nicht das Schlimmste. Danach hat er sie vergewaltigt."

Adam blickte ihn fassungslos an.

„Wa ... Warum hast du mir das nicht schon früher erzählt?"; stammelte er. „Warum hat Blake ihr das angetan, Logan?"

„Das weiß ich nicht. Dallis redet nicht über diese Nacht. Als ich ihre Schreie gehört habe, war es schon zu spät. Ich konnte sie nur noch in die Klinik bringen und darauf hoffen, dass sie überleben würde. Sie hatte starke innere Blutungen. Blake hat ihr vor der Folter eine Dosis Heparin verpasst und weißgemacht, dass er es ein Schmerzmittel sei."

Adam wurde kreidebleich.

„Mein Gott. Wollte er Dallis umbringen?"

Logan seufzte.

„Unser Vater war ein Sadist, der es liebte, psychisch und physisch zu foltern", fuhr er fort, obwohl er demselben Hobby frönte wie Blake, aber er liebte es außerdem, gequält zu werden. Adam legte nur unter Drogeneinfluss ein ähnliches Verhalten an den Tag.

„Dallis war weder ungehorsam, noch gab sie ihm Anlass zur Kritik", fuhr er fort. „Sie mochte Blake, aber irgendetwas muss damals geschehen sein. Es gibt keine andere Erklärung für sein Verhalten. Lass uns davon aufhören. Versuch Dallis so zu nehmen, wie sie ist. Ihr habt euch doch mal sehr gut verstanden und ich weiß, dass sie dich sehr gern hat. Sie hat mit meiner Entscheidung nicht zu tun."

Adam nickte.

Gottseidank, dachte Logan. Adam hatte sein kleines Ablenkungsmanöver geschluckt. Das Kuratorium durfte Mairead nicht zu Gesicht bekommen.

„Jetzt wird mir einiges klar. Dallis und Blake haben irgendwann kein Wort mehr miteinander gesprochen. Beim Abendessen war sie stumm wie ein Fisch. Ich habe mich darüber gewundert."

Logan nickte.

„Und nun tu mir den Gefallen und kümmere dich bitte um das Kind. Es ist im Haupthaus, Zimmer 12. Du kannst dort auch übernachten. Das ist alles. Du kannst jetzt gehen."

Adam runzelte die Stirn und wiederholte in Gedanken Logans Worte: *Das ist alles. Du kannst jetzt gehen.* Logan behandelte ihn wie ein unartiges Kind. Nein, es war viel schlimmer. Mein Bruder benimmt sich wie unser Vater. Er unternahm einen letzten Versuch.

„Das ist doch nicht alles. Ich kenne dich nur allzugut. Erkläre es mir, Logan", forderte er seinen Bruder auf.

Für den Bruchteil einer Sekunde glaubte Adam, einen Anflug von Zärtlichkeit in Logans Gesicht zu sehen, doch dann verfinsterte sich sein Blick.

„Ich weiß, dass es dir besser geht, Adam und ich mich wieder auf dich verlassen kann", sagte Logan leise. „Ich hätte dir sonst kaum diese heikle Aufgabe zugedacht. Es ist ganz einfach, Adam. Ich vertraue dir!"

Adam grinste und seine Augen bekamen ein wenig Glanz.

„Das hat Blake nie zu mir gesagt!"

„Unser Vater war ein Arschloch, Adam. Er hat dein Talent und deine Fähigkeiten nicht erkannt. Er hat dich unterschätzt!"

„Ich wollte dir immer schon etwas sagen, Logan. Es tut mir leid, wirklich, von ganzem Herzen", sagte Adam und versuchte zitternden Lippen krampfhaft unter Kontrolle zu bringen. Logan runzelte die Stirn.

„Was tut dir leid, Adam?"

„Dass ich dir damals so viel Kummer bereitet habe. Ich hatte schreckliche Halluzinationen und habe geglaubt, auf dem Boden von Loch Meadhonach eine tote Frau zu sehen. Sorry."

Logan winkte ab.

„Schon gut, Bruderherz. Solange du die Finger von den harten Drogen lässt, wird alles gut! Du bist genesen und wir haben jetzt Wichtigeres zu tun. Wir beide tragen eine große Verantwortung! Du bist ein genialer Biochemiker, Adam. Lux Humana braucht dich! Ich brauche dich."

„Ich weiß. Ich mach alles, was du von mir verlangst. Ich habe jetzt nur noch dich, Logan."

Logan stand auf, ging um den Schreibtisch und umarmte Adam.

„Wir haben uns, Adam. Du, Dallis und ich, wir werden es schaffen, Adam. Wir werden eines Tages Weltruhm erlangen. Du kannst dich immer wieder davon überzeugen, dass die Menschen das Schöne, die Schönheit vernachlässigt haben. Überall begegnen wir der Hässlichkeit, ungepflegte Haare, bebrillte Gesichter, zu dicke, zu große, zu krumme Nasen, zu schmale Lippen, eine alternde, gestresste Gesichtshaut, Menschen, die ihre Figurprobleme schlecht gekleidet kaschieren. Grässlich. Mit meinen Händen und deinen Forever-Injektionen werden wir im Namen der Lux Humana die Makellosigkeit beschwören und neu erschaffen. Und jetzt kümmere dich gefälligst um das Kind!"

„Wie heißt es denn?", fragte Adam.

Logan klopfte seinem Bruder auf die Schulter.

„Mairead. Ihr Name ist Mairead. Und kein Wort zu Dallis. Haben wir uns verstanden?"

Adam nickte und verließ wenig später Logans Büro.

Mairead... Sein Bruder besaß die Fähigkeit die Schönheit aufzuspüren, wo immer sie war, auch jene, die bei einer ersten Betrachtung für das bloße Auge nicht sichtbar war. Ein Kind nach Balmore Castle zu holen, das Makel aufwies, war ein glatter Verstoß gegen die Dogmen der Lux Humana. *Misserfolg ist ein hinterhältiges Übel*, dachte er. Wenn Logan ihn fortschickte, musste er verzweifelt sein. Dennoch konnte er das Ganze immer noch nicht nachvollziehen. Logan musste Blakes Reaktion aus vergangenen Tagen vor Augen gehabt haben, der diese Tatsache als persönliche Schwäche seines Sohnes ausgelegt hätte. Aber der Alte ruhte in der Gruft.

Adam wusste, dass auch sein Bruder als Kind heftigen Ohrfeigen, Prügel mit Zaunlatten, Gürteln, Lederpeitschen, Baumzweigen, Kohleschaufeln, Teppichklopfern, Rohrstöcken oder Blakes bloße Hände zu spüren bekommen hatte, wenn Logan trotzig war oder Blake ‚schlecht drauf' gewesen war. Doch wie sehr Blakes Bestrafung Logan getroffen hatte, erkannte Adam erst viel später an der bagatellisierenden Schlussfolgerung seines Bruders. Wenn sie über Blakes Misshandlung sprachen, reagierte Logan immer mit den Worten: „Es hat mir aber nicht geschadet!"

Adam verstand diesen Satz immer als den Versuch, den Konflikt zu lösen zwischen dem guten Bild, das Logan von seinem Vater hatte und den brutalen Szenen, wo er oder andere Mitglieder geschlagen wurde.

Lux Humana beherbergte nur die Makellosigkeit. Unvollkommenheit wurde entfernt, wie ein lästiges Übel. Das wäre eine plausible Erklärung, dachte Adam. Das Baby litt an Progerie und er war ein Junkie und Kate hatte, als sie Balmore Castle verließ, eine Narbe über ihren Lippen. Dennoch war sie damals eine attraktive Frau, fand Adam. Kate hatte kein Gesicht, das andere Menschen derart in Aufregung versetzte, wie das von Dallis. Vielleicht war das sogar der wahre Grund, warum Logan sie nicht um sich haben wollte. Aber es war einfach nur ihr Gesicht, das bis heute kein Skalpell berührt hatte. Mit Makellosigkeit konnten Kate, Mairead und er weiß Gott nicht dienen.

Wenig später betrat Adam Zimmer zwölf, ein stickiger Raum, der erfüllt war von dem Geruch nach Babywindeln und warmer Milch. Er beugte sich über die Wiege. Das Baby wand sich unbehaglich, ihm war anzusehen, dass es sich nicht wohlfühlte.

„Hallo, Mairead. Ich bin Adam und werde mich jetzt um dich kümmern", sagte er zärtlich.

Das Baby beruhigte sich plötzlich und hielt ganz still. Es reagierte auf Adams Stimme mit einem Lächeln und streckte die Zunge heraus. Dann begann es gurgelnde Laute von sich zu geben und reckte ein Ärmchen hoch. Adam war entzückt von dem kleinen Wesen, das ihm da entgegenblickte.

„Du möchtest mich begrüßen?", sagte er und lächelte. „Ja, möchtest du das, Mairead?"

Das kleine Gesicht verzog sich zu einem Lächeln. Adam staunte und legte einen Finger um den ausgestreckten Arm des Babys und musterte das Mädchen. Maireads Stirn war von Falten durchzogen. Ein faltiger Buddha in einer Welt der Träume. Dennoch war es schön, fand er.

Mit einem Mal wusste Adam, dass er stark genug sein würde, Balmore Castle und Logan zu verlassen. Vielleicht war der Anblick dieses Kindes der Grund für den Stimmungswechsel und die Tatsache, das Logan ihm wieder vertraute und ihm die Verantwortung für das kleine Wesen übertragen hatte. Er hatte jetzt ein Baby, um das er sich kümmern würde, in einem neuen Zuhause, in einem neuen Leben. Das reichte aus, um den Schmerz der Trennung von Logan und von Balmore Castle zu lindern. Vielleicht würde er es schaffen, mithilfe dieses Kindes die Dämonen seiner Kindheit zu verdrängen.

Adam hatte als Kind auf schmerzhafte Weise gelernt, dass es seinem Vater immer nur um Machtausübung gegangen war und dass er dem Menschen, dem er vertraut hatte, nicht trauen konnte. Meist hatte Adam bei sich selbst nach einem Grund für die Züchtigung gesucht. Vor allem, wenn sein Vater kein Wort der Entschuldigung hervorbrachte, sondern die Verantwortung für sein Ausrasten seinen Söhnen zuschob.

Dieses Baby werde ich beschützen, notfalls auch vor Logan, dachte Adam. Dieses Baby würde ihm Vertrauen entgegenbringen und er würde es nicht enttäuschen. Die Gefühle des Ausgeliefertseins, der Hilflosigkeit und des Verlassenseins sollte Mairead niemals kennenlernen.

„Das verspreche ich dir, Kleines", flüsterte er, beugte sich über die Wiege und strich Mairead über ihr Köpfchen.

Noch einmal rief er sich Logans Worte ins Gedächtnis: Es ist so einfach, Adam. Ich vertraue dir. Und kein Wort zu Dallis. Ein größeres Kompliment hätte Logan ihm nicht machen können. Logan liebte Dallis. Aber er besaß Logans Vertrauen. Das war schon immer so gewesen. Vertrauen war die bessere Basis für eine Beziehung. Liebe ging oftmals verloren. Es ist so einfach, Adam. Ich vertraue dir. Er kniete neben der Wiege, brachte sie sanft zum Schwingen und sang leise ein Kinderlied. Dann kam das Lächeln, so strahlend und herzerwärmend wie das eines stolzen Vaters. Das Baby bewegte sich und öffnete halb die Augen, dann glitt es wieder zurück in den Schlaf. Maireads Augenaufschlag kam Adam seltsam vertraut vor.

Mit einmal dämmerte es ihm.

Kapitel 36

Hoffmann-Pharma-AG, Ratingen, 27. Oktober 2011

Maja Scholler klopfte leise an und betrat Falk Hoffmanns Büro. Sie hielt einen großen weißen Umschlag in der Hand und legte ihn auf seinen Schreibtisch.

„Die Post hat ein bisschen länger für diesen Brief gebraucht, Herr Hoffmann", sagte sie bedeutungsvoll und tippte mit dem Finger auf das Kuvert.

„Ich habe ihn nicht geöffnet. Er ist persönlich an Sie gerichtet und kommt aus Hongkong. Wenn ich mich nicht täusche, stammt er von Dr. Hún Xìnrèn."

Hoffmann nahm den schweren Briefumschlag in die Hand und drehte ihn neugierig um. Auf der Rückseite erkannte er die säuberliche Kursivschrift des Chinesen.

„Stimmt, Maja. Das ist Hún Xìnrèns Handschrift!"

Er nahm den Brieföffner und schlitzte ungeduldig das Kuvert auf. Sein Herz klopfte, als er ein rotes Buch mit der Aufschrift *Versuchsreihe 13 C* herauszog. „Wir haben uns geirrt, Maja. Das Laborbuch wurde nicht gestohlen. Hún Xìnrèn hat es kurz vor seinem Tod per Post verschickt."

Er zeigte seiner Assistentin den Umschlag.

„Sehen Sie sich den Datumsstempel an. An diesem Abend habe ich ihn das letzte Mal gesehen. Wir hatten eine Besprechung, aber er hat das Laborbuch mit keinem Wort erwähnt."

Hoffmann schlug das Laborbuch auf. Auf die erste Seite war eine Notiz gekritzelt: *Es tut mir leid, Herr Hoffmann.* Er hob irritiert die Augenbrauen. Maja Scholler bemerkte seine Veränderung.

„Ist etwas nicht in Ordnung, Herr Hoffmann? Sie sind ganz blass geworden. Soll ich Ihnen ein Glas Wasser einschenken?", fragte sie besorgt.

„Nein danke, Maja. Es ist alles in Ordnung. Würden Sie mich jetzt bitte allein lassen. Vielleicht können wir heute ein Geheimnis lüften!", sagte er nachdenklich.

Maja Scholler verließ eilig das Büro. Sie schaute sich jedoch noch einmal um, als Hoffmann etwas vor sich hinmurmelte. Leise schloss sie die Tür hinter sich.

Falk fragte sich, was Hún Xìnrèn mit den Worten ‚Es tut mir leid, Herr Hoffmann' wohl gemeint haben mochte. Er blätterte in dem Laborbuch, konnte aber nicht viel mit den chemischen Formeln und pharmakologischen Fachausdrücken anfangen.

Auf der letzten Seite fand er jedoch in Hún Xìnrèns Handschrift eine kurze, verständliche Zusammenfassung der Versuchsreihe 13C:

Hongkong, 6. Oktober 2011

Die Versuchsreihe an einhundertfünfzig Mäusen wurde über vier Wochen durchgeführt. Ich injizierte den Tieren unterschiedliche Dosen Rebu 12 direkt in die Halsvene. Fünfzig Prozent der Tiere zeigten unmittelbar nach der Verabreichung nachweisbare cerebrale Symptome einer Unterzuckerung, die ich mir nicht erklären kann. Die Symptomatik reichte von Unruhe und Heißhungerattacken über verminderte Hirnleistung bis hin zur Aggressivität, je nach Ausmaß der Unterzuckerung. Die Mäuse zeigten parasympathikotone Reaktionen wie Heißhunger, Übelkeit, Erbrechen, Asthenie. Die sympathikotonen Symptome waren Nervosität, Schwitzen, Tachykardie, Tremor sowie hoher Blutdruck. Die anderen Mäuse wiesen massive Störungen des zentralen Nervensystems auf: Reizbarkeit, Konzentrationsschwäche, Verwirrtheit, Koordinationsstörungen, primitive Automatismen wie Grimassieren, Greifen, Schmatzen, außerdem Krampfanfälle, halbseitige Lähmungen bis hin zu Somnolenz. Vierzig Prozent der Tiere starben innerhalb von dreißig Minuten nach Injektionsgabe, sechzig Prozent der Mäuse überlebten die Versuchsreihe über drei Wochen und erhielten über diesen Zeitraum eine Langzeitdosis unter 0,1 mg mit folgenden nachgewiesenen Symptomen: Wesensveränderung, deutlich gesteigerte Erregbarkeit und Erregung, Wahnvorstellungen, impulsive und ausgeprägte aggressive Reaktionen in Form von Wutausbrüchen. Darüber hinaus war eine gesteigerte aggressive Neigung zu beobachten. Die Mäuse gingen aufeinander los, bissen sich gegenseitig in den Hals. Nach vier Wochen starben weitere zwanzig Prozent der Versuchstiere nach folgenden Symptomen: anhaltend schneller Herzschlag, hoher Puls von über siebenhundert Schläge pro Minute, Blutdruckerhöhung, beschleunigte Atmung und teilweiser oder kompletter Funktionsverlust eines Körperteils (Lähmung) unter dem klinischen Bild eines Schlaganfalls, epileptischer Krampfanfall bis zum Tod.

Sehr geehrter Herr Hoffmann,
es tut mir leid und ich bedaure außerordentlich, dass ich die beschriebenen Nebenwirkungen nicht während Ihres Besuchs erwähnt habe, aber ich glaubte, einen Dosierfehler begangen zu haben und führte in der Nacht vor ihrer Abreise weitere Versuche durch. Doch ich täuschte mich. Auch die darauffolgende Testreihe hat ähnliche Ergebnisse gezeigt. Ich war nicht in der Lage, Ihnen und Jonathan Hastings an unserem letzten Abend davon zu berichten. Die Enttäuschung war zu groß. Meine Reise nach Deutschland werde ich nicht antreten, denn ich habe einen Menschen auf dem Gewissen. Ich verabreichte dieser Person Rebu 12. Ich habe mein Gesicht verloren. Mit dieser Last kann ich nicht weiterleben. Meine letzten Worte gelten daher Ihnen: Vernichten sie den Wirkstoff. Gerät dieser in falsche Hände, ist er sehr gefährlich. Bitte verzeihen Sie mir.
Ihr ergebenster
Hún Xìnrén

Fassungslos starrte Falk Hoffmann auf das Blatt Papier. Dann drückte er den Knopf der Sprechanlage.

„Maja, bringen sie mir bitte sofort einen Cognac. Einen Doppelten!"

Warschau, zur selben Zeit

Kasper Wilkins setzte sich an den Schreibtisch von Eørgy Pasternek und machte sich daran, die Schubladen zu durchsuchen. Er ging gerne systematisch vor und seine Zeit war begrenzt. Die Warschauer Polizei und Interpol hatten ihr Kommen angekündigt. Sie erhofften sich Hinweise über das organisierte Verbrechen in Polen und Pasterneks Beziehungen zur RAK. Die privaten Unterlagen und Pasterneks Computer sollten am Nachmittag abgeholt werden. Wilkins sagte sich, dass er hier nur seinen Job als Controller erledigte; ein Projekt, an das er herangehen konnte wie an jedes andere. Ja, er konnte sich sogar einreden, dass er nur etwas suchte – einen verlegten Notizzettel oder eine Quittung. Vielleicht konnte er damit den tief verwurzelten Widerwillen unterdrücken, den er bei dem Gedanken empfand, in die Privatsphäre eines Mannes einzudringen, der vor seinem Tod Geschäftsführer der Hoffmann Warschau gewesen war. Aber Pasternek, so sagte Wilkins sich, hatte jedes Recht auf solche Rücksichtnahme verwirkt. Firmengelder zu unterschlagen, um seine eigene Spielsucht und den Drogenkonsum seines Sohnes zu finanzieren, war nun einmal kein Kavaliersdelikt. Wilkins sah sich um. Bleistifte, Radiergummis, Heftklammern – all der harmlose Kleinkram, den man in jedem Büro fand. Pasterneks Terminkalender lag aufgeschlagen auf seinem Schreibtisch, seine Bilanzen hatte der Mann in einem separaten Schrank aufbewahrt.

Frustriert lehnte Wilkins sich zurück und hob gedankenverloren die Ecke der Schreibunterlage an. Das Foto mit den Eselsohren lag nahe am Rand, so, als würde es regelmäßig zur Hand genommen. In verblassten Farben blickte ihm eine schöne Frau lächelnd entgegen. Sie trug Shorts und ihre sonnengebräunten Beine schienen gar nicht enden zu wollen. Ihr Gesicht war jung und weich, ihre langen schwarzen Haare reichten bis zur Hüfte und ihre Augen strahlten hellblau wie ein sommerlicher Himmel. Neben ihr saß ein etwa fünfzigjähriger Mann in Jeans, der den Arm ebenso beiläufig wie besitzergreifend um die Schultern der Frau gelegt hatte. Er hatte ein schmales Gesicht und lichtes Haar. Im Hintergrund erkannte Wilkins die Skyline von Hongkong Island. *Dr. Hún Xìnrèn*, dachte er. Er fragte sich, wer wohl die Frau an der Seite des Wissenschaftlers war. Sein erster Impuls war, das Foto zu zerreißen. Privataufnahmen gingen ihm nichts an. Doch dann drehte er es um. Auf der Rückseite stand *Dallis Carrington – Hún Xìnrèn.* Darunter *Rebu 12 – Lux Humana!* Wilkins stutzte und fragte sich, was die Worte auf der Fotografie zu bedeuten hatten. Er legte das Bild zur Seite und hob die Schreibunterlage noch einmal an. Etwas Weißes lugte an einer Seite hervor. Eine Visitenkarte. Im Gegensatz zu dem Foto war die Karte neu und blendend weiß und sie verriet Wilkins alles, was er wissen wollte. *Logan Carrington*, stand da, *Sect Lux Humana, Balmore Castle.*

Wilkins steckte die Karten und das Foto in seine Jackentasche. Dann nahm er das Schreiben mit dem Briefkopf der Sekte Lux Humana in die

Hand, das an Hoffmann Warschau gerichtet war. Er spürte beim Lesen, wie eine eiskalte Gelassenheit von ihm Besitz ergriff. Die Sekunden schienen sich zu Minuten zu dehnen und in der Stille hörte er das Pumpen seines eigenen Herzens. Wenig später rief Kasper Wilkins seinen Vorgesetzten in Ratingen an und erzählte ihm, dass Eørgy Pasternek Rebu 12-Daten an die schottische Sekte Lux Humana verkauft hatte. Wilkins wunderte sich, dass Falk Hoffmann keine Fragen stellte und nicht im Geringsten überrascht schien.

Kapitel 37

Balmore Castle, 27. Oktober 2011

Drogen, immer nur Drogen. Die winzigen blauen Kügelchen konnten seinen Schmerz nicht mehr betäuben. Sie führten ihn noch schneller in das gähnende schwarze Loch, das ihn seit Dallis Rückkehr in regelmäßigen Abständen verschluckte. Glaubte Logan, dass ihm die Drogen nach einem dreitägigen Entzug keine Probleme mehr bereiten konnten, und hatte er deshalb die Tür des Schafzimmers entriegelt? Dieser Schritt hatte ihn direkt in die nächste Falle geführt. Der Arzneischrank im Labor hielt ein ganzes Bataillon bunter Träume für ihn bereit. Wie dumm Logan doch war, ihm zu vertrauen, dachte Adam. Einem Junkie seinen Stoff zu entziehen, bedeutete gar nichts, mit Sicherheit nicht das Ende einer Krankheit. Vielleicht ging er deshalb heute, am dritten Tag seiner neu erworbenen Freiheit, in das Studio seiner verstorbenen Mutter. Obwohl sie bei seiner Geburt gestorben war, fühlte er sich ihr dann nah. Dort würde ihn nach all den Jahren noch immer ein schwacher Hauch ihres Duftes umgeben, so glaubte er, der ihn wärmte, tröstete und seine Tränen trocknete.

 Adam öffnete die schwere Holztür, die zum Dachgeschoss führte, und blieb einen Moment auf der Schwelle stehen. Dann betrat er das Refugium seiner Mutter. Das Zimmer wirkte wie eine große Scheune, mit viel freiem Raum, einer hohen, gewölbten Decke und einem Zwischengeschoss, eine Art Galerie, gesichert durch eine Holzbalustrade. Der Parkettboden war aus hellem, in einem Fischgrätmuster verlegten Birkenholz, das hohe Bogenfenster reichte vom Fußboden bis zur Decke und war von weißgekalkten Backsteinen eingefasst. Fades, aschgraues Vormittagslicht fiel durch das Bogenfenster herein und graue Stäubchen schwebten durch die dämmrige Luft.

 Adam betrachtete den gemauerten Kamin und den langen Holztisch, der als einziges Möbelstück in dem riesigen Zimmer stand. Auf dem Tisch lagen einige Skizzen, die seine Mutter vor ihrem Tod angefertigt hatte. Er betrachtete sie einen Moment. Sein Herz pochte und er spürte den Kloß in seinem Hals. Die Zeichnungen waren farbenfroh, voller bunter Luftballons, ihr Himmel war nie grau und fahl wie seiner. Er öffnete das Bogenfenster weit und blickte in den Regen hinaus. Das Meeresrauschen drang an sein Ohr und mit ihm die Stimmen der Sirenen.

 Komm, Adam, komm.

 „Ich will nicht fliegen. Ich bin doch kein Engel", sagte er leise.

 Der Duft der Erde stieg ihm in die Nase und er hätte sich nicht gewundert, wenn draußen ein entwurzelter Baum vorbeigetrieben wäre. Er schloss das Fenster und ging die Stufen der schmiedeeisernen Wendeltreppe hinauf, die zur zweiten Ebene führte. Dort hockte er sich aufs Bett und warf zwei Tabletten Angel Dust ein. Vielleicht brachten sie ihm Frieden. Nach einer Weile leuchteten die Farben der Bettdecke deutlich intensiver und greller. Grün, blau, gelb, rot. Im Hintergrund hörte er ein leises, konstantes Sirren. Verwundert starrte er die Wände an. Seine Gedanken drifteten immer mehr ab. Ein paar Mal hörte er lautes Surren, als flöge ein Insekt dicht an ihm vorbei. Es war ein synthetisch klingender Ton.

Adam schloss für einen Moment die Augen und sah aus Rauten zusammengesetzte fraktale Muster, überwiegend in sanften Blautönen. Er glaubte auf einem Operationstisch zu liegen und seine tief im Inneren liegenden Gefühle wurden freigelegt. Seine Stimmungen wechselten immer schneller; seine Gedanken formten sich zu monströsen, nebelartigen Gebilden, aus denen Logan, Dallis und sein Vater hervorgingen – verschlungene Höllengestalten. Das Geräusch von klirrendem Operationsbesteck fraß sich in ihn und war mit einem Mal ein Teil von ihm. Langsam entglitt ihm die Kontrolle vollends. Angst beherrschte ihn. Die Deckenlampen drehten sich und schwankten vor seinen Augen. Aileens Gesicht war von farbigen Schlieren überzogen und verzerrte sich zu einer Fratze. Stöhnend schloss er die Augen, versank, eintauchend in seine Innenwelt, im wirbelnden Strom der Eindrücke. Blake, Logan, Mairead, Dallis, Aileen ... Vater ... immer wieder Vater. Dann wurde alles schwarz.

Als er wieder zu sich kam, wehte ihm von der Treppe ein Geruch verborgener Orte entgegen, modriger Staub, den die Dunkelheit verströmte und der ihn an die muffige Luft in der Familiengruft erinnerte. Sein Körper nahm feinste Anpassungen vor, glich jede Veränderung in Geschwindigkeit und Richtung aus, wenn urplötzlich Erinnerungen an Aileen, die Frau im Wasser, ihn zusammenzucken und taumeln ließen. Und wenn sich sein Gehirn aus der frostigen Umklammerung der Drogen befreite, gab es jedes Mal einen Moment, in dem sein Kopf sich absolut rein anfühlte. Einmal hatte er Logan gefragt, ob er dieses Gefühl kenne, ob er wisse, was er meine, aber Logan hatte ihm nur einen eigenartigen Blick geschenkt und sich später über seine Frage lustig gemacht. Nicht so die kleine Mairead. Das Mädchen verstand ihn.

Er hatte von Anfang an eine starke Bindung zu Mairead gehabt. In Stresssituationen war es Mairead, die ihm mit dem Lächeln eines Babys, dem Kuss eines Kleinkindes oder dem Streicheln ihrer kleinen Hände über seinen Dreitagebart seine Seele erwärmte. Obwohl das rasche Altern des Kindes ihn anfangs abgestoßen hatte, empfand er das heute nicht mehr so. Er schenkte dem Mädchen Zärtlichkeit und Zuneigung. Niemand bekam davon je etwas mit – mit einer Ausnahme: Logan. Auch sein Bruder war in das Baby vernarrt gewesen, bis zu jenem Tag als Mairead krank wurde. Sein Bruder verabscheute die Unvollkommenheit.

Sein Kopf schmerzte. Tränen standen ihm in den Augen. Sein Drogenkonsum hatte in den vergangenen Jahren in seinem Gehirn einen Prozess in Gang gesetzt, den er in seinen kühnsten Träumen nicht für möglich gehalten hätte. Als Arzt und Wissenschaftler wusste er, dass der Trick des Abtauchens nur dem Eigenschutz diente, weil er verletzbar war. Statt der nackten Wahrheit ins Gesicht zu sehen, ließ er seine

Fantasie gedeihen. Er lebte zuweilen gänzlich in einer Traumwelt, bis er vom Alltag wieder eingeholt wurde. Seine Mutter hätte das sicher nicht gewollt.

Aileen... Wenn seine Gedanken sie umkreisten, lag die Einsamkeit wie ein schweres Tuch auf ihm und machte ihm bewusst, dass er seit ihrem Verschwinden aufgehört hatte, zu leben. Aber er war all die Jahre zu feige gewesen, dem nachzugehen. Was, wenn er damals doch nicht halluziniert hatte? Wenn Aileen noch leben würde, wäre sie sein Mädchen geworden. Da war er sich sicher. An dem Tag ihrer Begegnung war die Welt hell, strahlend und leicht gewesen. Er hatte sich sofort in sie verliebt. Aileen war ihm unsterblich vorgekommen. Aber sie hatte ihn verlassen – wie Mairead ihn auch bald verlassen würde –, ihn zurückgelassen, für immer. Sie hatte nicht auf ihn gewartet, es gab kein „Auf Wiedersehen", keinen Abschiedskuss mehr.

Mit ihrem Verschwinden hatte er alles verloren. Vielleicht hatte sie einen Autounfall gehabt mit einem anschließenden Gedächtnisverlust. Ja, das war es! Amnesie! An diese tröstliche Tatsache hatte er sich all die Jahre geklammert. Aber heute lachte sein alter Ego ihn hämisch aus. Was für eine durchsichtige Verdrängungsstrategie! Er litt seitdem an Schlaflosigkeit, die seine Wahrnehmung auch tagsüber immer mehr trübte. Wenn er eindöste, hatte er in schauderhafter Deutlichkeit Aileens Leiche vor Augen. Um die quälenden Gedanken loszuwerden, versetzte er sich in Trance und reiste gedanklich in seine Jugend zurück. Unvergessliche Abende, an denen er seinen Großvater besucht und mit ihm Rommé gespielt hatte, um seine Stärke, seine Schnelligkeit, überhaupt seine ganze Persönlichkeit mit ihm zu messen. Er hatte vom Lob und vom Beifall des freundlichen alten Mannes gelebt, der seinem Enkel nach dem Spiel die Kisten auf dem Dachboden gezeigt, die zahlreiche Papiere enthielten, und ihm Geschichten von Menschen, die ihm ihr Leben verdankten, erzählt hatte. Schöne Geschichten, die den betörenden Duft der am Dachfenster wild emporrankenden Rosen verstärkt hatten und den Mond wie eine Perle am Horizont hatte schimmern lassen. Er drehte sich auf die Seite und klemmte die dünne Bettdecke zwischen die Knie.

„Aileen ...", wimmerte er.

Aileen ist tot!, antworteten die Stimmen in seinem Kopf. *Sie ist tot!*

„Ich weiß", flüsterte er.

Endlich übermannte ihn der Schlaf.

In der Nacht

Adam biss die Zähne zusammen und atmete langsam und konzentriert ein und aus. Sein Hemd fühlte sich auf der Haut klebrig an und er brauchte dringend eine Dusche. Er tastete nach dem Schalter der Nachttischleuchte und drückte den Knopf. Das Licht erhellte die dunkle Nische. Er bemerkte die halb geöffnete Schublade der Kommode, in der zusammengefaltete Briefbögen lagen. Sein Herz klopfte. Er kannte die Handschrift nicht. Seine Hände zitterten, als er den Brief in die Hand nahm und das Datum las:

20. August 1990.
Lieber Dr. Merrick,
Es geht mir nicht gut, Dr. Merrick. Ich glaube, ich kenne den Grund. Seit sie in Edinburgh sind, lässt Blake mich nicht mehr aus den Augen. Ich kann sie nicht erreichen. Blake hat mein Handy an sich genommen. Ich fühle mich so schwach und muss mich mit meinem Brief an sie beeilen. Mein Zimmer auf Balmore Castle ist nicht der rechte Ort zum Schreiben oder Nachdenken. Aber das ist nicht der einzige Grund. Zum Schreiben habe ich mich immer in eine Ecke zurückgezogen. Früher war es die Bank am See, doch seit ich zum ersten Mal den Raum im Dachgeschoss betreten habe, weiß ich, dass ich hier zeichnen und schreiben werde.

Ich fand vor zwei Wochen den Schlüssel zu der schweren Holztür, die bislang immer verschlossen war. Erst traute ich mich nicht, sie zu öffnen, weil ich mich vor dem fürchtete, was ich hinter der Tür vorfinden könnte. Doch ich war neugierig – wie damals in Bettyhill, als ich von Ihnen etwas über die seltsamen Frauen von Na Stacain erfahren wollte. Ich habe den Schlüssel ins Schloss gesteckt, ihn umgedreht und die schwere Tür aufgedrückt. Auf der Schwelle bin ich stehen geblieben und habe mich nur umgesehen. Ich glaube, ich habe ziemlich lange dort gestanden. Die Vorhänge des Bogenfensters waren zugezogen. Ich trat vorsichtig an das Fenster heran, habe den Atem angehalten und ganz still gestanden. Dann zog ich die Vorhänge auf.

Das kupferne Licht der Nachmittagssonne fiel durch das Bogenfenster herein und wärmte mein Gesicht. Ich schaute mich um und entdeckte die schwarze, schmiedeeiserne Wendeltreppe, die zur zweiten Ebene des Dachgeschosses hinaufführte. Mein Herz klopfte, als ich die Stufen hinaufging. Ich wusste, dort erwartet mich Außergewöhnliches. Ich wusste es sofort, Dr. Merrick. Vielleicht war mir deshalb auf eine seltsame Art alles gleich vertraut. Ich habe auf der zweiten Ebene eine alte Truhe gefunden, an der ein verrostetes, defektes Schloss hing. Ich öffnete sie und fand darin stapelweise Fachliteratur, Kartenspiele, Kinderfotos von ihnen und Logan, von Adam und Dallis. Außerdem habe ich einige Videokassetten entdeckt. Ich habe mir alles in Ruhe angesehen ...

Es ist längst nicht mehr so staubig, denn ich habe das Zimmer in den vergangenen Tagen gründlich gesäubert. Die Kiste und ihren Inhalt habe ich mit keinem Wort erwähnt. Ich glaube, Blake hätte sie vergessen. Aber er hat sich vermutlich wieder an die Aufnahmen erinnert, als er mich eines Tages den Raum betreten sah, denn er sprach mich darauf an. Ich konnte Blake nichts vormachen und gestand, dass ich mir die Videos angesehen habe. Es mache ihm nichts aus, sagte er. Ich habe ihm geglaubt, denn wenn sich unsere Blicke hier und da im Internat trafen, lächelte er geheimnisvoll und verschwörerisch. Doch ich hätte mich nicht ärger täuschen können.

Die Videos zeigen Blakes Experimente, Dr. Merrick. Ich beginne allmählich zu verstehen, woher die abscheulichen Worte aus dem Mund des alten Mannes am Straßenrand stammen. Ich hatte ihnen von ihm erzählt. Blake Carrington ist ein Monster, der Jungen und Mädchen das Leben und den Zwillingen die Mutter genommen hat. Ich glaube, dass meine Neugierde meinen Tod besiegeln wird, denn ich werde mein Wissen nicht für mich behalten. Ich wollte Adam von den Videos berichten und dass Blake die Mutter seiner Söhne bei der Geburt getötet hat. Ich kann nicht länger schweigen.

Aber Blake muss mir gestern mit dem Essen etwas verabreicht haben. Ich habe keine Erinnerung an die Stunden der vergangenen Nacht. Heute Morgen kam ich am Strand von Na Stacain wieder zu mir. Ich dachte, ich lebe, der Tod hat mich noch nicht umarmt. Aber ich konnte mich nicht bewegen und wartete, blickte zum Horizont, der meine Sinne anlockte. Der Mond flimmerte an diesem frühen Tag noch silbern auf dem Wellengekräusel der stillen See. Ich hörte Schritte und sah Blake. Er brachte mich wieder nach Balmore Castle und behauptete, ich hätte etwas eingenommen. Aber ich nehme keine Drogen, die mir die Erinnerungen rauben, Dr. Merrick. Ich rauche nur hin und wieder einen Joint. Woher wusste Blake, wo er mich finden konnte, wenn er nicht die Hand im Spiel hat? Er gab mir eine Injektion, angeblich um eine aufkommende Lungenentzündung zu unterdrücken. Seitdem habe ich Fieber, aber ich bin noch halbwegs klar im Kopf.

Blake hat mir ein dünnes weißes Nachthemd übergestreift und mir dabei „Weiß ist die Farbe des Todes" ins Ohr geflüstert. Danach gab er mir eine zweite Injektion und sagte, dass der Tod das Tor zur Freude und Herrlichkeit wäre. Das Echo seiner Worte hallt immer noch nach, Dr. Merrick. Blake wird bald zurückkommen, um mich zu töten – er, der den Tod ritualisiert. Sein krankes Hirn wird gespeist von der flackernden Leidenschaft des Tötens. Mit letzter Kraft bin ich vorhin aufgestanden und in das Turmzimmer geflüchtet.

Ich höre Blakes Schritte. Ich höre seine Stimme. Logan ist bei ihm. Ich werde die Wendeltreppe hinaufgehen und diesen Brief dort verstecken. Vielleicht findet ihn irgendjemand eines Tages und rächt meinen Tod. Mir ist heiß, vermutlich habe ich Fieber. Das diffuse Licht des Mondes, das durch das Bogenfenster fällt, taucht das Dachgeschoss in dunkelgraue Schatten. Blakes Gesicht wird vom Mondlicht schwach beleuchtet sein, ein verschwommenes Profil, in dem die Augen in den Höhlen spukhaft aussehen. Ich schließe die Augen und sehe meine Mutter vor mir. Sie wird mir sagen, was ich zu tun habe. Danach wird sie mich in ihre Arme schließen. Sie wird stolz auf mich sein. Ich höre, wie Blake die Tür öffnet.

Warum haben sie mich nach dem Tod meiner Eltern nach Balmore Castle gebracht, Dr. Merrick? Im Kinderheim war es so schön. In wenigen Minuten werde ich wieder ein kleines Mädchen sein. Ich fühle es. In wenigen Minuten wird mich meine Mutter in ihre Arme schließen, mich anlächeln und mir übers Haar streichen.

Ihre Aileen

Adam legte den Brief beiseite und schaute einen Moment aus dem Bogenfenster. Zuerst glaubte er, es würde ihm etwas einfallen, wenn es ihm nur gelang, die Stimmen in seinem Kopf abzuwürgen. Doch Aileens Zeilen hatten ihm den Boden unter den Füßen weggerissen.

„Blake hat Aileen getötet!", brüllte er. „Sie haben mich angelogen!"

Es waren also doch keine Halluzinationen gewesen. Er hatte die tote Frau im Wasser tatsächlich gesehen. Er konnte die Stimmen in seinem Kopf nicht mehr zum Schweigen bringen. Sie fielen aus allen Richtungen über ihn her.

Blake hat Aileen getötet.

Logan muss das gewusst oder vermutet haben.

Sie haben dich glauben lassen, du seist vollkommen irre, dröhnten die Stimmen. Sie haben dich ein Jahr in eine Anstalt gesteckt, einfach weggesperrt, weil sie befürchten mussten, dass du über die Tote im Loch Meadhonach etwas ausplaudern könntest.

Sie hatten ihn weggesperrt in den Gemüsegarten verwester Seelen. Ein Jahr hatte er unter Alzheimer-Patienten, Kranken mit einer fortgeschrittenen Senilität und manisch-depressiven Patienten gelebt. Zweihundert Tage mit leeren Augen, schlaffen Mündern und vollgesabberten Kinnen. Fröhlich, immer fröhlich. Die Schwestern hatten ihn „Schatz" und „Süßer" oder „mein Hübscher" genannt. Redet mit denen, die nie antworten, lautete das oberste Gebot in dieser Anstalt.

Adams Augen brannten, sein Herz hämmerte, in seinem Kopf dröhnten die Stimmen:

Die Wahrheit über Blake und Logan muss bekannt werden, und du Adam, sein Bruder, wirst diese Wahrheit ans Licht bringen, anklagen, berichten, was dein Vater mit Aileen gemacht hat. Du wirst es Scotland Yard überlassen, die richtigen Schlüsse daraus zu ziehen. Die Stimmen schlugen über ihm zusammen.

Mach es, Adam!

Sag mir, was ich tun soll, Aileen, dröhnte es in Adams Kopf.

Sag ihnen, wo sie mich hingebracht haben!

Sie schänden deinen Körper. Adams Gedanken überschlugen sich.

Räche uns, Adam! Dich und mich.

Aileen ... Er ist mein Bruder. Er durfte nicht wollen, was er tun musste.

Blake hat mich getötet! Logan wusste davon!

Logan ist meine andere Hälfte. Ein letztes Aufbegehren.

Lass mich nicht in Stich!

Erst jetzt verstand Adam die Worte, die Logan am Sarg von Blake gesprochen hatte.

„Man will nicht wahrhaben, wie viel im Leben von Glück abhängt, Adam. Es ist erschreckend, wenn man daran denkt, wie viel außerhalb der eigenen Kontrolle liegt."

Und da – wo er sie am wenigsten erwartet hatte – war die Lösung, die er suchte. Die Erkenntnis brachte die Stimmen zum Schweigen und beruhigte seine Nerven. Adam sprang auf, eilte die Wendeltreppe hinunter und setzte sich vor die Staffelei seiner Mutter. Er begann, einen Hügel zu malen. *Hügel sind vorschriftsmäßig grün,* dachte er. *Ein Grün ohne Tod.* Seine Hügel wurden schwarz wie die Nacht.

„Du wirst morgen erfahren, wie viel außerhalb der eigenen Kontrolle liegt", wisperte er.

Eine Stunde später ging ein anonymer Anruf bei Scotland Yard ein. Der Anrufer wies auf eine Wasserleiche am Loch Meadhonach hin. Die Stimme des Anrufers klang wie die eines Kindes.

Kapitel 38

Klinik Na Stacain, 28. Oktober 2011

Dr. Rory Innes, den alle mit dem Vornamen ansprachen, tippte einen achtstelligen Code ein und legte seinen rechten Daumen auf den an der Wand angebrachten Fingerprintscanner, während sich Dallis den Code merkte. Nach einer kurzen Überprüfung öffnete sich die Tür mit der Aufschrift *Labor Tierversuche* und sie betraten den Raum. Rory betätigte den Lichtschalter und ging zu einem großen Labortisch, auf dem mehrere kleine Käfige standen, aus denen quietschende Geräusche kamen.

„Guten Morgen, Benny, Cindy, Henry, Alice! Habt ihr gut geschlafen?"

Dallis runzelte die Stirn und dachte an den gestrigen Abend, den sie mit Rory im Pub Rio de Janeiro verbracht hatte. *Er ist noch immer nicht nüchtern. Er spricht mit seinen Mäusen!*

„Bitte nicht so laut, Rory. Ich habe fürchterliche Kopfschmerzen. Das war gestern einfach zu viel Caipirinha."

Rory lachte laut auf und strich mit seinem Finger über den Rücken einer Maus.

„Hast du das gehört, Benny? Dallis konnte einfach nicht aufhören, dieses limonengrüne Zeug zu trinken, nachdem sich herausgestellt hatte, dass die brasilianischen Nutten in dem Pub MÄNNER waren! Du hättest mal ihr Gesicht sehen sollen!", sagte er und schaute in den nächsten Käfig, in dem eine leblose Maus lag.

Dallis grinste. Der rothaarige Rory mit seinem von Sommersprossen übersäten Gesicht war einer der fähigsten Wissenschaftler der Lux Humana und bei seinen Kollegen sehr beliebt. Doch wenn er seine Homosexualität auslebte, standen Dallis die Haare im Nacken zu Berge – wie gestern Abend im Pub.

„Sprichst du immer mit deinen Mäusen, Rory?", fragte sie, während sie einen Laborkittel vom Haken nahm und ihn überzog. Dann überprüfte Dallis die brodelnden Flüssigkeiten in den kleinen, zylindrischen Röhrchen, die säuberlich aufgereiht einen anderen Stahltisch des Labors zierten.

Rory fasste die Maus am Schwanz und hob sie hoch.

„Sicher! Hier ist unser Versuchsobjekt, Dallis. Alice hat soeben das Zeitliche gesegnet. Sie ist noch warm", sagte er trocken.

Im Raum hing ein undefinierbarer Geruch aus Äther und Formalin und Rory unterdrückte einen Anflug von Übelkeit, als Dallis anfing, die Maus Alice zu präparieren. Er schaute ihr über die Schulter. Dallis war nicht besonders groß und Rory überragte sie um einen Kopf.

Sie öffnete mit einem Skalpell den Körper der Maus und schnitt deren Zwerchfell heraus, zusammen mit dem dazugehörigen Nervus phrenicus heraus. Danach befestigte sie eine kleine Elektrode an dem Nerv und stimulierte ihn elektrisch. Dallis nickte zufrieden, als das Zwerchfell zuckte.

„Na, geht doch!", kommentierte sie und beträufelte mit einer Pipette den Nerv mit 0,01 mg Rebu 12. Die Reaktion des Zwerchfells verblüffte sie beide. Von Minute zu Minute nahmen die Kontraktionen zu. Rory hob die Augenbrauen und schaute Dallis fragend an.

„Was ist denn das?"

„Keine Ahnung", antwortete Dallis.

Rory nahm seine schwarz gerandete Brille ab und säuberte sie mit einem weißen Papiertaschentuch aus seiner Hosentasche.

„Wir werden die Präparation vier Stunden stehen lassen. In dieser Zeit können wir Proben vom Zwerchfell nehmen und sie untersuchen."

„In Ordnung", antwortete Dallis zögerlich.

Mittlerweile war sie davon überzeugt, dass die Testreihe noch weitere Überraschungen für sie bereithielt. Rory setzte seine Brille wieder auf und entnahm dem Zwerchfell eine erste Probe. Vier Stunden später nahm er eine weitere Maus aus dem Käfig, legte sie in seine Handfläche und streichelte ihren Rücken.

„Es tut mir leid, alter Knabe. Benny, du musst heute dran glauben. Ohne Alice ist das sowieso nichts für dich hier unten", sagte er und übergab Dallis die zappelnde Maus.

Sie zog 0,1 mg Rebu 12 auf und injizierte die Flüssigkeit in die Halsvene des Tieres. Sekunden später streckte das Tier den Rücken, streckte Arme und Beine von sich, stürzte, krampfte und starb. Dallis wurde blass und auch Rory starrte auf das leblose Tier.

„Das kann nicht sein", sagte Dallis entsetzt. „Ich habe 0,2 mg verabreicht. Die letale Dosis liegt bei 1,2 Gramm pro Kilogramm Körpergewicht."

Rory strich eine Strähne aus seinem Gesicht und kratzte am Kinn seinen roten Dreitagebart.

„Das sieht nicht gut aus, Dallis. Was ist das bloß für eine Substanz, die innerhalb von Sekunden die Bluthirnschranke passiert und einen epileptischen Anfall vom Type Grand Mal verursacht."

Dallis lief unruhig hin und her. Sie tobte innerlich. So ließen sich also ihre Zuckungen und der epileptische Anfall von neulich erklären: Sie hatte sich dieses Zeug auch noch selbst injiziert. Aber das lag schon mehrere Tage zurück. Das würde bedeuten, dass der Rebu 12-Spiegel im Blut zwar rasch anstieg, aber sich im Gewebe nur langsam abbaute – und womöglich auch noch irreparable Schäden anrichtete.

„Verdammt noch mal, dieser Schweinehund hat mir das Ergebnis seiner letzten Versuche verheimlicht. Er hat behauptet, dass die Zwerchfelluntersuchungen problemlos verlaufen seien. Warum sollte ich seinen Worten keinen Glauben schenken? Verdammt noch mal!"

Rory bot Dallis einen Stuhl an und setzte sich ebenfalls. Er lehnte sich vor und sprach schnell, voller Selbstsicherheit.

„Was ist das für ein Zeug, Dallis?"

Seine Stimme war jetzt weder weich noch wohlklingend. Sie klang sachlich und nüchtern, wie die eines Wissenschaftlers, der auf etwas

Ungewöhnliches gestoßen war. Rory wartete Dallis' Antwort nicht ab, sondern sprach gleich weiter:
„Wir sollten Benny obduzieren und seine Laborwerte überprüfen. Du solltest unbedingt mit Logan sprechen und schnellstens einen Neurologen aufsuchen!"
Dallis nickte gequält. Der Tierversuch hatte ihr spiegelbildlich vor Augen geführt, welch hohen Preis sie für ihre makellose Schönheit zahlen musste.

Balmore Castle

Der Schmerz war unbeschreiblich, eine höllische Folter, die ihn zwei Stunden nach Mitternacht schreiend und schweißnass aus dem Schlaf hochschrecken ließ. Er konnte keine Zuflucht finden. Nicht bei Tag, nicht bei Nacht. Er musste es irgendwann hinter sich bringen und die Flüssigkeit durch seinen Körper jagen. Sein Gehirn glühte. Seine Fingerknöchel schmerzten. Er hatte Librium geschluckt, doch nichts konnte die Flut der aufkommenden Trauer eindämmen. Jede Zelle seines Körpers schrie nach den Drogen, die mit seinem Körper und seinem Gehirn ein wunderbares Hasard spielen konnten. Doch vor allem schrie sein Körper nach den ungelebten Traum mit Aileen. Adam betrat die beleuchtete Terrasse. In der nächtlichen Dunkelheit kündigte sich der Winter an. Lautlos fielen Schneeflocken auf ihn hinab.
Auf dem niedrigen Gitterzaun der Terrasse starrte ihn eine Möwe selbstgefällig mit ihren hellen Augen an, von seiner Ohnmacht und ihrer Unverletzlichkeit überzeugt. Das Gitter zu erreichen, bedeutete die Himmelspforte zu erreichen. Seine Hände umklammerten die kalten Stäbe, als wollte er sie nicht mehr loslassen. Er packte die Stäbe fester. Dann traf er die Möwe mit einem festen Tritt. Sie stieß zu seiner Befriedigung einen lauten Schrei aus. Ein paar graue Federn sanken auf den Vorsprung und verschwanden langsam in der Dunkelheit.
In wenigen Minuten würde er zum letzten Mal mit seinem Geländewagen über die Single Track Road mit ihren unübersichtlichen Kurven rasen, an Kinlochbervie vorbei, an der Telefonzelle in einen Feldweg einbiegen, dort sein Fahrzeug abstellen und über den mit Steinen markierten Pfad durch das Moor in Richtung Loch Meadhonach gehen, zu dem säuberlich aufgeschüttetem Crain-Grab seines toten Schwans. Er hatte alles erledigt. Scotland Yard eine Kopie von Aileens Brief gefaxt und eine Skizze von der Stelle beigefügt, wo er sie vor Jahren im Wasser hatte liegen sehen, ein Autopsiegesuch bei der Staatsanwaltschaft eingereicht, ein Testament verfasst und einen Brief an Logan geschrieben. Alles lag fein säuberlich sortiert auf seinem Schreibtisch. Noch einmal schaute er sich in seinem Schlafzimmer um. Dann verließ er sein Refugium der letzten Stunden und wenig später Balmore Castle.
Verschwunden waren die blühenden Felder des Herbstes. Bläulich schimmernder Schnee lag über dem Moor, als er am Loch Meadhonach ankam. Er breitete neben dem Crain-Grab eine Wolldecke aus und legte

sich darauf. Der böige Wind wirbelte die feinen Schneeflocken durch die Luft. Er blickte zum Horizont, der seine Sinne anlockte. Der Mond flimmerte an diesem frühen Oktobermorgen noch silbern auf dem Wellengekräusel des stillen Sees Meadhonach. Ich will nicht fliegen! Adam band mit einem Taschentuch seinen Oberarm ab und injizierte sich eine Überdosis Insulin. Voller Trauer sah er hoch. Der Himmel färbte sich violett. Das Blut rauschte übermächtig in seinen Ohren. Die Sterne am Himmel drehten sich.

„Aileen ...", flüsterte Adam.

Finstere Wolken türmten sich am Himmel, schwarz und schwer. Der stürmische Wind jagte durch das Moor. Adam wartete einige Sekunden, bis der Tod seinen nasskalten Körper in die Dunkelheit riss. Seine Seele floh über das Schneefeld zum violetten Schweigen.

In derselben Nacht machte Dallis eine vor dem Schlafengehen Tagebucheintragung.

Heute geht es mir nicht gut. Logan hat gesagt, dass ich aussehe wie eine Kalkwand. Kein Wunder. Ich wandere in der Nacht durchs Haus. Manchmal quäle ich Mairead, erzähle ihr unheimliche Nachtgeschichten, damit sie sich vor dem grauen Etwas in ihrer Schlafzimmerkommode fürchtet und aufhört, in der Nacht zu kreischen.

Ich bin traurig und zornig zugleich, weil Logan sich nicht mehr so wie früher um mich kümmert. Immerhin ist Adam für mich da, der mir zuhört, wenn ich traurig bin. Er hat sich verändert. Gestern war er feindselig zu Logan. Der Drogenentzug wird ihm wohl zu schaffen machen.

Seit unserer Rückkehr aus Warschau ist Logan mitunter so abweisend. Ständig telefoniert er mit Merrick in Bettyhill und bekommt dabei glänzende Augen. Die bekommt er auch, wenn Mairead ihn ansieht. Der Kretin ähnelt mittlerweile einer alten Mumie aus einem Gruselfilm. Ich habe Logan gesagt, er soll Mairead fortschicken, doch er hat mir über den Kopf gestreichelt und mir gesagt, dass das nicht möglich sei. Mairead geht es nicht gut. Er sagt, sie sei krank. Ich konnte das bislang nicht feststellen und suche in ihren alten Augen nach einer Antwort.

Hin und wieder schleiche ich mich an Mairead heran, wenn sie am See auf der Bank sitzt und die Schwäne von Balmore Castle mit ihrem zahnlosen Mund ein Grinsen schenkt. Dann zuckt sie zusammen und sieht mich erschrocken an. Ich streichle ihr über den Kopf und presse meine Nasenspitze an ihr rechtes Ohr und flüstere. Sie reagiert nicht auf meine Worte und sie bekommt auch keinen Herzinfarkt.

Es war still auf Balmore Castle. Dallis spürte kleine Hände auf ihre Schultern, die sie wachrüttelten. Sie rieb sich die Augen. Die kleine Nachttischlampe spendete gedämpftes Licht. Mairead stand vor ihrem Bett und hielt ihr die Zeichnungen hin, die Dallis einst als Kind, für Logan und Adam gemalt hatte. Zunächst zögernd, dann hastig zerriss Mairead jedes einzelne Blatt. Riesige, weitsichtige Augen, die wie Krater in den Augenhöhlen lagen, fixierten Dallis durch dicke Brillengläser. In dem stark geschrumpften Gesicht pochte deutlich eine Schädelvene. Dallis war unfähig, sich zu bewegen, war wie erstarrt, ihr Atem stockte. Noch immer sah der Feind regungslos auf sie hinab und sagte kein Wort. Die Papierschnipsel fielen zu Boden und verteilten sich auf dem Teppich. Geräuschlos schlich Mairead zur Zimmertür und drehte sich noch einmal zu ihr um. Das verkümmerte Gebiss grinste Dallis entgegen.

„Logan liebt nur mich!", piepste das Mädchen leise und verließ das Zimmer.

Dallis zitterte am ganzen Körper.

Kapitel 39

Loch Meadhonach, 29. Oktober 2011

Es war einer dieser kühlen, dämmrigen Nachmittage, die für diese Jahreszeit in Schottland typisch waren: der Himmel ein schiefergraues Dach, dazu ein kalter Wind. Inspector Charly Peebles hatte sich geschworen, dass er sich nur so lange in dieser kargen Gegend aufhalten würde, wie es unbedingt erforderlich war. Schnee rieselte vom Himmel und sprenkelte die Moorlandschaft. Während des Helikopterfluges nach Kinlochbervie erinnerte er sich an seinen ersten Besuch in dieser Region Schottlands. Die Highlands waren ihm schon damals wie eine einzige große, mit Schafen gesprenkelte Wiese vorgekommen, wären da nicht die Rhododendron-Landschaften, die sogar noch im Spätherbst leuchteten. Im Herbst waren es die hellgelben Rapsfelder, die das saftige Grün aufspalteten und in deren Schutz hin und wieder träge ein kleiner Fluss dahinströmte. Aber um Loch Meadhonach wichen die sanften Hügel düsteren und geheimnisvollen Moorlandschaften. *Passend zu meiner momentanen Stimmung*, dachte er.

Vor Jahren hatte Scotland Yard ihn schon einmal nach Kinlochbervie geschickt, um die Mitglieder einer Organisation mit dem Namen Lux Humana unter die Lupe zu nehmen. Es war eine reine Routineüberprüfung, die Scotland Yard häufiger vornahm, wenn eine Sekte gänzlich unauffällig blieb. Die einzige Auffälligkeit bei Lux Humana waren die ausgesprochen schönen Menschen, die sich in Balmore Castle aufhielten. Die Überprüfung der Personalien hatte jedoch allen einen tadellosen Ruf bescheinigt. Auch die Besichtigung des Hauptgebäudes und der Schule sowie der diversen Nebengebäude war ohne besondere Vorkommnisse verlaufen. Peebles kam sich neben diesen jungen Menschen in seinem alten Trenchcoat, mit seiner Größe von nur einem Meter einundsiebzig, seinem Gestrüpp aus lockeren, grau werdenden Haaren, die sich an den Schläfen lichteten, und seinen siebenundvierzig Jahren unangenehm unattraktiv vor. Er hatte ein grobes, von Wind und Wetter zerfurchtes Gesicht und eine fleischige, schiefe Nase. Sein Schnurrbart über den ausgetrockneten Lippen war das einzige Ordentliche an ihm, präzise gestutzt, ein graubrauner, schmaler Strich. Seine schmalen Augen, in der Farbe starken Tees, schafften es, aktiv zu sein, ohne sich zu bewegen.

Er hatte damals nichts Verdächtiges gefunden und war froh, nach zwei Tagen Balmore Castle wieder den Rücken zukehren zu können, obwohl sein Bauchgefühl ihm sagte, dass auf dem Schloss alles zu perfekt sei. Zu viel Anmut, zu viel Schönheit. Doch das Fax von Adam Carrington und der darauffolgende Schock über den grausamen Fund hatten Charly Peebles dazu bewegt, sich die zusammengetragenen Fakten noch einmal anzusehen. Was er und seine Kollegen am Samstagnachmittag am Loch

Meadhonach entdeckt hatten, hatte mit der Anmut und Schönheit der schottischen Highlands kaum mehr etwas zu tun. Constable McShelly von der hiesigen Polizei hatte nach der Besichtigung des Tatorts Scotland Yard informiert und eine halbe Stunde später saß Peebles bereits im Polizeihubschrauber von London nach Loch Meadhonach.

„Das ... ist ein grauenhafter Anblick. Der arme Teufel."

Charly Peebles achtete sorgfältig darauf, nicht zu respektlos zu klingen, als er den Tatort betrat und Constable McShellys Stimme hörte. Das rotierende Blaulicht zweier Polizeifahrzeuge durchbrach den fallenden Schnee. Er nahm sich einen Moment Zeit, um sich für die anstrengenden Stunden zu wappnen, die ihm bevorstanden. Dann begrüßte er Constable McShelly mit einem Händedruck.

„Ich danke Ihnen, dass Sie so schnell gekommen sind, Sir", sagte McShelly. „Als das Schreiben gestern Nacht in unserer Dienststelle eintraf, fuhren wir sofort los, um nachzusehen, ob uns da jemand auf den Arm nehmen will. Na, ja, den Rest kennen Sie ja, Sir."

„Würden Sie mich bitte über die Umstände der Tat ins Bild setzen, Constable!"

„Wir haben die Knochen einer jungen Frau in einem Crain-Grab gefunden und nicht im Wasser, wie Adam Carrington es uns in seinem Fax geschildert hat. Carrington selbst liegt daneben."

McShelly schüttelte den Kopf. Charly Peebles nickte knapp. Dann deutete sein Kollege auf den anderen Leichnam, der völlig vom Schnee bedeckt war.

„Das da ist Adam Carrington. Wahrlich auch kein schöner Anblick!"

Der Körper sah aus wie erstarrter Asphalt, und Peebles nahm an, er würde sich ebenso hart anfühlen. Doch als er die Hand des Mannes ergriff, war die Haut wie feuchtes Leder, vollgesogen und weich vom feuchten Schnee.

„Hat der Gerichtsmediziner auch schon einen Blick auf Adam Carrington geworfen?", fragte er. „Ja, Sir. Dr. Kelly wartet in Ihrem Wagen, dort drüben vor der Absperrung. Wir sollen sie rufen, wenn wir noch Fragen haben. Unsere Pathologin wurde ganz blass um die Nase, als sie die Leichen sah. Normalerweise behandelt sie die Wehwehchen der Bewohner dieser Gegend. Nun ja. Adam Carrington ist erst wenige Stunden tot, die Frau mindestens seit zehn Jahren."

„Und was sind denn das für Knochen, die neben der Leiche liegen?", fragte Peebles.

McShelly rollte mit den Augen.

„Das sind die Überreste eines Schwans, sagt der Pathologe", antwortete McShelly.

McShelly schaute auf den Boden.

„Sie sagten vorhin *die Leichen*, Constable?", fragte Peebles.

„Ja, Sir. Wir haben noch eine dritte Leiche." McShelly zeigte auf das Ufer von Loch Meadhonach. „Kommen Sie, Sir. Ich zeige sie Ihnen."

Peebles hob die Augenbrauen. Sein Instinkt sagte ihm, dass noch viel mehr auf ihn zukommen würde, als er McShelly zum Fundort des nächsten Opfers begleitete.

Beim Anblick der Leiche einer jungen Frau durch das kristallklare Wasser auf dem Grund des Loch Meadhonach richteten sich seine Nackenhaare auf und er wusste, dass es nicht die erwartete Routineuntersuchung werden sollte. Ein Gesicht von geradezu erschreckend gespenstischer Blässe sah ihn an, während Schneeflocken auf ihren Brustkorb rieselten, als streichelten sie ein wundes Herz. Ihr Mund war mit einem breiten Klebestreifen versehen, worauf *Judas* geschrieben stand. Er schaute ein zweites Mal hin, direkt in ihr Gesicht. Sein Magen schlug Alarm. Die Säure schwappte immer dann über, wenn er mit einem undefinierbaren Gefühl konfrontiert wurde. Ja, er war sich sicher. Er kannte diese Frau, hatte sie schon einmal gesehen.

„Bitte, Sir", sagte McShelly und reichte ihm ein kleines Amulett. „Ich habe es unter dem Strauch gefunden. Deswegen habe ich Sie auch angerufen."

Eine ganze Weile stand Peebles nur da und sagte nichts. Dann warf er einen Magensäureblocker ein und gab Anweisung, die Spurensicherung anzufordern und die Leichen zu bergen. Zunächst galt es, die genaue Todesursache festzustellen, um mit den Ermittlungen weiterzukommen. Dass es sich bei den beiden Leichen um Adam Carrington und eine Frau handelte, war unbestritten. Die Identität der Toten im Wasser musste erst geklärt werden.

„Gehen Sie bitte die Vermisstenanzeigen durch, Constable, und informieren Sie mich umgehend, wenn Sie jemanden finden, auf den die Beschreibung der Frau im Wasser passen könnte. Und lassen Sie die Leichen sofort in die Gerichtspathologie nach Edinburgh bringen!"

McShelly sah ihn an.

„Ich werde alles erledigen, Sir!"

Peebles griff zum Handy und wählte die Rufnummer von Scotland Yard in Edinburgh.

„Martha? Peebles hier. Du müsstest mir einen Gefallen tun."

Er hörte, wie seine Kollegin in Edinburgh am anderen Ende der Leitung einen tiefen Seufzer ausstieß.

„Ja, ich weiß, Martha, du hast genug um die Ohren und deine Kollegin ist mal wieder krank. Aber es ist sehr wichtig. Ich brauche die Namen und Adressen der niedergelassenen Ärzte. Das können nicht allzu viele sein. Die Gegend ist schwach besiedelt."

Am anderen Ende der Leitung hörte er ein leises Rascheln. Martha half mal wieder mit Schokolade ihrem Blutzuckerspiegel auf die Sprünge.

„Fein, Martha", sagte er. „Schickst du mir die Daten per E-Mail. Hast du meine Adresse? Ich übernachte im Kirky Inn-Hotel in Durness. Ja, ja, Martha, ich weiß. Ich bin dir was schuldig. Trotzdem. Danke."

In der Nacht wurde er durch das Geräusch einer E-Mail-Ankündigung geweckt. Er stand auf, ging zum Schreibtisch und öffnete den Anhang der Mail. Die Namen der Ärzte sagten ihm auf Anhieb nichts. Noch einmal überflog er die Liste und stutzte. Ein gewisser Dr. Bernhard Merrick war an drei Orten gleichzeitig gemeldet: in Droman, in der Klinik Na Stacain und in Bettyhill. *Seltsam*, dachte er. *Ich sollte mir Dr. Merrick mal ansehen.* Er griff zum Hörer und wählte die Rufnummer von Constable McShelly.

„Peebles hier. Es tut mir leid, dass ich Sie mitten in der Nacht aufwecke. Wissen sie etwas über eine Klinik in Na Stacain?"

Er gab McShelly einen Augenblick Zeit, damit er sich sammeln konnte, denn schließlich hatte er ihn aus dem Schlaf gerissen.

„Wie bitte? Seit wann? Danke", sagte er und legte auf.

Sein Instinkt hatte ihn nicht getäuscht. Es gab eine Forschungsstätte mit einer angeschlossenen Klinik in Na Stacain, hatte McShelly gesagt. Sie gehörte der Gemeinschaft Lux Humana. Charly Peebles legte sich wieder ins Bett und sah sich das Amulett, das man am Tatort gefunden hatte, noch einmal an. Er hatte die stilisierte Kontur eines makellosen Körpers schon häufiger gesehen. Es symbolisierte die Venus und es war das Zeichen der Sekte Lux Humana.

Bettyhill, 30. Oktober 2011

Das Gespräch mit Dr. Bernhard Merrick konnte Charly Peebles kaum erwarten. Der Mann war eine weitere heiße Spur. Er trat auf das Gaspedal. Als das erste Straßenschild die unmittelbare Nähe von Bettyhill ankündigte, war die Natur an diesem Sonntagnachmittag dort jedoch in voller Herbstblüte. Peebles spürte, wie ihn bei diesem Anblick eine kurze Woge der Freude durchflutete und ihn für einen Moment den grausamen Fund am See vergessen ließ. Nachdem er das Ortsschild passiert hatte, fuhr er langsamer und umklammerte das Lenkrad so fest, dass seine Knöchel weiß wurden.

„Dr. Bernhard Merrick hat seine Wohnung und Praxis in einem Nebengebäude der Klinik untergebracht. Das Krankenhaus in Bettyhill ist das einzige weiße Gebäude im Ort und liegt ein wenig abseits der Straße. Sie werden es sofort finden. Es ist ausgeschildert", hatte McShelly ihm vor der Abfahrt gesagt. „Ich werde Merrick anrufen und Sie anmelden."

Peebles fuhr weiter die Hauptstraße entlang, bis ihm plötzlich in einer Kurve das Hinweisschild *Krankenhaus* wie aus dem Nichts zwischen den Bäumen entgegensprang. Er bremste und bog in die Einfahrt ein. Das Klinikgebäude lag nach Norden, mit der Seitenfront zur Straße. Sein schlichter quadratischer Grundriss verriet die ehemalige Kaserne, doch es machte einen komfortablen und einladenden Eindruck. Durch die Bäume konnte er im Hintergrund einen Fluss schimmern sehen. Links vom Gebäude stand ein altes Bruchsteinhaus.

Das muss es sein, dachte Peebles.

Er parkte das alte Polizeifahrzeug und überquerte zügig die Straße. An der Haustür piepste sein Handy. Eine hohe Männerstimme meldete sich.

„Ich habe Dr. Merrick erreicht. Sie werden erwartet. Aber machen Sie sich auf etwas gefasst!"

Peebles hörte McShelly laut lachen.

„Ohne Ihren sarkastischen Unterton sind Sie ein richtiger komischer Kauz, McShelly", antwortete er. „Also was ..." Da ging die Haustür auf und Peebles klappte sein Handy kommentarlos zu. Ein Mann breitete die Arme in einer von Theatralik strotzenden Willkommensgeste aus.

„Sie sind also Inspector Peebles von Scotland Yard. Ihr Kollege hat Sie angemeldet. Treten Sie doch bitte ein." Er trat zur Seite und deutete mit dem Arm ins Hausinnere. „Ich bin Spilly Reeper, Dr. Merricks Masseur. Wir hatten soeben eine Besprechung. Ich wollte gerade gehen."

Peebles zeigte dem Mann seinen Ausweis und sah sich dabei Reeper etwas genauer an. Sein dunkles Haar begann bereits schütter zu werden; er trug eine Nickelbrille, hatte ein rundliches Gesicht und einen gewaltigen Bauch. Peebles grinste innerlich. Seine langjährige Erfahrung sagte ihm, wann jemand log oder zu einer kleinen Notlüge griff, wie dieser Mann. Spilly Reeper hatte seine Herzensdame sicherlich nicht nur massiert ... *Dein Hemd ist falsch zugeknöpft, Spilly!* Hinter Reeper stand eine ältere Frau, zierlich wie ein Vogel. Ihr graues Haar war ein wenig zerzaust. Sie hatte es offensichtlich in Windeseile zu einem Knoten zusammengebunden.

„Inspector Peebles?", fragte sie.

Er nickte.

„Ich bin Dr. Bernhard Merrick."

Eine Frau! Dieser McShelly, dachte er. Er versuchte nicht überrascht zu wirken und zeigte auch ihr seinen Ausweis. Dr. Merrick wand sich wieder an Reeper.

„Auf Wiedersehen Spilly. Ich danke dir, dass du heute kommen konntest." Sie spitzte dabei die Lippen zu einem Kuss, der ein paar Zentimeter neben Reepers Wange in der Luft landete.

„Bis bald, Bernie."

Bernie! Dr. Merrick führte Peebles in eine Diele mit Steinfliesen, deren Wände mit Mutter-Kind-Fotografien dekoriert waren. Auf einem kleinen Tisch stand eine Vase mit einem perfekt arrangierten Herbststrauß.

„Sie haben mit einem Mann gerechnet, Inspector." Dr. Merrick schmunzelte. „Machen Sie sich nichts draus. So geht es fast allen."

„Na, dann bin ich aber froh. Hat man mir die Überraschung so sehr angesehen?"

Sie lachte. „Sehr, Inspector Peebles, sehr!", antwortete sie und lotste ihn in ein Wohnzimmer, das einen behaglichen Eindruck machte. Im Kamin knisterte das brennende Holz.

Sie bot ihm einen Platz auf dem, mit einem schottischen Karostoff bezogenen Sessel, an.

„Darf ich Sie etwas Persönliches fragen?", sagte er.

„Sicher. Fragen Sie nur."

„Weshalb haben Sie einen männlichen Vornamen?"

„Meine Mutter war davon überzeugt, dass man als Frau mit einem männlichen Vornamen im Leben viel Spaß haben würde."

„Da fehlt mir wohl die Fantasie", erwiderte er trocken.

„Na, zum Beispiel vorhin bei Ihnen. Sie hätten mal Ihr Gesicht sehen sollen." Dr. Merrick wurde ernst und wechselte das Thema. „Aber Sie sind gewiss nicht am Sonntagnachmittag zum Plaudern zu mir gekommen. Was kann ich für Sie tun, Inspector Peebles?"

Nach kurzem Zögern antwortete er:

„Wir haben auf dem Grund von Loch Meadhonach eine Frauenleiche gefunden. Mir fehlt ihre Identität."

Dr. Merrick schaute ihn entsetzt an.

„Oh, wie schrecklich. Aber was habe ich damit zu tun?"

„Ich habe mir eine Liste der praktizierenden Ärzte dieser Gegend angesehen, Dr. Merrick. Und genau dieser Tatbestand führt mich zu Ihnen. Ihr Name kam am häufigsten vor, daher vermute ich, dass sie in dieser schwach besiedelten Gegend mehrere Ortschaften als Ärztin betreuen..." Er machte eine Pause.

„Verstehe", sagte sie. „Wie kann ich Ihnen also helfen?"

Peebles entschied sich für eine sanftere Befragung und blätterte in seinem Notizblock.

„Der Pathologe hat am Tatort einen ersten Blick auf die Leiche jüngeren Datums geworfen. Er meint, es könne sich um eine fünfunddreißig bis fünfundvierzigjährige Frau handeln. Hatten Sie in den vergangenen Monaten eine Patientin in diesem Alter, Dr. Merrick?"

„Lassen Sie mich mal kurz überlegen. Nein. Die Frauen sind alle älter. Haben Sie kein Foto von der Leiche, das Sie mir zeigen können? Die Polizei macht doch immer Tatortfotos, oder?"

Er räusperte sich.

„Sicher. Üblicherweise schon, doch in diesem Fall möchte ich das vermeiden."

„Warum?", fragte sie erstaunt.

„Wollen Sie das wirklich wissen, Dr. Merrick? Es ist ein grausamer Anblick, sie lag einige Tage im Wasser und ich möchte Ihnen das ersparen. Vielleicht kommen wir auch so weiter."

„Hören Sie, Inspector. Ich bin Medizinerin. Ich habe schon schlimme Dinge gesehen. Sehr schlimme Dinge. Also zeigen sie mir schon das verdammte Foto!", sagte sie energisch.

Peebles zuckte die Schulter.

„Wie Sie wollen. Vielleicht erkennen Sie das eine oder andere."

Er kramte in seiner Jackentasche, zog eine Aufnahme der Toten hervor und zeigte sie der Ärztin. Als Dr. Merrick das Foto ansah, wurde sie blass.

„Mein Gott. Wer tut denn so etwas, Inspector? Wer kann nur so etwas Grausames tun?"

„Es tut mir leid. Aber ich habe Sie gewarnt."

Er wusste, dass es nicht richtig war, Dr. Merrick gerade die abscheulichste Aufnahme der Fotoserie zu zeigen, aber er war neugierig auf ihre Reaktion gewesen. Sie stand auf, ging langsam zur Anrichte und nahm eine Whiskyflasche und zwei geschliffene Gläser aus dem Schrank.

„Es ist natürlich ein Glenfiddich", sagte sie und ihre Stimme hatte einen seltsamen Klang.

Sie goss gut fünf Fingerbreit von der bernsteingelben Flüssigkeit in jedes Glas. Er wollte protestieren, doch sie wehrte den Protest mit einer Handbewegung ab.

„Alles andere wäre dem Anlass ja wohl kaum angemessen", fügte sie mit einem betroffenen Blick in seine Richtung hinzu.

Sie reichte ihm das Glas und nahm einen kräftigen Schluck. Röte stieg ihr ins Gesicht. Auch Peebles nahm einen ordentlichen Schluck und binnen Sekunden brannte seine Kehle wie Feuer.

„Ist ein bisschen gewöhnungsbedürftig", meinte er.
Er kam sich richtig mies vor. Sie schien wirklich tief bestürzt zu sein. Er bemerkte die Tränen in ihren Augen. Dr. Merricks verkrampftes Lächeln wirkte gereizt. Sie nahm noch einen Schluck, stellte aber dann ihr Glas ab und zeigte mit dem Finger auf die Fotografie.
„Das ist Sally ..., Sally Merrick", sagte sie mit zitternder Stimme. „Sie war meine Patientin und ... meine Schwiegertochter. Sally hat in der Vergangenheit so viel durchmachen müssen..." Sie schluckte. „Und jetzt das. Ich habe sie sehr gemocht, Inspector Peebles."
„Das tut mir leid, Dr. Merrick. Mein Beileid. Wenn ich gewusst hätte, dass ...", sagte Peebles entsetzt. Er wusste nicht, wie er den Satz zu Ende führen sollte, und wechselte schnell das Thema.
„Sie sagten, Sally war Ihre Patientin?"
Dr. Merrick hob eine Augenbraue.
„Oh nein!", antwortete sie verärgert. „Ich ahne, worauf Sie hinauswollen. Aber ich darf Ihnen nicht sagen, was ihr fehlte. Das unterliegt der ärztlichen Schweigepflicht, Inspector Peebles. Wenn mein Sohn mit Ihnen darüber sprechen möchte, ist das seine Sache und..." Sie stutzte. „Oh mein Gott, ich muss Bernhard anrufen. Oh mein Gott..."
„Ihr Sohn heißt auch Bernhard?", fragte Peebles erstaunt.
Mit einem Mal fiel ihm ein, dass er vor Jahren Merricks Namen durch den Polizeicomputer von Scotland Yard gejagt hatte. Ein Dr. Bernhard Merrick hatte sich damals mit seiner Frau Sally um die Mitglieder der Sekte Lux Humana auf Balmore Castle gekümmert. Daher war Sallys Leiche ihm bekannt vorgekommen. Die Ärztin winkte nervös ab.
„Ja, ja. Ich gebe Ihnen die Telefonnummer und die Adresse meines Sohnes. Sprechen Sie mit ihm. Er ist in Na Stacain und arbeitet dort in der Klinik."
Charly Peebles nickte.
„Vielen Dank für das Gespräch, Dr. Merrick."
Als Peebles sich umdrehen wollte, sagte sie plötzlich:
„Mir fiel damals auf, dass Sally sehr blass war, aber ich habe das auf eine Blutarmut geschoben, die immer mal wieder bei ihr aufgetreten ist. Ich habe ihr sicherheitshalber Blut abgenommen."
„Gab es denn Auffälligkeiten?"
„Ich darf nicht ... Ach, was soll's. Sally hatte sehr hohe CRP-Werte, ein Indiz für einen drohenden Herzinfarkt. Auch andere Blutwerte spielten verrückt. Ich konnte mir das nicht erklären. Vier Wochen zuvor war das Blutbild noch in Ordnung. Auch mein Sohn konnte sich keinen Reim darauf machen."
Sie schaute ihn traurig an.
„Ja, aber das ist doch nicht alles, Dr. Merrick?"
„Nein. Als Sally mich vor drei Wochen aufsuchte, fiel mir auf, dass sie ausgesprochen nervös war. Sie lief ständig im Wartezimmer auf und ab, schaute immer wieder aus dem Fenster, so als würde draußen jemand auf sie warten. Nein. Warten ist – glaube ich – auch nicht das richtige Wort. Ich glaube, dass jemand sie beobachtet hat."
„Wie kommen Sie denn darauf?"

„Als sie ging, habe ich ihr nachgeschaut. Sie tat mir leid. Sally überquerte die Straße zum Parkplatz und stieg in ihr Auto. Man hat von hier oben einen recht guten Überblick." Die Ärztin lief zum Fenster und zeigte ihm die Aussicht. „Sehen Sie. Als sie den Parkplatz verließ, wurde ein am Straßenrand geparktes Fahrzeug gestartet und fuhr hinter ihr her."

„Was war das für ein Fahrzeug?"

„Keine Ahnung."

„Wirklich?"

„Inspector! Bloß weil wir Frauen nicht jede Automarke kennen, glaubt ihr Männer, wir könnten nicht mitreden. Warum soll ich mir die ganzen Blechbüchsen merken, wenn sie sowieso eines Tages auf dem Schrottplatz landen?"

Frauenlogik.

„Sicher", brummte er.

Dr. Merrick lief zum Empfangspult und kramte in einer Schublade. Dann reichte sie ihm ein aktuelles Foto von Sally und einen Zettel.

„Ich muss mir das nicht merken, weil ich die Autonummer aufgeschrieben habe."

„Sie sind ja eine richtige Miss Marple!"

Ein Lächeln huschte über ihre Lippen.

„Das ist in der Tat meine Lieblingssendung. Auf Wiedersehen, Inspector Peebles."

Er hatte Verständnis für den abrupten Abbruch des Gespräches und wollte ihr die Hand reichen. Als sie keine Anstalten machte, sie zu ergreifen, ließ er sie wieder sinken.

„Nochmals mein Beileid, Dr. Merrick", murmelte er und verließ die Praxis.

Kapitel 40

Na Stacain, März 2002

Enttäuschend war der Zusammenprall der Wirklichkeit mit ihren Wunschvorstellungen. Das konnte nicht gut gehen, dachte Dallis. Logans Vorstellungen und ihre überschwängliche Fantasie. Jeder Moment mit ihm hatte in den vergangenen Jahren seinen Höhepunkt gehabt, doch jetzt schob Logan ihre Aufnahme und die der Neophyten in den inneren Kreis der Lux Humana hinaus. Mit einmal war das Entscheidende in seinen Augen, den Anreiz in die Gemeinschaft aufgenommen zu werden aufrechtzuerhalten, damit kein Mitglied während der Initiation aufgab. Die Reise erforderte enorme Anstrengungen, die die Neophyten bereit waren in Kauf zu nehmen, da die Aufnahme den Höhepunkt darstellte.

„Suggeriere, dass Schönheit Macht bedeutet und Makellosigkeit die Welt verändert, dann tun sie alles, was du von ihnen verlangst", hatte Logan ihr einmal anvertraut. „Durch Isolation, Druck und einer fortwährenden, unterschwelligen Bedrohung erreichst du dieses Ziel."

Die Worte entstammten Blakes krankem Hirn, grübelte Dallis. Logan war zum Sprachrohr seines Vaters geworden. Auch Adam hatte sich verändert. Dallis spürte, dass er sie neuerdings nicht mehr ablehnte, sondern sie voller Mitleid musterte. Den Grund kannte sie nicht und er interessierte sie auch nicht.

In Na Stacain blieb alles beim Alten, aber in dem Gebäude der Lux Humana auf Balmore Castle veränderte sich alles. Der dortige Raum der Initiation bekam ein neues Aussehen. Sein Innenleben changierte nicht mehr in Rot und Schwarz wie zu Blakes Zeiten, sondern er war in Apricot-, Gelb- und zarten Rosatönen gehalten, die je nach Lichteinfall traumhaft schön waren. In der Mitte des Raumes standen sechs, weich gepolsterte Liegen im Kreis. Und sobald die Neophyten darauf Platz nahmen, trennten jaunefarbene, transparente Vorhänge ihre geölten, nach Jasmin duftenden Körper, voneinander. Statt Wagners *Tristan und Isolde* erklang heute aus der Stereoanlage die traurigen, aber sanften Klänge von Antonín Dvořáks *Aus der neuen Welt*, während eine, durch einen Ventilator hervorgerufene sanfte Brise, ihre Körper streichelte, bis die Zwillinge den Raum betraten.

Balmore Castle, März 2002 – Tanz der Perlen.

Manchmal schleiche ich nachts zum Initiationsraum der Lux Humana, den Logan das Erziehungszimmer nennt, und blicke durch das Gitterfenster. Ich sehe Logan dabei zu, wie er seine Erziehungsmethoden perfektioniert. Es gefällt mir, aber nicht immer. Mitunter sieht Logan mich dabei durch das Fenster an und ich blicke in die hintersten Windungen seines Gehirns, in das Hirn Luzifers, zu dem er nur mir Zutritt gewährt: Ich sehe Blakes Brut und höre seine Stimme. Meine Haut glüht vor Zorn, wenn ich ihm zuschaue. Meine Handflächen brennen, als presste mein Herz mit jedem Schlag mehr und mehr Blut in meinen Körper.

Logan hat den zwei Phasen der Initiation zwei weitere hinzugefügt und nennt die dritte Stufe „Tanz der Perlen". Während Adam eine junge Frau besteigt, benutzt er einen, speziell angefertigten Flogger. Seine winzige Perlen am Ende der Wildlederstreifen hinterlassen mit jedem Peitschenhieb runde Male auf ihrer Haut. Die Schläge sind oberflächlich, niemals zu hart, und sie wartet auf den erotischen Lohn, die Lust, die mit dem Schmerz einhergeht. Dann kommt Logan dazu. Er ist wild, unbeherrscht und ohne Rhythmus. Er schlägt hart, fest und unkontrollierter zu und die Male auf dem Körper der Frau sind jetzt rot und brennen.

Ich nenne Logan eine Bestie, einen Satan, aber ich kann fühlen, wie die schwindelerregende Gier nach Folter auch mich erfüllt. Ich schließe für einen Moment die Augen und erinnere mich an den Schmerz, den Logan mir vor drei Tagen zugefügt hat, aber auch an die rauschende Befriedigung, die diese Qual in mir auslöste. Ich liebe den Schmerz. Meine Fassade der Unverletzlichkeit ist nicht erschüttert.

Manchmal erträgt ein Mädchen seine Peitschenhiebe nicht. Ihre Hände sind dann unter ihrem runden, wunden Hintern. Sie braucht diesen instinktiven Versuch, sie ruhig zu halten, sich Logan nicht zur Wehr zu setzen oder sich dem wachsenden Verlangen zu stellen, ihre Arme, ihren Körper zu umklammern, vielleicht sogar Logan zu umarmen und um Schutz zu flehen, den er ihr in dem Gebäude mit den vier Türmen nicht geben wird. Dann ist sein Zorn unermesslich.

„Was empfindest du bei meinem Anblick? Sag es", zischt er. Empfindest du, dass deine Seele beim Anblick meines Köpers Flügel bekommt, die dich in die Sphäre unserer Ideale aufsteigen lässt?"

Stille.

„Nein? Bei dir sind es die Flügel der Kontemplation, die dich in das Reiche der Ewigkeiten emporheben, wenn du nicht gehorchst. Los, sag es!"

Das Mädchen zittert. Zögerlich kommen die Worte über ihre Lippen.

„Nichts Fremdes darf an mir haften – erst dann kommt die Schönheit."

Logan streichelt ihr Gesicht. Dann ohrfeigt er die junge Frau, sicher und heftig. Sie starren einander an.

Eisige Kälte. Die geölten Körper um sie herum schweigen.

„Du kannst es besser", brüllt er. Dann blickt er auf. „Ihr könnt es besser!"

Chorgesang.

„Ja, Logan, wir können es besser."

Logan jagt den „Ungehorsam" davon. Das Initiationszimmer auf Balmore Castle beherbergt nie zweimal dasselbe Gesicht.

Balmore Castle, Juni 2002 – Klagelied der Schwäne

In den Wochen, in denen die Neophyten und ich in Schönheit erblühen, pulsiert das Adrenalin durch Logans und Adams Körper, denn jeder reagierte anders auf Adams Wirkstoff Forever. Er hat Forever in seiner chemischen Zusammensetzung verändert und ihm die Phosphorsäure entzogen. Das Problem der grausamen Nebenwirkung ist zwar behoben, nicht aber die pochenden, bohrenden, brennenden, messerstichartigen Schmerzen. Die vierte Phase der Initiation nennen die Zwillinge Forever Young, doch ich nenne sie Klagelied der Schwäne, denn wir trösten uns gegenseitig. Wir lauschen im Abgrund des Nichts geduldig dem Flüstern der Schönheit unter Qualen. Wir haben ein gemeinsames Ziel: neu zu erblühen.

Die Wirkung der Injektion, die Junkie Adam nun „Forever II" nennt, setzt schlagartig ein. Sie beginnt immer mit einer gewissen Spannung, die durch meine Gliedmaßen fließt. Logan nennt es die Unterströmung verbotener Erregung. Ich werde von einem Schmerz übermannt, der alles übertrifft, was ich jemals erlebt habe: Nadelstichartig beginnt er in Armen und Beinen, breitet sich kolikartig im Bauchraum aus und lässt meine Brust brennen. Mein Atem geht schneller, als der Schmerz seine Schrauben in mein Hirn dreht, der Drache zubeißt und in mir ein Feuer entfacht, sodass ich nur noch den Tod herbeisehne. Ich schildere die Höllenqualen Logan und Adam, doch sie nicken nur und sind erleichtert, dass ich nicht verfaule, während meine Hoffnung auf Erleichterung in schwindelerregenden Höhen abnimmt.

Logan wird ungeduldig. Er faselt irgendwas von Psyche. Entspannen soll ich mich, sagt er kalt. Ich schreie und flehe ihn an, mir keine Injektionen mehr zu geben. Er lächelt kalt und wirft mir fehlende Einsicht und Verweigerung vor.

Er bohrt seinen Blick wie ein Raubtier tief in mich hinein, um besser durch die einzelnen Schmerzregionen meines Körpers patrouillieren und sich ihnen widmen zu können. Ich lasse ein Monster in meinem Gehirn los.

„Töte ihn, wenn er deine Schmerzen nicht lindert."

Adam hat Erbarmen und verabreicht mir ein schmerzstillendes Opiat.

„Du brennst vor Verlangen nach Leben, Dallis", behauptet er. „Du liegst keineswegs im Sterben. Du bist lebendiger, als du es jemals warst."

Dann verlässt Adam den Raum.

„Arschloch", brüllt mein innerer Drache. Ich döse ein.

Nach zwei Wochen lassen die Schmerzen endlich nach und die Wunden an den Einstichstellen sind verheilt. Das Spiel beginnt. Das Vorspiel der vierten Phase. Logan verbindet meine Augen, um optische Eindrücke auszublenden. Er entblößt mich und streichelt meinen Körper. Ich glühe. Es ist die Reaktion meines Körpers auf einen weiteren Wirkstoff, den Adam mir verabreicht hat und der das Fieber auslöst. Und doch spüre ich, wie die Veränderung mein Gesicht und meinen Körper aufblühen und strahlen lässt. Stunden später hält Logan mir einen Spiegel vors Gesicht.

„Die Nacht muss sich vollenden, Dallis. Niemand möchte ein Gefangener in einem ungelebten Leben bleiben. Nichts Fremdes darf an *dir haften – erst dann kommt die Schönheit. Regel Nummer drei der Lux Humana."*

Ich schaue in den Spiegel und lächle. Schönheit als Explosion perfekt beherrschter Energie blickt mir entgegen.

„Bin ich das?", frage ich, während Logan mir den Armreif der Lux Humana anlegt – eine silberne Schlange, besetzt mit leuchtend grünen Peridotsteinen.

Adam betritt den Raum und mustert mich.

„Ja. Du bist für immer die Gegenwart, die Zukunft! Nur so soll sie aussehen, Dallis", sagt er.

„Du bist perfekt, Baby Blue", flüstern die Zwillinge, während sie mein Gesicht streicheln.

Ich berühre den Armreif und spüre die Makellosigkeit, die wie die Wärme eines Geliebten in meinen Körper schießt.

„Ich liebe Dich, Dallis, Baby Blue", sagt Logan leise und legt sich zu mir ins Bett. Wir liegen eine Ewigkeit da. Keiner von uns sagt etwas. Logan hält mich fest, und ganz allmählich entspanne ich mich. Meine Tränen versiegen. Die Dämmerung zieht auf, das weiche Licht des Morgens wird heller. Und wir liegen da, reglos nebeneinander. Logan schließt die Augen. Ich hebe meine Hand und streichle sein Gesicht. Zahllose Gefühlsregungen zeichnen sich auf seinen Zügen ab. So habe ich es immer gewollt.

Alles ändert sich früher oder später.

Kapitel 41

Gerichtsmedizin Edinburgh, 31. Oktober 2011

Von dem Gerichtspathologen Aidan O'Connor wurde behauptet, er versuche, den Drang zu morden zu verstehen, um damit die Psychopathen in ihrer Wahnwelt einkreisen und beurteilen zu können. Aus dem Grund traf er an den Wochenenden häufiger den Gerichtspsychiater Patrick McGillan, der versuchte, seine Einsamkeit an einer Theke im Pub Deacon Brodies Tavern mit Glenfiddich hinunterzuspülen. Aidan O'Connor und Patrick McGillan hätten Brüder sein können. Während Patrick McGillan von Silberfäden durchzogenes braunes Haar hatte, war Aidan O'Connor bereits vollständig ergraut, doch beide Männer hatten feine Gesichtszüge, ein markantes Kinn und Lachfältchen um die Augen. Jedenfalls sahen sie nicht wie hartgesottene Staatsdiener im Dienste der Gerechtigkeit aus, dachte Peebles. Trotz ihrer gemeinsamen Abende hielten sie eine gewisse Distanz zueinander, fand er, der sie einige Male in dem Pub getroffen hatte.

Peebles streifte sich Einwegüberzieher über die Schuhe, schlüpfte in einen OP-Kittel und verknotete die Schnüre im Rücken. Er spähte durch die Trennscheibe in den Sektionssaal. Der Pathologe versperrte ihm die Sicht auf den Sektionstisch, auf dem die Leiche der jungen Frau lag. Peebles atmete tief ein und stieß die Tür auf. Der Pathologe blickte sich kurz um, und seine Miene ließ keinerlei Skrupel hinsichtlich der bevorstehenden Prozedur erkennen. Für ihn war es einfach nur ein Job, den er gewissenhaft und fachmännisch erledigen würde.

„Guten Morgen, Dr. O'Connor. Das Verkehrschaos", entschuldigte sich Peebles.

„Inspector Peebles, schön, Sie mal wieder in Edinburgh zu sehen", begrüßte ihn der Pathologe und streckte ihm die Hand entgegen.

„Können Sie mir schon sagen, was mit Aileen Saunders, Adam Carrington und Sally Merrick geschehen ist?", fragte Peebles. Er vermied es jedoch, die beiden Leichen anzusehen.

„Ich bin mir absolut sicher, dass Adam Carrington an einer Überdosis Insulin starb", antwortete O'Connor. „Das hat die Blutanalyse bestätigt und die Obduktion bestätigt. Das Insulin hat eine toxische Wirkung auf die Gefäßwand und das Hirngewebe ausgeübt. Er hat vor seinem Tod gekrampft, was wiederum als Ausdruck eines toxischen Reizes auf die Glia, das Nervengewebe, deutet, der vom Insulin ausgeht. Die Gewebsschädigung wurde durch das im Koma aufgetretene Hirnödem, sprich Hirnschwellung verursacht. Jedenfalls wusste dieser Mann, wie man auf möglichst sanfte Manier aus dem Leben scheidet. Bei Adam Carrington liegen auch keine äußeren Zeichen von Gewalteinwirkung vor. Also ein klarer Fall von Selbstmord."

Peebles nickte.

„Verstehe. Er hat uns einen Abschiedsbrief hinterlassen, in dem er behauptet, dass sein Vater Aileen Saunders getötet hat."

O'Connor rümpfte die Nase.

„Das was von ihrem Körper noch übrig ist, ist unversehrt. Die Todesursache kann in diesem Fall leider nicht geklärt werden."

„Die Tatsache, das sie neben dem Skelett eines Schwans aufgefunden wurde, spricht aber für ein Kapitalverbrechen", nörgelte Peebles und seufzte.

O'Connor ignorierte Peebles Bemerkung.

„Bei Sally Merrick sieht das schon anders aus. Ihr Tod wurde durch eine Strangulierung herbeigeführt. Sie wurde übrigens an Händen und Füßen gefesselt, soweit ich das bei der äußerlichen Sichtung sehen konnte, aber diese Spuren sind älteren Datums. Vielleicht stand sie auf Fesselungsspiele", sagte O'Connor, streifte seine Latexhandschuhe ab und warf sie in den Mülleimer. „Die Familie muss nur noch ihre Leiche identifizieren."

Peebles seufzte.

„Sie hat nur einen Ehemann. Er landet in einer halben Stunde in Wick und bringt für den DNA-Abgleich ihre Zahnbürste mit."

O'Connor ging zum Waschbecken und schrubbte seine Hände gründlich mit einer Bürste.

„Was können Sie mir sonst noch sagen, Dr. O'Connor?"

Der Pathologe trocknete seine Hände mit einem Papierhandtuch ab und desinfizierte sie. Er zog ein neues Paar Handschuhe über und drehte Sally Merrick um.

„Sehen Sie das?", fragte O'Connor und zog einen winzigen spitzen Gegenstand aus der Haut.

„Was ist das?", fragte Peebles.

„Das sind Nekrosen. Die Haut und das Untergewebe ist an den Stellen abgestorben. Der Täter hat ihr mehrere subkutane Injektionen verabreicht und die Nadeln in ihren Körper gelassen."

„Aber wozu?"

„Mal sehen. Jedenfalls hat sie da noch gelebt. In fast allen Einstichlöchern finden sich neben den Nekrosen prämortale Blutgerinnsel. Wir müssen die Laboranalysen abwarten, aber ich habe da so einen Verdacht."

O'Connor warf die Nadel in eine Schale. Peebles wurde neugierig. Seine Kollegen von Scotland Yard würden die Nase über einen Provinzpathologen aus Edinburgh rümpfen, aber er traute O'Connor einiges zu.

„Und der wäre?", fragte er.

„Ich glaube, sie wurde vor ihrem Tod qualvoll aufgepolstert."

„Aufgepolstert?"

„Gesichtschirurgen mildern zum Beispiel oberflächliche und tiefe Falten und konturieren das Gesicht schönheitsbewusster Männer und Frauen inzwischen mit einem ganzen Arsenal verschiedener Methoden. Das Spektrum reicht von der Injektion verschiedener Füllmaterialien oder Botulinumtoxin über die Lasertherapie bis hin zum Lifting bestimmter Regionen oder des ganzen Gesichts und des Körpers. Ich glaube, dass bei der Toten ein augmentatives Verfahren durchgeführt wurde, also die Aufpolsterung von Falten mit Füllmaterial. Mit Eigenfett, das aus dem Bauch der Toten entnommen wurde, daher die subkutanen Blutergüsse."

Peebles schluckte.

„Wollen Sie damit sagen, dass man dem Körper Fett entnimmt, um die Falten aufzupolstern?", fragte er angewidert.

O'Connor nickte.

„Das ist eine gängige Methode unter den Schönheitsspezialisten und ohne Betäubung eine sehr schmerzhafte Angelegenheit. Allerdings hat der Täter hier den Fettzellen eine Tinktur Säure beigemischt und sie dann in viele einzelne Kanälchen unter die Haut gepresst. Daher die Verätzungen neben den Nadeln."

Peebles stutzte.

„Weswegen?"

„Keine Ahnung. Aber wie wir beide wissen, war das nur die Ouvertüre", sagte O'Connor und strich sich durch das silberne Haar.

Peebles runzelte die Stirn.

„Wie abartig muss ein Mensch veranlagt sein, um Derartiges zu tun?"

„Wer das hier getan hat, ist ein äußerst grausamer Mensch mit einem heimtückischen Wesen, das jedoch der Außenwelt verborgen bleibt. Solche Täter steigern ihr Rauschgefühl, wenn sie ihre Opfer psychisch und physisch foltern. Ich frage mich, weshalb der Täter das gemacht hat. Seltsam, seltsam ...", sagte O'Connor nachdenklich und rieb sich das Kinn.

„Was glauben Sie, Dr. O'Connor? War das ein Racheakt?"

Der Pathologe schaute auf.

„Vielleicht, vielleicht auch nicht. Der Täter hat jedenfalls Techniken angewandt, die in der plastischen Chirurgie nur der Perfektionierung oder Wiederherstellung der Schönheit dienen!"

Während Dr. O'Connor sprach, bewegten sich seine Finger mit schlangengleicher Eleganz hin und her. Jetzt faltete er die Hände vor seiner Brust zusammen und sah Peebles an. Peebles war erstaunt über die Art und Weise, wie O'Connor versuchte, in die emotionale Welt eines Täters vorzudringen. Man konnte sehen, dass diese Streifzüge durch die teuflischen Dimensionen eines Täterprofils dem Pathologen offensichtlich Vergnügen bereiteten. Peebles hörte die unterschwellige Erregung in O'Connors Stimme. Faszinierte ihn vielleicht die Tatsache, dass ein Psychopath über dem Gesetz stand und gewissermaßen außerhalb des Universums lebte? Irgendwann werde ich dir diese Frage stellen – aber nicht jetzt.

„Wir haben auch eine fremde DNA an der Kleidung des Opfers gefunden", sagte O'Connor und lächelte, als hätte er noch einen Leckerbissen für den ermittelnden Beamten. „In Hongkong wurde vor vier Wochen ein langes, schwarzes Haar an der Leiche eines Wissenschaftlers gefunden, die dieselbe DNA aufwies!"

„Wie bitte?", fragte Peebles entsetzt.

„Nachdem ich eine DNA-Anfrage durch die Datenbank hatte laufen lassen und auf den Fall in Hongkong aufmerksam geworden war, habe ich meinen chinesischen Kollegen Dr. Yi-Dan angerufen. Besagter

Wissenschaftler wurde zwar nicht ermordet, aber er starb unter seltsamen Umständen – und war dabei umgeben von Feuer und Asche. Hún Xìnrèn – so hieß der Mann – hielt auf Fachkongressen erstaunliche Vorträge über den Jungbrunnen und das Unsterblichkeitsenzym. Ich habe mich daraufhin ausführlich mit Patrick McGillan ausgetauscht. Wir haben über das mögliche Mordmotiv diskutiert."

Peebles grinste.

„Und zu welchem Schluss sind Sie beide bei einem Whisky in Deacon Brodies Tavern gekommen, Dr. O'Connor?"

Aidan O'Connor kam in Fahrt.

„Unser Täter steht auf Verjüngungsrituale, nachdem was ich bei der Obduktion entdeckt habe. Oder er führt uns bewusst auf eine falsche Fährte. Der tote Wissenschaftler arbeitete übrigens bei Hoffmann Pharma Hongkong und war der „Vater" von Rebu 11, einem weltweit anerkannten Herztherapeutikum. Mein chinesischer Kollege hat mir anvertraut, dass Dr. Hún Xìnrèn vor einer bahnbrechenden Entdeckung gestanden hat: das Jungbrunnenenzym. Das sind doch keine Zufälle."

„Nein, ganz sicher nicht", stimmte Peebles zu.

„McGillan meint, dass wir es mit einem völlig durchgeknallten Irren zu tun haben müssen!"

„Ich glaube, an Ihrer Überlegung ist was dran", sagte Peebles mehr zu sich selbst.

„Ein finsterer Geist begeht üble Taten an finsteren Orten. Loch Meadhonach ist ein finsterer Ort für Psychopathen. Dort können sie ihre Gefühle freien Lauf lassen", stellte O'Connor fest.

Peebles schenkte ihm ein süßsaures Lächeln.

„Psychopathen kennen aber kein Gefühl."

„Oh doch, Inspector Peebles. Sie lieben ihre Trophäen, und zwar tot oder lebendig. Ihr Täter liebt vielleicht das Schöne, andererseits zerstört er ein Menschenleben. Vielleicht haben Sie es mit einem Dr. Jekyll und einem Mr. Hyde zu tun?"

Peebles nickte, verabschiedete sich und verließ den Obduktionsraum. Ihm war klar, wo die Vollkommenheit und die Schönheit zu finden waren. Er rief Scotland Yard an und beantragte einen Durchsuchungsbeschluss für Balmore Castle und Na Stacain. Eine halbe Stunde später flog er mit dem Hubschrauber und drei Beamten nach „Am Buachaille".

Nach der Hausdurchsuchung und der ersten Befragung der Mitglieder der Lux Humana wählte Peebles die Rufnummer des Vorstandsvorsitzenden der Hoffmann AG in Ratingen.

Kapitel 42

Berlin, 30. Oktober 2011

Lautlos schlich sie durch die Nacht, auf der Suche nach einem ruhigen Platz in ihrem Garten. Nur der weiße Kragen ihrer Hemdbluse, der ihren Hals unter dem schwarzen Pullover umschloss und hin und wieder in der Dunkelheit aufblitzte, verriet sie. Mit zitternden Händen zündete sich Kate Corvey eine Zigarette an. Der Duft des trocknen Waldes und des brennenden Tabaks mahnte sie nicht zur Zurückhaltung. Sie glaubte, gegen die Last glücklicher Tage ankämpfen zu müssen, und sie fragte sich, ob die Angst, das Glücksband könne reißen, sie bedrückte oder das gewichtige Glück gelungener Tage sie zu sehr zu belastete. Unwillkürlich musste sie an Goethes Sprichwort denken, nach dem nichts schwerer zu ertragen war als eine Reihe guter Tage.

Nach acht Jahren hatte sie ihr Ziel erreicht, acht Jahre, in denen sie Tag und Nacht geschuftet und Na Stacain aus ihrem Gedächtnis verbannt hatte. Seit Na Stacain litt sie unter einem temporären Erinnerungsverlust, ein Zustand, dessen sie sich immer dann bewusst wurde, wenn die Schatten der Vergangenheit sie konfrontierten. Die Schatten kamen neuerdings in der Nacht und trugen die unscharfe Kontur von Dr. Merrick. Retrograde Amnesie nannte ihr Psychotherapeut dieses Krankheitsbild. Sie hatte sich damit abgefunden. Vielleicht hatte sie nach ihrem Studium und ihrer Abreise aus Schottland nie wirklich gelebt, sondern hatte sich selbst ersonnen. Etwas blockierte ihr Erinnerungsvermögen an Na Stacain. Sie hatte sich nach ihrer Abreise in Berlin neu orientiert und verdankte nur ihrem Können und harter Arbeit allein ihre Position. Sie war die Realität, auch wenn ihre Widersacher das häufig anders sahen.

Ich bin geboren aus einem starken Willen heraus, dachte sie. Ihr Traum existierte und die Menschen um sie herum wussten, sie war stark. Aber warum überkam sie neuerdings dieses seltsame Gefühl, ihr Leben könnte entgleisen? Weil sie Dr. Merrick im Fernsehen unter den Zuhörern entdeckt hatte? Oder weil die Konturen der Vergangenheit schärfer und schärfer wurden? Nein, die Antwort hatte sie heute Abend in der Post vorgefunden, die von Sally Merrick stammte, die sie vor zehn Jahren in der Klinik Na Stacain kennengelernt hatte.

Ihr Blick verdunkelte sich, als sie an den Brief aus Schottland in ihrer Jackentasche dachte. Mit den Zeilen lebte eine Erinnerung auf und mit ihr die Albträume, die sie seit Jahren quälten. Das seltsame Zimmer in dieser Klinik, die blutjungen Schwestern von atemberaubender Schönheit, ein Arzt mit einem kalten, hohlen Blick und die Tatsache, dass sie nicht genau wusste, was wirklich in Na Stacain mit ihr geschehen war. Auch hatte sie kaum noch Erinnerungen an Blake und Balmore Castle. Ihre vagen Erinnerungen beschränkten sich auf Dallis, Adam und auf Logan und den Verlust ihres Kindes. Das allein reicht, hatte ihr Psychotherapeut gemeint. Und sie hatte es auf sich beruhen lassen. Doch jetzt hatte sie nur Sally Merrick vor Augen und meinte ihre Anwesenheit fast schön körperlich zu spüren. Ihr Kopfschmerz dröhnte, ihr Herz klopfte bis zum Hals. Ich weiß nicht, ob gerade ein neuer Albtraum beginnt.

Sally hatte sie nach ihrer Entlassung aus der Klinik nach Berlin begleitet und war bei ihr eingezogen. Sie beide waren Freundinnen geworden. Die junge Krankenschwester hatte die Welt erobern wollen und Kate war damals dankbar gewesen, jemanden an ihrer Seite zu wissen, der ihr beim Verdrängen der Erlebnisse half. Nach ihrer Rückkehr hatte sich Kate in Berlin Sallys nächtlichen Ausschweifungen, ihrer Zügellosigkeit und ihren Exzessen angeschlossen und Schottland und ihr totes Baby aus ihrem Gedächtnis verbannt. Nur das Misstrauen blieb. Auch in den darauffolgenden Jahren schwand es niemals ganz.

Kate hatte Sallys Brief immer und immer wieder gelesen, bis sie jedes Wort auswendig kannte. Sallys Zeilen beschleunigten ihren Puls, ließen ihr Herz rasen und rissen die alten Wunden wieder auf. Sie waren wie ein übler Belag auf ihrem Gehirn. Kate zog den Brief aus ihrer Hosentasche und unter dem Licht einer Gartenleuchte überflog sie noch einmal Sallys Zeilen.

Droman, 10. Oktober 2011
Liebste Kate,
ich hätte mein Leben damit verbringen können, von einem anderen Leben zu träumen, nur den Mut zu haben, es je zu versuchen, Na Stacain für immer den Rücken zu kehren, aus Angst vor der Realität, aus Angst, dir eines Tages die Wahrheit zu sagen, dir, die Stärkere von uns beiden, einst meine beste Freundin, meine Seelenfreundin, meine Verbündete. Aber sein Leben zu ändern hat seinen Preis, Kate. Und dieser Preis steht vorher nicht fest. Ich kannte ihn nicht. Du hattest schon immer ein klares Ziel vor Augen. Du wolltest in Berlin arbeiten. Doch lass mich von Anfang an erzählen.

Ich hatte keine Vorstellung von dem, was mich nach meiner Abreise aus Schottland erwarten würde. Deine Einladung, dass ich mir bei dir in Berlin über meine Beziehung zu Bernhard klar werden sollte, kam für mich damals wie gerufen. Ich glaube, ich habe mich noch nicht einmal umgedreht, als ich mich irgendwann heimlich aus deinem Haus schlich und Berlin den Rücken zukehrte. Ich dachte nur an die vielen Männer, die mich in deiner Stadt unglücklich gemacht hatten. Bis Bernhard Merrick mich eines Tages mithilfe einer Detektei in einer Kneipe in Kreuzberg aufspürte und mich bat, seine Frau zu werden. Ich war wie ein Nachtfalter, der mit aller Gewalt dem Licht entfliehen wollte, das ihn zerstörte. Es tut mir leid, dass ich ohne ein Wort der Erklärung und ohne Abschied gegangen bin. Ich wusste doch, wie du nach den Vorfällen in deiner Wohnung über mich dachtest. Ich hätte meine bekifften Freunde nicht in deine Wohnung bringen dürfen.

Auf dem Weg zu Bernhard wurde ich traurig wegen der schönen Zeit, die ich mit dir verbracht habe. Es tat mir so leid um uns, Kate, und ich bereute, dass wir uns kurz vor meinem Verschwinden mal wieder wegen Koks gestritten haben. Ich hatte dich verlassen und ich fühlte mich leer und wie am Rande eines Abgrundes. In Schottland kam ich zur Besinnung und wollte wieder zu dir – um dir über Na Stacain die Wahrheit zu sagen. Ich stieg in mein Auto und verließ Bernhard ein zweites Mal. Und dann platzte auf der Straße von Na Stacain nach Edinburgh ein Reifen. So einfach ist das. Nur ein kleiner Schritt oder ein Schlenker mit dem Lenkrad. Ein Schritt zurück und du lebst, ein Schritt nach vorne ... und du stirbst. Ich wurde aus dem brennenden Auto geschleudert. Man fand mich bewusstlos, schwer verletzt. Fünfzehn Mal musste ich operiert werden. Ich erinnere mich an nichts, weder an den Unfall noch an das Koma, an rein gar nichts. Diese Zeilen entstammen nicht meiner Erinnerung. Bernhard hat mir das alles erzählt. Und dann bin ich eines Tages wieder aufgewacht.

Als Bernhard das Zimmer betrat, wusste ich nicht, wer er war, aber ich sah sein Lächeln. Und es hat mir gefallen. Er brachte mich in sein Haus nach Droman. Nach dem Unfall haben wir anfangs den nötigen Abstand und eine gewisse Förmlichkeit gewahrt. Er war so fürsorglich und liebevoll, dass ich vergaß, wie er war. Aber etwas hatte sich zwischen uns verändert. Nicht, dass ich ihn nicht geliebt hätte, aber es war eine distanzierte Liebe, die eine Menge Vorteile gehabt hat, zum Beispiel nicht angeschrien zu werden. Es schien mir, als hätte Bernhard sehr viel Geduld, ein großes Herz und die Unschuld eines Kindes. Er hat in unserem Garten Bäume gepflanzt, nur für mich, und es kam mir vor, als schwebten wir zusammen urplötzlich auf einer Wolke des Glücks. Jeden Morgen beteuerte er, dass wir immer glücklich sein würden, wir beide zusammen. So hat er es geschafft, Kate, dass ich mich langsam dem Leben zugewandt und das Leid, das in mir gefangen war, herausgelassen habe.

In der Klinik schreddern wir nach zehn Jahren die Krankenakten unserer Patienten und so fiel mir vor wenigen Tagen deine Akte in den Händen. Dabei wurde mir schlagartig klar, dass ich dich über all die Jahre aus meinem Gedächtnis verdrängt hatte. Ich las deine Krankenakte und wusste mit einmal, dass mein „perfektes" Glück eine einzige Lüge ist und war. Bernhard Merrick ist Lüge, Betrug, Abschaum und vieles mehr. Deine Akte brachte das ans Tageslicht und die Tatsache, dass es in meinem Leben einiges gibt, worauf ich nicht stolz bin. Ich muss diese Dinge in Ordnung bringen, damit ich in Frieden leben kann. Und hier kommst du ins Spiel.

Man hat dir vor vielen Jahren in Na Stacain ein schreckliches Leid zugefügt, Kate, und mein Mann war daran beteiligt. Nur wusste ich es nicht mehr. Ich erinnere mich, dass ich mich in Berlin nicht getraut habe, dir die Wahrheit zu sagen. Ich war feige und von einem mir heute unverständlichen Neid dir gegenüber zerfressen. Du hattest alles, eine schöne Wohnung, die Erbschaft deiner Eltern, eine glänzende Zukunft. Ich hatte nichts.

Ich weiß nicht genau, Kate, ob mein Mann dich nicht in Na Stacain um deine Tochter betrogen hat. An dem Tag, als dein Kind geboren wurde, kamen zwei Babys zur Welt. Bernhard hat mich aus dem OP gejagt, als ich hysterisch wurde, weil er einen Fehler gemacht hat. Dabei ist eines der Kinder gestorben. Ich bin mir nicht sicher, ob das Kind, das heute

unter der Obhut der Sekte Lux Humana lebt, nicht womöglich deine Tochter ist. Ihr Name ist Mairead.
Bernhard weiß nichts von diesem Brief. Ich gebe mich weiterhin loyal. Nur so kann ich, ohne dass er Verdacht schöpft, mehr über sie in Erfahrung bringen. Ich habe herausgefunden, dass sich Mairead auf Balmore Castle aufhält. Ich bin seit Jahren nicht mehr dort gewesen. Sie leidet unter der frühkindlichen Vergreisung.
Wirst du mir jemals verzeihen, Kate? Ich habe immer von einer glücklichen Zukunft geträumt, doch nachdem deine Akte mir die schrecklichen Dinge offenbart hat, die in Na Stacain gang und gäbe sind, weiß ich, dass es für mich keinen Frieden mehr gibt, wenn ich nichts unternehme. Also komm, komm schnell. Bitte! Ich habe Angst.
Deine Sally

Kates verzweifelter Schrei ließ den Wald schlagartig lebendig werden. Vögel flatterten auf, nächtliche Nager huschten ins nächste Versteck. Ein Fuchs schlug auf der anderen Seite der Wiese bellenden Alarm. Ein Unfall mit anschließender Verdrängung! Das war also der Grund für Sallys Schweigen gewesen.

Kate lief weiter. Es gab kaum Licht, das sie führte, außer dem düsteren Schimmer der Wolken am nächtlichen Himmel. Bleierne Müdigkeit überfiel sie, die Erschöpfung einer Frau, die erkennen musste, dass sie ihrem Schatten nicht entfliehen konnte. In ihren Schläfen pochten die Erinnerungen an das weißgekalkte Klinikzimmer und die Klippenlandschaft Na Stacains. Sie zitterte vor Kälte. Zu lange hatte sie dagestanden und dabei die Zeit vergessen. *Ich habe vielleicht eine Tochter. Mein Baby ist womöglich doch nicht tot, wie alle behauptet haben. Ich habe eine Tochter! Tief in meinem Inneren habe ich es immer gewusst.*

Sie spie die Zigarette aus. Was hatten sie mit ihrem Baby gemacht? Warum hatte man sie in dem Glauben gelassen, dass es eine Totgeburt gewesen war? Kate wählte eine Rufnummer in Ratingen. Am anderen Ende der Leitung wurde der Hörer abgenommen.

„Hoffmann."

„Falk, du must mir helfen. Bitte Falk."

„Kate, was ist los? Wo bist du, Kate?"

„Im Garten."

„Was machst Du mitten in der Nacht im Garten?"

Schweigen.

„Kate?"

„Es gibt Rätsel, die nicht dazu bestimmt sind, auf ewig ungelöst zu bleiben, Falk. Wir müssen uns unterhalten. Ich habe eine Tochter, Falk."

Ich habe eine Tochter!

Endlich kamen die Tränen.

Kapitel 43

Durness, 31. Oktober 2011

Der Pilot flog den kleinen Firmenjet der Hoffmann-Pharma-AG geschickt in Richtung Norden. Bald wichen die Wiesen und Felder von Northumberland und die sanften Hügel der Scottish Borders Granitfelsen und dichten Wäldern, und diese dann wiederum den mit Heidekraut bewachsenen Hochmooren.

Falk Hoffmann blickte aus dem Fenster, fasziniert von dem wirren Muster aus dunkleren und helleren Flecken, das die Moorlandschaft überzog, als habe jemand eine von ungeschickten Kinderhänden gemalte Weltkarte über das Hochland gebreitet.

„Sie brennen das Heidekraut ab", erklärte Kate auf Falks Frage nach den merkwürdigen Effekten. „Die nachwachsenden Pflanzen dienen als Nahrung für die Moorhühner."

„Und die gelben Flecken?", fragte Falk neugierig.

„Das sind die Reste vom goldgelben Stechginster. Wunderschön im Sommer und Herbst anzuschauen, aber es pikst gemein, wenn man hineinfällt. Und das blassere Gelb", Kate deutete auf die blühenden Pflanzen, die die Felder säumten, „ist Besenginster. Durch das milde Klima bleiben die Farben lange erhalten. Doch wir haben jetzt Spätherbst und in Wick könnte es sogar schon schneien."

Kate war froh darüber, dass Falk versuchte, sie ein wenig abzulenken. Sallys Brief und die Tatsache, dass sie von der Existenz ihrer zehnjährigen Tochter nichts gewusst hatte, ließ sie schier verzweifeln.

„Du kennst dich aber aus", stellte Falk fest. „Hattest du mal was mit einem Moorhuhn?"

Kate lachte.

„Eifersüchtig? Ich habe während meiner Kindheit hin und wieder die Sommerferien hier verbracht, später Biochemie in St. Andrews belegt und nach dem Studium ein Praktikum bei Braveheart Pharmaceuticals absolviert. Die Highlands haben mich schon immer interessiert."

Falk schaute sie von der Seite an.

„Braveheart? Ich dachte, das ist ein Hollywoodspektakel über William Wallace, den schottischen Nationalhelden!"

„Braveheart ist ein kleines forschendes Pharmaunternehmen, das sich auf die Herstellung von Tinkturen zur Behandlung von Herz-Kreislauf-Erkrankungen spezialisiert hat. Mein Doktorvater in St. Andrews kooperierte vor Jahren mit ihnen."

„Und Mel Gibson leitet das Unternehmen?", hakte Falk nach.

Kate lächelte.

„Du wirst es nicht glauben, Falk, aber David Erskine, der Geschäftsführer von Braveheart, hat mir einmal erzählt, dass die Filmbosse ihn aufsuchten, um sich die Namensrechte für das Epos über den schottischen Nationalhelden sichern zu lassen."

„Interessant. Gibt es denn eine familiäre Bindung zwischen Erskine und Wallace?", fragte Falk.

„Nein. David Erskine war der elfte Earl of Buchan. Der Name Braveheart, tapferes Herz, für das Unternehmen entstand zufällig. Ich finde ihn passend", antwortete Kate.

„Finde ich auch. Was macht man denn sonst noch in dieser gottverlassenen Gegend, außer sich die schottische Geschichte zu Gemüte zu führen?"

Noch bevor er ihr weitere Details entlocken konnte, wurden sie durch eine Funkdurchsage unterbrochen. Kurz darauf überflogen sie den Bahnhof von Wick, der wie ein überdimensioniertes Puppenhaus aussah. Falk staunte über die bunte Lebkuchenhaus-Architektur des Bahnhofsgebäudes.

„Das ist bei weitem das schönste Gebäude in dieser trostlosen Gegend. Der Bahnhof weckt große Erwartungen, aber Wick ist nur eine Anlaufstelle für den Wandertourismus. Viel mehr hat der Ort auch nicht zu bieten", erklärte Kate.

Wenig später brachte der Pilot die Hawker 850 XP sicher auf dem Flugplatz von Wick zur Landung. Am Schalter der Autovermietung holte er die Schlüssel des Mietwagens, der auf dem Parkplatz für Falk Hoffmann bereitstand, und er verstaute ihre Taschen im Kofferraum des silbernen Mercedes 280E. Dann verabschiedeten sie sich von dem Piloten.

„Du kennst den Weg, Falk?", fragte Kate erstaunt, als sie sich anschnallten und Falk die von der Autovermietung zur Verfügung gestellte Straßenkarte ins Handschuhfach legte.

„Nein, aber das Navigationssystem", grinste Falk, während er aus dem Parkplatz fuhr, dem Abendlicht entgegen. „Hoffe ich zumindest", füge er rasch hinzu.

Falk fand Kates Einschätzung zunächst bestätigt. Sie fuhren durch die High Street, die von Bergsportläden und Restaurants gesäumt wurde, doch als sie die belebtere Gegend verließen, erhoben sich vor ihnen nebelverhangene Berggipfel, vergoldet vom Schein der Abendsonne.

„Fahren wir dorthin?", fragte Falk und deutete auf die Berge.

„Nein, unser Hotel liegt in Durness, ganz in der Nähe der Sandwood Bay. Hier in der Gegend kannst du von jedem Punkt aus die Berge sehen", antwortete Kate.

Sobald sie Wick hinter sich gelassen hatten, bog Falk Hoffmann in eine Nebenstraße ein, die in die Nadelwälder hineinführte.

„Übrigens kommen wir in Thurso an dem Besitz der Erskines vorbei. Sie gehören zu den einflussreichsten Familien Englands", bemerkte Kate.

„Die Braveheart-Erskines?"

„Eine berühmte Highland-Familie. Ich hatte – na, lassen wir das. Ist zu kompliziert", antwortete Kate.

„Gestehe! Du hattest mit einem Erskine eine Affäre?"

„Eine harmlose Angelegenheit. Es geschah während des Praktikums bei Braveheart. John war fünfundzwanzig und hat mehr darin gesehen. Er verfolgte mich regelrecht."

„Oh ... Hast du deinen Stalker nach deiner *Flucht* nach Deutschland noch mal gesehen?"

„Nein. Er kam vor zwei Jahren ums Leben. Seine Ehefrau hat ihn vergiftet. Eine ehemalige Kommilitonin hat es mir erzählt."

„Ist deine Freundin immer so gut informiert, Kate?", fragte Falk.

Kate grinste.

„Ja, ähnlich wie deine Assistentin!", antwortete sie. „Es geschehen hier seltsame Dinge, Falk. Eine Erskine wird von ihrem Mann vergiftet ..." Plötzlich wurde Kate ernst. „Dein Prokurist behauptet, dass dein Geschäftsführer in dunkle Geschäfte verwickelt sei. In Hongkong, Warschau und Düsseldorf kommen drei Menschen ums Leben. Vielleicht habe ich eine Tochter, die in dieser Sekte aufwächst und in der Klinik Na Stacain liegt, wie Sally vor einigen Tagen herausgefunden hat. Und ich muss mich an Mairead auch noch heranschleichen. Ich weiß, dass Logan Carrington hinter alldem steckt. Was kommt sonst noch auf uns zu?"

Falk Hoffmanns Gesichtsausdruck sagte ihr, dass auch er sich diese Frage stellte. Kate bemerkte, dass er das Lenkrad so fest umklammerte, dass seine Knöchel weiß wurden. *Der Zufall hat uns beide zusammengeführt, aber das unsere Schicksale so miteinander verknüpft sind, hätte ich niemals vermutet*, dachte sie. *Auch dieser Mann geht gerade durch eine Hölle.*

„Ich weiß es nicht, aber ich befürchte, dass Scotland Yard auf Balmore Castle Schlimmes finden wird, Kate", antwortete Falk. „Ich verstehe, dass du es kaum erwarten kannst, Mairead zu sehen, dass du Gewissheit haben möchtest, aber wir können nicht einfach so in diese Klinik hineinspazieren und nach ihr fragen. Das könnte sowohl für das Mädchen als auch für uns gefährlich werden. Thomas Borbek hat sich mit Scotland Yard in Verbindung gesetzt und sie über Pasterneks dunkle Geschäfte in Kenntnis gesetzt und darüber, dass sämtliche Spuren nach Balmore Castle führen. Man wird die Carrington-Familie dort zur Rede stellen. Borbek und ein Mitarbeiter von Yard warten in Durness auf uns. Sie werden uns nach Na Stacain begleiten wird. Thomas Borbek, habe ich mir sagen lassen, soll ein richtig guter Schnüffler sein, Kate. Richtig gut", versuchte Falk sie aufzumuntern.

Kate nickte und starrte traurig auf das glitzernde Band des Flusses, das sich durch die Wiesen wand und zuweilen in einem dichten Gehölz verschwand.

„Ich möchte Mairead so gerne sehen, Falk", sagte sie leise. „Seit zehn Jahren habe ich ein so merkwürdiges Gefühl, dass in Na Stacain nicht alles mit rechten Dingen zuging, aber ich verbannte das Geschehen aus meinem Gedächtnis. Und die Erinnerung an Balmore Castle habe ich verdrängt."

Falk Hoffmann blickte sie kurz an, richtete seinen Blick aber dann wieder auf die Straße.

„Sie haben dir in der Klinik wahrscheinlich ein Medikament gegeben, das deine Erinnerung ausgelöscht hat. In den Diskotheken mixen üble Typen dieses Zeug heute den Getränken bei, um ihre Opfer gefügig zu machen, sie zu vergewaltigen und ihre Erinnerung nach der Tat auszulöschen", meinte Falk rasch.

„Ich kann mich lediglich an diese junge Frau erinnern, Ashley. Sonst existiert in meiner Erinnerung nur noch das Gefühlschaos, das dieses Trauma damals ausgelöst hat, und wie schwer es für mich war, die Trauer und Hilflosigkeit zu durchleben, bis ich mich wieder besser fühlte und an meine Zukunft denken konnte." Tränen rannen über ihr Gesicht. „Wenn es mir sehr schlecht ging, sagte ich mir immer wieder, mein Mädchen würde es ganz gewiss nicht wollen, dass ich traurig wäre oder mich aufgäbe", schluchzte sie. „Also versuchte ich, mich abzulenken und meinen Schmerz zu verdrängen. Mein Beruf half mir dabei. Aber ich hatte immer ein schlechtes Gewissen, Falk. Ich hatte immer das Gefühl, das ich vielleicht eine Tochter habe, aber ich habe nichts unternommen! Ich könnte Logan Carrington umbringen. Verdammt!"

Falk hielt den Wagen an und nahm Kate in den Arm.

„Beruhige dich, Kate. Man hat dir gesagt, sie sei tot. Was konntest du also tun?", tröstete er sie. „Außerdem weißt du noch nicht, ob sie überhaupt dein Kind ist. Du hast für dich herausgefunden, was dir nach diesem Trauma guttat. Du hast dich nicht aufgegeben. Nur darauf kommt es an", sagte er mit fester Stimme und trocknete mit einem Taschentuch ihre Tränen.

„Sie ist schon zehn Jahre alt. Wenn sie tatsächlich meine Tochter ist, werde ich nicht mehr viel Zeit mit ihr verbringen können. Das macht mich fertig."

„Du wirst das Mädchen bald sehen, Kate", sagte er zärtlich und strich ihr über das rote Haar.

Kate glaubte, eine gewisse Trauer auch aus seiner Stimme herauszuhören. Es geht ihm nicht gut, stellte sie fest. Auch ihn machte der Gedanke wohl betroffen. Durch Jonathan Hastings' Ausführungen über den Verlauf der Progerie-Erkrankung wusste auch Falk, dass Maireads Leben nur noch von kurzer Dauer sein würde.

„Du hast recht, und es kommt jetzt auch nicht auf einen Tag mehr oder weniger an. Sally hat sich persönlich davon überzeugt, dass es dem Mädchen in Na Stacain an nichts fehlt und dass es ihr gut geht. Komm, lass uns weiterfahren. Das Hotel, ein braunes Backsteinhaus, liegt ein wenig abseits der Straße und ist ausgeschildert."

Schweigend fuhren sie noch ein, zwei Kilometer weiter; dann bogen sie um eine Kurve. Kate entdeckte zwischen den Bäumen ein kleines Schild, das an einem Torpfosten befestigt war: *Kirky Inn*.

Falk bremste und bog in die Einfahrt ein. Das Haus lag nach Norden, mit der Seitenfront zur Straße. Im Schein der Außenbeleuchtung und der Straßenlaterne erkannte er dunkelbraune Backsteinmauern, von denen sich die leuchtend weißen Fensterrahmen und eine in lebhaftem Kirschrot gestrichene Haustür deutlich abhoben. Sein schlichter quadratischer Grundriss verriet das ehemalige Bauernhaus, doch es machte einen komfortablen und einladenden Eindruck.

Sie stiegen aus dem Fahrzeug. Die Eingangstür zum Hotel wurde geöffnet. Ein kleiner, untersetzter Mann kam auf sie zu. Hinter ihm tauchte Thomas Borbek auf.

„Inspektor Peebles, Scotland Yard. Wir sollten uns mal unterhalten, Herr Hoffmann!", sagte er und zeigte ihnen seinen Ausweis. Sein grimmiger Gesichtsausdruck verriet nichts Gutes.

Na Stacain

Die Abenddämmerung setzte bereits ein. Sein Blick schweifte über den Rosengarten, über den die soeben untergehende Sonne ein fahles Licht ergoss, bevor der Atem des Abends sie für heute zum Verlöschen bringen würde. Als Logan Mairead an den Klippen entdeckte, kräuselte ein Lächeln seine Lippen. Rasch ging er auf das Mädchen zu und bemerkte sofort, dass etwas nicht stimmte. Sie weinte.
„Was machst du denn bei dieser Kälte hier draußen, Mairead? Es wird gleich schneien und du könntest dich erkälten", erklärte er besorgt.
Mairead hielt ihm das kleine, faltige Gesicht mit seinen tief liegenden Augen traurig entgegen und versuchte tapfer, ihre Tränen zu unterdrücken.
„Logan, wo ist Adam?"
Logan zuckte die Schulter.
„Keine Ahnung, Kleines."
„Er geht auch nicht an sein Handy."
„Vielleicht will er nur seine Ruhe haben, Mairead."
Mairead nickte.
„Logan, sag mir, wie es ist, wenn ich sterbe. Komme ich dann in den Himmel?", fragte sie plötzlich.
Er hob die Augenbrauen.
„Was hast du denn heute für trübe Gedanken, Mairead? Ich habe dir doch gestern erklärt, dass wir bald ein Medikament für dich bekommen, das dein Altern aufhalten wird."
Mairead stampfte zornig mit dem Fuß auf den Boden.
„Du lügst, Logan. Du lügst!", kreischte sie.
Ihm fiel auf, dass die Angst die dahinschwindenden Muskeln ihrer kleinen Gestalt zucken ließ. Eine Schädelvene quoll stark hervor und pulsierte kräftig. Logan erkannte das ganze Ausmaß von Maireads Kummer und legte beschützend seinen Arm um ihre Schulter.
„Beruhige dich, Mairead", sagte er zärtlich und strich ihr über den Kopf.
„Wir müssen aber alle irgendwann einmal sterben", sagte sie trotzig. Und dann wieder ängstlich: „Wie ist das Logan, das Sterben?"
Sein Blick schweifte für einen Moment über den See, auf dem die Schwäne mit größter Anmut durch das Wasser glitten. Am Horizont sank die Sonne, bis nur noch ein Streifen eines Farbrausches über dem Horizont verblieb, der dort blutig in den verschiedensten Rottönen erglühte. Logan hob Maireads kleinwüchsige Gestalt hoch und trug sie bis zur Bank am Rand der Klippen.
„Es stimmt, dass wir irgendwann einmal sterben müssen, Mairead", begann Logan mit sanfter Stimme und grinste bitter über seine eigene Bemerkung. „Aber ich besorge das Medikament, sogar wenn ich es

stehlen muss, nur damit wir beide noch viele Jahre miteinander verbringen können. Das verspreche ich dir."

Mairead runzelte die Stirn.

„Dir schießen aber heute wilde Gedanken durch den Kopf, Logan", ließ sie ertönen. „Stehlen? Pfui, Logan! Du lädst dir tagsüber so viel auf die Schultern, dass du keine Zeit zum Nachdenken hast. Und auch am Abend kommst du nicht zur Ruhe. Du träumst nachts wirre Träume. Ich höre dir manchmal dabei zu, weil ich auch nicht schlafen kann."

Logans Gesicht erstarrte langsam zu einer Maske der Erschöpfung. Während Mairead sprach, wurde ihm bewusst, wie sehr er seine Tochter mochte und dass er niemals resignieren durfte.

„Das alles macht dich unheimlich fertig", fuhr Mairead fort. „Es fühlt sich für dich an, als sitzt in deiner Seele irgendetwas, das du nicht kontrollieren kannst, aber du weißt, dass es sich immer wieder anschleicht und dich langsam auffrisst. Du versteckst dich hinter dem, was du bisher gefunden hast. Deine Arbeit, Lux Humana, Dallis. Du spielst heile Welt, machst mir immer wieder vor, dass alles so ist, wie du es erwartest und belügst dich damit selbst. Und mich auch!"

Logan traute seinen Ohren nicht. Sein kleines, greisenhaftes Mädchen durchschaute ihn auf eine Weise, wie es noch niemand getan hatte. Er entschied sich, aufrichtig zu sein.

„Ich stimme dir zu, Mairead", sagte er. „Ich suche mir immer wieder kleine Lichtblicke, an die ich mich mit so viel Übereifer klammere, dass ich bei jedem winzigen Rückschlag gleich noch tiefer in mein Loch falle. Ich verfolge alle Optionen, die mir geeignet erscheinen, um dann mit noch mehr Wehmut festzustellen, dass ich immer noch nicht das gefunden habe, wonach ich suche: eine Möglichkeit, dein Leben zu retten. Mein Ziel ist es, dir zu helfen. Du bist ein Kind des Lichts, mein Tautropfen, der durch das Mondlicht zur Perle wird."

Mairead verzog das kleine, geschrumpfte Gesicht zu einer Grimasse.

„Ich mag es, wenn du mich Tautropfen nennst", piepste sie fröhlich, wurde aber dann wieder ernst. „Aber trotzdem möchte ich wissen, wie sich Totsein anfühlt!"

Logan krauste die Stirn.

„Woher hast du denn den Ausdruck her?"

„Von Dallis! Sie sagt, dass nur Engel in den Himmel kommen. Werde ich denn ein Engel sein, wenn ich tot bin?"

Dieses Luder. Es war die Eifersucht, die an Dallis nagte, weil sie ihn mit niemand teilen wollte, nicht mal mit einem Kind, das bald sterben würde. Aber Dallis ging eindeutig zu weit! Logan überlegte kurz. Insgeheim war er seinen Eltern dankbar, dass sie ihm und Adam an kalten Winterabenden auf Balmore Castle Märchen, keltische Sagen und andere Geschichten erzählt hatten, die er – wie in diesem Moment – an Mairead weitergeben konnte. Er umschloss Maireads kleine, von Arthritis gezeichneten Hände und spürte ihre zarten Finger auf seiner Handfläche. Zärtlich, zittrig, fahrig tasteten sie sich zur Innenfläche. Ihm wurde übel vor Sorge.

„Du bist ein ganz besonderes Mädchen, Mairead, und deshalb wird dein Himmel strahlend blau sein", begann er. „Mit Wolkentürmen und

Eiskristallen, mit Kometen und Monden, die dich umkreisen. Und wenn ich dann am Strand von Na Stacain stehe und hoch zum Himmel schaue, erstrahlt durch das Wolkentor die kupferne Farbe deines Lichts, das mich wärmt."

Mairead drückte sich fest an Logan.

„Erzähl weiter, Logan."

„Ich bilde mir ein", fuhr er zärtlich fort, „dass am Wasser die Muscheln perlmuttfarben schimmern, weil du lächelst. Du zeigst mir deine Freude, indem du die Wolken mit deinem Strahlen tanzen und die Seen in den Tälern ansteigen lässt, und Gewitterwolken und Blitz und Donner davonjagst. Du vertreibst meine Trauer und lässt mich spüren, dass du in meiner Nähe bist und auf mich achtest. Und wenn die Nacht zu kalt ist und der Mond zu grau, dann besuchst du mich und zeigst mir deinen Himmel. Wir sind dort unter uns und wir leuchten als Sterne am Firmament."

Maireads alte Augen sprühten Funken. Sie schlang ihre Arme um seinen Hals wie ein Koalabär, der sich an einen Baum klammerte.

„Wirklich?", fragte sie.

„Ja, Mairead. Du erwärmst von dort oben meine Erde, lässt sie in deinen Armen leben, webst mir ein Netz aus Sternen am „Am Buachaille". Du spannst über mich einen Regenbogen, der mich schützen soll. Du wirst mich besuchen und mich als Geist umkreisen, mit mir lachen und mit mir tanzen und der Sauerstoff sein, den ich einatme. Du siehst, meine kleine Mairead", er zeigte zum Himmel, „dort oben ist es nicht langweilig, denn dort gibt es eine Menge für dich zu tun. Ich werde dich immer in meinem Herzen tragen, denn nur du bist mein Feuer, meine Liebe, meine goldenen Augen. Niemand sonst!"

„Und im Himmel bin ich so schön wie ein Schwan?", fragte sie.

„Aber sicher. Der Meeresgott Neptun wird dich in einen Schwan verwandeln!"

„Wie sein Sohn Cygnus. Dann möchte ich, dass du meine Asche der See übergibst, damit Neptun mich auch findet."

Logan nickte.

„Bis dahin werden wir noch viel Zeit miteinander verbringen, meine kleine Mairead."

Mairead lachte und weinte und hielt Logan fest umschlungen.

Plötzlich löste sie sich von ihm und sah ihn fragend an.

„In der griechischen Mythologie verkörpert der Schwan den Gott Zeus, der in dieser Gestalt unerkannt jungen Frauen nachstellt", grinste Mairead. „Logan! Dann bist du doch auch ein Schwan?"

Logan lachte laut auf.

„Wo hast du denn… Wenn du das so siehst, Mairead…" Er schüttelte sich vor Lachen. „Ja, Mairead, dann bin ich auch ein Schwan!"

Beide überhörten das leise Rascheln eiliger Schritte, die sich aus dem Gebüsch hinter der Bank entfernten. Auch bemerkten sie den Schatten nicht, der durch den Garten huschte. Das Licht der Laternen ließ ihn zwischen den Bäumen tänzeln.

Dallis hatte Logans Worte vernommen. Und am Abend machte sie die folgende Eintragung in ihr Tagebuch.

Na Stacain, 31. Oktober 2011
Ich werde es noch einmal tun! Ich werde ein fünftes Mal ein Tier vergiften, nur um nicht aus der Übung zu kommen. Es ist wie ein Zurückgehen in die Zeit, als ich begann Tiere zu quälen, und im Raum der Initiation meine Eifersucht auf Kate durch Blake geschürt wurde; zurück in die Raumzeit – wo alles begann. Beim ersten Mal habe ich geglaubt, ich hätte das getan, was ich tun musste, aber etwas ist schiefgegangen, ganz und gar schief, ohne dass ich verstanden habe, warum, und jetzt muss ich meine Tat noch einmal ausführen. Dieser blöde Schwan hat damals überlebt.
Jetzt brauche ich diese Übung. Das Töten einer Maus, einer Katze oder eines Schwans ist nebensächlich. Ich muss mein Handeln perfektionieren, denn ich gehöre dem inneren Kreis an.

Sie klappte das Tagebuch zu, legte es unter die Matratze und nahm ein starkes Schlafmittel mit einem Glas Wasser ein. *Du bist mein Feuer, meine Liebe, meine goldenen Augen. Niemand sonst.* Das hatte Logan zu Mairead gesagt.
„Ich werde dich töten – wie ich Blake getötet habe", zischte sie.

Kapitel 44

Na Stacain, 1. November 2011

Logan fror in der Nacht vor Erschöpfung. Zitternd starrte er auf den Operationstisch. Bonnie aus dem Kinderheim war die perfekte Spenderin gewesen. Er hatte ihr Herz an das System Organ Care von TransMedic angeschlossen. Der künstliche Kreislauf ermöglichte es ihm, die Organverpflanzung um ein bis zwei Tage hinauszuzögern, und hielt das Herz außerhalb des Körpers in einem funktionsfähigen Zustand. Er brauchte diese Zeit, um Mairead für die Operation vorzubereiten. Mairead benötigte dringend das neue Herz. Ihr EKG hatte gestern verdächtige Ausschläge gezeigt, die auf einen drohenden Herzinfarkt hindeuteten. Er schaute auf die integrierte Digitaluhr: 02:45 Uhr. Morgen Nachmittag könnte er die Herztransplantation durchführen und in wenigen Monaten ... In Gedanken sah sich Logan schon jetzt mit Mairead am Loch Meadhonach einen Walzer tanzen. Sie rochen das Moor und hörten den Wind in den Wipfeln mächtiger Bäume rauschen, dachten an die springenden Lachse mit den hell gesprenkelten Rücken und reinweißen Bäuchen, die sie in einem feinen Restaurant in Bettyhill essen würden, und sein Herz hüpfte vor Freude.

Bernhard Merrick hatte sein Versprechen gehalten und Bonnie in den frühen Morgenstunden zu ihm gebracht. Niemand hatte Merrick mit dem komatösen Mädchen kommen sehen und niemand sah Merrick allein in der Dunkelheit nach Bettyhill zurückfahren, nachdem er die Apparaturen abgestellt hatte. Niemand war im Operationstrakt, als Logan das Skalpell seitlich zwischen der zweiten und dritten Rippe von Bonnie ansetzte, quer über ihr Brustbein hinweg bis auf die andere Seite einen Schnitt machte und den Knochen in Schrägrichtung durch einen kurzen, heftigen Schlag mit einem Meißel spaltete. Er griff in Bonnies Brustkorb und durchtrennte die Arterien und Venen vom Herzen. Niemand beobachtete ihn dabei, auch nicht, als er nach der Organentnahme die Spuren im OP beseitigte und den Körper des Mädchens in der kalten Wintererde Na Stacains entsorgte. Und niemand hörte seinen Schrei, als er Stunden später aus einem Albtraum aufwachte.

Kapitel 45

Friedhof Little Necropolis

Auf dem Weg zu Logan fuhr Dallis mit dem Bentley über die Landstraße von Droman in Richtung Kinlochbervie. Sie hielt in der Churchroad vor dem alten Friedhof Little Necropolis. Logan wollte dort gegen acht Uhr abends an der Ruine der Kapelle auf sie warten. Es wäre längst überfällig, dass sie sich einmal wieder in Ruhe Zeit füreinander nähmen, meinte er. Ein Spaziergang, eine ungestörte Unterhaltung, zügellose Leidenschaft. Aber warum zwischen der sagenumwobenen Kapelle, in der der Straßenräuber und achtzehnfache Mörder McMurchow begraben lag, der nach einem Sinneswandel den Kirchenbau finanziert hatte, um dort begraben zu werden? Warum hier? Weil sie ebenfalls Menschen getötet hatten?

Blödsinn!

Sie rieb sich den Nacken, um dort die Verspannung zu lindern, und schaute sich um. Logans Fahrzeug war nirgends zu sehen. Die Straße verschwamm vor ihren Augen.

Logan ... Sie war beinahe blind vor Sehnsucht nach ihm und fieberte nach seiner Berührung, nach seinem Körper. Plötzlich zog sich ihre Halsmuskulatur erneut zusammen wie vorhin während der Autofahrt. Dieser verdammte Hún. Die ständigen Krämpfe, die neuerdings in immer kürzeren Abständen auftraten, die Lichtempfindlichkeit, die unerträglichen Kopfschmerzen, die Panik- und Heißhungerattacken! Sie hatte fast alles erreicht und jetzt das, dachte sie. Sie würde Logans Rat befolgen und einen Neurologen aufsuchen. Es könnte ein Tumor sein, hatte Logan ihr nach dem epileptischen Anfall zu bedenken gegeben. Doch Dallis wusste es besser. Sie kannte die Ursache und würde dieses Wissen niemals mit Logan teilen. Einen Spezialisten in Edinburgh oder London aufzusuchen, bedeutete, Balmore Castle und Na Stacain für viele Tage verlassen zu müssen und Logan Mairead zu überlassen. Niemals!

Auf ihrer Reise von Balmore Castle über Hongkong und Düsseldorf bis Na Stacain Loch hatte sie einen Feldzug für die Schönheit geführt, für das Ziel der Lux Humana: Makellos sein! Immer wieder sprach Logan von Makel, wenn er auf Unvollkommenheit stieß. Aber Mairead war alles andere als vollkommen. Dallis zuckte und blinzelte. Seit Logan sich nur noch um Mairead kümmerte, tickte er nicht mehr richtig. Es wurde Zeit, dass sie und Logan sich mal ungestört unterhielten. In Na Stacain war das schier unmöglich. Sie fragte sich allerdings, warum er diesen finsteren Ort für ein Tête-à-Tête gewählt hatte. Sie schaute noch einmal in den Rückspiegel. Im Schein der Straßenbeleuchtung sah sie vor den Schatten der Ruine ihr eigenes Spiegelbild und erkannte den trotzigen Zug um ihren Mund. Sie wollte Logan gefallen und lächeln, aber ihre Gesichtsmuskeln verzogen sich zu einer einzigen Grimasse. Logan würde sie heute lieben und nicht über den Kretin Mairead lamentieren. Heute nicht.

„Wenn du ihren Namen auch nur erwähnst, werde ich dir mindestens zweimal deine Nase brechen und dir mit dem Phurbu-Dolch die Haut von der linken Augenbraue bis zum Mundwinkel aufritzen!", zischte sie. „Du gehörst mir, nur mir!"

Sie stieg aus und blickte zu dem alten Friedhof, dessen winzige Grabsteine im Nebel aus der Erde gespenstisch emporragten, wie skelettierte Hände. Der Hauch eines kalten Lächelns huschte über ihr Gesicht. Wirklich makaber. Auf Little Necropolis hatte Blake sie vor vielen Jahren gefragt, ob sie eine Auserwählte der Lux Humana sein wolle. Blake war es auch, der seinen Söhnen und sie gelehrt hatte, dass nur die Schönheit bestand hatte und dass Lux Humana niemals ihren Gegenspieler, die Hässlichkeit, dulden würde. *Mit welchem Recht lebte also dieser Kretin auf Balmore Castle?* Und warum wollte Logan sie an einem Ort der Verwesung treffen? Sie holte tief Luft. Wo blieb dieser Hurensohn?

Ihr Handy gab einen schrillen Pfeifton von sich, der eine SMS-Mitteilung von Logan ankündigte. Sie las seine Nachricht: *Mairead hatte eine Herzattacke, sie braucht mich.* Zuerst blieb Dallis ganz still. Dann entwich ihrer Kehle der Ausdruck einer mörderischen Wut, ein Schrei, der durch die Luft davongetragen wurde. Welch gottverdammtem Trugschluss hatte sie sich hingegeben! Logan schützte das Unvollkommene und nicht die Perfektion. Blake hätte seinen Sohn dafür getötet. Sie ließ den Blick über den Friedhof Little Necropolis schweifen und fügte in Gedanken eine neue Grabstelle hinzu, indem sie in einer fest verschlossenen Urne ihre Gefühle für Logan zu Grabe trug. Dallis kochte vor Wut – eine Wut, die stärker war als alles, was sie zuvor erlebt hatte.

Klinik Na Stacain

Der Schnee war in Regen übergegangen. Dallis eilte zu den Klippen, den starr auf die tobende See gerichtet. Was sie hörte, war das Wispern des Windes, was sie sah, war das unentwegt von ihrer Kapuze tropfende Regenwasser, das wie Diamanten im Mondlicht funkelte. Sie drehte sich um, blickte zur Klinik Lux Humana und wünschte sich eine Frau zu sein, die Logan zur Seite stand, sie wünschte sich ein Herz, das mit seiner Schönheit und Tiefe Logans Welt durchwärmte, eine andere Welt, die ihrem Blick und dem Echo ihrer Stimme begegnete und die ihr die Gewissheit der Zugehörigkeit gab. Seit einigen Minuten wusste sie, dass es nie so sein würde. Logan war kalt wie Eis, krank und ein eiskalter Psychopath, der sie notfalls opfern würde, um Maireads alten Körper neu zu erschaffen. Mairead … Dort hinter dem Fenster im ersten Stockwerk sollte morgen das bläuliche Licht der OP-Lampe Maireads Körper erbarmungslos ausleuchten. Logan bereitete den Kretin auf die Herztransplantation vor und aus der eingebauten Stereoanlage klang ihr Lied: *Little Girl Blue.*

Sie ging weiter, lief schneller und schneller. Ihre Knie wurden bei jedem Schritt weicher. Am Klippenrand blieb sie stehen. Ihre Welt tobte in dieser Nacht, Dallis schrie, wurde von Weinkrämpfen geschüttelt, sie lachte zu laut, zu leise. Das Meer flüsterte beruhigende Worte, doch ihre Wut war immens groß, zu groß für einen Besänftigungsversuch der Natur. Noch einmal streifte ihr Blick das Meer. Jetzt kam es ihr rot vor, wie Blut. Wollte es sie zwingen zurückzublicken, um ihre Vergangenheit ein letztes Mal zu betrachten und Zeitfragmente ihres erbärmlichen Lebens einzusammeln? Während ihrer Kindheit war sie gehetzt und unaufmerksam durch die Tage geeilt, auf Balmore Castle und in der Klinik Lux Humana waren ihre Tage nur von wilden Emotionen geprägt gewesen. In Asien hatte sie voller Ungeduld und aufgeregt auf Logans Anweisungen gewartet. Und die Tage nach ihrer Heimkehr in Schottland? Sie waren nichts anderes als das unvollkommene Eintreten in den Raum der Erinnerung, wo ihr nichts anderes übrig blieb, als von der Rückkehr des Eises zu träumen. Von Logan und Adam, von den verlorenen Tagen ihres Lebens. Gab es einen Ort, wo sich all ihre verschwundenen Tage heimlich versammelten? Wohin ging das Licht, wenn die Kerze ausgeblasen wurde?

Sie trat noch näher an den Klippenrand und blickte hinunter. Sie glaubte, Logans und Maireads Lachen in dieser wilden Landschaft aus tief hängendem Himmel, zorniger See und mächtigen Klippen zu hören. Was wäre, wenn sie nicht sich, sondern Mairead in die Tiefe stürzte? Ob der Tod dieses Kretins die Dinge wieder in die richtige Perspektive rückte? Nur ein einziger Schritt ...

„Tu es nicht", flüsterte eine Stimme hinter ihr.

Sie drehte sich um. In einem Streifen Mondlicht sah sie Logans Silhouette und blickte in sein Gesicht. Das Weiß seiner Augen leuchtete in der Dunkelheit. Sie fühlte, wie Wut und Trauer in ihr überschwappten. Sie rührte sich nicht vom Fleck, starrte ihn nur an. Und sie wusste, sie waren allein. Seine Hand berührte ihr Haar, sein Atem streifte ihren Nacken. Sie nahm seinen Duft wahr, er war ihr so vertraut.

„Beruhige dich, Baby Blue. Warum zweifelst du an meiner Zuneigung?", fragte er leise. „Ich liebe dich, ich liebe dich, seit ich dich das erste Mal gesehen habe. Das weißt du doch."

Im schwindenden Mondlicht musterte sie Logan lange.

„Ich glaube, ich weiß, woran du denkst. Ich glaube, ich kann es erraten", sagte sie schließlich.

„Sehr gut." Logans Stimme klang seltsam verträumt. „Sehr gut. Sag's mir, Dallis."

„Als ich noch klein war", begann Dallis, „wenige Tage nach meinem Einzug in Balmore Castle, hast du einmal an einem Nachmittag leise meine Schlafzimmertür geöffnet. Es war niemand in der Nähe. Blake war in Na Stacain. Ich ließ das Lieblingslied meiner Mutter laufen und tanzte mit geschlossenen Augen. Du hast mich dabei beobachtet."

„Es ist erstaunlich, dass du mich bemerkt hast. Woher wusstest du denn, dass ich dir zugesehen habe?", fragte Logan.

„Meine Augen waren nicht ganz geschlossen. Du warst an diesem Nachmittag ein bisschen aus der Fassung. Nach einem misslungenen

Laborexperiment, wie du später erwähntest. Du hast mich angestarrt. Aber da war noch etwas anderes. Du hast geweint, Logan. Du hast mich beobachtet und dabei geweint. Warum, Logan?"
Sein Gesichtsausdruck veränderte sich nicht. Logan starrte sie weiter unverwandt an.
„Ich habe geweint", sagte er leise, als fürchtete er, die Neophyten könnten mithören, „weil ich, als ich hereinkam, diese Musik zum ersten Mal gehört habe. *Little girl blue. My unhappy, my unlucky, my little girl blue.* Ich sah dich, ganz allein, ein kleines Mädchen, das mit geschlossenen Augen tanzte, in Gedanken weit fort, voller Sehnsucht nach seiner Mutter. Du hast völlig hingebungsvoll getanzt zu diesem Lied. Es war tieftraurig."
Er meint es nicht so, dachte sie. Sie hatte diese Mischung aus Wut und Kapitulation in seiner Stimme vernommen, als sie ihm vorhin im Behandlungszimmer ein Messer an die Kehle gehalten und versucht hatte, ihn an den Vorbereitungen für die Herzoperation zu hindern.
Er sagte kein Wort, als sie seine Kehle ein wenig aufritzte, ließ sie einfach gewähren. Sie bemerkte nur einen Anflug von Trauer in seinen Augen. Sie ließ von ihm ab und fing an, die sensiblen Instrumente und Apparaturen zu zerstören, aber in seiner Stimme war weder Zorn oder Wut noch Kapitulation, sondern kalte Gleichgültigkeit zu hören, als er leise „Hör damit auf, Dallis. Es reicht. Es hat keinen Sinn. Du kannst jetzt gehen", sagte er.
Nein, dachte sie. Logan meint es nicht so. Auch Blake hatte immer *Du kannst jetzt gehen* gesagt, wenn er wütend auf sie gewesen war. Sie zögerte. Nur einen Moment. Dann sang sie halblaut ein paar Strophen.
„*Sit there, and count your fingers. I don't know what else, what else, Honey, have you got to do.*" Ihre Augen wurden feucht. „Ich wusste damals nicht, worum es in dem Song wirklich ging, hatte meine eigene Version im Kopf, als ich tanzte. Ich dachte, dass es von einem Mädchen erzählte, das seine Mutter verloren hat, und das darüber ebenso unglücklich war wie ich damals auf dem Friedhof Little Necropolis. Sag, warum du wirklich geweint hast."
Logan nickte resigniert.
„Ich habe dein Lied seither oft gehört. Und es hat mich immer an dieses kleine Mädchen erinnert, das für sich allein getanzt hat. Geweint habe ich aus einem ganz anderen Grund. Ich sah etwas anderes, als ich dich tanzen sah. Ich sah mit dir eine grandiose Möglichkeit auf mich zukommen, eine neue Welt, die mich mit offenen Armen empfangen hätte, eine wissenschaftliche, effizientere Welt durch dich: Du warst das perfekte Geschöpf für den Versuch mit Forever. Mit einem Mädchen die Welt der altersbedingten Krankheiten bekämpfen zu können, um Weltruhm zu erlangen", er seufzte, „davon habe ich schon immer geträumt, Dallis. Du warst damals das kleine Mädchen, das mit fest geschlossenen Augen die freundliche *alte* Welt an die Brust gedrückt hielt, eine Welt, die so nicht bleiben konnte. Blake hat die Schönheit, die in dir steckte, gesehen und erkannt, dass wir mit dir den Versuch starten konnten, die Welt durch Schönheit zu verändern. Ich habe das Werk meines Vaters vollendet. Sieh dich an. Du bist perfekt und ich halte dich

fest, flehe dich an, mich niemals loszulassen, denn ich habe dich geschaffen!"

Logan streckte die Hand aus, ohne Dallis aus den Augen zu lassen und legte sie ihr auf die Wange. Dallis spürte ein Zittern, das durch ihren ganzen Körper lief und ließ die Hand, wo sie war. Er hatte mit seinem Geständnis ihr Herz zerschmettert, mit jedem einzelnen Wort hatte er sie gekreuzigt. Das Mondlicht zeigte ihr das Flackern in seinen Augen. Logan griff plötzlich nach ihren Armen und hielt sie fest. Sie versuchte ihn abzuschütteln, aber er ließ nicht locker, bis sie verstummte und ihre Gegenwehr nachließ. Er hielt die Arme um sie geschlungen. Sie standen aneinandergeschmiegt da, eine Ewigkeit, wie ihr schien, hielten einander einfach fest, während von allen Seiten der Wind heranfegte und an ihren Haaren zerrte. Als sie sich endlich voneinander lösten, murmelte Logan:

„Es tut mir wirklich leid, Dallis." Er lachte unsicher. „Aber Blake und ich waren der Meinung, dass du für Lux Humana perfekt warst. Doch dann habe ich mich in dich verliebt."

Sie hörte nicht mehr zu. Ihr Herz raste. Blake und Dallis, Logan und Dallis... *Baby Blue*. Es war also nichts anderes als ein abgekartetes Spiel gewesen. Sie, Dallis, die Probandin für die Versuche der Carrington-Sippe. Nur deshalb hatte Blake sie adoptiert, als sein Versuchskaninchen! Sie hatte es gespürt und verdrängt und es erklärte die undefinierbare Trauer, die sie seit dem Tod ihrer Eltern tief in ihrem Inneren ergriffen und nie wieder losgelassen hatte. Unverhofft und leise bohrten sich Logans Worte aus der Ferne in ihr Hirn.

„Lass Mairead in Ruhe, Dallis...", einen Moment hielt er inne, „...sie ist meine Tochter."

Starre.

Schweigen.

Noch immer standen sie am Abgrund, sahen im Mondlicht den aufgewühlten Wellen zu, die stürmisch die Küste umbrausten. *Logan genießt es, dir wehzutun, sagten sie.*

„Deine Tochter?", schnaubte Dallis verächtlich. „Du hast mit einer anderen Frau ein Kind gezeugt?"

Logan starrte zu Boden.

„Mit wem?", fragte Dallis kalt.

Logan lächelte.

„Ich kann es Dir nicht sagen. Du würdest es mir nie verzeihen."

Dallis schaffte es, Logans Lächeln zu erwidern. In Wirklichkeit hätte sie am liebsten geschrien.

„Mit wem?", fragte sie schließlich. Es klang wie eine Drohung.

Eisige Stille. Ein Flüstern.

„Ist es Kate?"

Vom Meer drang tosend ihr Lied herauf: *My unhappy, my unlucky. my little, girl blue. I know you're unhappy* und weckte in ihr mit jeder Zelle ihres glühenden Gehirns die Gier nach einer verstörenden Lust. Dallis starrte in Logans Augen und sah dort wieder das Bild des vierzehnjährigen Logan, der seine Zunge in Kates Mund schob. Schweigen. *Deshalb hast du mir Mairead all die Jahre verschwiegen*, dachte sie. *Kate... Kate... Immer nur Kate*, dröhnte es in ihrem Kopf.

„Ich habe Blake getötet, Logan! Ja! Ich habe deinen Vater umgebracht! Eine bittersüße Mandelrache!"

Worte wie ein Hammerschlag, so hart, unerbittlich, gewaltig, als Logan sie ansah, mit offenem Gesicht und Augen, aus denen das Mitleid troff.

„Hör auf, Dallis. Lass den Unsinn."

Verrückt, es war verrückt, Logan in wenigen Minuten hässlich werden sehen, so hässlich, wie sie es sich nie für möglich gehalten hatte. Plötzlich war sie wieder in dem Dunkeln gefangen, ein schwarzer Spiegel, hinter denen die Dämonen von Little Necropolis lauerten, die ihr sagten, was richtig und was falsch war. Das hier ... das hier war falsch, hässlich, verlogen, brutal, sadistisch und ohne Erbarmen. Dallis schloss für einen Moment die Augen. Sie bewegte ihre Lippen lautlos. *Honey, don't you know it's time? I feel it's time.*

„Ach, Logan", flüsterte sie resigniert. „Die Dunkelheit ist der uranfängliche Schoß und in der Nacht kommen unsere Seelen zum Spielen heraus. Komm, spiel mit mir."

Sie nahm seine Hand und zeigte Logan einen Schwarm Vögel im sich entfaltenden Nachtblau. Und sie zeigte ihm die Tiefe, verbunden mit einem Blick voller Hass. Sie stand einfach nur da und lauschte seinem Schrei, bis die Spitze einer Klippe ihn erstickte und seinen Körper aufspießte.

Die einzige Konsequenz der Liebe war ihre Zerstörung. Logan war tot! Na, so ein Pech! *Little Girl Blue, Baby, I know, just how you feel*, versuchte das Meer sie zu trösten.

Ohne sich noch einmal umzuschauen, schlenderte sie zurück und betrat gegen Mitternacht die Klinik mit einem Lächeln, das – so glaubte sie – dem Pförtner den Atem raubte. Sie war sich sicher, das einzig Richtige getan zu haben, obwohl Logan sie seit langem wieder mit ihrem Kosenamen angesprochen hatte. *Baby Blue.*

Kapitel 46

Klinik Na Stacain, 2. November 2011

Schweiß stand auf der durchsichtigen, faltigen Haut des Mädchens, das gegen zwei Uhr am frühen Morgen aus dem Schlaf gerissen und in das Erziehungszimmer geschleppt worden war. Seine Handgelenke waren mit Lederriemen an einem Stahltisch befestigt. Dallis hielt das Skalpell locker, als wäre es eine Verlängerung ihres Körpers, ein weiterer Finger.

„Glaub nicht, dass ich gemein sein will", sagte sie emotionslos. „Aber ich werde jetzt kleine Schnitte in deinen vorgewölbten Bauch vornehmen."

Ihre Züge wurden härter, sie zog die Mundwinkel nach unten. Der Kopfschmerz war umfassend, dumpf und andauernd. Es fühlte sich an, als sei ihr Gehirn aufgedunsen und drücke mit Macht gegen die Schädelwand. *Bloß nicht bewegen*, dachte Dallis. Ihr Mund war trocken, die Zunge fühlte sich geschwollen an.

„Was für ein Gefühl ist das, Mairead?", kicherte sie. „Glaubst du wirklich, mit r*itz, ritz, ritz* wirst du so schön sein wie die anderen? Ist es das, was du willst?"

Mairead weinte, ihr kleiner Köper zuckte heftig. Die vogelartigen Gesichtszüge des Mädchens schimmerten verschwommen im Licht. Wieder setzte Dallis das Skalpell an.

„Diesmal wird der Schmerz intensiver, warte nur ab. Die kreisförmigen Einschnitte auf deinem Oberkörper schimmern leicht rötlich. Sie werden sich wohl entzünden", meinte sie zufrieden grinsend. „Du spürst gleich den brennenden Schmerz. Danach könnte ich dafür sorgen, dass du stirbst."

Sie brachte ohne jede Gefühlsregung ihr Gesicht an Mairead heran.

„Keine Angst, ich bleibe bei dir, bis es vorbei ist", flüsterte sie ihr ins Ohr. „Übrigens ist deine Mutter nicht bei deiner Geburt gestorben. Sie hat dich verlassen. Kate ist deine Mutter. Wusstest du das?"

Mairead blinzelte langsam, als wäre sie in eine weiche, dichte Finsternis getaucht. Ihr ganzer Körper zog sich in Weinkrämpfen zusammen. Dallis kannte die schwarze Wand aus Schmerz, die den kleinen Körper gleich überfordern sollte. Das Mädchen kämpfte um Sauerstoff und in seiner Panik kehrte das Bewusstsein in den Körper zurück. Es schrie.

Dallis drückte die Stirn des Mädchens hart an ihre Wange und versuchte den Schrei zu ersticken. Mairead schrie, ihr Atem rasselte. Sie ließ alle Furcht mit jedem Atemstoß aus ihren Lungen fahren und japste dann wieder nach Luft. Dann verlor sie das Bewusstsein.

Eine Weile betrachtete Dallis Mairead stumm. Langsam führte sie ihre Hände zum Kehlkopf des Mädchens und umschloss seinen Hals mit den Fingern... Doch mit einem Mal ergriff Dallis ein heftiger Schmerz in der Brust. Das gleißende Licht im Erziehungszimmer blendete sie, dann explodierte der Schmerz in ihrem Kopf. Ihr Herzschlag steigerte sich, wurde schneller und schneller, bis ihm jeder Rhythmus abhandenkam. In der Ferne hörte sie Schritte, eine Tür wurde plötzlich aufgerissen.

„Was haben Sie gemacht, was haben Sie verdammt noch mal mit ihr gemacht?", schrie ein kleiner, untersetzter Mann in Polizeiuniform sie an. Er packte sie im selben Moment von hinten, als sie die Hand nach Mairead ausstreckte. Verzweifelt versuchte Dallis, ihm zu entkommen, aber er hatte einen Arm um ihren Hals gelegt und drückte ihr seine Handfläche auf Mund und Nase, und sie konnte sich seinem Griff nicht entwinden. Sie kämpfte, strampelte, schlug um sich, doch es half nichts. Er war stärker.

Es gelang ihr, eine Hand nach oben zu seinem Kinn zu führen und ihre Nägel in seinen Hals zu bohren, bis der Mann ihr das Handgelenk verdrehte, sodass sie sich vor Schmerz krümmte und sich fallen ließ. Er zeigte ihr seine Dienstmarke und nannte seinen Namen.

„Charly Peebles."

Wie erstarrt blickte er einen Augenblick auf die kleine Gestalt, die auf dem Stahltisch lag. Das musste das Mädchen sein, von dem Kate Corvey berichtet hatte. Das Kind atmete schwer, aber es lebte!

Dallis glaubte, sich verhört zu haben. Peebles? Peebles war doch kein Name, sondern ein Marktort am River Tweed in den schottischen Borders. Wollte dieser Mann sie etwa daran hindern, das Übel aus ihrer Welt zu entfernen? Auch ihn könnte sie der makellosen Brandung unterhalb der Klippen übergeben, wie sie es mit Logan gemacht hatte. Aber er ließ sie einfach nicht los. Und diese Männer in weiß, die Maireads Fesseln lösten und den Kretin aus dem Erziehungszimmer trugen. Wer waren diese Menschen? Ein zweiter Polizist legte ihr Handschellen an und faselte etwas von „Sie haben das Recht zu schweigen".

Wirklich toll, dachte sie. Dallis sah die Polizisten nicht an, die sie von allen Seiten umringten. Sie spreizte die Finger und spürte das Gefühl in ihren lädierten Arm zurückkehren.

„Ich sag Ihnen was", hörte sie Charly Peebles sagen. „Treiben wir keine Spielchen miteinander. Ich werde Sie nicht viel fragen."

Peebles blickte auf seine Schuhe, dann wieder in ihre kalten Augen.

„Ich frage Sie nicht nach Lux Humana. Ich will auch gar nichts wissen über die Jungen und Mädchen, an denen Logan Carrington und sein Bruder diese Experimente durchgeführt haben, oder die sein Jungbrunnenserum erhielten und qualvoll sterben mussten. Ich werde Sie noch nicht mal fragen, wer Sally Merrick getötet hat. Aber ich werde Sie fragen: Wo ist Logan Carrington?"

Peebles stockte. Die Kälte, die von dieser Frau ausging, war kaum zu ertragen. Für einen Moment starrten sie einander in die Augen. Er bemerkte die Spucke, die ihr wie ein Rinnsal übers Kinn rann. Ihre Mundwinkel waren nach unten gezogen. Sie sah fast ein wenig gekränkt aus.

„Es gab noch nie einen Tag, der nicht in der schwarzen Erde der Nacht zur Ruhe gebettet wurde", sagte sie. Es klang eher wie eine Feststellung als nach einer Antwort auf seine Frage. „Auf diese Weise macht die

Vergänglichkeit aus allem, was uns widerfährt, Geister und Schatten. Meine Tage mit Logan sind erloschen, lautlos und unwiederbringlich!"
Wieder blickte Peebles auf seine Schuhe.
„Verstehe. Und wo finden wir den Körper dieses Geistes?", fragte er sarkastisch.
Ihre blauen Augen waren weit geöffnet. Sie zog eine Braue leicht hoch.
„Sie fänden es toll, wenn es so simpel wäre, oder? Man kann es in eine kleine Schachtel packen, aber Sie, Sie werden es niemals verstehen!", fauchte sie ihn an.
„Was haben sie mit ihm gemacht?"
Dallis zuckte mit den Schultern und schnitt eine Grimasse.
„Nun ja, sagen wir mal so: So etwas wie Logan lässt sich doch nicht einfach wegwerfen. Es ist dann immer da draußen. Und wartet auf einen im Dunkeln."
Er starrte sie fassungslos an.
„Sally habe ich übrigens nicht getötet. Ich habe Blake und Logan Carrington getötet. Niemand sonst. Ist das klar?"
Stille.
„Ist schon klar!", fuhr sie fort. „Sie würden mich gerne brennen sehen? Hm? Dann könnten Sie endlich heimkehren, in Ihr kleines Haus, zu Ihrer kleinen Frau, in Ihr kleines, beschissenes Leben!", schrie sie. Ihr Gesicht war vor Wut verzerrt. „Und sich auf die Brust schlagen wie ein Affe." Sie lachte laut auf. „Sie amüsieren mich."
„Frau ..."
„Sagen Sie ruhig Dallis, Schätzchen!"
Charly Peebles schloss für einen Moment die Augen, um sie eine Sekunde später wieder zu öffnen.
„Wissen Sie, Dallis, das Leben ist eine nie endende Jauchegrube voller Maden, besonders das Ihre. Sie werden alt werden und sterben – in einem Betonsarg mit Gitter an einem Ende und einer Kloschüssel am anderen. In ein paar Jahren weiß ich nicht mal mehr Ihren Namen. Sie sind dann nur noch eine verstaubte alte Akte, gestempelt und geschlossen." Er atmete tief durch. „Sie sollten zur Hölle fahren. Es wäre die einzige anständige Sache, die Sie tun könnten in dem traurigen Rest Ihres erbärmlichen Lebens."
Ein Hauch von Trauer streifte ihr Gesicht. Ihre Augen bekamen einen seltsamen Glanz.
„Sag ich doch! Sie wollen mich brennen sehen! Ich verrate Ihnen etwas. Logan hat nicht mehr getan als ich. Ich werde nicht versuchen, es auf ihn abzuwälzen. Wir beide waren es. Mairead hat nur Glück gehabt. Dieses Miststück wollte ihn nicht in Ruhe lassen. Sie wollte ihn mir wegnehmen." Sie holte tief Luft und lächelte. „Das ist alles."
„Das ist alles?", fragte Peebles entsetzt.
„Wollen Sie wissen, wieso? Wollen Sie wissen, wieso wir diese Experimente durchgeführt haben?"
„Na klar doch! Wieso? Wieso haben Sie es getan?"
„Der Makel ist der Ort, an dem die Hoffnung auf Harmonie gebrochen wird, denn nur wenn die Schönheit unser Leben berührt, erstrahlt der Augenblick. Lux Humana hat die Hässlichkeit verbannt. Die

Gemeinschaft steht für ein Leben ohne die sichtbaren Zeichen des Alterns und ohne die altersbedingten Erkrankungen. Lux Humana steht für das *perfekte* Leben."

„Und die vielen jungen Menschen, die ihr Leben lassen mussten und nicht in den Genuss eines *perfekten* Lebens kamen?"

Dallis schaute auf ihre Fingernägel.

„Sie waren volljährig und einverstanden. Ihre wahre Freiheit bedeutete, endgültige Tatsachen zu schaffen. Es sind nur wenige Stufen bis zur endgültigen Freiheit und Schönheit. Etwas aufzuhalten, bedeutet, entschlossene Gegenkraft anzuwenden. Lux Humana bedeutet, nicht auszusteigen, wenn es einem zu viel wird. Im Abgrund des Nichts lauscht man dort geduldig dem Flüstern der Schönheit unter Qualen, um danach zu sterben oder neu zu erblühen! So lautet nun mal unsere Devise. Wenn sich diese Person abwendet, sind unsere Gedanken nicht eins, nicht gleich. Den trifft die Stille und Bewegungslosigkeit, die Mutter der Schönheit, der Tod. Verstehen Sie? Der Tod war für die Abtrünnigen nur die Einladung zur Freiheit, Charly Peebles", sagte sie und lächelte strahlend. Er winkte seine Kollegen herbei.

„Abführen!"

Er hatte Dallis-Blue Carrington fassungslos zugehört. Seinen Vornamen aus dem Mund dieser Frau zu hören, war, als würde sie in sein Hirn eindringen. *Ich muss diese Kloake hinter mir lassen*, dachte er, verließ die Klinik und stieg in seinen Wagen.

Charly Peebles konnte nicht glauben, was er in den letzten Stunden auf Balmore Castle gesehen und in der Klinik Na Stacain vorgefunden hatte. In den vergangenen Jahren hatte er häufiger Sekten unter die Lupe genommen. Aber was sollte er den Eltern einiger junger Menschen sagen, die ihr Leben – der äußerlichen Schönheit wegen – in Na Stacain oder Balmore Castle lassen mussten? Hatten sie nicht ein Recht zu erfahren, was ihren Kindern zugestoßen war, damit sie es verstehen und ihr Leben weiterleben konnten? Konnte man das überhaupt verstehen? Die Verdrängung der Hässlichkeit durch die Einführung der Schönheit hatte die Mitglieder der Lux Humana dazu gebracht, sich operieren zu lassen und sich zwielichtige Injektionsbehandlungen zu unterziehen, die ungeahnte Folgen mit sich brachten! Sektenmitglieder merkten nicht, dass sie durch die Bewusstseinskontrolle manipuliert wurden, wie diese jungen Menschen auf Balmore Castle.

Peebles wusste, dass Sekten normale Gefühle der Ambivalenz ausnutzten. Es war für Jugendliche und junge Erwachsene fast unmöglich, ihren Eltern gegenüber nicht gemischte Gefühle zu haben, grübelte er. Kaum einer, egal, wie sehr er seine Eltern auch liebte, erinnerte sich nicht auch an Erlebnisse, in denen er Wut und Enttäuschung empfunden, oder an Gewohnheiten und Eigenheiten der Eltern, an denen er sich gestoßen hatte. Viele Sekten machten sich unbearbeitete, negative Gefühle dieser Art zunutze, um die Mitglieder an die Gruppe zu binden.

Peebles seufzte. Die Erfahrung hatte ihm gezeigt, dass es viele Mechanismen gab, auf die Mitglieder einer Sekte sozialen und psychologischen Druck auszuüben. Beispielsweise die Isolation der Person von ihrer Vergangenheit und die Untergrabung ihres Selbstbewusstseins. Was hatte ihm ein Psychologe und Experte für Sekten vor einigen Wochen erklärt? Neue Mitglieder wurden dazu gebracht, ihr früheres Leben aufzugeben und zu vergessen und sich ganz der Gruppe zu überantworten. In diesem Prozess veränderten sich ihr Verhalten und ihre Einstellungen. Wer kritische Fragen stellte, wurde lächerlich gemacht oder auf irgendeine andere Art und Weise diffamiert. Um Gehorsam durchzusetzen, hatte auch Lux Humana ihre Form der Bestrafung für Regelverletzung. Die Bewusstseinskontrolle wurde dort indirekt, durch Gruppenzwang, ausgeübt; falsches Verhalten bedeutete die Isolierung, richtiges Verhalten eine Schönheitsoperation. Dem Aufbau von Schuldgefühlen diente es, dass die früheren persönlichen Beziehungen des Neumitgliedes als satanisch oder böse gebrandmarkt wurden und mit dem gewählten Weg unvereinbar waren. Beziehungen zu Eltern, Freunden und Nichtmitgliedern wurden eingefroren. Das hatte mit der Zeit zur Folge, dass in den Neulingen ein tiefes Schuldgefühl hinsichtlich ihrer Vergangenheit entstand. Mit der Verteufelung ihrer Familien und persönlichen Beziehungen wurde den Mitgliedern auch suggeriert, dass sie selbst schlecht waren, bevor sie der Gruppe beitraten. *Oh ja*, dachte Peebles, Sekten waren Brutstätten für Schuldgefühle.

Jemand klopfte an die Scheibe, als er den Zündschlüssel drehte und losfahren wollte. Peebles kurbelte das Fenster herunter.

„Herr Hoffmann? Alles in Ordnung? Ich dachte, Sie hätten Frau Corvey mit dem Kind zum Krankenhaus Droman begleitet?"

Falk Hoffmann beugte sich durchs offene Fenster.

„Nein, ich fahre mit dem Mietwagen in die Klinik, sonst hätte ich ihn hier stehen lassen müssen. Aber das wäre auch nicht so schlimm gewesen, oder? Na ja, ich habe Sie ... Ich ... hätten Sie einen kurzen Moment?"

Charly Peebles stellte den Motor ab und stieg aus dem Wagen.

„Lassen Sie uns ein paar Schritte gehen, Herr Hoffmann", sagte er und zeigte auf die mächtigen Klippen von Na Stacain.

„Sie sehen nicht sehr gut aus!", stellte Peebles fest.

„Es geht schon!"

„Ehrlich?"

„Ja. Ich muss nur immerzu daran denken, was diese beiden Männer und diese Frau den jungen Menschen angetan haben. Ich sollte froh sein, dass sie tot sind."

Peebles hob die Augenbrauen, während sie nebeneinander hergingen.

„Sind Sie es?", fragte er.

„Wie kann man sich über den Tod freuen?" Falk Hoffmanns Stimme klang verzweifelt. „Wegen Rebu 12 mussten drei Menschen ihr Leben lassen. Hún Xìnrén glaubte, das Unsterblichkeitsenzym entschlüsselt zu haben, und war von seiner Entdeckung so fasziniert, dass er mit dem

Wirkstoff einen unerlaubten Versuch gemacht hat. Wer weiß, welcher Wahn im Namen des Jungbrunnens noch ausbrechen wird."

„Wissen Sie, Herr Hoffmann", sagte Peebles mitfühlend, „für viele Menschen sind Alter und der Tod die größte Quelle ihrer Angst; Gesundheit bedeutet die Abwesenheit von Krankheit in einem makellos jungen Körper. Wenn junge Menschen sich vor laufender Kamera einer Schönheitsoperation unterziehen, in der Hoffnung, danach ein Leben als The Swan führen zu können, wundert es mich nicht, dass eine Sekte wie Lux Humana großen Erfolg hat."

Am Felskap über der zerklüfteten Küste blieben sie stehen. Auch das Meer schien Peebles mit einer gewaltigen Welle zuzustimmen.

„Aber es geht noch um viel mehr", überlegte Hoffmann. „Zerbrechen nicht vor allem junge Menschen an dem Wunsch, schöner, schlanker ... perfekt zu sein? Das ständige Gefühl, nicht dem gängigen Schönheitsideal zu entsprechen, belastet und schwächt doch das Selbstvertrauen und Selbstwertgefühl. Der unbedingte Wunsch nach Perfektion führt zu körperlichen und seelischen Problemen."

Peebles betrachtete nachdenklich den Küstenstreifen von Na Stacain, mit seinem feinsandigen Strand und den faszinierenden Felsen, die in der Morgendämmerung rosafarben schimmerten.

„Deshalb haben Sekten wie Lux Humana einen so hohen Zulauf", bestätigte Peebles Falk Hoffmanns Überlegungen. „Diese Forever-Injektionen führten zu erheblichen Nebenwirkungen, bei manchen sogar zum Tode. Wir können nicht davon ausgehen, dass diese jungen Menschen das vor ihrer „Behandlung" – wie Lux Humana den unerlaubten Versuch nannte – gewusst haben. Aber wir werden es erfahren!"

„Diese Frau, diese Dallis, Hún Xìnrèn war ihr wohl verfallen. Mich würde eines noch interessieren. Ob sie gewusst hat, worauf sie sich einließ, als Hún Xìnrèn ihr Rebu 12 verabreichte?"

Peebles schaute Hoffmann an.

„Auch das werden wir erfahren, Herr Hoffmann! Wobei ich es nicht im Geringsten bedauern würde, wenn Dallis Carrington durch eine Injektion geistiger Umnachtung anheimfiele. Sie könnte dann kein Unheil mehr anrichten. Diese Frau hat Menschen auf dem Gewissen."

Falk Hoffmann runzelte die Stirn.

„Aber man hat sie doch verhaftet. Im Gefängnis kann diese Frau wohl kaum etwas anrichten, Inspektor Peebles", warf er erstaunt ein.

„Glauben Sie mir, Herr Hoffmann, da habe ich ganz andere Sachen erlebt! Im Knast ist fast alles möglich!" Er seufzte. „Wissen Sie, wie viele Jugendliche von Zuhause weglaufen? Dreizehnhundert, Herr Hoffmann! Jedes Jahr. Wussten Sie das? Dreizehnhundert Teenager, die abhauen, und sie kommen nicht zurück", sagte Peebles.

Falk hörte eine tiefe Resignation in Peebles Stimme.

„Ein paar kommen zurück", fuhr Peebles fort. „Aber die meisten ..." Er zögerte einen Moment. „Und jedes Jahr kommen welche dazu und die sind dann wie Schatten, eine Legion von Schatten, die in den Köpfen der Eltern, der Geschwister, der Freunde und der ermittelnden Beamten herumirren."

„Das ist eine grausame Vorstellung, Inspektor Peebles", sagte Falk betroffen.
Peebles schaute Hoffmann an.
„Ja, das ist es. Wie weit die Verbrämung des Missbrauchs in der Sekte Lux Humana gediehen war, zeigt die Monströsität ihrer Handlungen, die sie den Mitgliedern als Kultur verkauft haben."
„Was ist mit denen geschehen, die Na Stacain und Balmore Castle in der Vergangenheit überlebt haben? Wo sind diese Mitglieder, Inspector Peebles?", erkundigte sich Hoffmann.
„Anhand der Unterlagen haben wir herausgefunden, dass die Neophyten nach dem Aufnahmeritual Balmore Castle verlassen haben und auf den besten Universitäten ausgebildet wurden. Ihre Erinnerung an ihre Initiation wurde durch den Einsatz von Spezialdrogen gelöscht. Sie wurden mit einem positivem Gefühl *entlassen.* Die Sekte Lux Humana hat Anhänger in der ganzen Welt, Herr Hoffmann. Wir kennen ihre Namen und werden erfahren, wo sie sich momentan aufhalten. Ich bin mir sicher, dass Erstaunliches ans Tageslicht kommen wird. Wer weiß, wie weit unsere Gesellschaft bereits mit Individuen der Lux Humana infiltriert ist." Peebles seufzte. „Wechseln wir lieber das Thema. Ich möchte Sie etwas fragen, aber ich grübele die ganze Zeit darüber, ob ich Ihnen diese Frage wirklich stellen soll."
„Fragen Sie ruhig, Inspektor."
„Hätte die Gesundheitsbehörde für Arzneimittel nach der Veröffentlichung von Hún Xìnrèns Unterlagen die Erlaubnis erteilt, Rebu 12 als Herztherapeutikum an gesunden Probanden zu testen?"
Falk Hoffmann wurde blass.
„Nein! Nicht ohne weitere Prüfung. Arzneimittel sind moralisch sensible Produkte, die das Vertrauen der Patienten benötigen", antwortete er betroffen. „Der Patient wiederum ist auf die Wirkung und Sicherheit des Arzneimittels angewiesen und liefert sich einer bestimmten Substanz aus, um von seiner Krankheit befreit zu werden. Hún Xìnrèn umging diesen ethisch-moralischen Anspruch und ich bin froh, dass wir das rechtzeitig entdeckt haben. Wir hätten es vor einem Medikamentenversuch an gesunden Probanden entdeckt, denn vor der Freigabe werden von unabhängigen Institutionen Kontrollversuche durchgeführt. Daran sind immer mehrere Wissenschaftler beteiligt. Es ist bedauerlich, dass ein Mann wie Dr. Hún nur noch dem Jungbrunneneffekt nachgehen wollte. Beantwortet das Ihre Frage, Inspektor Peebles?"
Peebles nickte.
„Was werden Sie tun, Herr Hoffmann?", fragte er.
„Ich werde die Forschung mit Rebu 12 nicht weiter fortsetzen und alle Unterlagen vernichten. Die Nebenwirkungen sind nicht vertretbar. Außerdem hat Rebu 12 einige Lücken in der Sicherheits- und Qualitätskontrolle aufgezeigt. Das müssen wir bei Hoffmann ändern, denn so etwas darf sich nicht wiederholen."
Schweigend gingen die beiden Männer zu ihren Fahrzeugen zurück.
„Es wird einige Zeit vergehen, bis Kate Corvey und ich das Ausmaß der Geschehnisse verarbeitet haben. Logan Carrington hat Kate die Tochter

genommen und mir mein Vertrauen", fuhr Hoffmann fort. Dass Kate das Internat von Balmore Castle besucht hatte, wusste Peebles, auch, dass sie die Carrington-Familie gekannt hatte. Die Tatsache, wie eng Kate einst mit Logan befreundet gewesen, hatte sie allerdings für sich behalten. „Ich danke Ihnen, dass Sie sich die Zeit genommen haben, einige Worte mit mir zu wechseln, Inspektor Peebles. Sie sind ein umsichtiger Mann!"

Über dem Meer löste sich allmählich der wolkenverhangene Himmel auf und die Morgenröte kündigte den neuen Tag an. Peebles reichte Falk Hoffmann die Hand.

„Ich werde Sie auf dem Laufenden halten. Grüßen Sie Frau Corvey von mir. Ich werde heute Nachmittag noch mal im Krankenhaus vorbeischauen", sagte Peebles und stieg in seinen Wagen.

Als er später über die Landstraße nach Droman fuhr, hielt er am Straßenrand und wählte die Telefonnummer von Constable McShelly.

„McShelly? Wir treffen uns am Nachmittag in einem Pub."

„Gute Idee!", hörte er McShelly am anderen Ende der Leitung.

Kapitel 47

Luss am Loch Lomond, 30. Januar 2011

Ihre Geschichte begann in Na Stacain, wo sie Mairead zum ersten Mal begegnete. Sie war dort auf der Suche nach der Wahrheit. Aber Wahrheit konnte grausam sein, sie war ein Aderlass des Herzens. Man musste vorsichtig damit umgehen. Kate hatte nun die Gewissheit, dass ihre Tochter tatsächlich am 8. Juli 1999 gestorben war. Im Geburtsregister von Na Stacain war nicht sie, sondern Dallis-Blue Carrington als Mutter, Logan Carrington als Vater eingetragen. Ein DNA-Test hatte diesen Eintrag bestätigt.

Inspektor Peebles kannte ihre Geschichte. Mit seiner Hilfe wurde sie Mairead als Pflegemutter zugewiesen. Kate hielt es für das Beste, Mairead nicht zu sagen, wer ihre leibliche Mutter war. Vielleicht war das egoistisch von ihr – sie wusste es nicht –, aber dem Mädchen eine Mutter wie Dallis-Blue zu präsentieren, schien ihr absolut widersinnig.

Mairead erlaubte ihr, am 23. Januar 2011 ihren Übergang zu begleiten. Dieses große Geschenk war ihr Letztes an Kate: dass sie sie halten und ihren letzten Augenblick auf dieser Welt mit ihr teilen durfte. Ein tröstlicher Gedanke. Für sie wurde Mairead in diesen Wochen die Tochter, die Kate zehn Jahre lang vermisst hatte. Ihre Geschichte endete auf dem Friedhof von Luss. Kate ging zwischen den Gräbern entlang und blieb vor einen schlichten grauen Grabstein stehen.

Mairead – Ein Tautropfen, der durch das Mondlicht zur Perle wurde – I to the hills will lift mine eyes.

Sie hatten sich für die gälische Inschrift *Ich werde meine Augen zu den Hügeln erheben* entschieden, weil Mairead die schottischen Highlands geliebt hatte. Ihre Hügel und Berge galten in Maireads Augen als Meister der Sehnsucht und Träume der Erde. Sie behauptete, dass man sogar die schweigsame Mächtigkeit der Highlands mit der intimen Intensität einer Seele, die für Dritte unzugänglich war, vergleichen könnte, so als wäre sie ihr Kind, die das Morgenrot durchbrach und Zeit und Ort gefunden hatte.

Während Kate das vertrocknete Laub vom Grab entfernte, dachte sie an die Zeit mit Mairead. Das Mädchen hatte vieles klarer als andere gesehen. Sie war ein sehr reifes und sehr fröhliches Kind gewesen, sie war nicht mit einer hektischen Verbissenheit durch den Tag gehastet, sie hatte Belangloses nicht aufgebläht, bis es hinlängliche Wichtigkeit besaß, dass es das ganze Leben vereinnahmte, so wie es Erwachsene taten. Sie hatte in sich geruht.

Die letzten Wochen vor Maireads Tod hatte Kate allein mit ihr verbracht. Sie gestattete niemandem, sie beide in Luss zu stören – nicht einmal Falk Hoffmann, der ihren Wunsch respektierte. Am Abend, wenn Mairead schlief, tauschten sie sich aus. Die Gespräche machten Kate klar, wie nahe sie sich standen.

Die Tage mit Mairead waren kostbar gewesen. Jeden Tag lernte Kate das Mädchen ein bisschen besser kennen und lieben. Jeder neue Tag mit Mairead versöhnte sie ein wenig mit der Tatsache, dass ihr Kind nach der Geburt gestorben war, denn immerhin blieb Kate nun zumindest eine kurze gemeinsame Zeit blieb, sich dem vollständigen Potenzial dieses Kindes und ihrer eigenen Vergangenheit zu stellen. Der Drang, ihre noch verbleibenden Tage auszuleben, entfachte Maireads Kreativität und Lebenswillen. Sie malte bunte, farbenfrohe Bilder und blühte auf. Oder sie unternahmen gemeinsame Spaziergänge, führten lange Gespräche und entdeckten auf eine erstaunliche, wunderbare Art, wie ähnlich sie sich waren. Eines Tages erkundigte Mairead sich nach Na Stacain.

„Die Klinik ist weg. Wieso ist sie weg, Kate?", wollte Mairead wissen. „Das stand in der Zeitung, die du vor mir versteckt hast!"

„Es gab ein Feuer in der Klinik, Mairead. Alles wurde dort zerstört."

„Hat das Adam getan?", fragte Mairead neugierig.

„Nein, Mairead", antwortete Kate. Sie verschwieg, dass seit Wochen mit einem Phantombild nach einem verwirrten Mann gefahndet wurde, den die Bewohner von Na Stacain glaubten gesehen zu haben, als er das abgesperrte Gelände unmittelbar nach dem Feuerausbruch verlassen hatte.

Inspektor Peebles meldete sich hin und wieder und hielt sie auf dem Laufenden oder erkundigte sich nach Mairead. Er hatte ihr ein paar Tatsachen über die Vorgänge in der Klinik Na Stacain mitgeteilt, aber sie weckten keine Erinnerungen in ihr. Die Bruchstücke ließen sich nicht wie ein Puzzle in ihrem Kopf zusammenfügen. Nur gelegentlich, zu den seltsamsten Zeiten, spürte sie den dünnen, vagen und zarten Erinnerungsfaden, der sie in den Sommer 2001 zurückziehen wollte. Vielleicht schützte ihre Seele Kate vor dieser Erinnerung. Das war auch gut so.

Die jungen Mitglieder der Lux Humana waren unmittelbar nach ihrer Verhaftung wieder aus der Untersuchungshaft entlassen worden. Sich freiwillig einer Manipulation oder Schönheitsoperation zu unterziehen, war laut Gesetz nicht strafbar. Logan und Adam Carrington waren durch ihren Tod der Verantwortung entgangen. Nur die Männer des Kuratoriums konnten zunächst der Mitwisserschaft der unerlaubten Medikamentenversuche und Unterstützung einer kriminellen Vereinigung angeklagt werden. In den höchsten Kreisen bahnte sich ein Skandal an.

Dallis Carrington wurde zunächst in Untersuchungshaft genommen. Später verlegte man sie in eine geschlossene Anstalt nach Edinburgh. Charly Peebles glaubte, dass sie dort den Rest ihres Lebens verbringen würde.

„Stimmt. Das hatte ich vergessen", sagte Mairead. Ihr helles Stimmchen klang jetzt noch piepsiger als vorher. „Adam ist bei Aileen und Logan. Armer Logan, armer Adam. Sie waren so klug!"

„Mairead, bitte ..." Mitunter verzweifelte Kate an den Lobeshymnen des Mädchens auf diese Irren.

„Sag nicht noch einmal, es war ein Traum. Das war es nicht! Logan konnte schöne, wunderschöne Menschen schaffen!", kreischte Mairead.
Eine Wolke war ungesehen aufgezogen und bedeckte die Sonne für einen Augenblick.
„Ich glaube dir, Mairead", sagte Kate mit ruhiger Stimme. Was konnte sie dem Kind sonst sagen? Mairead hatte ihren Vater Logan geliebt. Sein Tod hatte Maireads Traum von einem längeren Leben verlöschen lassen und eine Hoffnung begraben, die Logan dem Mädchen über Jahre hinweg eingeflößt hatte, aber Kate durfte Mairead auch nicht ihrer Verachtung für die Carrington-Brüder aussetzen. Mairead blickte traurig zur Seite und zitterte am ganzen Körper.
„Logan und Adam haben meine Mutter glauben lassen, ich sei tot", sagte sie traurig. „Das war schlecht. Aber ich kann sie deswegen nicht hassen!"
Kate sah Mairead für einen Moment erschrocken an.
„Das verlangt niemand von dir", sagte sie und nahm Mairead in den Arm. „Sie haben dich geliebt, Mairead, besonders Logan. Erinnere dich an eure gemeinsame Zeit auf Balmore Castle oder in Na Stacain, von der du mir erzählt hast. Erinnere dich an den sommerlichen Rosengarten, an das Vogelzwitschern in den frühen Morgenstunden, als du mit Logan Tee unter dem Kastanienbaum getrunken hast, oder erinnere dich an das Flüstern des Meeres, das von unten über die Rasenflächen zu euch heraufdrang. Diese Erinnerungen tun nicht weh, Kleines."
Mairead nickte und beruhigte sich wieder.
„Das Meer in Na Stacain ist fast so schön wie das hier in Luss, Kate." Sie zeigte auf den Steg. „Dort unten ist es besonders schön."
„Dann gehen wir jetzt dorthin."
Mairead grinste und löste sich aus ihrer Umarmung. Langsam schlenderten sie durch den Ort in Richtung Meer. In den vergangenen Wochen hatten die meisten Einwohner von Luss Mairead kennengelernt. Berührungsängste kannte das Mädchen nicht. Mairead war ein sehr selbstbewusstes Kind und vertrat ihre Meinung vehement. Früher sei sie gerne in die Schule gegangen, hatte Mairead ihr anvertraut. Doch von Jahr zu Jahr wurde es schwieriger für sie, mitzuhalten. Die Gelenke des Mädchens waren heute steif, und gleichzeitig wurde sie immer schwächer. Mittlerweile wog Mairead nur noch knapp neun Kilogramm und das Gehen fiel ihr immer schwerer. Sie brachte das Mädchen einmal wöchentlich zur Physiotherapie, damit ihre Muskulatur gestärkt wurde, und verabreichte ihr Medikamente gegen Knochenschwund und Arterienverkalkung, in der Hoffnung, damit das Risiko für einen Herzinfarkt oder einen Schlaganfall verhindern zu können. Manchmal, wenn sie am Ufer des Loch Lomond standen und den blauen, schottischen Himmel ansahen, wurde Mairead von einer sehnsüchtigen, träumerischen Stimmung erfasst und entführte Kate in eine Welt der Fantasie. Mairead glaubte, dass dies der Ort sei, an dem alles, was sie in ihrer Kindheit verloren hatte, wieder angeschwemmt wurde. Und wenn sie lange genug ausharrte, tauchten in der Ferne winzige Gestalten auf, die immer näher kamen und nach und nach größer wurden. Sie glaubte, ihre kleinen Freunde aus Balmore Castle zu sehen. Sie winkten ihr zu

und wurden sie vielleicht sogar umarmen. Weiter ließ Mairead ihre Fantasie nicht schweifen. Denn ohne Zweifel wusste die Natur Maireads rastlosen Geist zu beruhigen, sobald sie sich dem Schweigen und der Stille ihrer Umarmung anvertraute. Kate wusste, dass Mairead ihre Freunde vermisste. An der Kirche neben dem Friedhof blieb Mairead stehen.

„Was ist eine Totenwache, Kate?"

„Da nimmt man Abschied, Kleines."

„Also dann schläft man bei den Engeln?"

„So ähnlich."

Mairead verzog ihr kleines Gesicht.

„Du glaubst mir doch, oder?", fragte Kate schmunzelnd.

„Du glaubst mir auch nicht, dass Logan sein Versprechen gehalten hätte, wenn er noch leben würde! Er hätte dieses Medikament für mich erforscht!"

Da war er wieder, der Stich mitten in ihr Herz.

„Doch, Kleines, ich glaube dir. Er hätte dich nicht enttäuscht. Davon bin ich überzeugt."

Mairead schenkte ihr ein zahnloses Lächeln, das ihr Herz erwärmte.

„Ich weiß, dass du für mich ein schönes Grab ausgesucht hast, Kate, aber ...", sagte Mairead leise und verstummte dann.

Kate wurde blass.

„Woher weißt du ...?"

„Ich habe den Pfarrer gefragt. Es ist schon in Ordnung, aber ich möchte auch, dass du einen Teil meiner Asche in den Loch Lomond streust."

„Wenn das dein Wunsch ist, Mairead, dann erfülle ich ihn dir."

„Du musst schwören, dass du das machst, weil der Meeresgott Neptun mich sonst nicht findet. Denn nur Neptun kann mich in einen Schwan verwandeln. Versprich es mir!"

Kate spürte einen Kloß im Hals und unterdrückte die aufkommenden Tränen. *Dieser elendige Drecksack von Logan!* Selbst vor dem Tod hatte er keinen Halt gemacht.

„Ich verspreche es dir, Mairead."

Sie gingen weiter.

„Vielleicht bauen wir in Luss ein neues Haus, wenn der Sommer kommt. Was hältst du davon, Mairead?", fragte Kate.

Maireads Gesicht zuckte vor Freude.

„Sommer? Gibt es denn hier einen richtigen Sommer?"

„Sicher. Wenn die Preiselbeeren reif sind."

„Dann machen wir Preiselbeerpudding und Maulbeerkuchen!" Mairead kreischte vor Vergnügen. „Zeigst du mir, wie das geht?"

„Das mach' ich. Ja, na klar."

Für ihr Versprechen erhielt sie einen Schmatzer.

An Maireads Beerdigung nahmen nur zwei Personen teil. Der Pfarrer der Gemeinde Luss und Kate selbst. Mairead wollte es so und sie respektierte den Wunsch des Mädchens, obwohl sie in dieser schweren

Stunde gerne Falk Hoffmanns Hand gehalten hätte. Sie übergab dem Wasser von Loch Lomond eine Handvoll Asche. Nach der Beerdigung fand Kate Maireads Tagebuch unter der Matratze, in dem das Mädchen ihre Kindheit auf Balmore Castle festgehalten hatte. Das Tagebuch begann mit den Worten: *Für dich, denn du warst für kurze Zeit meine Mama. Möge ein sanfter Wind meine Liebe um dich schmiegen wie ein unsichtbarer Mantel, der dein Leben behüten soll. Mairead.*

Kate legte einen Blumenstrauß blauer Veilchen auf das Grab.

„Adieu, Kleines", sagte sie mit leiser Stimme. „Ich konnte dir nicht sagen, wer deine Mutter ist und dass auch ich Logan einst geliebt habe. Verzeih mir bitte."

Erst nach ihrer Rückkehr aus Luss würde sie endlich loslassen können. Als sie den Friedhof verließ, hörte Kate das sanfte Rascheln der Buchenblätter. Sie lächelte. Vielleicht wünschte Mairead ihr soeben Glück.

Epilog

Edinburgh, Juli 2012

Der Sternenhimmel über *Palace of Holyrood Edinburgh*, dem schottischen Wohnsitz der Queen, schrie geradezu nach einem Liebespaar, das ihn bestaunte. Patrick McGillan hatte heute Abend keine Verabredung. Es gab in seinem Leben keine Frau, die ihm etwas bedeutete, keine verhängnisvolle leidenschaftliche, rasende Liebe, nicht einmal eine Verbindung, aus der sich eine Amour fou entwickeln konnte, obwohl sein Badezimmerspiegel einen immerhin noch passabel aussehenden vierzigjährigen Mann zeigte und es ihm auch nicht an Gelegenheiten mangelte. Er hatte eben diese Eine, von der jeder Mann träumte, noch nicht gefunden.

Richter Thomson kannte wohl sein Dilemma. Weshalb hätte der Richter ihn sonst am Wochenende gebeten, einen U-Häftling zu begutachten? Es war eine ungewöhnliche Bitte. Am kommenden Montag würde die Verhandlung gegen Dallis-Blue Carrington eröffnet werden, erklärte Richter Thomson. Die Begründung in der Akte des überlasteten Psychiaters käme ihm suspekt vor und bereitete ihm Kopfschmerzen, zumal das Gutachten erst vor einer Stunde eingetroffen wäre. Richter Thomson reichte die oberflächliche Begründung für eine lebenslange Einweisung in die Psychiatrie nicht aus. Er wollte eine zweite, unabhängige Einschätzung über die psychische Verfassung des Häftlings.

Wie gut, dass ich nur einen einzigen Glenfiddich getrunken habe, dachte McGillan. Normalerweise verbrachte er den Freitagabend an einer Theke, vorzugsweise im Pub Deacon Brodies Tavern oder in dem gegenüberliegenden Boswells Court. Deacon Brodie galt einst als Bösewicht, Boswell als der gute Part in diesem Gespann. Angeblich hatte Falk Stevenson hier seine Schauernovelle *Dr. Jekyll und Mr. Hyde* geschrieben, die der Autor bereits mit dem Schauspiel *Deacon Brodie* im Jahr 1880 uraufgeführt hatte. Als Forensik- und Gerichtspsychiater liebte Patrick McGillan den Kontrast zwischen Gut und Böse und er glaubte, aus diesem Grund die beiden Pubs zu seinen Stammlokalen gemacht zu haben, obwohl es in der Royal Mile wesentlich attraktivere Kneipen gab.

McGillan parkte sein Fahrzeug auf dem regengepeitschten Parkplatz der Georg-Cheyne-Klinik und fragte sich, warum so mancher Mörder, der hier inhaftiert war, sich an Sonn- und Feiertagen hatte erwischen lassen. Er stieg aus und ging auf das Haupttor zu. Die geschlossene Anstalt für Forensische Psychiatrie behandelte erwachsene, psychisch gestörte Rechtsbrecher. Ferner wurde hier auch die Begutachtung von straffälligen Tätern vorgenommen und wissenschaftliche Forschung auf dem Gebiet der Forensischen Psychiatrie betrieben. Das ehemalige weitläufige Schloss, von der Straße zurückversetzt und in einem Park gelegen, war von hohen Mauern umsäumt und diente als Hauptstandort des Maßregelvollzugs von Schottland. Der Hochsicherheitstrakt beherbergte die Affekttäter, die anderen Abteilungen Straftäter verschiedenster Sicherheitsstufen. Doch es gab auch einen hundert Quadratmeter großen Garten. Die Besucher der Häftlinge hätten sich in einem der vielen abgetrennten Bereiche inmitten der Ziergärten und Spalierpflaumen leicht verirren können, gäbe es dort nicht die bulligen Gefängniswärter in ihren weißen Anzügen.

Vor sieben Jahren hatte Dr. Karen Earnshaw die Leitung der Klinik übernommen und Patrick McGillan schätzte sie sehr. Sie gefiel ihm sogar, aber seine Kollegin hatte damals nach einem speziellen Typ Mann gesucht. Sensibel, sanft und bereit zu warten, einen Mann, der mehr Interesse daran hatte, mit ihr zu reden und ins Kino zu gehen, als am Sex, weil sie nach dem Scheitern ihrer Ehe nicht mehr dazu bereit war. Für einen kurzen Moment hatte er geglaubt, dass er genau das für sie sein könnte, bis sie beendete, was noch nicht einmal begonnen hatte. Nur ein einziges Mal hatte er mit ihr geschlafen und versucht, ihr Ideal zu imitieren. Doch dabei war er kläglich gescheitert. Vielleicht lebte irgendwo auf dieser Welt so ein Mann für Karen – in Schottland jedenfalls nicht! Heute waren sie nur noch gute Freunde.

Sowohl er als auch Karen waren in den vergangenen Jahren als Fachärzte für forensische Psychiatrie oft dem öffentlichen Druck ausgesetzt gewesen. Immer wieder wurde ihnen leichtfertig Kumpanei mit den Insassen der Klinik oder zumindest ein allzu großes Verständnis für die Inhaftierten der Klinikanstalt unterstellt. Sie selbst vertraten allerdings den Standpunkt, dass niemand zu sehr mit dem Finger auf den anderen zeigen sollte. In der Vergangenheit hatten sie auch grobe Fehler gemacht, die die hiesige Presse nur allzu gern immer wieder aufgriff. Normverstöße gehörten in der Klinik zur Tagesordnung und als Forensiker mussten sie sich ebenso wie alle anderen, die mit der Verbrechensbekämpfung zu tun haben, damit abfinden, dass Straffälligkeit und Kriminalität als solche nicht beseitigt, nicht wegtherapiert, aber auch nicht weggesperrt werden konnten.

McGillan erinnerte sich noch sehr gut an Karen Earnshaws schlimmsten Irrtum, den das Kuratorium der Klinik ihr bis heute nicht verziehen hatte. Sie hatte vor einigen Jahren einen psychisch behinderten, straffällig gewordenen jungen Mann therapiert. Er war in einem der endlos langen Korridore eingesperrt gewesen, deren Widerhall nur schleichende Schritte duldete, deren verblasste, gelbliche Farbe auf die Insassen abzufärben schien und deren vergitterte Fenster für immer einen unverstellten Blick auf einen blauen Himmel verwehrten. Der Mann hatte vor seiner Verhaftung selbst unter dem Einfluss eines Serienmörders gestanden, der diesen verwirrten Menschen zum Mitwisser seiner Verbrechen gemacht hatte. Karen hatte Patrick um eine zweite Begutachtung gebeten. Er hatte sich des Mannes angenommen, die Gerichtsakten studiert und einige Male mit ihm gesprochen. Danach hatte er seine Kollegin gewarnt. Gewalttaten kamen bei psychisch Kranken nicht häufiger vor als bei der Gesamtbevölkerung, doch dieser Patient war eine tickende Zeitbombe.

Karen Earnshaw war nicht seiner Meinung gewesen. In zahlreichen Meetings hatte sie ihre Kollegen davon zu überzeugen versucht, dass der Mann in der Georg-Cheyne-Klinik nichts zu suchen hatte, sondern in einer geeigneteren Umgebung, vielleicht in einem Behindertenheim untergebracht werden musste, wo keine Diskriminierung psychisch Kranker, sondern ein angemessener Reintegrationsprozess betrieben wurde. Da er den Zusammenhang zwischen Medikamentenintoxikationen und Persönlichkeitsstörungen genauestens eruiert hatte, wusste McGillan, dass die Frage nach der höheren Kriminalitätsbelastung psychotischer Patienten kontrovers diskutiert wurde. Die erhobenen Befunde des damaligen vom Gericht bestellten Gutachters waren Karens Ansicht nach zu einseitig interpretiert gewesen. Sie hatte geglaubt, dass der Mann unter Angstphobien litte und unter dem Einfluss von zu starken Psychopharmaka stünde. Doch sie hatte sich geirrt. Ein halbes Jahr nach Therapiebeginn hatte ihr Patient zwei Mitgefangene auf bestialische Weise getötet, weil „ihm danach war". Ob sein kranker Geist Fortschritte gemacht hat?, fragte sich McGillan. Er würde sich heute auf jeden Fall bei Karen nach dem Mann erkundigen.

Patrick McGillan ging auf das Gebäude mit der Hausnummer 1 zu. Der Eingangsbereich und einige Fenster im ersten Stock waren erleuchtet. Er zeigte dem Polizisten an der Pforte seinen Ausweis.

„Professor Earnshaw erwartet Sie bereits, Dr. McGillan. Erster Stock, Zimmer 32."

Er passierte das massive Stahltor, fuhr mit dem Aufzug in den ersten Stock und durchquerte den langen Korridor, bis er zu einer Stahltür mit der Aufschrift *Hochsicherheitstrakt* gelangte. Dort nannte er seinen Namen.

Die Tür sprang auf. Er betrat einen kleinen Vorraum, der hell erleuchtet war. Eine Videokamera hielt ihre Linse unerbittlich auf ihn gerichtet. Durch die Sprechanlage forderte eine Stimme ihn auf, sich zu identifizieren. Patrick zeigte der Kamera seinen Ausweis und fragte sich, was ihn wohl hinter dieser Tür erwartete. Er atmete tief ein und wartete. Eine zweite Stahltür öffnete sich und er betrat den Hochsicherheitstrakt der Klinik.

Obwohl er den Gang bereits viele Male entlanggegangen war, vorbei an den abgedunkelten Zellen, fühlte er sich heute in diesem Trakt des Gebäudes verloren, in dem seiner Meinung nach jeder Tag nur unerträglich sein konnte und die Nacht die reinste Folter für die Inhaftierten bedeutete. Doch seine finsteren Gedanken waren mit einem Mal verflogen, als er die vertraute, zarte Gestalt seiner Freundin und Kollegin bemerkte. Er sah das sympathische Lächeln, den kirschroten Mund, den perfekten Pagenschnitt ihrer braunen Haare, ein wohltuender Anblick in einer kranken Welt.

„Hallo Patrick", sagte sie und hielt ihm lächelnd ihre rechte Wange hin. „So, wie ich dich kenne, wärst du jetzt lieber im Boswell Court und schlürftest dort genüsslich deinen Freitagabendwhisky!"

Er nickte und küsste sie flüchtig.

„Hallo, Karen. Lass uns das schnell hinter uns bringen. Sind die Gerichtsakten eingetroffen?"

„Sind unterwegs", antwortete Karen. „Ich glaube, dass diese Frau dein Interesse wecken wird! Pathologischer Narzissmus. Eine DSM-IV von der übelsten Sorte!"

Das DSM war ein nationales Klassifikationssystem der Vereinigten Staaten von Amerika und beinhaltete speziellere und genauere diagnostische Kriterien. Das machte es für die Forschung sehr interessant. McGillan hob die Augenbrauen.

„Karen, so kenne ich dich ja gar nicht. Das klingt eher nach einer Verurteilung als nach einer Beurteilung", sagte er erstaunt.

Karen Earnshaw winkte ab.

„Menschen, die an einer krankhaften narzisstischen Persönlichkeitsstörung und damit an einer fundamentalen Schwäche ihres Selbstwertgefühls leiden, streben – wie diese Frau – nach Macht, weil sie damit ihr mangelhaftes Selbstwertgefühl stabilisieren wollen. Die Folgen kennen wir: eine Ausübung von Macht, die nicht der Sache diente, sondern der Befriedigung der pathologischen Bedürfnisse des Machtausübenden. Ich kann dir sagen, weshalb sie Logan Carrington getötet hat."

Patrick McGillan schmunzelte innerlich.

„In Ordnung", sagte er. „Schieß los!"

„Diese Frau ist im Laufe ihres Lebens zu einem Machtjunkie mutiert. Du weißt doch, dass es besonders problematisch wird, wenn die Opfer eines pathologischen Narzissten umso mehr ihren Status als vollwertige Subjekte verlieren, wie auch ihre erzwungenen Zuneigungsbekundungen immer mehr an Wert verlieren. Logan Carrington hat seine Sympathie auf das Kind Mairead projiziert. Als Gefangene ihrer Persönlichkeitspathologie reagierte Dallis bereits in der Vergangenheit darauf mit narzisstischer Wut, mit einer weiteren Steigerung ihrer Machtansprüche, bis ihr Machthunger unersättlich wurde und aus ihr eine sadistische Mörderin machte. Logan Carrington schien Dallis nicht mehr das geben zu können, was sie wohl am meisten gebraucht hat: seine Bewunderung und seine bedingungslose Liebe. Das glaubte sie zumindest."

„Und diese Diagnose stellst du, nachdem du gerade einmal eine halbe Stunde mit ihr gesprochen hast?", fragte er argwöhnisch.

Karen Earnshaw errötete.

„Zweifelst du an meiner Kompetenz als Psychiaterin? Ich habe mich mit Inspektor Peebles von Scotland Yard unterhalten. Die Mitglieder der Sekte Lux Humana hatten dem Ermittler Interessantes über Dallis zu berichten. Danach habe ich mir Dallis' Biographie zu Gemüte geführt. Sie durchlebte mehrere schwere frühkindliche Traumata: zum einen der Verlust beider Eltern, zum anderen muss sie als Kind mitbekommen haben, was sich in dem Behandlungszimmer, wie Lux Humana ihre Folterkammer nannte, abgespielt hat. Das verkraftet wohl kaum eine kindliche Seele. Hinzu kam die frühkindliche Überforderung durch Blake Carrington. Später mutierte sie selbst mithilfe von Blake Carrington unter Qualen zum Neophyten. Das alles hat aus ihr ein narzisstisches Monster gemacht. Ich habe in den vergangenen Stunden versucht, die Geständnisse der Mitglieder auszublenden, die drastischen Bilder der Vorgänge in Na Stacain und auf Balmore Castle zu ignorieren, die sie den ermittelnden Beamten aufzeichneten. Ich habe Dallis darauf angesprochen, doch sie saß einfach nur da. Sie wusste alles, einfach

alles. Aber sie saß einfach nur da! Die Frau, die du gleich treffen wirst, ist das Böse in vollendeter Form."
Jetzt musste er lachen und nahm Karen in den Arm.
„Was ist denn heute los mit dir, Karen? So kenne ich dich gar nicht. Mir kommt es fast so vor, als würde dein neuer Gast dich ängstigen."
„Sie ist seelische Verwesung, Fäulnis. Privat kann man sich einem solchen Menschen nur entziehen. Für Außenstehende ist es sehr schwer, die Wahrheit innerhalb der von Narzissten angewandten Intrigen zu erkennen, da bei der narzisstischen Persönlichkeit meist eine ausgefeilte und sehr subtile Lebenstaktik dahintersteht, die hart erarbeitet wurde. Wir als Psychiater sind glücklicherweise dazu in der Lage. Wir haben Dallis übrigens nicht gesagt, dass Mairead ihre leibliche Tochter war. Ein weiteres emotionales Trauma konnten wir noch nicht verantworten. Wir mussten sie zunächst stabilisieren. Sie litt in den ersten beiden Monaten an epileptischen Anfällen vom Typ Grand Mal, aber seit sie verschiedene Antiepileptika erhält, bleiben die Ausfälle aus."
„Was macht ihr Zahnfleisch?", fragte McGillan sarkastisch. „Wächst es ihr schon aus dem Mund?"
„Lass deine derben Scherze, Patrick. Sie bekommt kein Hydantoin. Zufrieden?"
Patrick McGillan nickte, denn beide wussten nur zu genau, manche Substanzen aus der Gruppe der Antiepileptika verursachten hässliche Nebenwirkungen wie extreme Zahnfleischwucherungen.
„Komm, ich mache euch miteinander bekannt."
Er hielt Karen zurück.
„Nein, Karen. Ich gehe allein zu ihr. Wir unterhalten uns später", sagte er bestimmt.
Karen zuckte die Schulter und zeigte auf eine Tür.
„Zelle fünf. Nimm dich in Acht!", warnte sie ihn und ging in ihr Büro.
McGillan öffnete die Metalltür und trat ein. Es war ein Beobachtungsraum mit Betonwänden und einer eindrucksvollen Einwegscheibe, durch die man in einen angrenzenden Raum blickte. Der Raum war klein, mit einer niedrigen Decke und einem langen Klapptisch aus Metall neben dem Fenster, womit kaum mehr Platz als in einem Flugzeuggang blieb, um sich zu bewegen. Ein junger Polizist saß vor einem Monitor und einem Fernsehgerät auf dem Tisch, die ein Kabel mit einer Kamera an der Decke des Raumes verband. Er stand auf und begrüßte Patrick.
„Ich bin Georg, der Aufpasser", sagte er.
Patrick lächelte müde.
„Hallo Georg!", sagte er und näherte sich dem Glas.
Zum ersten Mal bekam er Dallis zu Gesicht. Sie spürte wohl, dass jemand sie hinter der Glasscheibe beobachtete, und schenkte ihm hinter der Beobachtungsscheibe ein Lächeln, das ihn fast straucheln ließ. *Wenn ich mich jetzt nicht zusammenreiße, wird mich allein schon ihr Händedruck erregen*, dachte er. McGillan kannte ihr Foto aus der Presse und wusste, dass sie wunderschön war, doch in Wirklichkeit war sie atemberaubend. Von der anderen Seite der Scheibe umhüllte und überwältigte ihn ein Bild der Stille, Schottlands Schweigen, und dennoch

eine gewaltige Präsenz, Dallis-Blue Carrington. Sie offenbarte ein Licht, das in der Dunkelheit leuchtete, seine Strahlen ausgoss und nicht danach trachtete, sich zu verbergen. Er hätte einfach nur da stehen bleiben können, nur um diese wunderschöne Frau anzusehen. Sein Blick glitt über ihr Gesicht, an ihrem Hals hinab zum Schlüsselbein und zu ihren Brüsten. Er dachte an Karens Worte und ihre Diagnosen. *Epilepsie, starke Stimmungsschwankungen, die verzweifelte Angst vor dem Verlassenwerden, tiefe Gefühle von innerer Leere und chronischer Wut, kaltblütig, böse, eine Mörderin.*

Patrick betrat den Raum, den Kopf gesenkt, mit einem Notizblock in der Hand, und blieb einen Augenblick mit dem Gesicht hinter der von ihm wieder verschlossenen Tür stehen, als wollte er sich sammeln. Er holte tief Luft, straffte die Schultern und drehte sich um. Er sah in den blauen, schottischen Himmel, sah einen blauen Eisvogel aus dem Riedgras aufsteigen, sah in gletscherblaue Augen, in denen nicht die Spur eines Gefühls zu erkennen war.

Eine Stunde später verließ Patrick McGillan die Klinik und schlenderte vergnügt zum Parkplatz am hinteren Ende des Klinikgebäudes. Bevor er ins Auto stieg, schaute er zu Dallis' Fenster hoch. Ihr Zimmer war hell erleuchtet. Sie stand am Fenster ihrer Zelle und hielt mit einer Hand den Vorhang offen. Ihre blauen Augen lächelten und sie hob die Hand zu einem Gruß. Patrick McGillan ging in dieser Sekunde ein einziger Gedanke durch den Kopf: Er hatte sie gefunden.

In der Nacht

Dallis nahm mehrere Medikamente mit Mineralwasser ein, leerte das Glas und legte sich ins Bett, als das Licht gelöscht wurde. Sie kam nicht zur Ruhe. Immer wieder schreckte sie das Wimmern des weiblichen Häftlings nebenan aus dem Schlaf. Eine junge Frau, hässlich wie die Nacht, mit einer ungepflegten Haut und fettigem Haar, saß ebenfalls in Untersuchungshaft, weil sie ihr Neugeborenes in die Abfalltonne vor ihrer Wohnung hatte erfrieren lassen. Dallis lauschte dem Lamentieren der Frau. In Na Stacain hätte Logan diesem Miststück längst das Maul gestopft, dachte sie. Doch Logan war tot, mausetot, wie die Gefühle, die sie für ihn empfunden hatte. Er hatte sein Versprechen nicht gehalten, sie nicht mehr bewundert. Ungehorsam musste bestraft werden, hatte Blake sie einst gelehrt.

Vieles ging ihr durch den Kopf, seit der Psychiater die Tür ihrer Zelle hinter sich zugezogen hatte. Dr. McGillan hatte von Unzurechnungsfähigkeit, von Strafminderung und frühzeitiger Entlassung gesprochen. Sie wollte nicht an eine mögliche Verurteilung durch die Gerichte denken. Aber natürlich tat sie das – wie die Kreatur neben ihr in der Zelle. Sie konnte an nichts anderes denken. Sie hatte Logan getötet und Mairead nach dem Leben getrachtet und laut Gesetz ein Kapitalverbrechen begangen. Ihr drohte eine lebenslange Haftstrafe.

Dallis starrte auf die Uhr, beobachtete, wie die Zeit verging, und fragte sich, wann die Gefängniswärter endlich kommen würden, um sie anzustarren und ihre Schönheit zu bewundern. Durch den schmalen

Fensterschlitz dort oben konnte sie die Uhr klar und deutlich hängen sehen. Sie war neu – mit einem viereckigen Zifferblatt, großen roten Zahlen und einem unaufhörlich vorrückenden roten Sekundenzeiger, der die Zeit dahinticken ließ, fünf Stunden lang, und noch immer gab es keinen Schlaf für sie. Langsam ging sie auf und ab, von der weißen Zellenwand zur verschlossenen Tür und zurück, ein kurzer Weg, ein paar Schritte nur. Die ersten ein, zwei Stunden waren gar nicht so schlimm gewesen. Ein Krankenpfleger war vorbeigekommen und hatte mit ihr geflirtet und war eine Weile geblieben. Er hätte sie gerne berührt, glaubte sie in seinen Augen gelesen zu haben.

Sie kaute an einem Fingernagel und beobachtete dabei die Uhr. Mit jeder weiteren Stunde wurde es schlimmer. Worüber dachten andere Menschen nach, wenn sie im Gefängnis saßen? Worüber nur? Zwei Pfleger, die sie noch nicht kannte, gingen schnell an ihrer Tür vorbei. Sie schauten durchs Fenster, wollten einen Blick auf sie erhaschen. Dallis spürte die heftige, fast greifbare Spannung, die in der Luft lag. Die Pfleger tuschelten und sie wusste, jeder wollte sie besitzen, jeder, ja sogar dieser Psychiater, der ihre Psyche vor Prozessbeginn begutachten sollte. Sie hatte die Bewunderung in seinen Augen gelesen und in seiner Stimme den Klang der Sehnsucht bemerkt. *Wunderbar!* Ein Tag ohne Bewunderung war ein verlorener, beschissener Tag.

Dallis legte beide Hände an die Wand und fühlte die kühle Betonstruktur. Sie dachte über glücklichere Zeiten nach, Zeiten, in denen sie in Logan verliebt gewesen war, wirklich verliebt. Sie dachte daran zurück, wie sie mit ihm eine Bergwanderung durch die Highlands gemacht und sie in der Hütte wegen eines Gewitters Schutz gesucht hatten. Jene Hütte, in der damals ihr Baby in einer leidenschaftlichen Umarmung gezeugt worden war. Der Geruch von Humus und Baumrinde hatte in der Luft gelegen. Sie habe eine so unbekümmerte Art, ihr Gang sei so leicht und schwungvoll wie der eines jungen Mädchens auf dem Weg zu einem heimlichen Abenteuer; jeder könne ihr ansehen, dass sie an diesem Tag glücklich sei, hatte Logan ihr damals gesagt. Unbekümmert, leicht und schwungvoll – Worte, die Dallis heute nicht mehr in den Sinn kamen, weil sie alles verloren hatte.

Sie schloss die Augen und versuchte die Tränen zurückzudrängen. Ihre Fäuste gruben sich in ihre Beine. Das Einzige, was ihr die Stille der Nacht gab, war eine Beklommenheit, die ihre Brust aushöhlte. Aber das verdiene sie nicht, hatte Patrick McGillan gesagt. Kein Kummer sollte ihre Seele trüben. Und ... Durch das schmale Fenster sah sie die Uhr hoch oben an der Wand. Eine weitere Stunde war vergangen. Sie wollte schreien, lauthals ihr Schicksal, ihr Leben beklagen. Sie legte ihre Stirn gegen die Wand. Die kalten Steine wirkten besänftigend und brachten ihrem erhitzten Gesicht die ersehnte Kühlung. Die Wände knackten lauter als gestern, die Lüftungsschlitze und Leitungsschächte schienen aktiver zu sein, Dinge bewegten sich, Bewegungen, aus denen sich langsam etwas herauskristallisierte, trudelnd und sinkend wie Plankton im Teich. Plötzlich sah sie die Umrisse einer Gestalt und erkannte ein Gesicht. Schritte entfernten sich. Sie hörte das Knirschen des Kieses, das Flügeltor mit der Überwachungskamera.

Sie trat an das Fenster. Ein Lichtstrahl blitzte für einen Moment auf. Er leuchtete Dallis grell ins Gesicht und irritierte sie. Dunkle Augen hinter Brillengläsern? Sein starrer Blick, der vom Hof aus ihr Fleisch durchbohrte? Logan? Sie neigte den Kopf, um einer inneren Stimme zu lauschen. Etwas befahl ihr, am Fenster auszuharren.

„Logan?", flüsterte sie und warf einen fragenden Blick auf den Schatten, der seinen Kopf vorbeugte.

„Logan, wo bist du?", sagte sie mit veränderter, rauchiger Stimme. „Ich hätte schwören können, dass du ..." Sie verstummte, setzte erneut an: „Ich vermisse dich, Logan."

Sie schaute in das Fensterglas, das ihr Gesicht widerspiegelte.

„Wir müssen reden", zischte das Spiegelbild. Dunkle Augen starrten sie an. Ihre Hände glitten über die Scheibe. „Mairead ist unser Kind."

„Nein! Du sagst das um mich zu quälen. Und du willst nur die Nacht mit mir verbringen. Das geht nicht!"

„Wieso nicht?", fragte ihr Spiegelbild.

„Ich bin müde. Hör auf, mich zu quälen. Hör auf!", flehte Dallis.

Das Spiegelbild veränderte sich. Es schien zu schmelzen und ineinanderzulaufen. Die Augen wurden blau und eine grässliche Bösartigkeit grinste ihr aus ihnen entgegen. Sie schloss die Augen. *Schlich sich so der Irrsinn ein?*

„Nein!", flüsterte sie. „Es ist die Einsamkeit innerhalb dieser Wände."

Logan war tot. Die Hinterlassenschaft seiner Liebe würde ihr immer bleiben. Jeden einzelnen Kuss hatte sie gewollt, jede Berührung, jeden Genuss, den Logan ihr gegeben hatte, jeden Schmerz und auch seinen Tod. Sie hatte das alles gewollt, weil sie sich dadurch lebendig gefühlt hatte. Aber sein Ende hatte nicht zu ihrer Befreiung geführt. Es quälte und fesselte sie – bis heute Abend. Nicht noch einmal würde sie sich einer solchen Sinnestrübung hingeben. Ein unerwartetes Gefühl der Erleichterung erfasste sie und sie atmete befreit auf, als verlören mit Patrick McGillan die Geister der Vergangenheit ihre Macht über sie.

Sie schaltete die Stereoanlage an und lauschte den Klängen von Little Girl Blue. In der Begegnung mit Schönheit und Musik erwuchs ihre schöpferische Kraft. Sie breitete die Arme aus und drehte sich im Kreis. Plötzlich flammte das grelle Licht wieder auf, die Tür wurde aufgesperrt. Von der Zellentür näherte sich ein schwaches, langsam anschwellendes Geräusch: gleichmäßig schleifende, immer lauter werdende Schritte. Jemand rief ihren Namen. Sie drehte sich um.

„Ich habe Sie am Fenster gesehen. Ich musste kommen!", sagte Patrick McGillan leise. Sein Flüstern war bedrohlich wie die Schatten dieser Nacht. Dallis lächelte geheimnisvoll und forderte ihn zum Tanz auf.

Anmerkung

Lieber Leser.
Was ist schön?

In meinem neuen Roman "Die Sekte – Perfect Girl" stehen sich der Jugendwahn und die Vergreisung in der schottischen Sekte Lux Humana gegenüber Sie verfolgt das Ziel, eine Gesellschaft aus vollkommener Schönheit entstehen zu lassen.
Heute will keiner mehr alt werden. Die vom Jugendwahn beherrschte Welt und die Genforschung haben dazu beigetragen, den Irrglauben an die menschliche Unsterblichkeit zu nähren. Wollen die Verantwortlichen uns weismachen, dass Schönheit die Abwesenheit von Krankheit in einem makellos jungen Körper bedeutet? Junge Menschen unterziehen sich vor laufender Kamera einer Schönheitsoperation – in der Hoffnung, danach ein Leben als "The Swan" – der Schwan – führen zu können. Mit dieser "Zur Schau" – Stellung hat die Vermarktung von Schönheitsoperationen einen neuen und unrühmlichen Höhepunkt erreicht. Nicht selten zerbrechen vor allem junge Mädchen an dem Wunsch, schöner, schlanker – perfekt zu sein. Das ständige Gefühl, nicht dem gängigen Schönheitsideal zu entsprechen, belastet und schwächt das Selbstvertrauen und Selbstwertgefühl.
Äußerliche Schönheit sagt nichts aus über den Charakter, die Eigenschaften oder Fähigkeiten eines Menschen. Seinen Platz in der Gesellschaft zu finden, mit sich selbst ins Reine zu kommen und ein gesundes Selbstbewusstsein zu entwickeln, wird nicht durch die ästhetische Chirurgie erreicht. Die Diskussion um den Jugendwahn berührt aber nicht nur junge Menschen. Das Alter gehört zu uns und hat seinen Wert – mit und ohne Falten. Schönheit ist nie etwas Absolutes, und Unveränderliches, sondern je nach Wert, hat sie unterschiedliche Gesichter. Wenn Schönheitsoperationen in Fernsehshows gezeigt und in Radiosendungen Brustvergrößerungen verlost werden, brauchen wir Denkanstöße. Ich hoffe das mit "Die Sekte – Perfekt Girl" getan zu haben. Ich wünsche Ihnen spannende und unterhaltsame Stunden mit Die Sekte – Perfect Girl und freue mich über jede Kritik.

Sonnige Grüße mitten ins Herz
Ihre
Astrid Korten

Danksagung

Ich danke allen Beteiligten für ihre Mithilfe und dafür, dass sie mir ihr unschätzbares Wissen zur Verfügung gestellt haben:

Frau Dr. Helge Lubenow, Senior Vice President, Molecular Diagnostics Business Area, Qiagen GmbH, für ihre Hilfe zum Thema DNA-Technologie. Ohne sie gäbe es das Mädchen „Mairead" nicht - ein Progerie-Kind, im Roman die Gegenspielerin der Makellosigkeit.

Dr. Thomas Theuringer, Qiagen GmbH, Director, Public Relations, für die Korrekturen der Texte.

Dr. Reinhard Gansel, Laser Medizin Zentrum Rhein-Ruhr, der die wunderbare Gabe besitzt, den Patienten nicht nur in hektischen Zeiten zuzuhören, sondern auch besondere Lösungsansätze für die Optimierung der Haut bietet. Danke, dass ich dir bei der Arbeit zusehen durfte und für die hilfreichen Informationen.

Dr. med. Arndt, Pathologe Universitätsklinik Essen, für die bedingungslose Einführung in die Welt der Autopsie.

Dr. med. Olaf Klünder, Anästhesist und Schmerztherapeut, der mir auf humorvolle Weise Wissenswertes über den Schmerz vermittelte und mir wertvolle Hinweise gab.

Iris Gurski, Schwarz-Pharma, vielen Dank für die hilfreichen Informationen zum Thema Blockbuster und Ablauf in einer Forschungsabteilung.

Helmut Föhr, fmi GmbH, danke für ihre Hinweise zum Thema Langendorff-Herzapparaturen.

Rouven Obst, der den Roman durch seine wertvollen Hinweise „rund" machte.

Mein besonderer Dank gilt jedoch wie immer meinem Peter.

Quellen

Die Grundlage für meinen Roman lieferten mir unter anderem die Interviews, die ich mit folgenden Personen führte:

Frau Dr. Helge Lubenow, Senior Vice President, Molecular Diagnostics Business Area, Qiagen GmbH, für ihre Hilfe zum Thema DNA-Technologie.
Dr. Thomas Theuringer, Qiagen GmbH, Director, Public Relations.
Dr. Reinhard Gansel, Laser-Medizin-Zentrum Rhein-Ruhr, Essen.
Dr. med. Olaf Klünder, Anästhesist und Schmerztherapeut, Bremen.
Iris Gurski, UCB (ehem. Schwarz-Pharma), Monheim..
Helmut Föhr, fmi GmbH, D-64342 Seeheim-Ober Beerbach.

Recherchiert habe ich unter anderem auf folgenden Websites:
http://www.gednap.de
http://www.isfg.org/ednap
http://www.gen-ethisches-netzwerk.de/gid/191/nachweisgrenzen-dna-analyse
http://www.isfg.org/Publications/DNA+Commission
http://www.ncbi.nlm.nih.gov/pmc/articles/PMC2516199/
http://www.gen-ethisches-netzwerk.de/gid/191/nachweisgrenzen-dna-analyse
http://www.focus.de/panorama/welt/muenchen-leiche-mit-maennlicher-und-weiblicher-dna-entdeckt_aid_341833.html
http://www.fmigmbh.de
http://www.progeriaproject.com
http://www.progeriaresearch.org (Stand: 2010)The Progeria Research Foundation: The Progeria Handbook. Online-Publikation:
http://www.progeriaresearch.org (Stand: 9.6.2009) Online-Information der The Progeria Research Foundation:
http://www.pnas.org/content/106/49/20788.full:Taimen, P. et al.: A progeria mutation reveals functions for lamin A in nuclear assembly, architecture, and chromosome organization. Proceedings of the National Academy of Sciences of the United States of America, Vol. 106, No. 49, pp. 20788-20793 (8.12.2009)
http://cdg.klinikum.uni-muenster.de: Progerie (Stand: Juli 2010)
http://www.ncbi.nlm.nih.gov/pubmed/12714972: Eriksson et al.: Recurrent de novo point mutations in lamin A cause Hutchinson-Gilford progeria syndrome. Nature Vol. 423, pp. 293 (15.5.2003)
http://www.qiagen.com/

Literatur:
Dr. Erich Schröder, *Ethische Aspekte für Marketing und PR in der Pharmaindustrie*
Dr. Paul Seans, *Ein sinnvolles Leben*

Über die Autorin

Die Autorin studierte Wirtschaftswissenschaften an der Universität Maastricht. Ihr Spezialgeiet: Suspense Thriller, Psychothriller und Romane. Bei ihrer akribischen Recherche lässt sie sich von Forensikern, Psychologen, Gentechno-logen, Pathologen und Medizinern beraten.

Sie schreibt außerdem Biografien, Kurzgeschichten, Dreh- und Kinderbücher. Über ihr bevorzugtes Genre, die Spannung, sagt die Autorin: „Psychopathen faszinieren mich. Sie leben außerhalb der Norm und meinen, über dem Gesetz zu stehen. Meine Feder kann genauso furchtbar und gnadenlos böse sein."

Ihre Thriller erreichten alle die Top-Ten Bestsellerlisten vieler Ebook-Plattformen. Die Autorin ist Mitglied der Mörderischen Schwestern e.V. und außerdem als Kulturredakteurin für FRAUENPANORAMA tätig. In ihrer Freizeit spielt sie Tenor-Saxophon und malt Öl auf Leinen.

Auszeichnungen und Nominierung:
2016: Stefko, From Sarah with love: Halbfinale der Int. Writemovies Contest, Los Angeles.
2015: Sibirien – Die aus dem Eis erwachen Finale der Int. Writemovies Contest, Los Angeles.

Weitere Romane der Autorin:
Thriller / Psychothriller: Eiskalte Umarmung, Eiskalter Schlaf, Tödliche Perfektion, Eiskalter Plan, Eiskalte Verschwörung, Zeilengötter, ein Thriller, der seinen Weg nach Hollywood fand, und WO IST JAY?
Weitere Romane folgen 2017

Roman: Die verlorenen Zeilen der Liebe
Anthologie: Winterküsse, Nix zu verlieren
Kurzgeschichte: Sibirien – Die aus dem Eis erwachen

Mehr über die Autorin:
Website: www.astrid-korten.com
Facebook: www.facebook.com/Astrid Korten

Printed in Germany
by Amazon Distribution
GmbH, Leipzig